Zong Pu
Yanjiu Ziliao

吴义勤 主编

宗璞研究资料

段晓琳 选编

图书在版编目（CIP）数据

宗璞研究资料 / 吴义勤主编. -- 南昌：百花洲文艺出版社，2024.12
ISBN 978-7-5500-4880-5

Ⅰ.①宗… Ⅱ.①吴… Ⅲ.①宗璞 - 文学研究 Ⅳ.①I206.7

中国版本图书馆CIP数据核字（2022）第238980号

宗璞研究资料
吴义勤 主编 段晓琳 选编

出版人 陈 波
责任编辑 刘 云 陈 愉
书籍设计 方 方
制 作 何 丹
出版发行 百花洲文艺出版社
社 址 南昌市红谷滩世贸路898号博能中心一期A座20楼
邮 编 330038
经 销 全国新华书店
印 刷 永清县晔盛亚胶印有限公司
开 本 720 mm × 1000 mm 1/16 印张 32.75
版 次 2024年12月第1版
印 次 2024年12月第1次印刷
字 数 500千字
书 号 ISBN 978-7-5500-4880-5
定 价 78.00元

赣版权登字 05-2022-325

邮购联系 0791-86895108
网 址 http://www.bhzwy.com
图书若有印装错误，影响阅读，可与承印厂联系调换。

目　录

《红豆》的问题在哪里？

——一个座谈会记录摘要

七月二十八日，北京大学中文系三年级海燕文学社当代文学评论组召开了小说《红豆》的座谈会。《红豆》作者宗璞同志和作家张天翼同志也出席了会议。会上与会者一致指出了《红豆》中错误的思想倾向和对读者的坏影响，并对作品产生错误的根源进行了一些探讨。

首先由同学们发言。他们谈到《红豆》在《人民文学》（一九五七年七月号）上发表至今正好一年。在这一年里经历了轰轰烈烈的反右派斗争和“双反”运动，自己的政治觉悟和思想认识水平都提高了，因此对《红豆》的看法也有很大的改变。一年前有些同志由于自己思想感情不健康，曾经非常欣赏和赞美《红豆》，甚至为之着迷。如谢冕说：他在去年看过《红豆》之后，曾特地到主人公江玫和齐虹定情的地方——颐和园玉带桥——去凭吊一番，追溯当初他俩是怎样在这里定情的。汪宗之也说自己过去很欣赏《红豆》的艺术性和风景描写，像玉带桥定情的一段描写，觉得很有诗意；认为齐虹踏碎红豆发夹的那段描写是作者高明的象征手法——给爱情悲剧安下伏笔；甚至对江玫的眼泪也很欣赏，认为是写得又酸又甜，激动人心。但是现在认识到作者正是通过这些细节描写和艺术手法传达了错误的思想倾向，因此觉得一年前曾经唤起过的共鸣，在今天只不禁感到厌恶了。

《红豆》究竟表现了什么思想倾向，作品的根本问题在哪里？这是大家集中讨论的问题。因大家对作品的主题和思想倾向的看法各有些不同，会上曾展开了争论。

首先，谢冕同志认为《红豆》就是对一段恋爱往事的追述。作者对于主人公江玫在爱情上的矛盾心理是写得真实的，是合情合理的，因为江玫当时还不是一个无产阶级战士，她一面憧憬革命，一面又留恋着个人主义极为严重，以致走上背叛祖国道路的情人；她热爱光明，但又不忍和黑暗彻底决裂（最后还是决裂了）。这是符合历史真实的。同时，她正处于狂热的初恋之中，也难以有冷静的头脑，心中充满矛盾是可以理解的。另外，谢冕同志也认为作品是有缺点的。不过他说作品的缺点主要表现在开头和结尾——当时祖国已不是六七年前的祖国，江玫也不是六七年前的江玫，而是党的工作者，可是在回忆过去的爱情生活时，仍是流露出浓重的物在人亡、睹物伤情的惆怅情绪，在这一点上，他认为是无法原谅作者的。但鉴于作品的中间是写得好的，所以他说：如果把作品的开头和结尾中不健康的情感描写去掉，加上一些积极健康的描写（如让主人公把红豆掷出窗外，等等），作品就没有什么问题了。

许多同志不同意这个看法。他们认为作品并不单纯是写一个恋爱故事，而是企图通过江玫和齐虹的恋爱事件，表现青年知识分子怎样经历着曲折痛苦的道路而走向革命。但是作者没有把这个主题充分表现出来，从作品中看不到革命力量在江玫身上的增长，以及她怎样战胜资产阶级感情而成为好的共产党员。吴泰昌更认为，江玫实际上是被作者歪曲了的共产党员的形象。如果把她塑造成批判的人物，倒有一定的意义。

基于这个共同的认识，许多同志具体地分析批判了主人公江玫的形象以及她对齐虹的感情态度。

张少康说：如果说一开始江玫是以一个资产阶级小姐的身份和齐虹谈恋爱，那么最后当她思想立场逐步变化时，就应该对齐虹这样的人和他的爱情有所厌恶，像《青春之歌》里的林道静对余永泽的感情变化一样。因为一个人的思想和感情是统一的，是和阶级立场不可分割的。对于恋爱的态度，也是表现了一个人的立场观点的。但是作品中并不是这样的。江玫一方面步步走向革命，另一方面对齐虹的爱情却始终如旧。甚至到了解放前夕，齐虹将要飞走时，她还担心不能和他再见“最后一面”，竟“心里在大声哭泣”，“心沉了下去”“两腿发软”。这就表明江玫一点都没有改变，仍然是充满资产阶级的思想感情。

朱一清说：江玫始终是留恋着齐虹的虚伪爱情，甚至自己受着屈辱也不管。当她的好友肖素（也是她的革命引路人、领导者）劝她应该结束这段爱情时，她还说什么“我死了，自然就会忘掉”，这种爱情可算是“生死不渝”了。最后齐虹要离开祖国和江玫分手时，她心里竟是这样想的：“我要撑过这一分钟，无论如何要撑过这一分钟。”这也可以看出她和齐虹的分手只是由于齐虹要背弃祖国逃走，而在江玫的感情深处却没有与齐虹斩断情丝。因此，朱一清在最后的发言中提出了一个耐人寻味的问题：如果解放后齐虹回国来了，江玫会怎么办呢？……

根据对江玫这个人物思想感情的具体分析，同志们提出了对作品的主题和思想的种种看法。有的同志认为作品是宣扬了爱情至上、爱情永恒、爱情力量高于革命的资产阶级思想观点。有的同志认为作品宣扬了革命是残酷无情的，它破坏了个人的爱情和幸福；党性和个性是对立的、矛盾的。有的同志则认为作品似乎提倡一个人在政治上可以是无产阶级革命化的，在感情生活方面可以是资产阶级的。

许多同志对于《红豆》的主题和思想在看法上虽略有出入，但对前面谢冕同志的意见——认为把作品的开头和结尾删改一下就解决问题，是一致不同意的。他们认为《红豆》的思想倾向是贯穿在整个作品中的。它的开头和结尾正是江玫的感情一贯发展下来的必然结果，即使删改了开头和结尾，也不能改变整个作品的思想倾向。

同志们还针对谢冕同志谈的“真实”问题，提出了一些看法。如李汉秋说：像江玫那样的人实际生活中有没有呢？可能有。但个别的生活真实并不等于艺术的真实。在实际生活中更多的、更普遍的现象是：随着革命觉悟的提高，随着革命的实践，资产阶级出身的青年人在思想感情上也必然一天天发生变化，逐渐批判了资产阶级、小资产阶级的思想情感，建立起共产主义的人生观和工人阶级的思想感情，这才是生活的规律。而作者笔下的江玫却恰恰相反，这从本质上说就是不真实的。李汉秋又说：我们社会主义现实主义的文学有一条主要的原则：作家必须高度自觉地以社会主义精神教育人民，我们也正是首先以这个政治标准来衡量作品的。离开了这个前提抽象地谈“真实”，必然要犯错误。这篇作品就是大力宣扬了资产阶级思想感情，因此，这种“真实”我们必须严加痛斥。

杨天石在书面发言中说：我们可以承认江玫这个形象在个别的细节方面是真实的。然而从根本点来观察，这个形象却是不符合生活真实——本质的真实的。我们不反对作者写江玫的一些矛盾和痛苦，问题是作者对它采取什么态度，是批判的还是同情的？作者企图通过这些“真实的细节”向读者传达什么思想？作者完全应该把江玫这个人物在精神上推向一个新的高度，应该写出她成长为坚强的无产阶级战士的过程。矛盾和痛苦只是暂时的，是在向革命者转化中的一段过程而已。事实上像江玫身上的两重性格，新与旧的两种因素是不可能长期共存的，只要她坚持革命，就必然会逐渐得到改造。可惜作者对生活的本质视而不见，这样，她笔下的“真实”也就不能令人欣赏了。

同志们在发言中进一步探讨了作品产生思想错误的原因，认为问题不在于作者写了像齐虹、江玫这样的人物，而在于作者怎样处理这些人物，对于这些人物有着怎样的态度。

首先，同志们认为作者对于江玫这个人物的灵魂是挖掘不深的。如江玫一见倾心地爱齐虹，并且自知和他在政治上是背道而驰，但仍然不愿分开，这是有其必然的原因的。因为他们有共同的基础。如张越在书面发言中所说：江玫实际上也是自私自利的爱情至上主义者。她爱齐虹的外貌和风姿，爱齐虹的“高雅”的趣味，更爱他那温柔的体贴，那整天围着她喊“玫”的感情。而齐虹呢，爱江玫苗条的身体、美丽的脸庞、细细的手指甲。这是他们爱情的基础。而他们爱情生活的内容呢，就是毫无批判地欣赏那些陈词旧诗，沉醉在风花雪月、世外桃源的景色里，玩味那种没落阶级的伤感情调。总之，由于他俩的爱情有共同的基础，所以就使得江玫看不到齐虹的反动的可憎的本质，甚至在多少年之后，还在为那失去的爱情悲痛、惋惜以至簌簌落泪。

同志们还认为作者不但没有深刻而正确地挖掘人物的灵魂，并且对于人物缺乏起码的憎恶和批判。吴同瑞说：作者把应该否定的给肯定了，把应该丑化的给美化了。作者不仅美化了江玫，而且百般装扮粉饰堕落为祖国叛徒的齐虹。对于他的卑劣念头和罪恶行为不但没有表现谴责批判之意，反而通过主人公江玫对他的无限深情和依恋，显示他的“可爱”。刘育智也说：作者把齐虹那种“绑架式”的流氓行为完全加以美化，仿佛后来齐虹没有把江玫抢走，还是因为他尊重“人身自由”。齐虹还是一个高尚的利己主义者。这就不仅使江玫不恨他，而且也使读者受到迷惑了。吴重阳说：小说中肖素对齐虹的看法是代表了作者的思想的。而她是怎样评论齐虹呢，只说他是“自私自利”“对什么都不关心”而已。至于齐虹那种极端的从个人利益出发，反对革命，仇视“民主生活”的反动的阶级本质，则根本没有认识和批判。

同志们在最后的发言中都一致认为作品中所表现的错误思想倾向，归根结底是和作者的立场观点分不开的。如吴同瑞说：根本原因是作者在立场观点上同小说中的江玫是一致的。作者用她的观点来观察，用她的头脑来思索，当然就不能对江玫这个人物作必要的批判了。张炯在书面发言中也说：我们隐隐约约从江玫身上看到了作者的灵魂——未经彻底改造的小资产阶级王国。刘恒则认为作者之所以产生了种种矛盾现象，实际上是由于作者只抽象地接受了马列主义，而自己的内心还保存着根深蒂固的资产阶级思想感情。作者是用了资产阶级的观点来理解革命者，在革命题材的幌子下来贩卖资产阶级的货色，因此作品就在去年修正主义逆流向我们冲击的时候，充当了宣传资产阶级思想的角色。

在同学们发言之后，作者宗璞同志接着发言。她表示感谢大家给她写的作品提出许多意见，对她帮助很大，并简单地谈到作品写作的经过。她说：当初确实是想写一个小资产阶级的知识分子怎样在斗争中成长，而且她所经历的不只是思想的变化，还有尖锐的情感上的斗争；是有意要着重描写江玫的感情的深厚，觉得愈是这样从难以自拔的境地中拔出来，也就愈能说明拯救她的党的力量之伟大。此外还想到像齐虹那样的资产阶级大少爷，连祖国都不要的人，在知识分子里是有的，也试图塑造这样一个典型。但是不料主观意图和客观效果不一致，想要达到的和实际达到的有很大距离，甚至是背道而驰的。小说在读者中间产生了坏影响，感觉负疚很深。

宗璞同志后来在书面的补充发言中又谈道：小说之所以产生了这样的效果，有这样严重的错误，就是因为我自己思想意识中有很多不健康的东西。在写这篇小说时，自己也被这爱情故事所吸引了。自己所站的角度也并不比江玫高，当然就更不能批判齐虹和江玫了。尽管在理智上是想去批判的，但在感情上，还是欣赏那些东西——风花雪月，旧诗词……有时这种欣赏是下意识的，在作品中自然地流露了出来。

宗璞同志最后说：《红豆》是个坏作品，它的发表当然是件坏事，但对我自己来说，未尝不是件好事。它使我得到大家的批评和帮助，认识到自己思想感情上的重大缺点，认识到思想改造的重要。

继宗璞同志之后，张天翼同志也讲了话。他认为同学们对《红豆》的批评很对，意见也谈得很透了，所以对作品的主题和思想没有再谈什么意见，只就某些读者为什么会欣赏《红豆》和作者的主观意图为什么与客观效果矛盾等问题，谈了一些看法。

他说：肯定《红豆》的人，也并不是没有看出作品的毛病，但他们还是要替作品辩护，比如他们认为作者的主观意图是好的，作者写江玫努力摆脱资产阶级的大少爷，终于摆脱了，最后参加了革命。再者，生活中确实有江玫那样的人，她完全可能碰到齐虹那样的大少爷，也很可能爱上他，并且哭哭啼啼地舍不得离开他。他们为什么要这样来解释呢？很显然，因为这样的读者对于江玫和齐虹的感情是同情的。他们玩味和欣赏着齐虹江玫的爱情：到颐和园散步，畅谈贝多芬和肖邦，念诵陈旧的诗词，诸如此类。也可以说，他们在感情上和小说的主人公同调。如果有人出来批评这种感情不健康，他们就出来辩护：看，我们的主人公最后不是终于投向革命了吗？假如没有这么一个革命的尾巴，他们读的时候也许还有一点儿警惕心——现在，他们却可以心安理得地去玩味欣赏，同情这一号人物及其闹的恋爱花样了。《红豆》就是这样用了革命的幌子迷惑了一些人。

张天翼同志在发言中又谈道：像江玫这样一个女性，在她参加革命的过程中闹了一次恋爱，一度表现了感情上的软弱，这是完全可能的。这样的人物也不是不可以写，问题在于怎样处理。如果从作品的故事梗概来看，可以说江玫的矛盾已经解决了，她已经参加了革命。但实际上那个矛盾并没有解决。所以大家读的时候感到模糊，讨论起来有很多分歧意见。

原来围绕着江玫的有两方面的力量。肖素一方，齐虹一方。两方面都争取她，结果江玫参加了革命，肖素的一方胜利了。但是江玫参加革命的过程在作品中没有表现清楚，参加革命的根据也表现得不够。她同引导她走向革命的肖素感情很好，肖素卖了血帮助江玫的母亲治病，可是我们看不到肖素在政治上是怎样帮助江玫的。所以江玫的参加革命，从外表上看来好像已经成了事实，可是江玫内心有什么根据，她思想上的问题解决了没有，却一点也看不出来。也有一些外在的原因推动江玫参加革命，如肖素的被捕，从母亲口中得悉父亲的牺牲，等等。但是也一定得把内在的矛盾解决了，外在的原因才能起作用，她的走向革命才有必然性。而这篇小说里，江玫的参加革命就缺乏必然性。

另外，我们从作品中可以看出肖素的话对江玫没有产生什么力量，而齐虹的话对她产生的力量很大。人们不禁要问：齐虹为什么会对江玫产生那么大的力量？有的读者说，江玫和齐虹两人有共同点，他们的恋爱是有基础的，这看法很对。虽然从作品所写出的来看，看不出江玫和齐虹的恋爱有什么基础，其实，是有的。可是作者避而不写，没有把这个“基础”端出来。

为什么作者避而不谈这个基础？就因为这个基础是十分明显的阶级性的，是一个资产阶级的基础。例如为什么江玫和齐虹会“一见倾心”呢？“一见倾心”这种事情在生活中是可能有的。可是为什么一个人对这号人“一见倾心”，而对另一号人就不会呢？这里面一定有它深刻的内在的原因。根据江玫、齐虹这号人的情况，根据我们平时对生活的了解和体验，一眼就可以看出，他们有共同的阶级趣味——资产阶级的趣味。但是作者没有写出来。作者也没有写出江玫处于齐虹、肖素之间的矛盾。江玫具有怎样的性格？她的内心深处有些什么东西？对于齐虹也是一样，齐虹总同江玫吵架，江玫为什么不想想齐虹究竟是怎样的人呢？齐虹的性格和思想情况是怎样的？他的灵魂深处有些什么东西？江玫不敢去看，因为一看的话，他们的爱情就站不住脚了。作者也没有去看去写去挖掘。为什么？是不能去挖掘，也可能是不敢去挖掘。原因可能很多，本文作者对这样的人物有偏爱，作者的思想、观点、感情、趣味等等，有和这种人物相同的地方，彼此是同一个根子。

张天翼同志在谈到作者对人物挖掘得不够之后，又说：如果作者挖进去了，还要看作者的态度是怎样的，是肯定还是否定？是同情还是批判？我想假如作者真的能按照她所说的原来的主观意图去写——写主人公江玫的在革命过程中的成长，对她的不健康的东西有所批判，对齐虹的丑恶庸俗的本性敢正视，拿来示众，那么写出来的东西一定会和现在不同。还是可以写江玫同齐虹恋爱，一起上颐和园散步，但读者的感受和影响会完全不一样。所以我同意作品的问题绝不在开头和结尾，而是作者对整个作品中的人物的态度有问题。

张天翼同志最后谈到，为什么作者的主观意图会和客观效果矛盾呢？他说：一个知识分子的思想改造如果只在理论上改变一下，那还比较容易。比如说，在理论上对资产阶级思想体系加以否定，承认和接受马克思主义的思想体系。但是要把思想感情整个儿转过来，从那个阶级变成这个阶级，那就需要经过很长时间和艰苦复杂的斗争过程。在这种没有经过彻底改造的情况下，就仅仅会在理论上知道应该这样做，也就是作者还不能够爱她应该爱的，憎她应该憎的，甚或会相反。这样，写出来的东西就会产生主观意图和客观效果的矛盾。所以解决问题的关键，还在于彻底地改造自己的思想感情，使自己实际上（不只是理论上）把立场改变过来。

原载《人民文学》1958年第9期

梦幻·现实·艺术

——《蜗居》艺术构思的特点

赵宪章

梦，是虚幻的；但是不少作家往往借助梦幻的形式曲折地反映现实，而创造了不朽的名篇。如但丁的《神曲》、歌德的《浮士德》、鲁迅的《狂人日记》等等。宗璞的短篇小说《蜗居》，也是运用这种手法，深刻而独到地反映了现实的优秀之作。

《蜗居》所描写的梦幻，其实是一场难忘的民族的大洗劫，文明的大摧残，历史的大倒退。人为的"阶级斗争"，数不尽的"划清界限"。天有不测风云，人有旦夕祸福。今日的"革命动力"，明朝的"阶下囚"。……新中国历史上不堪回首的十年，正如同一场噩梦。

"这一切都在黑夜里发生过了。"但是，它留在人们心中的"后怕"，却不会很快地消失。作者在大梦初醒的黎明，借助艺术上的幻境再现生活中刚刚逝去的噩梦，甚至赋以怪诞的形式，这并不是消极地重温历史，而是为了严防它的再演，并催促同床同梦过的胞亲镇静地思考，彻底地醒悟，从中吸取深刻的历史教训。

陀思妥耶夫斯基曾经形象地描写过梦幻的感觉："有时，在惶乱中，他看见自己判定要做一种不可避免的梦——一种挣扎也无用的特别的梦魇。他在恐怖之下反抗这种命运，但是，一当这争斗的紧要关头，他便发觉自己是被什么不可知的力量压倒了。然后他又神智昏迷了，并且看见他眼前裂开了一个充满无限黑暗的深不可测的深渊——一个无法越过的深渊——一个他会痛苦地和绝望地叫一声投下去的深渊。”[①]小说《蜗居》中的“我”，正是这种梦魇的经历者。

他是一个被社会遗忘了的人：“大野迷茫，浓黑如墨。我在黑夜的原野上行走，再也找不到自己的家。……在记忆中，我似乎从来便是在这黑夜中寻找，寻找我那不知是否存在过的家。”凄凉、孤独、苦闷、彷徨中有一扇石门向他打开，但这里是非人的世界，“每人都像戴了一个假面具，除了翕张的嘴唇，别处的肌肉不会动一动”，“每人身后都背着一个圆形的壳，像是蜗牛的壳一样。……有人的壳上伸出两个触角，不断抽动，像是在试探平安。”原来，这里正在“清查血统”，血液的存在便是罪状，血液不合“正统”的人都被扔进“类似字纸篓的筐里”。这是每个人脸上没有表情，身体蜷曲在蜗壳里的原因。

这当然不是“我”理想中的家。

于是，他又像但丁一样梦游了天堂和地狱，一个个凶神恶煞似的形象，一幅幅光怪陆离的场景，把他吓得目瞪口呆，使他一次次落荒而逃。他看到歌舞升平的“天堂”，但那需要牺牲同类才能爬上去；他也看到真正的光明，但那需要用自己的头颅做火炬。牺牲别人他不忍，点燃自己他不敢，最后的归宿只有一个——躲在蜗壳里了生。“我”，就这样屈服了，满足了。

这个故事显然是荒诞的，但这是梦。

梦是人在睡眠状态下所出现的一种精神现象和生理现象。梦的内容大都来自醒时的经验。有经验世界，就会产生梦幻世界；有生活的感受，就可能产生梦幻的感受；有蜗居式的痛苦，才产生了《蜗居》梦。

当然，有蜗居式的生活苦楚，也可以创造其他艺术形式的文学作品，例如像作者的获奖之作《弦上的梦》那样，以生活本身的形式反映生活，但也不妨模仿梦幻世界的特点，以梦幻的形式反映那不知是醒还是梦的生活。从美学意

① 转引自《外国文学研究》1979第1期第29页。

义上看，《蜗居》小说中值得探讨的特点也正在这里。

首先，经验世界是纷杂的，而梦幻是单纯的。经验世界中的千头万绪不可能全部进入梦幻世界。梦幻世界是经验世界中的某一点对感官发生了极强烈的刺激所产生的幻觉。像《弦上的梦》那样的传统的实写手法，可以像生活本身那样，展开广阔的画面，描写复杂的现实关系，再现典型环境中的典型性格。这在梦幻小说中是不可能的，它的观察点非常集中，像皮肤被针尖刺疼那样，由疼点出发产生迷狂的想象。实写手法引人多方面去感受，梦幻手法引人去极强烈地感受某一点。因此，我们说，《蜗居》中所反映的虽然是十年浩劫这样一个大题材，但并非这十年中整个中华民族的缩影，而是对现代迷信、阶级斗争扩大化、"四人帮"法西斯专政下"人的异化""人的变态"这一点的强烈反映。

弗洛伊德医生把梦解释为"隐意识"的活动。由于"隐意识"是隐藏在道德闸门里面的意识，是醒时不能得到满足的欲望的表露，因而具有极大的放纵性。这在梦幻的艺术手法中表现为不受节制的夸张，甚至荒诞。经验世界主"智"，梦幻世界主"情"，梦幻小说往往在情感的操纵下放荡不羁，一泻千里，像柏拉图所说的那样，诗人如果"不失去平常理智而陷入迷狂，就没有能力创造"[①]。《蜗居》把十年浩劫中的丑恶事物摆在放大千百倍的显微镜下去无限地强化、漫画化，以粗犷的笔法制造了耸人听闻的事件，使读者震惊、恐慌、发呆，产生了强烈的效果。

做梦的人往往不能知觉自己身体的实在状况，也不能清晰地辨认周围的一切。它往往给人以迷离恍惚的意象，如海市蜃楼似的幻觉。从梦幻小说《蜗居》中，我们不能看到细微末节的真实，只是粗线条的轮廓。它以含糊的言辞、跳跃式的笔法打破了时间和空间的界限，从而泼染了一个云遮雾罩的朦胧的画面。

美，虽不像德国哲学家莱布尼茨所说的那样绝对，仅仅是一种混乱的、朦胧的感觉[②]，但也不像有的人所说的那样，只有明晰和整一才是美。明晰自有

① 柏拉图：《文艺对话集》第8页。

② 参见《西方美学家论美和美感》第84—85页。

明晰的长处，朦胧也自有朦胧的特点。人们不仅要欣赏一览无余的层峦叠嶂，也喜欢月色迷蒙中的乡村田野。雾里看花，雪天观景，唯其因为看得不太真切，才诱人无限的猜度和遐想。小说《蜗居》不但大刀阔斧地斩断了十年噩梦中那些不堪入目的细节联系，而且像焦距调得不甚准确的摇动着的镜头那样，把物象加以雾化，以达到实写手法不能替代的艺术效果。

“凡梦都有意义，凡梦都是象征；它的意义和它的幻象相吻合而不相同。”这是心理学家们早就确认的公理。一切梦幻式的文学作品也是如此，“象征”是它的基本特点之一。这种“象征”当然是有现实意义的象征，这种“意义”也只能是象征性质的意义。《神曲》中的三只野兽，豹、狮和狼，分别象征淫欲、强暴和贪婪，由此构成了它所批判的主要观念；维吉尔象征理性，在他的引导下，但丁开始了认识邪恶的梦游；贝娅特丽齐接替维吉尔，引导但丁游历天堂，则象征人类只有依靠信仰和神学，才能达到尽善尽美的境界。这样，“象征”就架设了沟通作品和读者的桥梁。没有象征，作者就不可能把梦幻的意义传达给读者，读者也不可能从作品中获得感受。

但是，象征也有它本身的弱点，再往前跨一步就是“穿凿”。因此，黑格尔把象征型艺术作为艺术史前的艺术，即最初级的艺术类型。他说：“象征首先是一种符号。不过在单纯的符号里，意义和它的表现的联系是一种完全任意构成的拼凑。这里的表现，即感性事物或形象，很少让人只就它本身来看，而更多地使人想起一种本来外在于它的含义。”[①]我们读《蜗居》，就很少注意欣赏它本身所提供的感性形象，仅仅把这些形象作为“符号”，一接触它，便立即联系起它外在的寓意。这就很容易引起把作品简单化和抽象化的错误。

但是，黑格尔并不否认“符号”本身便具有内在意义的客观性。例如，狮子之所以象征刚强，狐狸之所以象征狡猾，是因为作为“符号”的“狮子”和“狐狸”本身就客观地存在着“刚强”和“狡猾”的意义，并非完全是外加的。至于符号的其他外射意义，完全是从接受者本身的自我联想中获得的。因而，黑格尔反对肢解式地在每个形象后面都找出一个确定的意义，像有些评注

① [德]黑格尔：《美学》第2卷第10页。

家对《神曲》的每一章都做寓意解释那样。因为这样就割裂了形象和意义之间的内在联系，否认了二者之间存在着内在协调的客观性。所以，黑格尔拒绝在他的《美学》里用这种方法讨论象征型艺术。这对于我们正确欣赏和评价短篇小说《蜗居》是很有启发的。如果企图把其中的每一个形象都找出其确定的象征意义，就等于把作品肢解和抽象化，就会破坏整个画面所给人的美感。只有从总体上感受它的内在意义，从总体上想象它所象征的现实，才是正确的。

综上所述，我们已经从小说《蜗居》取材观察点上的单一性和集中性、典型化过程中的荒诞性和放纵性、审美感受上的朦胧感以及形象与意义之间的象征性这四个方面探讨了梦幻手法的艺术特点。这些方面互为补充，有机结合，才能创造出艺术上浑然一体的梦幻世界。

别林斯基在批评闵采尔以政治的和道德的标准衡量歌德时曾说过："水不能用尺量，道路的长短不能用斗量；同样，不能按照政治来议论艺术，也不能按照艺术来议论政治，二者却是必须按照它们各自的法则来议论的。"[①]我们还要加一句，对不同表现手段的艺术也不能用同一个标准来衡量。不能用现实主义的标准要求浪漫主义，也不能用实写手法的标准苛求梦幻式的艺术手法。《蜗居》写的就是一个梦，它所展现的画面就是梦幻的世界，用阅读写实主义作品的眼光阅读《蜗居》，抱着虔诚的心理去感受其中的教益，那么，这一作品对于你也将是不可理解的。

为此，布莱希特认为：演员需要同角色保持距离，不是进入角色，而是明确认识自己在演戏；在舞台布景上等，也是相应地打破诱惑观众信假为真的幻觉，故意显示出这是"布景"，而不是实景。这就是布氏著名的"间隔效果"（又称"陌生化效果"）。短篇小说《蜗居》所采用的艺术形式——梦幻，本身就是一个虚假的世界，因而也是达到"间隔效果"的一个很好的艺术手段。它本身的特点决定了用这种形式反映生活，必然会在作品和读者之间隔开一段距离。这样，就迫使读者拉开距离去欣赏，不是进入情节，身临其境，被小说中的人物所俘虏，而是始终保持着清醒的头脑，以旁观者的身份评价情节和人

① 《别林斯基选集》第2卷第61页。

物。与其说读者关心他们的命运，不如说读者在思考他们的命运。

宗璞写了不少反映“文化大革命”的作品，而《蜗居》是独具一格的。虽然她在有些作品中，例如在《我是谁？》里也偶尔运用一些似醒似梦的描写手法，但毕竟不是直接写梦。特别是她的《弦上的梦》，则完全是一种实写手法，和《蜗居》截然不同，代表了两种不同的艺术形式。我们读《弦上的梦》如身临其境，完全被作品中的人物征服了，为他们的冤屈而不平，为他们的磨难而痛苦，为他们的觉醒而高兴，从而在获得强烈的艺术感受后思考他们的命运。而《蜗居》中的人物虽然也有悲惨的遭遇，但是，我们读它时，不会因他们无辜被扔进字纸篓而不平，不会因他们在阿鼻地狱受难而痛苦，也不会因他们点燃自己的头颅照亮黑夜而受到鼓舞。因为我们知道这都是编造出来的，我们清醒地意识到我们是在看小说。我们在看的过程中首先是思考，最后由一连串的思考得到艺术感受。也就是说，《弦上的梦》通过审美的幻觉，迫使读者用感受去思考，而《蜗居》则是通过审美的距离，迫使读者用思考去感受。两种不同的艺术形式就可以产生不同的审美趣味，各有千秋，没有必要互相苛求，强求一律。

无须讳言，梦幻的艺术手段是西方现代派作家所惯用的艺术手段。斯特林贝格的《梦的戏剧》、卡夫卡的《审判》、荒诞派的名作《等待戈多》等，无论其是否直接描写了梦幻，其表现手法大都模仿了梦幻的形式。梦幻似乎表现了他们重要的生活感受，似乎包含着现代派文学的精义。这是西方现代文化的一种历史现象。有人说它反映了二十世纪以来西方社会历经磨难，物质文明畸形发展的一种意识和没落的情绪。无论怎样解释，都不妨碍我们的借鉴。因为在我们的生活中确实存在着适合这种表现形式的材料。在我们周围发生过的一些事情，直到现在我们还很难断定它是真还是假、是醒还是梦。人不是神，他还不能完全清醒地认识自己的过去，还不能完全理智地掌握自己的现在，也不能完全预测自己的将来。他们应该在不断反省的过程中安排自己的命运。

原载《钟山》1981年第4期

人的呼喊

孙　犁

最近读了宗璞的小说《鲁鲁》，给我留下了三方面的印象，都很深刻。一、作者的深厚的文学素养；二、严谨沉潜的创作风度；三、优美的无懈可击的文学语言。

仔细想来，在文学创作上，对于每个作家来说，这三者都是统一不可分割的，是一个艺术整体。

作为文学作品的第一要素的语言，美与不美，绝不是一个技巧问题，也不是积累词汇的问题。语言，在文学创作上，明显地与作家的品格、气质有关，与作家的思想、情操有关。而作家对文学事业采取的态度，严肃与否，直接影响作品语言的质量。语言是发自作家内心的东西，有真情才能有真话。虚妄狂诞之言，出自辩者之口，不一定能感人；而发自肺腑之言，讷讷言之，常常能使听者动容落泪。这是衡量语言的天平标准。

历史证明，凡是在文学语言上有重大建树的作家，都是沉潜在艺术创造事业之中，经年累月，全神贯注，才得有成。这些作家，在别的方面，好像已经无所作为，因此在文学语言上，才能大有作为。如果名利熏心，终日营营，每日每时，所说和所听到的，都是言不由衷、尔虞我诈之词，叫这些人写出真诚而善美的文学语言，那简直是不可能的事。

宗璞的文字，明朗而有含蓄，流畅而有余韵，于细腻之中注意调节。每一句的组织，无文法的疏略，每一段的组织，无浪费或蔓枝。可以说字字锤炼，句句经营。一次与宗璞谈话，我对她谈了文学语言的旁敲侧击和弦外之音的问题。当我读过《鲁鲁》这篇作品之后，我发现宗璞在这方面，早已作过努力，并有显著的成绩。这样美的文字，对我来说，真是恨相见之晚了。

当然，这也和她的文学修养有关。宗璞从事外语工作多年，阅读外国作品很多，家学又有渊源，中国古典文学的修养也很好。“五四”以来，外国文学语言一直影响我们的文学作品。但文学的外来影响，究竟不同衣食用品，文学是以民族的现实生活为主体的，生活内容对文学形式起着决定性的作用。以昆虫如此，蝉鸣于夏树，吸风饮露，其声无比清越，是经过几次蜕变的。这种蜕变，起决定作用的，绝不是它蜕下的皮，而是它内在的生命。用外来的形式，套民族生活的内容，会是一种非常可笑的做法，不会成功的。

宗璞的语言，出自作品的内容，出自生活。她吸取了外国语言的一些长处，绝不显得生硬，而且很自然。她的语言，也不是标新立异，是在前人的基础之上，有所创造，有所进展。我们不妨把“五四”时代女作家的作品，逐篇阅读，我们会发现，宗璞的语言，较之黄[①]、凌[②]、冯[③]、谢[④]，已经有了很大的不同，也就是有了很大的发展。因此，她的语言，虽是新颖的，并不给人一种突兀的感觉，使人不习惯，不能接受。和那些生搬硬套外来语言、形式，或剪取他人的花衣，缝补成自己的装束，自鸣得意，虚张声势，以为就是创作的人，大不相同。

《鲁鲁》写的是一只小犬的故事。古今中外，以动物作为主人公的文学作品并不少见。但一半是寓言，一半是纪事。柳宗元写动物的文章，全是寓言，寓意深远。蒲松龄常常写到动物，观察深刻，能够于形态之外，写出动物的感情。纪昀在《阅微草堂笔记》中，有一节写到犬，我读后，以为那是过激之

① 黄庐隐。

② 凌淑华。

③ 冯沅君，即宗璞之姑母。

④ 谢冰心。

作，是阅历者的话，非仁者之言，不应出自大儒宗师之口。

宗璞所写，不是寓言，也不是童话，而是小说。她写的是有关童年生活的一段回忆。在这段回忆里，虽然着重写的是这只小犬，但也反映了在那一段时间，在那一处地方，一个家庭经历的生活。小犬写得很深刻、很动人，文字有起伏，有变化。这当然是作者的亲身经历，并非听来的故事。小说寄托了作家的真诚细微的感情，对家庭的各个成员，都作了成功的描写。

把动物虚拟、人格化并不困难，作家的真情与动物的真情交织在一起，则是宗璞作品的独特所在。

遭到两次丧家的小狗，于身心交瘁之余，居然常常单身去观瀑亭观瀑，使小说留有强大的余波，更是感人。

这只小动物，是非常可爱的。作家已届中年，经历了人世沧桑、世态炎凉之后，于摩肩接踵的茫茫人海中，寄深情于童年时期的这个小伙伴，使我读后，不禁唏嘘。

我以为，宗璞写动物，是用鲁迅笔意。纯用白描，一字不苟，情景交融，着意在感情的刻画抒发。动物与人物，几乎宾主不分，表面是动物的悲鸣，内含是人性的呼喊。

原载《宗璞小说散文选》1981年4月版

《宗璞小说散文选》佚序

冯友兰

抗战前的清华大学，附设了一所职工子弟学校名叫成志小学，小学又附设有幼稚园。宗璞（我们原为她取名钟璞，姓冯，那是当然的。现在知道宗璞的人多，吾从众。）是那个幼稚园的毕业生。毕业时成志小学召开了一次家长会，最后是文艺表演。表演开始时，只见宗璞头戴花纸帽，手拿指挥棒，和好些小朋友一起走上台来。宗璞喊了一声口令，小朋友们整齐地站好队。宗璞的指挥棒一上一下，这个小乐队又奏又唱，表演了好几个曲调。当时台下掌声雷动，家长和来宾们都哈哈大笑。我和我的老伴也跟着哈哈大笑，心中却暗暗惊奇。因为我们还不知道，她是个小音乐家，至少也是个音乐爱好者吧。我们还没有看见她在家里练过什么乐器。那时家里也没有什么乐器。

到了解放以后，我们也没有看见她在家里写过什么文章，可是报刊上登出了她的作品，人们开始称她为作家。我的老伴对我说，女儿成为一个小作家，当父母的心里倒也觉得舒服。我却担心她聪明或许够用，学力恐怕不足。一个伟大的作家必须既有很高的聪明，又有过人的学力。杜甫说他自己“读书破万卷，下笔如有神”。上一句说的是他的学力，下一句说的是他的聪明，二者都有，才能写出他的惊人的诗篇。

十年动乱的前夕，曾为宗璞写过一首龚定盦示儿诗。诗句是这样的：“虽然大器晚年成，卓荦全凭弱冠争。多识前言畜其德，莫抛心力贸才名。”我写这诗的用意，特别在最后一句。

人在名利途上要知足，在学问途上要知不足。在学问途上，聪明有余的人，认为一切得来容易，易于满足于现状。靠学力的人则能知不足，不停留于现状。学力越高，越能知不足。知不足就要读书。

有两种书：一种是“无字天书”，一种是“有字人书”。

自然、社会、人生这三部大书是一切知识的根据，一切智慧的泉源。真是浩如烟海，无边无际。一个人如果能够读懂其中的三卷五卷或三页五页，就可以写出“光芒万丈长”的文章。古今中外的真正伟大的作家，都是能读懂一点这样的书的人。这三部大书虽然好，可惜它们都不是用文字写的，故可称为“无字天书”。除了凭借聪明，还要有至精至诚的心劲才能把“无字天书”酿造为文字，让我们肉眼凡胎的人多少也能阅读。

定盦所说的“前言”，指的是有字人书。读有字人书当然也非常重要，但作为从事文学创作的人，绝不可只以读有字人书为满足，而要别具慧眼，去读那“无字天书”。

我不曾写过小说。我想，创作一个文学作品，所需要的知识比写在纸上的要多得多。譬如说，反映十年动乱的作品，写在纸上的，可能只是十年中的一件事，但那一件事的确是十年动乱的反映。这就要求作者心中有一个十年动乱的全景，一个全部的十年动乱。佛学中有一句话：“纳须弥于芥子。”好大的一座须弥山，要把它纳入一颗芥子，这是对于一篇短篇小说的要求。怎样纳法，那就要看小说家的能耐。但无论怎样，作者心中必先有一座须弥山。

我教了一辈子书，难免联想到本行。对于一个教师也有类似的要求。一个教师讲一本教科书，最好的教师对这门课的知识，定须比教科书多许多倍，才能讲得头头是道，津津有味，信手拈来，皆成妙趣。如果他的知识，只和教科书一样多，讲来就难免结结巴巴，吞吞吐吐，看起来好像是不能畅所欲言，实际上他是没有什么可以言。如果他的知识还少于教科书，他就只好照本宣科，在学生面前唱催眠曲了。

要努力去读“无字天书”，也不可轻视“有字人书”，那里又酿进了写书人的心血。

宗璞出集子，要我写一篇序，我就拉杂为之。后来没能用，恰好孙犁同志有评论文章，宗璞得以为序，我很为她高兴。

可惜的是，现在书已出来，她的母亲已不在人间，不能看见了。

朋友们以为我这几句话尚可发表，无以题名，姑名之为“佚序”。

原载《读书》1982年第1期

净化人的心灵

——读《宗璞小说散文选》

李子云

读宗璞近三四年来的作品，不知为什么，我常联想到黄仲则的诗。这位清朝大诗人当然没写过小说，而宗璞也较少写诗。引起我这种奇妙联想的，大概是由于他们的某些作品的意境、感情，有相通或类似之处。宗璞在短篇小说《不沉的湖》中讲到“白蛇传”时，用过“柔情侠骨”四字；短篇小说《心祭》，引用了李商隐的诗句“此情可待成追忆，只是当时已惘然”作为题叙，引起我联想的，也许就在于他们的作品都常常表现了那么一种柔情侠骨，都常常流露了那么一种感情上有所欠缺的怅惘。

对于黄仲则，我从未研究过，只不过在学生时代背诵过《两当轩集》中的一些近体诗，当时也并不全懂。“似此星辰非昨夜，为谁风露立中宵”“冷雨疏花不共看，萧萧风思满长安”“到死未消兰气息，他生宜护玉精神”等等名句，所感动我的，与其说是那种微带感伤的调子，不如说是那种在人生的伤痛面前所表现出来的洒脱，这也就是不同于花间派、婉约派的缠绵悱恻的所谓侠骨柔情吧。当然，我绝没有意思把这两位相隔二百年、跨越了三个时代的作家硬拉扯到一起，虽然宗璞也擅长于描写儿女情长，但她的描写爱情、婚姻、家庭生活的作品所体现的社会内容与思想感情，毕竟与封建时代的诗人无从类比，只是，她笔下的人物所散发出来的那种清越疏放的气质，那种“为谁风露立中宵”的“玉精神”，使人不由感到两者之间似乎有着某种“血缘”关系。

当然，宗璞这几年所写的并不限于爱情、婚姻与家庭生活，她也写了其他题材。她处理起其他题材时，笔触也很是遒劲有力。但是，我以为，她写得最好的，还是这一特定的生活方面——知识分子，尤其是高级知识分子的这一生活方面。《诉》虽是她第一篇作品，但它的影响不大。从《红豆》开始，可以说，她就成为新中国文学的这一题材领域的最早而坚持不懈的开拓者了。

一九五六年，《红豆》问世，它立即引起读者的注意，同时也引起了文学界的不小的争论，最后遭到了批判。长期以来，有些人对于爱情题材的文学作品，只能接受粗线条地反映反对农村封建包办婚姻的，而对知识分子的那种感情细致的恋爱过程的描写，不被指责为消磨斗志，也被认为过于“奢侈”。而《红豆》，描写了一个倾向进步的女大学生，在全国解放前夕的学生运动高潮中，与一个银行家少爷之间的剪不断、理还乱的一段恋爱故事，在当时，不免显得大胆而“唐突”。尽管小说明白无误地表现了她一方面在感情上为他所吸引，另一方面越来越清楚地意识到双方在思想上横亘着不可逾越的鸿沟。即使如此，《红豆》还是不能被这些人所容纳。经过了二十年之后，今天，《红豆》已与另外一些作品成为二度再放的“重开的鲜花”，而爱情题材也不再是文学创作的禁区，不少作家已涉足这个题材领域。

尽管不少作家涉足这个领域，但宗璞处理这方面题材，仍然独树一帜，具有鲜明的个人特色。

对宗璞这类作品特色的分析，还是需要从《红豆》开始，虽然她后来的作品较之《红豆》有了很大的发展：作者对于自己所反映的社会现象有了更为深刻的观察与理解；作者所塑造的人物带着二十年来的风雨斑驳，显得更为深沉；作者的艺术手法——无论是小说的结构、人物的心理刻画，以至语言——也有了很大的变化，但是，她在这些作品中逐渐形成的特色，却是从一开始即见端倪的。

《红豆》受到批判时，主要罪名是鼓吹超阶级的爱情，宣扬资产阶级的恋爱至上。这个指责是毫无道理的。《红豆》通过人物形象诉诸读者的，恰恰是爱情——特别是在阶级矛盾激化、双方壁垒分明的时候——是不能超越阶级的，不属于同一阶级的恋爱双方，如果不能做到一方归顺一方，决裂是不可避免的。江玫与齐虹虽然在艺术趣味上是那样相近，但是，真正的爱情，毕竟是以思想的一致为基础的（那就是对人、对事、对生活、对社会的看法和基本态度）。极端自私而又刚愎自用的大少爷与“天地狭小却心地善良”而日益趋向进步学生运动的“小鸟儿”之间，除去音乐之外，找不到任何共同点，而且互不相容。他们的悲剧结局是一开始就注定了的。虽然齐虹采取了一切手段，甚至最后企图用劫持的办法要得到她，也仍然失败了。她终于在最后关头摔掉了那“像碎玻璃一样割着人”的爱情，选择了他咬牙切齿地咒骂的“女革命家”的道路。这两个隶属于不同阶层的青年的爱情悲剧，倒恰恰说明恋爱并非至上，恋爱不能超越阶级。

宗璞处理这类题材，总是把她所写的爱情、家庭生活与一定的社会、时代背景紧密相连。当然，历来的有价值的爱情小说都不是为爱情而爱情，总是饱含着社会内容，其中的悲欢离合的原因也都是社会性的。宗璞这类作品的时代印记，都不是外加上去的，而是通过人物的遭遇、人物的思想感情中的时代特点而显现出来的。无论是她五十年代所写的《红豆》，还是七十年代所写的《弦上的梦》《心祭》《三生石》，都有着分明的时代感。尤其是它们都展开于新旧交替的社会大转折、大变动的关头，因此，时代的特征就格外鲜明。《红豆》自不必说，这个爱情悲剧是随着旧中国的崩溃、新中国的到来而结束的。江玫的性格是在新与旧两种力量的吸引与争夺中得到完成的。而在她写于七十年代的几篇中，其人物的遭际和心灵，无不铭刻着三十年来，特别是十年内乱风雨侵蚀的痕迹。把《弦上的梦》归入这类题材，也许牵强了些，它直接描写了这场浩劫对两代知识分子的残害，但是，它的全部情节都是在大提琴家乐珺的家庭里展开的，人物关系则是以她的没有成功的爱情贯穿起来的。因此，我还是把它算进来了。乐珺的两次失去“亲人”与三十年中的两次社会大转折相联系。三十年前，她与青年时代的爱人梁锋失散，是由于在那个历史大转折的关头，他们选择了不同的道路——乐珺出国深造，梁锋献身于人民解放事业去了延安。乐珺学成回来，梁锋已有了妻子女儿。三十年后的另一性质的政治大风暴，让她承担起了照顾梁锋的遗孤梁遐的责任。尽管她们两个的性格、气质很不相同，然而在国恨与“亲”仇这点上，她们俩不但在感情上相互接近、相互支持，并进而在思想上相互教育。而就在她甘冒政治风险准备挺身而出把阿遐认做女儿的时候，她再次失去了这个“亲人”——阿遐在四五运动中牺牲了。当然，这篇小说（中篇小说《三生石》在这一点上与之相类）题材本身就与政治结合得十分紧密。（其实，在那十年，哪个知识分子的命运不与政治密切相连？）但是，即使如《心祭》，可以说是纯粹写“情”的作品，时代背景退缩为遥远的衬景，作者的笔触全部凝聚在黎倩兮对“往事”的追忆上，说是“往事”也还不够贴切，因为那些“事”也只是不相连贯的，黎倩兮与死者程抗之间相会以及感情交流的此情此景。但是，透过程抗对于不和谐的婚姻的苦恼，透过黎倩兮与程抗的相遇相知却又不能相近的感情挣扎，特别是透过他们两人在感情“深渊”边缘的徘徊、犹疑，到最后尊重既定事实的决定，也就是透过他们所恪守的道德原则，不也反映出了我们今天的社会特点？

我这也只是说宗璞写这类作品赋予了它们鲜明的时代感，并不是说她在其中提出了什么尖锐复杂的社会问题。她不擅长于此，也无意于此。她所着眼的是人物的性格，人物的气质，人物的精神世界。她笔下人物的悲欢离合、矛盾冲突大部分展开于内心深处。虽说人之情发于内而形于外，但她偏爱喜怒不形于色的人物，她只让她们在忍无可忍的情况下撒那么一次“泼”——这也是她描写最多的那种文化教养较高、秉性清高、敏感而又纤细的高级知识分子的特点。同时，她在写法上，对人物的外部动作以至对话也用墨节约，最低限度地筛选出最有表现力的细节，并致力于开掘他们的内心世界。还不止于此，她在揭示人物内心的波涛汹涌时，也是十分注意艺术的分寸感，写得很有节制。革命导师马克思讲过这样的话，爱情的痛苦是最个人的也是最强烈的。尽管她所表现的这种“痛苦”的性质各有不同，比如江玫，是两种力量在自己身上的冲突，是理智与感情在自己灵魂中的搏斗；黎倩兮则是个人愿望与客观条件的矛盾；在乐珺身上，错过机遇是个重要原因。但不管她们的“痛苦”是如何造成的，这种感情都是终生难忘的：乐珺不就是始终独身？倩兮虽然得到了可以相托的伴侣，但在她心灵的一角，不也永远祭奠着那位难忘的“长兄”？有的追求表面效果的作家，可以把这种刻骨铭心的感情写得哭哭啼啼、大喊大叫，或者把他们的“伤痕”掰开、揉碎地加以尽情渲染，如果那样处理，那就不是现在的乐珺、倩兮，以至菩提、莲予了。（江玫年轻又比较单纯，感情自然稍稍外露一些）宗璞则把他们的感情压到心底，读者看到的只有无声的呜咽与潸然的泪下。而这种最大限度的自我克制则更牵动人心。

宗璞不喜欢外人撞入她心爱人物的内心隐秘角落，她这样做，并不是让她们陷于自我陶醉或顾影自怜，而是让她们用自己的力量解决个人生活道路上的难题。宗璞在她刚出版的小说散文选的“后记”中说得很好：“书中的许多文字都不止一次出现在我的梦寐之中。但它究竟能给读者什么呢？我不知道。事物总是在前进的，我们的面前有着一重又一重的矛盾，头顶上悬着一道又一道的难题。在人生的道路上，每个人都不断经过一个又一个的十字路口。这本小书，若能为徘徊在十字路口的人增添一点抉择的力量，或仅只减少些许抉择时的痛苦，我便心安。”是的，人在漫长的生活道路上，总要不断经过十字路口，这十字路口有大的，也有小的，有决定终身道路的，也有影响部分命运的，但不论大小，都必须经过痛苦的斗争才能做出自己的决定。既需要“抉择”，就是不能两全而有所“牺牲”。宗璞从这里就引出了一个带哲理性的问题：人生难免有所欠缺、不足或遗憾，至善至美的境地是没有的。也许有人认为这种想法消极了一些，其实不然，这是符合辩证法精神的，人类的历史是向至善至美发展的过程，至善至美是人类追求的终极理想，这种理想推动着人类朝向这个目标不断前进，而这个前进是没有止境的。在现实世界里，无论是社会，还是家庭、个人爱情，所谓完美都是相对而言的。而越是有理想的人，往往会有更多的追求，会感到更多的不足。以宗璞所触及的家庭与婚姻中的矛盾而言，所谓妥善的解决，也只能是根据当时的现实条件做出比较合理的决定。宗璞的主人公在这种“抉择”中，往往是照顾别人、考虑社会、尊重自己。应该说，对于踯躅在这种十字路口的人，宗璞倒不赞同他们低回不已，而是尽力为他们下决断时增添积极的力量。她赖以“抉择”的准绳，既有中国传统道德观念中健康的那一部分，又恪守了我们今天的社会主义——新旧交替的过渡时期开始阶段——的人与人关系的准则。因此，她的描写不仅没有消极作用，而且能够提高人的思想境界、净化人的灵魂。

提高人的情操，净化人的心灵，是宗璞小说所起到的主要作用。它们之所以产生这样的效果，固然与作者对这类社会问题的态度，也就是对于这类矛盾的处理有关，而更为重要的是，作者所选取、所塑造的人物的性格、气质，都有那么一股让人感到灵魂纯净的“兰气息”“玉精神”。（有趣的是，她处理起那种利欲熏心、患“心硬化”的人物倒显得生硬，有几分概念化。）她所属意的这些人物大半淡泊于名利，有理想，有操守，对祖国、对人民、对自己所从事的专业无限热爱与专注，她们“不管处于何等无告的绝望中”，仍然“坚信生活是美好的”，因而，她们不仅对个人的伤痛能取豁达态度，还不忘给别人以温馨，显示了中国妇女特有的貌似柔弱而极坚韧的精神。经过艰苦奋斗终于得到了家庭幸福的方知（《三生石》）和萌与莲予（《米家山水》），不都是除了自己的专业之外，目不斜视、心不他想？为了让莲予把时间全部献给绘画，萌和她不但连画饼充饥的时间都没有，只能举行“精神会餐”，而且，还一致决定把别人求之不得的出国参观的机会予以“让贤”（可惜最后并没有能够让到该去的人头上）。而在个人生活上遭到挫折的江玫、乐珺及倩兮，她们也正是因为精神有所寄托，以事业为重，才能做到如此洒脱。生活被撕成碎片的陶慧韵（《三生石》），支撑着病弱的身躯，仍然全心全意关心着别人的幸福。甚至精神被扭曲成玩世不恭的梁遐，经过乐珺、小裴、毛头的相濡以沫，她的创伤逐渐弥合，也恢复了心灵中美好的一面。小说结尾，她不就与一群有出息的年轻人步伐坚定地走向天安门广场？

宗璞为我们展示了私心少，以事业为重的那一类知识分子的精神世界。有评论家曾说：“宗璞所表现的生活范围是否太狭小了一些？她的人物几乎没有出过燕园。”这位评论家所指出的是事实，这不能不说是一种局限，但是，宗璞能在这么一个小小的范围内谱写出这么些互不重复的歌，却又是不能不令人感到惊叹的。她的人物所属阶层相类，所受文化教养大体相同，但各具个性。这当然是由于她本人几十年也生活在这个环境里，与他们朝夕相处、命运与共，细致入微地了解他们的家庭背景、生活经历以及性格特点，因而她能够把他们刻画得不单调、不重复。尤其是，宗璞知识面较宽而兴趣爱好又较广，这些都有助于丰富人物的色彩。在作品中，她对于音乐、绘画的处理，既不是出自炫耀卖弄，也不是可有可无的点缀与装饰，而是有机地构成人物生活的一个方面。琴声与画面与人物的心境浑为一体，化为人物灵魂的一个组成部分。

宗璞的作品还有一个值得着重称道的特点，那就是语言的纯熟与优美。前辈作家夏衍多次提到我们这一代人的学习补课问题。他所要求的补课，当然是指科学、历史、文学等各个方面，而文字修养也是其中很重要的一点。不少中、青年作家走上创作道路之前，没有经过正规的系统的学习，大多是在实践中摸索前进的。其中许多作家固然从生活、从群众的口语中汲取了丰富的养料，但由于提炼不够，往往虽生动却不够优美，不能给读者以高度的美感享受。宗璞得天独厚，兼学中外，她的文字，一如她小说的章法，既师承了中国传统文学的特色，又吸收了外国文学的长处。中国传统文字的高度凝练、特有的节奏与韵律感、鲜明的形象性与外国文学中用以表现日益复杂的人物心理状态的新鲜活泼的语言，在她笔下结合得浑然天成，没有生硬撮合的痕迹，显得十分从容自若。

老作家孙犁在为宗璞的小说散文选所作的“代序”中，集中分析了她的语言特色。他说：“作为文学作品的第一要素的语言，美与不美，绝不是一个技巧问题，也不是积累词汇的问题。语言，在文学创作上，明显地与作家的品格、气质有关，与作家的思想、情操有关。……语言是发自作家内心的东西，有真情才能有真话。虚妄狂诞之言，出自辩者之口，不一定能感人；而发自肺腑之言，讷讷言之，常常能使听者动容落泪。”这不仅是对宗璞文字的评价，而且具有普遍意义，可以使我们从中得到很大教益。是的，语言不是单纯的技巧，技巧只能造就匠人，而不能出艺术家。语言是作家用以表现自己对生活的感受、理解以及理想（包括美学理想）的手段，离开这些内容，语言便是没有灵魂的躯壳。言为心声。作家对文字的选择、运用与作家的气质、情操有着直接的关系，正如孙犁所说：“虚妄狂诞之言，出自辩者之口，不一定能感人；而发自肺腑之言，讷讷言之，常常能使听者动容落泪。”我理解，所谓讷讷者，质朴无华之谓也。情操低下、精神空虚的作家，只能依靠浮华的词藻掩饰内容的空洞与感情的虚伪。纯净的心灵才能出纯净的文字，质朴无华是艺术语言的最高境界。宗璞遣词不尚华丽，不追求纤巧，更不堆砌造作，而讲究含蓄、节制，即使是表现又浓又重的感情时，她也写得举重若轻，达到如诗、如散文的境界（虽然她的散文成就迄今为止似乎还没有超过她的小说）。这种文字与她所偏爱的那类人物，与她所追求的道德操守相得益彰，读来使人在人生所难免的某些欠缺与不足面前感情趋于宁静，心怀趋于宽阔而坦荡，精神附丽于自己的事业，加强了净化人的心灵的作用。

读宗璞的作品，是一种高度的美感享受。它们不是促发万物生发的骄阳，而是慰藉旅人的闪烁的星辰；它们不是可为大厦栋梁的参天大树，而是令人神怡的秋菊冬梅；它们不是孕育生灵的江河大海，而是滋润人们心田的涓涓溪流。我们并不菲薄那些反映更为重大社会矛盾的作品，只是说，正如骄阳与繁星、江河大海与涓涓溪流都是构成丰富完整的世界的不可分割的一部分一样，在文学领域内，我们也是既需要李白、杜甫，也需要杜牧、李商隐；既需要苏轼、辛弃疾，也需要秦观、李清照；既需要龚自珍，也需要黄仲则。只有让各种不同的星座尽自己所能地发出各自的光辉，而不是相互排斥，相互冲突，才能形成美丽而无限的苍穹。

原载《读书》1982年第1期

迈在探索和创新的路上

——宗璞短篇近作漫评

方克强　费振刚

宗璞《弦上的梦》获奖以来，又陆续在报刊上发表了一系列短篇小说。对于这些作品，评论界的反应是缄默。有时一些私下的议论则认为宗璞在背离自己从《红豆》开始形成的创作风格。

缄默比公开的赞扬和指责更能表明评论界的困惑不解，也从某种程度上说明了宗璞在艺术上的探索还没有引起应有的重视。可否说，对宗璞作品的这些反应，乃是因为迄今还没有很好地理解她那些具有独特艺术个性的作品呢？

近年来，宗璞发表的短篇小说大致可以分成两类，用她自己的话说是“有意识地用两种手法写作”。《弦上的梦》《米家山水》《熊掌》等为一类，《我是谁？》《蜗居》等为另一类。前者基本上是以《红豆》为代表的艺术风格的延续和发展，即在驾轻就熟的家庭、爱情题材上，表现丰富的社会和人生内容，追求小说的“诗化”。后者则在表现方法上作大胆尝试并有新的突破，分别在人与自我、人与社会等重大问题上深入开掘主题。这两类作品在写作时间上交错进行，表现了作者创作实践上的不断进取精神和兼收并蓄的态度：既不简单否定也不囿于原有风格和表现方法，而是拈来多种表现方法（包括本民族传统的与外来的）的彩线，编织更加绚丽的艺术风格之网。

宗璞对自己的作品并不寄予很高的期望，她在自己的小说集“后记”里说：“这本小书，若能为徘徊在十字路口的人增添一点抉择的力量，或仅只减少些许抉择时的痛苦，我便心安。”她是这样说的，也是这样写的。在作家观察大千世界的窗口中，她找到最适合于自己的角度。与轰轰烈烈相反，宗璞总是不起眼地用她的笔表达独特的生活感受，踏踏实实地走着她的艺术道路，绝无抢道与撞车之虞。她对真善美的挚爱，对丑恶事物的鄙视，以及对人生真谛的不懈寻索，是那样有机地融会成一体。这不是人生十字路口的路标，也不是醒目的红绿灯，而是耳旁轻风吹来的友人的亲切关照、前方若隐若现的鲜花招引……

一

宗璞从来不以情节曲折、悬念扣人取胜。相反，她的小说往往场面不大，人物不多，矛盾冲突不太尖锐，故事情节平淡得出奇。一位美国电影学者这样说过：“只有故事性很少的影片中才能出现这样的情况，因为观众只有在看这种影片的时候，才会对银幕上发生的事情不感兴趣和急于探索画面背后的东西……”此话同样适用于小说。当平淡的故事蕴藉着丰富深沉的题旨时，读者的注意力才会从情节上转移，激发思索和想象的欲望：粗糙的蚌壳里究竟有没有晶莹的珍珠呢？

《熊掌》就是这样的小说。它描写的似乎是一件家庭琐事：楚秋泓得到一副熊掌，他唯一的向往是全家团聚，共享佳肴，然而不是儿子出国、儿媳出差，便是女儿住院、女婿赴外采访，等到最终聚齐了的时候，熊掌却生满了虫子，再也不能吃了。一件憾事，一段惆怅，几乎人人身边俯拾皆是，都有过类似的情感体验。粗心的读者也许会摇头：这般微不足道的小事为何值得一写？或者感受到作品流溢的情绪便止步了。善于思索联想的读者则相反，他们会从貌似平淡的故事里透视出隐藏着的象征内涵，并由情绪升华到理念。

“鱼与熊掌”的典故为许多人熟知，它是解疑析难的罗盘。《孟子·告子上》中曰：“鱼，我所欲也；熊掌，亦我所欲也。二者不可得兼，舍鱼而取熊掌者也。生，亦我所欲也；义，亦我所欲也。二者不可得兼，舍生而取义者也。”这里的鱼与生，熊掌与义，暗示着对应的比兴关系。小说里的“熊掌”不单单是一件实物，一碗佳肴，同时也是抽象的“义”的象征物，即比生命更可贵的东西，人世间美好、圆满的事物。生活中，往往主客观矛盾，愿望与事实相悖，给人增添一缕淡淡的惆怅，然而值得赞颂的是人生坚持不懈、百折不挠的追求精神，这就是宗璞探求和表现的主题。当它一旦隐蔽在平淡故事的屏风背后，运用象征手法含蓄地暗示出来，便化平淡为深邃，微尘中见大千，呈现旨深意远的诗的境界。抽象的“义”所具有的内涵的不确定性，要凭借读者的想象力和生活目的去具体充实，它可以是爱情、事业、理想、信仰，也可以是入党、升学、一项工程、一个夙愿等等。不尽的余味留在篇末的空白里。

如果说《熊掌》做到了主题的含蓄和多义，那么《米家山水》和《核桃树的悲剧》则在人物和情节方面作了同样的努力并取得了成功。诗与小说既沟通又有界墙，作为文学作品，它们同样都是通过形象表现思想，然而诗是抒情性文体（叙事诗例外），主要是触景生情，借景抒情，寓情于景；小说是叙事性文体，主要手段是刻画人物和交代情节，这就使追求人物情节的含蓄多义远比主题困难。艺术的独创正在于克服困难。宗璞把诗歌常用的象征与小说传统的表现手段交织并用，熔汇一炉，使人物和情节都注满诗意。

《米家山水》通过家庭、同事关系的描述，表现了史无前例时期造成的人与人关系的隔阂与紧张，走向极端后，又反而促使人们的觉醒和爱情的结合，赞美了“仇人”间的宽宥和谦让精神。题材和主题都很普通，可是读完小说，却深感女画家米莲予的性格就如一幅流动着灵韵的写意山水画，一首意蕴浓郁的诗。小说的开头是这样的：

> 一层层青山，一丛丛绿树，都笼罩在迷茫的雾霭之中。隐约间，一条小路蜿蜒而上，通向云端，看不见了。是上天去了么？山下一片绿水，峭岸的石缝中几株斜柳，长长的柳线，拂着水面。朦胧的绿意泛在山水之间，就连那尚未着笔的空白处，也透出十分的清幽。

这是米莲予创作中的山水画。一般小说的环境描写无非意在表现人物身份、爱好、习惯，或渲染气氛、烘托心情、引发思绪，但这里却不仅于此，它还用来直接象征和暗示主人公的性格、气质乃至精神境界，使人物形象本身富于画面所内蕴的诗情画意：她秀丽、恬静、纤弱、淡雅，厌憎喧嚣的“派仗”与平和朴真的意境交融，去北欧与“海的女儿”见面的心愿似雾霭与绿意般朦胧飘忽，最后把出国机会让给在派系混战中砸伤她手的刘咸，胸怀又宛若远山近水般淡泊宽阔。这种微妙的象征关系桥梁，是宗璞运用铺垫和暗示独具匠心地架设的，使你不知不觉中在心的屏幕上将人与画叠印起来。在象征的幽微烛光里，人似画，画中人，若即若离，似有还无，令人联想翩翩，兴味无穷。

《核桃树的悲剧》是一篇更为出色的小说。它描写了一位信奉“人欠我的不必索取，我欠人的一定偿还”的知识女性柳清漪，由于出国三十多年未归的丈夫自私负心和在十年动乱中被污染的青年恃强凌弱，更因为自己的软弱、痴情和善良，心灵上所负荷的山积般的痛苦，她如同其遵循的处世哲学一样，既有值得肯定、同情的一面——善良、高尚和自尊，又有消极、应该摒弃的一面——软弱、忍受、缺乏斗争色彩。宗璞塑造人物时，借鉴古诗“雨中黄叶树，灯下白头人”中含蓄暗喻的手法，以情节主线中占据重要位置的道具核桃树象征柳清漪的性格特征：

一株大核桃树，慷慨地伸展着绿油油的枝叶，遮盖了这小小的院子。说是院子，因为两边院墙都已倒塌，早成为一条通道。人们在这里走来走去，十几年来，做出各种各样的表演。核桃树不管世事变迁，管自认真司管职责。春来发出嫩芽，夏来洒一片浓绿，秋日结累累果实，到得冬天只剩下枯枝时，枝上的积雪会给雪景添上峻峭的线条。

表面上写景状物，也确实极洗练地勾画出核桃树所处环境、外形和四季特征，然而，从“慷慨”“司管职责”等暗示性很强的用词和人们“表演”的反衬来看，弦外之音则是写人，写柳清漪高尚的品格：缄默、勤勉、无私地奉献一切给别人。但如果满足于这样的象征性描绘，那还只是诗而不是小说。因为只有静态的树与人单纯的象征，如中轴线两旁对称的两个点，而缺乏变更中的树与活动着的人之间如延伸的平行线那样的复杂象征结构。即是说，仅仅象征人物性格是不够的，更要象征人物性格发展的历史——情节。同时，作为小说中塑造人物运用的象征物，不应是外贴上去的漂亮点缀品，而应是情节骨骼上不可分割的血肉。小说中，核桃树与柳清漪相亲相似，有着共同的遭遇和不幸，某种程度上是人树合一的：核桃树“总按时结出核桃，从不懈怠”，她退休养病“也不肯懒散，一直在做事”；她常与树交谈，听到的是自己的心声；闹核桃的人用砖打得树枝簌簌颤抖，每次也必定砸破她家窗玻璃，骚扰得她喘得透不过气来；丈夫遗弃了心爱的树，也遗弃了心爱的她；她砍倒了相依相靠的树，也砍断了情丝，砍痛了心。这两组交错穿插的画面不仅以树的悲剧含蓄地衬托暗示出人的遭遇及其根由，而且犹如一组象征蒙太奇镜头，造成耐人咀嚼的悠远意境，给读者的想象提供驰骋的广阔空间。

除了象征，这篇小说另一显著特色是语言的多义。宗璞驾驭语言的能力不仅表现在文字的自然流畅和新颖明朗上，更表现在含蓄富有言外之意。古人推崇“要参活句”“不落言筌”，宗璞就是这样追求的。首先，句子的含义具有假定性：“如果核桃树会说话，它要请主人柳清漪把果实打下，以免招灾惹祸。不过也许它是会说话的，谁知道呢。”两个假设词一用，事实究竟如何就变得朦胧模糊了。其次，糅合想象和生活逻辑，比喻时抽去喻词，亦人亦物，半假半真：“‘回来——回来——’树叶的沙沙声是温柔的”，沙沙声是真的，说话声是假的，是人物主观的想象或幻听。再次，语言的旁敲侧击，状物时，悄然嵌合进几个通常写人的形容词和动词：核桃树“慷慨地”伸展枝叶，“认真司管”职责，使读者由物联想及人。语言的多义、含蓄使句子以一当十，“文约意深”，读者在推敲之中从多层次的含义里挑出自己的理解。如果把那些妙语警句、雕章丽词比作字字如珠的话，那么宗璞的小说语言则恰似一颗颗檀香橄榄，嚼来由淡趋浓，苦涩转甜，回味良久。

二

这是宗璞在创作道路上抡的另外一把板斧：《我是谁？》和《蜗居》。在这里，几乎找不到宗璞原有风格的影子，因而也最使人们惊讶和纳闷。但是，这一条路是宗璞自觉地走的，她说："我自一九七八年重新提笔以来，有意识地用两种手法写作，一种是现实主义的……一种姑名之为超现实主义的，即透过现实的外壳努力去写本质，虽然荒诞不成比例，却求神似。"生活给宗璞的创作提出了新的要求，也决定了她在艺术上探索的方向。

丧失自我的悲哀，寻找自我的失败，人与自我关系的异化和扭曲，这是西方现代派中屡见不鲜的主题。按理，这类题材是和我们社会主义的文学无缘的。然而，在"四人帮"倒行逆施，推行封建专制主义的十年里，人与自我的矛盾与脱节却成了客观存在的现实问题。当然，即使在那十年里，我们也不能简单地把它同西方资本主义社会画等号，可我们也同样无须讳言，"自我"某种程度上的丧失和扭曲，在当时特定的社会环境中确实发生过。

宗璞的《我是谁？》是第一篇触及这类题材的作品，具有开拓性的意义。她既没有因为这类题材的尖锐和敏感性而却步，也没有落入西方类似题材的思想窠臼，而是忠实于生活本身，并从中得出自己的独到见解。

《我是谁？》的背景是我们记忆犹新的横扫"牛鬼蛇神"的动乱时期。一解放就从国外归来的女教师韦弥，遭受到丈夫自杀身亡的强烈刺激和被诬为"特务"的心灵损伤，堕进昏昏沉沉的幻觉境界。一个不可排解的疑问像梦魇般缠住她，折磨她：我究竟是谁？这似乎是个不成问题的问题，然而在那一切都颠倒错乱的岁月，却成了最最模糊和没有答案的难题。不是吗？韦弥爱祖国，却被打成"特务"；她是"人类灵魂的工程师"，却被斥为毒害青年的"狗"；她是人，却被剃着"阴阳头"，像虫一样任人恣意侮辱和践踏。更可悲的是，这一切打着革命旗号的行动使真心拥护革命的韦弥对自己也产生了怀疑：自己的本质是什么？是好人还是坏人？是人还是虫？这不仅是韦弥而且也是当时许多人痛苦困惑的问题。这一古怪社会现象的本身，就是对十年动乱的针砭和揭露。

这是一篇由韦弥幻觉构成的作品，里面缺乏对现实生活的精确细致的描写，一切都染上了韦弥强烈的主观色彩。主人公就像忽然被抛入意识的洋面，昏迷不醒，漫无目的地漂流，不时有潜意识的浪花簇拥着。宗璞选用这种手法是寓有深意的。只有在梦境和幻觉错觉的孤岛上，受自我和超自我控制压抑的潜意识才有较自由流动的土壤。韦弥对“我是谁”这一类隐伏在潜意识深层中的尖锐问题的思索，在当时的环境里，也只有在幻觉中才能得到充分表现。

同样的手段可以从西方现代派的作品中看到。在问题的答案上，宗璞却和他们分道扬镳了。他们或者认为“自我”是千变万化、不可捉摸的，或者主张“自我”的核心是性本能和下意识，结果总把作品导向颓废和虚无主义。而《我是谁？》里，韦弥的眼前出现了一幕幕幻境，她撞见的“自我”一会儿张着血盆大口，一会儿是一朵洁白的小花，一会儿变幻成毒虫；但最后她瞧见黑色的天空上出现雁群组成的明亮的“人”字，它们连结成集体，奋力向远处飞去。这就不仅运用象征手法揭示出“自我”的本质是人，而且更深一层地暗示出人应是集体的一分子，是社会中的人，是富于斗争精神的。

韦弥的结局是悲惨的，她一头冲进了湖水。她的悲剧在于，她认识到自我的本质是人，因而要维护人的尊严，不能忍受非人的遭遇，可是她没有领悟到人需要投身于集体，要与邪恶势力积极地抗争。因此，天空中的“人”字，她仅仅理解了一半含义。自杀，这种消极反抗方式是不足取的；然而我们又深深地同情这位弱者，她是使人丧失自我、把人变成虫子的那个逝去的黑夜里的牺牲品。

《蜗居》在艺术上是《我是谁？》的进一步发展。在《我是谁？》里，宗璞对新的艺术手法的借鉴还是尝试性质，还留有一些过渡与生硬的痕迹，而《蜗居》里，这一切已达到了水乳交融的地步。小说从场景、情节到人物形象都显得荒诞，弥漫着梦魇般的、神秘的、超自然的氛围，犹如身随主人公在流溢着夜雾的梦乡观看一幕幕假面舞会。然而正如卡夫卡说的：“梦境揭示现实。”宗璞并没有转移对现实人生的关注，相反，她寓严肃于怪诞，借虚幻写真实。

十年动乱的历史本身就是现实与荒诞的畸形儿。人妖颠倒，是非混淆，现代迷信盛行，人被异化和扭曲，这一切为宗璞提供了丰富的素材和尝试新的表现方法的可能性，这也是理解《蜗居》的钥匙。

从梦幻般的内心独白和超现实的场景描写开始，作品把人引入恍惚迷离的境界。接着，作品中的“我”上天入地，历经人间、天堂和阿鼻地狱，目睹古今中外各种变形的人物和现象，结束了整个黑夜的梦。这篇怪诞的小说究竟在表现怎样的主题呢？小说结尾处是这样写的：“这一切都在黑夜里发生过了。既然天已黎明，又何必忌讳讲点儿古话呢！”作者在提示我们：《蜗居》是试图对十年动乱整个社会面貌作独特的艺术概括。

几千字的短篇小说与囊括如此巨大和丰富复杂的社会内容，必然形成内容与形式的尖锐矛盾。这里单靠现实主义的表现方法是不够的，必须透过现实的外壳切入事物的本质。因此作者借助表现主义的艺术手法，力求达到内容与形式的高度统一。

表现主义是小说和戏剧领域里的象征派，他们强调描写永恒的品质，笔下的人物往往是某些共性的抽象和象征。由于他们注重内心活动、直觉和梦幻，因而采用内心独白、梦境、假面具、潜台词等手段来表现人物的思想感情。力图从作者的主观想象出发，为了凸显事物的实质，往往故意歪曲客观事物的形象，追求“神似”。

在《蜗居》里，可以看到大量变形并具有某种共性的人和事物，他（它）们不但象征着十年动乱中各类人物及其行为，而且象征着环境、年代、社会现象等等。前者如机器人似的方方的壮汉，背着蜗壳有两个触角的人，手臂变成探照灯的帮凶，举着自己头颅当灯点的勇士，用掌心雷把人压入地下的高高在上者，等等。后者有庙堂，黑夜，丝绒沙发，血液，面具，涂画图案，蔓藤，天堂和地狱，等等。这两套在象征中浸泡过的意象体系纵横交叉，编织成整篇眼花缭乱的情节和朦胧迷茫的梦幻世界，网罗巨大的内涵。读者想象的翅膀不用担心会撞上四周墙壁，可以依据自己的生活经验去猜度、联想，补充象征假面具背后隐蔽着的各色面庞。甚至可以这样断言，《蜗居》的内涵具有某种程度的不确定性，对它的理解会在特定主题的基准线上下浮动，这是《蜗居》运用独特艺术手法的必然结果。

于是，我们不难理解作品表现了人与社会之间关系的异化。在“四害”猖獗的特定社会环境里，人异化为蜗牛样的动物，企图靠蜗壳来保护自己，然而自私的动机并不能改变灾难性的命运，他们既可悲又可怜。另一类靠捕捉蜗牛为资本飞升天堂抢一个座位的方方的机器人，面目可憎又可笑，真正可敬的是高举自己头颅照亮黑夜的无私无畏的勇士，他们向沉沉黑夜和邪恶势力挑战，坚信“总有一天，真理无须用头颅来换取”。作者描写这三类变形的人物及其命运，正是要告诉人们：对异化为人的对立物的社会环境，利己的蜗居毫不足取，无私的抗争才是正途。

三

艺术形式和表现手法毕竟是外在的，作者的美学思想往往是选择它们的依据和作品的灵魂。不从这一点入手，就难以摸清作品内容与形式的内在脉络和作家的艺术发展蹊径。对宗璞作品艺术形式的分析就遇到这样的困难。她用两把板斧劈出了两条泾渭分明的小溪，然而，当我们翻山越岭，溯流而上的时候，才发现这两条小溪原来出自同一源头。

宗璞对自己的作品有这样的要求：“我以为艺术都应该给人想象、思索的天地，应该‘言有尽而意无穷’。中国诗特别有此长处。我很注意作品的‘余味’。”主题的隐约含蓄，内涵的不确定性和多义性，作品耐人咀嚼和回味，一直是宗璞艺术追求的目标。

这种美学观使得宗璞去努力继承中国古典诗歌的优良传统。中国古典诗歌的美学理论历来推崇含蓄隐约和内涵的多义性，强调“品味”。钟嵘“文已尽而意有余”，司空图“象外之象，景外之景，韵外之致，味外之旨”，“识者期之，欲得愈分”，翁方纲“盛唐元是真诗，横看成岭，侧看成峰，随其人自得之而已矣”即是。这就把创作过程和欣赏过程置于天平的两端，既要求诗给人思索和想象的余地，又要求读者凭借想象和思索去发现、丰富诗的内涵。宗璞正是在这点上将小说“诗化”了。在《核桃树的悲剧》《米家山水》《熊掌》里，我们通过貌似平淡的情节，领略到作者含有的韵味无穷的意境，仿佛啜饮一杯新茶，回味不尽；又宛若吟咏李商隐的无题诗，靠思索和想象才能捕捉到隐匿在背后的主题，结果又往往是“仁者见仁，智者见智”。

这样的美学观无疑是深得艺术规律真谛的。艺术创作和欣赏的规律实质上也就是美的规律，而概括地说，美就是人的本质力量的感性显现。马克思在《1844年经济学—哲学手稿》中指出：“自由自觉的活动恰恰就是人类的特性。”自由，指的是人能够掌握和使用自然规律；自觉，指的是人的活动是有意识、有目的的。这两者是人区别于一切动物的本质特征。当文艺作品通过感性形象表现了人的合规律、有意识的创造性实践活动即生活时，就蕴含着美的价值；而读者通过作品联想到生活时，也会产生愉悦的审美享受。这是问题的一方面，另一方面文艺作品也是作者个人创造性思维活动的结果，体现了作者个人的本质力量和价值，所以尽管创作是项艰苦的劳动，作者仍然会在作品完成后有美的快感；文艺欣赏活动同样如此，读者不仅联想到生活而感受美，同时联想活动本身也实现了个人的本质力量，从而增添审美快感。

从根本上说，艺术的生命、美的秘密就在于有限的偶然的具体形象蕴蓄着无限的必然的思想内容。恩格斯说：“作者的见解愈隐蔽，对艺术作品来说就愈好。”巴尔扎克曾把艺术作品的任务说成是“布置方程式的符号，而并不想解决它”。这就是要求文艺作品耐人咀嚼，耐人思索，留给读者想象、解释和再创造的广阔空间，让读者根据自己的生活经验和知识来理解、补充并丰富作品的形象和内涵。

在这里，我们不难找到开启宗璞艺术探索道路上的另一扇门的旋钮。在《蜗居》和《我是谁？》里，宗璞较多地借鉴了外国现代派的表现方法，然而她自己说：“我在写作中并未有意识地吸收西方现代派手法，可能因读过一些，不只现代派，写时觉得这样表现方便，便这样写。”这清楚地表明，宗璞选择这种貌似光怪陆离的表现方法，其美学基础依然同追求小说的“诗化”一样，让读者在更大程度上实现自己的本质力量。这两类小说中经常泛腾飘忽着的或浓或淡的象征之雾，需要读者以思索的轻风去吹拂，方能看清作品的题旨。

任何一种艺术表现手法都应该遵循美的客观规律，西方现代派表现方法中一些合理的值得汲取的因素亦是如此。《我是谁？》中那一层又一层不断流动的潜意识，《蜗居》里那一幕又一幕背景不断变换的假面具，都促使我们透过作者提供的荒诞的异乎寻常的形象，去开掘作品里更深层的意蕴珍宝，这几乎同《核桃树的悲剧》和《熊掌》为我们展现的丰富内涵的意境，有着异曲同工之妙。

这就是宗璞作品在艺术上的独特性。一般的小说发表时创作过程已经完成，而宗璞的作品却并未终止全部的创作过程，也就是说，它仅仅完成了作者的那一半，另一半却要靠读者的再创作去完成。后者所获取的审美愉悦也许因为欣赏能力的更大实现比前者更丰富更浓烈。

宗璞在艺术上探索、创新的意义和启迪就在于此。我们期望她迈出更大的步子，写出更多更好的新作品。

附：宗璞给方克强、费振刚的信

方克强、费振刚同志：

收到十一月九日信，很为我们七七级大学生的水平高兴，也为你们对作品的了解高兴。你们对我作品写的是什么和如何写的理解，大体来说是正确的。

一、我自一九七八年重新提笔以来，有意识地用两种手法写作，一种是现实主义的（不过我的现实主义也总不大现实，有些浪漫色彩，我珍视这点想象），如《三生石》《弦上的梦》等；一种姑名之为超现实主义的，即透过现实的外壳去写本质，虽然荒诞不成比例，却求神似。不知以后是否会结合，但在相当长的时间内，我想使两者特点各自更加突出。不知你们以为如何？

我所说的现实主义和超现实主义并不同于文学史上在一定时期内的一定流派，只是笼统地借用名词。超现实主义顾名思义，是与现实主义不同的，不拘泥于现实世界的现象，但并非脱离现实，也非与现实相对立。西方超现实主义流派中有些作品的意识脱离现实，非我所取。对于我的这两种写法，也许以后会有更合适的名称。

二、《贝叶》并不是短篇小说，而是童话，应不在你们文章范围之内。发表时刊物未注明，也有人误认为是一种怪诞的小说。严格说来，《鲁鲁》属于前一类。你们的解释分析也可以是一种理解。可以说，我的这一类写作受到西方现代派手法的影响，但我未有意识地学哪一家。写时觉得这样表现方便准确，便这样写。我想，西方表现主义、超现实主义的作品并非全是呓语，而有可借鉴之处。只是必须使它化入自己的作品，成为中国的，我的，才行。这两年我常想到中国画，我们的画是不大讲究现实比例的，但它能创造一种意境，传达一种精神，这就是艺术的使命了。这方面的想法我以后在作品中还会表现出来。近来听得有人讲解德彪西的音乐，也说和中国画有相似之处。我国画论中有许多卓见，实可适用于各姐妹艺术。

你们的评论文章，可就你们的所见比较分析。和西方现代的东西相较，拙作的思想内容是不同的，这点你们也说到的。

三、我以为艺术都应给人想象、思索的天地，应该“言有尽而意无穷”。中国诗特别有此长处。我很注意作品的“余味”。你们讲的美学道理很好。你们对《熊掌》的理解，我很感谢。有些朋友以为这篇小说仅只描写了身边琐事。你们信中所说的，使我得知，我想要传达的，已经传达到了。

四、我没有很好地想过自己的创作道路。是否已形成了道路？好像不过几个脚印而已。至今我写的还是太少（太少了！）。我在创作中遇到的问题大都是外在的。最苦恼的是没有充足的时间写出自己想写的（太多了！）。至于风格的变化，读者和评论家会更清楚，是么？

不知这答卷是否有助于你们的评论。我们的文学事业需要理论家，我一直深有感焉。评论文章究竟表现的是评论者的看法，你们只管放手写罢。

题目中“创新”二字可删。

甚望指出不足，以资长进。

宗璞

1981年11月14日

原载《钟山》1982年第3期

从宗璞看中国当代年轻的女作家

[美]李又宁 著　方仁念 译

译者按：一九八二年五月二十八日至三十一日，在美国纽约圣若望大学召开了中国当代现实主义文学新形式问题学术讨论会。该校亚洲研究学院李又宁教授在会上作了发言，题为《中国大陆年轻的当代女作家》。她不仅是一位严谨的历史学者，有《吴晗》及关于秦始皇、商鞅变法、中国女权运动等论著，同时也是一位富有细腻感情的作家，特别关注中国当代年轻女作家的成长，力图通过发言与论著，引起美国读者对她们的注意。

李教授的那次发言原文很长，这里节译了引言及第一部分，译文经她审阅过，并作了补正。

我是一个历史的学徒。对一个历史的学徒来说，任何文字——优美的鸿篇或零星的小品，小说或报道，诗歌或戏剧，都可能是有价值的史料。正因为历史应该是男女两性共同生活的完整记录，所记的不只是名人，且广及一般人民，所以最近大陆的年轻女作家对自己具有特别的吸引力。她们非常生动而又意味深长地描写了当代妇女的日常生活，而且从她们的作品中，可以瞥见中国知识分子中年轻一代（不论男女）的生活和思想。与当代的男性作家或前辈女性作家相比，大陆年轻女作家在海外的知名度相对是低些，这就更值得推荐。

由于目前大陆新起的、可注目的女作家为数不少，她们笔墨所涉及的领域又甚广，而且由于教育和经历的不同，她们刻画的人物各具特征，着重的主题和所运用的技巧也互不相同，因而要从中选择几位加以评述，实在感到难以下手。无论是宗璞、谌容、张抗抗，抑或张洁、戴厚英，她们每一位的作品都能震动读者的心弦。

宗璞的父亲是著名的哲学家和学者冯友兰先生，而姑母冯沅君（1900—1974）又是一位名作家，并攻研文学，著述甚多。

宗璞自小爱好文学、美术和音乐。音乐、音乐家和画家，时时在她的作品中占有显著的地位，她的散文颇具韵律美。但她更热爱的是文学，曾写道："我热爱文学。八九岁，看《红楼梦》《水浒》已不能释手。……纸笔的分量很轻，但留在纸上的是无法衡量分量的血肉。"①

（她发表的小说）《红豆》曾被批判过，说是"鼓吹超阶级的爱情"和"宣扬资产阶级的恋爱至上"。事实上宗璞最着力的是怎样把故事写得感人，一般的理论诠释非其旨意所在。主人公江玫不像刻板的革命女英杰，她经常生活在自己的小天地里，纯洁善良，多愁善感，容易流泪，以致得到了一个绰号"小鸟"。可以说，江玫是一个典型的宗璞式的女主人公。她参加学生运动的主要原因是个人的。因为她亲近的女友肖素是一个活动分子，于是她跟着肖去办壁报，参加歌咏团、新诗社等等。一九四九年金融的纷乱，物价的飞涨，也"影响着江玫那平静温暖的小天地。母亲存着一些积蓄的那家银行忽然关门了，江玫和母亲一下子变成舅舅的负担了。江玫是决不愿意成为别人的负担的，她渴望着新的生活，新的社会秩序。共产党在她的心里，已经成为一盏导向幸福自由的灯，灯光虽还模糊，但毕竟是看得见的了"。

可见宗璞对于她的每个主人公的个人生活命运的关心，远过于她对围绕并支配她们生活的政治与历史事件的关心。从个别的命运引申开去而作出一般的结论，此非宗璞所好，她宁可让读者自作结论。用中国文学批评的术语来说，她的作品是含蓄的，这是她与激情的或政治性强的作家的不同之处。江玫性情

---

① 丁玲等：《当代女作家作品选》，广东人民出版社1980年6月版。

温和，但柔中有刚，她会流泪，但不屈服于感情。她既不同于丁玲的莎菲，也不像社会主义现实主义的某些流派所写的标准女英杰那样雄赳赳、气昂昂。

《红豆》的主题是未完成的爱，人生无法弥补的缺憾。这个主题以及与江玫类似的人物，在宗璞近年的作品中继续出现着。例如短篇小说《弦上的梦》。故事发生于一九七五年的北京，女主人公慕容乐珺是一个艺术学院的大提琴教师，五十多岁，未婚，与她年轻时爱上了的、在“文化大革命”中被迫害致死的一个党员干部的孤女梁遐，组成了一个小“家”。宗璞充满同情地刻画了这两个人物。不像许多定型化的政治活动分子那样，梁遐具有一般人的弱点——她骄傲、自私、冲动，并像许多她的同时代的青少年那样，是彷徨的，愤世嫉俗的，缺少教育的。但她性格中有更显著的可钦佩之点：她探寻一些使自己生活有意义的事物，也有勇气为正义而冒险。乐珺并不是与梁遐相对立的人物，尽管她忧虑，倾向于避免政治的风险，经常为梁遐和她的伙伴们担心，然而她并不怯懦。梁遐失踪以后，听说领导将审查她和梁遐的关系，乐珺毫不畏惧，大声地说：“她是我的女儿！我认她做我的女儿！”在紧要关头，她非常坚定，有似江玫最后决定与齐虹分手一样。柔中带刚，正是中华女性可敬的一面，宗璞善于把这种性格刻画得入木三分。（李子云文章中认为）宗璞“所选取、所塑造的人物的性格、气质，都有那么一股让人感到灵魂纯净的‘兰气息’‘玉精神’。……她们不仅对个人的伤痛能取豁达态度，还不忘给别人以温馨，显示了中国妇女特有的貌似柔弱而极坚韧的精神”[①]，这话是说得很中肯的。

宗璞虽不说教，但深于思考。她毕竟是一位哲学家的女儿。在近年的作品中，她直接提出一些哲理和心理的问题。试举一例：《我是谁？》，与其说它是一篇短篇小说，不如说更像一则哲理性寓言。科学家韦弥和她的丈夫从海外回到祖国怀抱，献身于发展祖国的科学事业，却在“文革”中惨遭批斗、毒打和辱骂，于是精神崩溃。韦弥觉得自己变成了一条大毒虫，四周的熟人也都变成了毒虫，痛苦地爬着。人变成低等动物，象征着处于非人的境地。这观念无

① 李子云：《净化人的灵魂——读〈宗璞小说散文选〉》，载《读书》1982年第1期。

疑来自卡夫卡的《变形记》。但是，宗璞不像卡夫卡那样悲观。文末的结语："然而只要到了真正的春天，'人'总还会回到自己的土地。或者说，只有'人'回到了自己的土地，才会有真正的春天。"此语显示：宗璞相信人的尊严及其实现的可能性。在其他的作品中，她也表达了这种希望。这不仅是宗璞的希望，也是当代中国作家（不论男性或女性）共同的希望。另外还有一点，宗璞与卡夫卡的不同在于她相信：只有参与有意义的社会生活，个人才有尊严和价值。这种看法隐含在她所有的作品中，简明地表现于乐珺的回忆："在社会主义祖国的怀抱里！那五十年代的日子，是多么晴朗，多么丰富呵！乐珺觉得自己虽然平凡渺小，可就像大海中的小水滴一样，幸福地分享着海的伟大与光荣。"

在语句的排列、技巧、词汇和心理分析等方面，都可看出欧美文学对宗璞的影响。近数年来，法兰兹、卡夫卡给予她一种试验创新的境界。然而，她的热爱自然、情景交融的写作技巧以及优美、高雅的文体，又足征她继承了中国文学的优良传统。

这样一位五十年代就崭露头角，而且秉赋和修养不凡的作家，却在一九六三年至一九七八年间，正值她的盛年，由于种种不利的批评和政治风云，她的笔尖积尘竟长达十五年之久。到一九八一年，她才有了第一个集子——《宗璞小说散文选》问世。在这本书的"后记"里，她语重心长地说："我感慨。写作三十年来……只有这样一本薄薄的书，怎不令人感慨！……然而，这怪不得我。"同年，她又出版了一本中篇小说《三生石》，塑造了又一个宗璞式的沉静而又坚强的女主人公柳菩提的形象，甚得好评。她总算不幸中之幸者！实在不能不为宗璞，为许许多多中国大陆的优秀作家，为现代中国文学概叹！不过，也许从另一方面来看，劫难未始不是磨炼意志、诞生有价值的文学的熔炉！

原载《文艺理论研究》1983年第3期

小说和我

宗　璞

在《三生石》正文前，我写了这样一句话：“小说只不过是小说。”这话对小说本身并无贬义，只是希望读者把我的小书只当作小说，而不是当作历史，或个人档案来读。前年香港的晚报上有一篇评论《三生石》的文章，开头引了这句话：“‘小说只不过是小说’——但透过小说可以反映现实社会的种种现象，也可以塑造各色各样的人物。”这自然是对的。英国女小说家奥斯丁曾为小说抱不平，说甚至在小说里，小说自己也受到歧视。她为了反驳这歧视，有一段关于小说——尤指长篇小说——的名言：“小说家在作品里展现了最高的智慧；他用最恰当的语言，向世人表达他对人类最彻底的了解。把人性各式各样不同的方面，最巧妙地加以描绘，笔下闪耀着机智与幽默。”（引自杨绛译文）我们写小说的人，实应力争做到她对小说的要求，那是很不容易的。

小说常常没有做到那样完美，却也有很大影响，有时的影响大到不可思议。近人梁启超很看重小说的作用。他说，欲新一国之民，不可不先新一国之小说，欲新人心，欲新人格，必新小说。因为小说可以在不知不觉间改变人的精神面貌。他甚至把中国过去政治腐败的总根源归结于陈腐小说的影响，那些旧小说的主人公后来都当了状元宰相，宣扬升官发财思想；主人公无不得娇妻美妾，使人做无聊的才子佳人梦。他的看法，当然是本末倒置的，所持的根本观点不是存在决定意识，而是意识决定存在。但是他对小说的重视，对小说影响的估计是有道理的。比起历史、哲学或任何文字著作，小说更接近人的生活，也更能从根本处反映人生，因之能熏浸濡染，潜移默化。这是哲学家有时也会遗憾的。

有如此功能之小说，总应该写得好一点。窃以为小说若要有好影响，应具有社会性、可读性和启示性。

一九四九年建国后，尤其是一九五七年以后有一个流行说法，即文艺是社会动向的晴雨表。因为有这样的看法，当时的批判大都是文艺界首当其冲。其实这本是一句实话，说明文学艺术对社会生活的感受是最敏锐的。我想文学的价值也在此。如果它不是从生活里来，不反映生活中的晴雨，而只是图解政策，就没有任何力量。新时期以来我们文学出现了繁荣局面，也是因为我们写了人民大众切身的经历和感受。人们在作品里倾吐自己多年压抑着的悲痛，抚一抚伤痕，这是必要的。文学作品应该反映社会的真实情况。

我的有些作品不注重情节，也不用白描叙述的手法，有些费解，遂贻“曲高和寡”之讥。其实我以为小说之为小说的一个重要条件是：能够引人入胜，使人不能释手。也就是说小说应该是让人看得下去，有其可读性。不过这里说的可读性不是躺在花园里或坐在火车上随便翻翻，而是要认真地读。小说要经得起认真地读，也要吸引人去认真读。五十年代时我曾听我们的前辈作家老舍说，写东西要使人能感觉到：你描写冷，读者也打哆嗦；你描写热，能让人脱掉大衣棉袄。他去世后发表的《正红旗下》有一段文字写北京的风，读的时候真想擦擦桌子，真觉得到处都是黄土。伊丽莎白·波温的小说《心之死》里描写伦敦的雾，读时使人窒息。这段描写可算是一个历史记载，因为伦敦已经没有雾了。总之，小说应该能感染读者，使读者共鸣。

小说还要经得起思索，也就是要对读者有所启示。我们新时期的好小说在社会性、可读性上大体做得到，但还少真正有启示的作品。鲁迅的《阿Q正传》《狂人日记》给我们多少启示！简直是当头棒喝，让人不能不思索我们国民性中的弱点、我们历史传统中封建礼教的危害。中国古典小说《金瓶梅》和

《红楼梦》一比较，便可以看出优劣，前者只是描写人情世态栩栩如生，反映当时社会情况，后者除也做到这些，还有理想的光辉，有一种诗意贯穿全书，因为它的作者对社会人生有他的看法，有他的向往、遗憾和悲痛。伟大作品总有巨大的思想内容，对人有所启示。但这思想内容绝非作者在说教，而是通过作品本身给予读者。

我自己在写作时遵循两个字，一曰“诚”，一曰“雅”。这是我国金代诗人元遗山的诗歌理论。郭绍虞先生将遗山论诗总结为“诚乃诗之本，雅为诗之品”，我以为很简约恰当。没有真性情，写不出好文章。如果有真情，则普通人的一点感慨常常很动人。如果心口不一，纵然洋洒千言，对人也如春风过耳，哪里谈得到感天地、泣鬼神！文学必须真实地反映人生才能获得自己的生命，这一点是新时期作家们普遍的认识。鲁迅所说的瞒和骗的文学是没有市场的。只是要做到“诚”，不瞒不骗，并不容易。要正视生活需要很多条件，如本身的理论水平、处世能力、勇气和毅力等等。能够认真地看清楚了，还要认真地写出来，就更是谈何容易！

“雅”可以说是文章的艺术性。要做到这点，是否只有一个苦拙方法，就是改，不厌其烦地改。“文章是改出来的”，这是一句尽人皆知的话，但这句话包含多大的耐心，恐怕也只有作者自己知道。

我的作品简单地说，可分为两大类。一类是现实主义的，照现实的样子写。有一位前辈曾谆谆教诲我这样写。我以为有道理。有一天忽然悟到《红楼梦》里写了几百个年纪差不多的女孩儿，而能各有个性，并不重复，可能因为作家在现实生活中便接触了这样多，也许更多的女孩，把她们写下来，自然便不同，因为世界上没有哪两个人是一样的。我的这类作品有《红豆》《弦上的梦》《三生石》等，窃称之为外观手法。另一类我称之为内观手法，即透过现实的外壳去写本质，虽然荒诞不经，却求神似。中国画讲究“似与不似之间”，讲究神似，对我很有启发。中国画论以山水画为最高，并主张不做自然皮相之模仿，而为诗人理想之实现。有的名画看上去似乎不成比例，却能创造意境，传达精神，给人许多画外的东西。绘画和文学是两种艺术，所凭借的手段不同，但也总有相通之处。我是在尝试这样写。

卡夫卡是文学上的一个怪杰。他的《变形记》《城堡》写的是现实中不可能发生的事，可是在精神上是那样准确。他使人惊异原来小说竟然能这样写！把表面现象剥去有时是很必要的，这点给我以启发。写作手法是为内容服务的，怎样写要依内容要求而定。

有的评论说我的两种写法有汇合趋势。我主观上不打算汇合，而想使之各自发挥，使各自特点更突出。不过我的外观写法有不少浪漫色彩。而用内观写法时我主张在细节上要注意符合现实。就是说前者也有不似处，后者要特别注意其似。长远以后也许会汇合，以后的事，现在难说。

读小说是件乐事，写小说可是件苦事。不过苦乐也难截然分开。没有人写，读什么呢？下辈子选择职业，我还是要干这一行。下辈子再下辈子，那时可能争夺读者的不只是电影电视，还有新发明的想象不出的什么新奇物品。不过我相信总还是有人爱读小说，也总还是需要有人写小说。

原载《文学评论》1984年第3期

论宗璞

陈素琰

她有自己的天地

——宁静校园的一角

不知意味着有幸还是不幸，这位女作家始终生活在这样的环境里——高等学府幽静的校园的一角。水木清华的一石一水，燕园的浓荫僻径，从童年时代以迄于今，除了特殊的离乱，它们始终滋润着、陶冶着宗璞的心灵。可以说，她始终生活在中国高层的知识分子群中，与他们学业的专攻、崇高的操守、事业成就的欢欣，以及家国危亡的忧患深深地纽结在一起。宗璞本人五十年代初毕业于清华大学外文系。而她生长的门第又是世代书香，父亲、姑母等都是全国著名的学者。命运之神对她优厚有加，一下子便置她于中国最深厚的文化渊源之中。因此，人们不难看到她的创作和中国悠久的历史、文化传统，知识阶层的气质、情操以及生活方式的或隐或现的，然而又是千丝万缕的联系。通过宗璞作品所展现的生活环境和人物内心世界，我们处处可以寻到中国哲学、中国文化艺术深远的、潜在的、溶解性的影响，从而赋予它以特有的幽雅、淡泊、洒脱、内省的精神风貌。

她的创作如她的为人：真诚而严谨。她完全写与自己特定的生活环境和特定的生活阅历有关的人物事件，写自己感受最深的东西。她说过："许多文字，都不止一次地出现在我的梦寐之中。"[①]正因为她与这座古老都城的西郊文化区的特殊联系，从《红豆》起始，她便致力于写校园内发生的事情。她笔下的成功人物形象，都是具有较高文化素养的知识女性。（有人说，她的人物几乎没有出过燕园）写她们随时代漂流的命运，写她们真挚的追求、失落与获得的欢欣。拥有高度文化的中国上层知识分子，成了宗璞创作的独特的对象世界。她获得了为她所有的一角土地，甚至可以说，获得了别人难以夺去也无法替代的一角土地。她静守她自有的土地。尤其在经过时代动乱从而获得人生和艺术的痛苦经验之后，她更坚实地回到这块土地上，真诚地，甚至不免寂寥地进行艰辛的垦殖。

她站在这里，寻求把目光投向时代、社会和人生的窗口。也许应该感谢风云激荡的时代，使中国广大知识分子都经受了政治斗争和群众斗争的磨砺，使他们有此机缘把双脚紧紧踩在现实生活的土壤之上。一位当代诗人说过："我虽然住在北京这条僻静的、窄小的胡同里，但风暴般的世界，却紧摇着我的房门。"[②]宗璞这僻静的校园的寓所，何尝不是处于各种风暴的摇撼之中！正是因此，宗璞笔下的校园世界，依然失去了人们意念中的静谧和肃穆，却始终鼓涌着当代生活中纷飞的风云：《红豆》中的教会学校奔腾着如火如荼的学生民主运动的激流；《知音》的主人公，通过校园幽静的小径，走向了一代青年向往的解放区。在《我是谁？》《三生石》中，小小勺院发生的生活变异和突然降临的灾祸，正是我们整个国家民族陷于空前劫难的剪影。宗璞提供给我们的，正是这样一个窥见人生激流的窗口。近年来的作品，宗璞偏重于普通知识分子平常生活的刻绘。在这些并不重大的题材中，我们依然强烈地感受到新生活的新信息——新生活的杂沓喧嚣和人们对生活的新的思考和奋斗。一个民族从停滞走向跃动的失去平静的时代，难得保持一角静谧的山水。事实是，她即

---

① 宗璞：《宗璞小说散文选》，北京出版社，1981年4月第1版。

② 李瑛：《献给火的年代》，作家出版社上海编辑所，1964年8月第1版。

使想如此，也未必达到，何况她的心，本来是向着美好的人生的。

她有一贯的主题追求

——高尚美好的人生

——若能为徘徊在十字路口的人增添一点抉择的力量，或仅只减少些许抉择的痛苦，我便心安——这是宗璞《小说散文选》的题语，来自灵魂深处的声音。宗璞把她三十余年来为之血肉销魂的文字，都用来探索人生之路。人生的道路曲折多艰。如何使人生富有意义，使平凡的生命获得价值，使人的心灵纯洁，精神崇高，使漂泊不定的灵魂能有一个美丽的皈依，可以认为是这位艺术个性独特的女作家不离不弃的向往和憧憬。论及她笔下的人物，不管是祖国青春时代的热情、纯真的江玫、苏倩，灾难时代历尽沧桑的菩提、方知，还是历史性转折时期生活激浪中的米莲予、柳清漪，她们的心灵无不回响着人生追求的呼唤。宗璞的作品并非以主题的浩博或撼人心弦的思想力度称雄，但却以心灵的高尚和净化的寻求，予以温煦的启迪。

事情应该追溯到五十年代，她的成名作《红豆》即揭示了抉择人生的主题。江玫和齐虹的爱情离异，决定于他们人生道路的分野。那是光明与黑暗决战的前夜，也是人们重新抉择人生之路的交叉路口。江玫这个生活在平静小天地中的女大学生，在时代大波的撞击下，萌生出对革命的向往和对新生活的渴求。这就导致了她与齐虹的爱情危机。江玫明知这种爱情不会有结果，但又怯于割舍，陷于难以自拔的困境。这位性情柔弱的女性，毕竟走向了坚强，她终于挣脱了感情的羁绊，投身于民主运动的激流。

《红豆》最大的特点是真诚。我们拨开纷扰的爱情雾霭，透出的正是主人公热诚透明的心。江玫的信赖和向往，也是祖国黎明期那个生机勃发年代一整代人心中拥有的真诚信念。《红豆》写的是一个真挚的、富有悲欢苦乐的、复杂的内心故事。它毫不掩饰地写出江玫在追求理想道路时，对个人情感的眷念与追怀，从而呈现了一个生活条件优越的青年女性抉择人生道路的艰难与曲折。《红豆》当然保留了那个时代过分的单纯感，但却以它的诚挚和时代真实性，获得了久远的艺术生命。它如同一个并不消逝的青年时代的梦，始终保留在人们美好的记忆里。

从五十年代到六十年代初，宗璞始终处在理想境界和现实生活的充分和谐之中。这个时期她的人生理想主要来自新社会的教育，深刻地打上时代的烙印。不论是《红豆》还是《不沉的湖》《知音》等一类作品，它们表现的人生追求的内容基本是相同的，这就是：在共产主义理想的感召下，投身于崇高的事业，通过痛苦的自我改造（甚至是自我否定），走向集体，走向人民。也许今天的读者因不曾感染过五十年代那种单纯、热情的时代气氛，易于产生隔膜和遥远之感，但这是真实的时代的音响和脉搏。

一个作家离不开时代的囿域。当时代、社会发生了新的变异，作家必定面临对新的生活的思考和探寻。当十年的灾难过去，生活恢复了平静，向人们走来的是一个新的交替、大转折、大变革的伟大而又艰难的新时期。整个时代显得错综纷纭，凝重滞涩，人们也在国家民族历史性重负下憧憬、追求、奋斗。宗璞在这不平静的变动的生活背景上，重新陷入了对于人生执着的探求。

生活业已失去五十年代那份单纯和明晰，滞重和繁复，也给人们在探求人生之途中带来困惑。但毕竟，一个光明时代的曙色业已降临，从窒息中醒来的人们，不约而同地感受到了类似“五四”时期那种解放和创造的时代精神。人们的精神世界比较舒展，这正是艺术家们形成并体现自己艺术个性的良好时期。一个光明开放的时代，有充分的自信鼓励并尊重艺术家的个性化追求。对于宗璞个人来说，一个创作的新时代来到了：那种积淀在自身的中国哲学和中国古典文化的潜在因素获得了较充分的发展；中国传统知识分子的精神、品德、旨趣也充分地渗透到她的人物性格当中。是否可以这么说，五十年代，她的人生观念主要来自时代的教育，而这个时期的人生追求则比较多地呈现出中国传统的哲学观念和审美意识的影响。

宗璞在前进的生活中探寻，也在生活的探寻中前进——虽然她占有的依然是那平静的校园的一角。绾云和辛图（《团聚》的主人公），是五十年代的大学生，经过十三年的分居，总算团聚了。绾云从边远的草原，带着五十年代的纯真和美好的记忆，回到亲人身边。可是眼前的辛图，已改了旧日的容颜，特别是气质："发胖的脸在沉睡中也露出疲倦的神色。"他们花费了十三年的时间、物质和灵魂的消耗，以解决长期的两地分居生活。而这个目的的达到，却是以辛图灵魂的苍老与变异为代价。昔日的纯真、热情和理想也随着青春的消失而逐渐褪落和湮没。《团聚》证明宗璞在随着生活前进，她敏感地捕捉到了某些人生活日趋物质化的信息。她感叹理想在欲望面前的"让位"，人的价值观念以及人与人的关系受到世俗的污染。对于这种污染的愤懑也表现在《米家山水》和《核桃树的悲剧》一类作品中。她对社会上的这种沆瀣的小市民习气有难以适从的痛苦。对此，她不仅有愠而不怒的批判和鄙夷，而且也缕缕飘散着失落的怅惘情绪："她现在是和亲人一起走到平坦的路上了，但那完全消她饥渴的甘泉却不知在何方。那本该属于她的，属于她这一代人的。"（《团聚》）

宗璞仍在执着的寻求之中。合理的生活，美丽的心灵，崇高的人生，依然是她探求的核心。《团聚》中的绾云，始终在寻问人生的无限到底在哪里。这"无限"，也许可以理解为一种超时空的内在的、精神的美。《团聚》与谌容的《人到中年》和戴晴的《盼》题材相近，但却表现出这三位女作家不同层次的人生探求。它们有各自的价值。但《人到中年》和《盼》较逼近生活实际，更具干预生活的问题小说的尖锐。而宗璞则是在精神层次上进行探索。后者比前者似乎显得优雅、纯净，但在社会上的反响却没有前者强烈，因为前者与人民现实生活更贴近。

中国古典文化的潜在影响在宗璞此类作品中日益明晰，甚至构成了作品基调的意蕴。从《团聚》中辛图的舅舅那位老人那里可以窥测到中国传统知识分子道德风貌的延续。老人信守学业，而不随世俗蝇营狗苟。他只谋求在自己的本位上尽责的人生要义，以"春色三分，一分流水，二分尘土"的信念，泰然面对自己的寥落。《米家山水》中的米莲予则有一种中国写意山水那样的性格：恬静、雅致、悠远、淡泊，具有内涵的灵韵。她面对平庸纷扰的环境，寻求自己内心的净化，向往安徒生《海的女儿》那颗为了别人幸福，宁肯忍受痛苦和牺牲的美丽、善良的灵魂。她始终以严肃的自我审视，去寻求与刘咸的心灵沟通，最后甚至决定舍弃自己出国的机会，去成就刘咸的事业。但事实上这也未能如愿。

在这种现实与理想不相和谐的境况下，她为自己创造了一个美丽、纯净的理想境界，就是她和她丈夫各自的创作天地——古文字研究和中国画创作的世界。他们进入这个境界中超脱一切，并通过自省的智慧去成就自己理想的人格。小说以热烈的笔调，赞美这是中国文化的最高境界：清风习习，朝霞绚烂，一片宁静自得。宗璞创造的这种境界对探求人生意义来说，无疑有一种特有的向上力，使人产生一种超拔空灵的精神向往，向往个人思想的高尚，灵魂的纯洁。但就其变革和批判价值而言，却又表现了某一种回避。这种冰清玉洁的理想境界，容易诱人从现实中超脱，而以宁静自得去填补现实中的缺憾。这又不能不是中国传统知识分子某种人生哲学的弱点：过分强调自我精神作用，在现实面前缺少力量。这在宗璞近期作品中，乃是一种明显的倾向。

这种倾向在《核桃树的悲剧》中则以“弱者的自卫”，一种决然的超脱来护卫自己的人格操守。主人公柳清漪与她的核桃树命运相同，她身心交瘁，但从不懈怠。可叹的是连那种与世无争的要求也信守不住，只好亲手砍倒了与自己相近相似的核桃树，导致了“有用之材，不能终其天年”的悲剧。它得自《庄子》哲学的启示，发出了对特有的一类人的命运的喟叹，表达了对现实的某种关注。这种“弱者的自卫”显示了作者的愤激。记得孙犁说过：“凡是愤世嫉俗之作，都是因为对现实感情过深产生的。”（《耕堂读书记》）“弱者的自卫”表现了主人公在困境中不失操守的遗世独立的人格精神，这仍然体现了中国知识界的传统人格力量对于现代生活的渗透力。

生活的丰富纷纭，也显示了作者人生寻求的广阔。她也曾通过沈斌（《全息照相》中的实验员），不苟且于生活的积极创造，而对因袭保守的价值观念提出了怀疑。沈斌的最大特点就是在努力寻求以自己平凡的劳动为社会创造服务的自我价值。在五十年代的《红豆》中，宗璞曾经向我们展现那一时代青年的心灵世界。在那里，江玫以全部的赤诚把个人的理想、愿望、爱情献给了新诞生的社会。她意识到自己原有的、为她所眷念的世界与新的生活有着潜在的不和谐，她决断地否定了占据她的隐秘内心的一切，这对江玫来说，是一种痛苦的否定。因此，五十年代精神，在江玫身上强烈地体现为一种自觉的自我否定意识，这在那个时期是前进的和合理的。生活在发展，而且是经历曲折地发展。五十年代的江玫，换成了七八十年代之交的沈斌，他的性格的成熟，体现了生活的成熟。如今占据沈斌内心的并不是那种否定自我以适应现实的意向。作家痛感个性的消失，在沈斌一类人物造型上得到了补偿。从江玫痛苦的否定，到沈斌的痛苦地寻找个性的复苏，这里，我们可以谛听到作家跟随生活前进的、轻轻的，然而又是郑重的足音。

她有恒久的憧憬

——人间的友爱和温馨

像宗璞这样，深受中国文化道德的浸润，深受西方文艺复兴以来进步文学思潮的影响，又长期生活在五十年代以来人与人诚挚、单纯的关系之中的作家，她始终怀着人与人美好关系的憧憬，并渴求人情的温暖，是毫不足怪的。由于那个失去理智的时代的社会现实的触发，她曾在多篇作品中，蕴蓄了这方面的主题，并寄以深沉、炽烈的情感的呼吁。这其中，有对那个兽性年代践踏和污辱的愤激的抗诉，有对保持自尊、自爱的人格力量的探求，也有对业已失落的人世间温暖的寻觅。

《三生石》是一部描写灾难和痛苦的作品，却充满了对独立人格力量及对真挚的友谊和爱的赞叹。它在深沉而浩大的忧患背景下，写了菩提、方知、陶慧韵等几个文弱的知识分子，如何在灾难接踵几乎陷于绝境中，获得人生的信心并战胜命运的挑战。他们不仅从梅、兰、竹、石等中国哲学和艺术所追求的理想人格象征中，吸取“骨”和“志”的力量；甚至从老庄和禅宗哲理中寻觅解脱困厄的津渡。它们的超脱和彻悟，相信无所求也就无所失的自我超脱，这当然显示了出世和虚无。但在《三生石》的特定生活境遇下，透过超脱、避世的外壳，却更强烈地显示了内心的执着人生，对生命充满信念的光辉。因此，菩提和方知，在当时沙漠般的世界上，面临一个又一个的袭击，不畏惧，不哀伤，而是迎着苦难走去，在从容和缓之中，透出傲岸和坚毅。这部作品惊人之处是，它创造了一种沉郁的以柔克刚的美。

人们往往会在蒙受苦难的时候，萌发起慈爱和友谊的渴念。“菩提和慧韵做邻居不久，便常暗自庆幸。在那残酷的、横卷着刀剑般风沙的世界上，她们只要能回‘家’，就能找到一小块绿洲，滋养一下她们那伤痕累累的心。”窄小的勺院内，有着动人的爱和友情。陶慧韵身上表现的友爱如此博大，甚至具有殉道的色彩。她的超人的痛苦，超人的忍受，以及抛舍自己的慈爱精神，都超过了她自身的负荷力。在这种沉重的超载中，作者让我们感知到人类的善良、坚忍和牺牲等的道德力量。

《三生石》写了菩提和方知在苦难中的真挚的爱情。正如方知所说，如果他把自己的秘密和亲友商量，恐怕谁也不会赞成他的选择。但他那充满感情的没有患“硬化症”的心，指引他来到菩提身边。正是方知的爱使菩提这只漂荡的小船，从此依傍在三生石上，获得了生活的勇气和力量。同样，方知由于得到菩提爱情的抚慰，即使在囹圄之中，也感到与生活的联系如此亲密并坚韧。当人们处于绝境无以自援时，这种心灵的接近与沟通，便成了沉沉暗夜的一线光明。

而老齐夫妇、魏大娘等，都是一些平凡却同样经历了灾难的普通人，但他们坚忍顽强的意志和朴素的情感，为阴冷的生活涂上了暖色。人们可以从他们善良的形象中，找到野蛮暴虐之中闪着纯朴的人情的火光。宗璞理想的爱，是属于世世代代生于斯奋斗于斯的人民的。

作为探求人生并投身于创造新生活洪流的一员，宗璞对人们之间互相接近的渴求是热切的。她追求人与人在心灵上的默契和彼此间的互助互爱。她曾在祭拜澳大利亚作家劳森墓时，有感于劳森笔下那些充满同情心的人物，发出“人世间太需要这种同情、这种热心、这种体贴了”[①]的喟叹！在她表现新时期生活的作品中，始终回响着呼唤友爱的声音。在《米家山水》和《全息照相》中，我们会感染到一种人与人之间的隔膜和互不理解的怅惘。当我们的作

① 《我的澳大利亚文学日》，《世界文学》1981年第6期。

家追索《海的女儿》那个美丽的灵魂时，她萦念于怀的也就是那种为他人而牺牲的爱的崇高。我们甚至还可以从《米家山水》母亲口中“小星星，亮晶晶”古老而纯朴的儿歌吟唱中，接受友爱精神的陶冶，从而渴望自己也能如小小的星辰那样，互不排斥，各自发出亮晶晶的光芒，点缀那迷人的夜空。

宗璞确认：人生道路多艰。人们在战胜难关的人生途中，需要别人的慰藉和温暖。这一点，她与她的前辈作家冰心的探索与追求，有惊人的相似。这当然不是因为她们都是女性作家，恐怕还在于，她们的身世、经历、生活环境和文化背景都十分接近。在《寄小读者》中，冰心说过：“爱在左，同情在右，走在生命之路的两旁。随时撒种，随时开花，将这一径长途点缀得花香弥漫，使穿枝拂叶的人，踏着荆棘，不觉得痛苦，有泪可落，也不是悲凉。”不是悲凉，竟是淡淡的幸福，是温馨的慰藉，使人们在爱和同情的鼓励下，踏过荆棘，走过这一径人生长途。

她有宽广的艺术领域

——多样化的创作实践

人们认识宗璞，是从她的《红豆》所展露的艺术才华开始的。那时，她通过现实主义笔触，刻画了江玫这样一个单纯、充满理想的女性形象，留下了那个历史大转折时代（解放前后）一代青年知识分子真实的艺术造型。《红豆》的成功之处，在于通过细腻的心理剖析，把那种理智要割舍而情感上又难以割舍的爱情，写得缠绵委婉。它作为那个时代的青年处于重大的蜕变和跃起的情感和心理的形象记载，而保留在新时代的人物谱系之中。这个时期，除了《红豆》外，还有《不沉的湖》《知音》等作品，这些作品，对生活色彩的晕染，细腻的心理刻画，事件和细节的精心描绘，加上源自中国文学语言的优美和典雅，都表现了宗璞初期创作的现实主义才情。

在宗璞这里，现实主义如一道生命水，从五六十年代就开始潺潺流动。这股水后来曾遭到了阻碍，但未曾枯竭，而成为潜流。当一九七八年宗璞恢复创作时，它重新以动人的光彩涌出了地面。在《弦上的梦》《三生石》中，我们依然感受到这一创作思想的鲜活生命力。

上述两篇小说，依然通过平实的语言叙述，通过场景事件和细节组合描绘，再现了刚刚逝去的那一段最黑暗最痛苦的生活景象。那一场场令人揪心的批斗会以及无所不在的精神折磨，使人感同身受。尤其是通过纯熟的心理感受的抒写，记下那个风雨年代留给人们心灵上的刻痕。它依然采用现实主义笔墨，把灾难中知识分子的悲惨境地，写得细微真切，凄楚动人。

在宗璞创作的新的时期，她所一贯追求的现实主义，依然保留着朴素平实、委婉情致的风韵。不同的是，它业已失去五十年代的单纯和透明感，代之而起的是特有的严峻、深沉，她的现实主义艺术方法更臻于成熟。因为这股活水曾潜入地下，它毕竟积淀着大地的隐痛，毕竟经过地层的挤压和裂变。在《弦上的梦》里，我们忘不了这样的细节：乐珺打开书橱让梁遐找书看，这时梁遐触景生情，从爸爸也有许多书想到爸爸的冤死。她爱，她恨，但她没有眼泪。乐珺倒是希望她痛哭一场，以宣泄她心头过分的悲哀。“但是梁遐冲进她的‘船’里，只在书柜边留下两个深深的指甲印。”这里没有呼天抢地，没有愤慨陈词，把最炽烈的情感都蕴藏在那深深的指甲印里。在沉静的表层下，奔涌着内在的烈焰。

从《弦上的梦》《三生石》这样的力作中，我们找到了宗璞的深沉以及深沉之外的潜在的激情。宗璞的现实主义包含了浓重的理想的因素。它使那些悲惨的故事，产生悲怆而崇高的美感。《三生石》中的人物，几乎面临绝境，就因为那种起死回生的爱和友谊的理想之光，使他们获得生的希望。《弦上的梦》除了对人民的觉醒和正义力量的直接讴歌，还通过乐珺的梦，让大提琴的乐声飞上云端把读者的思绪从地上引到一个华彩辉煌的世界。她把现实的沉哀引渡为一种长存的精神力量的礼赞。

如果说，宗璞在复出后的创作仍然沿着现实主义的轨迹在运行，这只能是事实的一个方面。如同整个现阶段的文学一样，她的创作也面临一个新的开拓期。发展着的社会现实催生新的艺术创造。她和许多活跃的探索者一样，以艺术家的勇气在进行多方面的探索试验。对这种情况总的描述应当是，宗璞在取得现实主义成就的同时，开始了对业已形成的艺术风格的拓展与变革。

宗璞并不是多产作家，但可以说，近年的每一篇作品，都有进行某种有意识的探索的新意。她自己也曾说过，“我自一九七八年重新提笔以来，有意识地用两种手法写作，一种是现实主义的（不过我的现实主义也总不大现实，有些浪漫色彩，我珍视这点想象），如《三生历》《弦上的梦》等；一种姑名之为超现实主义的，即透过现实的外壳去写本质，虽然荒诞不成比例，却求神似”①。这样，我们就能理解，在宗璞的笔下为什么会出现《我是谁？》《蜗居》这样具有鲜明的现代倾向的作品来。《我是谁？》使现实的人变成了爬行的虫子。《蜗居》则使一个超自然的神秘的鬼蜮出现在人间。透过这荒谬的歪曲的形式，存在的却是最本质的真实。这样的笔墨，对于《红豆》的作者来说，不啻是惊人的巨变。无可置疑的，现实主义的传统手法在这里产生了异变，一种新的因素正在为作家所把握。如果我们对那个畸形年代把许多人“变”成“牛鬼蛇神”的污秽和屈辱仍保有记忆，我们一定能够理解这种变形的艺术形式。艺术变形正是生活变形的一种特殊再现。怪诞的鬼蜮就是那个颠三倒四的疯狂生活的变形写照。

一个不可忽视的事实是：宗璞是在对现实生活的真诚而严肃的认识之上，是在关切国家人民命运的艺术使命感的基础上，给作品涂上了这些看来怪诞的现代色彩的。这与其说是一种标新立异，毋宁说是一种需要。宗璞没有硬搬外国的艺术经验，她是在进行艺术经验的融合与改造。《我是谁？》的创作手法，重在再现意识的流动，但其中也交织着客观现实的描绘；除了荒诞的变形外，也还有理想的热情抒发以及局部的象征寓意。从这些我们可以看到，宗璞没有抛弃她已达到的，但她也不曾在新异的艺术天地怯于前行。这就构成了如她自己所说：“这样表现方便准确，便这样写。”②

创造性的作家，总是不断地跨越自己。宗璞随着创作的走向成熟，产生了更为成熟的艺术追求。她曾在《钟山》刊载的一封信中谈道：“这两年我常想到中国画，我们的画是不大讲究现实的比例的，但它能创造一种意境，传达

① 《给克强、振刚同志的信》，《钟山》1982年第3期。

② 同上

一种精神。”“我以为艺术都应给人想象、思索的天地，应该‘言有尽而意无穷’。中国诗特别有此长处。”[①]宗璞在这里所表达的艺术理想，与她人生价值的追求受中国传统文化影响相一致，也呈现了她艺术观念和审美原则的民族特征。她力求于小说创作中也如古代诗、画那样流露性情，追求写意的空灵，隐藏深厚的意蕴。

宗璞近期某些作品有意地忽略实际的、直接的诠释生活。她往往通过平实的故事，创造一种意境，这种意境产生一种暗示能力，诱发人们的想象，使平淡的事实，升华到哲理意趣，使读者在更为宏远的层次上探求人生的道理。此种创作意向，在《熊掌》一类作品中，体现最为鲜明。阅读这类作品，不是在写实的基本层次上，而是从突出的非现实的思想、哲学层次上获得审美效果。笔墨简淡萧疏，而意境则趋于深远。

为了丰富作品揭示现代生活的艺术手段，宗璞很注意融会贯通地引用西方现代小说的某些表现技巧。《心祭》的结构显得新颖不俗。它的内容的展开，主要依靠主人公的回忆的思绪流动，而且通过记忆和现实两条线互相交错、渗透进行。但即使在这样的作品中，作家仍然执意于使之与中国的传统艺术追求相契合。《心祭》力求以小说的形式达到中国古典诗那种言不尽意、意在言外的深层意趣。它以李商隐《锦瑟》诗的“此情可待成追忆，只是当时已惘然”作为题语。《心祭》与《锦瑟》相同，也写一种情爱，一种令人长久追忆而又不无缺憾的复杂情思。小说采用了秋风、暮色、向黄昏、向往事、心很远、思想在飘……这一系列抒情诗的意象语言，形成了既深情绵邈又悠长飘忽的诗的意绪，恰到好处地来追索那飘逝的情怀。通篇小说把这种抒情语言和意境进行多次的反复，如同诗中的复沓，造成回旋与曲折，留下不绝的余韵。小说采用交错的结构，把思绪的线头随意切割，记忆一会儿断了，一会儿又被连上，若断若续，似有似无，蕴浓烈于简淡，轻愁淡恨，欲罢难休。这一切，就使《心祭》从意境上引出与李商隐诗的联系，同样蕴含了那种既令人追怀而又不免惘然的多种情思。

---

① 《给克强、振刚同志的信》，《钟山》1982年第3期。

而在《核桃树的悲剧》和《鲁鲁》中，由于树与人的某种程度的合二而一和寄人情于动物，都使作品具有浓烈的象征意味。这使我们想到中国历时很久的通过外物、景象而抒发、寄托主观的情感或观念，以达到非概念所能穷尽的具有情感力量的“比兴”的美学原则。《鲁鲁》中一只极可爱逼真的小狗，就是一个独具情感力量的形象。作者把自己郁结的情感，寄托在鲁鲁身上。这种寄寓并非外在的比附，而是把这种寄托合理地渗透到客观对象之内，成了它自身所包孕的。鲁鲁的心情就是作者自我的心情。鲁鲁的悲哀，鲁鲁的笃诚，就是作者所寄寓的人间的悲哀，和人们对失落的温暖的寻觅。正因为寄寓深刻，使这篇小说超出习见的寓言体或咏物诗。隐匿的深长的意蕴，给读者留下无尽的思索和联想的余地，使作品具有强烈的象征性。这一切都让人兴奋地想到，一位生长于书香世家，受到传统文化深深哺养的中国作家，当她把眼光投向世界文化，特别是世界现代艺术时，由于她的创造性的吸收与综合，产生了多么奇妙且多么开阔的艺术奇迹。这让人想起伯纳德·欠瑞孙给海明威的关于《老人与海》的一封信：“《老人与海》是一首田园乐曲，大海就是大海，不是拜伦式的，不是麦尔维尔式的，好比荷马的手笔，行文又沉着又激动人心，犹如荷马的诗。真正的艺术家既不象征化也不寓言化——海明威是一位真正的艺术家——但是任何一部真正的艺术品都散发出象征和寓言的意味……”[①]这段关于海明威作品的评语，当然不是具体的作家作品的评论，应当认为，它谈的是真正艺术的融会贯通。

宗璞已走向了成熟的人生，也走向了成熟的艺术追求和实践。一个走向成熟的文学家总是宽广而力求博大的，她不会在艺术上墨守成规。要是说，宗璞曾经在美丽而宁静的校园一角，向世界开了一个视野开阔的窗口，从那里看到了生活之流的回旋与奔涌，那么，这种不平静的气氛已经使她的创造性的艺术实践受到了感染。这正是我们所乐于看到的。

原载《文学评论》1984年第3期

① 转引自《世界文学》1983年第1期。

又古典又现代

——与大陆女作家宗璞对话

施叔青

北京作家宗璞（冯钟璞）从小受中国文学熏陶，清华大学外文系毕业，擅长以知识分子、爱情为题材，一九五七年《红豆》受批判，“文革”后《弦上的梦》《三生石》获奖，以文笔婉约细腻见长。

《我是谁？》《蜗居》等短篇现代主义意识流技法运用纯熟，对大陆现代派文学影响颇大。

一、书斋毕竟太狭窄了

施叔青： 你出身书香之家，父亲冯友兰先生为一代哲学权威，似乎注定你走文学的路?

宗璞： 很奇怪，南阳冯氏家族大部分人都有艺术气质，女性尤甚，父亲说是有出女作家的传统。父亲的姑姑是位女诗人，写有《梅花窗诗稿》，很有诗意，可惜她十八岁便去世，才华未得发挥。我的姑姑冯沅君，五四运动时的女作家，勇敢歌颂人性的解放、爱情的自由，鲁迅对她有所评价。我那美国生长的侄女冯崍，用英文写作也很有文采。父亲说“吾家代代生才女，又出梅花四世新”。

我从小背唐诗。第一首是白居易的《百炼镜》。小学时，每天早上要到母亲床前背了诗词才去上学。八九岁就读《红楼梦》，抗战到昆明乡下，住处和北大文科研究所很近，十一二岁便到那里看书，浏览了很多书，除文学外，哲学、自然科学的书无所不看，父亲从不加限制。但很多书只是翻翻，看不懂的。记得有一本很冷僻的旧书《幽梦影》，主要讲人世无常，当时倒觉得很懂。

小时候喜欢和哥哥、弟弟轮流讲故事。从乡下进城二十几里路，一边走一边编。我们三人各有一个国家，弟弟的在海中间，我的在火星上。上高中时曾在滇池的海埂露营，把对滇池的感受写了篇散文，登在杂志上，这是发表的第一篇作品。当时是十六岁。

施叔青：你开始写小说，姑姑冯沅君是你的启蒙者吧？

宗璞：我很崇敬我的姑母。但因为一直没有住在一起，她对我影响不大。倒是父亲虽然是哲学家，他在文学方面很有天赋，能写旧诗，并且常谈一些文学见解，对我起了启蒙作用。

上大学时在天津《大公报》发表了第一篇小说，笔名绿繁。那时我在学法文，小说名叫《A.K.C.》，法文“打碎”的意思。故事是一个小女孩把信装在瓶里要男孩打碎，男孩不懂，错过了，后来他一直在遗憾中度日。这是一个瞎编的故事，没有什么时代意义。那是一九四八年，学生运动风起云涌，我也注意到人世间的不平，曾写了一首诗《一个年轻的三轮车夫》，也发表在天津《大公报》上。

施叔青：一九五〇年，你在清华大学念外文，曾经到工厂宣传抗美援朝，写了短篇小说《诉》，借用一个女工的口述控诉一九四九年以前的社会。

宗璞：《诉》是到玻璃工厂接触了女工后写的，也是我真实的感受。后来文学的范围愈来愈窄，只能写工农，而且有模式。写那些太公式化的东西，不如不写。一九五六年大鸣大放，提倡文艺百花齐放，我觉得可以写一点我要写的了，遂写了小说《红豆》，发表在《人民文学》上。

施叔青：《红豆》是你的成名作，描写一九四九年北京教会大学一对男女学生，女的江玫要留下来革命，与一心想飞离大陆的男主角决裂，突出表现了“爱情诚可贵，甘为革命抛”的主题。发表以后，紧接掌声而来的，却是严厉的批评，迫使你多次自我检查。

宗璞：五十年代作品清一色地写工农兵，我在《红豆》中写爱情，写知识分子，在题材和写法上都比较新鲜，才会引起那么大的注意。受批判的原因是“爱情被革命迫害”“挖社会主义墙脚”“在感情的细流里不健康”，等等。正如你所说，我写的其实是为了革命而舍弃爱情，通过女主角江玫的经历，表现了一个小资产阶级的知识分子怎样在革命中成长。那个时代确实有很多这样的爱情，我写得比较真实。一九七八年上海文艺出版社出版了《重放的鲜花》，把一九五七年发表的“毒草”收在一起，包括《红豆》，所有的作者只有我一人没被打成右派。

施叔青：放你一马，是你父亲的缘故？

宗璞：（笑）才不是呢。他那时老受批判，我只会因为他而更受批判的。可以说，我父亲是世界范围内受到批判最多的学者。冯友兰的女儿是一顶山一样重的帽子。没给我戴另一顶帽子可能因为我不聪明，没有多少自己的见解，又是愿意听话，总想学“好”的。

施叔青：《红豆》让你多次自我检查，造成的创伤有多深，从来未见你提及。但一九六〇年你走出书斋，下放到农村，题材起了变化，是真的觉得自己以前的文艺思想有问题，感情不健康？

宗璞：我一九五九年才下乡改造，算是比较晚的，下去的地方就是丁玲写《太阳照在桑干河上》的地方，桑干河畔的一个村庄。我写了一篇反映农村的小说《桃园女儿嫁窝谷》，描写山区人民决心改变贫穷面貌，富队女青年愿嫁到穷队。小说以农村公社化运动为背景，发表以后，引起注意，觉得我改造得很好，感情还是很真实的。那时的政策不对头，但我写的农村气氛、农民心理，到过农村的人都认为可以。

施叔青：你是书香熏大的，几乎足不出燕园，下放那么点时间，就真给改造过来了？

宗璞：一九四九年以后提出知识分子思想改造，与工农兵结合，要到劳苦大众当中去，我都衷心拥护。当时许多人都是真心改造的，但恐怕没有几个人改造过来。我认为，下去劳动锻炼与工农兵接触，对我帮助很大，使我扩大了眼界，更了解知识分子，因为有了比较。书斋毕竟太过狭窄了些。

施叔青：你赞成为了写作而下去体验生活吗？连丁玲都不以为然的。

宗璞：从根本上说，我不主张为了写作而去体验，尤其是带有强迫性的深入生活，勉强体验自己不熟悉的东西，因为那是外在的，那样是写不出好作品的。而在一定程度内使生活更丰富，为了补充而去收集材料还是可以的。劳动人民有很多优点，他们有质朴纯真的一面，也有愚昧落后的一面。五十年代写工农兵，是太公式化、太概念化了，现在写知识分子也有点美化，也有一定程度的公式化。

施叔青：也许就像你父亲为你的书写序时说的：世界上有两种书，一种是“无字天书”，一种是“有字人书”，你下放劳动，去读“无字天书”，接触农村生活，改变你写知识分子、写爱情的创作基调。

不过你似乎不喜欢像《桃园女儿嫁窝谷》这类反映农村的小说，选集（指将在台湾出版的选集）中并没选入。连一九六二、一九六三年陆续发表的几篇小说：《不沉的湖》《后门》《知音》，都不在选集内，这些作品写的是自我改造的过程，太直接、单调了些。

宗璞：《桃园女儿嫁窝谷》对于我来说，没有什么代表性，不过是一个过程而已。《不沉的湖》和《后门》都不是写知识分子改造的。《后门》可能是较早的提出我们社会中走后门现象的作品，当时编辑还不敢用这一题目，改为《林回翠和她的母亲》，一九八一年出集子时才恢复这题目。

二、诚与雅，讲究小说的气氛和意境

施叔青：搁笔十五年之后，《弦上的梦》获一九七八年短篇小说奖，之后你开始写一系列的“伤痕文学”，但你的笔下并非像其他作家声嘶力竭的控诉，而是一本你蕴藉、幽婉的抒情风韵，表达你心中的怨气。

宗璞：《弦上的梦》是我以“文革”为题材的第一篇小说。三中全会后，我感到轻松许多，多年来套在知识分子身上的枷锁在渐渐移去，虽然不够理想，不断反复，知识分子至少不是被改造的对象了。“文革”中成长的孩子很惨，像小说中的梁遐，要和父母划清界限，她的心灵受到严重的伤害，后来在四五运动中献身牺牲。其实有许多人在成长时受到戕害，成为我们社会中严重的后遗症。

施叔青：你描写梁遐对着书柜，想到爸爸的冤死，这女孩已经流不出眼泪，她“冲进她的‘船’里，只在书柜边上留下两个深深的指甲印”。这种写法比呼天抢地还要令人惊心动魄，让人感到深重无比的惨痛。

宗璞：《弦上的梦》写得还不够，“文革”是写不尽的，到目前为止还没有很深刻地把它写出来，需要时间反思。

施叔青：中篇《三生石》，似乎自传性很强，女主角在大学教书，也写小说，一九五六年因写赞成爱情的小说遭到批判，后来强使自己脱胎换骨，把自己“硬化”起来，“文革”时孑然一身又患癌症，终于得到三生相知的恋人。

宗璞：其实小说中人物职业只不过是外在的属性。《三生石》中通过写人物的经历主要描写“心硬化”。这是那一时代普遍而深刻存在着的，是一种时代的痼疾，强调阶级斗争，批判人性论、人道主义的结果。我自己很喜欢我的这一发明：“心硬化”。更准确一点应是“心灵硬化”或“灵魂硬化”，这是比任何生理器官上的硬化更可怕的。

有朋友以为梅菩提和方知不必曾经相识，说这样太巧合不可信。我曾想改掉这一情节，但是改过后自己很不安，直到又改回来才觉安心。我想作品中应该多一些浪漫色彩，在某一阶段我们的文学创作很不习惯浪漫色彩，后来慢慢习惯了。

施叔青：爱可以起死回生，我觉得《三生石》应该是个短篇，虽然以“文革”为背景，强调人的尊严不应损害，然而主线是集中在两人的相爱，结构似乎平淡了些，有点拖拉、不够紧凑、张力不足的感觉。

宗璞：因为人物有发展有变化，真正的短篇是容纳不下的。现在也可能应该压缩一些。现在的样子气氛不够浓。

施叔青：你的作品一向讲究气氛，为其他作家所不及，这方面你得天独厚。

宗璞：气氛有很大部分是语言的功夫，文学究竟是语言的艺术。我也不能说是得天独厚，不过可以说是吃过点小灶，对中国文学有一些底子，光有这有时候就容易觉得不新鲜，后来又加入西洋的。大学念的是英国文学，一直在外国文学所《世界文学》杂志当编辑，当了二十年，稍有一些古今中外文学知识。

语言是心之声，不是形式，不是刻意追求能得到的，而是内在的修养，比起老一辈的作家，我还是很不够。现在一些较年轻的作家读书很多，加上丰富的生活体验很不可轻看。我的学识只是皮毛。

施叔青：你在写作时遵循两个字，“诚”和“雅”，可否谈谈？

宗璞：这是金代诗人元好问的诗歌理论，郭绍虞先生总结为“诚乃诗之本，雅为诗之品”，文艺之本是真诚，我常说，没有真性情，写不出好文章。只是要做到“诚”，并不容易，需要有勇气正视生活，有见识认识生活，要有自己的人格力量来驾驭生活，需要很多条件。“雅”便是文章的艺术性，作品要能耐读，反复咀嚼，愈看愈有味道，要做到这一点，除了基本修养外，只有一个苦拙的法子，就是改，不厌其烦地改。

施叔青：你认为文章是改出来的，这需要多少耐心和毅力！

宗璞：我小说写得很慢，又要改，像《三生石》一个中篇写了一年，写好几遍，写了又改。我羡慕别人下笔如注，最近写的长篇，有一段写四遍，写了又改，从头来起。

施叔青：你是位文人作家，大陆的女作家，和你同代的，像茹志鹃、刘真，她们先打过仗、扛过枪，作品不让须眉，全无女性味道。反而是台湾，延续了古典诗词文学的传统，和你同类的作家为数不少。

宗璞：台湾一些作家的文笔与古典文学更加有联系，这点我很有同感。台湾女作家的作品读起来很觉亲切，我觉得和大陆现代文学联系也很深。不过我读得不多。

在研究工作中，我选作题目的都不是伟大的作家，而是具有特色的作家。伟大的作家我力不能及，他们太丰富、太深奥，我不打算花那么大力气。阅读的范围则很广，这两年因为眼睛关系，少多了。英国的哈代对我影响很大，我的大学毕业论文是研究他的。因为不是专业作家，另外有一个生活圈子，加上我父亲的哲学，先生的音乐美学，我们常常讨论。我还要照顾父亲的生活和工作，总是处于忙不过来的状态。

施叔青：你又是位典型的女性作家，擅长以细腻的文笔描写爱情。《红豆》中年轻人的爱；《三生石》中年苦涩但又温馨的爱情，写来温婉动人；《心祭》又进一步涉及婚外情，在当时算是很大胆的吧？你是闯入了这禁区的第一个作家。

宗璞：不是第一个，只是较早的一个。小说中的女主角黎倩兮是很克制、守本分的，首先考虑到是不是会伤害别人。我认为这是做人的道理。

施叔青：我也觉得你把这段感情处理得很淡，特别是男主人翁程抗知道妻子被打成右派，立即收回原来离婚的意向，决定与已经没有感情的右派妻子同甘共苦，而黎倩兮也成全了他，很有儒家的道德，然而可看出作者对这一段爱情是极同情的。你认为在生命里，爱情的比重是占那么大分量的吗？

宗璞：爱情可以给人很大的力量，也可以有很大的伤害，要看当事者本身是强还是弱。我觉得生活、生命里爱情不是最重要的，必须给它恰当的位置，感情总应该受理性约束。如果感情满足又不需约束，那就是幸福了。

施叔青：《心祭》的结构，比较特殊，小说一开始就是程抗的追悼会，借女主角的倒叙回忆和现定的两条线交叉进行，手法上比前两篇现代，在精神上却又是绝对中国的，有如诗词般的内敛含蓄。

宗璞：我的作品可分为两大类，一类是根据生活反映现实的写实主义手法，我称为“外观手法”。也就是现在说的再现。《红楼梦》里写了几百个年纪差不多的女孩，而能各有个性，并不重复，可能因为作者曹雪芹在现实生活中便接触了这样的女孩，是有根据的。《红豆》《弦上的梦》《三生石》等属于外观手法。

三、《我是谁？》开大陆现代文学先河

宗璞：另一类“内观手法”，就是透过现实的外壳去写本质，虽然荒诞不经，却求神似，相当于现在说的表现。中国画讲究“似与不似之间”，对我很有启发。卡夫卡的《变形记》《城堡》写的是现实中不可能发生的事，可是在精神上是那样准确。他使人惊异，原来小说竟然能这样写，把表面现象剥去有时是很必要的，这点也给我启发。写作方法是为内容服务的，怎样写要依内容要求而定。可以说，任何方法、每一种方法都是对的。只要对作者说来，它能表现你要表现的；对读者说来，它能使你接近作者的意图；它能使我们双方接近生活本身。这是维·伍尔夫的话。

施叔青：以现代派意识流手法写小说的，在大陆作家中，你是开风气之先吧？

宗璞：在这点上，王蒙是有心人。他是向一个新领域走去的，而我只看到我要写的这一篇。由于工作，我在六十年代就接触到西洋现代文学，卡夫卡、乔伊斯的作品都读过。“文革”前夕，我们正研究卡夫卡，当时是作为批判任务的。但只有经过“文革”的惨痛经验才懂得，“文革”的惨痛经验用这种极度夸张极度扭曲的办法最好。这些作品对我有影响，但更重要的是我具有长期培养的中国文化精神，中国艺术讲神韵，有对神韵的认识和体会，也就是说我有这样的艺术观念做基础，才能使这些影响不致导向模仿。

施叔青：你的《我是谁？》被称为现代派的力作，发表的时间也早，运用意识流技法纯熟，对大陆的现代主义潮流与创作影响很大。

宗璞：《我是谁？》想表现的，是强调要把人当成人，这是西方启蒙运动的核心，我们需要这种启蒙。中国讲究名教，人在社会中的位置胜于一切。所谓名教就是一切都要符合它的名，也就是它的位置，而忽略了人性、人权、人的本身，后来索性发展成把人当成工具。全追随一个人，必然走向愚昧残暴，以至于发生了史无前例的“文革”。《我是谁？》的直接触发是看到中国物理学的泰斗叶企孙先生在校园食堂打饭，他的成就都写到我们的教科书里了。他的身体不好，又单身没人照顾。他走路时弯着背，弯到差不多九十度，可能

是在批斗会上练出来的。一个人被折磨成那样，简直像一条虫，我见了心里难受万分，“文革”的残忍把人变成虫！生活中人已变形了，怎能不用变形手法呢？于是我写了《我是谁？》，抗议把人变成虫，呼吁人是人而不是虫，不是牛鬼蛇神！我是很用感情来写的，写完当时（一九七九年春天）不能发表，说它很怪、很阴暗，后来一九七九年十二月才在《长春》这个刊物登了头条。

施叔青：一个精神、肉体被摧残殆尽，濒临疯狂的人，自杀之前的心理活动，似乎只有用意识流手法才能表现。

宗璞：是的。维·伍尔夫曾说：“生活不是一连串安排好了的旋转的灯，而是围绕我们的耀眼的光圈，从意识的开始到终了。小说家的责任是表现出这种多样的无界限的精神，不管它多么复杂错乱。”“文革”对人精神肉体的摧残可谓到了极端。那时社科院的先生们常常排成队受批判，我排在尾巴上，比起来还不算怎样厉害。“文革”是历史大倒退，摧残文化，割断传统，轻易地否定过去，其实对过去毫不了解，对将来的认识只是纸的虚幻词句，一旦撕破了这纸，便处于茫然状态。现在许多人不知从哪儿来，也不知往哪儿去，就是眼前这一点实利，人变得很庸俗，“文革”的遗毒非同小可。当然冰冻三尺，非一日之寒。

我写《我是谁？》是站在人道立场，反对“文革”时不把人当人看，后来又写了一篇《谁是我？》，也用同样手法，可能写得太散文化，主题想表现在我们这个社会里，人的自我被淹没。

施叔青：卡夫卡作品中，将人类的困境观念化、抽象化了，变成一种观念的演绎，一种象征，而你的《我是谁？》《谁是我？》是由“文革”的荒谬、残酷的真实经验出发，有生活的依据。

宗璞：卡夫卡生活在奥匈帝国的统治下，那时政治腐败，他还有一个专横的父亲，对他那样敏感的人来说，生活本身就很怪诞。他是在写他心灵的感受。

施叔青：《蜗居》更是一篇寓言小说，人的背上长出一个蜗牛的硬壳，人像蜗牛一样行动。评论者认为《蜗居》显然是受卡夫卡的启示，但就对社会问题的反映，寓意比《变形记》要深广，政治色彩也浓郁一些。

宗璞：《蜗居》比《我是谁？》精致，含意深刻些，不仅把眼光停留在“文革”，而是企图探索人类历史，追溯根本原因。一九八五年写的《泥沼中的头颅》你未读过，那完全不是现实中的情况，但和现实血肉相关。

施叔青：《蜗居》以第一人称借用梦幻来反映现实，夸张荒诞，是篇现代主义的好小说。它和《我是谁？》《谁是我？》属于超现实内观手法的作品。

宗璞：也有一些作品则把外观、内观糅合在一起。以后要写两者都极端发挥的不同作品，也要写两种结合的作品。现实主义和现代主义，再现和表现相结合，似乎是世界性的趋向。

施叔青：像《核桃树的悲剧》，前面挺写实的，柳清漪被丈夫遗弃，与孩子相依为命，她的命运和那棵核桃树相同，最后连与世无争地活下去都成奢望。柳清漪亲手砍核桃树之时，树轰然倒下，这一段很超现实，以核桃树“有用之材，不能终其天年”的反论，衬出柳清漪的悲剧，情感又老庄，又现代，白描象征糅合一起，很成功。

《核桃树的悲剧》中树与人在某种程度上合二而一，另一篇写人与动物的《鲁鲁》，寄情于一条小狗，都有它的象征意味。

宗璞：一九四九年以后，国内作家没有人写狗，《鲁鲁》倒真是第一篇。动物、植物和鬼一样都是异类，写异类是为了写人，这是当然的道理。不少读者关心鲁鲁。我家真养过这样一条狗，感情很深。它于五十年代在重庆去世。

施叔青：《鲁鲁》的笔法近似散文，你刚才也说《谁是我？》太过散文化，其实近代作家写散文化的小说，从废名、鲁迅、沈从文到汪曾祺都是此中高手，谈谈你的看法？

宗璞：我把小说和散文分开来，两种我都写。我觉得为了气氛，小说可以适当地散文化，但不能过分，还是应该区别，要有限度。小说与散文最根本的不同，是小说作者是全知的。现在一些写法反对全知观点，但实际上还是全知的，因为那一艺术世界是小说作者的创造，无论写得怎样扑朔迷离，他还是全知的。而散文是一知的，多在描述自身的经历感受。所以小说可虚构，而散文不能，或说小说必须虚构而散文不必须。过于散文化，是取消小说了。

你所说的几位大师，都能恰到好处，突出了氛围意境而写的是小说。

汪曾祺兄的小说有气氛有意境，确是继承了这一传统。非一般人所能及。

施叔青： 读过你的散文《哭小弟》，很感人。

宗璞： 最近有本散文集《丁香结》，交稿两年多了，只见到一本样书，大批的始终未见。朋友们来要，我没有，书店也没有，实不可解。散文是中国文学的传统，现在有些散文最大的问题是缺乏已见，要写出自己的见识，不是老花呀月呀写不完。为什么少议论文？因为没有已见，习惯于没有已见。

我也爱诗，以为抒情短诗是诗的前途。若写叙事长诗不如写小说了。狄金森的诗现在受到普遍喜爱和这有关。因为诗总该是更本质的。我写过短诗，四行、八行。父亲觉得我的诗有诗意，将来准备编一个诗集，名之谓“四余诗稿”，“四余”者，工作、写作、疾病和家务之余也。后见山东大学袁世硕教授编写的《冯沅君创作译文集》，发现姑母的诗稿也名为“四余诗稿”，多奇怪！真恨不得找到姑母问一问，她的四余是哪四余。

四、关于长篇小说《野葫芦引》

施叔青：（一九八八年七月某日电话上）前面三个问题，都是去年谈的了。过了快一年，听说你的长篇第一卷《南渡记》已发表，是否可以谈谈？

宗璞： 好的，我可以写下来。

《南渡记》第一、二章发表在一九八七年第五、六期《人民文学》上，当时把这长篇的书名拟作《双城鸿雪记》，后来觉得“双城”“鸿雪”都用得俗了，便改为《野葫芦引》。其实“野葫芦引”本来是我最初计划写长篇时便拟用的，人说不好懂，改掉了，现又改回来。关于《野葫芦引》，有几句话出书时要写在扉页上：

葫芦里装的什么药
谁也不知道
——更何况是野葫芦。

我曾说短篇小说分三种，分别侧重于情节、人物和气氛。我希望长篇能将这三者熔于一炉，而且最好做到雅俗共赏。长篇可以包容的多，像一个大城市，可以满足各种不同的人的需要。而它本身又有自己的特殊风格，这是短篇做不到的。

《南渡记》已发表在《海内外文学》第二期上。很多人没有看到这刊物，只有等出书了。

因为想到雅俗共赏（当然我不一定做到，可能是雅俗都不赏），这长篇用白描手法，希望它容易读。关于雅俗共赏，近来有很多议论。我想所谓"共赏"实是向俗靠近，不过还有一个"雅"字在上面管着，便要有限制，做到不伤雅，不媚俗。我写了六段曲文作为引子，每一卷结尾也用一段曲文。传统形式中也融合了现在习惯用的心理活动等写法。现实主义也要发展，任何事物都不可能完全和过去一样。

你说《心祭》手法上是现代的，内容却是完全中国的。《野葫芦引》手法上侧重于传统，内容写的是抗战，但统领一切的思想却是二十世纪八十年代的了。这一内容如果在五十年代写，必然是另一个样。

最近，值我生辰，父亲为我撰一寿联：

百岁继风流一脉文心传三世

四卷写沧桑八年鸿雪记双城

他自己书写时，特别写上"璞文勉之"几个字。上联仍归到家庭传统，下联说的是这部长篇，其实也不只这部长篇。

"勉之"，是我最该记住的。

原载《人民文学》1988年第10期

超越后的困惑

——论宗璞童话创作

潘　延

当王蒙大声呼吁作家学者化的时候，我们的儿童文学创作队伍则是以幼儿园阿姨和中小学教师作为自己的生力军，他们的作品洋溢着新鲜活泼的生活气息。然而，鲜明强烈的情感被教育者神圣的使命左右，无法升华进入更高的艺术层次，把握了敏锐的现实素材却又透出思想底蕴的不足而流于表象的铺陈，这些令人遗憾的现象在儿童文学界比比皆是。正是在这样的背景下，宗璞的童话创作显得那样与众不同。宗璞家学渊源很深，自幼深受中国古典文学的熏陶，后又专攻欧美文学，中外文学兼容并蓄的文化素养在中国当代儿童文学作家中首屈一指，她新时期童话作品的数量不多，但每一篇都是精美的艺术品。宗璞又是一位很有个性风格的作家，她在童话文体的创作上作了有益的尝试与探索。那么，她是如何尝试的？她创造了怎样一种独特的童话文体？这种文体没有得到相应的承认与接受，又是因为什么？

（一）

一个作家创造出属于自己的文体，就是他的作品具备了一种新的叙述结构，这源于他在浩瀚广渺的宇宙人生中凝成了一方属于自己的情感天地，并对此有了某种特别的把握，它既是智性的认识，又是情感的创造。而宗璞，在她60年代初开始写童话时，显然离这个境界还差得太远。她原是写小说的，因处女作《红豆》而下乡接受思想改造。宗璞自然是不能再写小资情调缠缠绵绵的恋爱小说了，她得换换笔法。我很相信当时的宗璞跟她笔下的女主人公相差不远，总是跟书打交道，免不了几分书呆气，但很真诚，很进步，要歌颂新农村，歌颂春光明媚欣欣向荣的新生活，于是她尽心尽力地描绘童话世界了。那可真是个"童话世界"，没有比童话这一体裁更适合当时的宗璞了。

《湖底山村》写春儿在梦境里游览乡村，展示翻天覆地的生活变化；《花的话》写众花们各自标榜自己的美丽出众，但红领巾最终却选择了默默工作，不求炫耀的二月兰作为献给老师的礼物；《露珠儿和蔷薇花》写骄傲的蔷薇看不起露珠，最后因失去水分而过早枯萎……已经够了吧，从题旨、情节构思到结构表达，我们已经领略了太多的似曾相识之感。我这样说并没有贬斥之意，作者那时"常想的是童话对小读者的教育作用，以及如何用童话反映社会主义建设"[①]，那个年代的文化环境具有强大的同化和约束功能，最富个性色彩的丰富复杂的情感意识也能净化为单一与整齐，那样真诚和渴求进步的年轻的宗璞又怎能脱离那个文化环境呢？而当一个作家面对世界却还没找到一片能激起他强烈的，仅属于个人审美感受的情感天地的时候，他的内心就无法唤起追求形式意味创造的冲动，既然他是按照世俗的审美要求（甚至是政治的、功利的标准）去从事创作，那么他自然而然地会袭用那些现有的理解情感的角度和方式以及表达的技巧，这就是为什么宗璞60年代初的童话作品里出现了那么多不无熟悉的"老面孔"。

但即便这样，把这批作品中作者精心编制、富于教育意义的情节排除之后，我们还是能捕捉到在她清丽优美的文字中无意流淌出来的那份诗意。《湖底山村》里一个细节令我怦然心动，春儿在湖底游览时看到一朵特鲜、特艳的花，那花的微笑是那么熟悉，春儿猛然想起修湖时有个阿姨住她家，每天黄昏

① 宗璞《也是成年人的知己》（见《风庐童话》）。

总有个叔叔来找她，站在大树底下说一阵子话。有一天两人异想天开，不知从哪里找来一粒花籽埋在这大树下。叔叔笑着说："就让它来纪念咱们这一段生活吧。"这份暖暖的、舒缓而恬静的爱意才是属于宗璞的，它是那般不经意地流淌出来，宗璞似乎并没意识和珍爱这属于她本色的东西，她还在尽心尽力却不免有些力不从心地去描绘那热火朝天改造山河的水利运动。

（二）

搁笔15年之后，当宗璞重新提笔，她的童话呈现出与前期作品全然不同的风貌。前期那单纯、明朗欢快的基调消退了，宗璞仍是一位抒情女作家，但她不再是歌手，在那优美和空灵的文字背后时时透出一份冷峻与凝重。如果我们对照着她的小说创作来看，70年代末到80年代初，在她心中汹涌着，鼓励她拿起笔的，那就是控诉的主题。《弦上的梦》《我是谁？》《蜗居》《三生石》，控诉那不堪回首的岁月，反思人性被扭曲、人格遭践踏的愚昧与黑暗，她的童话也是在这种心境之下完成的。但是，宗璞无论如何也不会声泪俱下作慷慨陈词，她是那么喜爱庄子的文章，"夫大块噫气，其名为风"，静听北风怒号，吟咏庄子文章，随那飘飘欲仙之势，让思绪上天入地，极尽逍遥。于是有了集子《风庐童话》。这时候她不再想着要反映社会主义建设，要对孩子产生教育作用，她只愿让心中那喷涌而出的情感冲动得到最淋漓尽致的表达，没有了种种外在的束缚，宗璞的童话之笔总算挥洒自如了。

创作心态的变化，首先就带来叙述视角的变化，先前那热切的呼唤为平静的叙述所替代，她从容地叙述一个不那么像故事的故事，让读者慢慢去琢磨和品味其中的深意，这种视角的变化不仅仅是个技巧的问题，而是作者对自己创作过程的重新把握。她不愿把观念性的东西敷衍出故事传达于你，而执意要从生活中提炼出真正属于自己的情感天地来与你沟通，寻求理解。既然她已失却了传达者的自信，那么她就只能与读者一起去感悟那些触动她心灵深处、引起她创作冲动的灵性，那必然是一片混浊的感受，当她努力把这感受描写出来，表达出来，变成文字的时候，她也就创造了自己的文体。1978年宗璞写了《吊竹兰和蜡笔盒》，其中吊竹兰与蜡笔盒之间有一段关于生命本色的对话，耐人寻味。你可把这作品看作对人性回归的反思与自我的张扬，但它未尝不体现出宗璞在创作上的执着追求——“我从来不拒绝改变。但那必须从我自己的生命里发出来的——尽管那很痛苦，很艰难”“因为我有生命，而生命并不只是活着”[①]。

儿童文学界一直强调“用儿童的眼睛去看，用儿童的耳朵去听，以儿童的心灵去感受”。1960年陈伯吹先生针对儿童文学创作中的成人化倾向提出这批评意见，无疑是正确的，但它后来被提高到绝对化程度从而成为创作的宗旨，则就未必正确了。我的理解是，所谓用儿童眼睛去看、去听、去感受，那应该体现在作品中具体的细节上，即具有儿童独有的，为成人惊叹不已的情趣表现，那可以达到极高的审美享受，这在优秀的中外童话名作中并不鲜见，但就整个创作心态而言，成人的作家既不可能，也没必要让自己完全去模拟儿童的精神生活。作家对自己情感世界的把握和他的艺术创造力都应该在他的作品中得到最充分的体现。宗璞之幸运，就在于她既不再有意识地让自己的作品成为孩子们的训导师，也不强求自己牙牙学语地去模拟儿童的心态，她在有意味的形式中让自己酣畅的情感沉淀为艺术。我们不是经常感叹我们的儿童文学作品时空狭窄，意蕴单薄，缺乏高品位的、永恒的审美价值吗？殊不知这正是由于作家的艺术表现视角、情绪把握能力和意识涵盖面受到了不应有的限制。当宗璞能超脱这些束缚，她就有可能突破童话创作的一贯模式，创作出美学内涵超越儿童世界之上，具有艺术穿透力的作品。

宗璞的创作似乎向我们证明了这一点，从语象层和意味层两大层面来看她的作品，宗璞没有竭尽全力去构筑形象系列。读宗璞的童话，我们很少会记得惊险曲折的故事或性格鲜明的人物，留在你心里的只是那么一种情绪，一种韵味，萦绕不息，宗璞正是在作品的意味层上呕心沥血。皮皮鲁和鲁西西那让人忍俊不禁的荒诞故事从郑渊洁笔下冒出来，一个接一个如吹出五彩缤纷的肥皂泡那么轻松自如，可是宗璞却不行。“《总鳍鱼的故事》中矛尾鱼的悲哀和

① 见《吊竹兰和蜡笔盒》。

我在一起至少有十年，《紫薇童子》的主题出没在脑海也已四五年”[①]，她必须从生活中捕捉到冲击心灵的亮点，回味咀嚼之深，如蜜蜂酿蜜般。而“写完一篇，连人也似乎干枯了几分——还不能保证那产品是丰腴的”[②]，话不免谦虚，但宗璞确是在追求像《海的女儿》那样意蕴隽永的艺术境界，要做到“幼年时也可见其瑰丽，却只有在人生的阶梯上登到一定的高度，才能打开那蕴藏奥秘之门”[③]。

《紫薇童子》这题目就富有童话色彩。不知为何，宗璞给她的主人公取了“黎奇子”这个怪怪的名字，但当你把悦耳的声音念叨几遍之后，你真会觉得非得这个叫“黎奇子”的人，一个身患残疾、没有亲人，却有一个悦耳动听的名字的人，因了他怪僻中的善良、孤傲中的灵秀才能遇见紫薇童子，而急功近利的凡夫俗子显然得不到生命精灵的垂青。紫薇童子的灵光就在我们身边闪闪烁烁，如果我们也有一颗黎奇子的心，我们的生活也会变得温暖，变得充满爱意。遗憾的是我们都是与老古和骆奶奶为伍的，当黎奇子从树苗堆里拣出那焦黑的枝条时，我们也会怜惜地想：“这残废人拣了一棵残废秧子。”于是，我们总也走不进那精灵世界了。

《总鳍鱼的故事》把生物进化的遥遥历史凝成一个童话片段。两个青梅竹马的伙伴，选择不同的生存道路。真掌要向陆地挺进，在变革中求生存，矛尾鱼依恋能够苟延残喘的水坑，“他们两个对望着，在亿万年的历史中，几秒钟是太短暂了，太微不足道了，可这是多么重要的几秒钟呵”[④]，于是有了水族展览馆里矛尾后代那无法言说的悲哀，而这弥漫而起、浸透心灵的悲哀又岂止仅仅属于这条年轻的鱼呢?

宗璞刻意挖掘意味层的涵盖力量，为了达到“言有尽而意无穷”的境界，她作了别出心裁的尝试，以对民间传说和民间童话的再创作为例，可以比较宗璞的《贝叶》与葛翠琳的《野葡萄》。《野葡萄》写一个盲女孩历尽艰险摘到

---

① 见《风庐童话·后记》。

② 同上。

③ 宗璞《也是成年人的知己》（见《风庐童话》）。

④ 见《总鳍鱼的故事》。

野葡萄，不为荣禄所诱，回归乡里让盲眼的乡亲都重见光明的故事。《贝叶》写小女子贝叶为免除老龙对村庄的洪水灾难，自愿献身作贡品，最后杀死老龙而自焚。它们都具有浓郁的民间传奇色彩，且原素材的情节框架与主题旨归极为相似，同是叙述一个富有自我牺牲精神的女孩普救众生的故事。但两位同为抒情风格的女作家笔下的情感基调却迥然不同，葛翠琳是这样开始的："你喜欢葡萄吗？你听过野葡萄的故事吗？"好似大幕徐徐拉开，在柔和的丝竹乐声中，一个乡村女孩轻盈飘来，她的名字叫"白鹅女"——一个明媚、充满乡野气息的名字。宗璞却是在一声婴儿的啼哭中把主人公猛然推到我们面前，母亲唤着"宝贝"，恰窗外一片树叶飘然而下，于是有了她的名字——贝叶。"全村人谁也不知道贝叶是贝多罗树的叶子，应该在上面写佛经"，这看似漫不经心的补白预示了这女婴将踏上一段神圣的生命历程，也奠定了整个作品凝重、肃穆的情感基调。

"白鹅女""贝叶"，这两个名字的不同决定了命运的不同。瞎眼的白鹅女又穷又苦，但她始终生活在充满温暖乡情的氛围里。当她出发去寻找野葡萄时，有小白鹅驮着她溯河而上，自然界的小生灵都是她亲密的伙伴；贝叶出征却是一幅悲壮的画面：荒凉的沙滩，面对咆哮的大海，一个娇弱的身影举着细细的木棒，在她身后，远远的是一片错落下跪的人群。当白鹅女遇到危难时，有神仙老人助她神力，在高山险壑面前如风吹白云轻盈而过；贝叶却是孤军奋战，飘散的长发在漆黑的海面上燃起熊熊火焰，手执利剑在惊涛骇浪中与老龙拼杀不息，当宗璞写到贝叶"一甩满头的火焰，一剑斩下了龙头"，阴柔中突发侠骨豪情。白鹅女回归故乡让所有盲眼乡亲重见光明，她自己也获得了快乐和幸福；而贝叶激战之后回到梦寐以求的家乡，却被惊恐的人们看作妖怪最终自焚。"一切是这样宁静，好像这里从没有过异常的事。只在路旁，有一堆新烧的灰烬，在朝阳下闪闪发亮。"宗璞就这样结束了《贝叶》。葛翠琳基本上沿袭了民间素材的人物构型和叙事结构，如情节上的"三重复叠"（白鹅女三次受考验，三次施善事），人物设置的"善恶型"（善良的白鹅女最终获得幸福，凶残的后娘受惩罚）。葛翠琳做的工作是将粗糙的民间素材进行加工，使之成为细腻和精美的文字作品，但没脱离民间童话的基本风貌，这正是我国现代童话创作的传统，直至新时期“热闹派”童话出现之前，我们的童话创作基本上都沿袭了这条路。宗璞则不同，旷日持久的酝酿与思虑处在模糊状态，突然，民间童话的亮点激发了它，使之豁然开朗。作者不在意要把原来的故事说得更完美动听，她孜孜以求的是在粗陋的框架中熔铸一个现代人的理性与思辨，使之升华进入一个全新的艺术境界。宗璞把心力倾注在“贝叶”这一形象的塑造上，与民间童话素来绝缘的悲壮美感恰恰正是贝叶形象贯穿始终的精神震撼力之所在。贝叶身上洋溢着人格力量的光辉，它摈弃了童话形象作载道与训喻的道具功能，也一扫那甜得发腻的故作“天真气”。理解“贝叶”，与其把它看作一个性格人物，不如看作一个象征符号，作者由此拓宽了作品的审美空间，容纳更沉更浓的艺术涵义。

至此，可以对宗璞的童话作一个文体上的描述了。宗璞总是以轻柔的散文笔调从容不迫地叙述一个淡淡的故事，这故事中往往有孩子的身影，但这孩子身上所体现的并不是未涉人世前的童心的天真，而是借儿童表现出一种洞察世事之后的超脱与飘逸，一种微笑着直面严峻人生的风采与气度。童话的生命——幻想——在这里并不体现在出其不意，令人惊叹不已的情节构造上，却像一阵微风，将那个淡淡的故事从它生活的地基上轻轻托起，在行云流水的叙述中弥漫开作者那份铭心的人生体验，宗璞自己说得很明白：“童话就是反映人生的一首歌。那曲调应是优美的，那歌词应是充满哲理的。”①

（三）

至此也就可以回答我开头的疑问了，像宗璞这样文化素养较高的作家，她的不少童话作品具有一定艺术价值，何以没得到儿童文学界相应的接受与欢迎？童话的生命在于幻想，而翻开那些优秀的经典名作，其幻想无不体现在那荒诞离奇的情节构架上，如安徒生的《皇帝的新装》、科洛狄的《木偶奇遇记》、林格伦的《长袜子皮皮》、俟格纳的《豆蔻镇的居民和强盗》，而情节

---

① 宗璞《也是成年人的知己》（见《风庐童话》）。

的发展又紧紧依附于作品中童心世界的烂漫与稚拙，那是一种儿童独有的，成人难以进入但成人比之儿童自身更能领悟其美感与智慧的境界。即使像安徒生《海的女儿》这样重意蕴层的作品，也有一个曲折动人的故事。然而，宗璞似乎缺乏一种说故事的能力，她几乎所有的作品都是淡化情节的，唯有1956年写的《寻月记》例外。两个孩子寻月的过程写得啰唆而拖沓，可以说是个不成功的作品。这种编造故事能力的贫乏使宗璞的作品对孩子们来说失去了最为直接的吸引力，而她那份熟谙人世后的透悟对孩子来说不免有些过分的空灵与深奥，也许灵性高的少年会很喜欢她的作品，但对一般层次的大部分小读者来说，真需要“在人生阶梯上登到一定高度，才能打开那蕴藏奥秘之门”了。也许宗璞早已明白这点，于是她的一篇童话创作谈题目就叫《也是成年人的知己》。

似乎已没有必要再为宗璞童话作价值性的判断和结论了。我已描述了宗璞与她的童话创作，解答了自己的疑问，我便释然了。

原载《探索》1989年第4期

嵋的“启悟”主题

孔书玉

也许是女性作家特有的对人的精神世界关注的缘故，宗璞对她选择的题材常常进行一种独特的发掘。从《红豆》到《三生石》，在她对女性知识分子内心生活的描写中，我们可以感受到一种对人生的参悟和理解。

初读《南渡记》，我的直觉是，作者最喜爱的人物也许是嵋。虽然在这卷书里，嵋这个人物还远未展开。作者甚至没有像对碧初、吕老太爷那样给她以重彩描绘，但作者似乎有意把“后头”留给她。（这从全书的整体构思和间或出现的伏笔中可以预料）尤为重要的是，作者在为我们展现的由一代知识分子的形象组成的历史画卷之中，始终贯穿了一个由隐含视角发现的深层主题，那就是以嵋为代表的，包括玮玮、无因以及雪妍、小娃等一代青少年的“启悟”主题。这个隐含视角即时隐时现于表层叙述的第三人称全方位视角后的“嵋的视角”（它并不以某种具体形式出现，而是像“第三只眼睛”似的被我们感知），从这个角度，我们可以追寻作品表面情节下的深层结构和主题。

首先，简要介绍一个“启悟”主题的概念。“启悟”是西方“成长小说”的重要主题。它表现了主人公从混沌未知的状态，经历一个寻找（quest）、探险（adventure）的艰难过程，而达到再生的人生经验。这种“启悟”主题在西方常被联系到文化和人类学的广阔背景上加以理解，它不仅代表了一个人物的成长过程，也是一种文化的演进历史。据考证，它源于原始部落的“启悟仪式”。这个仪式又叫“成丁仪式”，指从少年进入成年的一个仪式。大致包括“传授族史族事”，象征性地“脱离母体母教”“经历冥府凶域”“洞悉大千善恶”，从而象征性地再生，担负起延续民族文化的大任。相应地，“启悟”模式为：（1）开始时，被启悟者离家，进入树林和黑暗（象征死亡）；（2）被启悟者经过试炼，接受由长老们传给的知识，与妖魔斗争，为新生做准备；（3）被启悟者通过象征的死亡，获得新生。这个“启悟”模式不断被运用到文学和神话的研究中。（以上内容可参见香港学者陈炳良、黄德伟《张爱玲短篇小说中的“启悟”主题》中的有关介绍）

下面我从小说的情节和人物关系两方面看嵋的“启悟”主题的展开。

小说一开始，作者呈现给我们的是北平明仑大学孟教授的住宅——方壶，一个安宁、和平、温馨、充满书香和母爱的家园。但在嵋的隐含视角中，它同时又是一个转瞬即逝的梦中乐园。在嵋与小娃的头脑中，方壶的一切本应属于他们是天经地义，就像他们有夜晚去溪边捉萤火虫的权利一样毋庸置疑。可是，“偶然”的一次进城，“突然”的一声炮响，却使他们再也回不到可爱的家园。从此，方壶成了他们漂泊生涯里日萦夜绕的梦。一方面，这个梦犹如不再归来的童年，越来越遥远，也越来越不真实；另一方面，他们同父辈一样，“梦魂无惧关山锁，夜夜偕行在方壶”，用青春、生命为收复家园同侵略者抗争。第一章这样结尾：“两个孩子没有想到，需要那么长的时间才能回去，那时他们已经长大，美好的童年永远消逝，只能变为记忆藏在心底。飞翔的萤火虫则成为遥远的梦，不复存在了。”它预示着，从“泪洒方壶”到“归梦残”将是一段多么漫长艰难的路程。相应地，我们看到嵋的最初特点：儿童的澄澈无邪，天真烂漫。她在方壶是个活得无忧无虑的小精灵，“什么都高兴”，看《格林童话》，捉萤火虫，给新娘拉纱。宗璞一向喜欢用小道具象征、衬托人物（这也许是受《红楼梦》等古典小说的影响），这里，她把最心爱的萤火虫形象（参见散文《萤火》）赋予了嵋，这是一个冲破黑暗的生命的象征，代表了美好、自由、爱和光明。（嵋因此很可能被作者当作《野葫芦引》这部史诗的贯穿性人物）不过总的说来，这个充满灵性的黑眼睛的孩子此时还处于对人生浑沌无知的状态，她生存的环境也只是小小的与世隔绝的方壶，一种未脱离母体的胚胎阶段。

单纯无知的夏娃是怎样走出伊甸园，开始她真正的人的经历？在西方小说里，常常是以蛇的诱惑的形象出现的人性中的好奇（也许说是追求感）导致（如浮士德等），但在《南渡记》中，嵋的人生经历完全是在外来因素，即日本的侵华战争造成的背井离乡下开始的。（这也许要联系到近百年的中国近代史才能理解。在宗璞这一代，个人的命运始终与民族的命运纠结在一起，整个现当代文学的主题无法摆脱这个政治背景）嵋从此进入第二个阶段，即香粟斜街三号的生活。这段生活是个过渡阶段，也许我们可以把它看作类似“传授族史族事”，为脱离母体，经历人世沧桑进行的心理准备期。从地窨子避难、后园“打鬼子”到姐姐们在街上受辱、长安市场遭遇日本人，这一切潜移默化地在她洁白的心灵上投下亡国奴耻辱的阴影。她带着“北平哭了”的沉重心情被迫离开她从小生长的地方。这时，从人物关系上看，我们可以发现一个类似家族长老功能的吕老太爷与嵋的关系。正是外公无意中对嵋进行了一种教育。老人报国无门，空叹“思悲翁，不请长缨，系取天骄种，剑吼西风”，只能把希望寄托在下一代身上，教他们读书、打拳，以图后业。这个形象以后将被嵋的父亲、母亲等长辈不断代替。同时，我们发现嵋又遇到了在她一生中极其重要的人物，她的对手香阁。香阁“上狗下狼”的性格是在嵋面前最先表现的，也只有在她这个透明人面前才暴露无遗。书中两人初次见面是香阁给嵋送彩线角儿，她不过是利用取悦嵋来讨好主人而已。在嵋的心目中，她是个伶俐懂事的丫头。但在跟吕老太爷学打拳，两人对打时，作者借孩子的视角，埋下了精彩的伏笔：

怎么会有这样的笑容！嵋很奇怪。

这笑容好像有两层，上面一层是经常的讨好的赔笑，下面却露出从未见过的一种凶狠，几乎是残忍，一种想撕碎一切的残忍。

“啊！”嵋有些害怕，叫了出来。

香阁仍不撒手，反而捏更紧了。还盯着嵋的眼睛，好像说，你有什么能耐……

“我和小姑姑闹着玩。”香阁松手，她的内层微笑骤然消失了，只剩下外层，十分甜美。

此外，书中还有一段酷似“红楼梦笔法”的小插曲——插烛求仙，我们不妨把它看作人物命运的一种暗示。我们注意到在富有象征性的蜡烛中，雪妍的白色极符合她纯洁、善良却又软弱的性格，她的先灭也许是她脆弱生命在风暴中的必然。玹子的绿、峨的蓝也是精心设计的。嵋的蜡烛恰是红，与萤火虫一样，代表了一种热烈动人的生命的火焰。这时，香阁又出现，而且她认了一支与嵋正好对立的黑蜡烛，令人叵测的阴暗和罪恶的象征。最后只剩下红、黑两烛在风中长久相持，“火焰一跳一跳很精神”，我们简直可以把它们看作代表善与恶、光明和黑暗（也是神话中的公主与妖魔）两种力量的斗争。从作者假借蜡烛发出的对人物的议论中，我们可以看到一种塑造人物的新观念。以前宗璞小说很少正面、重笔描写反面人物，大多只是陪衬式的漫画人物，但对香阁，我们可以期待她成为一个与嵋互映互衬的有魅力的文学形象。

从离开北平，在海上旅行到坐火车进入陌生的他乡是嵋“启悟”过程的一个重要阶段。在“成长小说”里，旅行常被当作主人公人生历程的象征来使用。嵋离开家园，在异乡漂泊，寻找父亲的涵义正同穿过黑森林寻找人生意义的“被启悟者”原型相合。于是，一个全新的人间世界（不仅有爱、和平、美好，而且有恨、战争和丑恶）向她打开。她起初多么不解：“为什么有些人是那样的？”孟母回答：“世界不是方壶，你慢慢就知道。”由此开始，嵋走向她脱离母体——经历冥府凶域——洞悉大千世界的真正的生活道路。死亡的象征也开始出现。一方面，是她不知晓的外公悲壮而凄凉的死，另一方面，是她亲历的之芹的死。同生一样，这是嵋参悟人生不可缺少的一面。从此，过去那虽则美丽但未免虚幻的温柔乡的梦破灭了。与以前的单纯、明亮、爱等相对的种种情感交织出现：不解、忧郁、怅惘和恨。她的外部世界和情感内涵都丰富、扩大了。尤其是嵋，方壶和香粟斜街的日子，都隔在一具遗体的那一边，她已经不是原来的孟灵己了。“这也许能洗掉什么不洁净的东西，却洗不掉她的经历、她的感受、她为李之芹大姐姐的悲伤。她有一种说不清的情绪，似乎不是为之芹，而是为她自己，为爹爹和娘，为所有的人，想要大哭一场。”与此相应，幻想中的萤火虫再也见不到了，代之的是在香港无因送她的萤镯，死去却又是永恒的生命的象征——一片弯圆的芦苇叶上两个翅膀张着的亮晶晶的小虫。“我举着它看海，一片蔚蓝上有一个乳白的圈，萤火虫似乎在海上一闪一闪。别人喜欢镯子，只有我们几个人了解那萤火虫，包括小娃。”他们了解萤火虫的生命内涵，“萤火虫不好看，可是会发光，溪水上的那一片光，能照亮任何黑暗的记忆”，但对人的思索，对生命的怀疑也产生了，“萤火虫的小灯笼又能亮多久呢？它们累不累？”另外，海上望日一场作者隐约透露了嵋成长历程中的几位伙伴，玮玮和无因。

在云南的生活尚未充分铺开，但无疑，嵋将在这块陌生的土地上重新认识家园的温馨，在背井离乡的痛思中省悟自由的尊严。她和玮玮在荒僻、阴森的黑龙潭的探险正是他们寻找人生意义的开端。在这条艰难道路上，充斥着蝴蝶、陷阱、悬崖和深渊。

原载《文艺研究》1989年第5期

读宗璞《野葫芦引》第一卷《南渡记》

卞之琳

一部严肃小说，能使具有一定文化水平的普通读者既得到美学享受又在不着痕迹中得到思想境界的提高，因此表示一点肯定的由衷话，我想比诸小说批评家的誉扬，更足以证明这部著作的成功与贡献。宗璞同志的中、短篇小说已被大家公认在现代新文学史上占有一定的地位，现在第一次试写出长篇小说，《野葫芦引》第一卷《南渡记》，就使我这个普通读者，在耄耋之年，在文债信债山积、应付不过来，而时间精力日益不济的情况下，一卷在手，深受吸引，不由不搁置写到中途的一些纪念已故师友的文稿，不论读得多慢，花几天时间读完了整卷三百页，不顾自己是中外今日"先锋文学"的落伍者，不管过去曾也是妄图学西方现代派小说的工作者，在多位小说写作与批评行家面前，班门弄斧，姑妄谈几句，实在无非表示我难得的欣悦。就题材而论，这部小说填补了写民族解放战争即抗日战争小说之中的一个重要空白；就艺术而论，在新时期小说创作的繁荣当中独具特色，开出了一条小说真正创新的康庄大道的起点。

先就题材讲我的一点欣慰。1988年台湾《联合报》副刊也为纪念"七七"抗战50周年发起征文，提出了"试写抗战"的呼吁，"谓国人在抗战文学这一分野的创作，质量均不足以反映半世纪前那场可歌可泣的民族御侮战争，现在正是以深沉的大爱，犀利但不失冷静的文学手法，为战争真相以及在战火试炼下人性的葛藤显影，为历史浩劫造像的时候”（见余光中新著散文集《凭一张地图》附录）。我们有名著长篇小说《青春之歌》，那可是写全面抗战前的一二·九运动的，主要是写进步学生；还有名著《四世同堂》，那是写北平沦陷以后相当长一段时期以至整个时期，主要是写市民阶层。现在宗璞同志写《南渡记》，是写卢沟桥事变后不久到1938年，写北平高级知识分子阶层，也是衰落的旧家，可能还称得上“精神贵族”（这也是作为社会变动的神经末梢的知识分子的一个不应缺少的方面）。中外从古到今，改朝换代，新贵族大约永远会出现的，会兴衰隆替的。恕我冒昧肆言（就算童言无忌吧），原先为我们新中国打江山而出生入死的革命英雄豪杰，不是也有少数人进城后变成了“王侯第宅”的“新主”，因此他们的子女也就反过来成了新贵子弟吗？宗璞同志笔下的那位吕老先生地位是比《四世同堂》里的那位老祖宗高了一级以至几级，一样有爱国热肠，最后要被日本侵略者拉下水挂名担任“维持委员会”重职，就暗自服安眠药以一死挫败敌人的如意算盘，不是同样可歌可泣吗？顶住了，忍住了，终还是在恶犬栅门前，“千古艰难惟一死”（惨死），不得不喊了“投降”，他的温顺女儿却终于挺身而出登广告永远和他脱离父女关系，跑去找她新婚后即跑出科学实验室出走西山参加游击队的丈夫。小说的教育意义过去应有，现在还是应有的，不然空发发牢骚，泄泄自我中心的隐藏在身内的利比陀（Libido），对别人（最后也对自己）都毫无价值，只会罂粟花（哪儿谈得上“昙花”）一现，消失无踪。“商女不知亡国恨”，今日男女青年特别应该从这样的有意义的小说里补补被“文化大革命”打断的课。另一方面空喊“学雷锋”、教条主义式继续进行“假大空”创作，也不起作用，甚至恰好起反作用。宗璞同志这部小说为什么能教育人，那是靠艺术的潜移默化，不是妄图立竿见影，空教训教训人，效果会适得其反。

宗璞同志这部小说的写作，不羡慕新时期小说的轰动效应，不担心今日如有些评论家所说的陷入低谷，卓然独立，独具特色，独辟蹊径，实属可喜。这里有真正的创新，而只有批判继承中外优秀传统，适当采用外来的与时代演进同步的新手法，才会有真正的创新。就此我有三点想说：

我读《南渡记》，首先，不由不想起《红楼梦》。（今晨在电话上和一位如今也上了年纪的西南联合大学三校的校友，如今也是中国社会科学院同事的朋友紧急谈商能否来参加座谈会的时候，我一提到这一点，他就表示有同感）这不是说这部小说（还只出了四分之一）就可以和曹雪芹那部经典小说媲美了，但总是从这部名著——也就是中国章回小说宝库中的第一名——学到了围绕着也就是烘托着众多人物的庭院、陈设、衣饰、打扮、举手投足的工笔画式细致描写。这也合乎恩格斯所讲19世纪西欧现实主义小说的“细节真实性”的擅于掌握。可是著者扬弃了连《红楼梦》都不免的填一支曲牌，用风花雪月的堆砌辞藻，描摹出场人物的花容月貌、绫罗锦缎衣着、金玉饰物、金枝玉叶的相貌，像裹上一层云雾烟雨，叫人简直认不出庐山真面目，如今把这种滥调糟粕一律抛开了，决不手软。同时这里也利用了《红楼梦》一类旧小说的巧妙插曲（真是符合平仄安排等声律要求的曲牌填词）来充作今日话剧舞台、电影电视剧的“画外音”，也代替西方传统小说里作者硬插进去的评语那一套笨办法。顺便说一句，说来惭愧，我曾在西南联合大学复原北返，在南开大学外文系一年级班上教过宗璞同志英文诗初步，现在才知道原来她中国古典文学根柢这么好。你看《南渡记》的序曲多首和间曲一首，哪一句不是平仄合律，协韵合辙，功力之深，令从小也偷偷学写过旧诗词的我大为吃惊，而且使我猛然憬悟了旧曲牌抑扬顿挫的节奏以至旋律的非凡功能。（顺便再说一句闲话，看看了不起的“文化大革命”后起家的确乎超过“五四”以后二三十年内一般名小说家作品的“伤痕小说”“反思小说”等的中年作家，特别是杰出的女小说家，有几位能有这样的旧文学根柢）我老朽昏聩了，读不了许多的书，还记得一位不知谁写的好像叫《爱情的位置》，小说确是佳作，可惜中间插上一位女主人公的寄怀填词，因为作者自己不会填词，就生造了一个“梦江南”之类的词牌名，写了一首“自度曲”，因为作者误以为“自度曲”就等于我们今日的“自由诗”，可以不拘字句格式、长短，信手抒写了，殊不知作“自度曲”比填现成词牌难得多，过去只有姜白石一类自晓声律、能自行作曲的词人才能创制“自度曲”！又如，近读《读书》杂志上文学评论家新秀陈平原同志一篇《两脚踏东西文化》揄扬林语堂其人其文的见诸要目的文章，其中夸赞《红牡丹》这部实为低级趣味的小说——就差没有具体描写性行为细节的要不然尽可以称之为黄色的小说——且不去管它，就是谈林语堂早先允称出于民族自豪感，对外国人美化中国的好意而写出的英文小说名著，多少学《红楼梦》写华丽家族的“Moment in Peking”，竟沿用抗战期间上海滩有人汉译的书名《京华烟云》，现在人民文学出版社出版台湾一位女译者的译本也沿用这个名字。林语堂究竟还有点旧文学根柢，知道以四字文言作书名，应安排平仄对称才好念，所以自译书名叫《瞬息京华》，仄仄平平，正好合适，而《京华烟云》，却是平平平平，怎么好上口呢？至于端木蕻良的小说名《大地的海》四个字，因为用的是白话，中间插上一个虚字“的”，不讲平仄也就不拗口了。又近见香港《八方》文艺丛刊第十一辑“沈从文特辑（下）”中有美国沈从文研究专家金介甫一篇纪念文字，外国人不能掌握汉语文言的平仄这一套玩意儿自不必苛求，可笑的是中国留美学人，原为上海某师范学院图书馆员，因掌握材料多，为花城出版社编了《沈从文文集》，又为人民文学出版社编了一卷本《徐志摩选集》，成了专家，把金介甫这篇文章的题目竟译成了两个佶屈聱牙的七字句“粲然瞬间迟迟去，一生沉浮长相忆”，全不懂基本的七言文言句的联对、平仄等安排，令我一看就毛骨悚然。沈从文夫人张兆和同志也看出这一点，因为珍惜金介甫的好意，不得不就此让吉首大学编入纪念从文逝世一周年文集。我想宗璞同志和在座的一些中年以上的老评论家，闻此也会与我有同感吧。

最后我也得挑一点这部小说的疵病，其中最突出的一点是：一开场就像放花炮一样爆出了众多人物，令人目不暇接，也就有点模糊不清。问题也许出在主要人物的出场事先没有适当准备，例如莎士比亚《哈姆雷特》开场，主角先不出来，而先由不重要的配角给他做了适当议论准备，所以主角一上场，就给人很深的印象。照现代英国小说家福斯特《小说面面观》的说法，这里可能就没有把人物分“扁平人物”和“浑圆人物”，适当安排主次。“扁平人物”是没有多少层面、多大发展的，在小说里一出场就是那副面目（肉体和精神上），那么一句口头禅叫人一看一听就认识，正好充配角；“浑圆人物”，虽然也有他们各自一贯的性格特征，可是随时间、场地、情节的变化，面目也不断变化。《南渡记》里实际上也有这两面人物，例如吕老先生是有变化的，嵋是有变化的，雪妍也有变化的，香阁也有变化或者多面的，峨好像很少变化，只是毛病出在“扁”“圆”人物分配可能有些欠当。

讲到福斯特的《小说面面观》(现在国内有了译本),最后,恕我自己吹嘘一下,就在40年代初期(当时宗璞同志还小,可能还和柯岩同志一样,在昆明上中学或者大学先修班),我在西南联合大学外文系,除了开四年级本系必修的汉英互译课,还为了晋级副教授和教授,先就根据这本《小说面面观》,加上有名的伯西·拉卜克(Percy Lubbock)《小说的技巧》、艾德温·缪尔(Edwin Muir)《小说的结构》等等,胆大妄为居然开过一学期小说艺术选修课和开过又一学期的选修课“亨利·詹姆士”,用英文写了几讲(作为敲门砖,升了级就烧了稿)。所以从纸上谈兵说,我对小说艺术还可以自诩不算太外行。对于现代主义小说呢,我早在30年代中期就译介过法国普鲁斯特的长篇小说名著《思华年》第一部开篇第一段、维吉尼亚·伍尔夫的一篇短短道地的意识流小说和詹姆士·乔伊斯早期还没有写天书时的《都柏林人》短篇小说集的一篇(现在都见1981年和1986年江西人民出版社修订版《西窗集》),可以归入国内最早介绍西方现代派作品的“始作俑者”之列,现在老了,自然也就落伍了,保守了,尽管我还在40年代在英国看过存在主义者萨特的戏剧《苍蝇》,由我在牛津最相熟的一位讲师(后来担任过拜里奥学院院长)夫人,一位娇小玲珑的才女,在茂玳林学院露天演出中饰女主角,给我们留下了深刻的印象,尽管我很欣赏萨特的短篇小说和长篇小说《自由之路》(Les Chemins de la Liberté),我现在看不懂也不耐烦看西方的后现代主义等先锋派小说,所以也无法欣赏国内现在盛极一时的种种“新潮”“新锐”小说,总以为梦呓不等于艺术,总认为忧患意识、荒诞意识之类不经过艺术过程(art process),不能成为艺术品。我始终否定自己是为艺术而艺术或艺术至上主义者,常常说明为同一人生(包括革命)目的,可以分工,例如一句合适、及时的口号,鼓动了千万人干出轰轰烈烈的行动,可以在历史书上大书一笔它的不朽功绩,可是绝不能说是有艺术价值。大家知道艺术是源于实际生活、高于实际生活,是一种升华,我这不是什么奇谈怪论。例如一场实际战斗,就只能讲保护自己、杀伤敌人,真刀真枪,只求白里进、红里出,不能讲什么艺术性,在舞台上演一场斗争,就要讲架势、姿态、风度等艺术性了,要是演昆剧中的《夜奔》一类武戏，那一投足、一举手、一个鹞子翻身的功夫以外，还要看一字一板的韵味等了。再说，意识流、蒙太奇一类艺术手法，现代西方影剧作家、小说家，谁都会这一手，通篇小说用意识流手法，却早就过时，并不真正时髦。能博得正常读者的爱好，而真正在文学史上站住脚跟的正常作品，只有在必要的时候使一下这样的手法，它也就有别于19世纪现实主义小说的陈旧老套。讲到这里我也就想起我前面讲宗璞同志小说艺术的第三点。这就是适当用出一点叙述学的新技巧，才使小说不但脱出了中国古典章回小说的滥俗老套和西方19世纪现实主义小说的一些在今天看来是颟顸不灵的笨拙作风。

最后我也正好借此再自我吹嘘一下。我可以说不止纸上谈兵，我也有过长篇小说写作经验，只是失败经验而已。我在“八一二”后从上海出来经过武汉，到成都四川大学落脚一学年，1938年暑假到过延安访问，入冬过黄河到太行山区随军（八路军与地方游击队），又经延安在鲁迅艺术学院临时任教一学期，按原定计划回四川。1940年夏转到昆明，在西南联合大学外语系任教，半年后皖南事变发生，1941年暑假开始就把教书业余时间全部倾注到写作一部长篇小说，后定名为《山山水水》上，到1943年中秋完成全部初稿七八十万字，内容以四个城市——武汉、成都、延安、昆明——为中心，以一对青年男女的悲欢离合为主线，贯穿起来主要写诸多上层知识分子男男女女老老少少对于抗战的不同反应与直接间接介入，草稿写成后，照例需要修改加工，因为身在国统区，一本完全以无党无派身份主观上为全国上下人士团结抗战的《慰劳信集》尚且被列为禁书，估计这部小说无法出版，忽然试用英文译改。又在国内国外埋头五年大致给上编两卷英文初步定稿，巧遇衣休午德自美返英探亲，得到我所钦佩的这位差不多和我同代的小说家的嘉许，说我创造了迷人的女主人公，说我做了像法国人把普鲁斯特译成英文、英国人把亨利·詹姆士译成法文一样照例不可能的事情而居然出了奇迹，但又坦率说我的英文里还有百分之十五的中文，最好能请阿瑟·韦利为我润饰一下，以便在英国顺利问世。虽然韦利老先生（其实比我现在年轻多了）在我到英国后主动找我，我本不想去找他。他喜欢中国旧诗，不喜欢中国新诗，第一次写明信片寄给我说“我钦佩你的诗已有多年”，真叫我受宠若惊，之后我从牛津到伦敦总去他家里看望他。

可是我想怎好麻烦他老人家润饰我几百页的打字稿呢！正好这时候《英国大报》头条天天刊登淮海战役的大新闻，在英国凭空给我们中国人脸上加了光彩，使我们增加了民族自豪感，我就感到自己的狂妄想法，相形之下，显得像一场梦幻，当即搁笔回国。

回到北平，首先在一股热劲下，根本忘记了自己未完成的长篇小说稿，稍想起了，自恨主要不写工农兵而写知识分子的错误，狠狠把全部稿子趁冬天喂了火炉。但是有些章节在抗战胜利前后曾用笔名和真名在文学刊物上发表过，再也烧不掉了，七年前重新看文艺问题，从热心朋友搜全了的片段中看看还自觉有点意思，又经旧好、新知的鼓励、奔走，让香港何紫先生办的山边社在1989年赔本精印了一本小书叫《山山水水（小说片段）》。从这本悄悄出版的小书中可以大略看到时间和地点恰好和《野葫芦引》有交叉或重叠处，正好互为补充，所以我亟待看到《野葫芦引》全部四卷的出版。我是1937年早春离开北平南返上海的，以此为中心到宁、苏、杭转悠、会友、自由写诗译书，以至最后止步在浙南濒海山中度暑工作的。《南渡记》中所写北平景物，是我北上故都并以此为基地的七年（其间到过保定和济南教过半学年和一学年中学，到过日本京都闭门译书近半年）中看到的，在我读起来，非常亲切，犹如旧梦重温，也就在这里补充了《四世同堂》中沦陷后的情况，正如《南渡记》中写的吕老先生找《哀江南赋》一样，令今日老去的我非常感动，使我也反过来深感叶落归根而不得，深深痛感自己本来才浅，又梦笔生花太早，不能像杜甫咏怀庾信一样，做不到“暮年词赋动江关”了。这也就解释了为什么我今天特别兴奋，拼老命再熬一次半通宵，以便先到这个座谈会上发个言，希望（即使不在今日，因为今天在此发言后，还得赶去《诗刊》社召开的“五四”与新诗纪念座谈会）得到过去曾在大学英国诗班上届当过我的学生、今天应在小说问题上反拜为师的宗璞同志和诸位小说家、小说评论行家给我这类胡言的批评和指教。赶写成稿子念，因我自知不用稿子控制，老年的噜苏通病一发作，就不知会扯到哪里去了，害得在座的诸位听来头痛，尤其是被剥夺了发表宝贵意见的充分时间。

原载《当代作家评论》1989年第5期

独创性作家的魅力

宗　璞

身为外国文学研究所的工作人员，若不为自己单位办的刊物写点什么，似是大逆不道。为避这嫌疑，虽然我总没有想好我和外国文学的关系究竟如何，也只好搜索枯肠，找出几句话来，交代一下。

就记忆所及，我读的第一本外国小说是林琴南译的《块肉余生述》，即《大卫·科波菲尔》，时年8岁。那文字当然是不大懂的，但现在还记得“大野沉沉如墨”“落英缤纷”等句子。后来在高中英语课本上读到大卫在去学校途中吃饭的一段，知道一点原文是什么样子。记得因为我们倒英文老师的台，那一课是我们的校长黄钰生先生亲自教的。后来又读全书，很喜欢书中的艾尼司，那善良的、总是为别人着想的女孩。再后来知道评论家认为这个人物很虚假，便为她抱不平。细想来，艾尼司有点中国妇女的味道，恬静、安详，内心却有坚韧的力量，把温柔的光辉洒向人间。这样的女性绝非虚假，只是太少了。

狄更斯在这书的序中说，大卫·科波菲尔是他心灵深处得宠的孩子。这本书也是我的一个特殊的朋友。8岁时看不懂的，如书中描写的童工生活，负债而进监狱的情况，后来则深为其人道主义精神所感。人道主义精神是西方优秀文学中最根本的东西，源于普遍的同情心，大悲大悯。若无这同情心，只斤斤于一部分人的利益，当然也感动不了广大读者。

狄更斯以极大的同情心真实地写出了他所处的社会，有幻想，却没有粉饰。这样的书总有点讨人嫌。曾听到一位英国朋友说，20世纪60年代初他听一位中国青年说，伦敦街上躺着无家可归的人，说是狄更斯小说这样描写的。这位朋友很不悦，说现在的英国已不是狄更斯笔下的英国了，一提起英国文学，应该有另一个代表人物来代替狄更斯，但是想了半天也没有想出来。

青年时代我最爱两位作家：陀斯妥耶夫斯基和哈代。关于哈代，我在《他的心在荒原》这篇散文里说了许多。关于陀斯妥耶夫斯基只写过一篇极简单的小文，还是50年代在文委宗教事务处工作时，似乎是国际上纪念陀氏，不知怎么写了一点，发表在《工人日报》上。我从初中到大学期间，不断读陀氏作品，《罪与罚》《被侮辱与被损害的》《白痴》《卡拉玛佐夫兄弟》，真是令人肝肠寸断！有很长时间，我们的评论认为陀氏是反动的，喜欢他的作品也至少是在感情的细流里有某种不健康因素，在一次次的思想改造中应该挖挖思想根源。记得起先把一些“不健康”的思想感情归于小资产阶级，后来的说法是小资产阶级就是资产阶级，何必要那“小”字！应该统统打倒。我们的十字架造得那样多，发给读者和作者一同背负。鲁迅有一句话论及陀氏，原文记不清了，大意是陀氏在拷问人生的罪孽，一直拷问出罪孽底下灵魂深处的洁白来。真是深刻极了。现在的专家们仍可指出陀氏的短处，但那拷问的精神是何等伟大，他把自己的灵魂和人生的罪孽一起放在炼狱中经受拷问。他书中的人物忍受侮辱和损害，忍受无穷的苦难，但他们的精神是丰富的，内心仍是倔强的。他们无法抵抗，但他们不是顺民！

据说贝娄同时也是陀氏专家，在大学讲授这一课，讲得十分精彩，我一直想看他的讲演文集，但像许多事想做却总做不成一样，不知何时能看到。

60年代中期，“文革”以前，批判经典著作风行一时，卡夫卡批判是一课题。当时以卞之琳先生为首成立一小组，我是其中一员。卞先生指导我们读作品，并讨论过几次。提纲尚未拟出，“文化大革命”开始了，一切付诸东流。但是卡夫卡的作品在我面前打开文学的另一世界，使我大吃一惊！

有人说，卡夫卡始终是一个谜，一个禅宗的公案。其作品本身给予文学创作如后来的某些派别的具体影响且不必说，我从他那里得到的是一种抽象的，或说是原则性的影响。我吃惊于小说原来可以这样写，更明白文学是创造。何谓创造？即造出前所未有的世界，文字从你笔下开始。而其荒唐变幻，又是绝对的真实。在“文革”中，许多人不是一觉醒来，就变成牛鬼蛇神了吗？

卡夫卡在一篇日记中说，他本想写狄更斯式的长篇小说，“只是用我取自时代的更强的烛照和我自身的微光来丰富它”。幸亏他“缺乏魄力和由于模仿所受到的教训”才避免了。他说“每个人都是独特的”“我从不知道常规是什么样的”。他尊重独特，强调独特，由此而常陷于绝望。如果我们不能尊重、强调独特，至少应该承认它吧。尤其是文学作品，如果不是独特的，又有什么存在的必要？

小说以外，我还喜欢泰戈尔、济慈、狄金森的诗，莎士比亚的《麦克白》，易卜生的《培尔·金特》，还喜欢潘彼得和快乐王子，我还热爱安徒生童话。

奇怪的是，今年7月间我在洛杉矶迪士尼乐园的童话世界中，没有见到一个安徒生笔下的人物。是否没有像中文这样的英文译本之故？我很难想象。曾到处扬言要致函迪士尼乐园，建议为海的女儿辟一块地方，布置起来一定比白雪公主、睡美人和爱丽丝的领地更吸引人，他们还可以多赚些钱。可我总没有写这封信。

原载《外国文学评论》1990年第1期

论宗璞的“史诗情结”

——对《南渡记》文体的一点疑义

马　风

宗璞在她的《南渡记·后记》中，写了这么两句话：“这两年的日子是在挣扎中度过的。”“挣扎主要是在‘野葫芦’与现实之间。”我想，“挣扎”或许可以作为宗璞写作她的第一部长篇小说的创作心态和实践状况的直观写照。作为读者，在整个阅读过程中，我颇为真切地感受到了小说家的“挣扎”。

看得出来，宗璞在这部总题名为《野葫芦引》的多卷本长篇中，寄予的期望极大。她是把这部小说当作“史诗”来作的。其实，这是最容易理解的作家心理。就宗璞的具体状况而论，她的创作资历、创作成就、创作积累、创作修养，尤其是她的创作年龄和生理年龄，都在急切地呼唤和敦促她向“史诗”的峰巅登攀。宗璞已经进入了创作“史诗”的成熟期。她自己分明体悟到了这种强烈涌动的创作需求和炽烈的欲望。《野葫芦引》正是这种创作需求和欲望的必然产物。

黑格尔对于“史诗”，有过如下的阐释：“史诗就是一个民族的‘传奇故事’，‘书’或‘圣经’。每一个伟大的民族都有这样绝对原始的书，来表现全民族的原始精神。”（《美学》第三卷，下，108页）黑格尔所说的“原始精神”或许可以简俗地理解为历史精神，历史传统。于是，“史诗”必然与民族的某个重大的历史事件直接地镶嵌在一起，从而构筑起它的艺术背景。其次，“传奇故事”要求展现在重大历史事件这个艺术背景之中的生活内容，应该是曲折跌宕、惊魂动魄的，亦即富有“戏剧性”的；或者说，也应该是“重大”的。第三，“史诗”中的主要人物应该与“圣经”中的基督耶稣相似或相近，具有崇高的英雄品格和牺牲精神，他的作为和业绩也应该是“重大”的。如果说，上面的归结尚有它的合理性的话，那么，无疑可以用“重大”来概括“史诗”的基本风貌。

我说宗璞是把《南渡记》当作史诗作的，依据正是小说基本风貌昭然崭露出的“重大”迹象。宗璞选择1937年7月7日作为她的小说叙述的起始时间，小说的全部艺术空间都被这个决定着中华民族命运的历史性时刻，以及由此而延续出的悲剧性岁月所迸发出的辉煌的光和暗淡的影，统摄着，笼罩着。尽管小说家回避了对炮火纷飞的抗战情景的正面切入，然而，上述的时代背景，却并没有被淡化为悬浮在远处的一抹缥缈的烟云。它仍然是个分明的存在，犹如一方石块，实实在在地沉压在人们的生活中，也实实在在地沉压在人们的心灵中。小说的第三章曾写到三个孩子的一场游戏——“玮玮铲土，堆成各种形状：方的是楼，长的是飞机制造厂，圆的是碉堡。嵋和小娃帮着搬鹅卵石，小手不断倒换着把石子堆在土丘边，然后受命装日本人。玮玮装中国军队，一阵机关枪把一以当千的日本兵打得落花流水。”最后还写出战报：“香粟集团军总司令澹台玮率将孟灵已孟合已击毙入侵日寇两千人。”孩子的游戏原本是轻松的，欢娱的，如今已渗透进如此浓重的社会意识、功利意识。既然，游戏已经“抗战化”了，游戏之外的严峻的现实，无疑就更是“抗战化”了。我还想提到这样一个细节：抗战爆发的第二天，峨与几个同学听完音乐会返家时——“路边村庄里一声狗叫使他们沉默下来。一只狗开了头，别的狗都上来，此起彼落。好像不只是守夜，还有什么伤心事要大喊一通……‘这些狗！它们也闻到故事了。’谁在对狗加以评价。”试看，连狗的吠叫声也“抗战化”了。可以说，“抗战化”是宗璞对于小说中展现的生活场景（包括人物的心理场景）以及所宣泄的她自己的生活体验和情感情绪的最为明朗，也最为本质的观照结果。自然，这是为她的“史诗情结”所决定了的，因为唯有“抗战化”才有可能与我前面说过的“重大”相沟通。

《南渡记》只是《野葫芦引》整部小说的四分之一，但宗璞已经勾画出了众多的人物（人物众多也是构成史诗的一个因素）。在众多人物中，被小说家置于重要的艺术地位的，莫过于吕清非和卫葑这两个人。著名诗人、学者卞之琳老先生在谈到这部小说时，曾说他由此联想到《红楼梦》。（文章见《当代作家评论》1989年第5期）这话不无道理。假如说贾母是《红楼梦》中荣、宁二府的最高主宰，那么，吕清非则是《南渡记》中由他三个女儿派生成的严家、澹台家、孟家的最高主宰。贾母在家族地位中，虽然是举足轻重的，然而，在小说的艺术地位中，却并不重要。吕清非与贾母不同，他在家族和艺术中的地位，都是举足轻重的。这可见宗璞对吕清非的重视。不过，更能表明宗璞对吕清非的重视的，则是小说家寄托在这个人物身上的审美理想。借用我前面摘录过的黑格尔的话说，宗璞正是借助吕清非，“来表现全民族的原始精神”的。当然，这里的“原始精神”，也正如我在前面说过的，可以理解为一种历史精神，历史传统。无须多说，在吕清非这个形象上所折射出的这种历史精神，历史传统，是与崇高、悲壮的品格力量熔铸在一起的。吕清非的年龄、资历以及社会地位和影响，无疑决定了他是体现这种历史精神、历史传统的上乘人选。正因为如此，吕清非作为艺术形象投射到阅读者心理中的图景，便模糊了他的“个体”意义，从而凸显出更多的“类”的意义，亦即“民族”意义。于是，吕清非便成了一种隐喻，一种象征。甚至可以说，吕清非就是一个寓言式的符号。当他为了保持高洁的民族气节，为了表明不与日寇汉奸沆瀣一气的决心，终于以死相争、舍身成仁之后，宗璞中断了小说叙述的连贯性，专门插入一节《棺中人语》，从作为死者的吕清非的灵魂中道出这样的自白：“我常慨叹奔走一生，于国无补；常遗憾宝剑悬壁，徒吼西风。不想一生最后一着，稍杀敌人气焰！躺在这里，不免有些得意……”吕清非未免过于自责和自谦了，其实，他是个“英雄”。生活中需要这样的“英雄”，“史诗”中也需要这样的“英雄”。作为一个小说家，宗璞也需要这样的“英雄”，因为她在作“史诗”。我上面提到的另一个人物卫葑也是个“英雄”。在《南渡记》中，小说家用在卫葑身上的笔墨并不多。（但是，可以预料，在以后的三卷中，用在他身上的笔墨肯定会很多）或者说，宗璞仅仅让卫葑作了一个短促的“亮相”，可是，这实在是居高临下的令人仰视的“亮相”。作为一名物理系研究生，他舍弃了大学的实验室，作为一个年轻的丈夫，他舍弃了新婚的妻子。这是因为，作为一名共产党员，他必须毅然地踏上革命征途，投入抗战救亡的洪流中。如同为吕清非写了一节《棺中人语》一样，宗璞也专门为卫葑写了一节《没有寄出的信》。这是卫葑离开北平入解放区之后，在心里“反复咀嚼”的“一封永远发不出的信”，自然是寄给新婚妻子的：“我们是夫妻，我们是一体。我们彼此恰是找对了的那一半，一点没有错。但我不能属于你，我没有这个权利。我只能离开了你，让你丢失丈夫，让你孤独，让你哭泣！我必须这样做，因为我们生在这样的时代！”依照约定俗成的标准，对于“英雄”品格的最严峻的考验，莫过于生离死别了。吕清非“英雄”品格的闪光点正灼照在“死别”上，卫葑“英雄”品格的闪光点则灼照在“生离”上。他们两个恰恰形成互补，异常默契地完成了“生离死别”的“英雄”业绩。宗璞对于小说人物创造的这种设计，恐怕是用了一番心思的，从中，我更分明地体察到她对“史诗情结”的执着。

文章一开头，我说过，把小说当作“史诗”来作，这是可以理解的作家心理，尤其是像宗璞这样的作家。但是，检验一位作家的成就，是不是只能用“史诗”这把尺子呢？中外文学史为我们提供了否定的结论。《三国演义》自然可以被称为“史诗”，如若把《红楼梦》也称为“史诗”，恐怕就失之牵强。然而，曹雪芹的艺术成就显然并不逊色于罗贯中，甚至略胜一筹。支撑着列夫·托尔斯泰在俄国文学史乃至世界文学史上的问鼎地位的，自然与他的“史诗”之作《战争与和平》分不开，然而，能够与并非“史诗”之作的《安娜·卡列尼娜》《复活》分得开么？类似的例子还可以列举若干。这些文学现象给予人们诸多的启悟，其中，应该包括这样一种悖反的认识：作家可以把小说当作“史诗”来作，也可以不当作“史诗”来作。这似乎是一个狡黠的归结，更似乎是一个无意义的归结。但是，恰恰是在这样的“狡黠”和“无意义”中，可以检测出作家作出最终选择所显示出的机智。

宗璞绝不是一位缺乏机智的小说家，这有她的《红豆》《三生石》《鲁鲁》《泥沼中的头颅》等等作品为证。不过，我不能不感到几分遗憾地发现，在她的第一部长篇小说《南渡记》中，她的“机智”变得淡弱了，或者说，她的“机智”出现了迷失。宗璞的“史诗情结”过于亢奋了，她不该把《南渡记》当作史诗来作。

我这样说，绝不是出自一个阅读者在尚未进入欣赏过程时，就先期形成的审美心理定势的渴盼，而恰恰是欣赏过程终结之后的一种发现。这种发现不排除主观性成分，但更多的还是来自作品的客观性反映。当我读完了《南渡记》的最后一页，在梳理我的阅读感受时，立刻体察到小说的整体艺术形象由于缺乏和谐感、稳贴感而变得扭曲了，这种扭曲显然来自小说家对于小说文体形态的高度寄托而出现的紧张和躁动。因此，从这个意义上说，小说艺术形象的扭曲也分明地裸露了小说家艺术心态的扭曲，而后者无疑是前者的诱因。

我之所以感到小说的整体艺术形象缺乏和谐感、稳贴感，至少是在如下三个方面小说显露出的优势——（1）对于凡俗的人生世相的展现和描绘；（2）平实的叙述风度；（3）小说家轻灵、细密的艺术感觉——未能得到淋漓酣畅发挥的后果。对如此优势造成抵触乃至压抑威胁的，正是前面我说过的“史诗”规范中所要求的若干“重大”。宗璞原本企望借助若干“重大”来提升小说的审美价值度，但是由于这是一种并非审慎和成熟的“借助”，小说家的企望在很大程度上意外地沦落为失望。

小说的第六章第四节，有几段颇为精彩的文字。南渡到龟回小城的明仑大学教授孟弗之，完成了著作书稿，前往石印作坊商谈出版事宜——

小作坊在城的东门边，地势低洼，路边杂草丛生。若不是预先知道，很难想到这里有印刷设备。

老板见弗之进来，奉如天神下降，把桌凳擦了又擦，吩咐学徒用水吊子在炭炉上烧开水。沏好茶，又忙着说话：“孟先生在龟回，谁人不知哪个不晓！大学校搬来，是我们的福哟！不然这一辈子，你说是见得着咯？”

张罗半天，才容弗之说话。

这段文字，真可谓熔风情、人情、心情、神情于一炉。而在这诸多“情”中沉聚着的人世况味，又格外厚重和浓郁。这样的小说世界的达成，绝不仅仅是小说家语言操作的成果，更重要的是统摄和制约这种操作方式的小说家的对于现实世界的审美认识方式。换言之，语言操作不能只理解为是艺术技巧的演示，而是艺术感觉的符号化实践。从我摘引的这几行文字中，可以看出宗璞的艺术感觉是活跃在凡俗的人生世相这个领域之内，从而成为她的艺术感觉的敏锐区。（后面，我还将要说到这一点）我这里说的“凡俗”，显然是审美意义的“凡俗”。因为，如若从社会意义来鉴别，吕清非的家庭，以及由他的三个女儿派生成的家庭（《南渡记》中只写到两个）就其经济地位和社会地位来说，均可划入“上层”之列，写“凡俗”并不贴近。审美意义的“凡俗”，其界定范围无疑要宽泛得多。所以，我说的“凡俗的人生世相”，究竟是“底层”的抑或是“上层”的并不重要。重要的是这种“人生世相”所展示的应该是逼近生活的原生状态和通常状态的“面貌”。这也正是别林斯基说过的：“在全部赤裸和真实中来再现生活。”（《别林斯基选集》，第一卷，143页）既然是“赤裸”的，而且是“全部赤裸”的，于是，这是一种未被美化和伪化的“面貌”。平实、朴质，以及芜杂、纷乱构成了它的基本特色。而这些则是我说的“凡俗”。法国当代文论家托多罗夫曾经表述过这样的见解：“从上世纪末开始，事件在小说中的重要性减弱了，以前，英雄业绩、爱情、死亡构成文学所偏爱的领地，随着福楼拜、契诃夫和乔伊斯的创作，文学转向无意义，转向日常生活。”（《叙事美学》，43页，重庆出版社）可以说，充塞于《南渡记》的艺术空间的，就有若干“无意义”的“日常生活”。这些，恰恰是小说中最富于美学光彩的部分。除了前面我说到的，再如几个孩子在孟家住宅方壶后门外小溪边玩赏萤火虫的情景（第一章第一节）；在香粟斜街三号吕清非的深宅大院里，几辈人共度除夕、祭祖、吃年饭的情景（第四章第四节）等等，亦可为例。这也正是卞之琳所称道的“围绕着也就是烘托着众多人物的庭院、陈设、衣饰、打扮、举手投足的工笔画式细致描写。”（《当代作家评论》1989年第5期）然而，《南渡记》中的这些“无意义”的“日常生活”，却不是托多罗夫所说的“转向”的结果；而且，恰恰相反，我们在小说中看到的更为自觉的趋势，倒是相反的“转向”，亦即从“无意义”，从“日常生活”向“英雄业绩”“死亡”的“转向”。由于凡俗的人生世相与闪烁着理想色彩的英雄主题（前面说过的卫葑的“生离’，吕清非的“死别”，是这个主题的基本内核）常常呈露出一种二元分裂状态，于是，宗璞的“转向”必然导致小说的整体艺术形象也呈露出二元分裂状态，亦即缺乏和谐感、稳贴感而出现的扭曲。玩赏萤火虫，是孩子们的游戏；扮成“香粟集团军”“击毙日寇”，也是孩子们的游戏。但是，在这两种游戏之中，所包含的意蕴却大相径庭。前者更多的是纯真的情愫，后者更多的则是功利的和教化的目的。我们在前者中品味到欢愉，在后者中则不能不感到几分矫揉造作。于是，这种区别划出了一道审美品位的界限。出于同样的阅读心理，如果对吕清非和卫葑这两个人物予以道德判断，他们的行为、品格由于是崇高的、悲壮的，于是，可以说是美的。若改换一个角度予以审美判断，他们的行为、品格由于是单一的、平面的，于是，可以说是不美的。毫无疑义，审美判断引发出的结论，更具有不容忽视的本质性和权威性。人物形象之所以陷于二元状态的困窘之中，自然源于“重大”的“事件”的控制。可以说，人物的性格、命运的活动轨迹，一旦拘囿在“重大”的规定情境内，尤其是卷入到关系着民族生死存亡的冲突中，小说家出于民族自尊心理的集体无意识的支使，对于人物的认知和把握往往只能有一种价值取向了，这几乎是一种必然。在这个“必然”的催动之下，人物所能显露出的面目常常是一半，作为“英雄”的这一半。而作为“俗人”的另一半，则被遮盖了，甚至阉割了。而这被遮盖、阉割的另一半，又恰恰是饱含审美潜力和能量的一半。于是，小说家领教了这个“必然”的冷峻。因此，小说创作毕竟是美的创造这个不可更移的规律，又在激励小说家摆脱这个“必然”，超越这个“必然”。摆脱和超越的途径当然不止一条。就《南渡记》这部小说而论，我以为摆脱和超越的恰当途径，应该是让人物从“重大”中走出来，使之步履从容地在凡俗的人生世相中徜徉。小说中的赵秀莲、吕贵堂这两个颇为“普通”的形象，完全可以作为卫葑、吕清非的反证。宗璞投入在赵秀莲和吕贵堂这两个人身上的创造专注力和艺术热情，明显地低于卫葑和吕清非。然而，有趣的是，赵秀莲和吕贵堂（尤其是赵秀莲）所焕发出的艺术吸引力和艺术魅力却并不明显地低于卫葑和吕清非。我想，这种现象的产生，主要是赵秀莲、吕贵堂这样的“普通”人，更具有“人”的原生状态和通常状态，或者像别林斯基说的，更为“赤裸”。于是就更富于真切感和亲切感，因此，更容易博得接受者的全面认同。

为了不至于对我的上述意见发生误解，委实有必要强调几句：我绝不是在张扬小说创作应该回避“重大”和“英雄”；相反，我坚定地以为，在作品中艺术化地呈现出“重大”和“英雄”，乃是肩负建设社会主义精神文明使命的小说家的职责。当然，应该有这样的前提作为保证：小说家必须在作品中积蓄起足以引发“重大”和“英雄”的艺术情势（不是时代情势或者社会情势），并且，必须构建起适应“重大”和“英雄”的艺术氛围（同样，不是时代氛围或者社会氛围）。果真如此，那么，这自然是合目的性的，合规律性的，自然应该予以充分肯定。我前面说过的，小说可以当作“史诗”来作，也可以不当作“史诗”来作，它的标准点，正是确定在这种合目的性和合规律性上，而不能以小说家的“史诗情结”为转移。宗璞的“史诗情结”的亢奋，模糊了她对合目的性、合规律性的认识。下面我将说到的小说的叙述风度与小说的戏剧性布局呈现出的扭曲，也是一个证明。

小说的叙述风度，大体上是由小说的叙述视角、叙述语调、叙述情感以及叙述秩序和叙述节奏共同组成的一种饱含小说家主体意识的叙述范式，或者说叙述特征。无须赘言，小说的叙述风度对于小说的美学质量具有着保证意义。所以，小说家无不对小说的叙述风度作惨淡经营。宗璞自然不能例外，而且分明地展露出了颇具个性特征的叙述风度。我想以“平实”二字概括之。“平实”似乎太缺乏褒赞色彩了。其实不然。它恰恰是艺术创造进入高层次审美境地才可能赢得的评语。前面说过的《南渡记》中展现和描绘的凡俗的人生世相，正是凭借着平实的叙述风度才得以实现的审美化，而小说的平实的叙述风度，只有在凡俗的人生世相的依托之下，才能闪射出绰约的姿采。于是，我们看到了一个恰到好处的文体设计。不过，我还是要把话题转到另外一面。由于宗璞在凡俗的人生世相中，引入了若干“重大”，那么，为了呼应这种“引入”（或者说，为了适应这种“重大”）宗璞必然要在小说的结构布局上，增添“戏剧性”因素，诸如巧合、突变、悬念等等。当然，巧合等技术手段的运用，并非戏剧文学的专利，在其他文学样式中（尤其是小说）也并不罕见。但是，由于“戏剧性”带有过于外露乃至生硬的人为痕迹，它往往是主观编造的结果，并不切合现实中的人生际遇和逻辑关系。甚至可以说，对于逼近生活原生状态和通常状态的艺术追求，“戏剧性”已经成为一股逆反的阻力。于是，在当代小说创作中（也包括当代戏剧创作），“戏剧性”已大大失落了原有的倍受青睐，反而常常遭到冷遇。当然，也并非一概如此。宗璞在《南渡记》中就很珍重“戏剧性”，并把它作为结构布局的重要参照。比如小说把卫葑的结婚日期与卢沟桥抗战爆发的1937年7月7日，作了一个重叠，无疑这是一种极富“戏剧性”的巧合。唯有这样的巧合，才能把人生的重要时刻与国家、民族的重要时刻交织在一起，从而在人们（主要是置于这两个“重要时刻”之中的中心人物卫葑）对待这两者的态度与行为的差异中，透析出一种崇高的气节和昂扬的精神。但是，我不能不说，恰恰由于这种巧合的雕琢痕迹过于浓重，难免在接受者欣赏心理中掠过一道“假”的暗影。而这个“假”的暗影，对于卫葑等人表现出的崇高气节和昂扬精神的光彩，势必有所减弱。于是，出现了小说家并未预料到的悖反局面：巧合是为了塑立人物的“英雄”形象，但是，巧合却又是对于“英雄”形象的破损。我还想再说说小说中关于孟家小娃患病的情节的布局设计。小娃在北平沦陷之后突然得了急症肠套结，需要做手术。小娃母亲为他找到了最好的主刀医生。正当小娃给推到治疗室做术前准备时，随着一阵脚步声，涌进来一群日本人，原来“一个和小娃差不多大”的日本军人的孩子，也患了和小娃一样的肠套结，而且要求给小娃做手术的医生改为给这个日本孩子做手术。显而易见，小说家一连安排了三重巧合：孩子的年龄，所患病症，做手术的医生。从中，不难领悟小说家的设计意图：把入侵者的凶蛮、肆虐与被侵略者的屈辱、悲苦加以比照，于是，宣泄出对于侵略者的切齿激愤以及身为亡国奴的凄惨境遇。不过，透过小说家的这种安排，我们自然也会有一种类似刚才我说过的察觉：这样的巧合未免太富于“戏剧性”了，未免有点“假”。于是，同样，对于侵略者的指控、怒斥，对于同胞的哀怜、同情，势必因为以过强的“戏剧性”亦即“假”作为艺术创造的根基，不能不动摇了它的思想力量和美学品位。这大概也是宗璞所始料不及的。此外，如卫葑毅然离家出走所牵引出的突变和悬念，吕清非老人以死相争所牵引出的突变等等，也都被涂染上了较为浓丽的“戏剧性”色彩，于是，存留着比较炫目的斧凿印记。这些，无疑与小说的平实的叙述风度失掉了默契而缺乏和谐感和稳贴感。至于小说在有序的结构单位章与章之间楔入的《野葫芦的心》《没有寄出的信》《棺中人语》以及卷首的“序曲”和篇末的“间曲”，自然对于变换和丰富小说的叙述视角，深化小说的叙述层次，调整小说的叙述节奏和秩序，加重小说的叙述情感等诸多方面，不失为有益的补偿。换言之，这样一种破坏章节的有序联结而楔入独立的叙述单元的结构方式，可以与小说的平实的叙述风度形成某种反差，于是，在它的映托之下，小说叙述风度的平实特征，会愈加鲜明醒目。然而，与这种正面效应相比，由它带来的负面效应或许更大。可以说，这种“楔入”所产生的对有序章节的破坏，无疑也是对小说的平实的叙述风度的破坏。这些被楔入的独立叙述单元（从叙述作为小说的最基本的表达属性这一点来说，小说中诗词之类的抒情性韵文也是一种变相的“叙述”）很近似戏剧中的“旁白”，（词曲则为“伴唱”）于是，也可以说，这正是小说结构布局的“戏剧性”的必然衍化。“戏剧性”为小说带来的不和谐感和不稳贴感，在被“楔入”的这些独立单元中，也同步地暴露出来。总之，如果采用描绘性的方式来说，宗璞的叙述风度犹如徐潺流淌的一川碧水，明澈、晶莹、恬静，令人感到熨帖和惬意；“戏剧性”的加入，好比突兀溅起的浪涛和刹那间形成的漩涡，于是，一派和谐、稳贴的格局和意蕴立刻碎裂了。

说到宗璞的叙述风度，自然不能不说到她的艺术感觉。或者说，说着她的叙述风度时，也正在说着她的艺术感觉。这是因为，小说家艺术感觉的方式和结果，决定了小说家叙述风度的形成和确立。小说家的叙述风度完全可以看作是小说家艺术感觉的程序化，符号化。在《南渡记》中，小说家叙述风度呈露出的平实性特色，正是宗璞的轻灵、细密的艺术感觉的必然显现。我在前面说到这么一句：凡俗的人生世相，是宗璞艺术感觉最活跃的领域。这是因为轻灵、细密的艺术感觉对于“凡俗”能够作出最机敏最贴切的反应，从而成为融洽的配合。相反，对于“重大”者，轻灵、细密的艺术感觉将会表现出捉襟见肘的窘态，表现出与之相适应的无能为力。我列举过的关于小娃得了肠套结住院治疗的种种场景，主要是经由小娃的母亲吕碧初（这也是小说家着力刻画的一个人物）的视角展现的。也可以说，小说家在此传达出的艺术感觉，主要是经由吕碧初的情感体验和情绪状态传达出来的。宗璞作为女性小说家，与吕碧初的作为母亲，这种性别的一致自然为更真切更圆满地传达小说家的艺术感觉提供了格外有力的契机。换言之，借助吕碧初，宗璞原本可以优异地完成小说中的这个局部的艺术创造。然而，正如已经说过的，小说家企图在孩子生病这个纯属于自然现象的“凡俗”中，引入侵略者与亡国者尖锐对立这个纯属于社会现象的“重大”，于是，在“重大”自然遮掩和排挤“凡俗”的情势之下，小说家的艺术感觉（吕碧初的情感体验和情绪状态）必然出现了倾斜，即由轻灵、细密向另一端的倾斜。其结果，导致小说家正常的艺术感觉发生了畸变，原本饱含着个性化特征的艺术感觉中，夹杂进若干非个性化成分。而非个性化成分的增加，无疑是非艺术化成分增加的可怕标志。由于小说家的艺术感觉与小说家的心理气质有着不可切割的内在联系，而人与人的心理气质的先天性差异，决定了小说家与小说家的艺术感觉的极大差异。作为一个小说家，应该对自己的艺术感觉有一个清醒的认识和把握，从而才能确定和选择适宜于自己的艺术感觉的最佳创作领域，切忌进入误区。当然，小说家可以根据创作领域的拓展，调整自己的艺术感觉。不过，应该充分估计到这种调整会不会因为业已形成的艺术感觉的惯性，而难以实现；同时，更应该充分估计到，创作领域的拓展是否已经超出了艺术感觉进行调整时可以达到的幅度。因为，十分明显，不论多么杰出的小说家，他的艺术感觉也不可能在任何领域、任何方位都保持灵敏状态，也就是说，都有它的活跃区和迟钝区。我只是宗璞小说的读者，对她的小说以及她本人，都缺乏研究。但是，凭着我阅读《南渡记》的欣赏直感，我以为，“重大”的领域和方位，并不是可以纵情驰骋她艺术感觉的活跃区。尽管她对自己的艺术感觉进行了积极的调整，以期适应于“重大”，但是，创作实践中暴露出的小说整体艺术形象的二元分裂现象，却证明了调整后的审美效应并不是积极的。卞之琳由《南渡记》生发出的对于《红楼梦》的联想，应该看作是对《南渡记》文体的一种暗示。宗璞是否可以从这个暗示中松动一下她的“史诗情结”呢？我以为是。

原载《文学评论》1990年第4期

《南渡记》的评价与现实主义问题

曾镇南

《南渡记》是宗璞潜心构思、创作了多年的四卷本长篇小说《野葫芦引》的第一部。

小说问世不久，即得到好评。韦君宜指出，《南渡记》是那种严肃的读者会珍重地保存的“给历史和生活留下影像的作品”，它“写了一部分人的历史的一个侧面”[①]。冯至与卞之琳都认为，《南渡记》继承了《红楼梦》的笔法，具有极大的艺术功力。卞之琳说，读这部小说，他感到“难得的欣悦”，“就题材而论，这部小说填补了写民族解放战争即抗日战争小说之中的一个重要空白；就艺术而论，在新时期小说创作的繁荣当中独具特色，开出了一条小说真正创新的康庄大道的起点”[②]。

这些著名作家的高度评价，当然不能代替每个新的读者和研究者的独立的判断。实际上对《南渡记》的研究和评价刚刚开始，批评家们应该继续努力，提出新的见解，从新的角度进行发掘，以丰富人们对这一作品的思想、生活、艺术内涵的认识，为正在艰苦创作中的作家提供有益的参考意见。本着这个

---

① 韦君宜：《〈南渡记〉漫谈》，《文艺报》，1988年10月29日。

② 卞之琳：《读宗璞〈野葫芦引〉第一卷〈南渡记〉》，《当代作家评论》，1989年第5期。

想法，我对马风同志《论宗璞的“史诗情结”——对〈南渡记〉文体的一点疑义》[①]一文的出现，就比较留意。

读了这篇评论，我的心情久久不能平静。文章对《南渡记》作出的基本上是否定的评价，当然也是百家争鸣中应该允许存在的一种学术观点，不值得大惊小怪。这些年来，持类似思想方法的批评文章，在我们的文艺评论界，可以说是多矣哉不胜枚举了，有些立论比这奇特得多，口气比这武断得多，难道需要一一加以辨析、争鸣吗？

但是，《南渡记》的评价问题，却是一个学术连带着感情的问题。面对这样一部散发着血的蒸气，弥漫着反法西斯战争的风云，概括了一代知识分子、一代青少年投身抗日救亡的人生之旅，抒写了中国人民酷爱自由、不能忍受外侮，为国家的独立和解放而拼搏的浩然正气的小说，人们的阅读和评论，不可能是纯学理性的。在马风同志那种让我感到有点高深和玄妙的苛评中，我看到了一种令人惊讶的冷漠和令人不安的是非颠倒。同时，马风同志的评论也涉及到现实主义文学创作的一系列重要的理论问题，这也是当前的文学创作和文艺批评所不能回避的。因此，我写了这篇文章，围绕着《南渡记》的评价以及现实主义创作原则的理解等问题，一陈管见，就正于马风同志。

一

马风同志的文章的一个基本的论点是：《南渡记》在艺术上的种种令人失望的毛病，其根源都在宗璞的创作心理中存在着一种所谓“史诗情结”。他时而用教训的口吻说：“宗璞的‘史诗情结’过于亢奋了，她不该把《南渡记》当作史诗来作。”时而用劝告的口气说：“宗璞是否可以从这个暗示中松动一下她的‘史诗情结’呢？我以为是。”看样子，这种“史诗情结”像一个徘徊在小说字里行间的幽灵一样，把宗璞引入了艺术的歧途。因此，马风同志批评的长矛，不能不向这个纠缠着作家的创作心态的幽灵扎去。

---

① 本文中引用的马风同志的话均见此文。

但是，可惜得很，这很有点像堂·吉诃德向风车作战。因为，所谓“史诗情结”，是马风同志生造出来强加给宗璞的莫须有的东西。

马风同志从宗璞在《南渡记·后记》中讲到她创作甘苦时用的“挣扎”一语，结合自己的阅读感受，作出了“我想，‘挣扎’或许可以作为宗璞写作她的第一部长篇小说的创作心态和实践状况的直观写照”的推测。在他看来，这种“挣扎”心态正是“史诗情结”的表现。

那么，我们就来看看宗璞在《南渡记·后记》中关于她的“挣扎”的写作心态是怎么说的：

> 这两年的日子是在挣扎中度过的。
>
> 一个只能向病余讨生活的人，又从无倚马之才、如椽之笔，立志写这部长篇小说《野葫芦引》，实乃自不量力，只该在挣扎中度日。
>
> 挣扎主要是在“野葫芦”与现实世界之间。写东西需要全神贯注，最好沉浸在野葫芦中，忘记现实世界。这是大实话，却不容易做到。我可以尽量压缩生活内容，却不能不尽上奉高堂、下抚后代之责。又因文思迟钝，长时期处于创作状态，实吃不消，有时一歇许久。这样，总是从“野葫芦”中给拉出来，常感被分割之痛苦，惶惑不安。总觉得对不起那一段历史，对不起书中人物；又因书中人物忽略了现实人物，疏亲慢友，心不在焉，许多事处理不当，亦感歉疚。两年间，很少有怡悦自得的时候。[①]

研究一部小说，了解作家创作时的心理状态和生活状态，当然是非常重要的。宗璞的这段讲她的“挣扎”心态的话，对于我们了解《南渡记》，的确是很珍贵的第一手材料。但是，在这段话里，根本没有作家因为想创作“史诗”而苦苦“挣扎”的意思；作家所讲的“挣扎”在“野葫芦”与现实之间，说的无非是作家因为现实的日常生活的负累而无法全神贯注于创作的苦恼心境而已。透过这种苦恼心境，我感到一种条件虽差也要为“野葫芦”这个艺术世

① 见《南渡记》单行本，人民文学出版社1988年版。

界的营构而拼搏的顽强意志。所谓挣扎，就是克服困难，立志为完成《野葫芦引》而奋斗的一种心志和行动。在“挣扎”中，固然有现实拖累太重不得不中断创作的痛苦，更主要的是生怕“对不起那一段历史，对不起书中人物”因而产生的对创作的执着。以抱病之身在被家务分割的时间中挣扎着写作，兢兢业业，若有不足，若有不胜。这就是一个严肃的现实主义作家在呕心沥血的艺术创造中执着奔赴的创作心态的具体表现。

那么，为什么宗璞对《野葫芦引》的创作如此执着，苦苦挣扎、锲而不舍呢？是像马风同志所猜测的那样，作家的“创作年龄和心理年龄”“都在急切地呼唤和敦促她向‘史诗’的峰巅登攀”，因此才使作家“挣扎”着写作的吗？当然不是。这样的猜测，实际上是把作家所没有的以“史诗”自期的自负和功利意识强加给作家了。

从作家的自述来看，我们只能相信，她的“挣扎”，她的执着，只不过出于一种不写出来就“对不起那一段历史，对不起书中人物”的歉疚心理，出于作家对历史，对前人的责任感。有这样一种不吐不快，不写出来就寝食不安的执着创作的心态，说明作家所把握、蕴涵的题材，不是可写可不写的东西，而是深切感动了作家，甚至影响了作家的一生命运，在作家心灵中打下了深深烙印的东西。正如阿Q的影像在鲁迅心中已经生活了很久一样，“那一段历史”和《南渡记》书中的人物，在宗璞心中已经孕育了很长的时间。她用心血浸润、滋养它们已经很久了。她心心念念、魂牵梦绕地要表现它们，使它们变成活在纸上的生灵。

所谓“那一段历史”，以《南渡记》所展开的生活故事来印证，就是伟大的抗日战争中明仑大学的一群高级知识分子及其眷属从北平南迁昆明的历史；所谓“书中人物”，就是那些不愿当亡国奴，舍弃了舒适宁静的校园生活，冒着烽火与风涛到南方去寻找祖国、寻找抗日救亡道路的人们，以及虽然没有南渡，但选择了“就死辞生！一腔浩气吁苍穹”的殉国归宿的吕清非这样的志士仁人。

读过宗璞的短篇名作《鲁鲁》和冯友兰的《三松堂自序》一书的读者，都不难理解宗璞为什么对“那一段历史”和《南渡记》书中人物那样情有独钟。因为，“那一段历史”正是宗璞童年、少年亲身经历的，她自己就是南渡的众多人物中的一个。她写作时的模特儿就是她的父母亲人以及父执，师友以及童年伙伴，写这些人物在伟大的抗日战争中被震动，被撼醒，走上在战火中成长、成熟的特殊的人生之旅的故事。因此，倘若我们说《南渡记》乃至整部《野葫芦引》是带有浓厚的自叙传色彩的作品，那也是不会有什么大错的。

值得注意的是，宗璞在《南渡记·后记》中还说：“我深深感谢关心这部书、热情相助的父执、亲友，若无他们的宝贵指点，这段历史仍是在孩童的眼光中，不可能清晰起来。”[①]读《南渡记》，我深切地感到书中孩童的眼光与一个对历史有着成熟的见解、对人性有湛深的认识的成人的眼光的交织。细心的读者不难发现，书中孟弗之与吕碧初的二女儿嵋（孟灵己），是一个从小就富有艺术想象力、爱读童话也能为自己编织童话的女孩，她对别人充满同情、宽谅和友爱，立志要研究人世间人和人为什么不一样。她的眼光，实际上构成了小说潜在的叙事角度。嵋的形象上，无疑有着作家自己的身影。嵋对从卢沟桥事变爆发到孟家离开方壶南渡到云南龟回这一段《南渡记》描写的生活故事，时时用她澄澈无邪的童心进行着观照和评判。她既是这一段生活故事的目击者，又是这一段人生历程的参与者。冯至先生曾敏锐地对作者指出：“你写的儿童和妇女，性格多样，生动自然，显示出女作家的特点。相形之下，大学里的教师们，比较平淡，有些逊色了。……这本书里含蓄了你不少童年的回忆。”[②]事实也正是这样，《南渡记》乃至整部《野葫芦引》在创作构思上的发轫，其动力在很大程度上来自抗日战争中北校南迁的这一段历史以及这一段动荡的人生旅途上颠沛流离的人们留下的雪泥鸿爪（《野葫芦引》曾拟名为《双城鸿雪记》）对童年的作者产生的不磨的影响。在这个意义上，不妨说推动作家创作《野葫芦引》的，并不是马风同志主观推测的什么“史诗情结”，而是从宗璞特殊的生活经历中产生的、深深含蓄在她童心中的亡国之痛和抗日之光，是一个现实主义作家对历史和时代的责任感。

---

① 见《南渡记》单行本，人民文学出版社1988年版。

② 冯至：《〈南渡记〉读后》，《文艺报》，1898年5月6日。

马风同志断定宗璞创作心理中存在“史诗情结”的最有理论色彩的“依据”，是他搬出了黑格尔的“史诗”定义：“史诗就是一个民族的‘传奇故事’，‘书’或‘圣经’。每一个伟大的民族都有这样绝对原始的书，来表现全民族的原始精神。”[①]即使我们承认黑格尔的定义是最准确意义上的“史诗”定义，那么，我们从这个定义中看到的，很明显的也只是对反映一个民族肇始、繁衍、凝聚、拼搏的历史，那种汇聚了初民社会的回忆和口碑的史诗的描述。这样的史诗在古代希腊罗马以及北欧、法国都产生过（如《伊利亚特》《奥德修纪》《尼伯龙根之歌》《罗兰之歌》等），黑格尔的“史诗”定义，正是这一文学传统、文学体裁的反映。黑格尔“史诗”定义所描述的“史诗”的基本特征，是“史诗”的原始性。“史诗”内容上的包罗万象的广阔性和英雄传奇色彩以及艺术上古朴稚拙的风貌，都来源于这种原始性。可见，马风离开黑格尔“史诗”定义的特定内涵，把“重大”作为概括“史诗”的基本风貌的一个概念，这是非常牵强附会的。

在文艺评论中被广泛运用的“史诗”概念，和黑格尔的“史诗”概念，显然不是一回事。在文艺评论中，“史诗”往往是作为极高的审美评价的用语，运用于长篇小说或长篇叙事诗的评价中。这一概念包含两层意思：一是指作品具有博大精深的历史内涵，对广阔的、重大的社会生活进行了雄浑的历史的概括；二是指作品是充分诗化（即艺术化）了的，具有高度的艺术概括力，尤其在典型环境中的典型性格的创造方面，达到了高度典型化的程度，闪射着富有启示的诗意的光辉。这样的作品的美学品格是极高的。这两层意思统一在“史诗”这一概念里，也就是恩格斯所说的历史的批评和美学的批评的极高标准的统一。

可见，作为对长篇叙事体裁的文学作品的极高的审美评价的“史诗”概念，是不能轻易使用的。“史诗”的艺术境界，也是很难企及的。老作家孙犁就曾一再反对文艺评论中“史诗”概念的滥用。他曾说过：“几十年来，我们常常听到，用‘史诗’和‘时代的画卷’这样的美词，来赞颂一些长篇小说。

---

① [德]黑格尔：《美学》第三卷，下册，商务印书馆1981年版，第108页。

作为鼓励，这是可以的。但真正的‘史诗’和可以称为画卷的作品，在历史上是并不多见的。中国自有白话小说以来，当此誉而无愧者，也不过《红楼梦》八十回，《水浒传》七十回而已。”[①]孙犁还指出：“出现一部真正的史诗，像创造出一个真正的文学典型一样，并不是那么轻而易举的事，也不是评论家随心所欲的事，而是时代和社会的推动，作家认真努力的结果。”[②]

孙犁这些关于“史诗”的看法，是精辟、剀切的。事实上，一切严肃认真的作家、评论家，都会同意这种看法，力戒并反对“史诗”概念的滥用。宗璞从来没有以创作“史诗”自诩，迄今为止关于《南渡记》的肯定性的评论也没有乱用“史诗”的美词，这就是证明。但是，马风同志却无中生有地提出宗璞的“史诗情结”问题，予以当头棒喝。这与其说是为了严格地要求作家，毋宁说是为了宣扬他自己的审美偏见，即所谓对“重大”的借助和追求抑制了宗璞的艺术优势的发挥，以断言《南渡记》艺术上的失败。

那么，马风同志所极力反对并不时流露出含蓄的嘲讽的那个“重大”，指的到底是什么呢？

二

为了不至于对马风同志的文章产生误解，我想还是尽量引用他自己的原话来进行评析吧。《南渡记》是以卢沟桥事变的爆发为开端的抗日战争为历史背景的。本来，评价这部小说的主题和人物，正是应该从这样一个历史背景出发，看看小说在多大的程度上概括和反映了这个历史时代的真实面貌、真实情绪，看看小说在多大程度上揭示了这个历史时代和人物的命运、性格的关系，从而对小说在创造典型环境中的典型性格的现实主义的艺术追求方面达到的实际成就和不足之处作出科学的分析。但是，马风同志以不无遗憾的口吻批评宗璞对抗战的重大历史事件的渲染太浓重了：“尽管小说家回避了对于炮火纷飞

① 孙犁：《小说与历史》，《远道集》，百花文艺出版社1984年版，第160页。

② 孙犁：《评论家的妙语》，《远道集》，百花文艺出版社1984年版，第144—145页。

的抗战情景的正面切入，然而，上述的时代背景，却并没有被淡化为悬浮在远处的一抹缥缈的烟云。它仍然是个分明的存在，犹如一方石块，实实在在地沉压在人们的生活中。”马风同志举例指出，在小说的细节描写中，连孩子的游戏和乡路上的狗吠声也被“抗战化”了。于是他指出：“‘抗战化’是宗璞对于小说中展现的生活场景（包括人物的心理场景）以及所宣泄的她自己的生活体验和情感情绪的最为明朗，也最为本质的观照结果。自然，这是为她的‘史诗情结’所决定了的，因为唯有‘抗战化’才有可能与我前面说过的‘重大’相沟通。”很明显，被马风同志视为疵病的造成《南渡记》艺术价值的失落的对“重大”的追求，其实就是小说中对“抗战”的时代氛围的浓重的、鲜明的描写。而这种描写，在我看来，却正是《南渡记》在艺术上的优长之处。

马风同志批评宗璞把抗战爆发和卫葑婚礼安排在同一天是一种人为的“戏剧性”的巧合，会在读者心目中留下“假”的暗影。他对小说中人们的日常凡俗的生活全部被七七事变后的抗战的时代风云统摄和笼罩表示不满。但是，严峻的历史和现实是无法满足马风同志偏爱纯凡俗生活的艺术描写的雅兴的。卢沟桥上的炮声一响，历史掀开了八年抗战的新的一页。是投降日寇当亡国奴还是同仇敌忾投入抗日救亡的历史洪流，这成了逼临每一个中国人面前的选择。对于小说里描写的北平人民来说，由于卢沟桥守军的撤退，北平的沦陷，亡国的惨痛首先笼罩了他们的全部日常生活，这正是童年的宗璞所刻骨铭心地感受到的一种悲惨的、历史性的情绪。这种情绪升华为艺术，就构成了《南渡记》那种无处不在、无时不在的亡国之痛和抗日敌忾。既然卢沟桥的炮声牵动了万家灯火，那么，卫葑的婚礼也罢，柳夫人的独唱音乐会也罢，玮玮们的游戏也罢，小娃的生病、治病也罢，举凡当时北平人民生活的一切细波微澜，全部和抗战的时代大波或远或近地勾连起来，这有什么可蹙额的呢？难道现实生活的逻辑不正是这样支配着人们的命运吗？举个例子说，耽于青春的欢娱的澹台玹以为她要去参加的由美国人举办的六国饭店的舞会和抗战是没有什么关系的，但是连她的朋友——美国青年保罗也不同意她在卢沟桥事件爆发的情势下依然去参加舞会，甚至对她说出“我认为，你没有兴趣参加，你的内心才符合外表”这样严肃的、批评性的话来。尔后的事实证明，就连玹子的日本玩偶，也不幸与抗战相关了——玹子不是因为在什刹海边让日本兵用刺刀挑破了衣裳而愤怒地鞭挞那些无辜的日本玩偶吗。懒散而闲适的大学教授凌京尧，以为他对演剧的爱好大概和日本人是没有关系的。但严峻的生活却使他从不知不觉为日本人组织演剧开始滑落到汉奸的泥坑里去了。时代的巨变和个人的命运，和人们的悲欢离合，喜怒哀乐，一饮一啄，一呼一吸都是息息相关的。这就是生活的逻辑，也是建立在生活的逻辑的基础之上的艺术的逻辑。宗璞循此逻辑而展开她的艺术构思，有什么可责难的呢？

马风同志引了一段法国当代文论家托多罗夫的话："从上世纪末开始，事件在小说中的重要性减弱了，以前，英雄业绩、爱情、死亡构成文学所偏爱的领地，随着福楼拜、契诃夫和乔伊斯的创作，文学转向无意义，转向日常生活。"[①]然后，马风同志据此立论："可以说，充塞于《南渡记》的艺术空间的，就有若干'无意义'的'日常生活'。这些，恰恰是小说中最富于美学光彩的部分。"

据我看，托多罗夫的话并不那么可信。外国文学，我读的不是太多，但福楼拜的《包法利夫人》、契诃夫的中短篇小说、乔伊斯的《都柏林人》里的短篇、《尤利西斯》的片段等等，却也曾寓目过。这些作品中，却是既有爱情和死亡的故事，也不乏社会意义、人生意义的。如果说，托多罗夫讲到小说转向无意义、转向日常生活的趋势时，还带着一种客观评述的态度；那么，祖述托多罗夫的马风同志，却对"无意义"的"日常生活"表现了明显的主观偏爱，把他所认为的《南渡记》中若干与"重大"（即抗日）无关因而无意义的描写日常生活的细节，称为"小说中最富于美学光彩的部分"了。

不幸得很，如果我们仔细分析一下马风同志称赞的这些细节，就会发现，这些细节在小说中，恰恰也都是与"重大"，与"抗日"有关，因而具有特殊的艺术意义的。

就说几个孩子在孟家住宅方壶后门外小溪边玩赏萤火虫的情景吧，马风

① [法]茨维坦·托多罗夫著，王泰来译：《文学作品分析》，《叙事美学》，重庆出版社1987年版，第43页。

同志用称赞这一细节来贬抑玮玮玩打日本游戏的细节，说“前者更多的是纯真的情愫，后者更多的则是功利和教化的目的。我们在前者中品味到欢愉，在后者中则不能不感到几分矫揉造作。于是，这种区别划出了一道审美品位的界限”。其实，孩子们玩赏方壶流萤的描写，在小说中不仅仅表现了孩子们纯真的情愫，活泼的想象，而且是为了表现卢沟桥事变的爆发对温柔乡中的孟家孩子们的命运的影响。嵋和她的伙伴们幻想第二天欣赏有萤火虫和白荷花当演员的舞蹈会，但第二天事变突发，城门被关，她和小娃就再也不能回到方壶去了。作家充满抒情意味和人生感慨地写道：“两个孩子没有想到，需要那么长的时间才能回去。那时他们已经长大，美好的童年永远消逝，只能变为记忆藏在心底。飞翔的萤火虫则成为遥远的梦，不复存在了。”日本的侵略使孩子们失去了方壶流萤，对方壶流萤的怀念，寄托着孩子们纯真的爱国心。后来，当孩子们随父母南渡经过香港时，看到商店里有一只造型是弯圆的芦苇叶，叶尖缀着两个亮晶晶的小萤火虫的镯子，又触发了他们对方壶流萤的怀念。在这一段全书唯一的以嵋为第一人称叙事者写成的文字中，嵋在内心感叹着：“萤火虫不好看，可是会发光。溪水上的那一片光，能照亮任何黑暗的记忆。”庄无因说：“如果谁给嵋画像，就画她坐在小溪边，背后一片萤火虫。”后来，他买下了这只镯子送给了嵋。这也许是一个伏笔，预示着庄无因对嵋的朦胧的爱慕的开始。而这种爱慕，也是和他对嵋的故园之思的理解融为一体的。可见，玩赏流萤的细节，并不是单纯的、无意义的日常生活的描写。方壶流萤，牵动着有家归不得的孩子们的亡国隐痛，同时也是南渡的孩子们记忆中的一片光，凝聚着孩子们爱国的情思。这是多么隽永的意义！它的美学光彩，难道不正表现在以草虫之微，映照出家国巨变吗？

再说吕宅几辈人共度除夕、祭祖、吃年饭的情景，这也是马风同志认为远离了抗日的重大历史事件，“无意义”的纯日常生活描写。其实，在北平沦陷，澹台勉、孟弗之已先后南渡的情况下，孟家的这个年，过得极为压抑、暗淡。吃年饭时吕贵堂说的有人炸了日本领事馆的消息使大家喜上眉梢，但日本兵查户口，看见桌上有鱼，坐下来就吃的丑态却使大家扫兴。而吕清非老人在拜祖宗时打破每年都由他亲自率领的惯例告了假，并且拒绝了儿孙的磕头，他悲愤地说："我不配受你们的礼！我对国家，什么也没有做成啊，到老来眼见倭寇登堂入室，有何面目见祖先？有何面目见儿孙啊！"这种种描写，不正说明这个高门巨族的过年旧俗也被重大的抗日浪潮冲击，被沉重的亡国之痛笼罩吗？这一段细节描写的美学光彩，难道不正是表现在时代气氛和色彩的强烈和浓重上吗？

当然，我也不是说小说的每一个情节、细节都要像上述方壶流萤和吕宅过年那样，直接与"重大"的抗战历史事件相关，并显示出深邃的时代意义来。像龟回小镇风土人情的描写，其中也包括马风同志引述的那一段小印刷厂老板热情得有点讨好地接待孟弗之的情景的描写，的确是不直接显示时代巨变，也没有什么象外之意、弦外之音的。但这个生活片段，不也是还没有遭到敌人炮火的袭扰，还保有国旗飘扬的中国内地纯朴、宁静、和谐、悠徐的生活情调的表现吗？正是在这种相对宁静的环境中，孟弗之完成了那部寄托着他对中国历史、社会、人生的精深思考的《中国史探》，并顺利付梓。读着描写孟弗之的著作付印的这个生活片段，我不禁想起他在离开方壶前"留着书房门不敢开，不知道他的著作罩上亡国奴的气氛会是怎样"的情景，在心里为他选择了毅然南渡的人生方向感到欣悦。可见，这个生活片段，也不是全"无意义"，为写风土人情而写风土人情的。只是它的韵味，需要读者更仔细地品味罢了。

我之所以不惮烦难地在这些小说细节的艺术鉴赏上与马风同志争论，原因不仅仅在于他的分析反映了他阅读心理中那种汰涤、排斥"重大"的洁癖，而且反映了他对真正的史诗，也即真正伟大的现实主义的生活画卷的文体的错误看法。我们不要忘记马风同志文章的副标题是"对《南渡记》文体的一点疑义"，也不要忘记他的文章最后归结到："卞之琳由《南渡记》生发出的对于《红楼梦》的联想，应该看作是对《南渡记》文体的一种暗示。"马风同志认为，宗璞应该更进一步向《红楼梦》的非史诗的文体靠拢，以"松动"她的"史诗"情结。

这一奇特的结论，当然是从马风同志对《红楼梦》的奇特看法这个前提中推导出来的。马风同志认为："《三国演义》自然可以被称为'史诗'，如若把《红楼梦》也称为'史诗'，恐怕就失之牵强。"当然，马风同志愿意使用他那在我看来有些偏狭的史诗概念——以为凡是直接描写重大历史事件或以重大历史事件为背景而叙写英雄人物的传奇性故事的作品才是史诗——把《红楼梦》排斥在史诗之外，那也是他的自由。争论《红楼梦》是不是史诗，委实是一个毫无意义的话题。但是，马风同志对《红楼梦》文体的看法，关系到他对《南渡记》文体提出的质疑的真正内容，却是不能不加以探讨的。

《南渡记》问世不久，冯至和卞之琳都不约而同地指出这部小说使他们想起了《红楼梦》。卞之琳更为具体地指出："这不是说这部小说（还只出了四分之一）就可以和曹雪芹那部经典小说媲美了，但总是从这部名著——也就是中国章回小说宝库中的第一名——学到了围绕着也就是烘托着众多人物的庭院、陈设、衣饰、打扮、举手投足的工笔画式细致描写。这也合乎恩格斯所讲十九世纪西欧现实主义小说的'细节真实性'的擅于掌握。"[①]马风同志有删节地引用卞之琳的话，但他认为肯定这种《红楼梦》式的细节描写是卞之琳对《南渡记》应朝向非史诗体的文体努力的一个暗示。在马风同志看来，《红楼梦》这种细节的工笔画式的精勾细描，显示的正是一种"审美意义上的'凡俗'的人生世相"。而这种"凡俗"的人生世相描写，具有显示"文学转向无意义、转向日常生活"的审美转向的作用，它"展示的应该是逼近生活的原生状态和通常状态的'面貌'。……平实、朴质，以及芜杂、纷乱构成了它的基本特色"。以马风对"凡俗"的人生世相即他所谓高品位的审美意象的说明，不难看出，这种"凡俗"的人生世相一是否定文学作品具有揭示现实生活的意义的功能；二是否定文学创作必须通过艺术概括创造出高于现实的"第二自然"，必须创造出典型的人生画面。而这正是一种平庸的自然主义的文学主张。应该指出，马风同志虽然引卞之琳的话作论据，但卞之琳所揭示的《红楼梦》的笔意却是与平庸的自然主义恰成对峙的现实主义创作方法，与马风同志鼓吹的"凡俗"的人生世相的自然主义描写是并不相干的。因为，卞之琳是非常肯定文学作品在揭示现实，提高人的思想境界方面的意义的。他的文章一开头就说："一部严肃小说，能使具有一定文化水平的普通读者既得到美学享受

① 卞之琳：《读宗璞〈野葫芦引〉第一卷〈南渡记〉》，《当代作家评论》，1989年第5期。

又在不着痕迹中得到思想境界的提高，因此表示一点肯定的由衷话，我想比诸小说批评家的誉扬，更足以证明这部著作的成功与贡献。”[①]中间又着重地指出：“小说的教育意义过去应该有，现在还是应有的，不然空发发牢骚，泄泄自我中心的隐藏在身内的利比陀（Libido），对别人（最后也对自己）都毫无价值，只会罂粟花（哪儿谈得上‘昙花’）一现，消失无踪。‘商女不知亡国恨’，今日男女青年特别应该从这样的有意义的小说里补补被‘文化大革命’打断的课。”[②]这都是从思想意义上肯定《南渡记》主题的积极性，肯定为人生的现实主义文学的价值，从而有别于自然主义的、为艺术而艺术的文学倾向。

同时，卞之琳认为宗璞在《南渡记》中学到的《红楼梦》的那种工笔画式细致描写，是“合乎恩格斯所讲十九世纪西欧现实主义小说的‘细节真实性’的擅于掌握的”[③]。这句话在引用时被马风同志避开了。其实恰恰是这句话，说明卞之琳肯定的是作为现实主义创作方法的一个组成部分的“细节真实性”的描写，而不是为细节而细节，为工笔画而工笔画，没有艺术概括，没有典型化，只以“逼近生活的原生状态和通常状态”，构成“平实、朴质，以及芜杂、纷乱”为特征的“凡俗”的人生世相为创作的旨归的自然主义的创作倾向。《红楼梦》的伟大的笔意，正在于它高出于中国古典小说中也曾发展到烂熟程度的自然主义的创作倾向（以《金瓶梅》为代表），闪烁着高华的理想光芒，以众多典型环境中的典型人物的创造，达到了对中国后期封建社会的高度的艺术概括并提供了永恒的人生启示。它的“围绕着也就是烘托着众多人物的庭院、陈设、衣饰、打扮、举手投足的工笔画式细致描写”，也是为这种高度典型化的艺术概括服务的。这才是《红楼梦》史诗笔意的精华所在。

《南渡记》在师承《红楼梦》的伟大笔意方面，有的地方是达到很高的艺术成就的。请让我也来举一个例子。那是在除夕的下午，孟家的两姐妹因为妹妹嵋舔沾着甜花生酱的盖子而发生了一场争吵：

---

① 卞之琳：《读宗璞〈野葫芦引〉第一卷〈南渡记〉》，《当代作家评论》，1989年第5期。

② 同上。

③ 同上。

“你这么馋！舔瓶盖子！像什么样子！”偏巧峨看见了，立刻攻击。

嵋很生气，她并不愿意这么馋。娘都准了，你管什么！她要狠狠地气峨，便说：“你管我呢！还让日本人刺刀架在你头上！”刚说出口立刻后悔，扔下瓶子，跑过去抱着峨的腰。

峨愣了一下，倒没有动怒，尖下巴又颤抖起来。

读到这里，我的心也猛然一颤，细细品味，实在为作家高强的现实主义的艺术表现力所折服。原来，峨和嵋虽是两姐妹，性格却不一样。姐姐峨比较孤僻，爱挑刺，爱生气，不爱理人。妹妹嵋比较随和，她天真而懂事，有深广的爱心，能体谅别人。除夕下午，峨放学回家时，遇到一队日本兵，日本兵戏弄地把刺刀交叉架到她头上跟了她一段路，使这个心高气傲的少女气得脸色煞白，手脚颤抖。这件事她们的母亲吕碧初还不知道。接着就发生了上面引的姐妹龃龉的场面。在这个细节描写中，妹妹嵋因负气脱口而出的气话和她立即意识到自己失言（不该拿日本人欺侮姐姐的事来气姐姐）之后表示歉疚的动作（“扔下瓶子，跑过去抱着峨的腰”）以及峨的反应（“愣了一下，倒没有动怒，尖下巴又颤抖起来”），都描写得准确而富有丰富的内涵。这里不仅写出了两姐妹的微妙关系，写出了妹妹年幼无知而又天真懂事、有爱心和同情心的心理特点，写出了姐姐尖刻易怒但在被妹妹刺伤时突然出离了愤怒的剧烈的内心活动，更重要的是写出了一对未成年的女孩在亡国的时代巨变中变得懂事早熟的令人心酸的情景，在小儿女的龃龉中反映出时代的浓重投影。这正是“举类迩而见义远”的典型化的现实主义细节描写。

类似这样闪耀着真正的“美学光彩”的细节描写，在《南渡记》中是很多的。例如，被马风同志指责为“太富于‘戏剧性’，未免有点‘假’”的小娃生病住院的情节和一系列细节描写，在我看来，是小说中写得最扣人心弦、最有义理情味的片段之一，尤其是对于吕碧初性格的刻画，是重笔浓情，极为成功的文字。

总之，《南渡记》中现实主义细节描写的独特的光彩，就在于作家非常善于揭示这些细节的生活意义，非常重视对特定的历史特征的表现，和谐地把时代氛围和人物日常生活、心理微澜交织在一起，用精湛的白描，让寻常的日常生活描写突然显示出出人意料的不寻常的时代意义。这种现实主义的细节描写，是再现典型环境中的典型性格的现实主义性格描写的重要组成部分，它们不仅在《南渡记》的人物塑造上发挥了巨大的作用，而且使这部小说构成了抗日战争时期中国一部分高级知识分子和一代青少年的真实的心史。

三

马风同志出于对“史诗”概念的偏执的理解而产生的抵排“重大”历史事件的阅读心理，使他对《南渡记》中吕清非与卫葑的形象作出了极端贬抑的评价。马风同志认为：“如果对吕清非和卫葑这两个人物予以道德判断，他们的行为、品格由于是崇高的、悲壮的，于是，可以说是美的。若改换一个角度予以审美判断，他们的行为、品格由于是单一的、平面的，于是，可以说是不美的。毫无疑义，审美判断引发出的结论，更具有不容忽视的本质性和权威性。”

在这里，马风同志似乎仅仅从艺术形象的丰富性和饱满性的角度否定了吕清非和卫葑这两个人物形象的美感。他不是肯定了这两个人物在道德判断上是美的吗？其实，马克思主义的文艺批评主张“美学观点和历史观点”的统一。对艺术形象的道德评价，是不能离开对艺术形象的美感分析的。别林斯基非常深刻地指出：“艺术的，也就是道德的；反乎艺术的，可能不是不道德的，但不可能是道德的。因此，诗情作品的道德性的问题，应该是第二个问题，是从对于第一个问题——作品究竟是不是艺术的？——的回答中引申出来的。”①对人物形象的艺术生命力的审美判断在文艺批评中之所以具有第一位的意义，就因为在这种审美判断的根柢里，不可避免地蕴伏着对艺术的结晶在人物形象上的具体的历史内容和人性内容的道德的、功利的判断。马风同志把对人物形

① 满涛译：《别林斯基选集》第二卷，上海译文出版社1979年版，第62页。

象的道德判断和审美判断分割开来作二元的分析，其实曲折地反映了他不可能完全否定吕清非和卫葑这两个人物的道德感染力量（这种道德感染力正是人物形象艺术生命力的表现）但又要在艺术上完全否定这两个人物形象的美学价值的自相矛盾的窘况。很明显，如果吕清非、卫葑这两个人物在艺术价值上像马风同志所苛评的，仅仅是“寓言式的符号”，是公式化、概念化的人物，那么，这样的人物因其苍白和虚假，不可能给读者以审美上的美感，当然也就不可能有道德上的美感。但这样大胆的判断离作品的实际实在太远了，以至于马风同志有些迟疑地躲到纯粹审美判断的“本质性和权威性”的盾牌后面去了。

对于《南渡记》这样一部描写了众多人物的命运发展而且故事还刚刚在展开的长篇小说来说，现在就来估量它在所有人物创造上的得失，为时略嫌早，但吕清非却是书中唯一已经盖棺论定，已经完成了性格发展过程的重要人物（倘若把他放在《野葫芦引》全书中来衡量，他就未必是特别重要的人物了），对他的美学分析和历史分析应该说有条件获得比较全面的认识了。

我注意到，《南渡记》的最早的几位评论者都谈到吕清非这个人物。冯至说：“书中我最受感动的吕老先生之死。”[①]韦君宜认为：“我觉得这本书里写得给人印象深的是老人吕清非和他的亲戚凌京尧教授。……这个老人的风格是我们近三四十年来的作品里少有的。不是抗日作品中常见的农民抗日英雄，得说有些特点。”[②]卞之琳认为吕清非的死是“可歌可泣”的，并以他的死和凌京尧的投降对举，说明小说是应该有教育意义的。[③]作为一个抗战胜利后才出生的、需要补上这历史的一课的读者，我感到这些亲身经历过抗日战争的历史，而且对吕清非这一类高门巨族中的老太爷比我们有着更多的亲炙机会的老作家们的判断是很准确的。吕清非的死，对于我来说，不仅仅是感动，而且产生一种精神上的震撼：这是已经被一个时期的现实淡忘了的人物和精神的重新发现。

① 冯至：《〈南渡记〉读后》，《文艺报》，1989年5月6日。

② 韦君宜：《〈南渡记〉漫谈》，《文艺报》，1988年10月29日。

③ 卞之琳：《读宗璞〈野葫芦引〉第一卷〈南渡记〉》，《当代作家评论》，1989年第5期。

吕清非曾是前清的举人，在曾经被土匪扣为人质、对下层社会有所接触的夫人沈梦佳的影响下，走上了推翻满清，为中国的独立和解放而奋斗的革命道路。他冒过险，劫过狱，辛亥革命后一度从政，后来与蒋介石政权不合作，退出政坛，买了张之洞的旧宅，挂上翁同龢的对联，以“守独务同别微见显，辞高居下知易行难”自勖，过起读古籍、念佛经、吟咏弄孙以自娱的高级隐退生活。七七事变发生，老人壮怀激烈，情绪振奋。但北平旋即失守，南京陷落，国难深重，使他感到回天无力的痛苦和耻辱。明仑大学南迁，儿孙先后离去，他以病废之身，困守深宅，仍不能避免日伪政权的纠缠。但他毕竟有丰富的政治经验，当老汉奸江朝宗逼他出任伪职时，他不动声色服安眠药殉国，并派人把讣告送各报馆，挫败了敌人的阴谋，表现出令人钦仰的民族气节。

很明显，吕清非这样的人物，是穿越了历史的风雨、政坛的浮沉，经历了高门巨族独特的生活氛围的熏染，中国古籍年深日久的浸润才形成了他独具的思想性格的。详尽描写这样在信念上、感情上乃至生活习惯上已经进入“化境”的老人走过的历史道路，当然不可能包括在《南渡记》的艺术构思里。因此，作者着重描绘他在七七事变后的时代风云中的吐纳呼吸、喜怒哀乐、举手投足，着重揭示他在灵魂深处对接踵而来的历史巨变的感应，着重描绘他在日常起居中的微妙变化，以便按照生活的逻辑，写出迫使他终于辞生就死、别无选择的生活情势，这恰恰是作者的高明之处，也是现实主义的创作方法所要求的。

吕清非在历史上曾是英雄传奇式的人物，但他出现在我们面前时，已经是一个身老病多，行止依人，性情也有点返老还童的老太爷了。他在家庭中享有被尊敬、被奉养的地位，但他是意识到自己的老态可恼的，不仅杜绝社交，而且不问家政。他的发怒使性，只及于继室（实际是侍妾）赵莲秀和远亲吕贵堂，从未见他施于女儿和外孙们。相反，当他忧国忧民，感叹时局，自恨老朽时，外孙女峨会讥讽他，小娃会觉得他可怜，绛初会“神色不高兴”地用潜台词嫌他添乱，他要以平等待莲秀，明媒正娶为继室，儿女们不便拂逆，但莲秀在家庭中实际上仍是妾媵，人人无视她的存在。最后，为了莲秀将来的生活，他还接受了碧初临别前的奉养之资。总之，他在吕宅中的实际地位，并不像马风同志说的，是类似荣宁二府中的贾母那样的“最高主宰”，而是相当有自知之明且能自省自抑的谦和明理的老人。作者看准了他这个特点，一方面，深入到他的精神世界的深处，一层层地写出他被时局牵动的时而亢奋、时而衰颓的微妙的心理变化，写出他“时危再奋请缨志，骥老犹怀伏枥惭”，精神上志在千里、远翥高翔的爱国情怀；另一方面，丝毫毕现地描绘他的日常起居的琐事，一件件写出他那些在困居深宅、手无寸铁的现实处境中聊以自慰的，有时庄严，有时可笑的举动，例如：教小娃用肥皂刻“还我河山”的图章，教玮玮们边练武术边念抗日口号，登阁赏荷吟咏辛词以寄托“无人会”的登临意，为找不到颜之推的《观我生赋》而发怒，因南京陷落读《哀江南赋》而夜哭，大年夜拒绝儿孙磕头，编出西山游击队会来接自己的梦话以坚定碧初南渡之志，等等。这些生动的细节描写使吕清非的形象活起来了。这个形象使我想起《战争与和平》中的俄罗斯爱国的老贵族老鲍尔康斯基，也使我想起现实生活中的黄侃——这位辛亥革命的斗士，中国国学的大师在国土日蹙的形势下不也发出“神方不救群生厄，独臂莫囊空自劳”之叹，直到咯血盈盆的临终时还念念不忘时局吗？[①]伟大的中国古典文化，是会孕育出这样哭吐精诚的爱国赤子的！

马风同志为什么会对吕清非的形象作出这样使人很难理解的苛评呢？细读马风同志的文章，我觉得有两个原因：

第一，马风同志受了近年来变得时髦起来的庸俗的自然主义文学思潮的影响，醉心于所谓“俗人”的“原生状态和通常状态”，以至于完全否定了时代的“重大”因素对人的精神特征的影响，否定了人物形象的思想内涵、时代色彩在决定其美学价值方面的重要意义。马风同志说，吕清非、卫葑的形象“之所以陷于二元状态的困窘之中，自然源于‘重大’的‘事件’的控制。可以说，人物的性格、命运的活动轨迹，一旦拘囿在‘重大’的规定情境内，尤其是卷入到关系着民族生死存亡的冲突中，小说家出于民族自尊心理的集体无意识的支使，对于人物的认知和把握往往只能有一种价值取向了，这几乎是一种必然。在这个‘必然’的催动之下，人物所能显露出的面目常常是一半，

① 参阅陆敬：《黄季刚先生革命事迹纪略》，《量守庐学记》，生活·读书·新知三联书店1985年版。

作为'英雄'的这一半。而作为'俗人'的另一半，则被遮盖了，甚至阉割了。而这被遮盖、阉割的另一半，又恰恰是饱含审美潜力和能量的一半。……我以为摆脱和超越的恰当途径，应该是让人物从'重大'中走出来，使之步履从容地在凡俗的人生世相中徜徉。”马风同志在这里所反复讥弹的造成宗璞艺术上的失误的所谓“重大”，实际上就是“关系着民族生死存亡的冲突”也即抗日战争的时局。在小说中，这是构成人物活动的典型环境的重大因素，其实恰恰是不可或缺的。正是这个“重大”的时局，控制了《南渡记》中诸多人物的命运，这诸多人物也只能在这个“重大”时局所决定的“规定情境”内思索着、歌哭着、行动着，并对自己的人生方向作出严肃的抉择。在这“重大”的历史关头，吕清非作出了有英雄气概的，辞生就死的选择，而凌京尧却作出了投降的选择，其他人物也纷纷作出了自己的各有差异的选择，由此显示出了不同的人生价值取向。在这个“重大”的是抗日还是投降的问题上，每个人只能有一种选择，这选择就决定了这个人物的基本命运，成为他的性格的基调中的不可或缺的因素之一。在这一点上，是不容混淆，不能主观随意地搞什么“性格的复杂化”的。宗璞忠实于她所亲历过的抗日战争的时代的真实，忠实于她高洁的爱国主义的审美理想，塑造了吕清非这个精神世界和“重大”的时代风云息息相通的爱国老人形象，这正是她艺术上的成功之处。前面所作的对吕清非形象的具体艺术分析已经表明，宗璞并没有犯把人物当作时代精神的号筒的错误。在具体的艺术描写中，吕清非灵魂里的光正是透过他作为一个病弱老人的日常生活的种种又庄严又可笑、又可敬又可怜的情状曲曲折折地衍射出来的。也就是说，作家并没有把老人凡俗的生活细节抽象掉，使他变成一个“寓言式的符号”；相反，正是凭借这些无不与“重大”的时代投影相通的凡人小事，才有血有肉地写出了吕清非的个性。如果说吕清非的形象显得还不够丰满的话，那主要是表现在对吕清非的历史的叙述和回忆上，因缺乏典型细节的充实，这些倒叙终究给人飘忽之感。卫葑的形象也有同病。不过这个人物在《南渡记》中着笔不多，他的命运和性格还有待于发展，本文也就不拟多加讨论。

要之，如果宗璞听从了马风同志的规劝，真的让人物从“重大”中走出来，那就不会有吕清非这样一个活生生的民族的忠魂徘徊在《南渡记》的字里行间了。受到马风同志激赏的赵莲秀的形象，倒是和“重大”的时代因素关联较少的（但也有关联）。这个形象在显示旧家庭中某一类妇女的命运和生活形态方面，自有其独特的意义。（老太爷死后她的心理变化的描写确是大手笔）但是，她在书中的思想、艺术地位均不重要。正如作者在分析她和吕清非的关系时说的：“她能了解他的一切生活需要，却从未能分担一点他精神的负荷，也从未懂得那已经离开躯壳的东西。她每天对着他的生命之烛，却只看见那根烛，从未领会那破除黑暗的摇曳的光。”她之所以不能和吕清非有精神上的共鸣，原因就在于她的精神生活未能像吕清非那样深广地与“重大”的时代巨变相通。对于一个没有文化，生活圈子极狭，身处旧家妾媵地位的女性来说，这是不能苛求的。但对于马风同志，我想是很难为他作同样的辩护的。

庸俗的自然主义的文学主张，必然会欣赏那种用卑俗的眼光看待一切人的所谓“复杂性格论”。马风同志指责吕清非形象的描写只有一种“英雄”的“价值取向”，而忽略他作为“凡人”的一半（其实并不忽略，已见上文分析）就流露出他在人的性格塑造上的看法的某种混乱。孙犁有一篇精短的文章对前几年流行甚广，评论界翕然从风的所谓“复杂的性格”论，作了透彻的分析。他指出：“我对典型性格的理解是：既是典型，就是有一定范畴的型。既是有一定范畴的型，就是比较单纯的，固定的，不同于别人的型。”[①]“所谓典型，其特征，并不在于复杂或是简单，而是在于真实、丰满、完整、统一。复杂而不统一，不能叫作典型，只能叫作分裂。而性格的分裂，无论现实生活中，或是小说创作上，都是不足取的，应该引以为戒的。”[②]“所谓复杂，应该指生活本身、人物的遭逢、人物的感情等等而言，不能指性格而言。在这一方面，过多立论，不只违反生活的现实，对创作也是不利的。”[③]这些话，言简意赅，切中肯綮，胜过了很多人的唠叨词费，对于我们分析吕清非的形象，也是富有启示的。吕清非的性格，正是“有一定范畴的型”，即有固定性基调

① 孙犁：《“复杂的性格”论》，《远道集》，百花文艺出版社1984年版，第145—147页。

② 同上。

③ 同上。

的人物。这个人物，丰满稍逊，但它是真实的，单纯的，完整的，统一的。他的遭逢，他的感情，并不简单贫乏，而是复杂丰富的，也就是说，他是有生活基础的，是用现实主义的细节描写，才使他凸现在典型环境中，活动在由“重大”的抗日战争所造成的“规定情景”中的。宗璞的现实主义功力在吕清非形象的创造上，正表现在她超越了所谓“集体无意识”，自觉地掌握了抗日战争时期的时代精神，并把它渗透到现实主义的创作方法中去，机智地绕开了自然主义的泥淖。

第二，马风同时忽视了对现实主义创作方法中“再现典型环境中的典型性格”的法则的学习和了解，以致陷入了离开人物的现实生活基础对人物进行纯审美分析的歧路。马风同时表白说：“我绝不是在张扬小说创作应该回避‘重大’和英雄；相反，我坚定地以为，在作品中艺术化地呈现出‘重大’和‘英雄’，乃是肩负建设社会主义精神文明使命的小说家的职责。当然，应该有这样的前提作为保证：小说家必须在作品中积蓄起足以引发‘重大’和‘英雄’的艺术情势（不是时代情势或者社会情势），并且，必须构建起适应于‘重大’和‘英雄’的艺术氛围（同样，不是时代氛围或者社会氛围）。”说实在话，在领略了马风同志对《南渡记》特别是对吕清非形象的冰冷的苛评之后，我对马风同志的表白是不无怀疑的。但是，即使我们相信马风同志对小说中“艺术化地呈现出‘重大’和‘英雄’”的必要性的确有着“坚定”的认识，那么，按照马风同志设计的创作方法，这一切也是注定要落空的。因为，排除掉对“时代情势或者社会情势”“时代氛围或者社会氛围”的描写所谓引发、适应“重大”和“英雄”的“艺术情势”或“艺术氛围”是不可能单独存在的。二者必属其一：如果马风同志所讲的“艺术情势”或“艺术氛围”是指摆脱了“重大”控制的，避开了“英雄业绩”“死亡”转向“无意义”因而被马风同志认为“最富有美学光彩”的“凡俗的人生世相”描写，那么，这样单纯的“凡俗的人生世相”的描写本身，由于取消了艺术概括、典型创造这一套现实主义的基本要求，必然滑入自然主义，连创造较完整的艺术形象都很困难，遑论“艺术化地呈现出‘重大’和‘英雄’”？而如果马风同志所讲的“艺术情势”和“艺术氛围”是指紧紧环绕着人物的具体的生活规定情景，具体的场面、情节和细节以及在这些情景、场面、情节、细节中自然流露或呈现出来的驱使人物按其“这一个”特有的方式行动起来的活生生的生活逻辑，那么，马风同志所说的“艺术情势”或“艺术氛围”就必然是更广阔的“时代情势或社会情势”“时代氛围或社会氛围”的一部分，就必然与“重大”相通，这样才能为“重大”与“英雄”的艺术化蓄势，而这样的“艺术情势”和“艺术氛围”，无疑的正是反映和概括了“时代情势或社会情势”“时代氛围或社会氛围”的簇拥、映现、造就典型性格的典型环境。总之，不是自然主义就是现实主义，这是没有游移的余地的。冯雪峰曾经指出：“人物的性格，是通过和环境的关系，通过他的斗争，而形成而发展的。现实主义描写人物的所谓性格化的原则，有其两个不可分离的重要方面：一是，人只有在他的斗争中，在他的由矛盾斗争所形成的社会环境中，才形成他的具体的社会关系，才形成他的行动和思想，才形成他的个性；但另一方面，他的任何斗争、行动和思想，以及他和社会的关系，都通过他这个作为具体的人所必然具有的特殊条件和个性而表现出来的。这两个重要方面，缺一不可；否则，无论缺哪一方面，都不能完成艺术的真实性和典型性。”[①]这是对现实主义要求的再现典型环境中的典型性格的具体阐发，我认为是很精当的。广阔的“时代情势或者社会情势”“时代氛围或者社会氛围”对具体的环绕着人物的“艺术情景”“艺术情势”“艺术氛围”的控制和渗透，这两者在具体的艺术描写中的统一，正是现实主义创作方法的基本要求之一。宗璞的《南渡记》在艺术上的成功，主要正表现在这里。

马风同志最后一个能够为他对《南渡记》的苛评辩解的理由是，他是根据宗璞艺术上的优势和劣势的分析，才作出宗璞不适合写“史诗”的判断的；而对《南渡记》在艺术上失误的批评，正是为了劝告作家扬长避短，“不可进入误区”。他说：“作家可以把小说当作‘史诗’来作，也可以不当作‘史诗’来作。”“‘重大’的领域和方位，并不是可以纵情驰骋她的艺术感觉的活跃

① 冯雪峰：《关于创作和批评》，《冯雪峰论文集》下卷，人民文学出版社1981年版，第56、60页。

区。”写作《南渡记》，是宗璞对自己的优势和劣势缺乏清醒认识才出现的作家的“机智”的迷失。马风同志把宗璞的艺术优势归结为三点：“（1）对于凡俗的人生世相的展现和描绘；（2）平实的叙述风度；（3）小说家轻灵、细密的艺术感觉。”而“史诗”规范中所要求的若干“重大”，对这些优势“造成抵触乃至压抑威胁”。

对一个作家的艺术优势的看法，当然是见仁见智，可以各抒己见的。孙犁在谈到宗璞的小说《鲁鲁》时，对宗璞的艺术优势也谈了三点可供参考的意见：“一、作者的深厚的文学修养；二、严紧沉潜的创作风度；三、优美的无懈可击的文学语言。”[①]把孙犁的判断和马风同志的判断两相比较，我觉得前者所见者大，而后者所见者小。不仅“小”，而且这“小”也是被马风同志曲解了的。

孙犁认为，宗璞因其多年从事外国文学翻译和家学渊源，形成了她“深厚的文学修养”。我认为，这主要的是表现在她小说中的“鲁迅笔意”（孙犁评《鲁鲁》白描手法时语）和《红楼梦》笔意（冯至、卞之琳评《南渡记》时语），也即深厚的现实主义的艺术功力。宗璞已过中年，饱经人世沧桑、世态炎凉，对历史对人生的认识已臻成熟，是悟彻人世三昧的过来人又是祝福幼者的引渡者。她的笔底，世相从冷处看，人情从暖处生。她的湛深的观察力和深广的爱心，使她步入为人生的现实主义艺术的堂奥，从自己的亲身经历出发，体察众生，研讨万物，为时代造像，替历史留影，写“一代学人志士”之心史，现儿时伙伴之童心，这才是她创作《野葫芦引》的初衷。为了达到这个艺术目标，她只能在整体上采用现实主义的创作方法，不仅讲究细节的真实，而且致力于再现典型环境中的典型性格。（当然这不排除她在艺术局部汲取浪漫主义、象征主义等手法）马风同志所肯定的“凡俗的人生世相的展现和描绘”，只是宗璞现实主义功力之一端，而且也不是马风同志解释的那样纯“凡俗”的“无意义”的描写，而是为典型化服务的具有艺术概括意义的日常生活描写。

① 孙犁：《读作品记（四）》，《澹定集》，百花文艺出版社1981年版，第28页。

孙犁所指出的宗璞的“严紧沉潜的创作风度”，在《野葫芦引》的创作中，表现为严肃认真的创作态度，宏大严密的艺术构思，沉着有序的叙事安排，等等，以及“于生活静止、凝重之中，能作流动超逸之想，于尘嚣市声之中，得闻天籁”[①]，如为野葫芦写心，为棺中人发语，替卫葑写未发之信，突然插入嵋的第一人称的叙述，都是这一类潜心营运之笔。小说既有伦理家常的亲切平易的描写，也有“野葫芦里迷踪”的扑朔迷离。“平实”仅仅是其创作风度的一个侧面，此外尚有清奇、典雅、绵密、瑰丽、幽婉、悲壮……仅仅以“平实”概括宗璞的叙事风度，不客气地说，是没有读懂宗璞的作品，把宗璞的艺术风格作了简陋、寒碜的描述的。要之，“严紧沉潜的创作风度”，是宗璞严谨深广的现实主义创作方法的在小说体、气方面的表现。

最后，“优美的无懈可击的文学语言”，是宗璞现实主义艺术功力的最终的物质承载物。孙犁认为：“语言是文学的第二要素，它不单是一种形式，而是一种艺术内在力量的表现，是衡量、探索作家气质、品质的最敏感的部位，是表明作品的现实主义及其伦理道德内容的血脉之音。”[②]从文学语言上看宗璞的艺术优势，比从很难捉摸的“艺术感觉”着眼，要切实和准确得多。

总之，宗璞最根本的艺术优势，是她对古今中外伟大的现实主义文学创造性、革新性的继承和发展。这一优势在《南渡记》中得到了很好的发挥。以此观之，宗璞其人，写《南渡记》其书，正是人尽其才，书得其主。这是现实主义的一个胜利。

然而，马风同志却用种种曲说对《南渡记》加以主观武断的贬抑，宣称：“小说家的企望在很大程度上意外地沦落为失望。”这样的评论，其实才是令人失望的。

我不禁想起，三十七年前，冯雪峰曾对主观主义的文艺批评方法作了这样的剖析：“主观主义批评的错误，大都表现在这样的事实上，就是批评者常常不从所批评的具体作品本身出发，也不顾及这作品的题材与主题范围，忘记了

① 孙犁：《谈美》，《尺泽集》，百花文艺出版社1982年版，第111页。

② 刘梦岚：《“寂寞之道”与“赤子之心”——访孙犁》，《人民日报》，1989年4月10日。

作品的艺术形象的真实性是只能拿它所描写的实际生活来比较，而且这种比较也必须在作品所描写的生活的一定具体的范围之内，同时还允许作者从自己看见的侧面来描写，并且允许有他自己特殊的表现方法。批评者也常常忘记了他进行分析和比较的时候，还必须循着作者的观察和思索的路线，才能看出作者认识生活的深浅和艺术概括能力的高低。批评者忘记了从具体作品出发，忘记了这样做，于是从自己的概念出发，从自己认为应该这样那样的公式出发……然后拿作品来套自己先设定的这种公式。这当然是很少能够套得上的……这种非常坏的、完全主观主义的批评，当然是破产的，不能使人心服的。”[①]

这是一段多么切中现今批评界时弊的话啊！三复斯言，我霍然悚然，愿与马风同志共戒之。

原载《文学评论》1991年第1期

① 冯雪峰：《关于创作和批评》，《冯雪峰论文集》下卷，人民文学出版社1981年版，第56、60页。

一腔浩气吁苍穹

金　梅　宗　璞

宗璞同志：

您好！恕我打扰了。

前次为孙犁同志评论大作《鲁鲁》，曾接读过您的来信。此事虽还恍如昨日，可屈指一算，已过去整整十年了。这真应上了“光阴似箭”的老话。

十年来，中国文学界的变化，可以说是既令人欣喜，又令人担忧。尤其是八十年代中期以后，某些创作现象和理论主张，常常使人感到惘然和失措。其间的现象之一是，在“寻根热”的过程中，一些作家将自己的笔触，主要集中于探究和揭露我们这个民族的缺点与弱点上面。与以往一味的歌功颂德比较起来，这是创作思想上的一大变化。如何看待这种变化，当然需作具体分析。但由此而产生的另一种偏颇，也是值得注意的。在一些人看来，我们这个民族，从“根”上说，好像只有缺点与弱点似的。依着这种思路写下来，一个问题产生了：在我们的大量文学新作中，鼓舞人心者少而泄气者多。那个时候，我在留意您的创作时，曾经有过这样的纳闷：自从一九八五年十月，在我参与编辑的刊物《小说导报》上，发表大作《泥沼中的头颅》之后，不知道为什么，您的创作不像以往那样多了。最近拜读了《南渡记》才明白，原来，您正在埋头创作多卷本的长篇巨制《野葫芦引》呢。我不想任意地猜测说，引发您创作《南渡记》的动因之一，便是对上述那类创作现象有所感触的缘故；但我确实感到，您在《南渡记》中所表现出来的创作观念与美学理想，与那时创作界的某些偏颇是截然不同的——您的《南渡记》，以深沉的笔触，赞颂了中华民族的觉醒，围绕着这种觉醒，写出了我们民族的自尊与自重，写出了炎黄子孙不畏强暴、视死如归的斗争意志（像小说中凌京尧那样的人毕竟是少数），和“枪口上挂头颅，刀丛里争性命”“就死辞生”的一腔浩气。这些，《南渡记》是通过一个特殊的题材——知识分子在民族危难期中所经受的考验来表现的。如此，也就不单纯是历史地和具体地探究着我们这个民族虽饱经忧患却依然生生不已的内在的和深长的原因，更对长时期以来被弄得斯文扫地、尊严荡然的中国多数知识分子的真实灵魂作了确切的与深入的描绘，还他们以历史的真面目。小说描写得确切与深入，在我看来，主要得力于独特的构思，即作者将一个宏大的时代题材，化解于几个家庭的日常生活（当然不是通常意义上的日常生活，而是包含着特定历史内容的日常家庭生活）之中；再进一步，又以其中一个家族的成员在时代变迁中的种种表现为主，使众多的家庭及其成员或亲或疏、或近或远地向它辐辏聚拢——这是对《红楼梦》等中国古典小说艺术的成功借鉴。

对重大时代题材的处理，既有从正面切入之一途，也能从侧面迂回地加以描写。前者，固然可以造成波澜壮阔、惊天动地的声势，但由于采用此类构思者已多，又容易失之于雷同一般；而后者，大都从特定的时代风云变幻对人们正常生活的冲击这样一个角度去选材和描写，虽无紧锣密鼓、电闪雷鸣之势，却由于集中地和细微地解剖着，人物在历史转折关头和生命抉择途上的灵魂的震颤，与那些以紧张曲折的故事情节取胜的小说相比，它就自有其“楚楚动人”和“回肠荡气”的艺术魅力了。《南渡记》便属于这一类作品。

当然，这部小说艺术魅力之形成，还直接与您将自己的以及您家庭成员的经历、感受无间地贯穿于和融汇于所有的情节与细节之中有关。我读过令尊的《三松堂自序》一书，由此得知，您的《南渡记》中包含着自己的家庭及其周围人物的经历。我这样说，绝不是以为《南渡记》是一部自叙传式的小说。我只是想说，一般小说中的“我”并非都是作者自己，《南渡记》采取的，又是第三人称的描写叙事方式（只是在个别地方，如第六章第二节中，有几段文字让“嵋”用第一人称的口吻去叙述），其间却充满了作者亲身的经历和悲欢、忧愤的情绪，可以读出作者的那个“我”来。字里行间虽没有出现作为作者的“我”，但“她”确实无时不在、无处不在，且自始至终与小说中人物生活在一起，与他们一起煎熬，一起欢悦，一起悲愤。正是这一点，才使您的小说蕴含了真正能够激动读者心灵的艺术力量。我们有时遇到一些小说，不要说是以第三人称出之的作品了，便是那些包含着作者自身因素在内的第一人称写法的作品，由于从中看不到作者或喜或悲、或首肯或斥责的心理、情绪、态度，因而在阅读时常常不能激起相应的情感，总觉得与作者及其作品之间隔着一定的距离。何以故？我从《南渡记》中领悟到，那是由于在那些作品中，作者没有将“我”真正地融汇进去。（赘言一句：这并不是说，在作品中一定要直接出现“我”的形象。）

《南渡记》从卢沟桥事变那天晚上写起，从大的范围上说，它也可以被列入抗日题材一类小说。但正如前面所说，这部小说没有壮阔的场面、紧张曲折的情节，抗日战争在小说中只是一种背景，它着重描写的，是从这个背景上所发生的，几个高级知识分子或高级职员（孟樾、澹台勉、庄卣辰、凌京尧等）家庭的变迁及其有关人物的灵魂呈现。除了写到吕清非老人和凌京尧时，小说将其安排在直接面对生死荣辱的场面之中，关于其他人物，只是写了他们被入侵者打乱了正常生活秩序之后的心理情绪反应，情节与笔触都是淡淡的，在人物的心理情绪反应中，也没有更多的慷慨激昂之状。孟樾、澹台勉、庄卣辰，作为高级知识分子，日常对政治是没有多大兴趣的，他们走的是以学术、教育、实业振兴国家的道路。但在他们，对民族的生存、国家的前途的关心，是自然而然的事。孟樾等以为，“我辈书生，为先觉者”，因此一遇到“腥风血雨”袭来，自“不该躲避”“毁家纾难”“忍受一切”，是自己分内的事儿。方壶是温馨的、舒适的，北平作为文化古城是最适宜于做学问的，但头戴一顶“亡国奴”的帽子，绝不是孟樾这样典型的中国知识分子所能承受和甘于承受的。在他，虽不能佩剑请缨、奔走沙场，但仍有自己那份为国家、为民族出力的事情要做，而且自觉应该做好。“抛了文书，洒了香墨，别了琴馆，碎了玉箏”，是令人惆怅与悲愤的，但他宁愿在颠沛流离、坐卧无定中去完成其皇皇巨著，而决不会在敌人的刺刀下苟且偷生。小说中写到孟樾等人在强敌压境中的心态时，直写他们义无反顾地离开北平，并一再点出其“我们会回来”的坚定信念，而无其他多余的笔墨。这正准确地写出了，像孟樾这样的典型的传统中国知识分子，深明大义、看重名节的品格。在这里，如果作者对人物的心态描写故作曲折状，是会歪曲了孟樾的。

《南渡记》是以孟樾的出场开篇的，在情节结构上，也以孟樾一家的活动为中心，但在整部小说中，对孟樾的描写所占的分量并不多。他在全部七章小说的第三章开始时——从时序上说是卢沟桥事变后一个多月，便离开了北平；等到他再次直接与读者见面时，已经是一年以后，小说也将近尾声了。其间，小说用主要篇幅，写了孟樾离开北平后，吕清非老人和他的两个女儿即孟夫人碧初和澹台夫人绛初及其孩子们，暂留北平期间难以煎熬的日日夜夜。在这些笔墨中，对每个人物的描写，从塑造不同的典型形象上说，各自有其独立的意义。但我在阅读这部小说时，有这样两点突出的感觉：一是，最先出现的孟樾，虽然很快地暂时退出了小说的情节，而在没有他直接出场的、写他家人活动的所有情节与细节中，却都有他的身影在晃动、他的品格在闪光。小说在描写其他人物时，极成功地烘托了孟樾的思想风貌。娴淑宽厚、高洁拔俗的吕碧初，她的能够与孟樾灵犀相通，相濡以沫；她的能够甘担风险，帮助地下工作者销毁文件；她的能够敢于在日本人面前，说出“难道日本孩子的命更值钱”一类话，等等，所有这些，固然因为她是吕清非的女儿，却也是孟樾所形成的方壶生活环境濡染的结果。至于孟家第二代在民族危难关头自然流露出来的品性与素质，更是由孟樾的言行潜移默化而来。只有极为省简的笔墨和高明的描写技巧，才能收到这种一笔多能的艺术效果。二是，小说的所有文字，都在完成着同一个题旨：在以吕清非、孟樾翁婿为核心的那个诗礼簪缨的大家族中，深藏着我们传统的民族心性的根基和民族的浩然正气，正是有了这种根基与浩然之气，我们的民族才能从千百年来的苦难中走了过来，并将继续生存、奋斗和发展下去。

以我读后的印象说，《南渡记》写得最激动人心和感人肺腑的，是吕清非老人和那群孩子们的表现。出身于名门望族的吕清非，中举之后，本可以按照当时的人生公式，顺利地在仕途上升迁发迹，但他在进步思潮的影响下，逐步看清了清政府及其后的蒋家王朝的腐败，终于抛却了仕途，投身于革命的行列。小说是将他作为至死都是一个时代弄潮儿的形象去描写、去赞颂的。其中，尤其突出了他一生恪守和奉行的民族自尊心和民族责任感。用吕清非自己的话来说：他“一辈子奔走，推翻满清，参加辛亥革命，又主张联共，不容于蒋，愿望只有一个，想亲眼看见中国独立富强”。在晚年，他又遇上了日寇的步步紧逼，国家民族的命运危在旦夕。他为此而忧心如焚，闷闷不乐。卢沟桥抗战救亡的炮声，振奋了他的精神，让他看到了民族的希望。他时刻关注着时局的发展变化，毫不含糊地申明着自己的态度。他不止于在为自己年老体衰，不能直接为国家民族出力悲愤自责，还在用自己的言行激励着儿孙和周围其他人抵抗敌人的决心。他明明知道自己留在北平，敌人为了利用其名声会对他施以威逼，但为了家人的平安转移（在他看来，他们对国家民族的未来更加有用），还是毅然地留了下来。当敌人果真用软硬兼施的手段请他出任伪职维持局面时，他先是以嘲讽的口吻，奚落走了前来说项的汉奸，接着又怒斥赶走了威逼者，最后服毒身亡，以其一死，既表明了自身的志节品性，也揭露了敌人的卑劣，并使之阴谋破产。吕清非死得坦然，死得从容，也死得价值“无穷”。在这里，与吕清非就死辞生的情景相副，小说采用的也是从容而平静的笔墨。我觉得，正是这种相副的笔墨，更加深刻而准确地写出了吕清非所继承与发扬的，我们民族固有的“无求生以害仁，有杀身以成仁”的最高的道德准则和生命意义。既是固有的，它自身的呈现过程就会是自然而从容的，那么文学作品在对它加以描写的时候，副之以相应的笔墨，不是更加准确而深刻吗?

在孟宅方壶和香粟斜街三号府第中，活跃着一群在花团锦簇中长大的孩子。他们原来天真烂漫，无忧无虑，在联翩的幻想中生活着、嬉戏着。敌人的入侵，改变了他们的生活轨道，也使他们的民族自尊心觉醒起来。这些孩子们，由于年龄与性格上的差异，对时局变化的反应方式是很不同的。小说以多彩的笔墨，写出了这种差异与不同，在这种差异与不同中，又都贯之以他们对故土一草一木的恋念，对打乱了他们正常生活的入侵者的痛恨。嵋和小娃站在窗前观看园中的景色，嵋说："这就是打仗。"见小娃不懂，她又说："打了仗，这些花都没有了。所以得多看两眼。"小娃听后沉思地说："我不喜欢打仗。"嵋在说了"我也不喜欢"之后，把手中的洋囡囡放在窗台上，让她帮着多看两眼。参加完葑哥的婚礼，由于城门关闭，嵋和小娃住进了城内香粟斜街外公的家里。他们一心想着要回到城外的方壶去，那里有活泼逗人的小狮子，宅旁小溪上游动着迷幻的萤火虫。澹台玮画的一张中国地图，有好些虫子爬在上边，那是他为之深恶痛绝的入侵者的部队据点。嵋和小娃住过来了，他又带着大家玩打仗的游戏。在他这个香粟集团军总司令的指挥下，一举歼灭了日寇三千余人，为此还专门发了战报。这样的表达特定情感，是孩子们才有的。从那中间，我们感受到了他们与生俱来的对民族、对国家的爱，以及随之而来的对入侵者的天然的反感与忌恨。峨与玹子的年龄较大一些。峨生性怪僻，还有点儿矫情，对周围的人和事，她好像都不屑一顾，也不喜欢弟妹们插嘴非分之事。但就是这位看似冷酷无情的少女，在柳夫人的独唱会上，听了她的一番陈词，一曲《松花江上》，也摘下手表作为捐款。过了几天，又主动提出，要随葑哥去郊区劳军。玹子是很超脱逍遥的，便是塌了天，该玩还是得去玩儿。但她同样是非判然，就是因她的关系，作为地下工作者的卫葑，才顺利地脱离了虎口。她还把手袋里所有的钱塞给了卫葑，还答应把卫葑出走的情景，转达给他新婚的妻子。《南渡记》写孩子们民族意识的觉醒，是很有层次的。如果说，先前的那些描写，只是反映了他们与生俱来的直觉的民族感情，那么，当他们亲身经历了一系列遭遇之后，小说着意表现的，则是他们自觉的民族意识与民族情感了。还是说那个怪僻的峨吧，她是一向不屑与人言语，也百事不管的。而那次遭到敌人刺刀挟持之后，回到家里，她就情不自禁地、主动地、颤抖着倾诉了自己的遭遇和悲愤。从那以后，她也知道在这民族危难之际，自己应该承担一点力所能及的责任。南下途中，在香港碰到了从长沙畏难而来的掌心雷，他原是峨的同窗好友，这时，峨却不客气地对他说："不能共赴国难也不能逃之夭夭！"这些地方显示出，此时的峨，与小说开篇时已自不同——她开始成熟起来了。

《南渡记》写孩子们的遭际之苦和眷恋故土的深情，最令人撕肺裂胆的，是李之芹途中病死的情节。她热爱北平，喜欢那里的花草蝴蝶，敌人的入侵却使她离开了故土，离开了那里的一草一木、美丽的蝴蝶。她心脏病突发时，唯一想念的是“不知道什么时候能回到北平”，她对玮玮说“我很怕回不去了”。玮玮坚定地劝慰她：“怎么会回不去？就是打上几年几十年，也会回去！……李姐姐身体会好起来。”临终前，当她听到玮玮说：“到了龟回，我们捉顶好看的蝴蝶给你。”她脸上似乎掠过一丝笑影，用力地说：“你们很好——很美——”一个年轻的生命，终于没能回到自由国土，没能继续生活在好友们中间，没能继续看到她一心向往的美的蝴蝶泉！是敌人的侵略，剥夺了她的这一切权利！小说对李之芹病死前后的描写，是铭心刻骨的，动人魂魄的。

我在拜读《南渡记》时，特别留意到其中关于自然界的那部分描写。在这些描写中，您用诗一般的语言，寄托了您和您的小说人物，在彼时彼地对祖国美好的一景一物的挚爱，倾诉了由于入侵者造成的阻隔而不能享受其美的悲愤。从总体上说，这类描写，都是小说烘托其主题的有机部分。但它们的作用与价值是否仅止于这种烘托的层次呢？我想，在作者的总体构思和小说题旨的升华上，它们可能还有更深、更远的作用与意义吧！是怎样一种作用与意义呢？这里，我想说一点猜测之辞。如果不符合您的本意，那就请姑妄听之吧。

令尊友兰先生，是哲学大家，他有关中国哲学史的著作与论说，有巨大的影响。您长期生活在他身旁，想必会受其熏陶了。前面说到，我曾读过他的《三松堂自序》。就在这部著作里，友兰先生讲到自然、社会与人的关系时，解释了他心目中的四种精神境界。一种叫自然境界，一种叫功利境界，一种叫道德境界，一种叫天地境界。以他的说法，人在生活中如何看待他所遇到的各种事物的意义，构成了他的精神境界，或者叫世界观。而唯有从一个比社会更高的角度，即哲学的角度去看待社会和人生，方能获得最高的精神境界。这种境界只能存在于人与宇宙（特别是自然）的关系之中，所以称之为天地境界。冯先生将天地境界视为最高的精神境界，我体会，是就哲学上的提纯和逻辑上的层次而言。也就是在观察世间事物的意义时，不能仅仅局限于一事一物，而要站在既能万事万物都包蕴在内、又超越于任何一事一物之上，那样一个更高的立足点去观察它们。从这样的理解出发，当我们观察和评价人类所作的道德的或不道德的行为时，那行为就与自然界即天地间的万事万物都有关了。反言之，人类某些行为的道德与不道德，都可以从自然——天地间的万事万物上找到相应的反应。

如果上述对冯先生关于“天地境界”的界定的理解没有错的话，我以为他的这一哲学思想，对如何提高我们文学创作的主题层次、思想境界，是很有启发性的。而在我看来，您在创作《南渡记》时，好像就有意无意地贯穿了令尊的这一哲学思想。日寇的入侵，既是对中国人民的蹂躏，同时也破坏了中国的大好河山、自然景观；中国人民对入侵者的痛恨，不只是因为他们改变了我们的正常生活，也是由于他们践踏了我们的大好河山或阻隔了我们去享受那自然景观的美，因此，他们的罪行，不单会遭到被侵略者的怨恨和谴责，天地也要为之动容、为之变色的。小说第六章开头写到，尽管扫阴天儿的小人儿从早到晚拿着扫帚，孟吕碧初带着一行人等离开北平那天，还是下起了小雨：“天色阴暗，绿树梢头雾蒙蒙的。巍峨的天安门、正阳门变矮了，湿漉漉的没有精神。前门车站满地泥泞，熙攘而又沉默的人群显得很奇怪。人们都害怕随时会有横祸飞来，尽可能不引起注意。”“雨水在车窗上慢慢地流着，小娃扒在窗上，想看清楚外面，伸手去擦，玻璃外侧仍有雨水，他就耐心地看车窗。”看着看着，他忽然大声说：“北平哭了。”母亲碧初坐在另一边，慌忙站起来叫他到这边来。他不肯，又指着窗说：“北平哭了。”——写碧初一行离开北平时正值下雨天，并让小娃两次提到“北平哭了”，这既是小说作者有意的安排与联想，也是自然界本身此时此地出现的一种独特现象，是其对人间事物的一种反应。文天祥的《正气歌》中说（这也是冯先生在阐述其“天地境界”说时引用过的）：“天地有正气，杂然赋流形。下则为河岳，上则为日星。于人曰浩然，沛乎塞苍冥。”在文天祥看来，浩然之气，不只存在于人间，也充塞于苍冥之间、自然界的万物之中。自然物也是有情感的。《南渡记》中写“北平哭了”，那便是彼时彼地，与人间相应的自然界的一种情感表现。（但愿不会有人从科学的角度来挑剔这种说法。）在这类描写中，自然界已从陪衬、烘托的层次，上升到了独立的地位。唯其带有了独立的品格，它才和人间的变故一起，组成了、也拓展了小说的内涵。这是作者站在人与自然的关系——天地境界上观察世间事物时才有的结果。而正是这类观察与描写，使《南渡记》中写到的自然物的变幻所包含的意义提高了，也因此而将整部小说的题旨进一步升华了。《南渡记》中将人间的变故与自然界的反应融为一体的这种写法，在如何处理作品中人与自然的关系问题上，是提供了新意的。

拉杂写来，不当之处，请多指教。

谨祝您及令尊

笔体双健！

金梅

1990年10月20日于天津

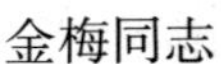

金梅同志：

近两个月，我很少有时间坐在书桌旁，更不要说提笔，案上书纸，满布灰尘。接读来信——实际是一篇评论文章——觉得有话要说，不得不“挣扎”着写几句。

写一部反映抗日战争时学校生活的长篇小说，这想法在五十年代就有了。所以并非受到哪一种观点的负面启发，你不作此猜测，是聪明的。也不像有些人说的，我立志要写一部史诗，那未免太伟大，不是我追求的。史，倒是有些，因为我要纪念那一段可歌可泣的生活，写的就是那段“史”，不过写出来的是小说；“诗”则未必了。我很庆幸五十年代有的想法，贮存了三十多年才动笔。确实，我这个人活到现在，才会写出现在的《南渡记》，若是五十年代写，肯定是另外的样子。

我也曾考虑自己是否驾驭得了这样大的题材，想到是否以系列中篇出之。后来我还是决定这样写，因为我以为这是我要表现的内容所需要的最好形式。形式服从内容，这是我一贯的原则。写不好，也只好认了。

不知你属于哪代人，大概不一定经过抗日战争吧？可你似乎很理解那种感情，那种席卷一切的感情。上下一心，同仇敌忾。那是全民族的灾难，也是全民族的觉醒（一定限度）和动员。那种巨大的力量，影响着不分年龄不分阶层的每一个人。原先只让想象和萤火虫一起飘舞的孩子们，受到现实的教育，热衷于打日本，甚至游戏中也忘不了打日本。这不是矫揉造作（有文章这样说），而是一种以儿童方式出之的至情。又据说这未免太“抗战化”。没有经过战争的人可能永远想不出战争怎样“化”进每个“凡俗”家庭，而影响着“凡俗”的一切一切！坦白地说，我自己便做过那样的游戏。

有些真事，在有些人看来很假，这种情况并不少见。对吕清非，你是肯定的。也有人认为他太单一平面，所以不美。我并不认为这个人物写得怎样成功，但他表现了一种民族精神。他生存的主要目的在于他的理想，而不在于他的“凡俗”。如果连吕清非这样平凡的人都觉得太拔高，又怎样理解舍生取义的文天祥，愿割去自己头颅的谭嗣同？在生死关头，“就死辞生”的中华儿女大有人在。

民族感情只要不囿于狭隘，实在是很神圣的。它浸透了我们的祖辈、父辈的灵魂。所以在建国初期，共产党一声“中国人民从此站起来了”，赢得了亿万人的拥护，多少学贯中西的老知识分子自愿走上艰苦的改造道路。爱自己的祖国、民族，和爱自己的家乡、居所，爱自己的亲人、邻舍一样，又都是十分美好和平凡的。便是到了世界大同，那时不还是有别的星球么？

关于人和自然的关系，你对家父的“境界说”有所体会。张载《西铭》开头说：“乾为父，坤为母；予兹藐焉，乃浑然中处。故天地之塞，吾其体；天地之帅，吾其性。民，吾同胞，物，吾与也。”有一次我侍家父往某处演讲，他一开始便讲天、地、人三个字。人不过是整个自然的一部分，不过这一部分是“万物之灵”。

我本还想讨论一下所谓平面、立体人物，写一个人物的突出一面是否可以并非平面。但实在没有时间了，现在得去厨房，然后去医院。

只再说一句。这样通信的方式好处是亲切自然，但因时刻想到要给作者看，是否会有拘束？这书显然有很多大大小小的缺点，譬如嵋的叙述、几段标题的插入，诚如有人指出，打断了文气的贯穿。你未便写吧？

谢谢你对《南渡记》的理解。还要谢谢你屡次引用那几首曲子，那是我的得意之作。

宗璞

1990年11月8日

原载《文学自由谈》1991年第1期

存在的勇气：杨绛与宗璞的散文精神

李咏吟

散文的自由形式是对生命的复杂形式的一种捕捉和感悟，源远流长的中国散文一直是作家生命表达的重要形式。那从心底深处流出的酣歌是作家真情实感的放纵，没有虚构，没有矫饰。那些零散篇章的汇合，往往可以透视作家的心路历程和精神向度。当我系统地阅读和理解杨绛和宗璞的散文时，我惊奇于她们对知识分子人格的弘扬。她们试图把知识分子存在的勇气与人格的自律统一起来，因为一个勇于探索和思考的心灵总是乐观地对待生活中的悲喜剧，不惜一切地维护一种高洁的自由人格，时刻不忘引渡人们超越那愚昧和专制的苦难。沉重而又悲怆，乐观而又勇敢，杨绛和宗璞以女性的视角和女性的心灵写出的沉思的诗篇，显示出独特的文化精神和散文精神。

一、悲喜剧经验

杨绛和宗璞的散文浸透着浓郁的悲喜剧因素。因为她们把普通人心灵深处呻吟的诸如“活着真难”“活着太累”的情感，用真挚而又悲怆的文字诉说出来了。她们对人的存在处境所作的朴素表述，包孕着深度的人生体验和文化体验。这种体验的情感化，调动我们重新评价生活，反思人的生命行为。是啊，生活是一支悲壮的乐曲，弹奏这支乐曲需要信心、勇气和力量！生活是一枚橄榄果，只有细细咀嚼才能品尝出滋味。杨绛与宗璞是以散文的方式咀嚼人生这枚橄榄果，是以散文的方式表达她们的精神哲学的。杨绛与宗璞总是从积极意义上去肯定人生。她们出身于高级知识分子家庭，享受过生活的欢腾与自由，这种自由的生活教会了她们生活的勇气：向上而不是沉沦。知识分子独立自由的人格理想教会了她们正直而无私地生活，正是这种坚定的信念，支撑着她们的生活。无论是顺境，还是逆境，总不愿失去存在的勇气和独立人格的追求。所以，杨绛与宗璞的散文，总是试图以喜剧精神压倒悲剧精神。然而，由于她们特殊的时代经历，所以总包孕着一种理性的苦涩。杨绛与宗璞很早就开始了散文的写作，但是，她们散文的真正成熟，是在中年之后。在体验过人世的悲欢离合与世态炎凉后，提笔所写的散文理所当然地具备了复杂的生活容量。当她们的笔触以家庭为背景展开时，我们看到，她们对亲人和生命的理解与阐释是那么深情和热忱，她们把亲人的喜怒哀乐写出来，给予人们深刻的人生启悟。一个“真”字和“情”字贯穿始终，因为亲人之间拆除了“假面”，他们之间缺乏观照的距离，而唯其如此，知之愈深，爱之愈真，抒写也就愈动人。不仅如此，杨绛和宗璞从理性的视角对亲人的观照，可以视为这种散文方式的典范。

我们先分析杨绛对亲人的感激与理解、感性和理性交融的散文。杨绛对青少年时代的家庭回忆与情感记忆，既是对亲人不断的追思，又是对人生悲喜剧的沉重感叹。无法想象的生活，无法避免的悲剧，无法挽回的自由，无法改变的历史，如同一团乱麻绞在杨绛的情感记忆中。生命是多么奇妙而又复杂啊！在杨绛所写的散文中，关于亲人的忆念是以父亲、姑妈和姊妹以及丈夫这几个视点展开的，不同的视点决定了杨绛的不同情感态度。她对父母，充满理解与尊敬；对姑妈，在误解后寄托深厚的同情；对姊妹和丈夫，则充满欣赏与肯定。“人情练达即文章”，杨绛的这些散文，我们不能简单地理解为作家的生活传记，其中还有更为深邃的东西。从《将饮茶》《干校六记》与《乌云和金边》中，我们可以深深地理解到杨绛散文所具有的一种幽默智慧、生存智慧和男性智慧。知识和年龄、思想和勇气培养了杨绛的达观与多谋善断，也较早地把她从妇女的重轭下解放出来。这促使她有了自由时间和自由工作，从而具备了自由人格。杨绛在分析自己的个性时，非常感激她父亲所给予的开明教育，所以，她对父亲有理解和尊敬，却没有责备和遗憾。她用寥寥几句话，便勾勒出了父母的情感生活片影："他们谈的话真多：过去的，当前的，有关自己的，有关亲戚朋友的，可笑的，可恨的，可气的……两人一生中长河一般的对话，听起来好像阅读拉布吕耶尔的《人性与世态》。"（《将饮茶》第13页）他父亲的幽默自由个性贯穿到她的散文个性之中，处处显得妙趣横生。父亲顽童时期、青年时期和中年时期的幽默的"狡狯"点缀在多变的叙述中，导致散文流动而又生机勃勃。本来，散文一般不必引经据典，但切近人物传记的散文，杨绛不惜打破常规，为了增加其真实性，她引经据典，但引而不繁，点到为止，根本不影响散文的冲淡气氛。她的散文似乎慢慢叙来，又似乎是走马灯式的快节奏。因为语调平和，构成的信息量很大；因为语句简短，可以在不同年龄的读者那里获得相应的调节。这也是散文的快慢节奏的相对论。杨绛深通此理，她写自己的父亲，不仅叙父亲的言行，又旁敲侧击，引证自己丈夫和朋友的对话，增添了一层神秘。在她的散文中，她的父亲并未正面出场，实质上是杨绛与自己的心灵对话，与自己的朋友对话，从而又凸现父亲的精神肖像。她在叙述行程中，不时地穿插一些与父亲的对话片段，从而凸现一种典型的儿女眼中的父亲形象。一个对父母充满爱和尊敬的作家，自然不愿写父母的怪癖和隐私了，事实上也不可能知道这些事，因为父母对子女是绝对封闭的。所以这个隐私世界被遮掩，任何父母都不会把隐私世界有意展示在孩子面前，甚至永远是一个秘密。杨绛在对父亲的散文叙述中，也尽量回避对父亲的隐私性的描写，迥异于卡夫卡给父亲的信。正因为如此，杨绛特别突出父亲的人格："我父亲又喜欢自称'穷人'……我从父母的谈话里听来，总觉得'穷人'是对当时社会的一种反抗性自诩，仿佛是说，'我是穷人，可是不羡慕你们富人'。"至少，回忆她的父亲母亲，杨绛是欢乐的，一往情深的："我们不论有多少劳瘁辛苦，一回家都会从说笑中消散。"这就是一种家庭的魅力，也是一种散文的独特意境。散文不必虚构，而是通过真实表达作家对生命的真正理解。杨绛的叙述散文达到了一种散文的真实。她写父亲，不是给他写传，不是客观科学地评价他，不是对他进行一种歌颂，而是写出情感记忆中的父亲，儿女不会忘记的父亲和真正理解了的父亲。即使把微不足道的小事夸大，也都是在情理之中的事。这就是杨绛散文的智慧，这就是杨绛的生命观念。

她的姑妈则是一个很有争议的人物。鲁迅在几篇杂文中抨击的杨荫榆，阴鸷而冷酷。但是，在杨绛充满理解的散文叙述中，却寄托了对姑妈的深厚同情。误解与同情的复杂心情在杨绛的散文中得到了出色的表达。她把杨荫榆的悲剧放到了一个更为复杂的历史文化环境中进行表达，具有一种陌生化的震撼力。杨绛的生花妙笔是奇特的，她的叙事基点是："我不喜欢姑妈，姑妈也不喜欢我。"这种叙事基点易于与读者的视野重合，但这种不喜欢又植根于一种"误解"中，而在"理解"之后，便对姑妈的悲剧产生同情。她在叙事中，铺开了姑妈的另一面遭遇：婚姻的不幸，留学的艰难，女性的牺牲，保守的悲剧。她渐渐宕开笔，写姑妈的婚姻屈辱和矢志求学，突出一种叛逆精神。由叛逆而保守，根源于杨荫榆的深刻的封建意识。她对晚辈的爱都是变形的，更何况她对青年学生的压制。这样，杨荫榆就不仅是一种人格的悲剧，而且是一种文化的悲剧，是一种文化造就了"姑妈"的悲剧个性和变态的心理。显然，这种理解真正揭示了中国文化的悲剧意蕴和妇女的屈辱命运。于是杨绛的理解就不再从反面入手，而是从正面入手，为姑妈重新画像。由写杨荫榆连带写她所有的姑妈，在对比中，写出姑妈青年时代的美丽。写一个人带出"一家人"，"一家人"眼中的姑妈，我眼中的"一家人"，杨绛的笔显得开阔而又充裕。"三姑母是一个独身女人，生活中又要充当男人的角色，而身份又是女人，这样奇怪的矛盾，特别是她那喜欢责人，又容易上当，容易被人利用的性格，还是出于一种女性的弱。孩子们也不喜欢她，她是一个被遗弃的人。"（《回忆我的姑妈》）在亲人中不被理解和被歧视咒骂，杨荫榆的悲剧是沉重的。唯有杨绛，出于一个女人和亲人的双重理解，才会把杨荫榆的悲剧写得这般震撼人心。我们只要不被杨绛的幽默外表所迷惑，她那深度的悲凉体验也就可想而知了。杨绛写亲人的散文带有一种特有的轻松活泼，特有的幽默，其中也不乏自得的苦涩。她的文字初读要笑，细读就会哭。我们如果只从她的散文中读出"笑"，那是没有登堂入室的表现。我们只有从"笑"中读出"哭"，才楔入了杨绛的心灵深处。她的文笔，喜欢用短句子，像讲故事似的又穿插一些轻松的评论和独白。她回忆父亲的散文叙述，不是一本正经的，而是穿插趣闻逸事，生活琐状，对话情态，把父亲写活。这其中凝聚着一个家庭的生活智慧与和乐风范。杨绛最善于利用方言构成的智慧和方言所蕴藏的特殊文化内涵以及方言的喜剧效果达成散文的魅力。我想，杨绛回忆亲人的时候，心中一定充满着甜蜜的激情，充满着喜乐的光辉。

宗璞与杨绛的性格气质不同，因此，宗璞对亲人的怀念散文具有独特的韵致。任何一个作家的散文创作总是愿意从亲人身畔穿过。宗璞对亲人的怀念散文没有杨绛的古老感，但或许是因为宗璞受到过于浓厚的哲学熏陶吧，所以宗璞关于亲人的散文相对显得比较拘谨。她关于父亲、母亲、弟弟的散文叙述缺乏杨绛的开阔、丰厚和变化。但是，宗璞的散文个性却并未因此而消失。宗璞怀念亲人的散文不是以家庭为中心而展开的，她喜欢不枝蔓、不拖沓，紧凑而又单纯的写法。写一个人就专写一个人，简洁而又明晰。她所传达的氛围和环境相对说来显得单纯明快一些。宗璞的个性里，严肃认真的成分是很重的，所以她就难得有杨绛的幽默和乐观情调。她长久地受哲学家庭的影响和熏陶，所以散文自然就富有沉思性。她的《哭小弟》，理性色彩浓重，把小弟之死与知识分子的命运联系起来，成为宗璞这篇散文的核心主题："我哭小弟……我还要哭那些没有见诸报章的过早离去的我的同辈人……我哭我们这迟开而早谢的一代人。"从中可以看到宗璞散文的悲剧意识是外露的、庄严的。《恨书》中写出知识分子特有的悲剧情结："但我毕竟神经正常，不能真把书全请出门，只好仍时时恨恨，凑合着过日子。"这不只是恨书，而是悲叹百无一用的书生命运。她曾借父亲之口写出她母亲、祖母和自己三代人的命运，（《冯友兰与三位女性》）无疑，这是对亲人的深情怀念。从这种理性的叙述中，她透露出，一个人的成功需要多少人的牺牲和关怀。从她对弟弟和母亲的叙述中，可以看到，宗璞的散文充满强烈的理性精神，这种精神甚至与日常生活的情感记忆材料不相调和。宗璞急于表达内心的信念和对真理的理解，所以她的怀人记事散文并不丰厚细腻，但她的情感总是由个人扩展到人类。她的长处是杨绛的短处，而杨绛的长处又是宗璞的短处，正是在这复杂的比较观照中，我们发现了她们的独特品格。通过杨绛的散文，我们认识了一段历史，一段文化，一个人的生命悲喜剧。通过宗璞的散文，我们认识到知识分子的奇特命运和社会理想。杨绛幽默、乐观，充满文学智慧，富有同情心；宗璞清丽、凝重、庄严，关心知识分子的命运，充满哲学智慧。一个是文学智慧，一个是哲学智慧，都是人生智慧的不同闪光，也是她们家庭文化的投影。无论如何，这些散文表述中，十分突出地融合了她们的生活信念、价值取向，体现了她们对自我价值观念的肯定和对亲人的情感信任。这种乐观自负的情调之中，正是知识分子生存的勇气所在，因为他们相信真理，相信真、善、美，相信正义，而且相信真理必将战胜谬误，美必将战胜丑，正义必将战胜邪恶。正因为有这种坚定的信念，她们才乐于勇敢地生活着。

二、儒家性情

杨绛与宗璞的散文中特有的文化精神增添了散文艺术的深刻意蕴。这种精神意蕴与她们的沉思遐想的文化品格相关。她们肯定文化创造与精神探索的独立价值，展示出悲剧性与喜剧性不只是贯穿在个人的历史命运之中，而且贯穿在民族的文化历史命运之中。这种精神突出地体现在钱锺书和冯友兰的文化探索与哲学探索上。杨绛与宗璞以特殊身份，通过散文的方式，传达了其中的深层内涵。可以说，杨绛叙述丈夫的散文与宗璞记叙和怀念父亲的散文以不可替代的文学视角，不自觉地写成了独特的钱锺书论和冯友兰论，雕塑了钱锺书和冯友兰的文化肖像。杨绛笔下的钱锺书，是以散文透视钱锺书文学创作和研究的价值文献；宗璞笔下的冯友兰，是以散文去描述哲学家日常生活智慧的价值文献。可以说，她们以自己的生命体验和生命记忆分别写出了钱锺书和冯友兰的心灵世界，亦歌亦哭地表现出儒家人格和儒家性情乃是中国知识分子的生命之本和精神之魂。

杨绛对丈夫的散文记叙运用了独特的视角。一是学术视角，二是情感视角，三是历史视角。当杨绛从学术视角切入对钱锺书的叙述时，她不可避免地要从《围城》入手。她并不对《围城》的主旨进行学术阐释，而是真实地再现钱锺书的创作情境和材料来源。这种真实叙述具有多方面的价值。因为这里不仅表达了他们的创作生活，而且表达了他们的爱情生活。这种琴瑟和谐的情调本身也就成为一种追求和向往："每天晚上，他把写成的稿子给我看，急切地瞧我怎样反应。我笑，他也笑；我大笑，他也大笑。有时我放下稿子，和他相对大笑……"这种笑的层次，这种笑的境界，这种笑的内涵，只有他们两心的笃爱相知，其中也间接透露了他们所共同追求的幽默效果，而杨绛一方面又让读者相信钱锺书的虚构和想象："创作的故事往往从多方面超越了作者本人的经验。要从经验的故事追求作者的经验是颠倒。"这无疑是以一种独特的方式写的虚构论。钱锺书的《围城》发热发光之后，钱锺书的《谈艺录》《管锥编》成为"神话"之后，他的朋友、学生、青年学者形成了各种各样的关于钱锺书"神话"的阐释。在这一切声音之上，杨绛的发声是独特的、真实的。她以散文的叙述最真实地展示了钱锺书的生活，她以夫人的身份和朋友的立场，披露真实的心灵世界，她真实地叙述了《围城》创作时的家庭生活和时代状况以及人物取材和构思经历。这是最真实的作家心灵的展示。杨绛的幽默风采，在以情感视角观照钱锺书时也有充分的展示。她写道："钱家人爱说他吃了痴姆妈的奶，有'痴气'。我们无锡人所谓痴，包括很多含义：疯、傻、憨、稚气、孩子气、淘气等等。"杨绛旁敲侧击，突出钱锺书智慧性的弱点，活脱脱写出了钱锺书的独立不羁性情。这种"痴气"和他人眼中的钱锺书的"傲气"相辅相成，造就出奇异的学者性格，决定了奇异的学术成果。夫妻的伉俪情深中无事不谈，钱锺书的童年趣事，显然是在多方面的闲聊中浮出并深记的。长久停留在杨绛记忆深处的往事连同中年过后的练达，自然显得风雅多趣。杨绛在对钱锺书的情感记忆中，是非常重视钱锺书之"才"的，"那时商务印书馆出版钱穆的一本书，上有钟书父亲的序文。据钟书告诉我，那是他代写的，一字没有改动"，这是写钱锺书的奇才怪才。"我常见钟书写客套信从不起草，提笔就写。八行笺上，几次抬头，写来恰好八行，一行不多，一行不少。钟书说，那是他父亲训练出来的，他额角上挨了不少'爆栗子'呢！"这是一个达观的老太婆在给来访的朋友介绍钱锺书的鬼才，其中充满怡然自得。从杨绛的叙述过程中我们可以看到：这对夫妻作家的幽默是相互创造的。"我们俩日常相处，他常爱说些痴话，说些傻话，然后再加上创造，加上联想，加上夸张，我常能从中体味到《围城》笔法。”可见，无论是得意，还是失意，他们都不忘肯定自己的过去，肯定自己的才能，肯定自己生活的勇气。但真正能体现他们生存勇气的，还是从历史视角中观照钱锺书。杨绛和钱锺书在“文化大革命”的动荡岁月，承受了残酷的精神折磨。当杨绛叙述到女婿被迫自杀时，自己被斗时，钱锺书被剃成“阴阳头”时，他们都不忘用幽默达观的态度来排解，两人相互依靠，坚定信念而不失去“存在的勇气”（《干校六记》）。这是中国知识分子的一曲壮歌，这是中国知识分子的人格理想放射出的人格光辉。杨绛以生命感受和几十年的深厚理解，写出了特殊而又平凡的钱锺书，写出了知识分子的创造智慧和生存勇气。钱锺书在苦难的岁月里仍痴情于中国古典文学和中外文化比较，这种信念正是来源于知识分子存在的勇气。杨绛以最真实生动的笔触展示了高级知识分子之间的相互理解和相互关心，正好说明，真正的知识分子，真正具有自由人格的知识分子是不会出卖灵魂和信仰的。无论他们身处何种逆境，他们都会勇敢地创造和奉献。杨绛的散文能达到这种思想深度，既是出于深度体验的自觉，又是出于理性的呼唤。

宗璞比杨绛年轻，但她对中国现代社会的急剧变革一直忧心如焚。她从父亲身上看到了知识分子的特殊使命，儒家人格从精神深处指导着他们的生命行动。宗璞的父亲素描并不完整，她对父亲无限敬爱，她之所以没有长篇大论地写关于父亲的散文，是因为冯友兰先生其实也是一个大散文家。冯友兰的一生都沉浸在以诗性散文表达他的生命哲学观念的创造中。《三松堂自序》和《三松堂集》可以视为冯友兰最优美的散文结集。那些出色的散文是诗与哲学的融合，是诗与思的统一。宗璞长期照料父亲的生活并从事业余写作，也许她的文学天赋优于哲学天赋，所以她不可能，或者没有精力去深究父亲的透彻学理。但是，父亲的人格观念，父亲的审美理想，父亲与朋友的交往，父亲的未尽心愿，父亲的著述过程和创作态度，以及父亲的不老诗心，宗璞是最熟悉不过了。遗憾的是我们还没有看到宗璞关于父亲的散文回忆长篇。但就仅见的散文篇什中，这对父女的感情是相当融洽而且平和亲切的。宗璞的严肃责任感导致她对父亲超乎寻常的报恩或关心。一个哲学家突然成了旋转的陀螺，不能自由选择方向时，是何等痛苦。“老实说，三十多年来，从我的青年时代开始，耳闻目睹，全是对父亲的批判。父亲自己，无日不在检讨。家庭对于我，像是一座大山压在头顶，怎么也逃不掉。”当听到人们对父亲的重新肯定和科学评价，宗璞感到自由与欢悦。宗璞的散文总是由一点生发开去，由特殊意义上升到普遍意义上去。如给父亲祝寿，她在结尾写道：“为天下的父母，喝一口酒。”她把个人的情怀和人类的情怀沟通在一起。正是从父亲的身上，宗璞看到了知识分子存在的勇气。她在散文中写道：“从父亲身上我看到了一点，即内心的稳定和丰富。这也可能是长寿的原因之一。他在具体问题前可能踌躇摇摆，但他有一贯向前追求答案的精神，甚至不怕否定自己。历史的长河波涛汹涌，在时代证明他的看法和事实相谬时，他也能一次再一次重新起步。”冯友兰先生是从提倡儒家人格和生命哲学开始，到否定它直至再次肯定它而结束，这是一个知识分子的探索道路，没有失去勇气的生存之路。宗璞着力突出父亲撰写《中国哲学史》的执着精神和不懈勇气。她还专门谈到父亲的预言：“中国哲学将会在二十一世纪大放异彩。”宗璞十分重视知识分子的自由人格，当梁漱溟先生谈到他父亲的人格缺陷时，宗璞非常严肃地对待这件事。她承认父亲对毛泽东有过崇拜，但并未对江青献媚。应该说，冯友兰是具有这种觉悟良知的。宗璞在短篇回忆散文里，叙述了这件事的前因后果，显示了中国知识分子对人格的格外重视。一个知识分子要求做人的尊严，这种尊严神圣不可亵玩，它充分体现在宗璞的散文叙述中。

宗璞的散文中充满很强的理性成分，所以，感性的读者往往对她敬而远之，而理性的读者则从她的散文中能窥见一种精神深度。宗璞是冷峻的，诚恳的，严肃的。从杨绛的钱锺书论和宗璞的冯友兰论中，我们可以看到，她们在大致相同的文化环境和时代里，却有两种截然不同的文化心态。杨绛乐观、幽默、长歌当哭；宗璞沉思、认真、拥抱理性。如果说杨绛的散文充满一种喜剧精神，以喜剧去怀念生活，评论悲剧时代，歌颂知识分子的自由人格，那么，宗璞的散文则充满一种悲剧精神，沉重地表现生活，恸哭着缅怀。宗璞在特定的时代和特定的文化中，很难乐观地笑起来，她悲思着。杨绛在动荡的岁月，则蔑视丑角，敢于开怀大笑，面对荒诞，她敢于机智地逃避，为了亲人，她敢于作出牺牲。她们以不同的文化心理展示了中国知识分子女性的生命体验。由她们的钱锺书论和冯友兰论扩展开去，我们应该相信，中国知识分子永远不应失去自信力，人格完善不仅是一种古典的命题，现在是将来仍然是一个具有永恒价值的标尺。儒家性情是中国知识分子的安身立命之本，一切自由和欢乐最终总是“孔颜乐处”。

三、反抗怯懦

我发现，对亲人的怀念、记叙和理解在散文创作中只不过是杨绛和宗璞的外在生活的一种表现，她们创作的重要内容，更是对内在精神生活的一种传达。不是对他人存在的阐释，而是表达并肯定自我存在的勇气。这种深度的创造传达，是杨绛和宗璞的散文之魂。杨绛和宗璞都是读外国文学的，而且都曾先后在清华大学外文系深造过。这就构成了她们的某种相似性。杨绛对外国文学的理解，有《春泥集》和《关于小说》，宗璞也有类似的著译。杨绛对英国散文和塞万提斯的小说尤有心得，宗璞则对卡夫卡和德国小说深有研究。她们由外国文学的研究走向对自我的反省，不断激发起创作的欲望和对生活理解的欲望。她们在小说和散文之间耕耘，我们甚至可以把杨绛的《洗澡》和宗璞的《三生石》这两部小说当作散文来读，这是她们用血泪写成的篇章。杨绛和宗璞对知识分子精神生活的反省再一次把人的“存在的勇气”这一问题提出来。活下去，要坚定地活下去，要敢于怀疑地活下去，这是杨绛和宗璞散文所表达的共同信念。因为世界有真有善有美，等待我们去发现和创造。

在平和的环境里，每一个人都会有存在的勇气。但是，在厄运和磨难的岁月里，存在的勇气就会面临严峻的考验。杨绛选择了那段不能忘怀的岁月，写成了《干校六记》和《丙午丁未年纪事》。不堪回首的岁月，杨绛觉得实在新奇。那种中国几千年酷刑的各种变相形态，竟然在一个时期完全复活，人与人之间的关系变得那么复杂迷茫，但杨绛仍是忙里偷闲，悲中找乐，她所主要取法的散文风格仍是中国的明清散文小品。沈复的《浮生六记》的外在形式直接启发了杨绛的《干校六记》，但其中的精神格调已截然不同。丙午、丁未年的知识分子突然被置于一种屈辱的境地，专政的力量以武力的形式来剥夺知识分子的人格尊严。杨绛以看似轻闲实则凝重的笔调叙述那恐怖的情景："那个用杨柳枝鞭我的姑娘拿着一把锋利的剃发推子，把两名陪斗的老太太和我都剃去半边头发，剃成'阴阳头'。"但是，杨绛我行我素，有着生存的勇气："打我骂我欺侮我都不足以辱我，何况我所遭受的实在微不足道。至于天天吃窝窝头咸菜的生活，又何足以折磨我呢？"这出自一个女性之口，是何等地磊落勇敢。（《乌云和金边》）

我以为《乌云和金边》可以视为知识分子的正气歌，那是对荒诞时代的沉重批判。《干校六记》不仅贯穿这一主题，而且还可以视作杨绛的爱情颂歌和劳动颂歌。《下放记别》中写到两夫妻分离之后，妻子对丈夫的思念和关怀，母女相别之后，母亲对女儿的无限牵挂。《凿井记劳》写知识分子在劳动中暂求欢乐和青年对老人的关怀，还写到与当地农民的特殊关系。《学圃记闲》写两夫妻的生活关怀，杨绛深夜探夫归连队尤为感人。《"小趋"记情》写人狗之情和劳动的艰辛。《误传记妄》写他们不动摇的爱国心和对回北京的期待。杨绛写"文化大革命"题材的散文，与其他作家不同，她不写标语口号，而是把自己看作一个普通农民，写出心灵的体验和感受，传达心灵的过程。她写道"彼此间的离情假如看得见，就决不是彩色的，也不能一迸就断"，语浅情深。杨绛尽量用喜剧语言冲淡那段残酷的岁月记忆，减弱沉重的精神压抑："我看着她踽踽独归的背影，心上凄楚，忙闭上眼睛；闭上了眼睛，越发能看到她在我们那残破凌乱的家里，独自收拾整理，忙又睁开眼。车窗外已不见了她的背影。我又合上眼，让眼泪流进鼻子，流入肚里。"因为是非同寻常的离别，不知何日是归期。杨绛还以朴素的语言叙述了河南农民的苦难，她在叙述一群小孩子之后，这样写道："我见过他们的'馍'是红棕色的，面糊也是红棕色的；不知'可好吃哩'的面糊是何滋味。我日常吃的老白菜和苦萝卜虽然没有什么好吃的滋味，'可好吃哩'的滋味却是我们应该体验而没有体验到的。"这里有着对农民深切苦难的关怀。当杨绛走在乡村小路上，不是对周围的风景审美，而是迫不及待地记住路旁的标志。因为在当时一切都是严峻的，她不可能对景物审美，而是为了生存，为了不至于在夜晚迷路或摔倒。一个文学家，在此景此情之下，只能以农民的眼光来对待自然了。这是杨绛所达到的真实。杨绛在雪夜的荒原上的感受是纯粹的乡村真实。她以一个求生者的眼光去看自然，的确是震撼人心的。杨绛译有英国散文，可她的散文一点也看不出异国情调，而是纯粹的中国情调，这是非常不容易的。这对历经磨难的夫妇在乡村荒原上仍不忘相互关心，尤其杨绛总是以勇敢者的角色保护丈夫。应该说，这才是真正的中国知识分子的爱情颂歌，也显示了杨绛非凡的女性品格。杨绛是外向的，勇敢的，杨绛的散文含着苦笑，透着泪滴，她尽力用喜剧的色彩冲淡悲剧。杨绛的人格形象在她的散文叙述中浮现出来，这是一位充满柔肠义胆的女性知识分子。

宗璞没有杨绛的这种干校生活体验，她没有离开北大校园，她生活在动荡的校园气氛之中。她较早地运用散文笔法写小说，无论是写情还是写景，文字苦涩、细腻而又美丽。《三生石》是她对校园生活深刻体验的记录。那对年青知识分子的命运是知识分子的一个缩影，他们对爱情的执着和苦恋显示出他们生活的勇气。真、善、美永远不可能被摧毁，在动荡时代，人们仍然守卫在心里。杨绛的散文是她的生命畅想曲，宗璞的散文则可以视为她的精神自叙传。宗璞喜欢把理性的探索，融汇到对大自然的发现之中，对自然景物的抒情之中。宗璞没有杨绛的干校，却有她的燕园和北京大学。她的《我是谁？》《蜗居》《心祭》都可以当作散文来读。宗璞第一次喊出“我是谁？”这是非常了不起的。如果没有西方现代派的文学体验，这种悲旷的声音是不会发自一个女性之口的。宗璞是多么希望每个人都能找回失去的自我，在她的小说中，她表示“她”喜欢苏轼，喜欢卡夫卡。可见，宗璞异常关心人的命运。她相信：“然而只要到了真正的春天，‘人’总还会回到自己的土地。或者说，只有‘人’回到了自己的土地，才会有真正的春天。”宗璞写过“西湖”，惊叹西湖的绿，也曾写过澳大利亚和北美瀑布，还写过《秋韵》，特别是燕园寻石，写得很美。宗璞是严肃的，宗璞的心是渴望自由的，她的眼睛是渴望美的。她渴望与大自然融为一体，这是一个对生活抱着庄严态度的学者的“心”。宗璞是内倾的，深刻的；杨绛是外倾的，热烈的。她们对“文化大革命”所作的深刻反思，是她们散文艺术的最高价值所在。她们关心人的命运，寻找人的位置。宗璞在精神深处所作的孤独自白，具有卡夫卡式的沉思力量。我们寻找丢失的人性，寻找自由人格和人性的尊严。杨绛散文所具有的练达和智慧的美，那种苦难而充满爱的生活，正是生活理想的表征。杨绛与宗璞个性不同，风格不同，情调不同。然而她们以不同的方式所奏出的生命赞歌，具有强大的感召力。知识分子过去没有，现在没有，将来也不会失去“存在的勇气”，这大概是杨绛和宗璞散文的深度融合吧！只要有真、有美、有善，我们就不应失去“存在的勇气”。只有不断地反抗怯懦，才会成为勇敢的斗士，这大概是杨绛和宗璞散文的精神导向吧！

原载《当代作家评论》1993年第6期

《宗璞散文选集》序言

陈素琰

早在五十年代，当宗璞的第一篇小说《红豆》与读者见面的时候，就以她独有的知识女性的才情和儒雅的气质而赢得人们的倾心。后来，她的创作与她长期居住的古老京城西郊文化区，与那里具有高层文化素养的知识分子不离不弃的几十年，更为紧密地结合在一起。她的丰富学识，她与知识者甘苦命运的相知，她对诚与雅的艺术追求，使她成为一位出色的知识型作家，尤其是一位文人型的女性作家。

“一个沐浴在西方艺术之中而又曾为中国文化所‘化’过的人更是有福的”，宗璞曾在一篇文章中这样说过。宗璞自己就是这样有福之人。命运对她优厚有加，可以说，她一生都浸润在这个得天独厚的文化渊源之中。

宗璞原名冯钟璞，出生于一九二八年，祖籍河南南阳。父亲冯友兰是当今一代哲学宗师。宗璞说她父亲“文学也有天赋，能写旧诗”。她的文学启蒙得自父亲。南阳冯氏，世代书香。据冯友兰先生说，他的姑姑就是一位女诗人，写有《梅花窗诗稿》。宗璞的姑姑冯沅君，“五四”时期与谢冰心、黄庐隐、凌叔华等齐名，是中国新文学女性作家的先驱，后来成为古典文学专家。可以说，冯家是一脉文心世代绵传。宗璞自小在母亲的督促下背了不少唐诗。抗战期间在昆明，住处与北大文科研究所很近，她在那里浏览了很多书籍。她曾就读于西南联大附中，然后入清华大学外国语言文学系。一九五一年毕业于清华大学。毕业后大部分时间在《世界文学》编辑部工作。离开编辑部后，从事英国文学的专门研究。

一方面是中国传统文化的深厚渊源，一方面是外国文化长期耳濡目染，二者集于一身。这就是宗璞有别于人的极其深厚的文化背景。我们几乎随处可见这种背景给她文学创作带来的潜在的深刻的影响。她作品中那种东方传统哲学文化与西方人文精神汇合而显示出的一种独特的精神内涵，以及作品人物所具有的高雅格调、深厚修养和美好人性的追求，都是这种文化积蕴造出的结果。另外，在艺术表现方面，在传统美学基础上对西方艺术多方吸取而形成的她所独有的气氛、意趣和韵味，也是难以比拟的。

宗璞在她的同代人中是一位在深刻文化背景中成长的有准备的作家。这种长期准备造出了宗璞文学生涯的顺境。我们现在把话题集中到她的散文创作方面。世上的事情往往无独有偶，宗璞的散文《西湖漫笔》一发表，如同小说《红豆》一样，也成了她散文的成名作。这一篇散文使她第一次在散文界获得了承认。《西湖漫笔》与《红豆》的命运一样，在几十年历史风雨淘汰面前，它依然保留了艺术的青春。自此以后，宗璞的散文创作，始终与小说并行于当世。近几年来，她的散文创作更趋繁丰，散文艺术日臻成熟，可说是今日要知宗璞，就不可不知宗璞的散文。

也许又与小说一样，宗璞的散文也并不多产。她确实是一个艺术态度相当严谨的人，甚至在创作上有点知识分子的矜持。人们曾经注意到她的小说几乎每一篇都有不同的追求和新意。她的吸取和融会为新时期小说带来诸多的艺术启示。同样，如果你有机会阅读她的每篇散文的话，你仍然可以见到她苦心孤诣追索的身影。每篇文章，无论就立意、谋篇、风格意蕴，她都力求有一些新意。尤其是她很注意文字的韵律节奏和音乐性。所以她多篇散文被电台和各种教材选中。

她对散文的各种品类体式，也多有涉及，如游记、抒情写景、人物叙事、域外访问，近年更有文化随笔等等。她的散文与小说创作也有不同之处：她的散文追求没有更改和超越中国散文传统固有的艺术方法和审美规范，没有像她的某些小说那样，对传统总求有新质的突破。在散文的实践中，她体现更多的潜在性的与中国传统散文包括“五四”时期散文的靠接的意愿。可以说她始终在向传统散文艺术的博大精深衍进，在执着和不与纷扰之中，臻于炉火纯青的境界。

二

宗璞的散文创作可以说起始于游记。《西湖漫笔》写于五十、六十年代之交，同时期还有《墨城红月》等，写景也颇优美。杭州西湖是江南风景佳丽之地，自古至今，多有名篇吟咏于它。当时初露头角的宗璞，却能在名家名篇之前泰然处之，毫不怯弱地写出了崭新的文字。

《西湖漫笔》起始不写西湖，而写她足迹所至的其他地方。她说她过去没有说过西湖的好话，她只是漫不经心地把话题荡开去。她认为欣赏山水犹如欣赏达·芬奇《蒙娜丽莎》这幅画一样，开始未觉怎样，直到把玩几次之后，忽然发现那“无以名状”的美，甚至“只觉得眼泪直涌上来”。这里她强调了美学欣赏的“恍然有所悟”，即真正要有自己的独到感受。以上这些“题外话”实际上是为她写有“独到感受”的西湖作了烘托，字里行间透出她对西湖美色不敢造次的庄重感。

《西湖漫笔》写得最美的也是文章的主要部分的，就是六月烟雨中西湖的“绿”。这也是区别于众多写西湖美景的文字。写“绿”实非易事，绿是抽象的色彩的概念。想当年朱自清写“梅雨潭的绿”，可能也感棘手，结果他用了一连串的比喻：“这平铺着，厚积着的绿，着实可爱。她松松的皱缬着，像少妇拖着的裙幅……她滑滑的明亮着，像涂了‘明油’一般……她又不杂些儿尘滓，宛然一块温润的碧玉……”把绿比喻为“少妇的裙幅”“温润的碧玉”，让你可视可触，感觉委婉浓烈。总之，朱自清在梅雨潭的绿面前，是竭尽全力使那种抽象具有了实际的质感。宗璞如今面对的是同样的问题。但她写西湖的绿用的却非比喻而是直接的描写，这的确体现她非凡的才分。

雨中去访灵隐，一下车，只觉得绿意扑眼而来。道旁古木参天，苍翠欲滴，似乎飘着的雨丝儿也都是绿的。飞来峰上层层叠叠的树木，有的绿得发黑，深极了，浓极了；有的绿得发蓝，浅极了，亮极了。峰下蜿蜒的小径，布满青苔，直绿到石头缝里。在冷泉亭上小坐，真觉得遍体生凉，心旷神怡。

这里没有一连串的取譬，却同样把我们带进一个铺天盖地的绿色世界中。同样可视可感可触，且层次丰富，气氛浓郁。又譬如“黄龙洞绿得幽，屏风山绿得野，九曲十八涧绿得闲”。文字极为简约，却传神尽意。这里我们看出，宗璞写“绿”，是靠着她准确的把握和精美的传达，严格选择用字，并使这些字富有表现力。她把文字建立在心灵对自然的细微观照上，所以能体贴入微，情致委婉。

《西湖漫笔》虽说是较早的文字，但已显示她写景文字的基本风格：重视客观对象的精微体察，描摹真切，情感内敛，语言简约隽永，尽量使你在客观的对象中，自然而然地产生审美的愉悦。如果把她与徐志摩的散文比较一下，就更显示这种风格的差异。徐志摩是受西方浪漫派影响的一位诗人。他写散文似乎不重视客观对象的“参观”，而重视主观情感的投入和渲染。他不像宗璞那样让读者从叙述文字背后去体悟那情趣和韵致，他是直接的主观抒发，用词造句铺陈曲丽，色彩华艳。在“浓得化不开”的丹农雪乌式的风味中，徐志摩完成了他自己的风格。与之相比，宗璞则是客观冷静得多，文字也是素朴以求深蕴。例如她写美国尼亚加拉大瀑布的《奔落的雪原》，也是这种风格。尼亚加拉大瀑布是世界风景一大奇观。面对如此雄阔壮丽千姿百态的大瀑布，她不是任情感如瀑布般奔泻，而是极其节制内敛。她态度从容，按照参观的次序，从不同落足点论述自己所见所闻，曲折有致地从不同角度展示瀑布的不同声色姿态。写它的奔腾，写它的跌落，写它的雄阔，写它的柔情，细微缜密，多姿多彩。她如实描绘，没有过分夸大形容，但文字生动准确。作者确是把瀑布写活了，写出了它的内在精神，是一首大自然的生命之曲，你可以从中吸取你人生的需要。这是在客观描述中，让你自己去领略的，而非作者直接的强加。

前面我们说过，宗璞的散文与传统靠近，在散文方面，尤其在山水游记方面，尤为突出。中国有悠久的山水游记的传统。一种是自古以来不少文人、官宦，在仕途遭阻，人生不得意的时候，往往寄情山水，从陶渊明、苏轼、柳宗元直至晚明袁宏道、张岱等，他们造就了中国寄情山水的深厚传统。另一种则是自郦道元的《水经注》直至明《徐霞客游记》这一路，他们则是自然地理风貌、风俗民情的实录记述。但只因其文字简洁优美，句型排比错落，显示了很高的文学价值，成了中国游记的一种典范，影响深远。如徐霞客《游黄山后记》：

下瞰峭壑阴森，枫松相间，五色纷披，灿若图绣……

……左天都，右莲花，背倚玉屏风，两峰秀色，俱可手揽。四顾奇峰错列，众壑纵横，真黄山绝胜处……

自三峡七百里中，两岸连山，略无阙处。重岩叠嶂，隐天蔽日，自非停午夜分，不见曦月……春冬之时，则素湍绿潭，回清倒影。绝巘多生怪柏。悬泉瀑布，飞漱其间，清荣峻茂，良多趣味。每至晴初霜旦，林寒涧肃，常有高猿长啸，属引凄异，空谷传响，哀转久绝。

……

（《水经注·江水注》）

人们不能不为这样的文字叫绝。清人杨名时在《徐霞客游记·序》中曾经说出这种游记的妙处："其所自记游迹，计日按程，凿凿有稽，文词繁委，要为道所亲历，不失质实详密之体；而形容物态，摹绘情景，时复雅丽自尝，足够人情。"

宗璞的山水游记，实受这一派影响，即受客观对象规范的传统笔法。如《三峡散记》，计日按程，道所亲历，主观抒情文字极少。尤其后来的《热海游记》，文字老到，与《徐霞客游记》庶几近之。全文记述了自然地理风貌本色，语句简练，风格俊逸——

自腾冲西南行十余公里，山势渐险，巉岩峭壁，几接青天。

……

再往上走，赫然有一台在，台上有石栏遮护。“这就是大滚锅。”主人指点说。走上去，脚底都是热的。台上水汽蒸腾，迷茫间见一大池，池面有十余平方米，池水翻滚，真如坐在旺火上滚开的大锅。站定了细看，见水色清白，一股股水流从池底翻上来，涌起数尺高，发出噗噗的声音，热风扑面，令人竦然。

与游记接近的宗璞另一些写景文字，如《紫藤萝瀑布》《丁香结》《好一朵木槿花》《报秋》等，则显示了另一种文体风味。这些文章依然不重华采装饰，全文仅数百字，其特点是意蕴深厚，内涵丰富，眼前景心中意化而出之。在写景物同时，笔端深藏感情，往往是清丽的语言呈现精美的意象。通过暗示的意境，引起读者的联想与回味。

《紫藤萝瀑布》其实只写了两个意象，一是宏观总体的，就是盛开的紫藤萝一串一串一朵一朵聚集成的瀑布：“只见一片辉煌的淡紫色，像一条瀑布，从空中垂下，不见其发端，也不见其终极，只是深深浅浅的紫，仿佛在流动，在欢笑，在不停地生长。”另一个则是微观个体的：“每一朵盛开的花像是一个张满了的小小的帆，帆下带着尖底的舱，船舱鼓鼓的；又像一个忍俊不禁的笑容，就要绽开似的。”

紫藤萝开得恣肆风流，辉煌灿烂，但又端庄雅淑，耐得寂寞。不管是宏观的飞动闪光的瀑布，或是一朵张帆航行的船舱，都在读者心中造成充满生命的张力。

她还写过一朵开在一片荒草没膝的园中的木槿花：“……缀在不高的绿枝上……薄如蝉翼的娇嫩的紫花在一片绿波中歪着头，带头调皮，却丝毫不知道自己显得很奇特。”作者为这朵木槿怦然心动。还有另一年的一朵，是透过瓦砾堆的重压而伸展出来的绿条上的木槿花。无疑，她写的是花朵在挤压下的生命的坚忍，由此展开了人生意味的深远命题。

宗璞笔下经常出现的花，大凡是丁香、二月兰、玉簪、藤萝、木槿等，作者表现了对这些平凡花草的特殊感兴。它们不富贵、不骄奢、不夺人耳目，但却有一份清白、高雅、坦诚、温馨，一种坚实的甚至抗争的生命力。花美在精神，精神是要人用心去感受的。宗璞是从这些微小的生命中提炼出来那充盈其间的强大与伟力的。这使人联想起宗璞的气质和修养以及她的道德人生观念。她有儒家重实践的精神，崇尚现实，直面人生的欢欣与痛苦。她做人作文重精神不重外表，她的美学观念也是："美文不在辞藻，如美人不在衣饰，而在天真烂漫舒卷自然之中，匠心存矣。"（《丁香结》后记）这些即景抒情文章辉映着她本人的天性醇厚，心如璞玉。

三

随着时代的前行，人生阅历的丰富深邃，宗璞散文创作出现了新的景观。一批发自心灵深处的不能自已的文章，把她的散文创作推向了新的高度。人过中年，人间的沧桑浮沉闻见亲历的逐渐多了起来。那些发生今日昨日、身前身后的让人悚然心动的变故，给作者的情感世界以巨大震撼。特别是当这些变故发生在自己的亲人挚友之中的时候，那文字间流动的哀痛之深沉，却远远超出了所谓的文学创作的意义了。可以看出，宗璞那一篇又一篇记载着离去的人们音容的文章，不是一般意义的散文创作，写这样的文字，是一种情感的欲罢不能的受苦的焚烧。这些文字不是以技巧的娴熟，形容的生动，词汇的精美为目标，它的精魂是不加雕饰的人间至情的倾诉。对着读者，更是对着自身。

宗璞的这些散文，写的多是死别。死亡是一种虚空，人的死去留给生者的是永恒的悲痛。不可追寻，不可再期，是永远的黑暗中的沉落。宗璞写这类散文也以质朴无华的至情传达为其特点。她能够把浓烈的诀别的至情用不事雕琢的近于直白的文笔表达出来。她在表达那无尽的悲哀时，不使情感泛滥，表现理智而有节制。她的这类伤逝追怀的文字表明她的散文已告别一般人容易有的青春时代的渲染和华采，而有了更多的人生感悟的沉郁。

出现最早的是《柳信》，它还带有传统抒情散文的一些痕迹。其中有怀念母亲的文字，但最动人的情节却是通过家里一只大猫狮子的死亡来烘托的："这两个月，它天天坐在母亲房门外等，也没有等得见母亲出来。我没有问埋在哪里，无非是在这一派清冷荒凉之中罢了。我却格外清楚地知道，再没有母亲来安慰我了，再没有母亲许诺我要的一切了。"

《哭小弟》写于《柳信》后两年，是一篇感人至深的悼文："小弟去了。小弟去的地方是千古哲人揣摩不透的地方，是各种宗教企图描绘的地方，也是每个人都会去，而且不能回来的地方。"但现在却轮到了小弟，他刚刚五十岁。小弟是作者最钟爱的弟弟，也是老父亲最器重的儿子。冯友兰先生在挽联中称赞这位儿子"能娴科技，能娴艺文，全才罕遇"。这位五十年代毕业于清华大学航空系的飞机强度总工程师，毕业之后三十余年在外奔波，积劳成疾。宗璞在间断叙述了小弟身前身后之后，写了如下的话：

> 那一段焦急的悲痛的日子，我不忍写，也不能写。每一念及，便泪下如绠，纸上一片模糊。
>
> ……
>
> 这一天本在意料之中，可是我怎能相信这是事实呢？他躺在那里，但他已经不是他了，已经不是我那正当盛年的弟弟，他再不会回答我们的呼唤，再不会劝阻我们的哭泣。

至哀无文，宗璞这些话没有任何修饰，也不用任何形容，却非常感人。

宗璞为父亲冯友兰写过多篇散文。《对〈梁漱溟问答录〉中一段记述的订正》，行文简洁严谨，雍容大方，而又不乏机趣。它是宗璞人生和文艺俱臻成熟的佳作。《一九八二年九月十日》《九十华诞会》等文记述了哲学前辈冯友兰先生晚年行状，有很高的文学和史料价值。《心的嘱托》《三松堂断忆》则记述这位大师去世前后的经历，是关于冯友兰先生告别人间前后，写得最平易又最蕴有深情的文章。《心的嘱托》写："近年来，随着父亲身体日渐衰弱，我日益明白永远分离的日子在迫近，也知道必须接受这个不可避免的现实。虽然明白，却免不了紧张恐惧。"《三松堂断忆》最后写："这么多年，每天清晨最先听到的，是从父亲卧房传来的咳嗽，每晚睡前必到他床前说几句话。我怎样才能从多年的习惯中走得出来！”话都平易，然而却沉重得令人难以承受。

《三松堂断忆》中还记叙了冯先生生平诸多有意义的往事：青年时的一次豪饮，与杨振声、邓以蛰两先生等四个人一晚喝去十二斤花雕；抗战期间过镇南关因耽于思考而手臂为城墙折断；六十年代，每于傍晚由作者陪父母包租大船荡舟昆明湖中，船在彩霞间飘动，绮然神仙中人等等，都以质朴的语言，平白的记叙，真实而传神地从平常生活侧面，把这位为世人所景仰的，而生平并不平凡的学者的个性品格作了传神的描绘。

宗璞随父居燕园数十年，关于这座名园她写过许多文章。这些文章不同程度地描写和表现了这个校园的人文鼎盛的风情。《霞落燕园》与这类文字不同，它从另一个角度——这是社会人生最让人伤怀的角度——写北京大学燕南园十六栋房主先后的辞世。它以记叙多于抒情的笔调，写人生离散的浓厚悲哀。它蕴有深深的伤感，但却举重若轻地在文字传达上予以淡化，让人从文字以外四处弥漫的不可弥补的失落中，感到沉重的哀伤。这是散文的大家风范。

她从容地挨家叙述这数十年间发生的死别。最早离去的是汤用彤先生，写汤先生的去世用的是这样的叙述：“记得曾见一介兄从后角门进来，臂上挂着一根手杖。我当时想，汤先生再也用不着它了。”物在人亡，对于死者无一句直接哀悼的话，却以极平淡来写极沉痛。紧接着写三位自杀的老先生：“一张大字报杀害了物理系饶毓泰先生，他在五十一号住处投缳身亡。数年后翦伯赞先生夫妇同时自尽，在六十四号。”宗璞没有正面去交代他们因何走此绝路的。她用的也是极冷静的笔墨和语气写人间的残酷，时势的暴虐，死亡的无情。但却找不到一句激烈的言辞。她只是在翦先生夫妇双双自杀时作了非常温和的评述：“夫妇能同心走此绝路，一生到最后还有一同赴死的知己，人世间仿佛还有一点温馨。”要是人间的温馨只能从这样惨烈的死亡中得到证实，这也许是长长的历史的无边暗黑的年代。而作者在这里硬是不用一句正面的抨击，她懂得避俗，懂得含而不露，引而不发，懂得让读者自己去体味。

接着的叙述都是一个又一个的死亡，一篇短文，四千字多一点，写了十多位著名的学者巨星的无一例外的死亡。要是没有娴熟的技巧和表现力，没有精到的构思和安排，写起来难免沉闷平滞，但是宗璞却把这些写得疏朗有致，平淡中见曲折。而且对各位先生晚年或临终前的表现也多有插叙，如王力先生要求夫妇合葬及墓碑上的赠内诗；朱光潜先生病中烦恼突然拒绝出席香港大学授勋典礼；冯定先生告诉小偷“下回请你从门里进来”等等细节，往往三言两语便把人的一生写活了。大智若愚，大巧若拙，宗璞这篇散文所达到的是文艺创作的炉火纯青的境界。

不是巧妙的比喻和意象，也不用华美的形容和装饰，宗璞散文仍然让人感受到无处不在的优美和深沉。那么，这一切是怎么形成的呢？散文的可感性和深刻影响力，固然是由这一文体本身所具有的条件造成的艺术魅力，其中包括艺术的切磋和技巧的运用。但这显然不是散文的精髓。宗璞散文所赋予的特有的人生体验，由环境、学识、修养的长期熏陶所形成的文化氛围和审美格调，以及这一切的自然的和真实的展示，由此庶几可以揭示宗璞散文形成独特魅力的奥秘。

宗璞散文最能打动人的地方在于她的不事雕琢的真情。以《三幅画》为例，它的开头完全看不到常见的那种扑面而来的矫情和形容的泛滥，而是非常自然平白的叙说：“戊辰龙年前夕，往荣宝斋去取裱的字画。在手提包里翻了一遍，不见取物字据。其实原字据已莫名其妙地不知去向了，代替的是张挂失条，而现在连这挂失条也不见了。业务员见我懊恼的样子，说，拿走罢，找着以后寄回来就行了。”这开头，说不凡也可以，说平常也可以，但却是真实质朴造出来的艺术效果，说是“造”也许委屈了作者，她也许压根儿就不“造”，而是非常亲切的过程的叙述。作者所要取的，是汪曾祺的字画，她说，她原先不知道汪曾祺擅长丹青，只知他不只是写戏并能演戏；不只写小说、散文，还善诗。当她得到第一幅、第二幅画后如获至宝。在心满意足不再心存妄想时，“不料秋末冬初时，汪兄忽又寄来第三幅画。这是一幅水仙花。长长的挺秀的叶子，顶上几瓣素白的花，叶用蓝而不用绿，花就纸色不另涂白，只觉一股清灵之气，自纸上透出。一行小字：为纪念陈澂莱而作，寄与宗璞”。这水仙的清白秀雅，这一行小字，点燃这清清淡淡的一篇散文，也点燃了画家的心，散文家的心。它“造”出了真正的浓烈。

那爱水仙的人已经屈死多年，留下的是那日离去也是永别的“别忘了换水”的嘱咐，以及从窗中见她摆手的最后一面。陈澂莱是作者的挚友。作为生死之交，宗璞在写她时笔下并没有讳言她的缺点，例如她的脆弱，以及那无与伦比的心底的那一点固执，等等。那些年头死很容易，她最后选择北方冬日原野上一轮冷月照着的其寒彻骨的井水。宗璞在她死去十多年后写了《水仙辞》悼念她。如今汪曾祺又有赠画，这在宗璞心中引发了感动。《三幅画》应该看作是《水仙辞》的真正续篇，是两位文友因对共同的含冤而去的死者的不曾忘却的思念而作的。从《水仙辞》到《三幅画》，可以悟到宗璞在这些文字中，充溢了她的散文的无所不在的真魂：对亘古绵延的人性和人情的寻觅及其自然的表现。

宗璞的长处是能够用冲淡表现浓郁，把炽烈掩藏起来，而传达的却是更为持久的炽烈。读她的这些散文如面对一杯清茶，淡淡的绿色中，飘散着浓酽的清苦。近作《星期三的晚餐》很集中地体现了这一散文特色。文章从病中住院在亲友送的饭食中，老友立雕夫妇“承包”了星期三的晚餐起：“因为星期三不能探视，就需要花言巧语费尽周折才能进到病房。每次立雕都很有兴致地形容他的胜利。后来我的身体渐好，便到楼下去‘接饭’。见他提着饭盒沿着通道走来，总要微惊，原来我们都是老人了。”这个“微惊”便是形容的节制。要是我们从朱自清的散文中看到的是略带感伤的“背影”，则此刻，宗璞的“原来我们都是老人了”这种“正面观察”，却连那种感伤也被掩藏了起来。

但是我们却从她的叙述中感到了真正的人情温暖以及时光流逝的感怀。开头和结尾她都用“活着真好”来传达这种人间友爱的眷恋，“我若不痊愈，是无天理”“怎舍得离开这个世界呢”。这些看似淡远的话却有战胜感伤，超越感伤的情感的沉淀。宗璞的散文通过长期的艺术实践，的确到达了一个纯净和沉郁相结合的练达境界。

四

散文这种体式最合作者个性。在上述我们阅读到的宗璞的游记、写景以及叙事、抒情等文章中，已感受到一位知识女性的气质与笔韵。在这些作品中，这种特殊品质还只是一种在体式中的渗透和溶解。近几年来，她则写了不少直接以知识、历史、文化为对象的文化性散文。这是宗璞在散文创作中的突破，也是作家对于散文领域拓展所作的贡献。对于这位我们业已熟知的作家来说，则是她的作家文人心态的全面和完整的体现。

八十年代以来随着中国社会的变动，呈现出繁采多样的景观。散文创作也打破了五六十年代那种单一模式。这个时期的有些作家（应该说多为知识作家）如萧乾、汪曾祺、王蒙、林斤澜等，从人生的过往经历和知识贮备，也从身边世事和环境中，牵动了他们长期积蓄的文化底蕴，一批充满理趣也充满情趣的散文、小品和随笔随之出现，这也是情理中事。

这类充满文化气氛的作品（传统为笔记散文）在中国源流悠远而盛于明清。其内容或记逸人行状，或记奇闻逸事，举凡天文地理，民情风俗，科技医药，宦海浮沉，街谈巷议均可入文。“五四”时期周作人、林语堂、梁实秋诸人在晚明袁宏道、张岱、归有光等散文风韵基础上又融入西欧主要是英国随笔的谐趣。一时间这类散文小品盛行于世，成为“五四”散文中成就最高、实力最雄的品类。它的主要特点就是重性灵，富理趣，不论是晚明、“五四”或是当今八十年代，这类作品是在个性意识比较张扬，心情比较疏淡的背景下产生的。林斤澜曾论及这类作品的好处，精辟地指出这类作品的三大特性：一是不端架子。他说，“笔记的作者，大有载道君子，立志丈夫，明理仁人。有大事业在做着，写点笔记是消闲，随手拈来，不免把载道、立志、明理的大题目放松了，由着性情变化文字”；二是不矫情，写法上以白描为主，有真意去粉饰，少做作勿卖弄；三是不作无味言语，本是由性情顺情趣的东西，若语言无味，写它作甚。[①]

---

① 林斤澜：《短中之短》，《文艺报》，1987年3月28日。

此类文章摆脱了载道明理、匡时济世的重负，由着性情写一点轻松洒脱的文字。手法和语言是白描，但要写得有趣耐读，别有一番疏放清雅。所以写这类文字并不容易。首先需要旷达处世的姿态，宽松自由的心境，才能从内里透出闲逸和淡远的情怀韵味。再就需要丰富的学识修养。古代的文人士大夫姑且不论，“五四”以后的周作人、林语堂等写小品的名家，他们都是文化根基雄厚并且学贯中西的一辈人。他们主张上至天文地理，下至草木虫鱼无所不谈，林语堂晚年还在报刊设《无所不谈》专栏，采撷的主题非常宽泛，如果没有广博的学识做基础，就很难做到“无所不谈”。这类文章，表面平淡冲和但却深沉有味，感情绝不轻浅，只是笔法上求清淡，所以要求有深厚老到的语言文字功力。

宗璞具有优厚的文化学识条件。随着岁月的增长，阅历的丰富，她越来越进入旷达疏淡的人生。张抗抗在《宗璞小记》中对宗璞的这种成熟人生作过很好的诠释：“不见她高谈阔论好为人师，亦无莫测高深的名人气派……她不为身边的那名利之争所动所累，她几十年静静地安之于燕园。”从宗璞的创作总体看，近来这类文化性散文和读书随笔产量大增。这类作品与传统小品文最为接近。《风庐茶事》《酒和方便面》等，内容涉及茶和酒，这与“五四”散文如周作人等人的散文相近，字里行间充满着雅韵逸致。这里的喝茶、饮酒也许是一种形式，一种文化人才能找到的那份感觉。

> ……云南有一种雪山茶，白色的，秀长的细叶，透着草香，产自半山白雪半山杜鹃的玉龙雪山。离开昆明后，再也没有见过，成为梦中一品了。有一阵很喜欢碧螺春，毛茸茸的小叶，看着便特别，茶色碧莹莹的。喝起来有点像《小五义》中那位壮士对茶的形容，香喷喷的，甜丝丝的，苦因因的。

这是出自宗璞之手的《风庐茶事》中的一段，与周作人的《喝茶》“喝茶当于瓦屋纸窗之下，清泉绿茶，用素雅的陶瓷茶具，同二三人共饮，得半日之闲，可抵十年尘梦”相比，也许不及后者的名士风十足，但我们不难找到它们间相维系的那份生于同一深厚文化母体的“感觉”。

发表于一九九二年的《从粥疗谈起》也是名篇。先从自己多病，得到一本旧书《粥疗法》谈起。然后从喝粥引出陆游一首食粥诗。从这首诗中引出张来《宛丘集》中一篇《粥记》。而这位张来又是“苏学士之徒”，又考证出苏东坡原来也嗜粥。他说：“夜饥甚，吴子野劝食白粥，云能推陈出新，利膈益胃。粥既快美，粥后一觉，妙不可言。”最后又引出陆游另一首内容与苏学士差不多的诗：“粥香可爱贫方觉，睡味无穷老始知……”宗璞的旁征博引，使我们如入花阵，乐不知返。阅读此文，由于丰富的知识与清淡的人生感兴，而产生丰盈的愉悦感。那种在清茶淡饭中寻求固在本味，一种甘于淡泊人生的气度也给人以启发。

全文娓娓道来，平易如诉家常。但文理结构却精致而匀称，行文走笔中表现出游刃有余的闲雅情趣。譬如她在写自己多病得夫弟赠送《粥疗法》一书之后，极其自如地出现这么几句话：“不过此书的命运和我家多数小册子一样，在乃兄管理下，不久就不见踪影，又是‘只在此山中，云深不知处’了。”只要读过宗璞《恨书》《卖书》两文，聆听这番议论，禁不住有那心领神会的一笑，因为“乃兄”是他们家“图书馆长”，据说“负书行路也在百里之上”了。可恨书籍成山，常常急用之书找不到就成了他的责任。这里本与“粥疗”无关，只是信手写来，轻灵洒脱，使文章顿生情趣。

这里提到的《恨书》《卖书》二文，分别写于一九八五年和一九八九年，写家中藏书之多带来的烦恼。邓拓说，“闭户遍读家藏书”谓是人生一乐。邓拓写的是书生独有的一桩乐事。可宗璞写的却是书生之忧、书生之累。宗璞这类散文虽说是文化意蕴丰富，却又离不开日常生活的烦忧牵绊，普通人世的苦乐悲欢。她在儒雅情趣之中，并不自矜清高，而且自然流露出一种与平民生活相通的民间本色。

这类散文大都平实自然，都从自己的生活经历，从身边闻见世事人情中拈拾而出。宗璞在北京大学校园内生活了几十年，那里的一树一石，一桥一水，已与作者融在一起难以分开。那花晨月夕，四时风光也早已进入她的散文世界。燕园内不论是年耆学者或莘莘学子，她都默默倾注了感情。近年来，她又连续发表了《燕园石寻》《燕园树寻》《燕园碑寻》《燕园墓寻》《燕园桥寻》系列文章。使原本就美丽和特具魅力的这座名园，因她的散文的渲染而更显出历史、文化的渊源和社会人文荟萃的品格。

这里只举《燕园碑寻》一文为例加以印证。“碑寻”一共写了燕园六处碑石。不仅记载碑刻的内容，而且考证它们的来历，如燕南园进口处和一、六院之间赫然矗立着两对龟驮石碑，一对是清代皇帝为纪念花匠而立的名录碑，一对是为四川巡抚杭爱立的并有康熙亲笔的碑文。其他还有乾隆御碑和明末清初画家蓝瑛梅花碑等。尤其是一九八九年新立的一座西南联合大学纪念碑，更有不平凡的意义。碑文由冯友兰先生撰写，闻一多先生篆额，罗庸先生书丹，集一代几位名家之美，实属难得。尤其碑文内容，不论就思想和文采而言均美轮美奂。宗璞文中辑录碑文内容时融进了自己的感情和自己的议论，更显出她认知深刻，襟怀博大，也使散文的历史文化内蕴更富光辉。

也许我们有必要再重复说明宗璞的深厚文化背景以及她的学者（外国文学研究）与作家的双重实践，使她在写《行走的人——关于〈关于罗丹——日记择抄〉》《无尽意趣在“石头”——为王蒙〈红楼梦启示录〉写》这样的序文或随笔时，往往在学者的知性中，又渗透着作家独特的体验而形成的非同一般的艺术洞见。

同时，也由于她的学者身份，使她在国外访问期间所写的文字，不是一般的风光览胜，而是充满了知识与文学思考的有关作家的访问游记。这是宗璞散文中一个特殊角度和体式，宗璞把它姑名为“文学散文”。这些文字有风光记述，有参观访问，更重要的是宗璞通过这些访问展开的对这些作家作品精到而独特的议论。譬如《写故事人的故事——访勃朗特姊妹的故居》《他的心在荒原——关于托马斯·哈代》这些文字便很典型。

作者带领我们去参观勃朗特姊妹的故居，一个小坡顶上的牧师宅第：

从利兹驱车往哈渥斯，沿途起初还是一般英国乡间景色，满眼透着嫩黄的绿。渐渐地，越走越觉得不一般。只见丘陵起伏，绿色渐深，终于变成一种黯淡的陈旧的绿色。那是一种低矮的植物，爬在地上好像难于伸直，几乎覆盖了整个旷野。举目远望，视线常被一座座丘陵隔断。越过丘陵，又是长满绿色榛莽的旷野。天空很低，让灰色的云坠着，似乎很重。早春的冷风不时洒下冻雨。这是典型的英国天气！

这些文字不仅使我们领略了典型的英国乡间风景，尤其是那浓重的气氛背景，使我们更能体会《呼啸山庄》《德伯家的苔丝》等作品里那种震撼心灵的悲剧性。另外宗璞就在这样的描写中，穿插了自己对作家作品相知相识的议论：

哈代笔下的命运有偶然性因素，那似乎是无法抗拒、冥冥中注定的，但人物的主要挫折很明显是来自社会。……他也希望有一个少些痛苦的社会。苔丝这美丽纯洁的姑娘迫于生活和环境，一步步做着本不愿意做而又不得不做的事，一次次错过自己的爱情，最后被迫杀人。这样的悲剧不只是控诉不合理的社会，在哈代笔下，还表现了复杂的性格。因为你高尚纯真，所以堕入泥潭。

这些议论，无疑是学术的，但又是艺术的。因为它出自一位学者型的作家之手。正是由于这样一身而兼学者作家的特殊身份，使宗璞能在名家蜂起的多彩文坛，闪射出她的独特光彩。

原载《宗璞散文选集》1993年12月版

宗璞小说论

唐晓丹

“诚乃诗之本，雅为诗之品。”这十个字原为郭绍虞先生对元好问诗歌理论的精辟总结，从对艺术本质的理解来说，它也是当代文人女作家宗璞所一向倾心遵奉的创作原则，在30多年的漫长岁月里，任凭外界风风雨雨，潮起潮落，宗璞只循着她的“诚”与“雅”，辛勤耕耘着自己的园地。今天，当深入而仔细地回顾和体味着宗璞小说艺术世界的真与美时，我们猛然发觉，这位无论在动荡、萧索或是热闹的环境中都沉静而严谨的女作家带给当代文坛的东西，竟是那么丰富、醇厚和富于启迪性。宗璞的创作个性鲜明，同时又与时代、人民（特别是知识分子阶层）血脉相关，与文学自身发展中的徘徊演进密切联系，正是这些因素，构成了宗璞艺术成就在当代文学史上的独特价值。

一

熟悉和喜爱宗璞作品的人们不难发觉，她的小说从来都不是对社会生活作“镜子式”的纯粹摹写，而是于现实人生的真切展示中，总融注着一种道德启示的精神热力，这是宗璞现实主义文学所长期保持的品格。从《红豆》到《南渡记》，在宗璞30多年精心构筑的艺术世界中，包容了近半个世纪的风雨人生。不同的历史画面，不同的生活经历，不同的创作心境，却有着执着如一的真诚的信念之火贯穿始终。“诚乃诗之本”，宗璞说：“只是要做到‘诚’，并不容易，需要有勇气正视生活，有见识认识生活，要有自己的人格力量来驾驭生活。”[①]在这里，宗璞注重的不仅是忠实反映生活的真诚态度，而且更强调从现实人生体验中升华的真诚思想，即真诚的道德主义精神力量。在中国当代文坛上宗璞也许是具有最严谨的道德主义精神的作家之一。而其道德主义的内涵则又是丰厚而广泛的，在具体的艺术实践中，表现出了多层次、多侧面的精神指向。

“行天下之大道”——强烈的社会道义感

以作品内容、文风笔意而论，宗璞的小说很少有叱咤风云的英雄豪杰，也没有波澜壮阔的情节场面，似乎与伟大、崇高相去甚远，然而，正是在那些平凡普通的人物身上，在那种平实自然的描写中，却真切而坚实地体现着一种积极进取的社会道义力量，从而使整个艺术世界勃发出昂扬向上的浩然正气。

宗璞强烈的社会道义观念来源于双重成因，并且在思想上具有一个由狭至广，由单纯至丰厚的发展历程。

作为新中国第一代热血青年中的一员，宗璞的世界观与人生观凝结着历史留下的深刻印迹。建国时期，在上下一心团结奋进的历史环境中，个人的精神与时代的风尚相融一体，处于积极投入的纯净的“无我”状态之中，正如《弦上的梦》中慕容乐珺所感受的那样：“在社会主义祖国的怀抱里，那50年代的日子，是多么晴朗，多么丰富啊！乐珺觉得自己虽然平凡渺小，可就像大海中的小水滴一样，幸福地分享着海的伟大与光荣。”这种特殊时代造就的空前热烈的集体主义精神与社会意识，对宗璞的文学创作产生了重要影响，并成为其小说中强烈的社会道义观念的准绳和柱石。在《红豆》里，江玫与齐虹的根本分歧就是人活着应该为“大家”还是为“自己”，江玫善良热情，渴望与“大伙儿”一起，为“新的生活、新的社会秩序”而奋斗；齐虹则冷漠厌世，信奉

① 《又古典又现代——与大陆女作家宗璞对话》，见《人民文学》1988年第10期。

“自由就是什么都由自己，自己爱做什么就做什么”。小说中，作者立场鲜明地烘托渲染了前者的正义性、进步性，鄙弃了后者的自私、落后和阴暗。这是一种社会道义层面上的褒贬批判，它以社会革命的需要为价值标准，从而使一对恋人在性情和人生观方面的分歧上升为道德品质上的大是大非问题。

《红豆》中强烈的社会道义倾向并不是作者强加给主人公的，而是其精神追求与时代风尚发生共振的结果，20多年后，宗璞在《弦上的梦》中仍保持着这种思想特征。小说虽然对“文化大革命”造成的梁遐的玩世不恭和乐珺的胆小谨慎表示理解与同情，但于主题上突出的仍是她们冲破个人恩怨和利害的藩篱，勇敢投身于为正义和真理而斗争的社会运动中去的积极人生态度。从《红豆》到《弦上的梦》，宗璞所表现出的自觉、真诚、热烈的社会道义感有着浓厚的政治性和时代性。那么，当“政治标准第一”的特殊时代在当代社会中结束之后，宗璞的社会道义观念是否也随之消退了呢？

80年代，中国社会进入了思想解放的新时期，当人们在被“文化大革命”打破的理想信念的瓦砾之上重新寻找自我的精神支柱时，宗璞那以集体、社会乃至以人类大义为重的思想显示了非同寻常的信念之光。换言之，摆脱了特殊时代及政治观念的拘囿，宗璞的社会道义感反而更加宽广、更加深厚了。人们不禁会问，这种能够穿越时代风雨、人生苦难，痴心不改、执着无悔的精神源于何端呢？

自孔孟以来，刚毅进取，积极入世就成为中国传统文化精神的一个重要方面。作为社会的良心，正直的知识分子们历来具有忧国忧民，以天下为己任的社会责任感和社会忧患意识。“国家兴亡，匹夫有责”“先天下之忧而忧，后天下之乐而乐”成为千百年来优秀知识分子们代代相传的精神美德，而今，它又成为宗璞社会道义观念恒久的精神源泉。

由于植根于深厚文化土壤之中，宗璞后期创作中的社会道义观念具备了开阔的视野和多重的意味。《蜗居》“不仅把眼光停留在‘文革’，而是企图探索人类历史，追溯根本原因”[①]。探索什么？追溯什么呢？小说写“我”在噩

① 《又古典又现代——与大陆女作家宗璞对话》，见《人民文学》1988年第10期。

梦之中上天入地，看尽世界的卑劣混乱，然而就在这“大野迷茫，浓黑如墨”的荒原上，却有着“一行摇动的灯火的队伍”，队伍中有范滂、布鲁诺、李大钊以及许多为真理献身的无名志士。在黑暗的世界里，他们“用头颅做灯火，只为了照亮别人的路”，这是何等悲壮，何等伟大的队伍！虽然，小说被虚化了的背景是“文化大革命”的社会现实，但歌颂的却是一股超越国界、超越时代、超越历史的“行天下之大道”[①]的浩然正气。在《泥沼中的头颅》里，头颅为改变现实的泥糊状态而四处奔走。在艰辛的努力中，他虽屡遭挫折，磨蚀了肢体，并被周围的人们视为异端，却仍苦苦寻求着那能“使人清醒”的钥匙。小说末尾，两颗经历相同、追求相同的头颅在蓝天下相遇了，他们一个说“知其不可而为之”，另一个却说“知其可而更为之”！众所周知，“知其不可而为之”是孔子积极入世精神的逼真写照。在这里，宗璞继承和发扬了这一古老的精神，并赋予它更加高华的思想光芒。可以看到，这两篇小说中以超现实主义笔法所描绘的感天地、泣鬼神的景象，确乎将作者强烈的社会道义精神推向了极致。

在以抗战时期民族大义重于一切的思想为主题的长篇小说《南渡记》里，宗璞更是将那富于传统文化精神的社会道义感渲染得细腻而又深厚、平凡而又崇高，宗璞说：“民族感情只要不囿于狭隘，实在是很神圣的，它浸透了我们祖辈、父辈的灵魂。”[②]小说中的主人公们并没有拿起刀枪走上前线的壮举，他们的离乡背井，历尽磨难，只为了一颗赤诚的报国之心。这些人物都是平凡的，然而他们身上却真切地渗透着至浓至深的社会道义精神。那是一种爱憎分明的立场，一种宁折不弯的气节。“生，亦我所欲也；义，亦我所欲也。二者不可得兼，舍生而取义者也”。如果要追源溯流，孟子这段话所高扬的精神无疑是吕清非老人最后抉择的思想根基。而在凌京尧的对比之下，“无求生以害仁，有杀身以成仁”的传统道德精神的光焰更是被炫目地突出来，为整部作品的主题基调增添了雄浑亮丽的尾音。《南渡记》所记录的是宗璞在童年时代深

① 引自《孟子·滕文公下》。

② 《一腔浩气吁苍穹》，见《文学自由谈》1991年第1期。

刻经历过并在内心深处对其一生产生重要影响的历史，半个世纪后，当宗璞满怀深情地在艺术世界中重塑那段刻骨铭心的历史生活，重现那一派“富贵不能淫，贫贱不能移，威武不能屈”的道义之风时，我们看到的是，在精神的深处，宗璞真正地回到自我。

“修身以立道”——严谨的道德自我修养

海外著名学者余英时先生曾指出：“中国知识分子入世而重精神修养是一个极显著的文化特色。”[①]以孔孟学说为先导的中国传统士人阶层文化思想具有丰富的精神内涵，这种精神以重“道”、守“道”为核心。积极入世是其外向性的一面，着重于人与社会之间的关系，而精神修养则强调人内在心灵世界的纯洁和立身处世品行的端正。儒家倡导“修身齐家治国平天下”，将道德的自我完善作为积极入世倾向的前提和基础，孔子曰：“修己以敬。”[②]又曰：“见贤思齐焉，见不贤而内自省也。”[③]孟子更认为“君子之守，修其身而天下平”[④]，由此可见，对精神修养的注重更能代表中国知识分子阶层优秀文化传统的本质特征。这种特征在当代女作家宗璞身上得到了纯正的体现。

对于宗璞来说，真正的道德自我修养的精神历程开始于“文化大革命”的苦难岁月，正如前文所述，建国以后，作为集体的一员，宗璞个人精神面貌曾与社会的政治标准、革命需要内外相合，高度一致，但是“文化大革命”的残酷现实却无情折断了人们单纯亢奋的理想。在黑暗之中，如何使个人那“被打得粉碎、乱作一团的精神世界”（《三生石》）重新找到支点而不至于涣散消沉？如何于浑浊世态下保持自我内心明净纯洁？宗璞思索着，追问着，找寻着。

在外界价值观念极度错乱，个人内心世界遭到严重损伤的情形下，要想重建自我道德追求的精神殿堂，首先必须有反思的、内省的意识。读者一定对

① 余英时：《中国知识分子的古代传统》。

② 引自《论语·宪问》。

③ 引自《论语·里仁》。

④ 引自《孟子·尽心章下·第三十二节》。

《蜗居》中的“我”有着深刻的印象：“我”是一个“有心”的人，痛切地不满于现实的黑暗荒谬，也真诚地敬佩古今中外为真理献出头颅的仁人志士。但在畏惧心理的驱迫下，“我”却一再迟疑、逃脱，最终远离了光明的队伍，蜷入蜗居，痛苦地感觉着自我的萎缩与干瘪。应该说，在“文化大革命”的现实社会中，“我”的心理是具有深刻的典型意义的。“我”空有清醒的是非观念，有对正义和光明的渴慕，有“见贤思齐”的向往，但缺乏挺身而出、担当大义的行动勇气，这种怯懦来自黑暗暴政下人人自危的普遍的社会心理，反映了凶险残酷的时代对人心的迫害和压抑。但是，作者并没有因此而原谅主人公，而是严正地将其置于一种道义自省的心态之中，清醒而痛苦地审视自我人格的软弱与残缺，在矛盾与愧疚中等待黎明。可以看到，“我”的自省意识不仅加强了作品对“文化大革命”社会现实的反思力度，更重要的是大大深化了道德自我完善的崇高精神境界对于个体人生所具有的巨大意义。新时期初，当绝大部分“伤痕文学”“反思文学”将注意力集中于对外在社会的控诉和思考时，宗璞的这一思想显得尤为挚诚深刻。

的确，社会与人是血肉相关的，在天昏地暗的时代剧变面前，当人们困惑于、痛心于社会政治思想的“癌变”时，是否想到过那种曾经为每一个人笃信的思想在自己身上留下了怎样的印迹呢？这正是《三生石》女主人公梅菩提所反思的问题。毫无疑问，极“左”路线是导致“文化大革命”灾难的病根，而《三生石》反思的立足点更多侧重于这一病根对人内心世界所造成的磨蚀与损害。小说中，菩提具有鲜明的道义自省精神，“心硬化”就首先是她反省自我时的深切感受。菩提在50年代曾属于又红又专的类型，在“改造”与“革命”的思想熏陶下，她甚至能用批判的眼光去苛责那曾令她“数日不食”的美妙诗句，“千方百计地寻去它们的‘局限性’”。“文化大革命”开始，菩提在巨大的苦难震撼下幡然醒悟了自己的迷失：“我的心早变得太世故，发不出光彩了。有肝硬化，也有心硬化，灵魂硬化，我便是患者。”这种逼视自我的姿态，坦诚无伪的胸襟，不由人不肃然起敬！菩提内省的思想基础在她向方知谈到的“照灵魂”的游戏中得到了清晰的显现，她说：“照一照你的灵魂是什么样子，是不是配在一个生命里。”纯道德、纯精神意味的生命的价值与尊严，这就是宗璞笔下人物在“内省”中苦苦追寻的东西，即使在最严酷的现实里也决不懈怠放松。

与物质的、实际的利益相比，宗璞心灵的天平永远倾向精神的信念与理想。历经沧桑后，这一点在宗璞身上非但没有褪色，反而更鲜明、更浓厚了。“文化大革命”之后，面对纷纭复杂的社会现实，宗璞通过小说《米家山水》充分思索、探讨，最终坚定地确立了怎样的人生才有意义这一精神主题。主人公莲予承继家学渊源，专攻米家山水国画创作。绘画之于莲予决不仅是借以糊口或扬名的工作，更重要的是一种灵魂的滋养。在“凝聚着她自己的心血、祖先的托付和祖国山水的精魂”的画卷中，莲予获得了与笔底意趣相融一体的清幽高洁、淡泊幽远的精神天地。这使她的视野超越了人与人之间的猜忌与隔膜，以宽容、坦荡、无私的心胸面对纷扰的现实人生。在小说中，莲予的小家庭拥挤凌乱，穿衣吃饭的需求已“压缩到不能再压缩了”。然而物质条件的简陋之上有精神世界的丰富与充实，工作事业的忙碌当中有情感交流的和谐与默契。这是一种箪食瓢饮，乐亦在其中的幸福。莲予也曾和同时代的人一样经历了“文化大革命”时期的失落与迷茫，但她最终在笔墨山水的文化品格中重新找到理想的寄托、精神的家园。那是中国的传统文化，莲予从其源远流长的精神血脉中汲取了安贫乐道、自强不息的思想精髓。小说的结尾有这样一笔：“朝霞绚烂，照着小房间里一片宁静自得。这是中国文化的最高境界。”这一笔，不但写出主人公沉醉于理想人生的喜悦，也写出作者对于知识分子的深情企望和信念，那就是，真正的知识分子应该重精神修养，重道德追求；尽管他们经历了时代和社会造成的变形、错位与迷失，但最终将回落到传统文化深厚的、富于生机的土壤之中，并扎下永固的根基。

“发乎情，止乎礼义”——传统的伦理道德观

与众多的女作家一样，宗璞对爱情题材有着格外深切的关注和表现。不仅如此，在中国当代文坛上，宗璞可以算是第一位敢于描写爱情和擅于描写爱情的女作家。《红豆》的纯真浪漫，《三生石》的浑厚温馨，《心祭》的深挚凄

婉，《南渡记》的温柔缠绵，都给人留下了无穷的回味。宗璞对主人公的情感体验有着细腻传神的把握，在她笔下，爱情是美丽动人、刻骨铭心的。然而，宗璞又绝不是位纯粹“言情”的作家。相反，正是在那一篇篇令人回肠荡气的爱情故事里，愈加鲜明地体现着作者深挚的道德追求。

如前所述，宗璞是一位具有强烈社会道义感的作家，因而在历史重大关头，当个人感情与社会责任发生冲突且不可得兼时，无论怎样痛苦，怎样艰难，感情总要让位于道义。《红豆》正是如此。虽然江玫与齐虹一见倾心、真诚相爱，但是志不同则道不合。在革命利益高于一切的信念下，江玫不得不做出了符合时代道义的人生选择。同样，在《南渡记》中，投身于抗日救亡革命事业的共产党员卫葑与善良无知、温柔纯情的雪妍相恋成婚，在感情上，卫葑坚信“你我恰好是彼此的那一半”，然而为了革命需要，他含悲忍痛却又毅然决然地与爱妻不辞而别，奔赴抗日根据地。“我必须这样做，因为我们生在这样的时代！”在作者眼中，“情”与“义”对于人生来说，后者始终更重要，更富于决定性作用。这绝非虚妄，也不是矫情。从《红豆》到《南渡记》，创作时差纵跨30年，在这段时间里，时代观念对作家创作思想的左右减轻了，作家自身人生体验也从单纯天真臻于成熟厚重，然而宗璞对于热血青年应克制甚至舍弃个人情感而献身社会、担当历史重任的人生态度却始终未变。在小说的字里行间，无论对于“情”或是“义”，宗璞都是真诚的。这使得其“爱情诚可贵，甘为革命抛”的精神主题更具有道德感召的力量。

受所展现时代及社会生活特征的限制，《红豆》与《南渡记》所描写的爱情故事，实际上也可以说是二三十年代现代文学中便普遍存在的“革命+恋爱”文学主题的延续。在这类作品中，如果说爱情是个人的、内在的情感，那么与之形成对立并决定其命运的则纯粹是外在的，并且是在特定历史时期被激化、突出起来的精神力量，因而其思想意义似乎显得较为单纯和明朗，而在另一类作品中，虽然主人公的生活和命运也与时代息息相关，但他们的爱情故事则更多地在人物内在精神层面上触发和展开，其中的悲欢离合更多地体现出作家自己所特有的品格风范和伦理道德观念，也具有较时代性、政治性更普泛，更深厚的文化内涵。这类作品的代表就是《三生石》和《心祭》。

在《三生石》里，爱情主题可以说得到淋漓尽致的发挥。正如小说篇名那样，菩提与方知的爱情充满着浓厚的浪漫色彩和传奇色彩。他们相遇、相知、相恋在中国当代社会最黑暗的岁月里，在沉重的苦难和创伤中，爱情使他们重新获得生活的力量、信心和希望，在那“四手相握、四目相对，便是无限、便是永恒”的感情世界面前，“一切罪名、一切疾病，便是死亡本身，也都会为他们的爱情让路的”。在这里，爱情的意义似乎已是至高无上了，但是如果仔细品味，我们就会发觉事实并非如此，菩提与方知的爱“足以超凌色空、跨越生死”，却并未能超凌理智、跨越道德。即使在情感最炽热时，他们的爱也要通过理智来审视与平衡。缔盟之际，菩提心底的深情在前缘震撼下喷涌而出，然而考虑到自己的危难处境，她没有立即答应方知的求婚。同样，方知为菩提坠楼摔伤后，为怕拖累菩提而开始踌躇退却，小说最后，菩提、方知的结婚申请遭到造反派的压制阻挠，当好心人劝他们“该怎么过就怎么过”时，他们则一致认为那是“亵渎”，他们要的是“光明正大的”“合法的”婚姻，虽然他们明知“这光明正大在鬼蜮横行之时只能获罪遭谴”，于此，我们可以看到，为对方着想的理智使他们的爱情渗入了无私的、高尚的道德因素，而一旦爱情与传统道德观念本身产生矛盾时，那么毫无疑问，道德是重于爱情、重于幸福的，尽管矛盾是外界无理强加的，尽管爱情比生命更重要。在菩提与方知的感情世界里，理智的、道德的约束始终高居其上，而爱，并不能成为他们结合的唯一理由。至此人们不禁会问，如果现实的阻碍不消除，他们这三生相知的姻缘岂不就要搁浅了吗？是的，《三生石》暗含有肯定的回答。

固然，为道德而牺牲爱情的悲剧在菩提与方知之间没有发生，可对于《心祭》中的倩兮与程抗来说，却成为无可避免的结局。迄今为止，在爱情生活领域当中，婚外恋无疑是一个最敏感和最复杂的问题，它包含着伦理道德观念与个人感情最尖锐的对立。宗璞是最早涉及这一题材的作家之一。《心祭》突出体现了作家复杂、矛盾但是最终归于明朗、坚决的婚恋观。以世俗眼光看，婚外恋是不道德的，但是宗璞超越了这层认识。她看到了没有爱情基础的家庭的可悲。正如小说中的程抗与柳明，“他们两人像是坐标图上横竖两根线，只在一点相遇，就在那一点上结了婚，以后便继续一个横向一个直向伸延开去，再也不会合拢了"。而倩兮与程抗心心相印的感情则十分可贵与美好。然而婚外恋必然给他人造成伤害，感情与道德的矛盾无法调和，必须就二者之一做出明确的抉择。在为己还是为人的十字路口，小说的主人公们于最后双双选择了历来人们遵循的人生原则与方向。"此情可待成追忆，只是当时已惘然。"以爱情的纯洁而始，以道德的纯洁而终，也便成了倩兮与程抗所共有的精神世界。对于他们的爱情悲剧，作者是寄予同情的，但却又以赞美的笔调描绘了男女主人公这段凄婉的心路历程。因为，在宗璞看来，这种克己为人的、"守本分"的品格，正体现着"做人的道理"[①]。而这种"道理"，从本质上说，则是那充满儒家"仁""义"之风的传统伦理道德观念。

纵观宗璞的爱情小说创作，我们还可以看到，无论怎样热烈，怎样投入，爱情始终都是男女主人公精神的契合与震颤，几乎从不涉及性爱内容。这一特征在新时期，特别是80年代后的文坛风气中显得尤为鲜明突出。从中我们对这位女作家纯正的道德主义倾向也可略见一斑。

"发乎情，止乎礼义"，用这句古训概括宗璞的爱情观也许是再合适不过了，宗璞是一位懂得爱情、歌咏爱情的作家，然而她又说："我觉得生活、生命里爱情不是最重要的，必须给它恰当的位置，感情总应该受理性约束。"[②]那么，所谓"理性"又是指什么呢？我们认为，正是宗璞主体精神的核心——真挚深广的传统道德主义品格。

总之，道德主义精神，更确切地说是与儒家思想体系血脉相承的道德主义精神，着实浸染于宗璞小说的方方面面，不过，宗璞并非全盘接受儒家思想体系所包容的道德规范，也非食古不化，而是取之精华用之现实。换言之，作者只是以其作为一个清醒而纯正的现代知识分子所经历的生活实践，在思想认识上沟通了与古代优秀士人的精神世界的联系，推崇那种积极入世、恪守仁义和注重个人情操的自我修养的高尚品质。也正因为是这样，从而使其作品在总体道德内容的倾向上，呈现出一种传统文化精神至醇至厚、如玉如兰的气息。

① 《又古典又现代——与大陆女作家宗璞对话》，见《人民文学》1988年第10期。
② 同上。

二

从《红豆》到《弦上的梦》和《三生石》的创作，宗璞给人的印象，无疑是一位深得现实主义文学精髓的作家，然而，她于1979年末至1980年初相继推出的《我是谁？》和《蜗居》，却又令人感到面目全非。这两篇作品的发表，着实在文坛上引起了不小的震动，并被认为是与王蒙的同期创作一起开创了新时期的现代主义文学的先河，甚至比王蒙走得更远，因为它们更充分也更典型地具备了现代主义文学的特征。一种是传统的现实主义，一种是新兴的现代主义，二者既相互背离，又相互排斥。于是，在人们看来，宗璞的创作俨然分裂为彼此不相同也不相容的两极；或者说，她是在有意玩弄着两个互相否定的自我，即以这一个现实主义的自我否定另一个现代主义的自我，又以另一个现代主义的自我否定这一个现实主义的自我。其实，这是一种出于表象认识的误解。我们认为，宗璞还是宗璞，宗璞没有一分为二，宗璞所坚持的创作道路是一以贯之的现实主义，虽然，她的《我是谁？》和《蜗居》乃至稍后的《泥沼中的头颅》的创作深受西方现代主义文学的影响，但就其本质上说，却仍然是统一在现实主义的文学精神之中的。那么，宗璞因何对现代主义产生共鸣而写出这类被认为是典型的现代主义作品呢？又从何理解这类作品是统一在现实主义的文学精神之中呢？这就必须将其放在西方现代主义文学中加以比较，有比较才能有鉴别，也只有在鉴别中才能回答问题，即才能把握宗璞两类作品的艺术契合点，并进而洞悉作为创作主体最基本品格的文学观念和艺术个性。

绝望与希望

宗璞之所以能够成为最早受到西方现代主义文学沾溉的中国当代作家，得归之于她所受的教育、所从事的工作以及她所经历的人生体验。宗璞50年代初毕业于清华大学外文系，此后即在中科院外国文学研究所工作。她说："由于工作关系，我在60年代就接触到西洋现代文学，卡夫卡、乔伊斯的作品都读过。'文革'前夕，我们正研究卡夫卡，当时是作为批判任务的。但只有经过'文革'的惨痛经验才懂得，'文革'的惨痛经验用这种极度夸张极度扭曲的办法最好。”[①]在具有自传色彩的《三生石》里，她还借女主人公梅菩提的心声说出了这样的话：“那时怎么会去批判那病态的作家呢？他把人在走投无路时的绝望境界描写得淋漓尽致。一定要到自己走投无路时，才会原谅他吗？”这是一段充满戏剧性的因缘际遇，也是一段自我反思的认识过程。从始而“批判”到终于“懂得”，无疑说明了宗璞对卡夫卡的态度发生了根本性的变化。促使这变化的关键是来自“‘文革’的惨痛经验”，而更确切地说，则是来自自己在“文化大革命”中所经历的对于人生的绝望感受。于是，这种对于人生绝望的亲身感受以及由此而产生的对于绝望者的真诚理解，也便成为宗璞接受卡夫卡，并进而创作出了诸如《我是谁？》等这一类富有卡夫卡意味的作品的契机。

确实，宗璞和卡夫卡都淋漓尽致地刻画了人在走投无路时的绝望境界。在《判决》中，卡夫卡写了年轻的商人格奥尔格·本德曼忍受不住暴戾父亲的无端指责，顶撞了一句，结果被父亲认定是“一个没有人性的人”，被判决去投河淹死。而在《我是谁？》中，宗璞写了韦弥在“文化大革命”中被诬为“特务”“牛鬼蛇神”，丈夫惨遭批斗后自杀身亡，因而她的精神崩溃了，意识迷乱了，便在荒地里踉跄狂奔，最后冲进湖水。不能不说，卡夫卡的《判决》和宗璞的《我是谁？》非常相似，二者都写了主人公的绝望和因绝望而自杀。但如果细加品味，却又不能不指出，同样的绝望情绪，其中的思想内涵则有着明显的本质区别。

对于西方现代主义作家们来说，绝望是他们所共同面对的生存困境和要共同表现的文学主题。这是一种精神上的、超现实的绝望，具有浓厚的形而上的意味。其根源即在于社会的冷漠、宗教的矛盾、人性的异化以及道德的二律背反，也即在于普遍存在于西方现代社会私人生活和社会生活深层的危机。因此，在这使人无法自我实现，无法感受生活的意义与人生的价值的状况下，也便导致自身及世界都陷入荒谬之中。深深打上卡夫卡自身烙印的格奥尔格所表现出来的绝望，正是如此。表面上看，这悲剧的原因是善良恭顺的儿子遭到了

---

① 《卡夫卡日记书信选译》，见《外国文学》1980年第1期。

执拗残暴的父亲的判决，是父子冲突；实际上，小说的精神主旨绝不是家庭矛盾，它是一种超越了具象的社会问题，是一种绝对化、极端化了的生存疑问。格奥尔格的投水并非受到了切实的迫害，而是他在精神上无法生存，因为他活着就已经被先验地判了莫名之罪，精神上完全崩溃，无法解脱。“崩溃，即不可能睡，不可能醒，不可能忍受生活，更正确地说，（已经不可能有）生活的连续性。”[①]这种深不可测的绝望感死死攫住了卡夫卡和他笔下的人物，使他们觉得“生活是虚无，是一场梦，一次徘徊”[②]。因而，与卡夫卡的绝望紧密联系的，是彻底的幻灭、孤独与冷寂。且看，格奥尔格投水了，“这时候，正好有一长串车辆从桥上驶过”。小说在这里打住，格奥尔格的死真像是一声无可奈何的慨叹，在这冷漠的世界上没有引起一点回声。

然而在宗璞笔下，《我是谁？》所渲染的绝望感则完全是另一种基调和底色。相较于格奥尔格的毁灭来说，韦弥的悲剧意义要明确得多，也易于理解得多，因为它有着外在的、客观的和特定现实的原因，可以通过社会分析的方法得到解释，具体地讲，这是由“文化大革命”特殊的历史状况造成的悲剧。韦弥的沉湖，是环境不允许她活，韦弥的不幸，是外界强加于她的，换言之，如果是在一种比较正常的社会秩序下，韦弥就能生活得充实、富于尊严，就像“文化大革命”前那样，韦弥有憧憬、有信念，甚至在冲向死亡的一刹那，她留给世界的仍是虽“凄厉”却又“充满了觉醒和信心的声音”，正如小说结尾处所说：“只要到了真正的春天，‘人’总还会回到自己的土地，或者说，只有‘人’回到了自己的土地，才会有真正的春天。”这也是宗璞自己的信念，韦弥的死，是对疯狂时代的控诉、抗争与呐喊。在“我是谁”那种撕心裂肺的绝望感中，包孕的却是痴心不改的希望的火种，它让人们在森冷的寒风里，怀抱着对春天的憧憬，于浓重的黑暗中，眺望着黎明的曙光。

绝望，沟通了宗璞与卡夫卡，同时也正是绝望，将他们彻底地分别开来，这就是宗璞与以卡夫卡为代表的西方现代主义作家之间内在的关联与差异。

① 《卡夫卡日记书信选译》，见《外国文学》1980年第1期。

② 同上。

在这种关联与差异的背后，反映的是两种形态的文化思想及其所统辖的文学观念完全不同的精神指归。在卡夫卡的绝望中社会因素被淡化到虚无的境地，人是孤立无援的，社会行为规范是对人性的束缚，即使挣脱了外在的束缚，人依然找不到精神的寄托和出路。这是一种彻底的悲观主义生存哲学，是西方现代主义文学潮流的思想核心，虽然这一哲学思想的产生穷根寻柢仍在于社会对人的精神的压抑、扭曲甚至窒息，但是一经上升为具有抽象的、纯粹的意识内涵的思想体系，它便与社会生活拉开了距离。但在宗璞那里，个人是社会的一分子，强烈的社会意识使人的喜怒哀乐、绝望与希望，乃至生与死等等生存体验都与社会生活血脉相关。不仅如此，支撑这一认识的永远是与社会理想、与社会道义规范认同一致，谐调共振的世界观、人生观及思想情操，即使面对死亡，作品仍不失其理想主义与乐观主义的信念之光，这是一种积极入世的传统文化观念，也是一种与“五四”以来具有鲜明社会忧患意识及进取意识的现实主义文学相融合的精神风范。就本质而论，宗璞与卡夫卡完全是沿着不同层面、不同内涵、不同方向的文化思想轨迹从事各自文学创作的作家。虽然，特殊的人生际遇使宗璞懂得并接受了卡夫卡对痛苦的体验与表现，但是，宗璞的世界观却丝毫没有因此而受到西方现代主义思想的影响。这种精神的绝缘性，使得宗璞的这类作品在新时期涌现的现代主义文学大潮中，特别是与后起的年轻作家们相比，显示了引人瞩目的独特品格。

荒诞与真实

相较于思想内容的关联来说，宗璞这类小说在形式上所具有的卡夫卡意味得到了人们更多的关注和讨论。《我是谁?》写了在韦弥昏眩的眼中，教授讲师们、丈夫以及自己都幻化成一团蠕动的虫子；《蜗居》写了许多人背上了“蜗壳”，蜷缩着想消灾避祸；《泥沼中的头颅》又写了人消磨损耗掉了四肢，仅存一颗在泥沼中起伏的头颅。这些都很自然地让人联想起卡夫卡的《变形记》：一天早晨醒来，推销员格里高尔·萨姆沙发现自己变成了一只甲虫，从此以后，他不再为任何人所需要，成为大家无法忍受的负担，直至死去。在现实生活中，人当然不会变成虫，这只是一种艺术，所以，人们把富有这种特征的艺术归纳为荒诞变形。

宗璞曾明确谈到："卡夫卡的《变形记》《城堡》写的是现实中不可能发生的事，可是在精神上是那样准确。他使人惊异，原来小说竟然能这样写，把表面现象剥去有时是很必要的，这点也给我启发。"[①]毫无疑问，宗璞荒诞变形的奇特艺术视角直接来自卡夫卡现代主义艺术经验的启迪和引导，宗璞从不讳言于此。评论界也对二者作品的相似之处进行了多方比照以及承传影响的研究，指出他们的小说都运用了夸张与变形的手法，都采纳了寓言、隐喻和象征的方式，都极富荒诞的色彩，研读了二者的作品，我们确然会获得上述的感受。但是，如果仅仅驻足于此，这一切比较就变成了一系列相似现象的罗列，难免流于浮泛表面。相反，如果向深处探究，我们就会发觉，同是荒诞变形，卡夫卡与宗璞却有着意蕴上相去甚远的艺术旨趣。

在生活、艺术、思想的三维空间中，荒诞变形是一条神奇的通道，一扇魔幻的大门。卡夫卡与宗璞通过这里时，走的是相反的方向。

荒诞变形之于卡夫卡，是将先验的、抽象的哲理思维演绎成感性化的生活形式的手段。卡夫卡小说的一个最显著特点，是将整体的荒诞变形与细部的真实描绘相交织，把现实与非现实、合理与乖张相组合，从而构成扭曲变形的、扑朔迷离的画面。"一天早晨，格里高尔·萨姆沙从不安的睡梦中醒来，发觉自己躺在床上变成了一只巨大的甲虫。"《变形记》以这种异乎寻常的情景构成了整部小说的荒诞基调，而小说的细部描写则绝对逼真又不动声色。也就是说，小说首先由格里高尔变甲虫这一纯粹的想象构成了笼罩全篇的前提意象，然后再根据此人一向的生活环境，细腻而缜密地推演出在这种情况下必然会发生的一切。所以，卡夫卡的荒诞变形是由主观出发趋向于客观之中的，是客观情形对主观臆想的演证。然而，宗璞恰恰相反。宗璞小说的荒诞变形，则完全是触发于客观的生活。宗璞说："《我是谁？》的直接触发是看到中国物理学的泰斗叶企孙先生在校园食堂打饭……他走路时弯着背，弯到差不多

---

① 《又古典又现代——与大陆女作家宗璞对话》，见《人民文学》1988年第10期。

九十度，可能是在批斗会上练出来的。一个人被折磨成那样，简直像一条虫，我见了心里难受万分，'文革'的残忍把人变成了虫！生活中人已变形了，怎能不用变形手法呢？于是我写了《我是谁？》，抗议把人变成虫，呼吁人是人而不是虫，不是牛鬼蛇神！"[①]宗璞小说的荒诞变形来源于现实生活的荒诞与不合理，这是一个由客观现象引发为主观想象，由感性认识上升为理性批判的艺术过程。在《我是谁？》《蜗居》《泥沼中的头颅》等小说里，荒谬的表层意象下都有真实的生活作为强有力的支撑，变形手法的运用只是为了使生活的特质更鲜明、更突出、更有震撼力。很明显，卡夫卡与宗璞，前者关注的是人变虫之后生活会怎样，后者关注的却是怎样的生活把人变成虫。两位作家的这双向逆反性视角使变形这一特殊艺术手段所构成的荒诞意象具有了完全不同的内涵。

由此，我们看到了宗璞与卡夫卡二者的荒诞变形艺术的重要差别，产生这一差别的原因不是别的，而是两位作家截然不同的文学观。卡夫卡说过："我对什么都不信任。只有在写作的幸福时刻我心中才有信任感，除此以外，世界迈着可怕的步子，一个劲地跟我作对。"[②]似此，写作之于卡夫卡，纯然是确定生活的方式和赖以生存的支柱，是为了获得自我救赎和心理安宁，是与世界相对立的个人精神的避风港，这是一方面。另一方面，作为一个厌世主义者，卡夫卡对于正常、正统的社会秩序和观念只有深刻的猜疑与否定，对于纷繁流动的日常生活只有冷眼相向的厌倦与隔膜，在他看来，世界本身就是荒诞的，他以这种主观的意念涵盖了客观的真实，于是，那荒诞变形的奇特构思也就自然地成了他对这一心理定势及其哲理思辨的艺术传达。正是这两方面的原因从根本上决定了卡夫卡荒诞变形艺术的内向性、自为性和纯粹的主观性。然而，写作之于宗璞，却是认识社会、反映现实的手段，是言心中之志、载信念之道的特殊途径。在忠实生活、热爱生活的基础上，宗璞小说的荒诞变形是生活本身存在的荒谬情状的本质性凸现，是对错综复杂社会现象的凝练概括与浓缩，

① 《又古典又现代——与大陆女作家宗璞对话》，见《人民文学》1988年第10期。

② 《卡夫卡日记书信选译》，见《外国文学》1980年第1期。

而在主题思想上则又担负着启发人、教育人、激励人的精神感召的重任。韦弥在“我是谁”的追问中迸发出的觉醒与呐喊，蜗居外黑暗荒原上那点点以头颅点燃的火光，混沌泥沼中头颅舍己救世的牺牲与努力……这一切都将人的心灵引向崇高的精神殿堂。宗璞说：“窃以为小说若要有好的影响，应具有社会性、可读性和启示性。”①宗璞的文学观具有强烈的社会功利性，她的作品属于外向性的、为他性的。这是宗璞一贯坚持的文学立场和原则。正是这一立场和原则使宗璞的荒诞变形艺术具备了坚实的生活根基，明朗的文学意向和积极的社会价值，从而在精神上背离了西方现代主义的艺术旨趣，而与其现实主义的主流归于质的统一。

传统与现代

宗璞始终是一位以“诚”为本的现实主义作家。现代主义对于宗璞来说，只是为了表现特殊生活际遇、特殊人生感受而采用的特殊艺术形式。然而，仅仅停留于这一层次认识是不够的。对于形式的选择取舍，直接反映的是作家的艺术个性和审美情趣，作为一位长期坚持现实主义文学创作方向，以真切自然、细腻流畅之文风享誉文坛的作家，宗璞何以能够认同、接受现代主义的艺术表现形式，并运用得相当圆熟呢?

宗璞曾明确谈到：“我的作品可分为两大类，一类是根据生活反映现实的写实主义手法，我称为‘外观手法’，也就是现在说的再现。……另一类‘内观手法’，就是透过现实的外壳去写本质，虽然荒诞不经，却求神似，相当于现在说的表现。”②在这里，宗璞所说的“再现”和“表现”不能不把我们的思路引向世界文学的大格局。

纵观西方文学史，从亚里士多德的“模仿说”到近代文论中出现的“镜子说”，从古希腊的荷马史诗到19世纪末的批判现实主义，作为严格再现意义的现实主义传统源远流长，不但取得了辉煌成就，而且一直享有统摄文坛的崇

---

① 《小说和我》，见《文学评论》1984年第3期。

② 《又古典又现代——与大陆女作家宗璞对话》，见《人民文学》1988年第10期。

高地位。进入现代社会以后，形形色色的现代主义文学潮流的兴起，实际上是对传统现实主义艺术观的反叛，其核心思想也即在于否定纯粹去“模仿”“再现”自然的倾向，而极力倡导一种发自内部的创造，一种强烈的主观性以及“变形和大胆的情感表现”[①]。这样，在西方文学发展过程中，以客观再现为宗的传统力量和以主观表现为本的现代思潮便处于针锋相对、新旧更替的特定关系之中。

“五四”以后，西方各路文艺思潮涌入国门。在中国现代社会特殊历史状况的选择和决定下，再现性现实主义思潮备受重视和推崇，并在现当代文学发展中占据了日益巩固的主导地位。而正处于蓬勃发展之中的西方表现性现代主义思潮则受到冷落和排斥，以至长期中断。没想到，20世纪初西方文学界产生的传统与现代的矛盾，突然在新时期初的中国当代文坛中又出现了。于是，人们便将宗璞开创的以荒诞变形为外在形态的表现性小说创作，视为一种纯粹源于西方的全新的现代派艺术尝试。

这种观点，实是忽略了另一个至关重要的本源，即中国自己的传统文化。须知，当古希腊荷马史诗和《诗学》在创作和理论方面奠定了西方文学再现性艺术的稳固基石时，在中国，古老的《周易》与《庄子》则从哲学的深度开创了表现性传统文化精神的先河。汉初，儒家最重要的文论典籍《毛诗序》有云：“诗者，志之所之也，在心为志，发言为诗。情动于中而形于言，言之不足故嗟叹之，嗟叹之不足故永歌之，永歌之不足，不知手之舞之足之蹈之也。”这一定义性的理论鲜明地提出了“心”“志”“情”等主观精神对文学艺术的决定性作用。数千年间，中国的诗文绘画讲求意境，推重神似，即具有浓厚的表现性色彩。虽然，这种精神在“五四”文学革命浪潮中受到了猛烈冲击，其在文坛的主导地位也逐步为贴近庶民劳工，反映现实人生的写实主义再现性文学风尚所取代。但是，历史是无法割断的，宗璞正是一位与传统文化精神血脉相通的作家。

宗璞的传统文化精神首先体现在其现实主义小说创作中。从《红豆》开

① R.S.弗内斯：《表现主义》。

始，宗璞的小说就以其令人耳目一新的艺术个性征服了读者，并在当代现实主义创作大潮中独树一帜了。这种艺术个性的核心就是婉约细腻、优美典雅的古典美学风格。在《红豆》中，那一年又一年阴霾冬日里飘飞的雪花，那两粒“血点儿似的”、色泽匀净而鲜亮的红豆，形成一种诗意绵绵的情境，一种精巧蕴藉的意象，将主人公的情怀点染得含蓄幽婉，耐人品味。随着创作历程的发展，艺术个性的成熟，宗璞小说的古典美学风格变得更加深厚了。《三生石》中勺院里的月光、峭石和红烛，《心祭》里胡同中的秋风、落叶与暮色，《米家山水》中一幅幅远山缥缈、近水粼粼的写意国画，《南渡记》里一幕幕流萤飞舞、溪水琤琮的童年记忆，无不将情感推向意境，融化在整篇作品的血脉当中，它们决非单纯的写景，也不仅仅是烘托了主人公的情怀思绪，而是直接渗透小说主题，于如诗如梦、如乐如歌的自然美中寄寓了主人公高洁清逸的心志美。“情景混融、错综惟意”[①]，虽然宗璞像同时代众多作家们一样热忱投身于现实主义文学创作，但是她在艺术思维上走的并不是单纯偏重客观叙事、冷静写实的再现性文学之路，而是在很大程度上显示出我国传统诗词抒情性、象征性、表现性的色彩。宗璞自幼受到古典诗词的熏陶，“小学时，每天早上要先到母亲床前背了诗词才去上学”[②]；而父亲冯友兰所专攻的中国古典哲学，又不免对宗璞的文学和美学修养产生了重大影响。这就是说，中国传统文化的表现性艺术品位早就在无形之中为宗璞的艺术倾向奠定了精神根基。

了解中西艺术观念流变态势的人，必然会有这样一个有趣的发现，即从艺术的再现性与表现性的角度考察，中国的传统文化与西方的现代艺术之间具有某种质的相似。可以说，正因为宗璞有着对这种质的相似性的深切感悟，而使她在阅读卡夫卡离奇怪诞的表现主义小说时，能够超越现代观念中现实主义与现代主义之间的认识鸿沟，透过形式的迷雾，窥测到对象的本质。宗璞在创作谈中一再讲到两个“启发”，她说：“（卡夫卡的作品）写的是现实中不可能发生的事，可是在精神上是那样准确。……把表面现象剥去有时是很必要的。

① 胡应麟：《诗薮》。

② 《又古典又现代——与大陆女作家宗璞对话》，见《人民文学》1988年第10期。

这点给我以启发。”宗璞同时又强调说：“中国画讲究‘似与不似之间’，讲究神似，对我很有启发。中国画论以山水画为最高，并主张不做自然皮相之模仿，而为诗人理想之实现。有的名画看上去似乎不成比例，却能创造意境，传达精神，给人许多画外的东西。绘画和文学是两种艺术，所凭借的手段不同，但也总有相通之处。”[①]可以显见，宗璞是以中国古典绘画的表现性艺术精神即“神似”去沟通、理解、点化卡夫卡的荒诞派艺术。我们知道“神似”的思想在中国传统文化中有着源远流长的历史。《淮南子·原道训》有言：“以神为主，形从而利。”《庄子·德充符》则曰：“非爱其形，爱使其形者。”在此思想影响下，后代士人作画论诗都以“神似”为贵。时至70年代末，当代女作家宗璞又赋予这一古老思想以全新的内涵与光彩，从而以开阔的视野、精到的认识，使中国传统文化与西方现代艺术这两种看似何其遥远的精神倾向于文学的表现性本质这一特定的契合点上奇妙地接轨了。

坚定的现实主义文学立场，深厚的传统文化艺术根基，这是宗璞在面向世界文学时所固守的“根据地”[②]，在积极吸收和借鉴现代主义艺术经验的同时，宗璞从未放弃过自我的本色。相反，宗璞正是以“根据地”的精神去融合、点化外来艺术经验，而其开放性文学实践与探索的宗旨也正是为了赋予传统精神以更新鲜、更丰满的活力。宗璞说：“西方表现主义、超现实主义的作品并非全是呓语，而有可借鉴之处。只是必须使它化入自己的作品，成为中国的，我的，才行。”[③]这种“拿来主义”的胸襟与姿态，使宗璞自觉地站在中西文化碰撞和交流的前沿地带，并且在其创作实践中形成了一种又传统又现代、又民族又开放的独特艺术品格和艺术个性。

① 《小说和我》，见《文学评论》1984年第3期。

② 1992年秋赴京访谈录。

③ 《给克强、振刚同志的信》，见《钟山》1982年第3期。

结 语

以上，我们论述了宗璞创作道路与中国当代文学思潮的密切关系，探讨了宗璞小说创作中以道德主义为核心的主体精神，比较了宗璞新的文学探索与西方现代主义文学特别是卡夫卡小说艺术经验之间的关联及差异，同时分析了宗璞小说所特有的艺术个性。也就是说，我们从外部参照及内在本质两个角度力图对宗璞的文学创作进行一番全面的、立体的、深层次的认识和把握，并希望通过对宗璞艺术道路的细致的研究，获得若干具有宏观启示性的结论。笔者曾于1992年11月间专程赴京拜访了宗璞。她虽已年过花甲，羸弱多病，但依然执着于长篇巨制《野葫芦引》的构思及创作。我们企盼获知“野葫芦”里新的秘密和宝藏，我们衷心祝愿这位可敬的女作家在辛勤耕耘的艺术园地中取得更丰盈的收获。我们期待着。

原载《当代作家评论》1994年第4期

虚构，实在很难

宗　璞

一九四八年，我写第一篇小说，刊登在天津《大公报》上。内容是编造的爱情故事。现在这篇小说找不到了，它的价值不大，并不让人太遗憾。有趣的是这篇小说的题目，可以提一提。这题目用的是法文，“A.K.C.”。当时我正在上大学，法文是我的第二外国语。

“A.K.C.是 àcasser的谐音，意思是打碎它。小说中男主角送给女主角一件瓷器，上面刻着“A.K.C.”，但是女主角舍不得打碎它，就没有得到藏在其中吐露真情的信。两人错过了，成为终身之恨。

如果我编短篇小说集，列出目录，第一行出现的会是法文。

小说给读者带来的艺术世界是无可比拟的，不可替代的。电影电视的艺术世界是由视觉、听觉固定了的，不像文学作品，通过文字，为读者鼓起想象的翅膀。譬如中国最伟大的小说《红楼梦》中的人物，每个读者心中都有一个版本，若固定在一个演员身上，是很难让人觉得像自己心中那一个的。小说永远会有人读，写小说的人永远会有事干，不至于失业。

不过似乎存在这样的现实：小说愈来愈难写了。读者的要求愈来愈高。许多人觉得与其看那些胡编乱造的小说，不如看纪实的文学，还可以多得些东西。小说得有虚构，创造出不同于现实世界的艺术世界。便是这虚构，实在很难。

一位英国评论家说小说是蒸馏过的人生，形象地说明了小说从生活里来，而又不是原样照搬，是经过艺术加工得出的人生的精髓。我们大概都有这样的经验，即写纪实的文学比写小说容易。（当然写纪实文学需要的本事我很佩服，如采访）虚构不是凭空地乱编，而是很难很难的创造。写五千字的纪实文学，可能要五万字的材料，经过取舍剪裁得出。写五千字的小说，就不只需要五万字，便是五十万字也不行的。它需要用一个人毕生的经验、知识、见解把要写的一点东西搅拌、熬煎、锤炼，再团再炼再调和，然后虚构出五千字来。虚构需要基础，要有生活的源泉，有这源泉，才能蒸馏。《红楼梦》里贾宝玉看见一间屋子里挂着这样的对联，“世事洞明皆学问，人情练达即文章”，连说这屋子住不得，以为世事洞明、人情练达是俗不可耐的事。我一直以为若写小说，倒是很需要这两句话。这是对社会对人生的了解，对社会对人生有深刻的了解，才有生活的源泉。虚构的第一要义，其来源，恰恰不是虚构，而是现实人生。

无论哪个国家的小说，都是从简单的形式逐渐发展的。中国小说最初离不开神话。汉代有神仙传之类的作品。六朝有志怪小说，记叙鬼神奇闻异事，都很简短，不过把听到的事记下来罢了。唐代兴起传奇，则开始有意识地作小说，也就是不只记录，而有作者的虚构。宋元话本，深入街巷，影响很大。在这基础上，明清人情世态小说发展起来，蔚为大观，创造出虚构的艺术世界。如果没有以前小说的变迁和发展，就不会有后来小说的世界。曾有一个笑话，说一个人吃馒头，吃了一个不饱，又吃了一个还不饱。吃了第三个，觉得饱了，就后悔说，早知道吃第三个能饱，前两个就不吃了。文化是一条源远流长的河，是不能割断的。我们现在写小说，也必须从世界文化——特别是从自己祖国的文化中取得滋养。只有生活是不够的。现实生活是无字天书，文化修养是有字人书，缺一不可。

虚构从有字人书中得到什么？我想所得可分为实和虚两方面。就实的方面说，读书得到知识。人不可能有那么多的直接经验，从书本可得间接经验。书本知识不可能成为创作的材料（我信奉生活是创作的唯一源泉这句话），却能够激发联想。唐人李公佐著小说《李汤》，写淮涡水神无支祈是一猴状怪兽，鲁迅认为孙悟空是从无支祈而来。可以想象《西游记》作者知道有这一猿猴形象，受到启发，然后赋予它唐僧大徒弟——人的性格，齐天大圣——神的本领。无支祈就是那前面的两个馒头。就虚的方面说，读书能帮助作者提高蒸馏人生的技术。各种写法可以借鉴，这和从零开始是不一样的。

五十年代始我们很害怕前面的馒头，总是拿了放大镜要找出它们的毒素。到后来就把世界文化统统批倒，特别是和我们自己的文化分了家，使我们的文学受害最大。我们本有几千年文明，思想宝库，人物画廊，取之不尽，用之不竭。可是硬使自己变得两手空空，成为一无所有、缺少根基的流浪汉。想只吃第三个馒头就饱是不可能的。于是只好处于饥饿状态。

现在年轻的作者们大概没有人再拒绝文化的滋养了。有字人书和无字天书这两本大书，应该两手抓，两手都要硬！

这些关于虚构的要求，也是文学创作的一般条件，老生常谈。虚构需要的另一条件，那是一只打火匣。安徒生有一个童话，说一个兵得到一只打火匣，一擦火，可以得到想要的一切。每一个作者都天生带着这打火匣，其中最主要的是丰富的想象力。有想象力，才能虚构，才能创造。如果作者本人没有想象力，无支祈也引发不出孙悟空。小说的世界是虚构的世界，也可以说是想象的世界。在想象活动中，需要能够设身处地。作者愈是能设身处地，悲书中人之悲，喜书中人之喜，则其描绘愈能动人。小说通过人物活动、事件发生等给的世界看来是已知，实际更重要的是未知，又用作者自己那个独特的打火匣照亮人生未知中的可知。过去写小说有人提出八个字的要求：“情理之中，意料之外。”意料之外说的是不落俗套，情理之中说的是依照生活的规律。从已知到未知而揭示可知，必然落实到生活的基础上。

小说的虚构可以写一本书，不过我觉得说怎样虚构比做更难。我情愿具体地蒸馏人生，而把论说怎样蒸馏留给更聪明的人。

原载《读书》1994年第10期

美的叙述的光彩与生命力

——重读《鲁鲁》和《心祭》

马　风

1980年6月，女作家宗璞同时完成了两个短篇小说：《鲁鲁》和《心祭》。它们问世之后，当即在包括批评家在内的读者群中，引起了积极的反响。但是，如下的事实暗示出这“反响”的程度并不很高：在每年一度的全国优秀短篇小说评奖中，这两篇小说均榜上无名。如今，整整过去14个年头，14年对于检验一部（篇）文学作品的生存价值来说，不能算作漫长，却也不能算作短暂。孙犁在他的《文集自序》中曾经异常尖锐地指出：某些“杰出之作，经过时间的无情冲击和考验，常常表现出这样一种过程：虚张声势，腾空而起，遨游太空，炫人眼目，三年五载，忽焉陨落——这样一种好景不长的近似人造卫星的过程”。此言甚是。一部（篇）作品如若经受得住十多年时间的淘洗，即便不能誉之为名副其实的“杰出之作”，至少是已经接近了这般水准的。我于14年之后重读宗璞的《鲁鲁》和《心祭》，完全可以用真正意义的“杰出之作”来概括我的基本印象和评价。

我想探究的，显然是比这个事实本身更具有实质性意义的一种文学现象：《鲁鲁》和《心祭》的光彩与生命力，究竟源自哪里呢？这个“源”当然不止一端，但我以为要者，实乃美的叙述。何谓“美的叙述”？小说家张承志有过解释："叙述语言连同整篇小说的发想、结构，应该是一个美的叙述。小说应当是一首音乐，小说应当是一幅画，小说应当是一首诗，而全部感受、目的、结构、音乐和图画，全部诗都要仰仗语言的叙述来表达和表现，所以，小说首先应当是一篇真正的美文。"

其实，说得简单一点，小说的叙述，不外乎视角、语调、语言这么几个方面。然而，正如俚语所说的"戏法人人会变，各有巧妙不同"一样，小说的叙述看似"简单"，但这"简单"中却深藏着无穷的"巧妙"。而且，愈是能从"简单"中展露出"巧妙"，才愈能显示出"巧妙"的高超与可贵，才愈能令人叹服；美的叙述正是这样一种透过"简单"展露"巧妙"的艺术创造。《鲁鲁》和《心祭》就是很生动的例证。

很明显，这两篇小说采用的是全知全能视角，亦即第三人称的讲述方式。这是为许多小说家所常常使用的，可谓普通（简单）已极。不过，宗璞却有其独到（巧妙）之处。比如，这种视角既然被称为全知全能，那么，它所含纳的视野无疑应该是开阔的乃至恢宏的。宗璞不然。她这两篇小说的现实社会背景原本是幅度极大的，《鲁鲁》的故事发生在轰轰烈烈的抗日战争胜利的前夕，《心祭》的时间维度则是从新中国成立之后的50年代，一直延续到粉碎"四人帮"之后的70年代，现实生活的容量之大，更是显而易见的。可是，宗璞并不因叙述视角的全知全能而将宏阔的生活背景尽力摄收到叙述的视野之中；而且，恰恰相反，小说最终所展开的视野几乎是紧紧限定在主人公的眼光所能达到的幅度和范围，因此可以说是狭小的。《鲁鲁》根本没有展示炮火纷飞的抗战场景，至于与抗战有直接关联的生活场景（比如在小镇避难的衣食住行等），也只是用粗线条作了轮廓式的勾勒。而充作视野焦点的，仅只是围绕小狗鲁鲁所连缀起的几件实属平常又实属琐细的生活图景。可见，宗璞对于第三人称视角的全知全能的"全"并不珍重，她作了慷慨大度的舍弃，保留下来的不过是不"全"中的平常而琐细的局部罢了。于是，这就形成了宗璞叙述视角的第一个特征：叙述视野的狭小。《心祭》所呈现出的叙述视野，自然开阔于《鲁鲁》，但就其自身所可能拓展出来的幅度来说，它的视野仍然是狭小的。不错，小说写到了作为局长的程抗与作为一般干部的黎倩兮前往林区附近的工厂视察工作，因而由此把小说空间由办公室拓展到林区；小说也写到化工厂的一场火灾，因而由此把小说空间从办公室拓展到火场。然而，十分明显，上述之类的“拓展”，其实恰恰是一种变相的“缩小”。宗璞正是借助于林区和火场，放大一般地凸现了两个相近相通的心灵，更加紧密地贴靠在一起的情感状态。换句话说，小说叙述视野的拓展，仅仅是一种手段，其目的倒是叙述视野的凝聚：紧紧盯牢在两位主人公的心灵上。

艺术原则与生活原则常有悖谬和抵触。在生活中，视野狭小很难引发出积极价值，但在艺术中，视野狭小就有可能如此。它的积极价值主要并不在于因视野狭小而便于进行艺术上的开掘和表现；而主要在于：狭小的视野中常常浓缩着博大深幽的艺术矿藏，从而为小说家进行艺术创造提供了充裕的用“文”之地。但也必须承认，小说家如若不具备开发这种“矿藏”的才识和功力，也会使这种视野拘囿于“狭小”之中，而难于观照出博大深幽。宗璞是有此才识和功力的。正如前面说到的，一条小狗改换了主人，这是最平常最琐细不过的事情了，可是充溢在其间的意蕴竟如此丰厚。小狗对于老主人的忠实、赤诚，对于新主人的适应、顺从，以及由此为一家人带来的喜悦、烦恼、急虑、感激、依恋等等一系列情感波动，犹如强有力的冲击波，直逼读者的阅读心理，令其产生体验、联想、思索、感悟，从而领受到小说的题旨内涵：人世间多么需要心灵之间的贴近和沟通，尤其是在动荡不安的乱世之中；而要达到心灵之间的贴近和沟通，最必需的则是真挚和热诚。于是，我们自然会发现，小说家带领她的读者穿越狭小的视野到达了一个诗化与哲理化交融的境地。《心祭》也是如此，上面对《鲁鲁》题旨内涵的归纳，完全适宜于《心祭》。

宗璞这两篇小说表现在叙述视角上的第二个特征，是全知全能的第三人称与第一人称的同化。在通常的情形下，以第三人称为叙述方式的小说，叙述的视角大于人物的视角；以第一人称为叙述方式的小说，叙述人则与人物的视角等同。可是，在宗璞这两篇同样采用第三人称叙述方式的小说中，叙述人的视角往往也是等同于人物的视角的。换言之，叙述人所看到的以及所想到的，往往正是人物所看到和所想到的。于是，小说中就平添了许多通常只为第一人称视角所具有的主观色彩和抒情色彩。“范家人都睡了。只有爸爸仍在煤油灯下著书。鲁鲁几次又想哭一哭，但是望见窗上几乎是趴在桌上的黑影，便把悲声吞了回去，在喉咙里咕噜着，变成低低的轻吼。”——这是《鲁鲁》中的文字。它所描绘出的情景，与其把它当作叙述人客观叙述的结果，毋宁把它当作是“人物”鲁鲁的主观表述的结果更为恰当贴切。在这里，不仅鲁鲁被拟人化了，而且是把鲁鲁拟“叙述人”化了。正是由于鲁鲁承了“叙述”的任务，才在这一情景之中，糅合进去了饱满的情感，并且焕发出了浓郁的情致和悠远的情韵。如此的审美效应，恐怕是固守于第三人称的视角所难以达到的吧。对此，《心祭》中也不乏例证。试看——“他转过话题，问了些最普通的话，就像任何一个领导问任何一个新同志一样。然后就骑上车走了。那一双亮眼睛，却在暮色里久久地亮着。它们简直像是属于一个淘气的大男孩。”无疑，在这里，小说的叙述人与小说主人公黎倩兮已经同化为一体了。鲜明的情感色彩和个性色彩。尤其难能可贵的是，这种感情色彩和个性色彩已经与宗璞在《心祭》中所表露出的黎倩兮的精神世界汇融为一个整体，并且进而使这“整体”既深深地烙刻着黎倩兮的主体印记，又明晰地折射着黎倩兮作为“人”的群体印记。换句话说，我们从中体察到了一种颇为宽泛的人类意识乃至集体无意识。《鲁鲁》不仅也可以作如是观，甚至所传达出的体验，已经超出了“人类”自身而涵盖了人与动物与自然的更为宏阔的界域和层面。

宗璞这两篇小说叙述视角所显示出的特色，无疑也奠定了小说叙述语调的特色。如果说，叙述视角是对小说图景的选择和规定；那么，叙述语调则是对这个“图景”本身进行具体的“叙述”的情绪方式。前面我已经说过，《鲁鲁》和《心祭》叙述视角所收摄到的，大都是平常的、琐细的生活情景，而这些情景又以片段连缀作为基本构成手段，这就决定了小说的“图景”的非情节化，亦即散文化。此外，这些“图景”对早已消逝的现实的“追忆”，决定了它的非实在化，亦即虚幻化。无疑，对散文化与虚幻化“图景”的叙述，它的侧重点，就不宜于确立在情节的构建上，而应确立在情绪的营造上。于是，叙述语调就被这个“侧重点”烘托得格外凸出和显露了。宗璞深知其中三昧，并且颇具匠心地完成了叙述语调的妥帖设计和良好体现。

这两篇小说叙述语调的第一个特征，是它的亲切感和贴近感。“身后响起了自行车的声音。她忽然觉得是他来了。她的思想有了依附，她的心也回到腔子里。是的，就是这样开始的。他停在她的身边，然后下车。他总是先双脚着地再下车，就像个子特别高的人那样。其实他不过中等身材，肩很宽，乍一看似乎有些矮。”——这是我在《心祭》中信手抄下的几行文字，宗璞在讲述她的“小说”时，所表现出的正是这样一种与读者平等对话的态度，不居高临下，不虚张声势，不训诫灌输，只是娓娓道来。于是，读者很快就与小说中的人物、事件、情景、氛围大大地缩短了心理距离，甚至融化于小说的世界之中。与此相适应的另一个特征，是叙述语调的柔婉感、细腻感。作为一位女性作家，似乎很容易获得如此优势。但宗璞的优势更多的却是来自一个优秀作家对人生的精细体察和敏锐感悟以及温和、恬淡的人生态度。试看如此的叙述——“一个黄昏，也是在冷清的秋风中，他不知从哪个方向走来，忽然站在她面前了。他并没怎么变样。头发当然白了些，暮色里很显著，一双眼睛仍旧亮闪闪的，像个大男孩。‘你害怕么？’他和她并肩走着，问她。‘不——’她的回答被秋风吹去了，拉得很长，随着秋风在飘荡。”这里，不论“他”出现的环境氛围，“他”的出现的出乎意料，以及“她”眼中的“他”的模样，和他们之间的对话，都被叙述得柔情脉脉，细致入微，即使叙述中的一些虚构，诸如“也是”“忽然”“并不怎么”“当然”“仍旧”等等也都附丽着温婉的情调。至于最后一句关于“她的回答”的描述，更由于对“秋风”的借助和渲染：被“吹去”了，“拉得很长”“在飘荡”，益发透射出一派柔婉和细腻。《鲁鲁》中曾写到这样一个场面：离家出走的鲁鲁，三天之后又回来了——“果然是鲁鲁，正坐在门口咻咻地望着他们。姐姐弯身抱着他的头，他舐姐姐的手。‘鲁鲁！’弟弟也跑过去欢迎。他也舐弟弟的手，小心地绕着弟弟跑了两圈，留神不把他撞倒。他蹭蹭妈妈，给她作揖，但是不舐她，知道她不喜欢。鲁鲁还懂得进屋去找爸爸，钻在书桌下蹭爸爸的腿。”以上引文中的着重号，是我画上的。这些画上着重号的词语，无疑可以看成是内聚着柔婉、细腻因子的“原子核”，经由小说家叙述的“对撞”，终于“裂变”为独具特色的叙述语调，对此，无须再加论说了。这两篇小说叙述语调的第三个特征，是它的稳静感、节制感。我说过，以真挚和热诚为基点，达到心灵之间的贴近

和沟通，是《鲁鲁》和《心祭》的题旨核心。换言之，这是两篇以“追忆”为框架，以“情”为弘扬目标的小说。所以，按照常规的范式，与“情”紧密绵缠在一起的热烈、奔放，应该成为它的叙述语调。宗璞却以一位优秀小说家的机智，成功地突破了这种“范式”，她把叙述基调确立在与“情”相对立的稳静和节制上。“黎倩兮从未想到，听见程抗去世的消息时，自己竟会这样镇静。”——《心祭》就是以这般淡泊和漠然的语调开始小说家的叙述的。表面看来，这是与黎倩兮的“镇静”相适应的。然而，黎倩兮的“镇静”果然是淡泊和漠然的么？显然不是。而且，恰恰因为难于“镇静”，所以才会勾连起一串被炽烈情愫灼烧着的“追忆”。宗璞却是竭力压抑着“炽烈”，而执着于“镇静”，甚至在她的叙述中连与“悲哀”相近的话语符号，都不令其出现。当程抗夫人戴着黑纱在黎倩兮面前出现时——“倩兮看着黑纱，实实在在地知道再也看不见他了”。仅仅这么一句，淡淡的一句，轻轻的一句。没有渲染，没有刻画，有的只是陈述，近乎平铺直叙的陈述。所呈现出的情感状态，几乎到了无动于衷的“零度”。当然，小说中不乏一些旨在渲染和抒情的叙述语句，但是即使如此，宗璞也很珍惜甚至吝啬她的情感投入，而对“渲染”和“抒情”作了若干保留。或者用当前流行的话说，作了若干淡化。比如，小说曾写到黎倩兮与程抗在一个小酒馆里的幽会，在结束这一“追忆”片段的叙述时，我们读到的是：“酒很辣。秋日的黄昏也在忧伤中掺杂了辣味。不要再斟了。那辣味至今还在涌出来，涌出来——”仅此而已。我前面刚刚引录过的《鲁鲁》中那段关于鲁鲁返范家之后的情景描述，最骨干的话语乃是：“那晚全家都高兴极了。”很显然，“极了”作为语言学中的概念，可以认为达到了最大的和饱和的程度。但是，如果从美学角度加以审视，“极了”它的构成形象的勇力，以及所包含的艺术内蕴无疑不是“最大”和“饱和”的。所以“极了”作为小说中的话语符号，它的自身意义却带有很大的空泛性。于是，“那晚全家高兴极了”的叙述语调，由于这种“空泛性”而造就出了别是一番意趣的稳静感和节制感。由此不难发现：宗璞常常利用情感状态之间的反差和情感状态本身的空白，来完成叙述语调稳静感和节制感的圆满体现。程抗逝世带给黎倩兮的情感冲击，无疑是强烈巨大的，而黎倩兮却是“镇静”的。这是反差。“倩兮看着黑纱，实实在在地知道再也看不见他了”。这是空白。它们最终在读者心里转化出的审美效应，恰恰与“稳静”和“节制”相反，是炽烈的、饱满的。这是因为“反差”虽然意在压抑“炽烈”，其实只不过是把“炽烈”作为一种“冷冻”式的艺术处理，所潜含着的“热量”不但没有耗损，反而凝聚得更沉实、更坚固。“冷冻”一旦为读者所化解，势必会回荡起强大的热流。对此，读者的审读感受完全可以验证它的奥妙。“空白”与“反差”具有异曲同工之妙。对于读者，它自然留下了开阔的想象和补充的余地，亦即积极参与共同创造的余地。然而更重要的，是为小说文本留下了深沉、隽永的境界和韵味。宗璞这两篇小说叙述语调的美学特色，除了我上面说到的三点之外，切不可遗落掉这样一点：不时在叙述语调中流露出分寸适度的调侃和反讽。试看两例，其一：当程抗夫人向他介绍火灾抢救情况时——“最后说：‘我们就要获得全面胜利了，胜利证明我们的规划正确。’什么规划？救火的规划么？她用的词句差不多都是报纸上的，听起来真有点奇怪”。其二：《鲁鲁》中那位有着学者身份的“爸爸”，认为鲁鲁“它像只狐狸，应该叫银狐”，然而——“爸爸的话在学校很受重视，在家里却说了也等于没说，所以鲁鲁还是叫鲁鲁”。上述话语中，自然都流露出批判的锋芒，但是，却又糅合着温馨和友善以及幽默和风趣。于是，如此的调侃和反讽，就为小说的叙述语调增添了跌宕和华彩。

在说到宗璞这两篇小说的叙述语调时，自然已经牵涉到了小说的叙述语言。语调是语言的外在形态，语言是语调的内在支撑。这两者的区别主要表现在不同的角度上。但是，小说的叙述语言，无疑具有本体意义。所以，对于小说语言的分析，几乎是小说评论研究的不可或缺的部分。比如孙犁就对宗璞的小说语言有过如下的认定：“宗璞的文字，明朗而有含蓄，流畅而有余韵，于细腻之中注意调节。每一句的组织，无文法的疏落，每一段的组织，无浪费或蔓枝。可以说字字锤炼，句句经营。”李子云也表示过相近的评价：“中国传统文字的高度凝练，特有的节奏与韵律感，鲜明的形象性与外国文学中用以表现日益复杂的人物心理状态的新鲜活泼的语言，在她笔下结合得浑然天成，没有生硬撮合的痕迹，显得十分从容自如。”以上两位的见解，无疑很有见地，只是纲领性太强。我以为还有必要作一点具体阐释，尤其有必要以《鲁鲁》和《心祭》作为实证，对宗璞叙述语言的实际操作方式，亦即词语的选择和组合的方式，加以描述。十分显然，宗璞在选择和组合词语时，很注重词语的本色。所谓“本色”，就是无须再进行雕琢和润饰，只以其本来面目出现即可胜任它所承担的叙述职责。阅读这两篇小说，很容易发现宗璞不愿意进行什么刻画描绘，也不情愿作什么形容比喻；她所热衷的是保留和发扬词语的本色光泽和形态。下面的文字是从《鲁鲁》中抄引的：“‘鲁鲁！’姐姐厉声叫道。鲁鲁忙站起来跑到姐姐身边，仍回头看挂着的牛肉。那里还挂着猪肉、羊肉、驴肉、马肉。最吸引鲁鲁的是牛肉。他多想吃！那鲜嫩的、带血的牛肉，他以前天天吃的。尤其是那生肉的气味，使他想起追捕、厮杀、自由、胜利，想起没有尽头的林莽和山野，使他晕头转向。”这一段叙述中，除了可以把“厉声”“鲜嫩”“带血”以及“没有尽头”看作是附加的形容词外，其余都是平平常常、朴朴实实的“本色”词语。即使那几个形容词本身，也是以其“平色”出现的，也是平平常常、朴朴实实的。表面看来，“本色”词语由于未曾进行艺术加工，似乎是粗糙的，但是，“本色”的天然性、原生性，却使它独具一种清纯、质朴的魅力，亦即一种清纯、质朴的美。这种“魅力”与“美”常常是经由雕琢、润饰之后产生的“魅力”与“美”所难以比拟的。后者往往由于人工的痕迹太露，虽看似典雅、精巧，但终究无法遮掩矫揉造作的假态。（当然，“人工”化的手法高超，也会成就另一番审美效果）宗璞在词语选择和组合时，既然注重“本色”，那么自然也会注重词语的简明。类似“那往事，太遥远了”“秋，已深了”“很久没有笑了，很久了”“秋，真的来了”“她叹息了，转身走回家”（以上见《心祭》），以及“他不动。他很饿，又渴，又想睡”“刚才三天呢？鲁鲁会回来的”“上路第三天，姐姐就病了”（以上见《鲁鲁》）这般简洁明快的叙述语句，在这两篇小说中随处可以读到。小说中的这种简明，无疑不能等同于简单、简略，更不能等同于单调。而且，由于简明促成的语句节奏的顿挫和流畅，以及语句意象的含蓄蕴藉，致使小说极富于李子云所说的韵律感。此外，宗璞在选择和组合词语时，还十分注重词语的熨帖。前面引录过的那段文字中，写到鲁鲁因为“牛肉的气味，使他想起追捕、厮杀、自由、胜利”，其中的“自由、胜利”，在当今的文化背景中，无疑透析出颇为强烈的社会性乃至政治性色彩，一般说来，是不宜与动物的心理接合在一起的。然而，宗璞把它们纳入她对小狗鲁鲁的叙述语言中，丝毫不显得生硬、牵强，而令人感到妥切、熨帖。这是因为鲁鲁已经“异化”为小说中的一个“人物”了。同时，小说的叙述人以及小说中的人物，尽管远离正在进行中的抗日战争的战场，然而心理深处仍然与抗战息息相关着。于是，“自由”“胜利”自然也就成为一股强烈的渴盼；那么，它们在任何时候、任何场合出现，都会被看作是当然的和合理的了。何况用在鲁鲁身上时，前面还有完全符合动物习性的“追捕、厮杀”作为铺垫，由“追捕、厮杀”推进到“自由、胜利”，当然就水到渠成般地妥切和熨帖了。再比如《心祭》中的叙述语句：“胡同里除了秋风，只有她和暮色，暮色很浓，像染在她身上，再也拂拭不去了”“她缓缓走着，向街的尽头，向黄昏，向往事，探寻着什么”。现实中的“胡同里”，肯定在“秋风”“她和暮色”之外，还会有其他。宗璞却用了一个“只有”，排除了“其他”。然而由于“她”的情绪和心理的专注和凝缩，感知客观事物的视角大大缩小了，因此，“只有”就成为一种真实的反映。随之，“她”与“暮色”“染”在一起，自然就是情理之中恰到好处的了。至于后一句中那三个“向……”的“探寻”，也是看似未必合乎逻辑，而经品味之后又确实合乎逻辑。小说家选择和组合词语的熨帖之极，从中是可见一斑的。在说了以上这么三点之后，我想概略地但却着重地说到最后一点：宗璞在选择和组合小说的叙述语言时，尤其注重词语所具备的审美价值。诚然，本色、简明、熨帖，都是宗璞观照小说语言的重要目标，但却不是最终目标。最终目标乃是它的审美价值。换言之，无论词语本身多么本色、简明、熨帖，但是，如若对构建和开掘独具特色的小说意象这个小说创造的基本纲领无所助益的话，那么，这些词语即使再“本色”，再“简明”，再“熨帖”，也无资格入选到宗璞小说的叙述语言系统之中。

以上粗略罗列的几个方面，当然不能穷尽宗璞这两篇小说叙述上的优异之处。不过，我以为，还是提供了足够的依据，可以归纳出这样的认定：《鲁鲁》和《心祭》是美的叙述的成果，它们的光彩与生命力正是由美的叙述生发出来的。无须多说，这并不排除和否认铸就《鲁鲁》《心祭》的光彩与生命力的其他因素。

但愿再过十年、十几年，《鲁鲁》和《心祭》依然能激发出我的阅读兴趣和研究兴趣，再将新的感受作成一篇类此的文字。

原载《小说评论》1994年第6期

读解宗璞

孙 郁

宗璞说话的时候，始终微笑着。她坐在三松堂的书房里，和我随意地聊着过去。我问她的业余时间喜欢什么，答曰：音乐。这让我十分兴奋，话题也自然多起来。可问起她散文中较注重的是什么的时候，有一点却使我大为惊异：还是音乐。她和音乐纠缠上了。可过去读她的作品，竟未发现丝毫的痕迹。于是我和同行的朋友叹道：读解透一个作家的文本，是很难的。散着古老的中西哲学气息的三松堂书房，原来一直缭绕着欧洲的古典音乐，我对冯友兰与宗璞的世界，一下子近了多层。

冯氏父女的学识，我一直觉得是上乘的。冯友兰以治中国哲学史而声名彰著；宗璞则以小说、散文而让世人注目。宗璞受父亲影响，修养很深，为文与为人，境界到家，没有俗气。世人敬之，其原因也在这里。我去三松堂时，冯友兰已作古多年，可从女儿宗璞那儿，依然能找到先生的余绪。典雅的书架，古朴的房间，以及主人甜甜的笑，让我一下进入一种境界。三松堂像一座书库，它和自己的主人一样，内中含着博大、神秘的气息。我想起宗璞的作品，其中的洗练、宁静、沉郁之气，与三松堂的氛围是那么和谐地糅在一起。

那次造访宗璞的最大收获，是得到她的一本散文选集。我一向觉得，男人与女人写散文，路数是不同的。至少，女人的细腻，男人就做不来，这是天然的差异，是命定。但男人式的洒脱、冲荡，女人却可以做到。读宗璞散文，我越发相信这一点。她的文章很朴素、庄重，细细体察，却有庄子式的飘逸，王维式的宁静，还有几许朱自清般的清秀，周作人一样的文气。总之，丝毫不见女人气。在她那儿，心性已被净化得如林中雨露，那是怎样纯美、大度的境地！我想起许地山，想起丰子恺。宗璞的身上，沿袭着中国文化优美的脉息，她甚至创造了一种男人也难为之的散文境界。

宗璞写了各种题材的散文。《西湖漫笔》《我的澳大利亚文学日》，很见其学人的风骨；《秋韵》《恨书》《风庐茶事》，是落落大气的佳品；《哭小弟》《三松堂岁暮二三事》《九十华诞会》，多有当代文人的苦楚之音；那组写燕园的短小精悍之作，则足以见出其苦度沧桑后的卓尔不群的人生况味。宗璞以学识、修养而迥于他人；又以朴素、自然、大方而受人敬佩。我读其作品，觉得真情难得，状态难得，品位难得。她不假声不假气，又不像一般女人那样自恋。写己身之苦，不捶胸顿足，那是成熟女性含笑的泪。天底下的大悲苦，到她那里，均变得沉静、安然。几点凄楚之后，却是反顾人生那种哲人式的洞彻。于是机智与散淡、通达与朗然，把人生的诸多杂念、悲戚，统统驱走，只剩下那种直面命运的慷慨、坦然……

我想起她对我说的散文写作中对音乐美的追求，忽然心路大开，仿佛找到了一把进入她精神之门的钥匙。她的文字与句法，有古典语言的味道，在平白的背后，确有词章的起承转合之美。无论是写人或状物，均有一种错落之美。文字通达可诵，句子或长或短，富有变化。如写《酒和方便面》，似有旧文人气，但勾勒己身苦涩年代的故事时，又多了几分苍然之感，文章平淡地开头，又平淡地收尾，内中叙述旧事的苦乐，或静或动，或急或缓，读起来轻松自然，可味道却醇厚得很。这大概就是她所说的“音乐的美”吧？宗璞写世道，写人生，和汪曾祺多有相似的地方。不仅是人生态度让人惊异，其中掺和的艺术情调，多有禅趣。这与古中国的绘画、音乐，太相近了。而宗璞不同于古人的地方又在于，多年浸淫于西方文学之中，通英文，喜音乐，故其文多韵律的美。我读《燕园树寻》《燕园碑寻》《燕园桥寻》等文章，更深切地体味到其优雅的韵味。宗璞写历史，写人物，写自己，像作一部乐曲一样，那音色、节奏、旋律，均楚楚动人。以语言而达音乐的效果，虽多有障碍，但那种奇妙的领悟，非凡的体味，确实使她的文字迷漫上了一种神异的色泽。为散文而散文的人，是不会领略其中的要义的。

辨古通今的人们，据说听得懂天籁，大自然素雅的音色，也会聚于一身的。宗璞从未自夸是“通人”，她太简朴，一生深居简出。但恰恰是这样的人，能奏出不俗之音。她写文章时，不故意用力，不饰学问。而是自然倾吐，靠本色编织着美。我想起她的父亲“人与天地参”的大情怀。宗璞说：“我觉得父亲是有些仙气的，这仙气在于他一切看得很开。在他的心目中，人是与天地等同的。”父亲的这种儒学与道家风范，自然影响了女儿。看她写下的《哭小弟》《悼张跃》《猫冢》等，是深得人生奥义的。而《孟庄小记》《他的心在荒原》《没有名字的墓碑》，其气韵悠悠，直举胸臆，不见雕饰。正如《唐宋诗举要》作者高步瀛评王维诗所说：“随意挥写，得大自在。”宗璞作品虽不说篇篇达到化境，但就其总体风格、品位而言，当为“五四”以来女性作家中的高手。冰心以来，能将世道人生、天理人趣写得气韵不凡的女人不多，宗璞可谓是个少有的特例，她甚至比冰心要多几分大气。其中的奥秘虽一时难以说清，但那种深味西方文学，又很得东方哲学精神的个性，是她别于众人的重要原因吧！

读罢宗璞的书，更觉得心贴近自然的高妙。“艺术的最高技巧在于无技巧”。大而化之，小而大之，要做到这一点，除了修炼，还有别的路径么？可惜天底下人多从俗处着眼，以为装潢一下门面便可招摇过市。理解真人的心灵难，做到真人的境界更难，唯其如此，宗璞的世界便愈显得几分可爱。

原载《中国图书评论》1995年第8期

风庐茶话

宗 璞 卫建民

1995年12月23日下午，正是大风降温天气。在北大燕南园的风庐，宗璞应约与卫建民畅谈一个半小时。

"风庐"释义，见之冯友兰先生《三松堂自序》——

"'三松堂'者，北京大学燕南园之一眷属宿舍也，余家寓此凡三十年矣。……庭中有三松，抚而盘桓，较渊明犹多其二焉。余女宗璞，随寓此舍，尝名之曰'风庐'，谓余曰：'已名之为风庐矣，何不即题此书为《风庐自序》？'余以为昔人所谓某室某庐者，皆所以寄意耳，或以松，或以风，各寄所寄可也。宗璞然之。"

前几天，北京刚开过冯友兰先生百年诞辰纪念会。"三松堂"主，已活在历史里，活在中国学术史里。"风庐"的主人，则抱病写作长篇《野葫芦引》。第一卷《南渡记》出版后又再版，第二卷《东藏记》已在《收获》杂志上发了两章。冯友兰先生曾撰联鼓励宗璞："鲁殿灵光，赖家有守护神，岂独文采传三世；文坛秀气，知手持生花笔，莫让新编代双城"。

时值岁末，燕园刮着大风，"风庐"的客厅里却暖烘烘的。茶几上摆着一盆碧绿的水仙，两杯香茶。大白猫蜷伏在一个单人沙发上，静听着我们的谈话。

卫建民：《野葫芦引》的序曲有六首散曲，这是不是小说的内核和主题？

宗璞：第一首是个总的，最后是一个总结，中间是东西南北四部。我挺喜欢我作的这些曲子。

卫建民：你说过，“写小说，不然对不起沸腾过随即凝聚在身边的历史；写散文，不然对不起流淌在胸间的千般感受；写童话，不然对不起眼前光怪陆离的幻象；写短诗，不然对不起耳畔琤琮变化的音符”。几年前，我从《文艺报》上抄下来这些话。写长篇，这四种体式都有了。

宗璞：你真是有心人。现在出《宗璞文集》，我就把它作为代序印上了。

卫建民：小说里，童话也有了。

宗璞：野葫芦的心啊。

卫建民：诗也有了。你的小说嘛，我是当散文看的。我很少看见你发表诗。

宗璞：很少发表。

我写点新诗，偶然也写点旧体诗。我的诗写得不好。一个行当，每种样式，得深入才行。偶然作作不行。心得专，老写老写，就会好。

卫建民：你的童话好。

宗璞：童话你说好么？我是很喜欢童话，也喜欢自己写的童话；不过有朋友说我写的童话不像童话。

卫建民：《南渡记》的每一章后，有独立的一篇，像电影的画外音，怎么第六章没有了？

宗璞：单数有，一三五有，二四六没有，第七章也没有，有一个“间曲”。

卫建民：进展还顺利吧？

宗璞：下半年跑了趟美国、加拿大，回来后筹备我父亲的百年诞辰纪念会，大家忙得不亦乐乎，一直到十九号结束，这两天做点扫尾的工作。

明年要专心写小说了。

卫建民：《南渡记》有七章，背景是七七事变，吕清非老人死于七七事变后一周年。反复出现“七”字，是否强化历史记忆？

宗璞：我现在耳朵不太好，要不你坐这儿？我们的猫占了位置，哈哈！坐，坐这儿喝水——你说吕清非怎么？

卫建民：我说吕清非死于七七事变后一周年，是你特意安排的？

宗璞：是这样。这是写的一年的事情。一周年要开会，成立敌伪组织。

这里的人你哪个印象最深刻？

卫建民：凌京尧。

他是个可悲可笑的人物，代表一种文化人的类型。他身上有闪光的东西，像珍珠掉在泥里，把自己弄脏了。

宗璞：我对他也有些同情。他就那样一种性格，在那样一种环境，决定他那样。他也有正义感，也经过斗争，可是他比较软弱，好多人都说凌京尧比较丰满。

卫建民：熟悉冯家的读者，全从小说中的人物联想起现实中的人物。小说中，嵋、玮玮、小娃对峨怎么有点隔膜？

宗璞：你说他们和峨之间有隔膜？

卫建民：对。

宗璞：是这样。

峨的性格特别，到第二卷还有发展。

卫建民：小娃的原型是小弟？

宗璞：有点，有点。

卫建民：小说开始，孟樾教授坐着黑色小轿车在明仑大学转，给人一种辽阔感。过去的大学教授，生活那么优裕。

宗璞：有的人觉得不可相信。那个时候，人的心很崇敬知识，很敬重有知识的人，像我写的海淀的那些人。不像现在，什么都无所谓。

卫建民：第一卷中，从北平到昆明，老是出现萤火虫，这是不是一种象征？

宗璞：我很喜欢萤火虫。

卫建民：专门写过一篇散文。

宗璞：对！——萤火虫自己发光，虽然很弱，却也照亮黑暗，给人很多想象。实际是种什么东西？是害虫吧？

卫建民：没什么害吧。（遵照“多识乎草木虫鱼”的古训，回来查生物学词典，知萤火虫为昆虫纲，萤科。发光的机理是由于呼吸时使称为“萤光素”的发光物质氧化所致。夜间活动。捕食蚯蚓、蜗牛和其他昆虫。——卫建民注）

宗璞：它发光给夏夜增添很多诗意和美。

卫建民：你一直讲，散文要有思想。《南渡记》，我是当散文来读的，里面就有思想。像孟樾教授说的：“学校应包容各种主义，又独立于主义之外。”像124页：“奇怪得很，20世纪以来，中国历史的发展是以学生运动为标志的。五四运动开创了新文化的新纪元，一二·九运动一年半之后，开始了全面抗战，以后还不知会有多少次学生运动来促进历史的进程。”真是不幸而言中。

宗璞：这是1985年开始写的。1987年底，1988年初写成。我现在想那时写作是很不容易的。那时候还得照顾老父亲，照顾家。那时候还没退休，还在所里，我就写出来了。

卫建民：你说过你喜欢陀思妥耶夫斯基，是否是从思想性方面考虑？

宗璞：他写的东西非常深。鲁迅说他“不断地拷问人的灵魂，一直拷问到罪恶底下的洁白”。把洁白拷问出来，非常深。从社会，整个人生讲，他反映得非常好。

卫建民：我看了你译的曼斯菲尔德的《花园茶会》，你的风格更接近她。

宗璞：所以我并不想去研究陀思妥耶夫斯基，曼斯菲尔德和我的风格比较像。我写了一篇专门研究她的文章。她是很有特点的，她对短篇小说的发展很有影响。我还喜欢一个作家，就是霍桑，也翻译过他的东西。

卫建民：我对孙犁同志作点研究，很想听听你对他的看法。

宗璞：我很喜欢他的作品。他的作品和我们的文学传统是连接的。解放以后，好像传统断裂了，人家说出现一个断层是吧？可是孙犁同志他是接的，把那个文气文脉接下来了。我觉得他非常好。他的文字到了炉火纯青的地步。高致。高，高低的高；致，韵致的致。有高致……他因为身体的关系和那个时候整个形势的关系，没有充分地发展才能。我不知我的看法对不对。

卫建民：粉碎“四人帮”后，他的才能还是发挥出来了，出现了一个新面貌。

宗璞：粉碎“四人帮”后，他主要写散文，他若能再写一部长篇小说，多好！我觉得依他的功力，他的思想的深度，写出来一定好。

卫建民：所以得抓紧。汪曾祺先生说他年轻时曾想写长篇历史小说《汉武帝》，还想写运河系列，上了年纪，就不行了。

我注意到，你不爱谈理论。

宗璞：谈理论是批评家的事。有时候作家写东西不一定能意识到，就得批评家给他去总结。如果作家写的时候想着按理论该怎么写，他准写不好。

卫建民：长篇小说要能雅俗共赏，这种说法不稀奇，但你对雅俗的解释非常好，说“那供俗赏的是好看，供雅赏的是耐看”。

你的长篇，是不是按这个标准来写？

宗璞：你看怎么样？你看这两个标准怎么样？

卫建民：耐看是一定的。好看嘛，就看什么眼来看。你的小说不热闹。

宗璞：有些悬念很吸引人的……我这个不是这样。有人认为雅俗共赏是不可能的。我觉得可能的。我老举个例子，就是《红楼梦》，是雅俗共赏的。俗，可以做到街谈巷议，进了戏曲；雅，这么多年，红学，这么多学者关心它。

卫建民：小说要好看，作者得有一种江湖气，甚至痞子气。一些优秀的作家，都免不了。我觉得你没有学会这个。你写的一些仆人，都很文雅。

另外，你对人物的心理描写比较细致。像吕贵堂在冰场上看到一个日本女人对他温情的目光；像孟樾捐款时你写的，“他这时想的不是前方将士，而是不能愧对自己的名字”。

宗璞：我有一个亲戚认为最好不要这样写，说这有损于这个人物的形象，我不同意，我说我还是要这样写。

卫建民：我看《三松堂自序》时，对冯老先生他们当年在衡山印象很深，也很受感动，希望小说把这段生活写进去。

宗璞：那时候他们都没带家眷，大家就在一起。那是大家沟通最多、交往最多的时候。后来到昆明，家眷都去了，个人有个人的家。在衡山那一段的生活确实是十分丰富的。

我是1938年才去。就是写的那个海船，我是坐过的。

卫建民：你不是走路到昆明？

宗璞：没有没有。

卫建民：有一张照片，闻一多先生远处的女孩……

宗璞：那是我们到昆明以后去石林。我跟着闻先生去的。

卫建民：现在一些作家嘲笑"责任感"，什么"责任感"啊！写小说就是发泄。我感到你们这一代人老有一种责任感。

宗璞：我觉得我是的。也许人家觉得我太一本正经了。还是要有责任感。写东西总是让人家看的嘛，要想到那个影响。有责任感，并不是说我要端着架子教训人；你要写出好东西来，真正能感动人。

卫建民：你们五六十年代的知识分子，大都是这样。"五四"那一代人，像冯沅君先生写《春痕》，心灵很自由。

宗璞：她们没经过思想改造啊，没经过"文革"。

卫建民：长篇什么时候完工？

宗璞：我今年要写《东藏记》。全书希望在20世纪以内写完。

卫建民：不是跨世纪工程？

宗璞：不要跨世纪。20世纪还有五年嘛，五年再写三卷。《东藏记》可以说已写一小半了。

卫建民：全书写到复员以后就结束了？

宗璞：到《北归记》，复员以后到北平，那又有学生运动了。

卫建民：反饥饿啊，反内战啊。

宗璞：我想我不会写很多，但总要写到。

卫建民：就写到1949年吧？

宗璞：1949年，五星红旗升起。这段历史告一个段落。不过我说老天能够假我以年，我还要写解放以后的事情，写思想改造。到现在我发现还没人能很真实地、深刻地写出来。

卫建民：“思想改造”？那真叫“野葫芦”引了，葫芦里究竟卖的什么药！

宗璞：哈哈！

卫建民：我们的谈话，将在长春的《作家》刊出。你的有点现代派味道的小说《我是谁？》，就是在《作家》发表的。

宗璞：那时大家还不习惯这种手法，《作家》给发出来了。

原载《作家》1996年第2期

这方园地中的冯家山水

——论宗璞的小说艺术

侯宇燕

宗璞（原名冯钟璞），哲学家冯友兰之女，自幼生长于水木清华，吸取了中国传统文化与西方文化之精粹，学养深厚，气韵独特。自20世纪50年代以《红豆》蜚声文坛以来，历经数十年风风雨雨，尤以反映“文革”时期人类命运的作品《三生石》《蜗居》《泥沼中的头颅》等闻名海内外。近年来又抱病奋力创作反映中华民族知识分子命运的长篇小说《野葫芦引》，其第一部《南渡记》已于1987年问世，获得了好评。此外，宗璞的散文作品情深意长，隽永如水，其童话创作亦同样格调独特，富有深意。因篇幅有限，本文仅试图从宗璞的创作渊源、作品的历史环境、知识分子的典型心态、作品的艺术角度等方面对其小说发表一些自己的看法。

冯氏梅花次第香

评论宗璞作品的风格与审美特征，首先应从其家庭渊源和成长背景上进行深入的探索。宗璞的姑母冯沅君，是“五四”时期著名的女作家，著有《卷葹》《春痕》等几部短篇集。他们那一代中国现代文学的开拓者，虽然在许多方面对传统作了大胆的创造与改革，但首先又是传统文化的载体。这两点在他们身上是不可或缺的。如果没有民族的东西，任何机械的模仿或引进舶来之物都是毫无意义的。从这个方面来讲，宗璞是一个继承者。她继承的并不是简单的小技末道，而是这种双方面结合的创作精神与指导思路。她在继承这种精神的基础上，又经过多年的潜心研究，弥补了上一代人的种种欠缺或幼稚之处，在总体水平上达到了一个更高的层次。从具体形式上来说，其文章中的语言，如“明月照积雪”，既有中国古典文学简洁含蓄之美，又有外国语言的长处，并把这几点巧妙地融合在了一起，在情景创造和意境处理方面炼成了独特的功力。正如老作家孙犁所云：“宗璞的语言，较之黄（庐隐）、凌（叔华）、冯（沅君）、谢（冰心），已经有了很大的不同，也就是有了很大的发展。”

宗璞短篇小说《米家山水》中对一幅山水图有过这样的生动描写：“一层层青山，一丛丛绿树，都笼罩在迷茫的雾霭之中。隐约间，一条小路蜿蜒而上，通向云端，看不见了……朦胧的绿意泛在山水之间，就连那尚未着笔的空白之处，也透出十分的清幽。”散文化的语言极其流畅，细腻富有余韵，萦绕着一股柔婉之美，看来是深谙中国古典文论中“意境说”之要旨了，细究其成功之道，一是语言的基调选得好，淡雅冲和，虽然没有热情的宣泄，却通过能引起人充分联想的与山水有关的词语：一层层，一丛丛，迷茫，雾霭，绿意，让读者的主观意识积极参与其中，得到一种天人合一的象外之趣。二是语言的功底高，句式并不烦琐复杂，然而简洁中透着高远的内涵，如镂窗中的后院园林，并不一览无余，却给人以想象思索的天地，诚可谓“言有尽而意无穷”。近几年来，宗璞的文学语言及创作意境更加炉火纯青，在她唯一的长篇《南渡记》中更深刻地表现出一种内在的继承与创新。随手拈一例为示：在为烽火时代年轻的抗日英雄写家书时，作家仿佛置身于当时的情境，不能自已，留下了这样多情，柔婉之音：“现在我眼前总不时出现倾听时的你，温柔的、专注的、带点伤感神色的你，让我感动。你现在做什么？独对孤灯？倚栏望月？……”低眉细品，恍然又能体悟到其姑母文风的余韵。特别是与长句相结合调配的短句子“独对孤灯，倚栏望月”，不但起到了一种调节句式节奏的作用，而且还极具中国古典诗词的韵味。这种直接引用甚至自创古典诗词的做法，在

"五四"时期，白话文运用尚不完全成熟的作家集中常有所见。严格说来，宗璞从前的文章中，虽然都有浓厚的古典文化的影响，但往往只是一种意境的表达，其语言文字仍以流畅的白描为主，常常将古诗词中描绘的情景用现代的话语进行表述。如前文举到的《米家山水》就是一例。但此句中的直接引用，恰到好处，富有余韵，不能不说是作家在继承姑母这一辈人创作优点基础上的一次有益的创新，这样的文字在此书中还有多处。应该看到，这是与作者严谨的创作态度有关的。因为此书中所写的人物，即为30年代的知识分子，从语言运用和思绪流动方式上还没有脱离欧化以及诗词化的束缚，因此宗璞在这里选择的语言基调和句式、辞格都是非常准确细致的，同时又去除了某些附着其上的通病，令人既感真实可信，又不觉得生硬别扭。曾有人评宗璞是"既传统又现代"，仅从其那"风弄林叶，态无一同"的语言运用方式上来说，也确有一定道理。

从另一种继承方式上来看，作家的艺术技巧比其先辈也有很大的进步。她突破了30年代女作家以"说理"为主、重心理叙述少人物描写的窠臼，结合中国古典优秀白话小说和外国文学作品的长处，大胆运用心理描写、对比描写以及人物对话动作描写等多种方法，常是寥寥几笔，便使人物性格顿时跃然纸上，有血有肉，呼之欲出，令读者久久难忘。

事物的局部和表象，总是与事物的整体和内涵联系着的，在诸种联系中，常有一种最本质的联系是非常曲折隐蔽，需用心灵去发掘的。上述两点继承，其可指性与可感知程度还是能够具体把握的。而那种更难以用明确的概念来进行描述的继承及变革则是广义上的，具有更强烈的模糊性与不确定性，是一种深埋在这些方式下，自觉或不自觉的文化心理结构和思想意蕴及人生存方式的符号体现。如果静下心来，仔细读读冯沅君等人的作品，并对那个特定年代的历史环境及其社会活动主体的心理结构进行感性了解的话，便不难得出结论：冯沅君作品中的女主人公，大都是"五四"时期的知识妇女，有一定的自由意志，疾呼"在新旧交替的时期与其做已经宣告破产的礼法的降服者，不如做方生的主义真理的牺牲者"。然而由于生活的顺利和眼界的狭窄，又有一种"怕敢毅然和传统战斗的一面"。这就使得她们虽冰清玉洁，却大多是软弱的恋爱至上主义者，一有风吹草动便易动摇，常为了所谓的生死之恋而忘记自身的价值，甚至以命相托。这种女性人物并没有随着时代风云的变幻而消失绝迹，在当代一些文学作品，尤其是台港澳许多女作家的笔下，这样的女性还存在着，并且成为作家自觉或不自觉推崇的典范。宗璞曾经说过，自己与台湾女作家有着较多相通之处，但这似乎仅就其文章中所富有的古典文化意韵而言，时代的变化，出身背景的不同以及社会总体观念的差异使得宗璞笔下的女性人物既不同于其姑母笔下的华（见《隔绝》），更不同于琼瑶等人创造的那种似乎不食人间烟火，只在恋爱中求生命的纤纤弱质。她们往往带有作家自身的影子：冰清玉洁，外柔中刚，虽然执着地追求真正的爱情，但更加关心的还是祖国的命运和人类最基本的问题。她们的眼界、气质、修养，比30年代的女性要宽广、崇高得多，与台港小说中的女性更不能同日而语。无论是《红豆》中的江玫，还是《三生石》中的梅菩提，都是性情中人，有丰富的情感，有热烈的向往。然而，当爱情与爱国发生了根本性的矛盾时，江玫毅然放弃了与男友厮守一生的幸福；当外界的狂风骤雨无情地打落了梅菩提对爱情的幻想时，她更加担忧的，却是在这场灾难中整个中华民族的何去何从。这种崇高的思想境界，正是宗璞她们这一代中国女性最可贵的地方，也正是全书的精神所在。因此，宗璞的作品，虽然也是情感小说，却拓宽了自“五四”以来，至台港女性文学甚至当代某些青年女作家所沉醉不能自拔的爱情小说模式，赋予了它们更深厚的内涵，更清远的精神。她的作品中，没有性描写，也没有晦涩艰深的比喻，与年轻女作家相比，少了原生态的东西，更多的则是由作家本人出身修养所决定的一种对国家命运及人类基本问题的关注与反思。其题材与语言风格一样，有一种外在的、明朗化的东西，这大概是因为宗璞亦从属于“50年代女作家群”吧。因此，宗璞塑造的女性，具有兰的气息，但绝不娇弱；赋有玉的精神，却从不孤高。与冯沅君等人塑造的女性主人公的共同之处在于她们都有一颗中国妇女特有的善良高洁的心灵，但比后者又多了一分内涵，即新的时代培养出的一种向传统士大夫阶层靠拢的独特的精神。在这种精神中，爱情是重要的，但已不是可为之生亦可为之死的首要目标，它已经让位于国家利益基础上的个人事业及与此相关的人生价值。这当然还是一种继承，但已是更高层次上的回归。这其中，有时代的变化作为推动力，但女性精神自身的内在发展动力也同时起了一种深层次上的呼应与促成。从这个方面来讲，如同宗璞是冯氏家族中又一枝绽放的梅花一样，宗璞的女性主人公也是在冯沅君等人笔下少女的心理发展基础上所必然诞生下的历史与时代的产儿。这，大概才是宗璞对姑母及姑母那一辈人在最深层次上的一种可贵的继承吧。

不懈的探索与创新

以上谈到的作品，大多是作家采用现实主义的白描式手法进行创作的，不但非常重视人物性格描写，同时也十分注重事件发展的必然规律及历史脉络。然而，在创作这类作品的同时，宗璞于80年代还以另一种超现实主义创作手法进行了“敢为天下先”的艺术探索。她在接受施叔青的采访时曾说：“由于工作，我在60年代就接触到西洋文学，卡夫卡、乔伊斯的作品都读过……只有经过‘文革’的惨痛经验才懂得，‘文革’的惨痛经验用这种极度夸张扭曲的办法表现最好。这些作品对我有影响，但更重要的是我具有长期培养的中国文化精神，中国艺术讲神韵，有对神韵的认识和体会，也就是说我有这样的艺术观念作基础，才能使这些影响不导致模仿。”由此我们可以从艺术构思的角度来为宗璞的这类小说创作作一个总结，即结合中国文化精神与西方现代派手法，采取艺术形变的写作方法，从而达到自己独特的美学追求。

所谓艺术形变，指的是一种颖出于文学艺术创作领域中的美学现象，虽然古已有之，但却以现代文艺思潮所及的小说创作领域最为显著。形变，也可以写作“变形”，源出拉丁文defeormatio，意即“歪曲”。艺术形变，即是把形变的原理移到创作中来加以应用，用以概括或表达一种特意夸饰的文艺现象。从广义上来说，把生活原型变为艺术原型，即为艺术形变。从狭义上说，即是在创作中将正常的事物（主要是人）合乎生活逻辑和美学规律地加以蓄意歪曲。如《聊斋志异》中的鬼狐，《西游记》中的孙悟空等。

宗璞的许多作品，无论从广义上还是从狭义上来说，都符合形变的概念。从广义上来说，她非常善于把生活中的原型，尤其是知识分子原型变为艺术原型。有时是以一个人为基础，加以艺术上的裁剪加工。如《三生石》中的梅菩提，《红豆》中的江玫等知识女性，无不带有作者自己的影子。有时则“杂取种种人”，像《南渡记》中的老一辈知识分子孟弗之，则是作者融汇了那个时代父执亲友等人的种种特点加以塑造而成的。从狭义上来讲，继承了西方现代派创作思维的宗璞，更是结合中国传统诗词对于象征隐喻的独特运用，在中国“开风气之先”，摸索出了一条独特的宗璞式的艺术形变之路。她在80年代初推出的一系列“超现实作品”，如《我是谁？》《蜗居》《泥沼中的头颅》等，采用梦幻、虚构、荒诞的手法，“透过现实的外壳去写本质”，虽然荒诞不成比例，却并非脱离现实，也非与现实对立，而是追求一种神似，一种余味（见宗璞《给克强、振刚同志的信》）。可谓既有继承，又有创新。列宁曾说：“人的意识不仅反映客观世界，而且创造客观世界。”进行艺术形变最基本的依据就是生活和艺术的可然律和必然律；最直接的效果和最重要的目的就是使变形者变得更典型，更美奂和更深刻。要“把人的心灵的定性纳入自然事物里”（黑格尔）。宗璞同卡夫卡一样，在这些探索性的作品中用荒诞的艺术形变来陈诉深刻的生活哲理，从而对变态的畸形的社会现实，作出变态的畸形的艺术表现，达到寓深沉于荒诞，寄辛辣于怪异的艺术目的。

《我是谁？》的背景是颠倒是非，把人变成鬼，把鬼变成人的动乱时期。在那个特殊的时代，人的思维被扭曲，被搅乱，人的精神完全被摧残殆尽。作品中没有细致的描写，一切都染上了主人公韦弥强烈的主观色彩。在幻觉中，主人公长久以来被自我与超我压制的潜意识在已经丧失了一切自我与超我附着的现实的希望、荣誉、自尊时强烈地迸发出来。“我是谁”这个尖锐的，似乎极其荒诞，却又长久潜伏于韦弥潜意识中的可怕问题终于浮到了韦弥的嘴边。在经过大量的思索与回忆后，她拼命地追逐一群飞雁，一群排列成人字形的飞雁，其实是在追逐由真正的“人”组成的集体。然而，她好像“猛然从空中掉了下来……觉得自己在溶化，在碎作微尘，变成空气，渐渐地，愈来愈稀薄了。”在丧失了自我的那个年代，她终于认识到了自己的本质是一个“人”，然而这个形单影只的人，最终抵抗不过恶势力的侵袭，在绝望的叫喊中投入了祖国的湖水中。

宗璞的这篇作品写于1979年，春风才放花千树的过渡时期，思想及艺术都没有得到完全的解放。抑或说，作者本人也还没有完全确定作品的风格，还抱着一种尝试的态度。而1980年发表的《蜗居》及《泥沼中的头颅》等作品，象征意味则更加浓厚，作者对于西方表现主义手法的运用也更加大胆、纯熟，取精去粗，舒放自如，在看似荒诞的描写中蕴藏着更严肃的思索与探求。《蜗居》颇得鲁迅《野草》笔意，无论从意境上还是手法上。作品把人引入三重天界，目睹古今中外各种变形的人物和现象，他们是具有某种共性的现实生活中种种人物与现象的抽象写照。他们的出现，体现了作者所追求的“神”，即社会规范、政治、心理结构、历史积淀对人造成的异化。在梦幻与象征编织的世界中，读者尽可以发挥自己的想象，进行一番再创造，从而真正从内在的层面上对社会乃至自己的内心进行一番反思。这正是具中西两种文化修养的宗璞所追求的目标：含蓄隐约，言有尽而意无穷。让读者不再做个机械的受话者，而是也参与到文艺创作活动中来，在审美快感中进行自己的再创造，从而完成作品应有的社会效应。

谈到宗璞在艺术上的探索与创新，还应该看到作家新时期作品在结构上的独特贡献。在如诗如画的叙述过程中，一幅幅深藏在文字背后的支撑框架闪烁着若明若暗的柔和光芒。《心祭》的潺潺溪水里，回忆如丝，现实如梦，水乳交融，孰分清淳？《蜗居》的意识之流中，忽尔天界，倏然人间，放射四方，收系一丝；《熊掌》的九曲连环下，长线穿珠，层次如梯，渐入佳境，恍然洞开。如果没有这些巧妙的结构，作品恐怕也不会如此峰峦跌宕，引人入胜了。在这种淡淡地融入情节深处的巧妙安排中，同样可以深刻地体察到作家不懈的探索与良苦的用心。

白莲花的世界

弗洛伊德在其影响了20世纪西方文学批评研究的著作《作家的白日梦》中，曾谈到过作家童年经历在其心理潜意识上造成的影响。后来这种对作家心理的创作论研究发展成为一种心理批评话语，无论在西方还是在中国批评界都占据重要的位置。

那么，宗璞走过的是怎样的一条人生之路呢？翻开作家的履历，扑面而来的是一股与其作品中那股淡雅韵味有异曲同工之妙的书香之气。宗璞的经历，与大多数作家不同。她不像师陀、田涛等老一辈作家，是从中国的底层社会一步步艰难地爬到了知识的殿堂；她也不像巴金、谢冰莹，从旧的地主家庭中游离出来，流入城市，形成瞿秋白所说的一代"薄海民"（bohemian）。她更不像新时期涌现出的一大批知青出身的作家，在自己的青年甚至少年时代就离开书本，离开家人，在贫穷、愚昧与困惑中探索人生的价值。甚至生长于"文革"之后的一代年轻人，也很少有像她这样得天独厚的学养根基。她是一株冰清玉洁的兰花，有幸在远离贫困与肮脏的净土中发芽、成长；就像夏洛蒂所言，拥有一个"没有污点的，饮之不尽，令人神清气爽的清泉"般的纯净记忆。她的生活环境，基本上限于高等学府和高等学术研究机构，由于自小在和谐淳厚文雅的学术气氛中得到熏陶，因而奠定了一生的做人与作文准则。她确实拥有一个令人羡慕的童年时代。这大概就是宗璞的作品中总有一种别人学不来的大家之气，冲和之态，甚至一种率真洁白的"学生腔"的原因所在吧。

宗璞童年所生活的大学校园中，教授的生活条件是极其优越的，绝无今日"脑体倒挂"之虞。生活的舒裕与地位的高贵，使得钻研学业的教授们能比较专心于书本的研究（当然抗战开始后又有了不同），他们的子弟也能在一个相对单纯、明净的天地中获得比同龄孩子更好的教育，得到更多的文化滋养。当然从另一方面来说，这也使得他们过分地单纯，书卷气过于浓厚，在今后的人生历程中则免不了要经受更多的磨难与挫折。我手头正好有一本1990年出版的《清华校友通讯》，不妨拿来，随便撷取几段，为宗璞笔下的清远世界作一个更详尽的注脚。宗璞的同辈人，著名文史专家虞振镛的女儿，西南联大1943级学生虞佩曹在《水木清华——童年的回忆》中曾饱含深情地描写了清华校园在自己童年眼中的平静与清雅，以及清华人文景观的优越与独特。她说"那时清华只有附小（即冯友兰提到的宗璞就读的成志小学）及附设的幼稚园。马约翰是我们的校长。……后来由蔡顺理夫人教，她本人也是留美学生。"在这样条件下成就的孩子，的确有常人不及之处。而当时孩子们生活的环境又是怎样的呢？“水木清华的工字厅……里面典雅、荫凉，有一股楠木香味，单身教授吴宓、叶企孙先生曾在里面有过住所。”“我们住的南院是一个四周由房屋围绕着的大院……西式住宅一号是赵元任先生家……”这种耳濡目染的文化气韵，在一点一滴中已深深地渗入了孩子们的灵魂之中。宗璞《南渡记》中所写的方壶小院，不就是这种充满清远文化气息的精英荟萃之地吗？法国现代派女作家纳塔丽·萨马特说：“文学所描写的，永远只能是某种看不见的，每个作家所向往的——他独自一人感觉的现实。”作品中的生活、人物可以虚构，然而意境却总是忠诚地反映出一个具有敏感禀赋的作者童年时对周围景物的特殊感觉以及这种感受对其终生造成的影响。宗璞在一系列作品中所表现出的那种特有的意境之美，正如同一缕轻烟，又好似一丝馨香，着意体会时琢磨不出，只有亲身体会过这种生活的人，才能从那似乎非常平淡的描写中领略到作家实际极其浓厚的感情，那种对童年精神生活的无限追忆与留恋。这种淡而韵的风味，这种非过来人不能写出亦不能读出的爱，正是宗璞“校园情结”的真谛所在。

青年评论家蔡翔在《躁动与喧哗》中曾说：“我到现在仍然忘怀不了宗璞的《三生石》，梅菩提他们在烛光摇曳下的结合给我一种难言的悲哀，然而这种悲哀又在一种宁静的氛围中把人导向人格的纯净境界。这种‘人格自律’是中国传统知识分子的一种典型心态，它常常促使知识分子在浊世中自愿选择清贫、苦难乃至献身……那种傲骨嶙峋的品格使知识分子常以此为励，不与浊世合流。”从江玫到梅菩提，一条人格自砺的，贯穿中国几千年文化人命运史的主线在主人公的悲欢离合中闪着耀眼的光芒。许多像江玫那样参加革命的知识分子，在抉择自己的人生道路时，肯定也曾苦苦思索过这种行动的价值。是的，他们必然要牺牲一些东西，一些曾伴随了他们多年，无法割舍的东西。但是，作为一个社会的人，他们传承下的“修身、齐家、治国、平天下”的知识分子的历史使命，又迫使他们最终放弃个人的情感，而完成自己的社会意义。如果说在江玫所处的时期，个人还有为社会尽义务的权利，那么到了人的精神尊严被剥夺殆尽，甚至连尽这种义务的权利也被剥夺的“文革”时期，梅菩提们的传统生活标准就被迫地转向了一种自我的反省，在对个人心灵的内观中达到一种“大隐隐于市”的超然程度。严格探究起来，这还是中国传统文化

“穷则独善其身，达则兼济天下”的思想的一种完成方式。然而，这种转变也是相当痛苦的。梅菩提作为江玫形象的继续，已经自觉或不自觉完成了与过去“小资产阶级情调”的真正分裂。在50年代热火朝天的生活中，正如作者感叹的那样：“曾怎样重新裁剪自己淡泊的性格，炼铸自己柔弱的灵魂，使之发出斗争的花，那真是艰苦的历程啊。”新中国建立后的17年中，可谓是几千年来知识分子灵魂转变规模最大，最自觉的一个时期。无数像梅菩提乃至其父梅理庵这样的人，都放弃了那种不愿关心政治，只求自身清白，学业有成的知识分子道路，满怀热情地投入自身思想的改造中。然而当风暴狂袭而来时，这一代曾被关心政治、热情武装的知识分子，又重拾旧器，表现出了一种独特的人格力量。梅菩提与陶慧韵所生活的勺院，实际就是一个精神的避难所与修炼炉。在外界的沙暴中，他们在这块心灵的净土完成自身的修炼。然而这与古代无数隐居林泉或避难于市的文人不同，他们的心中，并没有丧失对国家对人类的关照。只不过由于条件的不允许，而暂且进行自身的超越。然而，对于自己多灾多难的祖国，对于民族的悲剧，他们又时时记挂于心，不能忘却。这仍是那条贯穿中国知识分子命运史的“苦恋”精神的反映。对于祖国对于社会，无论是江玫还是梅菩提，心中都有着无限的依恋。这是中国知识分子与外国知识分子本质的不同。尽管这会造成一种身心的分离，然而最终他们还是选择了充满荆棘的此路。也许，这种白莲花般香远益清的精神在梅菩提他们这一代知识分子身上集大成，也最终到达了自己的顶峰。

茅盾在《创作的准备》中曾说：“在小说创作中，人物是本位，而故事不过是具体地描写出人物的思想意识。”在作家第一部长篇小说《南渡记》中，一系列知识分子形象给读者留下了很深的印象。孟弗之是作家着力塑造的一个旧中国知识分子的典型形象。他生于乱世，虽满腹经纶却于世无济，因此只求独善其身，钻研学问。他的家取名“方壶”，是有深刻意义的。明代中央集权加强时，大批士人隐居于自家的小天地，作“瓶隐”之士，他们的宅院别业往往取名“方壶”或“瀛洲”等名，以求芥子纳须弥之用。孟弗之是作家在对父执一辈高级知识分子进行深刻了解的基础上塑造的一个隐居于方壶乱世的大学教授形象。平日里，他虽关心国事，然而清高耿直的个性又使之对政治敬而远之。抗战之前，他只是埋头于书斋，做一个好教师，好丈夫，好父亲，好女婿。这样的人，在30年代前期的中国社会是形成一个阶层的。闻一多、朱自清乃至宗璞自己的父亲冯友兰都是孟弗之这个人物形象的源泉所在。然而，抗战烽火在中华大地上燃起时，他们心中那种中国知识分子传统的爱国情怀立刻极强烈地被调动了起来。在民族生死的关头，他们不再做出世的隐士，而成为入世的鼓手。孟弗之及大多数同仁不但日日忧心战况，而且积极利用自己的影响支持抗战。当华北沦陷之时，他们又毅然丢下家小，离开心爱的书斋，与自己的学生一起辗转千万里奔赴云南继续祖国的教育事业。在设备简陋的边陲校园中，孟弗之不忘自己作为文化人的职能，在教书育人、主持校务的同时，仍致力于《中国史探》的写作。在那样艰难困苦的环境中仍不悔地传承传统文化精髓的，大概非中国知识分子莫属了。但是他又绝不是一个书呆子。他曾感叹："我们有第一流的头脑，也有第一流的精神。"然而，要有所作为，还得先求生存。他是深知"皮之不存，毛将焉附"之理的。文中有这样一段非常感人的描写。星期一，孟弗之参加升旗仪式时，与随便乱扔国旗的兵油子发生了争执。俗话说，秀才遇到兵，有理说不清。然而面对自己军队中的败类，孟弗之毫不畏惧，而是慷慨陈词："这次抗战，是我们民族的转折点，我们的生机！……大家历尽艰辛，万里跋涉来学，我们教师拼着老命来教，无论环境怎样艰苦，我们会把学校办好。"甚至说："我们读书不忘前线。必要时，我们也要奔赴前线杀敌！"一番掷地有声的朗朗之言，令人更看到了老一辈知识分子身上的传统精神与新时代的觉醒意识。在这部作品中，孟弗之的形象已有了一定的厚度，相信在今后几部的写作中他身上仍有很多东西可以挖掘。

与孟弗之相比，年轻一代中的某些人提前走上了一条彻底转变的人生之路。作品中的卫葑，和《红豆》中的齐虹有着许多相同之处。都是学物理的高才生，出身世家，也曾有过"用花团锦簇形容还嫌不够"的辉煌道路：大学毕业，出国留学，回来当教授……这条路，是大多数中国知识分子追求的道路，也是孟弗之、齐虹等人走过或盼望经过的道路。但他与齐虹的不同之处就在于，在民族矛盾深重的时刻，他舍弃了自己的利益，用白嫩的手拿起了沉重的枪，从赴美留学的邮轮走向了奔赴延安的山路。作家对这个典型人物的描写是比较真实的。不仅写出了他作为新一代知识分子的进步性，也刻画了他与旧生活旧传统千丝万缕的联系。在他身上，革命者的自觉勇敢与小布尔乔亚的多愁善感融为一体，使人倍感他们道路的艰难与曲折。

与卫葑相比，他的妻子凌雪妍则更具有典型性，也更有魅力。作家对她的描写是很见功力的。在细腻柔婉的笔法中曲折透出人物心态的变化。刚出场时的雪妍，是个性情脆弱，如依人小鸟般的娇贵小姐。家庭生活的平淡与无聊，使她对卫葑充满感情，用女性特有的柔韧牢牢抓住这股从窗外吹来的清新空气。在卫葑出走这件事上，她的性格开始有了展示。这个一向温柔的姑娘，扛住了母亲的压力，坚决支持丈夫离开沦陷的北平，去为国效力。一个通情达理，柔中带刚的形象渐渐为我们所接受。随着世态的发展，雪妍的性格变化也越来越明显。在又恨又爱的心情中离开已当了汉奸的父母，甚至登报脱离父女关系，这都显示了她的坚强与高洁的情操。可以说，雪妍是旧式妇女与新女性的结合体，在时代的风云中，这样的人可能埋没于闺房，也有可能在外力的推动下登上历史的舞台。看得出，作者对这样的人物是既深刻了解又深深同情的。当然，作家也没有忘记雪妍身上的致命弱点，这也是许多知识分子的弱点。从小生长于深闺中的她，太过轻信，因此往往会陷入悲剧命运中不能自拔。这种命运在《南渡记》中已有所暗示，估计在后几部中亦会有比较深切的显现。

北京大学教授乐黛云曾说："用精神分析学，可对并非明确表现于作品本文中的'潜意识'进行分析。着重研究作者的潜意识如何转移（或升华）为作品的虚构世界。如宗璞的《红豆》《弦上的梦》《核桃树的悲剧》中多次写到一种已失落的、无法完成的爱情。如果联系起来分析也不难发现这里有一个共同的'潜本文'。"乐黛云提到的这种失落的、无法完成的爱情，其产生、发展乃至最终结束的时期，正是20世纪前50年一个几乎扭转了全中国所有人命运轨道的巨大的变革时代。40年代末的中国，在巨大的革命风云面前，确实有许多对这样的恋人被历史的鸿沟分割于大洋的两岸。尤其那些风格高举的少女，倾慕于学业有成、家境相当的青年男性（有趣的是，作家文章中的这些男性全都是学理工科的，这里有一种理想化的倾向和潜在的互补心理在起支配作用），这在当时是司空见惯的事情。但是，由于时代的原因，他们往往劳燕分飞，几十年不能再相见，造成在正常环境下不大可能激发出来的人生悲剧。《南渡记》中也已经有了这种悲剧的雏形。10岁的嵋，与比自己大两三岁的少年，父亲好友之子庄无因之间，已经有了那种青梅竹马、两小无猜的纯洁感情。聪明深沉的无因，对她常怀朦胧的挂念之情，她与无因之间，也常常有那种“心有灵犀一点通”的天生默契。这是一种极其理想化的所谓“缘定三生”。然而，这种感情很可能又像江玫、清漪的感情悲剧一样，最终成为镜中花，水中月。作家在文章开头的序曲中已含痛暗示了主人公的爱情结局：“却不料伯劳飞燕各西东，又添了刻骨相思痛。斩不断，理不清，解不开，磨不平，恨今生！”这种啼血的呼声是那样震撼着读者的心灵。没有经历过那个年代的年轻人，会从中觉察到和平生活与自由选择的可贵；而已经走过了风雨的中老年读者，也许更能读出一种潜藏在文本之中的沧海桑田的感触，由此产生更深层次上的共鸣，对于那如梦如幻如电的人生图画，当亦会有更加达观的透悟。

岁月如流。自《南渡记》发表至今，已过去了整整6年。在这6年中，因作家身体状况及俗务缠身，第二部至今尚未问世。这不能不说是“宗璞迷”们的一大遗憾。我们衷心地希望作家能在一个比从前更加宽松宁静的环境中创作出更好的作品，以飨读者。同时，我也想提出一点自己的看法。由于这部长篇小说的场面背景及宏伟的篇幅（作家有意要写四部），宗璞势必会遇到许多新的挑战。她必须从已经运用得非常得心应手的短篇创作转到需要高瞻远瞩进行总体构思的长篇中来，难免有一点小小的疏漏与生硬。好在作家有丰富的经历与深厚的学养，创作态度又极其认真，相信“第二部会更加出色”的想法不会是一个奢求。但是，随着写作的深入与主要人物性格的逐渐丰满复杂（在第二部中，几个孩子应当步入成年），作家应该努力摆脱那种种情结的藩篱，把视野放得更加宽广些，从8年抗战及战后风云这个历史转型期的整体上来把握中华民族，特别是中华民族知识分子的命运。在人们已经十分熟悉并且喜爱的幽雅淡然的风格中加入一点史诗的宏伟，在对人物细节进行娓娓刻画的同时，增添全方位的鸟瞰与探索。力争将文学与史学相结合，在知识分子命运史这方特殊的园地中开辟一块更广阔，也更深远的冯家山水。相信这不光是我一个人的期待，也是许多热爱宗璞、信任宗璞的人，特别是知识分子的共同希望。

原载《文学评论》1997年第2期

宗璞创作的魅力

李　斌

阅读宗璞的作品，我们常常能感到充溢其间的一种崇高感和神圣感。例如流露努力学习、报效祖国雄心的《一年四季》和《暮暮朝朝》，抒发爱国、爱土意识的《热土》与《废墟的召唤》，等等。特别是小说《南渡记》，它之所以令人震撼，主要得益于书中爱国知识分子所表现出的拳拳报国心，以及"威武不能屈，贫贱不能移"的浩然正气。事实上，宗璞一直极力提倡创作中的神圣感和崇高感。在一篇创作谈中，她谈及神圣感，曾说："近年来，在一部分人中似乎很缺乏这种感情了。好像生活里没有什么是神圣的，值得为之努力，为之献身。我这篇小文若能使读者感到一点祖国山河之美，祖国文化之美，还有祖国未来之美，又从这点美的倾慕中，得到一点神圣感，就太好了。"①

其实这种源自心灵的神圣感和崇高感，宗璞自小就有。抗战时期，她随父母南迁，在云南度过了八年。"这一阶段，备受艰辛。除有轰炸、疾病等外，生活十分清苦。西南联大师生们于逆境中弦歌不辍，父兄辈坚韧不拔的以国家民族为己任的精神给我印象很深。"②可以说，是少年时期所经历的壮美生活，为宗璞奠定了心理结构中的神圣感和崇高感。

① 宗璞：《关于〈西湖漫笔〉之漫笔》，《宗璞文集》第4卷第219页。

② 宗璞：《自传》，《宗璞文集》第4卷第334页。

宗璞转入清华不到一年，全国即告解放。在火热的新生活里，她和她的同代人一样，勤奋学习，时刻准备报效祖国。临毕业时，她和她的同学一起写了决心书，并在大礼堂宣读，表达了坚决服从分配，到祖国最需要的地方去的美好愿望。当时那种乐于牺牲、甘于奉献的神圣感和崇高感，确实是发自宗璞肺腑的。参加工作后，尤其是下放农村劳动期间，耳听目见许多火热景象和英雄壮举，宗璞心中的神圣感和崇高感愈加浓烈。正是在这种心态的驱使下，她于1961年到杭州西湖胜景游览时，才会“心中有一种神圣感，在美好事物面前的神圣感”[①]；才会于1963年写出《一年四季》和《暮暮朝朝》这样富有理想朝气和使命意识的抒情散文。

如果说从1956年的《红豆》到1966年“文化大革命”爆发，称得上是宗璞创作的第一个阶段的话，那么单纯、透明、充满青春活力，便是这个阶段的主色调。就拿反映知识分子爱情生活的《红豆》来说，通篇在细致委婉的心理描写中，不时闪烁着理想主义的光芒，充满着对人生意义、人生价值的思索：女主人公在残酷的理想与爱情的抉择中，最终还是选择了责任和义务。同样，写于60年代的《知音》《后门》和《不沉的湖》等文，主题都单纯而明净，洋溢着新中国特有的清新和朴素。透过这些作品，我们仿佛能感受到年轻的宗璞那颗赤诚、热情的心的跃动，读懂那一份对生活执着的爱和对理想的不倦追求。

然而“文化大革命”的爆发，使原本热情而单纯的宗璞，经历了预想不到的人世沧桑和民族灾难。“文革”中，她的家被抄，父亲被揪斗后关进“牛棚”，自己也在单位被红卫兵揪斗。十年里，她尝尽了人情冷暖，看遍了形形色色的丑恶和人性沦丧。或许正像其早期顺境造化了她一样，这一时期的痛苦、磨难和坎坷，也从反面“造化”了她——十年间遭遇的一切，不时震撼她的心灵，使她的梦幻破灭；极端压抑的生存境况，促使她能够认真思虑生命存在的底蕴。

于是，等她搁笔十二载，1978年以短篇小说《弦上的梦》重登文坛时，她的创作虽仍保留了青年时代的那种清新、朴素、优美的风韵，但少了些单纯、

① 宗璞：《关于〈西湖漫笔〉之漫笔》，《宗璞文集》第4卷第219页。

透明，多了份沉郁和沧桑。无论是《弦上的梦》，还是《我是谁？》《三生石》等作品，都具有伤痕文学、反思文学的意味，呈现出痛定思痛、悲愤深广的时代特色。与此同时，这一时期作品的女主人公，也由第一阶段单纯、清丽的年轻女性，改换为饱经沧桑却意志坚定的中年女性，如慕容乐珺、梅菩提等。这一转变，是时代给她的创作留下的深刻烙印。

伤痕文学、反思文学创作热潮涌过之后，宗璞的创作，尤其是小说创作，也由揭示“文革”苦难，表现人物精神，趋向更为广阔的描写领域。1981年后，小说虽仍有以赞颂女性美好品格为主题的，但表现沧桑感和幻灭感的作品逐渐增多。这既与宗璞历经磨难、饱经忧患有关，也是其体弱多病，多次与死神相错而过的生活景况的曲折反映。1965年到1991年间，宗璞曾五次住院做手术，饱受病痛之苦，性命之忧。1974年至1977年短短四年间，她的姑母、大姐、叔父和母亲先后辞世，令她一再经历了永别之痛。上述变故，促使她对人生无常、生命脆弱有了切身体会，由此心头时常泛起阵阵幻灭感和无常感。因此，阅读宗璞的后期作品，我们在理解她对人性丑恶和生命意义探索的同时，时常能感受到那种笼罩全文的缺陷感和沧桑感。

在宗璞的诗作里，这种沧桑感和失落感表现得最为直接。《归来的短诗》以一组短诗，抒发了重回故地和忆旧时的感慨，满怀对时光飞逝的惆怅；《回家》（外三首）则有一种饱受磨难后的疲倦感。至于小说中所流露的上述情绪，就更多了。如《熊掌》写楚秋泓老先生盼望全家团聚时吃熊掌的愿望，始终不能实现，其实是对“人生不如意事十有八九”古训的小说演绎；《一墙之隔》中，新生命充满活力的哭声，和主人公逝去带来的断肠哭泣，混杂在一起，充满人生无常感；《甲鱼的正剧》里的浪漫的绿毛龟，向往狭窄水面、草丛以外的天空，几经辗转，结果却被当作普通的龟，横遭杀身之祸，其中的幻灭感显而易见；《胡子的喜剧》中的吴光，当年为了胡子的留刮问题，始则反抗，继则顺从，却在十五年后发现这一切原来都是多么可笑——作者的时光感慨和世事沧桑感，通过生活小事得到自然流露。这些作品婉转反映出的伤感和遗憾，实际上是宗璞历经劫难、屡闯生死关之后的情感折射。特别是她后期的一些作品，像《核桃树的悲剧》《我是谁？》《一墙之隔》和《甲鱼的正剧》

之类，屡次写及病人和死亡，这不能不说是她步入老年、体弱多病的生活境况的自然揭示。

值得注意的是，宗璞反映爱情题材的小说中，除《三生石》写了有情人终成眷属外，其余的均多次写到一种失落的、无法完成的爱情。如齐虹和江玫倾心相爱，却因信仰不同分道扬镳（《红豆》）；梁锋与慕容乐珺“几乎发展成为人与人之间最亲密的关系”，但最终只能是永远的好友（《弦上的梦》）；程抗和黎倩兮心心相印，在经历痛苦的情感挣扎之后，只能追忆那份至真至纯的恋情（《心祭》）。倘若上述爱情只能算是没有结果的爱情悲剧的话，那么《核桃树的悲剧》《朱颜长好》及《勿念我》中描述的爱情，则是虽成眷属却不能白头到老的人生悲剧。王家理与柳清漪在核桃树下山盟海誓，前者却于留洋后一去不返，空留下妻女苦守岁月（《核桃树下的悲剧》）；慧亚与男友琦因志向不同而分离，慧亚归国后，与同行的好友珉结成夫妇，二人在东北大森林里相亲相爱，共度岁月，怎料命运不公，珉和一对双胞胎竟于同日突然离慧亚而去（《朱颜长好》）；戈欣在为爱妻绣春收拾遗物的时候，无意中发现了妻子的情感秘密，终于恍然大悟自己原来并不是妻子的真爱（《勿念我》）。更有甚者，《长相思》干脆叙写了一段无望的爱：富家小姐秦宓四十年前对青年才子魏清书一见钟情，以后便是长达四十年的单相思，痴心守望着这份梦幻般的爱恋。从有情人不能成眷属，到成眷属却不能幸福终生，再到感情的无望和梦幻，我们可以看出爱情描写在宗璞作品里的基调，那就是一些遗憾，一种失落，一份无奈。

有趣的是，宗璞构筑的爱情悲剧的男女主人公，女性大多温柔典雅、品格高洁，即使是名字，也具有诗一般的梦幻色彩；男性则大多是学理工或医学类，且学业有成，颇有才华，懂音乐，擅运动；他们的爱情悲剧，大多是由于双方被历史的鸿沟分割于大洋的两岸。男主人公专业和特征的相似，或许是一种理想化的倾向和潜在的互补心理在起支配作用，而悲剧结局的相似，也可能是解放前后许多被政治形势阻隔的恋人命运的真实写照。但作者如此执着地回味、咀嚼这些相似的悲剧，不能不使我们怀疑这是由作者潜意识升华而来的虚构世界——莫非，这种惆怅，这份失落，缘于作者曾经失去的、刻骨铭心的情感经历？这种臆测的正确与否，似乎并不重要，重要的是必须明确，那令人万般无奈的失落感和惆怅感，确实已深植于宗璞的情感心田之中。这种情绪根深蒂固，以至于她在多卷本长篇小说《野葫芦引》第一卷《南渡记》之序曲中，就将笔下一对小主人公（嵋和无因）今后的爱情悲剧作了暗示。在宗璞的潜意识中，十岁出头的嵋和无因，尽管已经有了一种朦胧的牵挂之情，和一种“心有灵犀一点通”的天生默契，但他们这种梦幻般的感情，很可能会像江玫、柳清漪等的爱情悲剧一样，在各种主客观因素作用下，最终成为镜中月，水中花。

宗璞是一位追求爱，懂得爱的女性。她的情感小说，呈现的是一片具有缺憾美的情感天空。

俗话说：知其人，论其文。要探讨宗璞的创作，了解其人是必需的。

宗璞的创作，与她的生活遭际、情感体验密切相关。早年良好的教育和生活环境，为我们文坛“造化”了一位中外文化素养深厚的个性作家。而步入中年后的坎坷经历，使她在重焕文学青春之后，既写出像《三生石》《弦上的梦》这样的现实主义力作，也写出如《我是谁？》《蜗居》那样的超现实主义作品。可以说，生活的陡变，最终造成宗璞艺术世界的变化，使她于保持内在精神不变的同时，在艺术风格、表现手段诸方面，产生令人惊喜的转换。

对宗璞来说，阅历既是一笔宝贵的人生财富，也是她用之不竭的创作源泉。

宗璞属于那种虽算不上杰出，却是很有特色的个性作家。在当代作家中，她卓立不群，拥有一片自己的“冯家山水”。

若就创作题材而言，宗璞称得上是一位“校园作家”。除了抗战时期的战乱岁月，她大部分时间都生活在高等学府，生活在学生和高级知识分子群中，由于对校园的人和事非常熟悉，她倾心于此类题材，因而拥有了自己独特的一块写作领域，拥有了自己独特的观察社会生活的窗口。通读宗璞的小说，除写于1959年的《桃园女儿嫁窝谷》是反映农民生活题材的外，其余的都是以知识分子的生活、命运和精神追求为题材，有些甚至直接叙写发生在校园里的事情。这一切，不但使她不同于50年代的许多女作家，而且也使其在新时期以来的女作家群中，因有独特的艺术天地而自成一家，备受瞩目。

宗璞笔下的人物形象也很有特色。她创作第一阶段讴歌的人物，主要是具有高尚精神品格和壮美人生追求的青年女知识分子，如《红豆》中的江玫，《不沉的湖》中的苏倩，以及《知音》中的石青。而70年代末，在反映“文革”伤痛的《三生石》及《弦上的梦》等作品中，她独辟蹊径，不仅仅描摹苦难，更重视塑造一些“出淤泥而不染”，虽“九死而不悔”的中年女知识分子形象。这类具有“兰气息，玉精神”的人物形象，正如李子云所言，确实具有“净化人的心灵”的作用。[①]到了80年代初，随着时代的变迁，宗璞将笔触由“文革”逐渐移向新时期的生活，孜孜开掘的是新时期人们的内心世界和精神品格。例如，《米家山水》在清新雅致的山水画般的意境中，描绘了中年女画家米莲予的崇高品格和广阔胸襟；《团聚》则以丈夫辛图在社会生活中灵魂的变异，衬托了女主人公缩云的美好情怀。可见，凸现人物的操守、品格和精神追求，是宗璞的创作宗旨和一贯追求。需要指出的是，上面提及的这些女性形象，足以构成一组“宗璞”式的知识女性系列，她们其实是作者人格理想的具象化。

宗璞善于细致的心理刻画，具有舒卷自如、典雅清新的文笔。她的作品既思想深邃，情怀激越，又出之于雍容、庄重、典雅，颇具学者风度。这种艺术风格与艺术气度，既是由宗璞敏感、细腻、沉稳的个性气质决定的，也与她独立高洁的人格有关。俗话说“文如其人”，宗璞的个性气质与艺术风格的对应关系，最显著的恐怕要算她的语言了。老作家孙犁曾经这样盛赞宗璞的语言：“宗璞的文字，明朗而有含蓄，流畅而有余韵，于细腻之中注意调节。每一句话的组织，无文法的疏略，每一段的组织，无浪费或蔓枝。可以说字字锤炼，句句经营。”[②]读罢这段文字，我们自然会联系到宗璞真诚、细腻、沉静、严谨的个性特征。

事实上，上述艺术个性早在宗璞的小说处女作——《红豆》里已初显端

① 李子云：《净化人的心灵》，《读书》1982年第1期。

② 孙犁：《人的呼喊》，《宗璞文集》第4卷第453页。

倪。《红豆》创作于1956年12月，是在当时“双百”文艺方针实施的大背景下发表的。此篇小说一经发表，立即以其崭新的题材和独特的艺术风格，引起人们的广泛注意。50年代的文学创作，公式化、概念化倾向比较严重，创作题材也比较单一，当时，写大学生活的作品已很少，写大学生或知识分子爱情生活的作品则更为少见。于是，独辟蹊径的《红豆》，首先表现出的，便是宗璞艺术探索的勇气。更为重要的是，《红豆》的艺术风格迥异于当时的创作潮流，呈现出细致委婉的抒情笔调，令人有眼前一亮之感。尤其是作品中的爱情描写，既没有贴上当时流行的政治标签，也没有做简单化处理，而是通过细致入微的心理描写，揭示了真实的人性和人情。在当时特定的社会历史条件下，《红豆》无论是取材的大胆，还是心灵工笔画的真实笔调，都称得上是惊世骇俗的。可以说，宗璞初登文坛，便已显现一位个性作家的独特魅力。

同许多女作家一样，宗璞的创作有很强的自传色彩。这既与她生活视野的局限有关，也是由她女性的心理机制，以及倾向表白内心情感的主观愿望所决定的。细心阅读她的作品，我们会发现，宗璞笔下那些独具个性、栩栩如生的女性形象，大都融入了她个人的情感经历、心灵感悟、人生体验和理想追求，或多或少、或强或弱地显现出她自我的影影绰绰的身影。像《红豆》中的江玫，温柔善良，细腻沉静，喜读书，爱听肖邦的音乐，个性特征与宗璞非常相似。《三生石》里的梅菩提，热爱生命，外柔内刚，喜欢读苏东坡的诗词和卡夫卡的小说，也与宗璞一模一样。尤其是她写过一本被批为“毒草”的小说，书中主人公患乳腺癌住院手术，以及遭批斗迫害的经历，简直是宗璞自身经历的再版。作品里还有一段对菩提的肖像描写，若我们对照一下宗璞的相片，会觉得这就是宗璞的自画像。显然，宗璞自己，往往就是其作品主人公的首席模特儿。

宗璞深知，文学创作是一种高层次的精神活动，需要全身心地投入，不是深深震撼自己的灵魂并倾注自己各种情感体验和全部心血的作品，就不能打动读者。因此，她时常将自己富有思想蕴涵的身世遭际引入创作，以期获得反映人生的真实和动人效果。

小说《鲁鲁》写的是一只名叫“鲁鲁”的小犬的故事，取材于宗璞的一段童年生活。文中的人物——爸爸、妈妈、姐姐和弟弟，均以宗璞自己以及家人为原型。至于那条小狗，宗璞家也确实养过，“感情很深”[①]。她之所以选取这段经历，并以小狗为主角，是因为“已届中年，经历了人世沧桑、世态炎凉之后，于摩肩接踵的茫茫人海中，寄深情于童年时期的这个小伙伴”[②]。由此，《鲁鲁》这篇动物小说成为寄情之作，诚如孙犁所言：“表面是动物的悲鸣，内含是人性的呼喊。”[③]《鲁鲁》堪称中国当代动物小说的经典之作。它的成功，很大程度上是由于宗璞善于从记忆中翻检出曾经令自己感动的旧事，再注入真情，娓娓道来，从而设置情感氛围，以情动人。就此而言，《鲁鲁》显示了宗璞自传体创作的重要原则，那就是寻求自己和读者感情的契合点，寻求情感的共鸣。

长篇小说《南渡记》的自传色彩也十分强烈。书中所描绘的那一段抗战时期知识分子南渡的历史，正是宗璞童年、少年时亲身经历的。而书中人物，也是以她的父母亲人、父执、师友以及童年伙伴为模特儿的。具体说来，书中的孟家就是冯家，“方壶小院”便是冯家的清华园乙所；书中孟弗之与吕碧初的二女儿嵋（孟灵己），是一个富有同情心，宽谅友爱，热爱艺术的女孩，她的身上，无疑有作家自身的影子；书中描绘的故事，也正是七七事变爆发后，冯家举家南迁至云南蒙自、昆明的真实经历。可见，《南渡记》里含蓄了宗璞不少童年的回忆。我们不妨说，《南渡记》乃至整部《野葫芦引》在创作构思上的缘起，很大程度上是因为抗日战争中北校南迁的这一段历史，以及这一段动荡的人生旅途上颠沛流离的人们留下的雪泥鸿爪，给童年的作者所留下的难以磨灭的深刻印象。

客观地说，宗璞创作中浓厚的自传色彩，使她的写作领域不可能宽广丰富，博大深宏。但是，她的领域虽然范围较小，却从不封闭；内容虽有琐细之嫌，却自有其深刻性。宗璞之所以成为宗璞，或许正因为这些特点。

作为一位个性作家，宗璞的创作具有独特的艺术魅力。受她得天独厚的

---

① 施叔青：《又古典又现代》，《宗璞文集》第4卷第465页。

② 孙犁：《人的呼喊》，《宗璞文集》第4卷第454页。

③ 同上。

中外文化背景的影响，她的作品显示出一种东方传统哲学文化与西方人文精神汇合而形成的精神内涵，笔下人物也具有对高雅格调、深厚修养和美好人性的矢志追求。在艺术表现方面，由于宗璞学兼中外，既有对西方现代派手法的为我所用，更有对中国古典文学的承袭，所以形成其作品特有的气氛、意趣和韵味，为他人所不及。

从初登文坛的《红豆》到近年写就的《东藏记》，四十余年间，宗璞以其丰富学识和独特个性，以她对“诚”与“雅”的艺术追求，成长为一位出色的学者型女作家。

原载《文艺理论研究》2000年第3期

宗璞论考*

——以“我是谁”“我为什么写作”为中心

[日]楠原俊代 著　黎继德 译

一九九六年一月，《宗璞文集》四卷本由北京华艺出版社出版。在第一卷的卷首，写有如下的《答问：为什么写作——代自序》：

写小说 不然对不起沸腾过即凝聚在身边的历史

写散文 不然对不起流淌在胸间的万般感受

写童话 不然对不起眼前光怪陆离的幻象

写短诗 不然对不起耳畔琤琮变化的音符

我写 因为我有

我写 因为我爱

这篇“代自序”，还印在《宗璞文集》各卷的封面。可以说，这是“我”的主张、“个人”的宣言。这篇“代自序”，原是为《文艺报》（1986年4月12日）评论栏“我为什么写作”而写的，在该栏的前半部，还登着黄秋耘的

* 本文为日本同志会大学教授楠原俊代同名论文的节译本

"为人民，为和平"而写作的文章。这个"我为什么写作"的专栏，从上一年的七月开始，不定期地刊登了八期，最后一期是一九八六年四月十二日，此后这个专栏就取消了。我想考查一下，在新中国成立以后的文学史演变中，宗璞的上述主张有什么意义。

宗璞，女性，一九二八年生于北京。一九八〇年，宗璞在回忆以前的生涯时曾经这样谈道："就以五十岁左右的人来说，回顾过去生活的全部阶段，几乎可以说没有一段平静的日子，急风骤雨在头顶呼啸，很少有停息下来的时候。我们在抗日战争中度过童年，在解放战争和建国初期时满怀热忱地燃烧了青春，在以后大规模的思想改造和无尽无休的各式运动中，过早地花白了头发。"

事实上，新中国成立以后，反复进行过几乎不停的大规模的思想改造和无尽无休的运动，如批判电影《武训传》，围绕《红楼梦》研究批判俞平伯、胡适，批判胡风，反右派斗争，批判人性论，批判"中间人物论"，终于发展到"文革"。尽管如此，宗璞最初也并不否定思想改造。她写道，她一九五六年六月四日加入中国共产党，在解放战争和建国初期，曾满怀热忱地燃烧了青春。

据宗璞说，抗日战争中，日军占领区的青年因看埃德加·斯诺的《西行漫记》被捕入狱；国民政府统治下的大后方青年读这本书，会更加坚定地追求自己的信念。因为他们追求"理想社会"，没有人剥削人，没有人压迫人。这种献身的热情，尽管十分可贵，宗璞却说太简单了。但是，包括宗璞在内，当时的青年以献身的热情追求理想的社会，迎来了新中国的成立，宗璞在小说《弦上的梦》中写道："在社会主义祖国的怀抱里，那五十年代的日子，是多么晴朗，多么丰富。乐珺觉得自己虽然平凡渺小，可就像大海中的小水滴一样，幸福地分享着海的伟大和光荣。"她在散文《萤火》中这样回忆一九五一年大学毕业时的自己："有了祖国，不就有了一切么？我觉得重任在肩，而且相信任何重任我都担得起。难道还有比这种信念更使人兴奋、欢喜的么？"

倘若根据社会的变迁来划分宗璞以前的生涯，可分为以下四个时期。如前所述，她一九二八年生于北京。本名冯钟璞，父亲冯友兰是著名的哲学家

（清华大学哲学系教授，后为文学院院长）。她最幸福的时期，是一九三七年抗战开始之前。第二阶段是抗战开始以后，直到一九四六年从西南联大附中毕业。抗战开始后，清华大学与北京大学、南开大学一起转移，在云南设立了西南联合大学。宗璞也在一九三八年与母亲、兄弟姊妹一道前往云南蒙自，不久便移居昆明。在昆明的八年间，除了爆炸的恐怖和自身的疾病外，生活也相当困苦，备尝艰辛。第三阶段是一九四六年复员北京后至一九七八年。一九四六年，她进入天津南开大学，两年后转入清华大学，一九五一年毕业于外文系，分配到政务院文教委员会宗教事务处。其后，一九五四年调到全国文联研究部，一九五七年调到文艺报社，一九六〇年调到《世界文学》编辑部。一九六四年，《世界文学》编辑部合并到中国社会科学院外国文学研究所，紧接着全所人员下放，而宗璞因病留在编辑部。随着一九七八年新时期的到来，她进入第四阶段，一九八一年，调到外国文学研究所英美文学研究室，成为研究人员。此后到一九八八年，除了小说、散文、童话外，她还发表了翻译、研究论文等许多作品，迎来了巨大收获的季节。但是，她长期从事外国文学的杂志编辑、研究，并没有专门从事创作。

她最初的小说是《A.K.C.》，一九四八年发表于天津《大公报》。此外也发表过一些短诗。一九五〇年，她从清华大学到工厂进行抗美援朝宣传，十二月写了短篇小说《诉》，刊登在一九五一年一月二十八日的《光明日报》上。她借一个女工的口，控诉了一九四九年以前的社会。但是，因忙于迎接解放、进行思想改造，她几乎没有动笔写作。而且，文学的范围愈来愈窄，只能描写类型化的工人农民。她说，写那些太公式化的东西，不如不写。

到一九五六年，提倡“百花齐放，百家争鸣”，她觉得多少能写一点自己想写的东西了，便在相隔《诉》后六年，提笔写了小说《红豆》，登在《人民文学》一九五七年七月号上。可是，紧接着反右派斗争又开始了，《红豆》也被打成“毒草”，遭到严厉的批判，如“爱情被革命迫害”“挖社会主义墙脚”“在感情的细流里不健康”，等等，被迫多次自我检查。一九五九年初至年底，下放河北农村，写了小说《桃园女儿嫁窝谷》，刊登于《北京文艺》一九六〇年二月号。这部作品以人民公社化运动为背景，描写了富裕村和贫穷村之间的婚姻故事，被认为她思想进步了。一九六二年，加入中国作家协会。接着写了《不沉的湖》《后门》《知音》等，恰在这时，“文革”已经迫近，她深感不能自由写作，无论怎样改造也跟不上。而且，她也绝对不想写虚假和听命的文章，所以，便决心今后再不写作了。因为宗璞是《世界文学》评论组的组长，所以她觉得可以从事研究，不创作也能生存。

一九七八年，“文革”结束，随着新时期的到来，她进入了第四阶段。自从一九六三年底辍笔后，直到一九七八年春，已过了整整十四年。宗璞这样写道——紧箍咒儿松多了，我确有轻快之感。所想的不是改造自己，而是发展自己；不再是应付阶级斗争，而是向往人类之间的爱和团结。人原来可以这样生活，我感到欣幸。当然，要想达到合乎理想的社会，要能够自由自在地创作，还需要很多努力。一九七六年摧毁“四人帮”以后，文坛逐渐苏醒，我觉得有话要说，不吐不快，忍不住又拿起笔来。

一九七八年春，宗璞第一次写了以“文革”为题材的小说《弦上的梦》（同年秋天改稿）。因为这时还没有重新认识四五运动，所以发表被推迟，登在《人民文学》十二月号上。一九七九年春写了《我是谁？》，三月三日到十二月底完成了《三生石》，刊登于《十月》一九八〇年第三期。在《三生石》里，她描写了那个时代普遍而深刻地存在着的时代痼疾“心硬化”。据说，这是强调阶级斗争、批判人性论和人道主义的结果。《弦上的梦》获得第一届全国优秀短篇小说奖，《三生石》获得第一届全国中短篇小说奖。这些都是描写“文革”的作品。宗璞以为，“文革”是写不尽的，还没有作品很深刻地把它描写出来，需要时间来回顾过去和反思。本文就举《我是谁？》来讨论。

《我是谁？》是一部仅有五千余字的短篇小说，虽于一九七九年春完稿，其手法却标新立异。小说因奇怪和阴郁不能发表，辗转经人之手半年以上，迂回曲折，终于发表在《作家》前身《长春》十二月号的卷首。其手法是“意识流”的手法，宗璞称之为“内观手法”。主人公是韦弥，女性，一九四九年回国的生物学学者。小说的时间和场所都不明确，描写了“文革”开始后，一九六六年秋天某日黄昏到深夜大学校园里发生的事情。现简述其开头部分如下：

韦弥推开厨房门，忽然发出了撕裂人心的尖叫。然后，她跌跌撞撞地冲下楼。她觉得天地变成了漆黑一团，不知该往哪里走，跌倒在路旁，像一只破旧的麻袋。夕阳一片血红，照得天地都是血污的颜色，楼旁的栅栏参差不齐，投在墙上的黑影像一个个浸染着鲜血的手印。这种肃杀的场面，其实是黄昏校园的寂静的住宅区。

有人走过来，看见倒卧的韦弥。但一发现韦弥的头上只有一半的头发，张口便骂，并重重地踢她一下，扬长而去。甚至熟识的小女孩儿也转身就逃，嘴里还喊着："打倒韦弥！打倒孟文起！"她摔倒时受了伤，血还在流，落叶飘了下来，遮盖了血痕。直到这里，才知道是秋天。"牛鬼蛇神""自绝于人民""特务"等口号把韦弥挤得无处容身，韦弥只好歪歪倒倒无目的地走着。一边走，一边觉得"韦弥"这声音好奇怪，不停地问：谁是韦弥？谁又是孟文起？他们和我有什么关系？我该往哪里去？而我，又是谁呢？这被轰鸣着的唾骂逼赶着的我，这脸上、心中流淌着鲜血的我，我是谁啊？

不久，她登上满是衰草的小山坡。石径曲折，但却穿过小山，好像是在爬险峰峻岭。路分岔处有一座小小的假山，她定睛看这假山，渐渐看出一副副狰狞的妖魔面目。凹进去的大大小小的洞，涂染着夕阳的光辉，宛如一个个血盆大口。她突然觉得这些血盆大口都是长在自己身上的，她便用它们来吃人。"我是牛鬼！——"她大叫起来，跌倒了。韦弥似乎看见自己了。青面獠牙，凶恶万状，追赶着许多小娃，仿佛要送进血盆大口里。这些小娃，其实是显微镜下的植物细胞，韦弥一辈子为之献身，并为它们耽误了生儿育女。

后来，突然出现了尸首，并问在哪里。尸首，哦，尸首！不是悬挂在厨房的暖气管上么？韦弥开门时，它似乎还晃荡了一下。假山消失，只有韦弥恐怖地看着自家的窗户。而且，她仿佛看见应该挂在暖气管上、同样只有半边头发的孟文起从楼上飘了下来。举止还是那样文雅，脸上带着微笑，他越走越近，一见韦弥青面獠牙的相貌，便惊恐地跑得不见了。"我杀了孟文起！他死了！”韦弥号啕大哭，拼命撕扯着自己的衣服。

就这样，通篇没有像样的情节，仅仅描写了韦弥自杀前从黄昏到深夜的意识流。韦弥从厨房冲下台阶，登上小丘凝视假山，都是事实的叙述，而韦弥在此期间的念头，包含各种联想和幻想，都按照思维的流程，过去和现在交织在一起加以叙述，所以连孟文起到底是缢死还是投水自杀都搞不清楚。不过，韦弥在过去的一天里都充满了这些念头，而这对韦弥来说才是现实。

如要简单地追述后来的情节，就是昨天韦弥和孟文起同在校一级游斗大会上惨遭批判，孟文起长年的研究成果被当作废纸付之一炬，孟文起自杀身亡。此后，韦弥觉得一朵雪白的小花就是我自己。不过，这个“我”是有毒的。接着，该死的孟文起和韦弥变成了两条虫。这是蛇神。韦弥就像一条真正的虫子似的，艰难地围着这座假山石转来转去。孟文起变成一条挂在暖气管上的虫子，韦弥想要回头看一看，却没有脖颈，无法转过头来，不觉还是向前爬去。韦弥通过之后，留下了一道长长的血痕。她还是在地上爬着，颇觉心安理得。这是中国六十年代末期中国知识分子应有的地位，没有比待在自己应有的地位上更使人平静了。接着，韦弥看见四面八方爬来了不少虫子。虽然它们没有脸，她还是一眼便认出了熟人。文科和理科的教授与讲师，它们大都伤痕累累，血迹斑斑，却一本正经地爬着。有一条虫还在努力叫嚷“我是谁”。韦弥也在想我是谁。她这念头一闪时，周围的虫子都不见了，只剩她孤零零地向前爬去。我就是一条毒虫？不！那我究竟是谁呢？她苦恼地思索着。

几只迷了路的大雁在完全黑下来的天空中飞着。韦弥发现自己飞翔在雁群中。她一九四九年春从太平洋彼岸归国，又投奔已经解放了的北京。她是飞向祖国母亲、飞向革命。可是如今母亲在哪里？自己不是牛鬼、蛇神、毒而又毒的反革命杀人犯吗？飞起来吧！离开这扭曲了的世界！她拼命地跑着。许多只飞雁集合在一起，遗弃了韦弥，离开了这浸染着鲜血和耻辱、玷污了的土地。最后，韦弥也冲进湖里，投身于终生执着挚爱的祖国——母亲的怀抱。剩下的是一片黑暗和沉寂。

这部作品的开始，劈头一句“韦弥推开厨房门，忽然发出一声撕裂人心的尖叫”，说话的是作者，但并未说明韦弥是谁、韦弥为何发出叫声、在谁的哪里的厨房。猛地一下将读者带进时刻都在变化的场面当中，这种方法在将意识作为“流”来描写的小说中是很典型的，被认为对中国新时期文学的现代主义思潮和创作有很大的影响。

但在本文中，更令人感兴趣的是人变化为虫子。她的榜样，当然是卡夫卡。“文革”之前的一九六六年春天，她在卞之琳的指导下认真研究过卡夫卡。然而，当时是为了批判，只有经历了“文革”的惨痛教训后才开始理解卡夫卡。身陷斗争时，宗璞也像虫子似的扭曲了身体，总是想起卡夫卡的小说《在流放地》，那架杀人机器也是长年钻研之后的精心之作。

宗璞说，她从卡夫卡那里得到的是一种抽象的或原则性的影响。他的《变形记》《城堡》写的是现实中不可能发生的事，可在内心世界方面却极其正确。宗璞对小说竟能这样写感到惊异，从而更清楚地体悟到文学就是创造的道理。什么是创造？就是构建一个从未有过的世界。只要用自己的笔开始写文章，无论它怎样荒唐滑稽、变幻莫测，都是绝对真实的。“文革”当中，不是许多人懵懵懂懂地就变成了牛鬼蛇神吗？有时必须剥去表面现象看事情的本质，在这点上，宗璞受到了启发。她说，怎样写要依内容的要求而定。可以说，任何方法都是正确的。

执笔写作《我是谁？》的直接触发，是她看见物理学泰斗叶企孙先生被迫在校园食堂打饭，先生的健康受到损害，走路时弯着背，弯成差不多九十度。那可能是在批斗会上受摧残所致。看见人被折磨成那样，简直像一条虫，宗璞感到难受万分。“文革”的残忍把人变成虫。生活中人已变形了，怎能不用变形手法呢？极度夸张极度扭曲“文革”的惨痛教训，这种方法是最好的。因此，宗璞写了《我是谁？》，抗议把人变成虫，呼唤人是人而不是虫、不是牛鬼蛇神。在“文革”中，许多知识分子被肆意凌辱，而这一切都是在革命的口号下进行的。宗璞自己也不愿看见明天，她觉得惨不忍睹，想自杀。但是，想到老父亲，想到这样做只会亲者痛、仇者快，就绝不死，偏活着。卡夫卡《变形记》中变为虫子的格里高尔·萨姆沙和韦弥都死了，但宗璞没有死，活了下来，把“文革”写成小说和散文。《在流放地》中，从一架杀人机器中升起了无数个大大小小的齿轮，滚落在沙地上，机器最终完全崩溃了。宗璞坚信那一天会到来。不过，代价也太大了。

在宗璞的第三阶段，谁也无法逃避政治，被迫直面人生的十字路口，进行严酷的选择，到“文革”时终于跪在一尊伪造的“神”前。这已经不是十字路口，而是一个死胡同。但在没有完全僵死和干涸的心中，仍然面临着抉择。为了描写这种“文革”的惨痛，宗璞在《我是谁？》中，借助于遭到批判、无立锥之地、不久便自绝的韦弥的意识流，不断地追问：我是虫子、牛鬼蛇神吗？是毒而又毒的反革命杀人犯吗？哪里是自己应有的地位？我究竟是谁？这已经不单是在呼唤人是人，而且在质问：现实中的个人，每一个都是独一无二的，“我”作为其中的一员究竟是谁呢？

一九七八年再次执笔以来，宗璞有意识地使用了两类手法写小说，一种是现实主义的手法，即基于生活、反映现实的写实手法，宗璞称之为“外观手法”“再现”。《红豆》《弦上的梦》《三生石》《鲁鲁》《核桃树的悲剧》等属于外观手法。另一种是超现实主义，宗璞称之为“内观手法”“表现”，是透过现实的外观写本质，是荒唐无稽的，但求其“神似”。《我是谁？》《蜗居》《谁是我？》《泥沼中的头颅》等属于此类。这些作品，虽说受到西方现代派手法的影响，但宗璞说的现实主义和超现实主义也不是文学史上的特定流派，无非是借用其名而已。所谓超现实主义，读如其字，是远离现实主义、不拘泥于现实世界的现象的，但绝不是脱离现实，也不是与现实对立。宗璞深通古今中外文学，即便受到西方现代派手法的影响也不至于模仿，她必然在自己的作品中消化值得参考的东西，创作中国的乃至自己的东西。宗璞长期从事外国文学的杂志编辑和研究，很早就接触到西方现代文学，读过卡夫卡和乔伊斯的作品，研究过凯瑟琳·曼斯菲尔德和伊丽莎白·波温，也发表过论文和译文。她还计划写维吉尼亚·伍尔夫，但因当时忙于写作长篇小说《南渡记》而未果。并且，她出身于书香门第，姑姑冯沅君也是作家、中国古典文学学者，所以，她从小就受到中国古典文学的熏陶，背过唐诗。在小学时，她每天早上先在母亲的床前背诗词，然后再上学，八九岁时就已读过《红楼梦》。

宗璞说，本来以为有些事是永不会忘记的。可是，岁月流逝，回想起来，竟然不只少了当时那种泉喷潮涌的感情、事情也渐渐模糊了。宗璞已不记得，何其芳、俞平伯、邵荃麟、冯至等人在“文革”中挨批是从一九六六年的何月何日开始的。即或问人，要么说往事不堪回首，不愿再触动心灵的创伤；要么说当时一个字也没有写，如何记得。只知道是夏秋之交的某日。宗璞即便不想忘却，却渐渐要忘却了，不免惊恐。在宗璞的第三阶段，任何一个中国人每天都逃不开政治，不断往自己头上套箍儿，任凭别人念紧箍咒，诚实地努力改造自己。对这段日子，不仅外国人，后代的中国人也很难理解。她说，过去的总是过去了，总要攀住过去的不通达的人毕竟不多。而从历史的角度看，难道不该把悲剧的原因仔细检讨，总结清楚，铭记在心，引为教训，以避免历史重演么？

其实，正像宗璞在“代自序”中所说，所谓历史，就是“沸腾过随即凝聚在身边的”东西。正因为“我”即宗璞担心对不起这样的历史，就写了《我是谁？》等小说。虽然宗璞写的是当时的“历史”，但写出来的是小说。而且，因为担心“对不起流淌在胸中的万般感受”，就将自己的体验和感情、自己的见识写成散文，也写成童话和诗歌。她在《宗璞文集》四卷本的所有封面宣称：因为我想写，或者不得不写，所以我写；因为我爱，所以我写。这里所说的“我写　因为我有/我写　因为我爱”，并不是出自批判乃至否定集团价值的视点，换言之，并不是出自对个人价值的极端固执。这一点，只要读过宗璞的作品就会明白，而值得注意的是这篇文章没有目的语。宗璞这样写道——民族感情若不囿于狭隘，实在是很神圣的。爱自己的祖国、民族，和爱自己的家乡和居所，爱自己的亲人、邻舍一样，又都是十分美好和平凡的。因为这也是对从祖国、民族到自己家乡、家庭等的爱。她说，每当那个时候，因为我爱这种种事物里的什么，所以就写作。事实上，宗璞唯一一部爱国题材的长篇小说《南渡记》（《宗璞文集》第三卷所收）正是她的代表作。《南渡记》是一九八五年开始写的，第一、二章发表于《人民文学》一九八七年五、六月号，一九八八年九月由人民文学出版社出单行本，一九九四年十二月获得“炎黄杯”人民文学奖。这部力作，通过大学教授一家南渡（从北京到云南的避难之行）的经历，描写了抗战那时人们还不知道红军，将青天白日旗作为国家象征的时代。韦君宜说，今天的青年，也包括中年，从小说中可以了解到历史。

整个历史并不全是八路军写的，“文革”中不用说了，“文革”以前这样的小说也是绝对不允许的。

新中国成立以来，在四十余年中反复进行大规模思想改造和扩大化运动。倘若文学只是图解政策，就没有任何力量。宗璞便将“我”即个人的、忠实于自己内心的丰富的作品编辑成四卷文集出版。她在《宗璞文集》“代自序”之后的第一卷说明里写道，自己最早付梓的是散文，那是一九三四年。并举了十五岁时的作品，当时她为自己撰有一联：“简简单单，不碍赏花望月事；平平凡凡，自是顶天立地人。”接着又说：“语句幼稚，意思存焉。五十年来，屡经改造，初心未灭。”此处显示的，难道不可以说并不缺乏政治关心或社会性，倒是隐藏着激励个人精神的深刻的革命性思想吗？

选自《宗璞文学创作评论集》2003年10月版

宗璞：历劫者的本色与柔情

戴锦华

彻悟中的低回

宗璞的作品序列在新时期女作家中独居一隅，显现出一份他人所不具有的本色与雍容。那是一份直面痛楚与惨烈时的从容，一份尽洗铅华后的柔情与优雅；那是一份彻悟中的迷茫，一份历劫者的背负。

事实上，早在1956年，宗璞的发轫作《红豆》[①]中，已然显露出她独有的意趣。一种迷茫中的执着，一份至诚中的忧伤。这当然"宿命"式地成了她日后劫难的伏笔。[②]中间历经《不沉的湖》《后门》[③]的"改造"与"修正"，宗璞似乎"成功"地弃置了她独有的那份优雅从容，而开始被纳入稚拙而单

① 宗璞短篇小说《红豆》，收入《宗璞代表作》，《中国现当代著名作家文库》，1版，黄河文艺出版社，1987年，第3—34页。

② 1957年，宗璞的《红豆》因"爱情至上"等罪名遭到批判。

③ 宗璞中篇小说《不沉的湖》、短篇小说《后门》，收入《宗璞代表作》，第35—49、50—63页。

纯的时代话语之中。这并不能使宗璞在劫难到来时被豁免[①]，但这“成功”的着色[②]与改造，却成了日后宗璞固执地反思而不是追悔的经历（《我是谁？》《蜗居》[③]）。

宗璞不是一个超越者或僭越者。她之为“新时期著名作家”的命名，来自她对此间主流话语构造的果敢而有力的加入。宗璞的作品序列几乎包含了新时期“启蒙文化”的全部母题。1978年，她的新时期发轫作《弦上的梦》[④]，便与宗福先的《于无声处》、苏叔阳的《丹心谱》一起，因正面写作四五运动，不仅加入了伤痕文学的热浪，而且成了其间干预并介入现实的力作。继而，《我是谁？》（1979年），则不仅早在戴厚英的《人啊，人》之前，成为历史控诉与人道主义呼唤的先声，而且极为“超前”地成了中国大陆现代主义写作的开篇[⑤]。匍匐在地下的“牛鬼蛇神”与雁行飞过、在天空中书写下“人”字的场景，几乎成了一个经典的、同时极具症候性的场景。[⑥]事实上，书写“文革”中的校园惨剧，迄今尚没有人超过《我是谁？》之中的惨烈与深度。此后，宗璞同一系列中的《蜗居》（1981年）、《泥沼中的头颅》（1985年），则将这一知识分子的反思与内省的主题不断推进。其中《蜗居》事实上成了文化英雄主义的一阕称颂的短歌。1980年，宗璞的中篇小说《三生石》[⑦]，在加入了“爱”这一关于拯救的元话语的构造的同时，实际上成了“伤痕文学”与80年代的爱情绝唱。此间《心祭》（1986年）[⑧]，则成了《爱，是不能忘记

① 宗璞在“文革”中的遭遇参见宗璞散文《一九六六年夏秋之交的某一天》，宗璞散文集《铁箫人语》，1版，春风文艺出版社，1994年，第59—65页。

② 关于“着色”与“本色”的议论，参见宗璞童话《吊竹兰和蜡笔盒》，宗璞《风庐童话》，1版，湖南少年儿童出版社，1984年，第27—31页。

③ 宗璞短篇小说《我是谁？》《蜗居》，收入《宗璞代表作》，第92—99、128—137页。

④ 宗璞中篇小说《弦上的梦》，收入《宗璞代表作》，第63—91页。

⑤ 参见宗璞《给克强、振刚同志的信》：“我自1987年重新提笔以来，有意识地用两种手法写作，一种是现实主义……一种姑名之为超现实主义……”

⑥ 在此后的诸多文学、电影作品中出现了类似的场景。直到1991年，著名青年导演陈凯歌的作品《边走边唱》中，仍有类似场面。

⑦ 宗璞中篇小说《三生石》，收入《宗璞代表作》，第195—356页。

⑧ 宗璞短篇小说《心祭》，收入《宗璞代表作》，第100—113页。

的》《思念你，桦林》等等婚姻、爱情主题的一次远为哀婉、含蓄的复沓。

然而，如果说启蒙主义的实践与抗议者的胆识和果敢，实际上成就了宗璞的80年代命名式，那么，宗璞的意义与价值并不止于此。如果说《弦上的梦》尚带有时尚写作的造作与粗糙，《我是谁？》尚显露着于撕肝裂胆中挣出的抗议之声的嘶哑，那么，经由《三生石》《鲁鲁》[①]（1980年），到《心祭》《米家山水》（1981年）、《熊掌》（1981年）、《核桃树的悲剧》（1982年）[②]，再到《南渡记》（1988年）[③]，宗璞已获得或曰恢复了她所独有的那份独特的细腻，一份淡泊与从容。从某种意义上说，正是后者，而不是前者，标识着宗璞的徽记与成就。或许可以说，在80年代的特定历史之中，宗璞由于她的家世与她特有的知识背景，其作品序列实际上成了一座浮桥，连接起老中国知识社群的那份淡泊从容与新时期剧变、历劫之后的那段迷惘、执着与背负。与其说宗璞的作品序列构成了“启蒙”话语与文化英雄主义的一次高昂，不如说它成就了一次回归，对“本色人生”的回归，对不曾被种种政治权力话语所玷污的、“纯正的”理想主义信念的回归，对老中国、“五四”新文化所共同构造的社会及文化秩序的回归。或许，较之新时期众多的文学作品，宗璞为数不多的作品比他人更为深情地书写了知识分子的心路——一份无法剥夺去的心灵的傲岸，同时是一段自甘亦不无自嘲的执着与操守。宗璞不是一个“痛苦的理想主义者”，尽管她无疑是一位时代的历劫者。由于她的写作，也由于她的家世，她始终置身于风暴中心，而那里绝没有风暴眼中的宁谧；作为一个当代女性知识分子，她为人女、为人妻、为人母，且深深地体味着现实的困窘、艰辛与尴尬[④]；在她的作品中，历史与现实的劫难有时是一种真正的围困（《三生石》），有时则是一种琐屑但深刻的绝望（《核桃树的悲剧》）。宗璞在历劫中所获得的是一份彻悟、一种认可与背负的力量。那不是在苦难中萌

① 宗璞中篇小说《鲁鲁》，收入《宗璞代表作》，第114—127页。

② 宗璞短篇小说《米家山水》《熊掌》《核桃树的悲剧》，收入《宗璞代表作》，第162—174页。

③ 宗璞：《南渡记》，见《野葫芦引》第一卷，1版，人民文学出版社，1988年。

④ 参见宗璞散文集《铁箫人语》第一、第二部分，及《南渡记·后记》。

生的对金色彼岸的无穷的希冀与畅想，而是对此岸人生的再度发现与确认。那是一段相濡以沫的爱的扶助（《弦上的梦》《三生石》《心祭》），是三生石上几点温暖的微明，是柳信、萤火、秋韵，是燕园的树、石、桥、碑和墓。[①] 那是对“百无一用是书生”的认可，又是“欲罢不能”“知其不能为而为之”（《泥沼中的头颅》）的相许。宗璞本人的确写下了诸多温婉、深情而痛楚的死别的挽歌[②]；在历史的视域中，宗璞的作品序列亦如一阕文化的挽歌。它是对一个正在逝去，甚或已被遗忘的时代的薄奠，它记载着老一代知识分子以及他们生活方式的优雅的沉沦。宗璞最新的散文集《铁箫人语》的题记[③]，颇像她对自己创作的自谦与自况：

> 我家有一支铁箫。
>
> 那是真正的铁箫。一段顽铁，凿有七孔。拿着十分沉重，吹着却极易发声。声音较竹箫厚实，悠远，如同哀怨的呜咽，又如同低沉的歌唱。听的人大概很难想象这声音发自一段顽铁。
>
> 铁质硬于石，箫声柔如水；铁不能弯，箫声曲折。顽铁自有了比干七窍之心，便将美好的声音送往晴空和月下，在松荫与竹影中飘荡，诱入人的躯壳，然后把躯壳抛开了。
>
> 哦，还有个吹箫人呢，那吹箫人，在哪里？

放逐与获救

宗璞善于书写一个历劫者的心路。不仅是“文革”时代的历劫，而且是对大时代的抉择与灾变的经历与承受。从某种意义上说，这是一个从《红豆》《不沉的湖》便已然进入的主题。然而，除却《我是谁？》《一九六六年夏秋

① 参见宗璞散文《柳信》，《宗璞小说散文选》，《北京文学创作丛书》，1版，北京出版社，1981年。及《铁箫人语》，第三部分：《萤火》《秋韵》《燕园石寻》等篇。

② 宗璞新时期的散文多为悼亡之作。参见《宗璞散文选》《铁箫人语》。

③ 宗璞：《铁箫人语》，1版，春风文艺出版社，1994年。

之交的某一天》，宗璞绝少去记述劫难本身，她对暴力——无论是历史的、政治的、自然的，有着“本能”的厌恶与拒斥。在宗璞的笔下，劫难是一种外在的、猝不及防的暴力的降临与袭击，它不仅是对历劫者的重创与剥夺，而且更重要的是一种放逐，将你从正常生活，乃至人群、“人类社会”中放逐出去。它宣判你为人的异类（《我是谁？》），宣判你为敌人——阶级的、社会的，间或是一群恶毒的孩子的敌人（《三生石》《核桃树的悲剧》）；它或许是一场“史无前例”的文明浩劫，或许只是人性阴暗的一次发作；或许是一种合法而荒诞的“战争”（《米家山水》），或许它只是莫奈何之的世事变迁沉浮（《鲁鲁》）。宗璞七八十年代之交的作品，至为淋漓地描摹了“文革”初年，描述了彼时命名异类时的任意、放逐异己者的残忍与酷烈。事实上，在整个20世纪80年代文化语境中，它作为一个太切近的记忆，一个魔影式的威胁，一个不断被反思又不容反思的历史，超过了所谓“震惊”或“创伤”一类的字样，以至于成为无语。宗璞拒斥暴力场景的呈现，除了作为彼时主流话语的政治反思以及一种知识分子的内省，她同样拒绝去追问或质疑“人性”。她书写这一历史的暴力与暴力的放逐，仅仅出自一个劫后余生者自觉的责任：“许多许多人去世了。我还活着，记下了一九六六年夏秋之交的这一天。”[①]

然而，在宗璞的笔下，这暴力的放逐，与其说是一次不可补偿的剥夺，不如说是一次不无幸运可言的获救的契机。宗璞的人物，因被指认为异类，而遭隔绝于社会与主流之外；因遭放逐，而被抛出历史的既定轨迹。他们因之作为敌人、非人与“道具”，得以获得了一个外在的、理性的视点；使他们得以窥破这残暴的“狂欢节”的成因与秘密。在《三生石》中，宗璞将其称为“心硬症”“灵魂硬化”的治愈。他们因被宣判为非人——牛鬼蛇神或毒蛇与蛆虫，而必须去思考关于“人”的意义与界定，因而再次发现了“人”、个人的价值。他们因之而逃脱了彼时权威思想与话语的牢笼，用自己的、“人”的眼睛去认知社会、人生与生命。暴力的放逐成就了一种知识分子的或曰文化英雄的自我放逐的抉择。或许，这正是宗璞的作品在80年代的启蒙话语中占有独

① 参见宗璞散文《一九六六年夏秋之交的某一天》，《铁箫人语》，第65页。

特而主流位置的真义。也正是对这放逐、自我放逐的书写，成就了宗璞作品序列中绝无仅有的一阕英雄主义的颂歌《蜗居》。这是宗璞作品中一则真正的寓言。其中有着一个真正自我放逐的青年英雄，他坚信："每一个人，都应该像人一样，活在人的世界！""总有一天，真理无须用头颅来换取！"他因之而坠入地狱，而这地狱竟是由优秀的知识分子、真理的求索者所充满的。但即使在地狱中他们仍高举起自己燃烧的头颅，为他人照亮道路。而在这则寓言中，自我放逐，慷慨赴刑的，是青年英雄，是范滂，是布鲁诺，是李大钊，而不是"我"。"我"尽管目击了"人间"的争斗，被告密者携入"上界"，观览了"上界"的权力厮杀，又追随青年英雄进入追索者的地狱，但我终究将一只蜗壳指认为"家"，成了又一个"蜗居"者。如果说青年英雄负荷着理想镜像，那么"我"则承担着反思与内省的使命。这是宗璞的现实、历史写作，也是一次历史的遮蔽与改写：她以恶魔与小人的暴虐横行、英雄的慷慨赴死，至少是韦弥（《我是谁？》）式的以死拒辱，淡化了记忆中的"蜗居"者的耻辱与绝望。发生在80年代初年的伤痕文学，是一次抗议、反省，同时是一次对普通人的赦免。在宗璞那里，这赦免有着别一样动人的表述，在她那里，一个普通人并不能做出反抗或自我放逐的抉择；于是，遭到暴力的驱逐，便成了获救的机遇。但那是别一样的获救，别一样的认可。

宗璞的"方舟"

对宗璞来说，灾变与放逐的意义，不仅在于历劫者因此而在苦难中彻悟，在暴力的愚人船上彻悟了权力的游戏规则，或因此而遭遇到真理，而在于放逐使被逐者因此而洞悉并认知了更为真实的人生，遭遇到了人间的真情。在宗璞的世界中，使人们得以获救的不是（或者说不只是）真理，而是一份真情，一段挚爱，一份相濡以沫的寻常日子。事实上，这同样是80年代的元话语之一。但宗璞不仅是这一话语的创始者之一，而且她以自己独特的个人体验与表述，丰满着这一话语的血肉。

宗璞的世界不是用来展现暴力的摧毁，而是用以呈现一处获救的"方舟”。那是在暴力的滔天黑浪中，真情的救助与抚慰；那是赤裸的血腥之中，被逐者共同构起的爱的天顶。它远不足以去抗拒历史的暴力，它亦无法提供现实的庇护，但那不仅是顽强的对生的执着，而更重要的是心灵的获救与重生。如果说张洁的《爱，是不能忘记的》是尝试以爱的记忆去拯救暴力洗劫后的心的赤贫与荒芜，从而将一部改写过的历史托付给未来，那么，宗璞则是在对真情和爱的书写中，改写了关于彼岸的想象，改写了必须穿越血腥此岸到达彼岸的涉渡梦想。她因爱的发现而重新发现了此岸的真义，她因情的分享而再次定义了“真正的人生”。暴力的放逐使被逐者在社会的边缘与角隅处获得了真情与挚爱，而这正是叙境中为彼时的主流社会弃若敝屣、视若毒蛇的情感。爱，成了被逐者的方舟。那不是苟活，而是真实与生命的获得。在宗璞颇为轻松而幽默的《米家山水》中，女主人公莲予不免在追忆中要为一度遭放逐的命运称幸：“莲予可从不遗憾自己最初分配在山村，有时还莫名其妙地后怕。要是不分在那里，岂不是遇不见萌了么？那真不可想象！那可爱、神圣的小山村，那纯朴的劳苦的人群，那使两个人的生命合而为一的小山村啊……”在《弦上的梦》中，梁遐在乐珺那里获得的不仅是一处天顶、一个铺位，她们彼此给予的也不仅是一份相依为命的生活。梁遐在乐珺的爱中获得的是重生的可能，乐珺在这爱中获得的是对人生信念的再度拥抱。而在《心祭》中，黎倩兮和程抗则因灾难对日常生活的颠覆，为他们非法的“爱情”找到了一条短短的“天路历程”。那是浩劫之初的秋风瑟瑟的小巷，那是一段短短的同行之路：

> 他们几乎每天都在这条路上走一段，只要是有他在身边就好了，哪怕一起走上断头台。他们只默默地走，很少说话。有时他忽然说：“望之不似人君！”她便说：“沐猴而冠。”然后两人相视一笑。那一段路，简直是荆棘丛中的一段水晶路，连心都感到明亮、熨帖和安慰。

他们在这小巷中找回了泪、找回了笑、找回了人和生的意义。在《三生石》中，菩提、方知、慧韵三人间的真情与扶助，使那为敌意、残忍和潜伏的灭顶之灾所包围的勺院，犹如一只漂浮在血海与泪海之上的小舟。

或许，宗璞最为著名而感人的名篇是《鲁鲁》。这无疑是宗璞童年记忆中的一幕。在孩子、叙事人和白狗鲁鲁交错的视点中，宗璞至为纯净、至为动人地构建了一个关于放逐、家园、爱与剥夺的故事。那同样是一处亲情盈溢的方舟，尽管它呈现于久远的年代。那同样是历史暴力的放逐，乡村生活缘于战火的蔓延。但父亲、母亲、小姐弟与失去了主人的鲁鲁，共同构成了这相濡以沫的依偎。或许，正是在这部小说，而不是在她的爱情名篇中，宗璞将她对爱与情、大时代与小人生的叙事及信念推到了极致。在她洗练而素朴的结局中，深情的依恋几乎达到了惊心动魄的程度。那是鲁鲁的思念："他常常跑出城去，坐在大瀑布前，久久地望着那跌宕跳跃、白帐幔似的落水，发出悲凉的、撞人心弦的哀号。"

爱情的铭文

放逐，使被逐者在见弃于社会的同时，获得了一个家园。——这是宗璞直面历史与人生时使用的书写方式。当"伤痕文学"在一片泪海中书写爱的剥夺，当一个永远湮没在黑海与污水中的爱人的形象负载起绝望的记忆、无法直面的追悔、历史巨变的张皇时，宗璞所书写的是获得，是灾变之际的心灵获救。在韩蔼丽的《湮没》和李惠薪的《老处女》之畔，站立着宗璞的《三生石》。在80年代的文学潮流中，对暴力的呈现和对暴力的思辨（伤痕与政治反思）之后，是寻根热浪中对"生殖神话"的发现[①]，是对"皇天后土"之上的蛮荒生存的迷恋。宗璞的《心祭》和《三生石》，因此成了80年代的爱情绝唱。从某种意义上说，这或许是20世纪最后的爱情神话之一。毋须赘言，称其为神话，在于它不仅是一个爱情故事，同时是一种话语建构，是一种信念的表达；或许可以说，是一个时代的铭文。

没有人会将宗璞指认为一个女性（或女权）主义者。或许由于来自家庭血缘的、一种极为内在而深刻的传统文化的熏陶与滋养，使宗璞的性别表述不

① 参见王安忆：《纪实与虚构》，1版，人民文学出版社，1993年，第411页。

甚类同于成长于新中国的一代女性。一如宗璞清丽、隽永的散文大都萦绕着风庐（清华）与燕园（燕京、北大），她所记述的大都是精英知识分子，是老一代学贯中西古今的巨匠学子；她新时期的小说人物围绕着知识分子和知识分子的心灵世界展开。宗璞的女性大都独立自尊，刚强而不失柔韧，细腻而不流于造作，那是一些极富于背负的女性。她们或许面临着极为艰辛的现实，有着极为不幸的遭遇，但她们不哀怨、不诅咒、不自怜（《三生石》《核桃树的悲剧》）；她们或可安然于一个传统社会中的女性角色（《南渡记》）。尽管宗璞小说的叙事语调毕竟难免精英知识分子写作的自恋，但她的写作较之同时期的女性写作少几分自我缠绕的话语困境，多几分对性别遭遇的漠视与认可。显而易见，宗璞新时期的创作多取材于她的个人经历与她身边的世界。到《野葫芦引·南渡记》，她已然回归了自己的童年记忆，开始书写祖辈、父辈与自己几代人的历程与心路。宗璞的优秀作品别具一份素朴。尽管作为一个古典的理想主义与人道主义者，宗璞同样不可能不执着于意义与价值的超越，她对自己的不幸与幸福的书写仍然是一次社会寓言式的书写，但那不是沉湎于自怜中对个人苦难与匮乏的无尽放大。如女作家张抗抗所言：

> 苦难会造就一个人，也可摧毁一个人，幸福可滋养一个人，也可贻误一个人。宗璞从不挥霍她的幸福，她从优越中提取和过滤艰辛，她咀嚼着一代知识分子共同的悲欢，将精神之高贵还原于大众。她曾说自己不喜欢政治，但她却深深关注着社会，她说文学不为政治，却不能不为人生。她录了一段张载的话给我，说那是她做人作文的根本："为天地立心，为生民立命，为往圣继绝学，为万世开太平。"①

或许正是在这个意义上，宗璞又一次成了桥梁（或许仍是浮桥），她的作品序列连接起被政治断代所中断的现代文学中的文人写作与女性写作传统，她

① 张抗抗：《为谁风露立中宵——宗璞小记》，《张抗抗随笔·你对命运说：不！》，1版，知识出版社，1994年，第305页。

成就了新时期女性写作的另一类文本。

一如宗璞所言，她的作品以“诚”与“雅”为目标；不是作为一种僭越，而是作为一次至诚的拥抱，宗璞为自己的时代所镌刻的是爱情的铭文。尽管是《弦上的梦》《我是谁？》使宗璞获得时代的命名，是《鲁鲁》为宗璞赢得荣耀；但是《三生石》这部单纯而又甚为繁复的文本，更为委婉地记述着一个时代、一代人的信念与梦想。在回瞻的视域中，《三生石》并非一部完美的作品，在勺院之外，它有着太多的情节剧的痕迹，太多的巧合，脸谱式的败类与丑角，相对简单外化的善恶的对立，不无公式与浪漫化之嫌的人民、大众形象。但在勺院之中，在宗璞的“方舟”之上，感人至深的是一份深情与挚爱，是不已的执着与痛楚的柔情，不仅在彼时彼地，《三生石》成为那样一种无穷的辉耀与萦回。它不仅是菩提与方知那“生命装载不下的爱情”，它也是菩提与父亲之间的历劫、相依为命的依恋与离丧的哀痛，它还是菩提与慧韵间那份深深的相知与相濡以沫的扶助。不是一个强壮、智慧的男人拯救并引导着一个不堪一击的弱女子，不是一个地母般博大、丰满的女人救治了一个遭重创的男人；亦毋须对姐妹情谊的思辨；这是三个伤残者的精神之盟，是他们以广博而脆弱的真情、挚爱，力不胜任地托举起宗璞的“方舟”；他们因彼此的真情而获救。他们并不奢望渡过滔天的洪水，更不可能在彼时彼地去想象彼岸的到达。在劫难面前，他们甚至没有“悲痛、恐惧、愤怒”，“她们所能想的，只是这一分钟的事”。但在“这一分钟”，他们想的是对方。一如菩提在门外发现尸体，在这一死亡与灾难的阴影已罩上来的时刻，她想到的是关紧院门，不让精神已濒临崩溃的慧韵受惊，而拼命叩门的慧韵想到的是在屈辱与威胁面前与菩提同历；而方知坠楼，与其说是爱情的壮举，不如说只是为了稍减菩提的企盼和牵挂的一份平常之心。宗璞让她的爱情故事发生在1966年——“文革”初起的年头，暴力与合“法”的血腥杀戮肆虐的时代，韦弥带着“我是谁”的绝望投湖自尽的日子。在这幅猩红的底景上，宗璞勾勒出这被逐者与伤残者的方舟，让他们在血海黑浪之上、在风雨飘摇与随时倾覆之间，点燃三生石上细微的石烛。其中她所瞩目的不是持续发生在校园里的血腥与绝望，而是会飘入陋室的荷香；不是慧韵的头发被粗野地弃在地上，而是她戴着一顶破棉帽、撑着羸弱的身体夜复一夜地守在菩提的病床前的时刻。他们不是强者，不是完人。方知甚至没有可能如谌容的陆文婷那样挺身抗暴（《人到中年》），为菩提完成超根治手术；菩提也不可能像《蜗居》中的青年先知一样，拼死一搏。他们，尤其是菩提，是在放逐与劫难到来之时，方有可能意识到生命的真义（一如当孤傲的菩提焚毁她的手稿之时，她方才反省到她身置主流之际对卡夫卡的粗暴与不公）。这真义不是斗争、不是黄金彼岸、不是至高的真理，而在于平常而具体的爱，平常的生活，活下去的权利：像人一样地活下去，而不是像牲口[①]。在小说写作的年代和小说所写作的年代，这便是反抗与僭越，便是奢侈与梦想。事实上，这也正是小说参与建构的关于爱、正常生活、人的信念。当他们驾起这方舟时，他们已然得救——这是心灵挣脱牢笼的时刻；他们同时可能因此而罹难。“他们两个都意识到，痛苦的暂时，看不见尽头，而幸福的时刻，只是瞬间。他们都不知道下一分钟会有什么厄运。”小说的结尾因之而成了一个激荡人心的时刻：慧韵在红卫兵的驱赶与推搡之中，尽可能地拖延着或许一去不返的分别：她必须知道菩提与方知是否成婚；她厉声喝住了想来相助的方知，因为一对新人该“一起进门”。一个爱情故事，但不仅仅是爱情，因为“两个正常细胞的力量结合在一起，不是加法，而是数字的无数次方”。所谓：

> 他们一同默默地凝视窗外燃烧着的三生石。活泼的火光在秋日的晴空下显得很微弱，但在死亡的阴影里，那微弱的、然而活泼的火光，足够照亮生的道路。

在她的爱情故事中，宗璞以爱之于个人的拯救取代了变革之于社会的拯救；将爱的奉献与获得，并置于手执头颅照亮他人之路的壮举侧畔。爱的获取不仅是个人的救赎，而且是历史与社会救赎的开始。《三生石》不仅是伤痕文

① 谢晋导演根据古华的同名小说改编的电影《芙蓉镇》中，秦书田被逮捕时，对爱人胡玉音的嘱托是：“活下去！像牲口一样活下去！”但这显然不是宗璞的人物可能持有的信念。

学中的个案，事实上，宗璞通过这个或许融合着她最宝贵的人生经历的爱情故事，重新铭记并书写了那段灾难的历史。作为一个或许不期然的策略，宗璞在《三生石》的意义结构中，同时也是在她的作品序列中，内在地消解了一个政治化的叙事，略去了一个炽热的时段，将一段特定的历史及其关于这历史的权威表述，变为了一个方舟之外的黑海、一个仇恨与死亡的威胁，变为一个莲予与萌之间"你为什么拥护'蒋沈韩'"（《米家山水》）式的噱头。这是一次更为深刻的改写。如果说80年代潜在的文化命题之一是历史与历史的重写，那么宗璞的作品正以其人物对意识形态及政治历史的退避与逃离，参与了这一特定的意识形态实践。它比宗璞其他作品中显在的人道主义吁请与抗议更为深刻而有力。

进退、求舍之间

如果说在《弦上的梦》中，梁遐在乐珺的爱抚中修复了创伤，终于由一个身心交瘁、玩世不恭的孩子成为一个斗士，踏上了四五运动的广场，那么，在《三生石》的爱情故事之中，一个历史性的后退动作则呈现得极为明确。人们因遭放逐而脱离了那酷烈、荒诞的历史舞台，从而为自己，至少是为心灵获得了一方爱的天顶，为双脚寻到了一处"人"的土地。为主流社会放逐，成了自绝于主流社会的契机。在彼时特定的社会语境中，爱的方舟、爱的结盟、寻常人家的日子已然是反抗；尽管一如爱的话语是弱者的话语，这一爱的示威，同样是弱者的抗议。它作为叙境中对边缘位置的固守，成就了作品对其写作年代的主流话语的再构造。

然而，新时期之初，宗璞作品的意义结构已然包含了一个内在的、极为经典的矛盾于其中，那便是入世与出世，便是精英知识分子的社会使命与他的道德品格、操守，便是社会理想与个人的人生理想之间的诸多冲突与不谐——一个话语困境，同时也是一个精英知识分子的现实困境。宗璞以"政治"和

“人”的二项分立，构造了一种话语中的解脱。[1]她毕竟不能舍弃社会，如果她可能弃置此前主流话语中的“人民”，那么她绝不可能轻觑精英话语中的“大众”，不可能无动于启蒙的使命与良知。于是，她的写作仍是为“人”的，或曰为人生的、朝向社会的。

> 事物总是在前进的，我们的面前有着一重又一重的矛盾，头顶上悬着一道又一道的难题。在人生的道路上，每个人都不断经过一个又一个的十字路口。这本小书，若能为徘徊在十字路口的人增添一点抉择的力量，或仅只减少些许抉择时的痛苦，我便心安。[2]

因为在宗璞看来，人生原本充满了“负担着解不开的愁怨”的“丁香结”[3]。总的说来，宗璞新时期的小说序列和她的散文佳作，采取了一种后退的姿态，一种非社会的却不辜负社会、人生的知识分子的个人立场。或许可以说，这是一次陶渊明式的“归去来”。在与《我是谁？》相对应的《谁是我？》（不难认出，这是一部因宗璞的小弟夭折而发的哀婉、悲愤之作[4]）中，弥留之际的丰感受到的，是一次“称谓”——人的社会身份与社会角色的撕裂，他迷失在这诸多的称谓与角色之中，这后面是社会的磨难与异化。但“我”毕竟在爱心与亲情中弥合起来，那撕裂的人生与称谓的碎片弥合为一朵白莲，尽管无法拂去茎上的一只蟑螂。宗璞执着于爱、爱心与亲情，执着于一份平常心。她实际上试图以此来缝合入世、出世话语间的裂隙。所谓“生活中多的是难解的结，也许有些是永远解不开的，不过总会有人接着去解”[5]。这也正是《泥沼中的头颅》中“头颅”们的相许、相勉。尽管它未必与张载的座右铭全然相符。或许，这正是宗璞为80年代与精英文化所写下的又一重铭文。

① 参见张抗抗《为谁风露立中宵——宗璞小记》。

② 宗璞：《宗璞小说散文选》，第277页。

③ 参见宗璞散文《丁香结》，《铁箫人语》，第101页。

④ 参见宗璞散文《哭小弟》，《铁箫人语》，第29页。

⑤ 参见宗璞散文《未解的结》，《铁箫人语》，第290页。

从某种意义上说，正是这一后退动作，这一对平常心的书写，成就了宗璞若干优美的篇章。那是《米家山水》《熊掌》和《核桃树的悲剧》。如果说《米家山水》是宗璞这一序列中最为轻松、优雅的一篇，那么《核桃树的悲剧》就是其中沉重而不无悲慨之作（尽管于笔者看来，尚未到愤世嫉俗的程度[①]）。一点琐屑的却令人绝望的烦恼——窗前一棵硕果累累的核桃树，引来的"闹核桃"的人们，因为，"这院子里就一个孤寡老太太和一个老姑娘。敢怎么着？不吃白不吃！"对小说中清漪和阿岫母女——这两代单身知识女性，它是年复一年的、无法摆脱的灾难。清漪信奉"人欠我的不必索取，我欠人的一定偿还"的弱者的哲学，这可以使她怀抱着一份平和的心境，却不能因此免遭恃强凌弱的骚扰。于是，她选择了"弱者的反抗"——舍弃，她砍倒了招灾的核桃树，尽管除了女儿，这是她"最好的朋友"，尽管这像一场"谋杀"。但一如她对背弃诺言的丈夫的原宥使她心下一片澄明，当她悲愤地亲手放倒了"没权没势"的核桃树，因而使得女儿得出"我们自己靠自己"的结论，并以此换来了一个"安静的微笑"和一份内心的坦然。《熊掌》是一幅家居即景，有着当代文学作品中所见不多的细腻与宁谧。一位老人得到一副熊掌，想在合家团聚时共品，经一再拖延，当这一日到来之时，熊掌已为蝼蚁所坏。含一点怅惘，带几分调侃。团聚，是老人一点微末的心愿；求全，却是人的奢望。退一步，未必海阔天空，但那便是平常的人生。

在这一序列中有趣且不无深意的是《米家山水》。这是又一幅知识分子的夫妻家居图，仍然涉及舍弃的主题，但这一次，退一步，莲予不仅仅是放弃了一次于她的健康无益的出国机会，而且在无言之中退出了持续几十年的、微妙的权力争斗，捐弃了几十年的恩恩怨怨。一如笔者已然谈到的，小说正是在莲予、萌的情趣盎然、深情缱绻的家居情境中，将一个似乎是大是大非、如火如荼的时代，化为"你为什么拥护'蒋沈韩'"的荒诞不经的旧事；同样在莲予退一步之时，她不仅在现实中、在自己心中，化解了人世间的旧账，而且在她与萌一次会心的微笑之间，第一次获得了她对老敌手刘咸的释然与俯瞰。于

① 参见郎保东编《宗璞代表作》前言，第8页。

是，她终得以在一片“宁静自得”的阳光中，再入“米家山水”。或许正是《米家山水》，代表了宗璞的世界与宗璞的真义。莲予不愿在她的山水上，加一双上天的人形，因为“不必了。她和萌，宁愿化作山水中的泥土，静悄悄地为人铺平上天的道路”。这与其说是一种回归的祈愿，不如说更像是对一种或为遗迹的生活方式与信念的悲悼、追忆与“知其不能为而为之”。宗璞因之以她个人化的边缘姿态，加入了社会的主流话语。

回首中的《正气歌》

一如在《米家山水》的近旁，是宗璞《泥沼里的头颅》，宗璞作为一个古典的理想主义者，不可能真正解脱入世与出世间的二难。这不仅在于她在“政治与人”的二项对立式中，不能自已地执着于对“人”、对“人的真理”的热恋与信念，而且在于她于国家、祖国的二项式中，对于后者同样抱有痴心不改的责任与使命。如果说国家民族主义始终是新时期启蒙文化中的反题，那么一种深刻的B.安德森所谓的民族主义①——“想象的社群”或名之为“祖国”，则是80年代启蒙话语的核心命题与前提要旨之一。从某种意义上说，祖辈、父辈献身国家、民族，舍身救亡的记忆，对宗璞说来，或许比某些个人的回忆还要炽热、深刻，无法忘怀。所谓：

> 许多事让人糊涂，但祖国这至高无上的词，是明白贴在人心上的。很难形容它究竟包含什么。它不是政府，不是制度，那都是可以更换的。它包括亲人、故乡，包括你们所依恋的方壶，我倾注了半生心血的学校；包括民族拼搏繁衍的历史，美丽丰饶的土地，古老辉煌的文化和沸腾的现在。它不可更换，不可替代。它令人哽咽，令人觉得流在自己心中的血是滚烫的。

① [美]本尼迪克特·安德森：《想象的社群》。Benedict Anderson *Imagined Communities*, Verso, London, New York, 1991.

我其实是个懦弱的人，从不敢任性，总希望自己有益于家庭、社会，有益于他人。虽然我不一定做到。我永远不能洒脱，所以十分敬佩那坚贞执着的秉性，如那些野葫芦。[①]

《野葫芦引》是几代中国知识分子的足迹与心路，又是对一度为官方说法所改写、所遮蔽的历史的复现。匡复这历史，复原这记忆，并在这记忆的重写与复原中再度呈现爱国主义的赤子之心，同样被宗璞视为于国、于家、于己都无法推卸的责任。于是，在家累、病体的重负之中，宗璞开始了她的多卷本长篇说《野葫芦引》的写作，并于1987年推出了第一卷《南渡记》[②]，于1995年发表了第二部《东藏记》的部分章节。这不是自传或家史，但它无疑是宗璞以自己的家庭为原型的家族故事。小说开始于1937年7月7日——卢沟桥事变的那一天，它描述了一个“诗礼簪缨之家”如何在危急存亡之秋赴国难、遭离散。细腻、优雅，一腔浩气，无限依恋。诚如金梅君所言：

……《南渡记》，以深沉的笔触，赞颂了中华民族的觉醒，围绕着这种觉醒，写出了我们民族的自尊与自重，写出了炎黄子孙不畏强暴、视死如归的斗争意志，和“枪口上挂头颅，刀丛里争性命”“就死辞生”[③]的一腔浩气。这些，《南渡记》是通过一个特殊的题材——知识分子在民族危难时期中所经受的考验来表现的。如此，也就不单纯是历史地和具体地探究着我们这个民族虽饱经忧患却依然生生不已的内在的和深长的原因，更对长时期以来被弄得斯文扫地、尊严荡然的中国多数知识分子的真实灵

---

① 宗璞：《南渡记》，引文为小说第一、二章之间的《野葫芦的心》中的一段。这是作品中极为特殊的一种设置，其中出现了一个直接发言的“我”，但无疑不是叙境中的任一人物，似乎是叙事人的登场，但此后却再未出现。可见这段话对宗璞之重要——她不惜为此破坏了作品结构的工整。

② 小说的第一、二章曾在《人民文学》1987年第5、6期发表，原拟名为《双城鸿雪记》。金梅引文出自宗璞《南渡记·序曲》，第1页。

③ 张抗抗：《为谁风露立中宵——宗璞小记》，第302—303页。

魂作了确切的与深入的描绘，还他们以历史的真面目。[①]

女作家张抗抗则写道：

又读《南渡记》，那样的淡淡与娓娓中，道出人生沧桑、国事家事的变迁，写出几代知识分子的命运与选择，透出对历史、文化的理解与叩问……淡淡与娓娓中，又分明远远地觅见惊心动魄的刀光剑影与斑斑血痕。那是一个已渐渐被人淡忘的时代，她却试图唤回今人对华夏这只“葫芦”的重新窥探。南渡也罢、无归也罢，今日——明日、漂泊人生的永恒之渡，何以把握？

掩卷之后，不由叹服：书中人物底蕴之深厚与丰博，语言之精美与优雅；且精美而不雕琢、丰博而不炫耀，如行云流水、天然随意，那般风采与神韵，实非我辈所能及……

两位评论者不约而同地点到了本书的两个基本主题：爱国主义、民族主义，知识分子的形象、命运及抉择；不约而同地使用了“炎黄”或“华夏”字样。事实上，祖国与对祖国的苦恋，是整个80年代一个特定的话语的“共用空间”。它是一种新的意识形态的整合力，同时（一度）是一种抗议性的话语，是知识分子的自我抚慰、阐释，是“启蒙”话语的最后防线与文化基地，也是终极关注者的一个规定性视野。对于宗璞说来，这是她不能自已、萦回于心30余年[②]的个人与历史记忆，同时也是托付其入世、出世的二难困境的最佳被叙对象。一个强敌入侵、亡国灭种的威胁将许多“让人糊涂的事”变得单纯而清晰，使知识分子入世的悲喜剧变得壮烈而雄浑。不论这尚未全部问世的《野葫芦引》将把我们引向何处，就《南渡记》说来，这是一阕回首中的《正气歌》。不仅是其中的吕清非老人，是孟樾等赤诚学子，是卫葑等热血青年，而

---

① 金梅、宗璞：《一腔浩气吁苍穹》，《文学自由谈》1991年第1期。

② 金梅信论及《南渡记》与中国古典小说，尤其是《红楼梦》叙事形式的关系。

且是战乱、流离中的女人与孩子。事实上，在《南渡记》中，宗璞投入了全部的热情与库藏，成就着一次全方位的回归，或曰对一个“渐渐被人淡忘的时代”的语言、文化、社会及性别秩序的回归。但它无疑成了又一次在对社会现实的直面与规避，成了又一次追忆与悲悼。它显然不能将宗璞从面对现实与记忆时一份迷惘之情中解脱出来：“且不说葫芦里迷踪，原都是梦里阴晴。[①]”

宗璞不仅“永远将背影留对文坛”[②]，而且在她的直面与背负中，将背影留给时代与社会。或许她留给80年代的，正是这个“直面人生者”的背影。

选自戴锦华著《涉渡之舟：新时期中国女性写作与女性文化》，陕西人民教育出版社2002年版

① 《南渡记·序曲》终句，第2页。

② 张抗抗：《为谁风露立中宵——宗璞小记》。

野葫芦的梦

——对《南渡记》《东藏记》的一种解读

刘心武

几年前，记不得是参加了一个什么活动，结束后与宗璞大姐一起散步，穿过地安门白米斜街时，她两眼透过厚厚的眼镜片，仔细地搜寻着什么。忽然，她小姑娘般地欢叫：“对，就是这里！”那是一个院门，因为胡同是斜的，那院门为保持面向正南的架势，便在门前留下了一小块三角地，宗璞大姐毫不犹豫地踏入三角地，以回家般的神态迈进了那个院门，我跟了进去，影壁左边，是横长的前院，栽种着一排白杨树。那些白杨树很高大，风吹过，树叶哗哗地响，是在欢迎故人来归，还是在嗔怪不速之客？我看见，宗璞大姐的眼角，闪出些许泪光，于是，我什么都不问。

在宗璞的长篇系列《野葫芦引》第一卷《南渡记》里，她写到什刹海旁的香粟斜街，写到吕家那宽敞至五进并有后花园的宅院，当然，那是“真事隐去”后的“假语村言”，对于书中的某些地名，尤其是活跃于书中的人物，断不必按图索骥、对号入座，但正如曹雪芹宣布“闺阁中本自历历有人”，宗璞也正是在告诉我们“学府中本自历历有人”，其一把辛酸泪，尽自心臆来，岂一般纯虚构作品可比。

一般的论者，都把四部规模的《野葫芦引》定位于风格独特的描写知识分子抗日爱国情怀的长篇小说，从已写成出版的《南渡记》《东藏记》来看，这个定位当然是准确的。《南渡记》结尾，两个纤细的弱女生踏着沦陷地的落叶，往能以抗日的朝阳照射的地方走去。《东藏记》结尾，由一群书生喊出的“我们绝不投降”的声音滚过天空，有力地撞击在每个人心上。作家写在书前书中书尾的自度套曲，更把抗日爱国这一主题表达得淋漓尽致。

我却觉得，这书还可有另外的解读法。在我读时，我的第一感觉，就是书里的知识分子很奇特，因而在整个社会结构里，也就很边缘。比如，他们取名字的用字，有用“樾”字的，有用“卣”字的，有用“巽”字的，有用“杬”字的……这些字的读音字义一般人很难把握，像“杬”字，《现代汉语词典》里是查不到的，《辞海》里告诉我们，这字有两读，读为“元”时是木名，读为“完”时是按摩的意思。书里一个重要的人物叫卫葑，这个“葑”字也很冷僻，而且也有两读两意，读为“风”时是一种蔬菜芜菁（也叫蔓菁）的古名，读为“凤”时则是指蔬菜茭白（古名菰）的根部。宗璞给书里人物取这类名字，一是想表达出这些人都是书香门第的后裔，二是想传达出一种古色古香的传统文化的气息，另外，可能还另有深意存焉，比如孟樾的“樾”，是树阴的意思，书中的孟嵋一直在这棵大树的荫盖下，休戚与共，甘苦同尝。

名字是一种符码。书里这些莘莘学子不仅个人符码古雅脱俗，他们还都掌握着中国古典与外国古典的符码系统，这样的人士在全中国人口里不消说只是一个边缘部族。这个族群顽固地坚持一种雅致生活。他们不仅有着独特的语言文字习惯，而且还有一套社交礼仪规则，有只有他们那个圈子才理解的含蓄与幽默，甚至有不同凡俗的肢体语言。在《东藏记》里，这些人到了本已偏远的云南昆明，又为躲避日机轰炸到了昆明东边极荒僻的村镇，可是在那样的地方同仁聚会，他们却会轮流用外文朗读《双城记》《简·爱》《卡拉马佐夫兄弟》……以至波德莱尔的《恶之花》与缪塞的《五月之夜》。与其说他们是抗日爱国，不如说他们是面对野蛮荒谬，而坚贞地固守着人类的共享文明。

我把《南渡记》和《东藏记》当作边缘人写边缘生存的文本来读，于是一些也许别人会忽略的地方，我却觉得有热槌直击我的心窝。书里的孟嵋有着热爱文化的天性更有着热爱学习的家庭教养，她极其热爱学校，热爱师长，热爱同学，热爱课堂，她几乎能把这种热爱贯穿到她生命的每一时段，然而，她却不能忍受学校每周一的第一节名为“纪念周”的课程，这堂课循例要升国旗、唱国歌、背诵总理遗嘱，然后聆听校长和各方面负责人的讲话。作者非常准确地写出，这绝非孟嵋不关心政治，更非对所有这些政治性符码、礼仪与宣讲心存异见。从另外许多情节里我们可以看到，孟嵋对抗日爱国是充满热情并身体力行的，但作为一个独立的生命，她有自己生存的尊严，“整整一节课都要肃立，嵋不喜欢的就是肃立”。直到如今的社会生活里，还有许多善于在仪式中肃立，肃立后却只是“忙完了私事后插空办点公事”而已的角色；书中的孟嵋在纪念周课程中不能承受肃立因而昏倒，但当校方宣布体弱有病的同学可以不必去为修建操场运土后，孟嵋却坚持要参加——这样的边缘人在如今的社会生活里，是多了还是少了？

边缘人有时候也会游动到中心，或有意，或无意；中心人物有时也会对边缘人产生兴趣，或早有意图，或随机而发。书中写到卫葑曾到延安任教，又一度被调到电台工作，一个傍晚，他从抗大回住处：

……路上迎面走来一个人。因在坡上，显得格外高大。他头发全向后梳，前额很宽，平静中显得十分威严。

那人见卫葑走上来，问：“学生子，做什么工作？”卫葑答了。那人又问：“需要介绍我自己吗？”

“不需要，当然认识您。”

“那么，介绍你自己吧。从哪个城市来？”

卫葑一一说了。不想那人一听明仑大学，倒有点刮目相看的意思，紧接着问：“我问你一个人，不知可认识——孟樾，孟弗之，可认识？”

卫葑很感意外，说明仑大学的人自然都知道孟先生。

对面的人说：“我倒是想找他谈谈，不谈别的，就谈《红楼梦》。”说着哈哈一笑，走过卫葑身边，说：“把爱人接来嘛，何必当牛郎织女！”

这是边缘人物与中心伟人生命轨迹相交的一幕，而且涉及中心伟人在“红学”（很边缘的一门学问）上对边缘处的名学者的特别兴趣（这种兴趣在中心伟人的诸多兴趣里也只属于边缘兴趣）。这里所引的文本充分显示出本书作者的边缘写作姿态，这段情节若搁在刻意进入中心主流话语的作者笔下，一定会采用另样的叙述策略。

在《南渡记》开篇不久，作者就借孟樾的口气，面对熟睡的孩子们，自言自语了一阕交响诗般的《野葫芦的心》，先讲述了处在边缘的野葫芦与住在村子里的生命的互相呼应的微妙关系，再讲到侵略者杀进村里生灵涂炭，可是任凭侵略者对野葫芦砍、切、砸、磨，它们硬是连个缺纹也没有，敌人架起火烧也没用，最后被扔进山溪，更加地边缘化了，然而“来年野葫芦地里仍是枝蔓缠绕，一片绿阴凉。秋天，仍结了金黄的葫芦，高高低低悬挂着，像许多没有点燃的小灯笼”。最后，孟樾这样对孩子们的灵魂倾诉：“许多事让人糊涂，但祖国这至高无上的词，是明白贴在人心上的。很难形容它究竟包含什么。它不是政府，不是制度，那都是可以更换的。它包括亲人、故乡，包括你们所依恋的方壶，我倾注了半生心血的学校，包括民族拼搏繁衍的历史，美丽丰饶的土地，古老辉煌的文化和沸腾着的现在。它不可更换，不可替代。它令人哽咽，令人觉得流在自己心中的血是滚烫的。”最后，孟樾坦言：“我其实是个懦弱的人，从不敢任性，总希望自己有益于家庭、社会，有益于他人，虽然我不一定能做到。我永远不能洒脱。所以十分敬佩那坚贞执着的秉性，如那些野葫芦。”这最后的话语在逻辑上未免有些混乱。葫芦在野，本非中心人物，又怎能要求它们过高？葫芦其实常与糊涂通解，从野处望中心，“许多事让人糊涂”（难得糊涂！），但在维护一种自源头而来的文化这样的关键问题、大是大非上，野葫芦又的确是极坚韧坚贞坚强坚毅的。“嵋皱起脸，像要哭，她是不是在想，每个葫芦里，装着什么样的梦？”《野葫芦引》里，究竟装着什么样的梦？是在梦里祈祷：善待边缘人么？

《东藏记》临近结束，写到卫葑的两难处境：他信他所不爱的，而爱他所不信的。这只野葫芦的梦是个噩梦。但愿这样的梦没深藏在更多的野葫芦里面。有人对卫葑谆谆教导，既然做不到信自己所爱的，就要努力去爱自己所信的。“这就是改造主观世界。这是一条漫长的路，也许终身无法走完。”我们已经看到了卫葑怎样从边缘游动到中心，又怎样被中心抛掷到边缘的故事，因为目疾严重的宗璞大姐尚难把《野葫芦引》的后两部《西征记》《北归记》写讫推出，所以卫葑后来如何？在信与爱之间最后究竟达到了平衡没有？很难臆测，形成一个极有分量的悬念，仅仅是对这个人物的推测浮想，已令我心旌摆荡不已。

其实，即使《北归记》已出，书里这些边缘人物身处中心了，却未必就不边缘，乃至更加边缘。然而我们不能再要求作者往下叙述了。好在第一部卷首自度曲最末一节，作者已经告诉了我们：“看红日东升。实指望春暖晴空，乐融融。又怎知是真？是幻？是辱？是荣？是热？是冷？是吉？是凶？难收纵，自品评——且不说葫芦里迷踪，原都是梦里阴晴。”依我想来，一个健全的社会犹如一个生机勃勃的自然植物群落，其间有参天大树，有主要种类，也有各色稀少树种、灌木蕨藤，也容得下野葫芦这样的存在，也就是说，社会应该是有中心也有边缘的，中心与边缘的良性互动应是社会的一种保健方式，中心没必要强行扯动边缘不许其存在，边缘也没必要无故敌视中心制造麻烦，更不能任粗暴的力量搅动得中心与边缘混沌一涡整体耗损。就个体生命而言，或从边缘朝中心游动，或从中心向边缘滑行，只要没有危害社会他人的动机，各遂其愿，都无可厚非。野葫芦的梦里阴晴，正可在白日凝思中慢慢消化。

原载《粤海风》2002年第5期

史与诗的张力：论宗璞和她的《野葫芦引》

徐　岱

亨利·詹姆斯说得好："永远没有任何东西可以代替'喜欢'或'不喜欢'一件艺术品这个老办法，即使改进得最好的评论也决不会废除那个原始的、那个具有根本性的检验。"[①]但面对一部小说，有时你并不能很快凭一时之印象作出恰如其分的选择。尤其是对那些不显山露水、不以男女私情或权力阴谋为刺激的作品，一定的耐心还是必要的。宗璞（1928— ）的小说就属于这一类，读她的作品肯定不会像面对一杯香味浓郁的咖啡那样，立刻为之陶醉；但却能够如同品味一杯清淡甘醇的新茶，慢慢为其内在的真情实感所吸引。正是这份吸引，使我穿越商业社会的喧嚣热闹，走进这位已被追新猎奇的时代所冷落的女作家的世界。众所周知，宗璞原名冯钟璞，中国著名哲学史家、北京大学原教授冯友兰先生的女儿，中国社会科学院外国文学研究所的学者。就年龄而言，她应属杨绛之后与韦君宜、茹志鹃、黄宗英等同辈。一九五七年以短篇小说《红豆》饮誉小说界后历经当代中国的风风雨雨，一九七八年重返文坛，以《鲁鲁》《弦上的梦》《三生石》和童话《花的话》《总鳝鱼的故事》等重新引起世人的关注。与众不同的是，就在同辈女作家们

① 詹姆斯：《小说的艺术》，上海：上海译文出版社，2001，P20。

大多因年事渐高而偃旗息鼓后，她却以总名为《野葫芦引》（由《南渡记》《东藏记》《西征记》和《北归记》组成）的四卷本长篇小说，将自己的小说创作推向了一个新的高峰。

让少女时代的女作家张抗抗读后“怦然为之心动”的《红豆》，讲的是“一个美丽而感伤的故事”：出生于进步知识分子家庭的X大学的女学生江玫，与她的银行家公子的同学齐虹真情相爱，但两人的家庭背景对各自生活道路的影响，使他们在思想观念上存在着根本性的对立。这种冲突随着一九四九年北平和平解放的临近而日益尖锐，江玫面临或者与打算赴美国继续物理学研究的齐虹一起出国，或者留在国内参加新中国建设的选择。结局自然不出意料：一直积极参加学生运动的江玫与发疯地爱着自己的男友忍痛诀别，八年后“成长为一个好的党的工作者”。宗璞的这篇作品写于一九五六年十二月，如今四十多年过去了，一切渐渐尘埃落定，当年的故事似乎也该有这么一个新的继续：许多年后，齐虹作为著名外籍华人学者访华，为祖国的新生尽自己一份贡献，受到国家领导人的欢迎，国内各大媒体广作报道。齐虹心里仍存放着自己永远的初恋，深深惦记着江玫的他向有关部门提出见面的愿望。经四处寻找打听，最后得知确切消息：“解放后”江玫曾与一位同样学物理的青年学者幸福地建立了家庭并生了个可爱的女儿。但很快便厄运降临：先是在五十年代因家庭出身“有问题”，被从X大学中文系总支书记的位置上“撸掉”；再又由于不愿在反右派运动中服从“党的指示”，攻击一位老大学生为“右派”，自己被打成右派发配新疆；六十年代因治病被允许回京，“文革”中又被“革命小将”们“揪出来”。她见这一切同自己当年的“革命理想”相去甚远，给党中央写信表示了深深的忧虑。结果信被退返她的原单位，领导批语为“有反动言论，须严加追查”。于是她被以“反革命罪”逮捕。家人被勒令与她“划清界限”，身体又被查出患乳癌。她因拒绝写“认罪书”而得不到治疗。她以绝食方式提出要同女儿见面，但女儿在党和群众的教育下，看着她这个已被收拾得没有人样的母亲说：“你是反革命，我要同你一刀两断。”这让她深受刺激，每天喃喃自语“我是党的好女儿，我是党的好女儿”。最后变得歇斯底里狂躁不安整天高喊“反动口号”。于七十年代中期在实施喉管切割术后以反革命罪被枪毙。

但此番虚拟叙述毕竟不能改变《红豆》这个故事的幼稚，虽然它真实地反映了一代中国知识分子曾经的向往与追求。对于今天的读者，读这个作品的感受可用张抗抗的此番话来表示："只有真正了解她这样的知识分子，你才可知什么叫作社会良心；也只有真正读透她的作品，你才可知什么叫作'崇高'。"[①]正如一位女评论家所认为的那样："在新时期文学中，宗璞是最早以睁着眼睛的梦寻求象征旨意的作家之一。"[②]比如她"复出"后的首作《鲁鲁》，写的是关于一条狗的故事，让人想起苏联作家特罗耶波尔斯基的名作《白比姆黑耳朵》。这是一条经受了两次丧家之痛的小狗，叙述者告诉读者："若是鲁鲁会写字，大概会写出他是怎样戴露披霜，登山涉水；怎样被打被拴，而每一次都能逃走，继续他千里迢迢的旅程；怎样重见到小山上的古庙，却寻不到原住在那里的主人。也许他什么也写不出，因为他并不注意外界的凄楚，他只是要去解开内心的一个谜。他去了，又历尽辛苦回来，为了不违反主人的安排。当然，他究竟怎样想的，没有人，也没有狗能够懂得。"[③]如同《白比姆黑耳朵》那样，宗璞的这个故事通过小狗鲁鲁的"狗性"写人世沧桑，她以充实的生命体验与人生阅历完成了关于这条狗的故事，读来感人至深。用老作家孙犁的话说："把动物虚拟、人格化并不困难，作家的真情与动物的真情交织在一起，则是宗璞作品的独特所在。……表面是动物的悲鸣，内含是人性的呼喊。"[④]这种呼喊在她的小说《三生石》里达到又一个高潮。这部作品以著名小说《三生石》的女主角梅菩提在"文革"时期身患乳腺癌后的一段遭遇为线索，以一个民族普遍患上的"心硬化"和"灵魂硬化"，来表现整个社会的癌变。用小说女主角梅菩提的话说："用一个人做实验，最多不过

① 张抗抗：《大江逆行》，贵阳：贵州人民出版社，1996，P246。

② 王绯：《睁着眼睛的梦》，北京：作家出版社，1995，P182。

③ 宗璞：《鲁鲁》，《中国当代作家选集丛书：宗璞》，北京：人民文学出版社，1991，P69。

④ 孙犁：《人的呼喊》，《中国当代作家选集丛书：宗璞》代序，北京：人民文学出版社，1991，P3。

这人死了，反正中国人多得是。可是整个国家在生着癌症呵……治癌要及早诊断，我们国家的癌，什么时候能确诊呢？”[①]

这种精神之病的主要症状是：自觉自愿地六亲不认、丧尽天良，冠冕堂皇地颠倒黑与白，理直气壮地混淆是与非。比如女教师陶慧韵的儿子参加了“造反派”，到处像疯人般地打人。连她去看他时，都担心儿子会因母亲的“坏分子”身份而向自己挥舞皮带。比如女教师崔珍的丈夫在“文革”开始时被揪出来批斗，她为响应国家号召表现自己的革命立场，不仅立即离了婚，而且还在原丈夫悬梁自尽后积极参加批斗死人大会。在会上“把与自己做了二十载夫妻的人骂得狗血淋头，好像恨不得他再死一次”。比如梅菩提的父亲梅理庵年老体衰身患重病，但因是“反动学术权威”而得不到医治，在痛苦中挣扎。女儿实在看不下去，四处求人，好不容易送入一家医院，却又被告知不得动手术，立即出院。而梅菩提自己接受乳腺癌手术时，那位“立场坚定”的主刀医生拿病人生命当草芥，开了一半就宣布结束。理由是对她这样的人，根本用不着开得很彻底。在这样的人世间，我们的女主人公甚至“好像已经忘记真正的笑容是什么样的了。在那疯狂的日子里，绝大部分的熟人互相咬噬，互相提防，互相害怕；倒是在陌生人中，还可以感到一点人与人之间的温暖”。因曾为梅菩提的作品所感动，在对她的医疗过程里由同情而生爱情的医生方知也有同感，他想道：“这就是那时的大好革命形势：人，可不是什么崇高的字眼。一个人不过是一种生物。”故事的最后以梅终于克服了乳腺癌并与方知在困境里走到一起结束，以一个不算阴暗的尾巴暂时结束了关于那段历史的讲述。多少让人有一种整个国家的社会癌症得到控制的联想。当梅菩提在父亲身心俱痛地告别人世后说出：“我很恨。恨这样的‘革命’！我再也不想改造了。”[②]既道出了一代中国知识分子的共同心声，也将宗璞的小说艺术定格于一种“新历史”的叙事。

① 宗璞：《三生石》，《中国当代作家选集丛书：宗璞》，北京：人民文学出版社，1991，P161。

② 宗璞：《三生石》，《中国当代作家选集丛书：宗璞》，北京：人民文学出版社，1991，P135。

在某种意义上，单《鲁鲁》与《三生石》就足以让宗璞在当代中国女性写作史上占有一席之地。但她还有《野葫芦引》。就目前已出版的《南渡记》与《东藏记》来看，宗璞以一种大历史的视野，为百年中国的女性小说写作贡献了一份别开生面的成就。她的近作为小说诗学把握小说与历史的关系提供了一种新的视点：在写出饱满充实的故事、塑造出形象真切的人物的基础上，以生动的小说叙事来保存一份真实的历史记忆，这也未必不是最具开放性的小说文体所特有的一种文化功能；通过“讲历史”的途径来表现人类的生命体验、激发我们的生命意识，这理应属于小说艺术的“可能性空间”。不同于杨绛在《洗澡》中只是借二十世纪五十年代中国知识分子经历的“三反”运动这一历史事件，审视了一批以人类精英自居的学者的精神侏儒化过程，关注的是人的心灵萎缩现象。宗璞的《野葫芦引》却是以一个大家族的经历，来形象生动地保存一段正在被枯燥的历史文献与健忘的现代国人所遗忘的历史真相。或许由于作者的这种“历史意识”，读宗璞作品不能不面临一个老生常谈的话题：小说与历史的关系。萧红说得好，有各式各样的小说家就有各式各样的小说。在文学的世界，小说是最开放的一种文体，它与历史的关系也最为暧昧。在某种意义上也可以说，作为体现主流文化立场的“正史”的补充的那些“道听途说”的“野史”，曾经是小说的发生学源头之一，而“故事”则是历史文本留给小说文体的一个“胎记”，因为事实上“大多数故事最初大概都是现实生活的精确程度不一的实录”[①]。从这一点来看不能不承认，历史是文学的基础。勾连历史与小说的一个共同点是人的命运。用卡西尔的话说：“在伟大的历史和艺术作品中，我们开始在这种普通人的面具后面看见真实的、有个性的人的面貌。为了发现这种人，我们必须求助于伟大的历史学家或伟大的诗人，求助于像欧里庇得斯或莎士比亚这样的悲剧作家，像塞万提斯、莫里哀或斯特恩这样的喜剧作家，或者像狄更斯或萨克雷、巴尔扎克或福楼拜、果戈理或陀思妥耶夫斯基这样的现代小说家。”[②]

① 帕克：《美学原理》，桂林：广西师范大学出版社，2001，P190。

② 卡西尔：《人论》，上海：上海译文出版社，1985，P262。

历史不是别的，也就是对人类自己曾经做过的活动的追记。这是“故事”一词最本原的意思。所以，只要小说还讲故事，只要故事对于小说还有意义，小说就难以同历史彻底分手。尽管小说家的故事是一种虚构，仍需要借助于实际生活中的种种情形，否则想象就会为其凭空构建而付出代价；离开了真实生活的基地，想象的风筝难以顺利地升空。但小说实践中对待历史材料实质上只是一种“借用”关系：以历史的逻辑来支撑其叙述的真实感，从而方便小说家更好地把握人物的生命轨迹。正是在此意义上，明确地持“小说就是历史”立场的亨利·詹姆斯最终还是强调：“一部小说之所以存在，其唯一的理由就是它确实试图表现生活。”[①]但问题也正在于，任何真实的历史记忆都是我们曾经有过的生活的一种经验回顾，所以小说与历史的关系才总是纠缠不清。许多优秀的历史文本常能被当作小说来读，比如司马迁的《史记》；同样，一些杰出的现实主义小说也常给人以“准历史”的印象。古巴当代作家卡彭铁尔甚至断言：“我从不知道编年史家和小说家有什么立得住脚的区别。”在他看来，“小说家在这个现代科技的世界里迷失了方向，要想使自己的有用才能得以发挥就不得不依靠他的特殊工作：当一个编年史家，潜心地记叙他所能理解的时事。”[②]作为一种折中，“倾向于把虚构的小说看成是向周围社会做调查的一种工具”的索尔·贝娄提出：“小说应该是富于想象的历史。”[③]毋庸讳言，关于小说与历史的思考在转了一个圈之后似乎又回到了原点，但透过这种循环我们可以得到这么一点启示：小说的艺术存在于历史之“实”与想象之“虚”之间的张力场。小说家既可以一种“仿历史”的叙述来讲故事，也能够以“讲故事”的方式来反思历史，重要的是如何通过艺术的真实感来表现一种生命体验。詹姆斯说得好：“予人以真实感是一部小说至高无上的品质。它所产生的效果归功于作者在制造生活的幻觉方面所取得的成功。这个成功之取得，构成了小说家的艺术的开始和终结。”[④]真实感是读者进入小说世界的桥梁，也是联

① 詹姆斯：《小说的艺术》，上海：上海译文出版社，2001，P5。

② 卡彭铁尔：《小说是一种需要》，昆明：云南人民出版社，1995，P39。

③ 崔道怡：《冰山理论：对话与潜对话.上》，北京：工人出版社，1986，P144。

④ 詹姆斯：《小说的艺术》，上海：上海译文出版社，2001，P15。

系虚构的小说与现实的人生的中介。所以归根到底，在小说文本里，“故事讲述人的名声将有赖于他所创造和揭示人物的能力并有赖于他对命运的感觉。”[①]

宗璞写作正体现出这一特点。“南渡”与“东藏”两“记”，主要围绕明仑大学历史系教授孟樾、吕碧初夫妇与其连襟澹台勉、吕绛初家族及其周边的几位亲属与朋友，叙述他们自二十世纪三十年代至四十年代的抗日战争中所经历的种种人生变故；以这段历史背景里几个中国知识分子的家庭生活，展示那段岁月对中国社会的心灵创伤与中华民族所遭受的种族压迫。在这部小说里，我们的文化记忆里已经逐渐淡漠的“亡国奴”体验被再次唤起。故事的主角除吕家三姐妹孟、澹、徐三家和他们的老太爷吕清非，还有孟家的侄子卫葑与凌雪妍夫妇，澹家大女儿澹台玹与她的美国朋友保罗，雪妍父亲凌京尧等人。故事开始于一种宁静祥和的气氛，吕老太爷上午诵经看报，下午陪三个女儿生的一帮小外孙们谈天说地做游戏。孟、澹两家的孩子们在美丽的景色与充实的日子里做着他们最后的童年梦想。但为中国政府与社会一再委屈回避的战争的降临，使这一切不复存在。第一部《南渡记》主要表现亡国之痛。用小说里的话说：“脚踏在中国自己的土地上，头上没有日本统治的压力，那种自由的感觉，没有当过‘亡国奴’的人是感觉不到的。”[②]虽说愿意在记忆里抹去那些耻辱性的记忆是人类的一种普遍天性，但对于我们这个具有悠久“阿Q精神”的民族，在这个方面无疑显得特别突出。唯其如此，与苏联以及犹太民族等在“二战”中遭受纳粹主义伤害十分惨重的国家相比，我们从“文化记忆”上对这段历史的叙事显得实在过于稀少，似乎这么做有损于我们这个泱泱大国与老大民族的面子。毋庸讳言，在我们这个热衷于“面子文化”的民族心理中，存在着一种热衷于忘却的集体无意识。但历史从来不会按照人们的善良愿望发展，用一句虽然落俗却颇有道理的老话：忘却历史就意味着重蹈覆辙。作者宗璞在“后记”里表示，如果写得不好“总觉得对不起那一段历史，对不起书中人物”，或许就是出于这么一种文化职责。在这部长篇叙事中，最为动人之处无疑在于对当年日本人在中国土地上那种横行霸道、

① 帕克：《美学原理》，桂林：广西师范大学出版社，2001，P204。

② 宗璞：《南渡记》，北京：人民文学出版社，1988，P242。

耀武扬威的具体而形象的描写。

小说里有许多令人难忘的细节。一是北平沦陷后，过惯富裕日子的凌京尧家厨房师傅在市场里买不到鱼虾，回报说全都拿去劳军了。凌为之一叹："人家打你，你还得慰劳人家。这就是亡国奴的逻辑。"几天后，作为莎士比亚专家的这位凌教授去看戏，只见舞台顶端并列两大横幅，上条是"北平市各界冬赈义演"，下条是"欢迎日本皇军莅临本市"。二是伪教育局经过努力让各学校恢复授课，中小学生的教材全部修订，增加了日语课（让人想到都德名著《最后一课》），新发的教科书上写着"一九三一年九月十八日，日军经中国人民邀请，不辞辛苦远涉重洋而来协助成立满洲国，建设王道乐土"；而澹台玮在上学途中经过一个岗亭，上面一圈告示："每天清晨中小学生过此岗必须向皇军一鞠躬。"三是吕碧初两次出门均遇见日本兵随便杀人。一次是在马路上，一次却是在中国著名学府明仑大学的校园内："远远见一伙兵拖住一个人，一面大声嚷叫，把那人绑在操场的柱子上，那原来是挂彩旗用的。十几个人转眼站好队，一个一个轮着大喊，跳上去打。那人发出撕裂人心的喊叫，使得周围的凄凉景色更添了几分恐怖。"四是孟樾的小儿子小娃的肠套叠手术刚待进行，来了一个日本人要求这位医生先替他的儿子开。理由很堂皇："我们日本孩子将来的责任重大，要帮助你们建立幸福的国家。我们日本孩子，要最好的医生。"幸好这是美国人开的医院，另作了安排。但一天清晨，两个小孩在病房相遇。"那日本孩子忽然走来，手持玩具枪，对准小娃发射。枪声很响，枪口直冒火花。小娃吓得扔了书。日本孩子冲向床前用汉语大声叫：'亡国奴！亡国奴！'"导致小娃受惊吓后发起高烧。但最强烈的，还是毕生追求与世无争的名士生活、因怯懦的性格而留在了沦陷后的北京的凌京尧所经历的痛苦遭遇。日本人因他既有名望又懂日文，要他出任伪华北文艺联合会主席。他虽不情愿，但因经受不了他们的动刑拷打被逼同意。出狱后便以抽鸦片来自我摧残的方式，以消极地抗拒。面对女儿雪妍的惊讶，母亲解释说："爸爸有内伤，抽鸦片是符合日本人心意的。"雪妍在父亲一再的"雪雪，你恨我吗"的追问声里离家远去。她最后向家里看了一眼，"希望母亲转过眼光，向她这边望一眼，但母亲迎到门口去了。进来几个日本人，抬着脸看厅中一切，母亲那从容大方又有几分讨好的态度，使得雪妍掩住脸”。

像这些或许查无实据但绝对真切可信的场景，是那些以数字与历史文献材料为依托的新闻报道和史书记载所不能比拟的。故事里澹台玮对其母亲说的，“从日本人进北平那天起，我就不再是孩子了”这句话，凝聚了几代中国人多少一言难尽的感受。就像卫葑在他的“没有寄出的信”里所说：“一九三五年秋天和冬天，是我人生中的一个转折点，也是我们这一代许多人的转折点。”每个人的一生里都会有这样一个转折点。区别在于自觉与不自觉。在某种意义上，能意识到自身转折点的人是幸运的。小说中的卫葑与玮玮两个男人便是这样的人，他们的人生比别人似乎更多了一份色彩。但这部作品的成功并不在于一两个人物的塑造，而是“群像”式的。将宗璞的这部长篇放入自陈衡哲以来的百年中国女性叙事中来看，它在表现手法与叙事意识方面的提高是显而易见的。她的艺术素养曾得到老辈作家的肯定。孙犁早就写道：“宗璞的文字，明朗而有含蓄，流畅而有余韵，于细腻之中，注意调节。每一句的组织，无文法的疏略，每一段的组织，无浪费或蔓枝。”[①]小一辈的张抗抗读《南渡记》后的体会是：“那样的淡淡与娓娓中，道出人生沧桑、国事家事的变迁，写出几代知识分子的命运与选择，透出对历史、文化的理解与叩问……掩卷之后，不由叹服：书中人物底蕴之深厚与丰博，语言……且精美而不雕琢，丰博而不炫耀，如行云流水，天然随意，那般风采与神韵，实非我辈所能及。”[②]王安忆读了《东藏记》后也表示：“它里头的那个语言，它的那个格调，一比就知道我们差多少。”[③]这些话说得都很中肯。这两“记”或许还不能说已达到返璞归真的境界，但确实就内涵之丰厚、视野之开阔、笔法之成熟而言，标志着现代中国女性写作的新格局与新台阶。小说的语言尤其值得称道，是一种质朴而又不失典雅、凝练而又生动的话语。不妨随意举两例：1.“一有警报，全城的人便向郊外疏散，没有了正常生活秩序。过了几个月，人们跑警报居然跑

① 孙犁：《人的呼喊》，《中国当代作家选集丛书：宗璞》代序，北京：人民文学出版社，1991，P1—2。

② 张抗抗：《大江逆行》，贵阳：贵州人民出版社，1996，P244。

③ 王安忆说：《南方周末·阅读》，2001-7-12，P18。

出头绪来了，各人有自己的一套应付的方法。若是几天没有警报，人们反而会觉得奇怪，有些老人还怀疑是不是警报器坏了，惦记着往城外跑。”[①]2.“军警进来时，正有一位客人坐着。这人平素惯说大话，是个狂放不羁的人物，谁知一见这些武夫竟浑身哆嗦起来，站起要走。连说我是客人，偶然来的，偶然来的。因军警未发话，他就贴墙站着，不敢动一动。”直到一帮人都走了，“那客人还在墙上贴着”[②]。这两段初读起来都并不特别引人注目，其功力便在于这种“不隔”：如状所写之景在纸面。细加辨析，也就是“简练”与“准确”，但有一种“传神”的效果。前一段里以“惦记”二字写出了一种“冷幽默”，后一段以一个“贴”字，让一个外强中干之徒神情毕露。

最能体现这部作品的特点的，是作者叙述观念的成熟。虽说仍然是自述体的叙述，尽管讲的依然是以一个家族为核心的故事，但心中已有一种穿越自我的历史感。比如小说一方面通过一群知识分子的众生相，表现了中国民族精神中的民族气概与人格情操，也写到了中国军人的抗战事迹。但另一方面也并没有以一种狭窄的“爱国主义”，遮蔽对中国社会的现实主义认识。《南渡记》里有两处写到军队，一是孟离己（峨）与一群学生去前线驻军慰问。“她们以为可以看见千军万马，漫山遍野的英雄，精良整齐的装备。眼前这一小队兵显得孤零零的，看上去也不怎么雄壮。”最后她和同学吴家馨只好将带去的草帽分别送给了“一个稚气十足圆圆脸的小兵”和“一个表情呆板的中年人”。再是孟樾（弗之）教授在转移到了昆明的明仑大学出席早晨的升旗仪式时，碰见一个军队派来的教官“陈排长”，衣冠不整，作风散漫。被教授责备几句便欲动手打人。后来听说教授乃严师长的亲戚，便“换了面孔，满脸赔笑”，尽说好话。这两个插曲固然真实地表现了满脑子浪漫观念的学生们的幼稚，也同样真切地反映出一个长期的专制愚昧社会的军队战斗力的缺乏。又比如，小说里的卫葑是一位品貌皆优的学生党员，为了国家的大业他放弃了本来极有前途的个人的事业：研究物理学。为了更直接地投身到抗日战争他来到延安，但他的

---

① 宗璞：《东藏记》，北京：人民文学出版社，2001，P3。

② 宗璞：《南渡记》，北京：人民文学出版社，1988，P204。

献身不仅并没得到认可，反而因“汉奸的女婿”的身份而处处受排挤、被猜疑。小说最为精彩的地方就在于，作者并没有让“历史大叙述”代替对人物生活的描写，而是将笔深入到了个体的生命体验，写出了在特定历史条件下他们的人生苦乐。卫葑这个人物的描写便是这样。作者写出了他的内心苦恼：“延安的生活他不满意，昆明的生活更让他失望。他最大的安慰是身边的娇妻，但这对一个男子汉来说是不够的。”也写出了他的人生困境：“他信他所不爱的，而爱他所不信的。……既然做不到信自己所爱的，就要努力去爱自己所信的。这就是改造主观世界。这是一条漫长的路，也许终生无法走完。”

作为一部借历史框架展开的虚构小说，宗璞的《野葫芦引》的动人之处，就在于作品中四处可见的这种对人的命运的深深同情与关注。卫葑形象的魅力就在于他的两难处境事实上体现了几代中国优秀的知识分子的共同痛苦。除此以外，小说中关于吕雪妍和澹台玹的故事也很动人。雪妍作为一个有正义感的青年，她的精神上的亲人只有卫葑。虽然她同情自己软弱的父亲，但既为不牵连家人也为不委屈自己的情感，她还是在登报声明脱离父女关系后，怀着对丈夫的一片爱心千里寻夫到延安，再到昆明。动荡岁月耗尽了她的健康与生命力。她是那种传统的以家庭为中心相夫教子的中国女人。但在《南渡记》里她坦率告诉卫葑，自己对“学什么”无所谓，只要“一个大学毕业的头衔”，是一个典型的活泼可爱的富家小姐。到《东藏记》历经磨难后，她认为“作为女人还有什么更神圣的事！孕育生命，把人送到世界上，真是再伟大不过了，何况这是自己和自己所最爱的人的共同延续。”雪妍的形象发生了显著而合情合理的变化。这足以解释一开始觉得与自己并不志同道合的卫葑，最终却那么地与其相亲相爱。雪妍最后的死虽属意外事故，但却让她的新一代中国母亲的形象得以定格。玹子同样也是一个极有个性和脾气的大小姐。这位冰肌玉肤、“一眼看去就是美人的人”，在战事初始时为了不让战争影响自己的生活，在炮弹声中仍不想放弃去美国使馆跳舞；到后来因不愿随便对待婚姻而与相恋多年的美国朋友保罗分手，准备以老姑娘的姿态来抚养卫葑与雪妍的儿子，其间的变化也很明显。这两个女人的坎坷经历让人感叹，她们的形象是随着故事向前推进而逐渐显得血肉丰满起来。正是在这种细微处的体贴与理解，表现了作者身为女作家在把握女性形象上的优势。作者的这份功力同样也表现于塑造吕清非老太爷的形象上。这个老人自日本兵进北平城后就让一帮小外孙们学少林拳脚，最后以死来拒绝让伪政权利用自己的名字，虽然略显粗线条了些，但也能让读者见人闻声。

毫无疑问，这是一部有品位的小说。但这品位首先来自它剔除了浅薄拙劣的宣传格调后的一种挚情诚意。就像《南渡记》第一章末尾里所写到的："许多事让人糊涂，但祖国这至高无上的词，是明白贴在人心上的。很难形容它究竟包含什么。它不是政府，不是制度，那都是可以更换的。它包括亲人、故乡……包括民族拼搏繁衍的历史，美丽丰饶的土地，古老辉煌的文化和沸腾着的现在。它不可更换，不可替代。它令人哽咽，令人觉得流在自己心中的血是滚烫的。"这品位更来自它所内在的一种生命意识，用《东藏记》末尾一章的开头话说："岁月流逝，自从迁滇的外省人对昆明的蓝天第一次感到惊诧，已经好几年过去了。这些年里许多人死，许多人生，只有那蓝天依旧，蓝得宁静，蓝得光亮，凝视着它就会觉得自己也融进了那无边的蓝中……在这样的天空下，在祖国的大地上，人们和各样的不幸、苦难和灾祸搏斗着，继续生活，继续成长，一代接着一代。"如果说这段大历史所需要的大场面还未能从容地展开，其中一些出场人物的生活道路的收与合多少仍有些仓促等，是这部长卷本小说的不足；那么它对那段历史的具体生动的描述，以及几个家庭的生活的真实可信的叙述，无疑为当今中国女性小说创作作出了独特的贡献。我们不应苛求一位年逾古稀的女作家，感谢她让我们正视曾经有过的耻辱与灾难，让我们明白一个常被忽略的道理：做一个现代中国人，并不是一件轻松容易的事。小说里有一些细节也很能给人以回味。如《东藏记》第七章第二节，一位国民党宣传部门的要人来明仑大学"讲话"，几次三番地强调"领袖脑壳"的重要性问题，要学生们"随时随地要记住，领袖脑壳是最优秀的，有这样的领袖脑壳是中华民族的大幸"。像这样的情形都是了解现代中国社会的人们所熟悉的。对于今天的青年读者，它都具有历史参照的意义。

原载《文艺理论研究》2003年第2期

历史沧桑和作家本色

——宗璞访谈

贺桂梅

主持人的话：陈骏涛

“五七”作家（又称“右派”作家、“归来”作家）是中国文坛的一个特殊产物，这是指1957年或稍后被错划为“右派”或受到错误批判的作家。这些作家在1966年之后的“文革”中又重新接受了一次“洗礼”，一直到“文革”之后才得以平反。平反之后，这些作家以前所未有的激情，投身于七八十年代的文学复兴和建设之中，成为七八十年代中国文坛的一支主力军。当我们今天回顾“文革”之后文学的发展历程时，自然不会，也不应该忘记这些作家。由于这些作家有比较丰富的生活经历和思想经历，他们的作品大多深深地镌刻着中国近几十年的历史烙印，表现出比较深沉冷峻的批判色彩和“反思”色彩，其创作倾向总体上是现实主义的，但比起旧现实主义来，又具有开放性的特点，因此可以称其为“开放的现实主义”。如今，这些作家除了少数已离开人世，大部分都还健在，虽然年事已高，但创造力依然健旺，有些还是相当活跃的文学活动家和社会活动家。

作为“五七”作家群中的一位少有的女作家，宗璞在七八十年代曾经发表过使人耳目一新的《弦上的梦》《鲁鲁》《我是谁？》《三生石》等，后来又出版了引人瞩目的《野葫芦引》第一、二部——《南渡记》《东藏记》。她的创作除了在总体倾向上与“五七”作家有某些相同之处外，更有着自己独特的风格，正是这种独特的风格，使她成为“这一个”，赢得了文坛内外关注的目光。这在本期发表的“宗璞访谈”中，宗璞本人和访谈者贺桂梅都有很好的表述。

一代人有一代人的价值观和文学观。由于教育传承、历史负载和生活阅历等方面的原因，“五七”作家大都有一种“启蒙”情结，相信文学是作用于人的精神的，不说是“启迪民智”，至少是可以陶冶人的心性。从骨子里说，他们还是承接了（不管是自觉的或非自觉的）中国知识分子“士志于道”的传统，以“道”自任，以文学来促成“道”的实现。虽然经历了几十年的曲折坎坷，对某些问题的认识可能有所改变，但对文学可以作用于人的精神这一点，却是依然信奉的。在“访谈”中，宗璞引用了她父亲（冯友兰）常常提到的宋代理学家张载的那段话并表示认同：“为天地立心，为生民立命，为往圣继绝学，为万世开太平。”宗璞说，她父亲那一代知识分子常常以此自许，她自己虽然离它很远，但也向往那样的精神和境界——这就是宗璞那一代知识分子的一种负载，一种胸怀，也就是一种责任感或使命感吧！我想，这也许正是宗璞在古稀之年，而且有病缠身，还依然孜孜于《野葫芦引》第三、四部——《西征记》《北归记》——创作的缘故。这是令人敬重的，也是我们可以从这一代老作家身上所得到的一种精神启示！

50—60年代：“铸心”与信仰

贺桂梅（以下简称“贺”）：您曾在《自传》中把自己的人生经历分为四个阶段，您的创作也表现出较为明显的阶段性。我觉得大致可以50—60年代的《红豆》《不沉的湖》等为一段，70年代末到80年代中的《弦上的梦》《我是谁？》《三生石》《米家山水》等为一段，从1985年开始写作《南渡记》到2000年出版《东藏记》，又与前期的创作风格有所不同。您认为这样为您的创作经历分阶段是否合适？

冯钟璞（以下简称“冯”）：你这个分期分得挺好。也就是这样，根据社会的发展，我的创作也随之变化。我在《自传》中说四个时期，第一段是童年，那时候不可能写东西，所以没有什么关系。

贺：我是把后来您写《南渡记》《东藏记》算作一个阶段的。

冯：这也是可以的。就长篇小说来讲，以前我没有写过，从这个时候才开始进入长篇小说的创作。50—70年代以《红豆》为代表。要说一部作品代表一个时期，可是在《红豆》那个时期，这篇作品和别的作品显然不一样。所以只是在时间上相近。

贺：这篇小说所关注的题材，对人物内心世界的表现的细腻，以及整体风格上的优雅，都和我们所接触的社会主义现实主义文学有很大区别。它固然写革命和爱情之间的矛盾，但表达方式却游离了当时已经逐步规范化的语词和观念。您处理的是大学校园的知识分子题材，阶级矛盾的现实并不明显，而主要侧重于信念和情感冲突。当时是什么具体契机使您写出这篇作品的？

冯：戴锦华说我是“本色”作家，我觉得挺对。从我开始写这篇作品，就不是自己给自己规定一个什么原则，只是很自然的，我要写我自己想写的东西，不写授命或勉强图解的作品。在50年代那时候，本来已经不太可能写这样的作品，正好碰到“百花齐放”，有那样一种气氛，希望写一些各种各样的作品。我写小说有一种“虚构”的爱好，自己常常虚构一些东西，在我和施叔青的对话中我说“从小有一个王国在我心上”。那个时期年轻人所处的环境，经过抗日战争、解放战争，进入社会主义社会，所经历的事情印象最深的就是“抉择”，选择走什么样的道路，因为十字路口不断出现。用这样一个题材来表现，我觉得是很合适的。照我所想的，我就那样写了。也就是在那个时候凑巧可以发表，如果不是“百花齐放”，就可能不能发表这样写爱情的作品。

贺：您说写《红豆》主要是出于虚构，有没有一点经验性的东西在里面？

冯：小说总是从现实生活里头来，有虚有实。关于这篇小说，我在《〈红豆〉忆谈》里都说到了。至于这个时期的别的小说，比如说晚一点写的《桃园女儿嫁窝谷》，我在去年出版《风庐短篇小说集》的时候，曾经考虑要不要收。一方面是它当时要表现的是社会主义改造，觉得这种思想和现在不大对头，另外一方面觉得它和我大部分创作好像是两回事：我忽然写起农村来了。可是后来我觉得，别人也这么看，说是你去农村的时间不久，可是写的农村还写得挺像，而且穷队富队之间的这种关系，富队支援穷队的精神也还是好的。写《桃园女儿嫁窝谷》，当时当然主要是思想改造的产物，好像改造得还不错吧！

贺：就同期的《后门》这篇作品的风格来看，虽然内容是那时期的女作家所擅长的"家务事，儿女情"，但却表现出了少有的介入社会现实的批判精神。您曾说过有一位长辈提醒您注意"投鼠忌器"。当时您为什么会写这样的批评性作品而不是当时流行的"颂歌体"？

冯：我当时也还是看到一些不合理的现象。当然我这个人并不是那种非常关注社会问题的人，可是我觉得作为一个写作的人，她总有一种眼光是看着周围的事情，总是有自己的肯定或否定的东西。对"走后门"现象，当时并没有人公开提出来，可是我就写了。可是小说里面又特别委婉地说这种走后门的现象马上可以制止，而且说明是"受了资产阶级思想的腐蚀"所以才走后门。所以这篇作品还是受当时的思想视野的限制的。

贺：当时像您这样的作品好像很少，即使要批判一些现象也说得很隐晦。

冯：是啊，如果您提得很明确就要受批判喽。我觉得《后门》这篇作品也算是一个风气之先的东西吧。《知音》和《不沉的湖》有些概念化。

《红豆》受批判以后，我又写了一些东西，可是我觉得写得越来越不自由了。如果你不写这种颂扬、奉命的作品，就很难。我曾经想不再写作。我当时在《世界文学》做评论组的工作，我对理论很感兴趣。那个时候翻译一些古典文论，读得很投入。我就觉得不写作我也可以生活。如果自己愿意写的话，就写给自己看看算了，并不打算当作家。

贺：能不能谈谈您那时候的散文？

冯：那时候我主要写了《西湖漫笔》，是60年代初写的。那完全是对西湖的一种感受。这篇作品后来被人问，说你是不是真的觉得社会主义好。我当然是写我真的认识的东西，至于那个"认识"是不是对的，那又是一回事。

贺：刚才谈《红豆》的时候提到"抉择"，在做出这些抉择的时候，肯定有一种“信仰”在其中。

冯：那一代人，我觉得像我这样的人，还有我的同学，那个时候对社会主义的信仰是挺真诚的。我的一个同学，也是我的好朋友叫资中筠，现在写一些历史人文方面的文章，她是研究美国问题的，原来的社科院美国研究所所长。我们在清华读书，快毕业的时候，到体育馆上面的平台，在朝阳下，大家宣誓，服从分配，去祖国最需要的地方。这完全是自发的，并不是有老师劝导。那时候信仰是很真诚的，尤其在年轻人的心目中。不只是年轻人，像我父亲，我的父兄辈，他们在思想改造的过程当中，都是很真诚的。我一直觉得自己有一个未了的心愿，不知道以后做得了做不了，因为我还有《西征记》《北归记》没写完，如果能完成，我还要写一部《铸心记》，把你的心重新铸造了，这就是改造思想。没有经过这段历史的人是不太理解的。

贺：像我们这个年龄的人是比较难理解那段历史的。这种信仰后来是不是经历了一个变化的过程？

冯：我觉得我们这种年龄的人的信仰，和工农兵出身的那些人还是不一样。那时候老是要自我改造，要清算自己思想里的“小资产阶级王国”，可是这个“小资产阶级王国”我看是永远清算不了啦。因为首先，“小资产阶级王国”这种说法是不是对就很成问题。那时候就把，比如说看看月亮啊，看看花啊，这些一律都归为“小资产阶级王国”的东西，但这些东西有一些是人的天性，比如爱美，是一种好的东西，如果真的对大自然一点都不能欣赏，恐怕生活就太枯燥了。所以就我来讲，改造也不彻底。可是在写文章的时候，我说西湖好，那当然是这么认识的，这和自己的思想改造没有太大关系。在《红豆》里面，我写了江玫，她留下来，是为了祖国，为了建设社会主义，我觉得那时候一大批人都是这样的。现在看来，齐虹要走，也没有什么不对。

70—90年代的短篇：知识分子与“文革”记忆

贺：可否谈谈您在停笔15年后重新拿起笔写作《弦上的梦》时的一些情况？这篇作品和大约同时的《醒来吧，弟弟》等相比，似乎显得更为丰满，今天读起来仍觉得它并没有流于单纯的义愤和说教。我的一些与梁遐同一年龄层的老师和朋友曾跟我说起，梁遐的行为方式、语言和思想，在当时是相当“真实”的。您曾在和施叔青的对话中说这部作品写的是“‘文革’中成长的孩子”，您为什么会选择这样一个年龄层次的人作为写作对象？

冯：这倒是有一个模特儿，有一个亲戚，就是梁遐这样的人。写这个孩子还是比较真实的。有人批评这篇小说的结尾好像有点概念化，作者介入发议论，尤其外国人读起来觉得不太能接受。这个亲戚当时并没有参加四五运动，是我给提高了。当时觉得这些孩子挺值得同情，她们在最需要父母教育和关心的时候，一定要和父母划清界限，把父母认成敌人。这简直是不可思议。可是她们都经受过来了，而且这些孩子没有变坏，都在逆境中挣扎出来。在那个年代，这样的事情是很荒诞的，但却非常多。

贺：我挺喜欢《米家山水》，您能不能说说这篇小说？

冯：《米家山水》我也很喜欢。当时是怎么写起来的，现在想不起来了。我还是希望大家都和平共处吧，主张“和为贵”，两派打来打去，没有什么意思。小说写到米莲予和刘咸的矛盾，刘咸也是很有才的，米莲予放弃了出国的机会让刘咸去。这还是从全局考虑。可是实际上刘咸也去不了，是那个不知道“八大山人”是谁的院长去了。这就是我们社会的问题。现在社会上一些人你批评我，我批评你，可是皇帝倒是好的。雍正现在都成了好皇帝，历史又乱作一团了。《米家山水》还是希望大家能互相理解。

贺：在阅读您70—80年代与“文革”记忆有关的作品时，我注意到您作品中似乎一直存在两种类型的知识分子：一种是用自己的头颅去换取“人”的尊严的勇士，一种是虽清醒但却有着犹豫、矛盾或怯懦的普通人。比如《弦上的梦》中的梁遐和慕容乐珺，表达得更清晰的是《蜗居》，其中的叙述人“我”虽然清晰地洞察了世界的荒诞，但却做不了用自己的头颅照亮他人道路的勇士。这两类知识分子似乎暗含了一种分裂的人格：一边意识到需要做一个勇士，同时又有一种做不了勇士的矛盾。您为什么会写到这样的矛盾？是不是可以说，这也在一定程度上暗示了您在浩劫中的某种矛盾和焦虑？

冯：我觉得“普通人”是比较多的，而真正的英雄人物比较少。这种人当然是值得敬仰、值得歌颂的，就像我在小说中写的那个举着自己的头颅的队伍，这是人类当中的精华。我觉得普通人应该尊重那些人，理解那些人。可是普通人还常常骂那些人，批评那些人。我发现真是有很大一部分“芸芸众生”，他们不怎么想事情。当然他们也很可爱，人毕竟是不同的，不能要求都一样。

贺：《蜗居》写作的时候是什么情形？在这篇小说中，我觉得有很强的自我反省。

冯：当时的情形我都不太记得了，倒是记得有人跟我说这是现代《神曲》。封建的专制势力给人带来危害，人应该起来反抗，可并不是所有的人都能反抗。这篇小说只是稍微启发（不是号召）人起来反抗。

贺：这篇小说我感受最深的是那里面“我”的矛盾、崇敬和自我怀疑。写到所有的脸都变成面具——这样一种好像很虚的写法，其实最能让人意识到“文革”的氛围。

冯：那时候离“文革”还很近，那些印象很清楚。

贺：我觉得您在70年代末80年代初的一段时间都在咀嚼“文革”记忆，在写完《三生石》之后，您可能会感觉关于那段历史要说的都说得差不多了？

冯：在《三生石》中我得到了“心硬化”，那是我感觉特别深刻的。从“铸心”——思想改造到“文革”，大家已经没有“心”了。后来才慢慢醒过来一点。现在我也觉得很多人并不是完全能够认识到怎么样做一个人，人怎么是万物之灵。

贺：《三生石》中的爱情感动了许多人，到今天仍是如此。那份浩劫中相濡以沫的温情，确实写得深入骨髓。这份感情不仅是三生石结盟的异性之间的情感，还有菩提和陶慧韵之间相互扶持的姐妹情谊。这在当时的作品中相当少见。您当时为什么安排了这样一种关系？

冯：我觉得友情是人伦中很重要的构成部分。中国传统是很注意友情和朋友的。友情和爱情差不多是并重的。我写《孟庄小记》，讲我和蔡仲德去找三生石，其中就讲到朋友和友谊。

贺：如果现在让您重写《三生石》，您还会把梅菩提和方知的关系处理成他们很小的时候就见过吗？这是不是一种太巧合的情节？

冯：我还是要照原来的写，我觉得他们“应该”原来就认识，好像是冥冥中注定的事情。我很喜欢中国文化当中的神秘主义，虽然没有什么研究，可是觉得很有意思。郑振铎曾经批评《红楼梦》说前面不应该有木石前缘，可是我觉得有这种前世因缘、衔石而生的现实中不可能的情节，这恰好使得它更光辉（笑）。这就是小说的虚和实，实里面夹着虚的东西，使人的想象力有所发展，不只是作者的想象力，读者的想象力也有发展：哦，原来以前还有这样的事情！

贺：刚才您说到“心硬化”，您在《三生石》中写到爱如何能救治这种疾病：假如说这个社会是一个大的有机体，只要有一些细胞活着，还有爱，这个社会就能变好。

冯：希望能活过来。不过现在我有点悲观，好像人都很实际。我觉得文化里面有很多很好的东西，比如我们的古典诗词和一些外国诗歌，以前上大学时候念的，我觉得那真是非常好的东西。现在大学生我接触得也不是很多，不过我觉得现在很少有人像我们当时那么喜欢这些东西，现在缺乏读诗的风气。比如说《南渡记》《东藏记》，当然写得很深，确实不是很容易看，所以我很怀疑像你这样耐心看第二遍的人恐怕不是很多。小说是要静下心来读的，现在能静下来的人不多。

贺：我在网上收集到很多评论《东藏记》的文章。一般认为这部小说很厚重，是“史诗性”的作品，一边当小说读，一边也是在读历史。一些文章还特别强调小说深厚的传统文化素养，优雅的文化品格。我觉得有品位的读者还是很多的。顺便问一个问题：您开始写《野葫芦引》的时候，怎么会考虑到使用曲词这样的传统形式？《南渡记》前面不是有6段曲词吗，我记得卞之琳先生特别在文章里夸奖您写曲子的功力。《南渡记》和《东藏记》给人的整体感觉，也有很浓厚的传统文化氛围。

冯：是因为写这部小说用这种形式比较合适，写什么东西用什么形式，主要看自己是不是能更好地表现所要表现的内容。说到传统的影响比较大，我觉得这很自然。我这个人虽然一直在搞外国文学，可是外国文学还是没有压过我原本所受的中国文学的影响。我很喜欢元曲。我想每一本书前面好像应该有提要（当然可以换一种方式，不一定非用散文的方式），先来把内容大致勾勒一下，这样可能看的人会觉得有趣味。潜意识里不知道是不是受到《红楼梦》里给每个人一段判词的影响。不过我倒不是对每个人的判词，而是对每一卷书的判词。

贺：您在90年代初期，尤其是1993—1994年，发表了三篇有些关联的短篇小说《朱颜长好》《勿念我》《长相思》，都写到中年人的爱情。怎么会想到写这样的小说？

冯：1990年我父亲（按，即冯友兰）去世，1991年我生了一场大病，是在慢慢恢复的时候决定先写一点短的，就在1993、1994年。也是碰到周围人的一些事情，就把它点点滴滴地串起来。我很喜欢我的短篇小说。短篇小说和长篇小说是完全不同的东西。最近两年我还写过几篇关于“鬼”的小说，这是出于对神秘主义的喜欢。只是觉得精力不足，不然还有很多东西要写，比如说童话，但没有时间。

“女性文学”

贺：我想问一点关于“女性文学”方面的问题。从80年代中期开始，对女作家的讨论总被放到“女性文学”这个范畴里面，而且很多讨论都把您纳入其中。您自己对这些有什么看法？我记得在戴锦华课上曾经特别提到一点：您的作品表现出性别关系当中很和谐的一面，很少表现出矛盾，我想这同样和您深厚的传统文化素养有关。

冯：她说得很对，我觉得两性之间就应该是和谐。实际上并不是那样的，是吧？

贺：实际上可能存在着一种上/下的等级关系。您是否感觉不到这些，或者您觉得讨论这个问题没有必要，是吗？

冯：这方面我感受不深，所以觉得没有必要，但不是说真的没有必要，只是我写的时候没那么写就是了。从前讲女性的“三从四德”，那完全是男尊女卑，这点我感受不深。我老是不懂什么叫“女权主义”，后来就去问别人，别人给我一个回答，也不知道对不对，说：女权主义就是反对男性的压迫。

贺：您对性别问题的表述不多，在《找回你自己》中，您一面批判传统社会中女性丧失了独立地位，同时也批判毛泽东时代“男女都一样”的思想，而提出“天生有阴阳”“人本该照自己本来面目过活”“认真地、自由地做一个人，也认真地、自由地做一个女人”——在你这里，“做人”和“做女人”似乎不存在矛盾？您没有觉得因为是女性，会有一些东西让您觉得不舒服？

冯：我倒觉得因为是女性，好像受到特别优待似的。但整个来讲，我们的社会以至于世界肯定是一个男权社会，你整天看电视，扮演重要角色的绝对是男子。男女要完全平等的话，可能是需要很长很长的一段时间。而且我觉得无论在人的性格、智力、身体、体力等各方面，男女就是有分别的，所以我比较强调要找回你自己，能把自己女性的特长发挥得更好，而不要勉强男的那么做，女的也要那么做，比如男的背100斤，女的就不一定要去背100斤。这也是一种本色，各人去发挥各人最擅长的地方。我怎么说因为是女性就受到优待呢？比如说因为是女作家，女作家比较少嘛，所以出来的机会就比男作家多。这有点类似于少数民族有了成绩，比较容易引人注意。

贺：从一个角度看，这是一种优待；从另一个角度看，这又是挺不正常的。

冯：那当然就不好了。我看我们现在优秀的女作家写的作品，一点也不比男作家逊色。如果因为是女作家，就去炒作，那就有点色相的意思。我对现在的作品，这是老人的话了，我非常不喜欢其中关于性的描写，太多了，我觉得，如果创作的自由就自由在这上面，很不好（笑）。我记得有一个英国批评家，在批评当时英国的一些写作现象的时候，说这些描写（指性描写）让人非常不可思议，他说他去过欧洲所有的妓院，不过那都是关着门的！

《野葫芦引》：历史与小说

贺：您在《致金梅书》中说道，写一部反映抗日战争时代学校生活的长篇小说，这种想法在50年代就有了。为什么从80年代中期才开始写作您构思了30多年的《野葫芦引》？是否可以说，此时选择书写历史，包含了一定的对现实问题的规避？

冯：不存在“规避”的问题，这还是和我的“本色”有关系，也就是说我要写我自己要写的东西。抗战这段历史给我在童年和少年时候的印象太深了。另外，我想写父兄辈的历史。在《野葫芦引》后面还有四记，也就是有《野葫芦引》“前四记”和“后四记”，现在看来“后四记”大概是做不了啦，我这个身体不行。最要做的就是《铸心记》。那段经历也成了历史，可能小说总是和“历史”有关的。所以在《宗璞文集》前头我写了几句话，我说“写小说，不然对不起沸腾过随即凝聚在身边的历史”。过去的事情要把它用小说的形式记录下来。

贺：您似乎颇为强调小说作为“史”的一面。在这样的层面上，您格外看重小说的写实功能。但您同时强调，“小说只不过是小说”，也就是它终究是一种虚构。您如何理解这部小说的“虚”和“实”？

冯：说小说写的是历史，不是说写的就是“史实”。小说如果太“实”了，就像《金瓶梅》，可能不太好；如果太“虚”了，又站不住，缺乏厚重的生活内容。要写“虚”就得完全用虚的形式，比如索性去写童话。“虚”和“实”怎么能掺杂、调和得好，这是个功夫。

贺：我提虚和实的关系这个问题，是因为在读《南渡记》和《东藏记》的时候，感觉您对具体情境的描写能够很真切地浮现那个时代的生活和氛围，但好像又很难在里面读到一个比较有戏剧性冲突的故事。您整个结构是以家庭关系来结构，没有一个特别核心的人物或情节一直串下来，所以读的时候需要很细心。但我觉得这又是很耐读的小说，读得越深入就越会体会出小说的好来。

冯：没有很强的故事性，比较散，是吧？关于《野葫芦引》，我曾经讲过“雅俗共赏”，一个是“好看”，一个是“耐看”，最好两者都能做到。

贺：您对“好看”怎么理解？

冯：那当然是能吸引人看下去。

贺：我觉得《南渡记》在这方面比较用力，《东藏记》好像不如《南渡记》。

冯：你这么看？在《东藏记》研讨会上，吴福辉就觉得它比《南渡记》好看。我自己也觉得应该是《东藏记》比《南渡记》好看，因为《东藏记》里面的事情多，有学校里的事情，有严亮祖等人家里的事情。《南渡记》嘛，就是吕清非这个家的事。当然，我希望能都好看一点。《西征记》，我就很想多用一些“虚”的方法，怎么样把战争写得浪漫一点。当然，只是这么想，不知道写的时候会怎么样。

贺：《野葫芦引》因为以家族关系作为主要结构，很多人都会联想到《红楼梦》。

冯：还有人想到《战争与和平》呢，说我写的嵋很像娜塔莎！我说一点也不像，因为嵋是中国人。大概写长篇，我觉得用家族关系来写比较方便，在一个家族里自然就有很多关系，然后在这里头就发生了一些事。至于说是不是像《红楼梦》，如果能够像一点，我当然很高兴。我这个小说比《红楼梦》差得远呢！写小说不受《红楼梦》的影响，我觉得是很少见的，你说是不是？很多人受《红楼梦》的影响。

贺：您为什么把这部小说的总题叫《野葫芦引》？

冯：最早就想到这个题目，后来改成《双城鸿雪记》，再后来又改回来。这涉及我对历史的看法。胡适说，历史是一个任人打扮的小姑娘；我父亲说，人只能知道写的历史，而真正的历史是永远不知道的。我就说历史是个“哑巴”，靠别人来说话。我写的这些东西是有“史”的性质，但里面还是有很多错综复杂的我不知道的东西，那就真是“葫芦里不知卖的什么药”了。要照我的体会呢，我觉得还是能表现那个时代的精神的。我父亲常常说张载的那句话：“为天地立心，为生民立命，为往圣继绝学，为万世开太平。”他们那一代人常常以这个自许，我自己也想要做到这一点，但离得太远了，只能说知道有这样的精神和境界。最近我看到报上有篇文章专门讲这四句话，不知内容如何，我觉得只要讲就好。说“雾里迷踪”，就因为历史是个哑巴，人本来就不知道历史是怎么回事，只知道写的历史。但是写的历史，要尽可能是那么回事。把人生还是看作一个“野葫芦”好，太清楚了不行，也做不到。那么为什么要这个“引”呢？因为不能说这是个野葫芦，只能说它是个引子，“引”你去看到人生的世态。这个名字我还是挺喜欢的。我就要出一本散文集，收了从1951年到2001年的全部散文，北京出版社出的，起的题目叫《野葫芦须》。全用“野葫芦”了（笑）。

贺：在《南渡记》中您还专门写到一个野葫芦的故事！

冯：那部分叫《野葫芦的心》。对于知识分子的看法，我觉得还可以说几句。最近出了一本小说叫《桃李》，听说是一部当代的“儒林外史”。我觉得知识分子当然也存在很多缺点，但我是从比较正面的角度去写的，像我写《南渡记》与《东藏记》，还是把知识分子看作“中华民族的脊梁”，必须有这样的知识分子，这个民族才有希望。那些读书人不可能都是骨子里很不好的人，不然怎么来支撑和创造这个民族的文化？我一直在琢磨“清高”和“自私”的问题，这两者的界限怎么划分？比如庄子，看上去好像也很自我、很无情的，其实他是最有情、最真情的。比如说鲁迅，讽刺、揭露，骂人很厉害，可是他底下是一种真情。如果写东西到了完全无情的地步，那就是“刻薄”。以后我也许要写我所见的“儒林外史”。当然我的时间有限，可能写不了。

原载《小说评论》2003年第5期

宗璞优雅风格论

何西来

一、我把宗璞风格归入优雅的由来

早在年轻时代，我就特别喜欢宗璞的作品。那时我正在读大学。她的《红豆》不仅使我得到了审美的满足，而且大大提升了我欣赏短篇小说的能力和境界。许多年龄相仿的同学都有和我相似的体验。

但是，不久，这个作品便受到了批判，被判定为“毒草”，而且从作者“感情的细流里”挖出了可怕的“修正主义思潮”。按我当时的认识能力和思想水平，不可能，也不敢说那场批判是不公正的，无理的，但心里还是感到惋惜和遗憾：怎么那样美的故事竟会变成毒草呢？我想不清楚，也不敢深究；深究则很难不承认自己感情的细流里也有类似的可怕的东西。

二十年后，宗璞的《红豆》和其他当时被批判的作品一道，由上海的一家出版社冠以“重放的鲜花”结集出版，重新面世。历史终于证明了自己的公正，把被颠倒了的善恶、美丑、真伪，又颠倒了回来。既然毒草不复是毒草，而是鲜花，那么指鲜花为毒草的批判文章，也就理所当然地成了真正意义上的毒草。铁案如山，怕是再也不可能翻过来了。

原来我当年的审美直觉并没有错。“红豆”依然是红豆，而不是黑豆，那其中寄寓了的主人公的缕缕相思，依然鲜亮，依然缠绵，回忆起来仍然有一种优雅的感受。接着，宗璞开始了她整个创作生涯的高产期，我陆续读了她的《弦上的梦》《三生石》《鲁鲁》等相继问世的短篇、中篇小说和散文，还有童话；再后来，还有长篇小说《野葫芦引》的《南渡记》和《东藏记》。读宗璞的绝大部分作品，都会唤醒或引起类似于初读《红豆》时的某些审美感受。我深信，宗璞是一位个性风格相当鲜明的女性作家。当我试图寻找一个可以对应的美学范畴来概括她的风格特色时，我想到了优雅。优雅是一个很高的审美境界，它包含了优美、优柔、优游、雅洁、雅致、高雅等多重意蕴。它主要属于柔性美，而与刚性美，如壮丽、壮美、崇高、风骨等相对。在外国作家中，以俄罗斯作家为例，我只有在读普希金，还有屠格涅夫时产生了类似的感受；在古代作家中，我只是从李清照的《漱玉词》、王实甫的《西厢记》、汤显祖的《牡丹亭》、曹雪芹的《红楼梦》中读到了这优雅；在现代作家中，孙犁的作品风格中有这种东西。

我最初读宗璞的作品，感到的是温婉、晶莹、透亮和清纯，没有认真做美学属性上的追寻。优雅，是我读了普希金的诗和小说，又读了俄罗斯19世纪和苏联20世纪诸多批评家有关的文学批评或研究论著之后，对普希金艺术风格的美学属性的一种归类。20世纪80年代初，因为要给程蔷写的论宗璞创作的论文提意见，我又系统地读了十月出版社出的《宗璞小说散文选》。当我试图对她的艺术风格进行概括时，我便联想到了读普希金时的相似感受。我坚信她的风格属于优雅的美学范畴，在当代作家中，可以划入这一范畴的人是不多的。

二、纯净的道德感和美感

“纯净的道德感”，是当年车尔尼雪夫斯基评价列夫·托尔斯泰的早期作品（包括《塞瓦斯托波尔的故事》和《幼年·童年·少年》三部曲）时概括出的头一个，也是最基本的特点，当然，还有“心灵辩证法”的特点。但在我看来，“心灵辩证法”正好是“纯净道德感”的必然会有的艺术延伸。

我拿“纯净的道德感”来说明宗璞的优雅风格特色，只是一种借用。宗璞说：“我自己在写作时遵循两个字：一曰‘诚’，一曰‘雅’。这是我国金代诗人元遗山的诗歌理论。郭绍虞先生将遗山诗论总结为‘诚乃诗之本，雅为诗之品’。我以为很简约恰当。”如果按照宗璞对于“雅”的理解，即把“雅”理解为“文章的艺术性”（真实不完全是）的话，那么“诚”则是更核心、更基本的了。“诚”，就是真诚，它是作家对社会人生，对艺术，对自己笔下的人物和事件的一种基本态度。在现代作家中，巴金强调得最多的就是作家的真诚，而他自己的创作就是这真诚的最好证明，尤其是晚年的《随想录》。宗璞以诚为自己创作的圭臬，是继承了中国传统文学艺术中最值得珍惜的东西，这也是新文学运动以来最宝贵的传统。

诚，是一个伦理概念，儒者有“诚心、正意、修身、齐家、治国、平天下”之说，就是把诚作为人格教育和个人人格修养的核心来看待的。有了这样的道德人格，才有资格去治国平天下。所谓“大学之道，在明明德”，阐发的就是这样的政教思想。至于“修辞立其诚”，更是把诚作为写作或表达活动的前提。诚之不立，则其辞也难修。在宗璞的创作中，诚既表现为作者的态度，表现为她的心情、推理和判断，表现为她的人格理想和价值尺度，也表现为她笔下的人物的态度，特别是那些她所肯定的人物的伦理态度，如《红豆》里的江玫。

宗璞作品中的纯净的道德感，主要来自作者的真诚，这种真诚使她的眼睛不被尘世的浊雾所蒙蔽，而通过她的心灵镜面能呈现给读者的人生画面也就显得格外清晰。在她的笔下，既有对真、善、美的颂扬，也有对伪、恶、丑的揭露，正因为这揭露从另一面反映着作者的真诚，并最终肯定着作者的理想和人格，所以并不影响艺术画面的纯净。

在艺术创作中，特别是在以社会人生为描写对象的小说中，道德，特别是道德情感往往是进入作品的各种因素完成其审美转化的中介。在这种情况下，真诚，既是一种道德理想和伦理价值尺度，同时，也作为审美的对象而感染着读者。

在我对自己称为优雅的宗璞的艺术风格进行必要的结构分析时，我感到宗璞所特有的纯净的道德感，即源于她的主体真诚的道德感，是最基本的东西。正是这种道德感，从根本上提升着她的作品的审美品位。

三、情感的投入与抑制

宗璞的作品之所以感动人，是由于作家的真诚，这在上面已经讲过了。但文学作品是以情动人的，有的理论家甚至认为情感是作品作为艺术品的主要审美标志。情之动人，是必须真挚。所以，托尔斯泰在《艺术论》里特别强调真挚的情感的投入。黑格尔的《美学》，带有浓重的理性主义色彩，但他也颇为强调“动情力”，而这动情力，又只能源于作家情感的真挚。中国古典美学把情放在远重于西方的位置上来强调，谈情志，谈情理，谈情采，说是“情动而言形”（《文心雕龙·体性》），作文主张“为情而造文”，反对“为文而造情”，强调的也都是情的真和诚。所以宗璞说：“没有真性情，写不出好文章。如果有真情，则普通人的一点感慨常常很动人。如果心口不一，纵然洋洒千言，对人也如春风过耳，哪里谈得到感天地、泣鬼神”（《小说和我》）。

我以为，宗璞作品的感人，固然因其真情的投入，因其作为创作主体的真诚，而十分突出，然而从构成优雅的艺术风格的要素和特点来说，他对情感的抑制、控驭，却更为重要。

宗璞是抑制和控驭情感的大家。从事创作用情难，把情感抑制和控驭在合理的范围则更难。这里主要是一个艺术的分寸问题。但是分寸在哪里，怎样掌握，这就要看艺术家的感知和才分了。蹩脚的演员，自己哭得昏天黑地，涕泗滂沱，泣不成声，而观众并不感到怎样特别悲痛；好的演员，自己并不撕肝裂肺地去哭，甚至不哭，但是却能引得台下悲痛欲绝，哭成一片。作家也是这样。如果说演员一般只演一个角色，那么按照柳青在其《艺术论》中的观点，作家则要把自己不断对象化为他笔下的所有人物，想其所想，忧其所忧，乐其所乐。否则，写不好。

宗璞是研究新西兰籍英国女作家曼斯菲尔德的专家，写过两篇专论曼斯菲尔德的文章，其中一篇就叫作《论抑制》。这个节制的理念是她从中国古代文论、古代美学和古代经典作品创作实践中领悟并概括出来的。她说："蒲松龄的《聊斋志异》是短篇小说的高峰。他能以极精练的笔墨给读者一个蕴藏丰富的艺术世界……《文心雕龙·熔裁篇》中说：'规范本体谓之熔，剪裁浮词谓之裁。裁则芜秽不生，熔则纲领昭畅，譬绳墨之审分，斧斤之斫削矣。'一般作文如此，短篇小说更需要如此。"她的结论是："这就需要节制。"她把这个得之于中国古典美和古典小说的认识，应用于对曼斯菲尔德小说的分析："节制是一种美德。英国女小说家曼斯菲尔德在这方面很有功夫。"接着，她从内容的取舍熔裁、结尾的处理、细节的选择、文字的加工等四个方面对这位女作家的节制作了精细的分析。不难从中见出她的行家眼光。比如谈到曼斯菲尔德的语言时，她讲了如下一段话："她的文字十分简洁，读来如溪水琤琮，有透明之感。据说她写作时经常朗读，要听起来顺耳才行。可见她在文字上下的功夫。如果一句话能表达，她决不用两句。如果短一点的字能表达，她决不用长的字。如果易识的字能表达，她决不用艰僻的字。"这里讲的是英语原文的语言，如果用这段话来评价宗璞自己的汉语文字的作品，我觉得也是无一字不贴切的。宗璞在评人，却无意中做了自评。

由于讲节制，重分寸，宗璞的作品有了一种总体的含蓄和蕴藉。她的无论哪一篇作品，都没有显山露水、锋芒逼人的躁锐，更不要说张牙舞爪了。无论是开头、结尾、细节、语言，人物的对话，环境的描写，宗璞都追求着尽可能的含蓄与温婉，追求着简约与凝练，以便把更大的艺术创造的空间，情感活动的空间，留给能与她心心相印、相通的读者。她说："我国文化素来主张抑制，讲究中和，哀而不伤，乐而不淫……"无论哀，无论乐，都是情感。所以在宗璞笔底，情感和节制是一切艺术节制之本。刘勰"言所不追，笔固知止"，此之谓也。

四、诗意和乐感

无论读宗璞哪种体裁的作品，你都不难读出其中深蕴的诗情和诗意。诗情，是指她行文的节奏感和旋律感。她的文字是那样抒情，那样使人流连。诗情，不是“愤怒出诗人”的那种直接的、未经审美化的，多少带有狂暴性的原始状态的情，而是被提升了的“哀而不伤，乐而不淫，怨而不怒”的情。她的节奏感和旋律感，主要还不是或不完全是文字音律的搭配和声韵的调谐，而是一种情感的律动所引起的更为深刻、更为内在的东西。正是这种内在的情感的律动，推动着、激动着、选择着外在的语言的节奏与旋律。

探寻诗意，表现诗意，创造诗的意境，使自己的作品显出诗化的特点，这在宗璞，应该说是自觉的。她也写过诗，新诗和古诗都有，但不多。宗璞说：“文字到了诗，则应是精练之至，而短篇小说应是和诗相通的。”事实上，她也是拿小说当诗写的，称她为小说诗人，应该说当之无愧。但她的诗却是她特有的优雅的诗，优雅的、诗意的小说和散文。毋宁说，她是睁着诗性的眼睛，用她诗意的心灵，优雅地感受人生和艺术的。

她在《致金梅书》里谈到《野葫芦引》时，讲了这样一段话：“写一部反映抗日战争时学校生活的长篇小说，这想法在五十年代就有了。所以并非受哪一种观点的负面启发，你不作此猜测，是聪明的。也不像有些人说的，我立志要写一部史诗，那未免太伟大，不是我追求的。史，倒是有些。因为我要纪念那一段可歌可泣的生活，写的就是那段‘史’，不过写出来的是小说。‘诗’则未必了。”史诗，在历史上是一种特定的诗歌形态，是叙述英雄故事的，又叫英雄史诗，有非常鲜明的文体特征和思想内容特征。而把一部分长篇小说叫作史诗，则属于特定文学历史概念的借用与延伸。但把自己的长篇定位在史诗效果的追求上，则既不是宗璞的初衷，也与她的才性不合。所以，她给“史”和“诗”，都打了引号。她所讲的“史”，并不是“史诗”之“史”，而她所说的“诗”则未必是“诗”，则又特指“史诗”之“诗”，并非指她小说中本来就非常浓郁的诗情和诗意。

宗璞作品中间的诗情和诗意，像清江锦石，像溪流清澈，可以是微波荡漾的滇池，可以是烟水迷蒙的太湖。她认为一切优秀的艺术品，都应当有诗意，音乐尤其如此。她称肖邦为“钢琴诗人”，并以此为题，专门写过一篇论述和评价肖邦的文章。她问道：“那使得他能够如此鲜明独特的，是什么呢？”她答道：“那是一种诗意。那是一切艺术品不可缺少的，任何艺术家不能互相代替的，只属于个人气质的特有的诗意。”这里强调了两点：一是诗意，一是独特。诗意，是指肖邦的乐曲和他的演奏，就像诗卷的作家的朗诵一样。李斯特说在肖邦的钢琴曲中开创了银白的色调；有时则是热烈燃烧的火一般的色调。宗璞解释道：“赋予他音乐银白与火红色调的是诗的激情。诗的激情使得他的音乐永远有肖邦的灵魂在歌唱，在呼喊。无论那音乐是哀而不伤，怨而不怒，还是山崩海啸，动地撼天。”他认为，肖邦“诗的激情来自祖国民间音乐的熏陶，来自远离祖国，深深压在心头的对祖国、对人民的热爱”。宗璞的这篇文章写得很在行。只有具有很深的音乐素养，并且非常熟悉肖邦的音乐作品、对肖邦很有研究的人，才能写出这样的好文章。

在《红豆》里，不仅江玫和齐虹两位男女主人公都会弹钢琴，他们的爱情就和在音乐上的相通、共鸣有关系，而且整个作品都仿佛氤氲着、弥漫着一支青春的旋律。这旋律因为偶尔流泻出几缕淡淡的感伤，而更显得浪漫。《知音》是在回旋飘荡的琴声中结尾的。“文革”后的第一篇小说《弦上的梦》则又是在大提琴的如泣如诉的乐声中开头的。在这个作品中，宗璞特别写了乐珺称赞梁遐的乐感。乐感，实际上是音乐演奏者或鉴赏者对旋律、节奏及其意蕴的一种感受性的直觉能力。

乐感，特别是音乐的旋律和节奏，像诗人的语感和诗意的旋律与节奏一样，在本质上都是情感的律动的表现。宗璞的许多小说、散文、童话，都能读出情感的律动，而这律动，既是诗的，也是音乐的，更是优雅的。

五、童心和童趣

童心和童趣，是宗璞优雅风格的又一构成要素，虽不能说她的所有作品都如此，但至少有相当多的作品都存在着这样的特色。

童心指创作主体的一种特定的人格状态和心灵状态。这种状态，是未曾涉世的儿童所特有的，它晶莹、透亮，一丝杂质也没有，它天真、稚拙、不设防。童趣则是童心对象化在作品中的特殊审美趋向，审美色调。

童心作为一个重要的中国传统审美范畴，是明代李卓吾提出来的，王国维在

《人间词话》里所说的“赤子之心”，在概念的内涵和外延上，与童心相当。人受环境的熏染，随着年龄的增长和涉世的日深，就不复是儿童了，而要保存一颗童心，则非常困难。但是童年的记忆对每个人都是深刻的、难忘的，总是浮动在纯真的诗意里。所以，表现了童心、童趣的艺术作品，就很容易引起读者广泛的关注和共鸣，他们要从阅读和欣赏中寻回逝去的童年的旧梦，从中得到灵魂的慰藉。难得的是宗璞有一颗不泯的童心，她用自己的作品，帮助读者追索着永去的童年的旧梦。她受到几代读者广泛的欢迎，这是很重要的原因。

在宗璞那里，童心和童趣，联结着她的真诚，充盈着她的诗情、诗意和乐感，它们在优雅的风格总体里相互叠合着、相生着、补充着、丰富着。宗璞作品的晶莹剔透，如果认真分析，大都不难发现那背后的童心。

宗璞作品中的童心和童趣，主要表现在两个方面：一是她写的童话，二是她对童年旧事的追忆。

童话是宗璞创作的重要领域，在这个领域里她辛勤劳作，其成就是公认的。要我看，她的童话的成就，虽不及小说，但强于诗歌。她认为，童话主要是写给孩子看的，所以“童话是每个人童年的好伴侣”。但她又说，童话“也是成年人的知己”。关于欣赏童话，她说：“读童话除了傻劲，还需要一点童心，一点天真烂漫，把明明是幻想的世界当真。每个正常的成年人都该有一颗未泯的童心，使生活更有趣更美好。用这点童心读童话，童话也可以帮助这点童心不泯。”其实，她就是这样一位童心不泯的女性作家，如果泯没了这点童心，不仅不可能写出那么多美丽的童话，就是她的优雅风格，也不会是现在这个样子。她说：“也许因为我有那么一点傻劲和天真，便很喜欢童话，爱读，也学着写。”在宗璞看来，“童话不仅表现孩子的无拘束的幻想，也应表现成年人对人生的体验，为成年人所爱读。如果说，小说是反映社会的一幅画卷，童话就是反映人生的一首歌。那曲调应是优美的，那歌词应是充满哲理的”。这段话反映了她对童话这种文学样式的一般看法，但是未尝不可以拿来评说她本人的童话作品。她收在文集里的童话，从第一篇较长的《寻月记》，或《遗失了的钥匙》，都可以从儿童和成人的角度去欣赏，只是不能没有童心。

但是在更多的时候，是她用自己提倡的那股傻劲、那点童心所写的小说，特别是那些追忆童年往事的小说，表现出更为深致的童趣。

宗璞的父亲，著名哲学家冯友兰在为女儿的小说散文选所写的“佚序”中曾写到宗璞在上清华成志小学幼稚园时的一段往事：“宗璞是那个幼稚园的毕业生，毕业时成志小学召开了一个家长会，最后是文艺表演。表演开始时，只见宗璞头戴花纸帽，手拿指挥棒，和好些小朋友一起走上台来。宗璞喊了一声口令，小朋友们整齐地站好队。宗璞的指挥棒一上一下，这个小乐队又奏又唱，表演了好几个曲调，当时台下掌声雷动，家长和来宾都哈哈大笑。”这是宗璞儿时一个实有的场景，但也可以看作某种象征：当了作家的宗璞，好像仍拿着那根指挥棒，用她的作品，指挥着童真烂漫的小读者和同她一样有股傻劲而又童心未泯的成年读者、老读者演唱富于童趣的乐章。演而乐之，哈哈大笑。

《鲁鲁》是最有代表性的作品，追忆了童年时代一段与小狗鲁鲁有关的故事，许多细节，许多场景，都在追忆中激活了。几乎丧命的小狗，其命运的漂流不定，祸福难测，一如战乱中颠沛流离、居无定所的主人们。故事是从童心的镜面上映照出来的，所以透明、晶亮，而又略带感伤。这个作品，美就美在写出了这略带感伤的童心和童趣。

《野葫芦引》是以作者及其家人在抗战期间的生活和体验为依据的长篇多卷小说，属于知识分子题材的作品，但带有一定的家族自传。角度是写作的近期和实际体验的当时的交错、交叉、交叠。其中就有追忆中的童年和观察体验的角度，特别是邻家小儿女的情态，尤其如此。即使对环境的感觉无论是对北平，还是对昆明，都不难看出童心和童趣。

总之，只要有傻劲儿，重真诚，就不乏童趣和类似于童趣的东西，因为作者始终童心不泯。

六、民族文化气韵

我始终认为，宗璞的优雅而独特的艺术风格，是她综合文化素养的表现。刘勰在《文心雕龙·体性篇》里，曾把构成风格的要素分析为“才、气、学、习”四端，其中的才性、气质，虽亦受后天的涵养与护持，但大体禀之于先天。但学力和习染，则主要得之于后天。与此相应，刘勰还提出过“积学以储宝”和“研阅以穷照”的思想。“积学”谈的是“学”，“研阅”说的则是“习”，一个是提高学养，一个是积累人生阅历。综合起来，可以称之为文化素养。作家孙犁在谈到宗璞的创作时，特别强调了她的修养对她创作的意义。孙犁说：“宗璞从事外语工作多年，阅读外国作品很多，家学又有渊源，中国古典文学修养也很好。”

宗璞出身于一个书香门第，从小受到很好的中国传统文化和西方现代文化的教育，父亲是学界泰斗，她的姑母冯沅君（即淦女士）在“五四”时代的新文学运动中曾是一员骁将，后来在中国诗史的研究中，也起了开山的作用，是享有盛誉的文学史家。

冯友兰说，宗璞成了作家，他们做父母的当然高兴，但他也担心女儿“聪明或许够用，学力恐怕不足。一个伟大的作家必须既有很高的聪明，又有过人的学力”。他说：“我不曾写过小说。我想，创作一个文学作品，所需要的知识比写在纸上的要多得多。”他并不把知识局限于书本，而是提出要读两种书：“无字天书”和“有字人书”。无字天书是指“自然、社会、人生这三部大书”，它们是一切知识的根据，一切智慧的源泉，但都不是用文字写的。有字人书就是书本知识。冯友兰的无字天书和有字人书，略相当于毛泽东讲的直接知识和间接知识。应该说，宗璞就是在这样的家族环境和知识观念的熏陶和哺育下，累积起自己中国的和外国的文化蕴积的，而且逐渐形成了自己独特的文化性格与文化心理。这性格和心理就其主导面而言，无疑是东方的，中国的，甚至可以以大家闺秀目之。但是，这又是开放的，不封闭、不固守的文化性格和心理，其中颇吸纳了西方现代文化的质素。文学不说，单是音乐的素养，就很能说明问题。

这样，便有了宗璞为人和为文的独有的文化气韵，这种气韵充实着她的优雅风格，使她成为现代中国文学的骄傲，同时也能够为更多的他民族的读者所欣赏，影响远及海外。

原载《文学评论》2004年第1期

论《东藏记》的误区

柴　平

《东藏记》是宗璞的长篇四卷本小说《野葫芦引》中的第二部，它诞生在2001年，是新世纪初一部优秀的长篇历史小说。这部学者小说在艺术上是高雅文学的典范，文字优美雅洁，典故丰富，深藏着中国传统文化的厚重底蕴。但是，《东藏记》中却充斥着大量的贱商话语，呈现出明显的思想方面的缺陷。在整个20世纪里，西方商品经济意识的大面积涌入，加速了我国现代化进程，宗璞却敌视、排斥商品经济的发展。从文本中可以看出，对儒家传统文化的捍卫，使宗璞以保守主义态度对待西方文化资源，因此，笔者认为，宗璞以儒家思想的高扬来抵制西方文化的融入，在中西文明碰撞冲突中坚持保守主义立场，明显不利于中华文明在全球化进程中吐故纳新，更新发展。

宗璞鄙薄和否定经济人，意在埋葬人们的商业意识、物质主义思想。在小说中，她让在资源委员会做经济情报人员的掌心雷莫名其妙地突然死亡，对在课余赚外快过舒适生活的教师尤甲仁冷嘲热讽，最为明显的是，作者在文本中极力贬低、嘲讽商人的思想和生活方式，丑化歪曲商人吕香阁的形象。吕香阁是吕老太爷的本家，地位近似仆人。她为避战乱随凌雪妍、李宇明离开日军侵占的北平，到处流浪，受尽颠沛流离之苦。“但她不时流露出惊讶和失望，她提出‘人往高处走’的说法来讨论，不懂凌小姐——卫太太怎么能吃这样的苦。”吕香阁避苦求福，被宗璞看作是追求享乐。在去延安的中转站——一个小村子里，吕香阁以给钱为由，不让雪妍帮村里的王家做饭带孩子，作者将香阁描绘成一个推崇交换原则、处处讲实利的功利至上的市侩。香阁爱慕村里王一的英俊外表，与之外出做小买卖，被作者斥责为拆散别人家庭的道德败坏者。一次轰炸途中，她遇到一个旧锡商，做了他的外室，一年后锡商外出数月不归，战乱中音讯难觅，香阁只得只身来到昆明，开绿袖咖啡馆谋生。英国民歌《绿袖》里的绿袖指代妓女，作者借此讽刺香阁是无耻下贱的妓女。最后宗璞把她定义为一个奸商，一个笑里藏刀、眉来眼去的妖精，“她本来生得俏丽，办事快当，且有手腕，当时外国人渐多，她应付起来，像是熟人一样。客人知她从北平辗转来到此地，都很同情。又有几个祖姑的招牌，咖啡馆在众多的小店中，倒还兴旺”。她善于利用自己的外貌、感情资本拉顾客，借助远亲做广告，适时展示自己的苦难，做情感投资，获得顾客的感情支援和精神上的扶持，唯利是图。她不择手段，巧取豪夺，“她除了开咖啡馆，还利用各种关系，帮助转运滇缅路上走私来的物品，那在人们眼中已经是很自然的事了。也曾几次帮着转手鸦片烟，但她遮蔽得很巧妙”。在爱情上，吕香阁狡诈，诡计多端，她的本事“在心计。她的前途是嫁一个好人家，若和中国的正经人论婚嫁，她的过去是一个大障碍。她现在有好几个美国男朋友。美国人观念不同，他们不追究过去，只着眼现在。保罗近来和她渐熟，也被列作外围，香阁觉得他条件、品貌都好，人又天真，是那种可以落网的”。她道德败坏，设置陷阱离间了麦保罗与女友澹台玹的亲密关系，这种爱情追求无异于狭邪小说中妓女对嫖客的引诱、暗算。总之，吕香阁在宗璞笔下是个面目可憎的恶女人。

文本中的商人吕香阁卑劣、贪婪、猥琐，这种对商贾品质的一概抹煞，表明宗璞对儒家传统集体无意识的传承。儒教伦理观念主要表现在贵贱、义利、理欲等“形而上”与“形而下”这两种思维定式上，这些贵贱论、义利论、理欲论等伦理话语申明了社会行为的善恶、贵贱，就这样“将所有的经济性动机、诸业人士都置于由人格善恶、身份差序以及荣辱贵贱心理所构筑的‘格式'中"[①]，形成职业观念和道德观念的差序格局。士贵商贱、德士奸商是儒家传统伦理意识的梯级形态，宗璞基于这一传统意识做出的丑化商人的梯级伦理价值判断，充分说明宗璞身份平等观念的缺失，道德平等观念的匮乏。

一、身份平等观念的缺失

宗璞褒扬书香门第之家孟家，贬谪商人吕香阁，显示出明显的士贵商贱的职业歧视，这种身份平等观念的缺失反映了儒家传统的职业伦理观念对宗璞根深蒂固的影响。

儒家推崇等级制，从根本上否认社会是整齐平一的，肯定社会各阶层有贵贱上下的分野，层级式的价值判断使得各业行为和社会分工呈现出一种差序尊卑格局，庶民阶层的身份地位在伦理观念上的程式是士农工商的梯级排序方式。在儒教职业伦理的规约下，这四民不仅具有职业治生的含义，而且包含了伦理价值在内。士、农、工、商的定位序列致使社会各阶层等级秩序森严，人们身份和社会地位的差序格局不可更改，森严的士农工商的职业等级制度构成社会化的层级控制。士这一知识分子阶层为四民之首，居于最上层，成为领袖阶层，社会地位最高，最受人尊敬景仰，是传承儒家文化的载体，政府的后备官僚，"四民之业，惟士为尊"。商人被放到第四等，置于末流，处于这一序列中最低等级，被看成卑贱之业，社会地位最低，最受人歧视鄙弃，被视为贱人、市井小人，社会声望最低。作为职业的儒和商贾不相容，业儒为先，商贾次等。"右儒而左贾"，是传统四民说的核心理念，士商形成优越与从属关系的对立，崇儒抑商构成一种典型的职业伦理观念，这种职业伦理的差序格局从农耕文明起俨然明晰，职业伦理中梯级性的价值观念盛行几千年。

尽管20世纪以来，商人文化渐渐占据支配地位，四民之望族儒士的至尊地位急剧下降，逐渐失去了等级社会的首席地位。但是，职业尊卑的评价取向在泛道德主义的影响下，仍然以极其强韧的力度规约着宗璞为儒的思想和行为，

① 刘增合：《儒道与治生之间》，《史学集刊》1999年第3期。

牵制着宗璞对四民社会地位的认知判断。由于认同儒家士农工商的地位等级观念，导致宗璞产生了价值偏执。她鄙视世俗的生存、末业的俗贱，不允许士商有同等的权利和社会地位与声望。《东藏记》里多次提到书香门第孟家的“清贵之气”，孟家是宗璞家庭的原型，这明显可以看出，宗璞在士人中心主义意识的驱使下，流露出高度的精神优越感、精神贵族的特权观念。正是这种强烈的精神等级观念，促使宗璞在文本中竭力褒扬孟家，丑化“吕香阁这样一个微不足道的小女子”。

吕香阁不堪流浪之苦是因为趋利避害乃人的本性，她开咖啡馆是正当的谋生途径，是为战乱中求得生存窘境的改变。她有着商人的精明算计，凭借驾驭市场的本领，以精湛的经营之道创造财富，妥善处理人与人之间的交换关系，获得了商业活动的巨大成功。吕香阁根据自己的个性、爱好与才能选择商人这个职业，是对自己天性的一种解放，她经商谋生存表明重视支撑人格独立与尊严之经济保障，所以，我们应该充分肯定商人经商营利，执着于自我价值观念的个人奋斗，个性化的生存方式及个性自由发展的追求，毕竟其中包含着人生价值追求的积极因素，证明其拥有自由、自主、自为的经济人格。然而，宗璞却不承认以个人价值为生存前提的人性，这无疑与个性解放精神的现代观念背道而驰，是历史的倒退。

商人凭才智经营管理谋生，文士凭文化知识谋生，不同的人生道路表明了，现代社会生存选择中主体选择的多样化，途异旨同，“良贾何负鸿儒”！（汪道昆语）“明代以来，常有‘士商异术而同志’之论。概言之，士商作为治生之术虽然有所不同，但在伦理价值和人生态度层面却是可以相通的。”[①]我们应该打破几千年传统的尊卑等级观念，建构平民阶层平等的职业伦理体系，给一向受鄙薄和压抑的商人阶层在商品经济发展的浪潮中自由舒展的空间，肯定商业活动的必要性和正当性，认识商人阶层的人生价值和社会价值，承认业贾经商是人们谋生、体现自身价值、实现人生抱负的途径之一。只有这样，才能在观念上和现实中达到真正的士商平等，以新的价值观念逐步置换重

① 刘增合：《儒道与治生之间》，《史学集刊》1999年第3期。

儒抑商的旧观念，把人们从‘右儒而左贾’的思想禁锢中解脱出来，才能充分解放人的个性，给每个人的天赋和才智以充分发挥的广阔自由天地，才能推动商品经济发展，使社会和谐、合理地发展。

宗璞以小说这种艺术力图宣扬传统职业伦理观念的贵贱思想，一味轻视商人，抬高士子，呈现出她狭隘的文化心理。思维的狭窄性势必影响到文学形象的丰富性，导致其文学的思想空间难以向纵深拓展，吕香阁便成了奸诈的王熙凤的复制，所以《东藏记》这样的文学难以上一个更高的层次。

二、道德平等观念的匮乏

儒家以往一直是中国传统社会权利的最终归属，等级制度作为一种社会秩序的行为规范，渗透进了社会的价值观念中，因此，理欲、义利等儒家价值判断亦呈现出层级式，这种判断确认了士商的道德评价的善恶之分，勾勒出德士奸商的伦理道德观念的差序格局，导致儒商人格不平等观念的普及。儒家的传人宗璞在《东藏记》里褒扬士子，在道德上贬抑商贾，商贾无从获得儒家所崇尚的社会地位和道德理想，这充分说明了作者道德平等观念的匮乏。

儒家重视伦理道德的培养，却对物质财富的积累怀着深深的恐惧，儒家典籍《大学》上有“德者本也，财者末也；外本内末，争民施夺”。儒家重德轻富，认为这有利于社会的稳定，将德与富对立起来。在儒家财富原罪观念的影响下，古有孔子的“君子喻于义，小人喻于利”，董仲舒“正其谊不谋其利”，程朱理学“灭私欲则天理明矣”，今有道德保守主义者冯友兰认为道德无所谓新旧，试图重新确立宋明理学的道德理想主义传统，舍程朱理学的三纲，取五常仁义礼智信。这种儒家价值取向主张安分礼让，片面强调礼义对立，产生对物欲的一概否定，对个人自由进取精神的粗暴压抑。

由于崇义重理、抑利泯欲的价值评判标准，儒教中国轻视商人，怀疑和否定商人行为的正义性。儒家对商人大举挞伐，商人作为经济人在道德上被排斥，致使中国商人始终处于受贬抑的地位，成为被鄙视的人。儒家士子宗璞在无商不奸悖论的指导下，将商贾送上道德法庭，吕香阁就这样成了一个没有仁义礼智信、匮乏五伦的人。作者批判吕香阁使王家不睦，对王家媳妇无恻隐之心，不仁；勾引严军长、麦保罗，挑拨情侣之间的关系，无羞恶之心，不义；接过凌雪妍一百五十元钱，无辞让之心，无礼；发战争财，漠视救国，无是非之心，不智；扯谎骗走雪妍，达到与王一出走的目的，不信。在利义对立的思想支配下，宗璞认为吕香阁仁义丧尽，唯利是图，无情无义，丢掉了基本的道德修养、情操，丧失了起码的伦理底线。

商品经济能够为社会发展提供坚定的物质基础和强大的精神动力，利益原则是商品经济的根本法则，追求利润是商人的天职。吕香阁摆脱言义不言利的僵死的儒家道德约束，勇敢地追逐商业利润，她将义与利、情与利、德与富的关系统一起来，其对物质层面的追求体现了一种理性化的精神。她做锡商的妾，主动追求保罗，都是与其物质化生存息息相关的，皆表明香阁对个人主义的价值领承，代表了她对个人幸福的执着人生追求。吕香阁个人主义的幸福观具有个性解放的特征。对个人幸福强烈追求的愿望是合理的，是符合人性的。现代人性观认为，欲望是人类发展和富有生机的表现，有利于人类和社会进步。香阁是一个以个人主义为本位的人，有着合理的利己主义欲求，她并未受过吃苦耐劳的教育，以她的农村出身，曾经历过母病、负债、寄人篱下，自然有着改变个人地位的强烈愿望，这是可以理解的，但却被描绘成漠视国难，见利忘义，违背起码的伦理道德底线，丧失人性，沦为资本的人格化或金钱的人格化，这是《东藏记》思想上所存在的巨大局限。

义是道德行为的根本指导原则，利润是人类社会生存、发展、繁荣的物质基础。义以利为基础，道德完善不能脱离物质基础“利”，义利是统一的。社会发展首先是物质层面的创新与追求，然后是在此基础上现代意义社会道德的重建。我们立足于人的自然属性，理应充分肯定物质欲望的正当性及社会价值，视物质利益、物质生活为人的其他行为和社会属性的基础，利义密不可分。商人只要遵守利以义制的道德原则，同样可以实现对道德完美的追求，建立完善的道德人格。我们在道德上打破商贾“不务仁义之行，而徒以机利相高”的世俗偏见，对重儒抑商的传统观念作出新的价值判断，无疑是顺应市民阶层的要求，顺应社会的发展，顺应商业繁荣的历史潮流。

儒家仅承认自家学说的道德心性的先在性与圆满性，认为士子重义轻利、贵义贱利，商人见利忘义，其片面强调利对道德原则所具有的侵蚀作用和消极影响，要求人们抑制对物质财富的追求，鄙视世俗的享受，这显然阻遏人性发展，不适应商品经济日益发展的社会趋势。道德标准是儒家衡量社会进步、确立时代价值标准的根本尺度，他们却不是强调在物质的追求中去落实精神的道德要求，使道德水平与社会生产力发展水平相适应，建构平民化、世俗化的价值取向。宗璞传承儒家思想，对社会现代化的理解脱离了世俗的生活层面，抽象地论仁义礼智信等道德概念，忽略了当代中国社会的现实矛盾和世俗化趋向，这种远离现实、远离世俗社会的道德理想追求，在行动上必然会偏离现代化的正轨，不能坚持历史进步与道德价值观念更新的一致。

我们应当认识到商贾在国民经济中的重要地位和巨大作用，并且充分肯定士商并重的社会价值，提高商贾的社会地位，这将大大促进中国社会现代化的进程。在现代性大潮的冲击下，宗璞拒斥商业化，固守古典人格理想，从传统的儒家文化中为其保守主义的成长寻找文化支援，高扬文化保守主义、文化民族主义，实际上，宗璞的文化保守主义、文化民族主义证明的是狭隘的民族主义思想，表明文人自怜自傲的民族心理定势及其心中对现代化或西化的惧怕。儒家文化主张闭关锁国，其封闭性、保守性倾向必然与当代经济全球化发展趋势不相容，不利于中国同外国的经济交流与合作，无疑与历史潮流相悖。儒家思想把物质文明与精神文明绝对对立起来，陷入了唯精神论的误区，德国的韦伯曾断言，儒教是阻碍中国发展商品经济的文化制约。“儒家思想不会再成为现代化社会生活的指导思想，也承负不起中国走向现代化的重任。”[①]中国要实现以工业化和民主化为主要内容的现代化，其关键是发展工商文明，这要靠对传统文化的扬弃，对马克思主义的创新与发展。

《东藏记》是儒家情怀的载体，充分展示了传统文化的积垢之深。今天，商人已经获得广泛的社会认同感和心理认同感，面对市场经济及其基础上的个

① 马昌建、李云峰：《论新儒家在中国现代化追求上的思想误区》，《西北大学学报》2003年第2期。

人主义的冲击，士商两大阶层升降分合的社会变化，崇士贱商的儒学情结使宗璞回归了传统之路，她的文学怀旧是对文学现代化发展的一种疏离。文本让古典儒家传统独霸话语权，呈现出职业伦理观念和道德观念的差序格局，因此，本书不能为我们寻求当下生存的价值范式和精神出路提供有意义的思考。

当今的时代是个多元文化的时代，推崇民主、开放，儒家理念匮乏平等人权的思想、宽容的理念，具有排斥异端思想的独断精神。宗璞却以儒家价值关怀为终极价值关怀，拒绝西化或商业化，以捍卫传统，却走向中华文明的负面乌托邦。笔者认为，宗璞应该站在时代的前列，有敏锐的眼光和当代的观念，应该保持平等、创新、开放的思想，并且尊重商人文化，做促进和弘扬当代文化发展的先锋。

笔者希望宗璞那由厚重的历史积淀而形成的贵士贱商情结能够冰释，突破儒家传统思想的樊篱，树立重商崇商的意识，在义与利、情与利、德与富等关系上采取更加辩证的态度，在这方面，《儒林外史》早有先例。吴敬梓不被某种僵化的观念所束缚，不以人物的职业界限或人物所处的社会地位的不同来划分作品中人物的好坏，敢于突破前人对商人的偏见，打破无商不奸的传统观念，勇敢地歌颂商林中那些仗义疏财、救人急难的正面人物，突出他们的高尚之处。而《东藏记》中，作者则对人物缺少深刻的分析和科学的评价，呈现出伦理的偏激色彩，纠正这一偏激的理念，应该是下两部书《西征记》《北归记》的任务。

原载《当代文坛》2004年第3期

涵泳大雅

——论宗璞短篇小说的叙事艺术

王小平

初读宗璞是在刚上大学时。先是《红豆》，一篇被不断收入各种当代文学作品选的小说，让我惊讶的是几十年前讲述的故事今日读来居然丝毫不觉隔阂，后来读到的其他作品也是如此。究竟是什么使得宗璞的小说有着如此长久的魅力？想来最主要的原因还是在于文本中大量富于个性的生命体验的抒写。宗璞的短篇小说创作主要集中在五十年代中期以及七十年代末以来，五十年代的“百花齐放”和八十年代相对宽松的思想氛围都给了文学创作以一定的自由空间，作家的艺术个性也得以展露。虽然时代本不应成为文学的敌人，但不可否认的却是大量应时而生的作品随着时间的流逝逐渐被人忘却，而宗璞显然成功地避免了这一点。当然，宗璞并不是象牙塔里的作家，她在小说中从不回避重大的时代问题，在她的作品中，隽永恒久的人性与时代风云激荡相依相生，在不断给人们带来美的享受的同时也引发了无尽的思索。可以说，宗璞的创作在丰富了文学史图景的同时，也为我们的文学创作和研究提供了大量可资借鉴之处。尤其是在如何凸显个人话语这一方面，作家的努力无疑是卓有成效的。

宗璞曾在《风庐短篇小说集》“序”中提到自己的短篇小说创作有三方面的追求：“一是结构完整，无论怎样的奇峰怪石，花明柳暗，总要是浑然一体；二是语言要达到一篇散文所能达到的，让读者能从语言本身有所获；三是要有一个意境，也许短篇小说不一定有故事，但一定要有意境。”这算不上系统的小说理论表述，但却为我们进入作家的作品世界提供了一个线索。在这三点当中，除了语言之外其余两点都是和叙事手法相关的。对宗璞而言，手法并不仅仅是手法，而是“富于意味的形式”，它巧妙地修饰并突出了作家的意图，将读者导向预期之境。循着这一线索去考察宗璞的创作，就会发现，叙事艺术在宗璞那里成为有效地保存个性话语的方式。

先来看作家自述的“结构完整”。事实上，从固有的小说观念来讲，也许有些小说是称不上结构完整的，叙事时间的断裂以及意绪的飘忽不定使得它们更像一幅幅片段而非完整的画面。这里当然涉及现代小说观念的转变以及模式的变化。与古典小说不同，宗璞的小说是以人物心理作为结构中心的，情节被淡化，不再具有驱动性力量，而人物与环境的关系、人物在这种关系中的心境则被不断强化，最终成为吸引读者全部情感的中心所在。譬如《我是谁？》《一墙之隔》，通篇集中于人物心理的描绘，情节偶有出现也只是淡淡一笔带过。对人物心理的细腻体贴与描摹使得小说始终跌宕起伏，在情节之外成功地另行开拓情感空间，从而保持了小说心理意义上的完整性。当然，做到这一点是不容易的。因此，作家采用了独特的叙事视角。

毛姆在谈论亨利·詹姆斯的小说艺术时曾提到“亚变种”的全知观点的写法，并认为它可以弥补全知视角与限制视角的缺陷。事实上，这一手法对中国读者来说并不陌生。虽然中国古代小说多是全知视角，但也有少量突破者。而其中之一就是这种“亚全知”视角，即作者仍然是无所不知的，但他只对某一个人物无所不知，而由于这个人物的所知有限，作者的无所不知也便是有限的。在古代，它主要体现于史传文学中，有其不可替代的功能。在宗璞的小说中就大量采用了这一方式。《红豆》中的江玫，《米家山水》中的米莲予，《心祭》中的黎倩兮，她们的所思所感承载着作者的所思所感，而文中其他的角色则处于相对次要的地位。在这里，对主要人物以细腻的心理刻画为主，对次要人物则以动作、语言描绘为主，这两种截然不同的描写方式被统一在一起，效果当然是不言而喻的。但是，就现代小说观念而言，这样的方式是否会削弱文学本应达到的深度？这一点我想也是有的。当我们循着作者的思路慢慢接近缩云（《团聚》）的时候，不容置疑的叙述能够迅速将读者捕获，从而忘记，那个已经变得庸俗的丈夫辛图也曾经有过不为人知的痛苦与悲哀，甚或是更有权利对生活发言的。读者并不总是满足于被诱导的，他们也渴望能够参与人物的行动，参与情节的推进，与被导游指引相比，读者也许会更乐于亲自去寻幽探胜。然而，我们始终不能忽略的一个问题就是作者的意图。采用这种方式的好处是很多的，譬如防止情节枝蔓过多，使得小说看起来紧凑而简洁，等等。但是，真实感是它最大的优势。这也是为什么古代史传文学总喜欢采取这种方式的原因。当我们读着作者对江玫不加掩饰的喜爱："她那年轻的心充满了欢快""她觉得那清秀的象牙色的脸，不时在她眼前晃动""又一次感到有些遗憾"，毋庸置疑，主人公的一举一动都牵着读者的心，人们不由自主地为她的喜而喜，为她的悲而悲，真实感悄然而生。这样，作者就成功地诱导了读者。何况，宗璞是那样一个敏感多情的作家，她对作品中人物的感情投入几乎是无保留的。这种司各特式的伤感或许在现代主义者看来是过于情感化了，但就宗璞的写作年代，它是不羁的，也是独具一格的。这种结构模式事实上是"五四"主情倾向在当代文坛的遗存。这种倾向在自《讲话》以来逐渐被框入战争文化规范的文学中以变异的形式保存下来，以激荡的情绪呼唤民族的伟力成为叙事中常用的策略，但在宗璞这里，情感体验的个人性回到了优先地位。一切影响都通过"情"来生发，特别是通过极其隐秘的私人体验。这样一来，同样写革命道路的选择，《红豆》相对同类作品就更具有引人共鸣的力量。

再来看"意境"。宗璞的小说是优美而含蓄的，深得古典文学的精髓，其最为突出的表现便是意境的营构，这实际上也体现了中国文学中抒情传统对叙事文学的渗入。在宗璞的作品中，人与环境之间的和谐同构关系是凸现意境的重要方面。在《三生石》中，梅菩提的居处勺院虽然在接踵而来的破坏中呈现出一派残败的景象，但那高大的柳树，屋檐下鲜艳的花朵，还有那块三生石……这一切在方知的眼中"都是美好的，都笼罩着一层温柔的诗意"，而勺院也成为了"沙漠中的绿洲"；而在《红豆》中，江玫的住处的台阶上摆满了夹竹桃，"生活就像那粉红色的夹竹桃一样与世隔绝"。中国古典小说的人物形象描写注重写意美，并不追求精雕细琢，而是通过疏淡勾勒写出人物内在情状。魏晋时期的志人小说《世说新语》中对人物品貌的描绘，“世目李元礼‘谡谡如劲松下风’”“见山巨源，如登山临下，幽然深远”无不如此，而《红楼梦》中写尤三姐死时一句“揉碎桃花红满地”更是深得个中三昧。这是通过对生活具象的超越而达到的情境相融，在这一意境美学的追求中，环境描写与人物形象的关系是耐人寻味的一环。最为经典的例子之一便是蒲松龄《聊斋志异》中的《婴宁》：“门内白石砌路，夹道红花，片片堕阶上……窗外海棠枝朵，探入室中，裀藉几榻，罔不洁泽。”婴宁的天真烂漫与青春自由在多层次的环境描绘中被不断暗示。将物境的诗化作为强调人物审美力度的重要手段，这一手法对于具有高度古典文学修养的宗璞而言自然是驾轻就熟的。但在作家那里，它还具有着别样的意义。

人与环境的相融是通过物境的内化与心象的外化而达到的，这种沟通为人自身筑起了一道天然的屏障，换言之，人在这一自身构建的环境中是自在自足的。用摄影的术语来说就是具有了“景深”，优秀的摄影师总会努力发掘这种景深，力求画面构成的完美和深邃。这种景深的视觉效应是立体的，而非平面的。通过与环境相融，人不再是孤立无援的，而是有所恃的。在宗璞的小说中，这种叙事方式在特定的年代中无疑显示出其独到的价值。当普鲁斯特品尝那块马德莱娜小点心时，记忆如潮水般涌来，一个自足的，缓缓旋转的昔日世界一下子清晰无比，但这个世界却始终存在于作者的头脑之中，它的亘古与外部世界的易逝恰成对照，这是其魅力所在。对内部空间特征强化的结果是对外部空间以及时间的忽略。在《三生石》中，当方知走出勺院回头凝望的刹那，所有的美与温柔被小心翼翼地封在门后，菩提的脆弱与美好在旋涡般的时代面前显得那样坚强，她的柔弱不争越加反衬出时代的荒谬。宗璞试图在混乱的图景中努力保存一个正常的空间，它同样存在于作家的头脑之中，这个空间凝聚了传统文化的精髓，有着端方雅正的知识分子品格，也有“虽百折而不挠”的文人气节，当然更有着温婉坚韧的女子心性，外部世界被成功地隔绝于这个空间之外。由此而来的便是人物与时代相疏离的叙事效果，自然环境产生的氛围与时代环境构成了一种对抗，而人则在这种对抗中找到平衡，回归自我。

与此相关的是小说的诗化效果。古代小说虽一直不登大雅之堂，但并不妨碍其多引诗词歌赋。连《西游记》都时不时地来一段韵文，更遑论明清世情狭邪，到了近代更是蔚为大观。“五四”以后虽然很少再直接以诗词入文，但“诗意”却未曾减退丝毫。这既可以看作古典诗词“意境”的遗绪，也有着现代西方小说观念的影响。当完整的理念世界被打破，小说便不再是一个自足体，这是现代西方小说观念最大的突破之一，而在中国，情况则要更为复杂一些。在“五四”一代作家那里，文学观念大多是分裂的。他们的理论提倡与实际创作总有不相吻合之处，在不断批评古典文学的同时又在作品中向其致敬，这也许可以理解为强势文化传统的影响。在三十年代，小说艺术有了长足的进展，并积累起丰富的叙事经验，小说的诗化也有了更多尝试，譬如萧红、沈从文，他们的创作更多地带有草根文学的特征，西方小说观念的影响固然通过“五四”一代有所流布，但从本土发展起来的文学理念对其创作的制约则更为鲜明。这里的诗化实际上与散文化是联系在一起的。至此，诗化小说已成为现代中国小说模式的一种，它的源流自然不止一端，但古典意境观念的影响则是至关重要的，尽管我们对于这一影响是怎样与现代小说中的某些观念相结合，至今还没有较为深入的研究。而在宗璞的笔下，她的小说的诗化特征则更多来源于明确的美学追求。中国古典文化和文学的修养在形成端方雅正的知识分子品格的同时也赋予了其作品以柔美隽永的叙事风格。饱含情思的红豆，《米家山水》中的那方山水天地，三生石的象征……它们在民族文化心理中唤起的是由普遍文化记忆而来的共同的情感体验。在宗璞的笔下，由意境营造而来的诗化效果无处不在，连人物的名字也是如此。梅菩提，柳清漪，米莲予……诗意古典的气息氤氲漫布在字里行间，和上文提到的背景一样，都是小说意境的重要构成部分。它们的存在使得小说具有了更为丰富的意义，与古典文学内在精神的相通，使得作品呈现出超越具体时代背景的美学品格，更重要的是，在这样的叙事方式中，作家个人的文化修养、文学趣味起了决定性的作用。在有着强势主流话语的年代，这种方式更像是一种策略，它以防守的方式宣告存在，尽可能地避免受到主流话语的影响，更多地保留了个人叙事的特征。

在中国现代文学进程中，语言的转换与流变始终是一个中心问题。在宗璞这一代作家那里，基本上已经完成了现代语言的转变。相对“五四”一代，他们的语言去除了西化初期而来的生涩坚硬，显得圆熟明朗。当然，也不具有“五四”时代所特有的因朴拙而来的天然与恢宏。具体到宗璞个人，她的语言风格是细腻端雅的，这种语言即便在表现激烈的行为时也显得温文平和，不失中正之美。譬如在《核桃树的悲剧》中写到柳清漪在面对丈夫的遗弃、年轻人的殴打时的那种平静的悲哀，处处充满着节制的文字让人想起“怨而不怒”的诗文传统。同时，宗璞的语言也以凝练见长。在她的小说中，很少有长句子，大都简洁生动。作为现代汉语，它吸取了欧化语言的表达方式，但情感的含蓄却使得它在内核上更接近传统的言意关系。作家说“要达到一篇散文所能达到的，让读者能从语言本身有所获”，女性的细腻优美在语言中表露无遗。在急躁扬厉的时代氛围中，天性的自然流露是多么地难能可贵。语言是一个作家存在的本质，对语言的追求也即是对文本存在方式的追求。当宗璞更多的是从个人天性和文学品位出发去选择文本的写作方式时，事实上已经与时代主流话语拉开了距离。宗璞的文学追求很重要的一个方面就是对美感的追求。“从语言本身有所获”，意味着文字的自足性，换言之，它具有了作为文本之外的意义。文学自然不仅仅是语言的艺术，但同时语言也同样拥有着超出文学本身的特质。可以说，它隐喻着一个人与所在世界的关系，语言是检验一个作家真诚与否的重要标志，也表明着作家究竟在多大程度上保留了独立写作的权利。对宗璞来说，对文字美感的追求在某种意义上也许是不合时宜的，不管是在五十年代还是在八十年代，但这种不合时宜却为作品赢得了更为长久的生命力。

从宗璞的自述出发，我们讨论了作家短篇小说中的一些叙事手法，当然没有谈到的还有许多。作家本人有着较高的古典文学修养，又长期进行外国文学研究，其转益多师的写作方式能够为我们研究小说模式提供许多有意义的东西。但我更为关注的还是在这些叙事方法背后隐藏的话语取向。事实上，我们可以看到，通过这些手法的运用，作家在时代与个体的空隙中获得了较多的自我空间，从而在同时期的作家中显示出独特的风貌。这其中，强大的主体意识是很重要的一环。

八十年代中期，宗璞发表了《蜗居》《泥沼中的头颅》等几篇小说，因采用了当时刚刚兴起的意识流手法而引起人们的注意。宗璞在《小说与我》中讲了两段很有意思的话：“（卡夫卡的作品）写的是现实中不可能发生的事，可是在精神上是那样准确……把表面现象剥去有时是很必要的。这点给我以启发。”“中国画讲究‘似与不似之间’，讲究神似，对我很有启发……绘画和文学是两种艺术，所凭借的手段不同，但也总有相通之处。”读到这两段话就会对宗璞的创作有更进一步的了解。宗璞在创作中始终注重的是精神内核，而形式则是可以不拘一格的。她并不刻意寻求形式的革新，也没有引领潮流的想法，她的全部注意力都集中在人物塑造、情感呈现等。对西方文学有着长期研究的宗璞当然不会忽视现代文学的种种技巧，包括意识流和一些变形荒诞的手法，在《蜗居》《我是谁？》等篇中，也大量运用了这些技法。但这些外来技法的运用并不使人感到突兀，究其原因，中国文学的抒情传统在其中起了根本作用，使得作家能够以自己的情感力量去统驭对象，从而在感染读者的过程中将技法的存在感降到最低。因此，在宗璞的笔下，无论是意识流还是变形、怪诞的手法，总能如盐入水般融入作品。从古代哲学的角度来讲，就是“万物皆备于我”的一种观念，而在创作中呈现出的就是鲜明的主体性意识。在采用种种技法时，这种主体性意识的强弱是直接决定文学品位的关键，就这一点而言，在八十年代的文学创作中，宗璞的创作经验是提供了可资借鉴的例证的，这也是为什么她的作品能够长久得到人们喜爱的原因之一。

深厚的中国古典文学和西方文学修养为宗璞的创作提供了开阔深邃的视野，它们在一一化入其作品的同时却又如羚羊挂角般不着痕迹，这是作家的高明之处，究其原因还在于个体精神、情感力量的强大。在追求阅读乐趣的今天，宗璞的短篇小说仍然有着它无可代替的魅力。我想，这不仅仅是由于兼容并包、灵动巧妙的叙事手法，更重要的还在于作家始终是将叙事技巧与一己之情怀相融，这才是最根本的叙事艺术所在。

原载《当代作家评论》2006年第2期

“十字路口”情结的执拗和超越

——论从《红豆》到《东藏记》话语系统的融合形态

王进庄

1990年，宗璞在《致金梅书》中写道：“写一部反映抗日战争时学校生活的长篇小说，这想法在50年代就有了……我很庆幸50年代有的想法，贮存了30多年才动笔。确实，我这个人活到现在，才会写出现在的《南渡记》，若是50年代，肯定是另外的样子。”[①]宗璞在文中坦言了《野葫芦引》与1956年的《红豆》在创作上的距离。从50年代到90年代，40余年的时间改变的究竟是什么？宗璞的创作一方面凭借对这段并不遥远的历史的讲述完成自己的当代意识形态的表达，另一方面又是一次对少年和童年时代所经历岁月的情结的集中释放。

一

《东藏记》是反映中华民族知识分子命运的系列长篇小说《野葫芦引》的第二部。这部作品以抗日战争期间西南联合大学的生活为背景，描写了南迁昆

① 宗璞：《致金梅书》，《风庐缀墨》，上海远东出版社1998年版，第115页。

明之后孟弗之一家和学校师生在国破家亡、居无定所的情况下的生活，生动地刻画了众多知识分子亦俗亦雅的人格形象和青年男女朦胧纯真的情感世界。小说2001年出版，2005年获第六届茅盾文学奖后引起了各界极大的关注。目前评论界大多是从作品深蕴的史诗品格、儒家文化素养或典雅流丽的语言等角度对其进行评论，但少有人把作品放置在宗璞近60年的创作背景下来探讨一代知识分子在当代中国沧桑流转中的艰难选择和心路历程。正是在这个背景下，出生于1928年，经历了抗日战争和西南联大南迁历史以及建国后种种政治运动和事件的宗璞连接起了中国老一代知识社群的生命体验和哲理沉思，显示出她独特的文坛魅力。

当《东藏记》中这段并不十分遥远的历史发生时，宗璞不过10岁左右，她记忆最深的是和萤火虫一起舞动的天真，少男少女情愫暗生的震颤和纯美，炸弹在身边爆炸"死过一次"的恐怖，昆明乡间世外桃源般的清雅散淡……显然作品并未因生活的沧桑而失却以前的记忆，尤其是少女时代带有几分梦幻色彩的情感世界。在对爱情的描写上，作家越过了70—80年代沉郁沧桑的文风（如《三生石》等），恢复到"文革"前的无邪、透明、充满青春活力和浪漫气息的创作心态，细致地展现了众多青年男女的爱情故事。但除较为年长的孟弗之和碧初的家庭生活温馨和谐外，更多的是一种失落的、无法完成的爱情。有情人无法终成眷属（萧澂与惠杬），成眷属不能幸福地终老（卫葑与凌雪妍，钱明经夫妻，李涟夫妻等），无怨也无望的单恋（峨、仉、慧书等）。作品的结尾几章虽然展开了澹台玮与殷大士，嵋与庄无因的朦胧纯洁的初恋，但令人不敢对他们的爱情抱乐观的态度，估计在经过了心灵契合的瞬间后，结局仍是无奈。

宗璞的作品中爱情的失败有两种模式：一种是在十字路口徘徊的痛苦抉择，一种是在乱世里平凡的日常生活中所遭遇的爱情咏叹调。前者基于知识分子的政治反思和人格自律，后者基于昆明时期作家的儿童和少女经验——作为历经民族忧患命运和思想改造运动的一代人，宗璞不能容忍自己的作品停留在纯粹私人话语的世界里，与宏大话语的沟通仍是作品的叙事目标之一。卫葑与凌雪妍及后来与玹子的关系，是作家精心设置的一条情节脉络，他们感情的每一步都承载了太多的意义，卫葑的每一次选择都会引起他的感情生活的变化，情感与追求革命的同构性使得他们的感情故事缺乏一唱三叹的余味，爱情失去了主体价值的光彩。卫葑是因为上级说“需要加强上层关系，可以考虑这样的婚姻”，最终才决定和雪妍结婚。对卫葑而言，雪妍是他“爱而不信”的，爱在卫葑的意念里是低于“更高的追求”（信）的。雪妍的失足落水而死结束了卫葑爱而不信的矛盾，从此，“既然做不到信自己所爱的，就要努力去爱自己所信的”。雪妍死后，卫葑把孩子托付给玹子而不是托付给思想倾向共产党的何曼，在“衣香”和“油墨香”的“十字路口”做了选择，是“要在心里为自己对生活的爱留一个地盘”。终身都在为“爱与信”彷徨的卫葑一辈子也没有解决这个矛盾。还有，圣母般的雪妍对爱情无怨无悔，玹子能够给他带来超过雪妍的爱情吗？如若玹子将来变得跟雪妍相差无几，那置换女主人公的意义何在？显然出身富裕、性格任性、在抗战之初认为战争就是热闹好玩的玹子在作品里是作为思想改造的实绩出现的。是否在后两记中将卫葑作为玹子的引路人，她将重走林道静的老路？知识分子思想改造问题的复杂性和必然性使雪妍死亡的情节设置承载了作家的一部分厚重与无奈。宗璞说：“《红豆》写的是一次十字路口的搏斗。那主题还可以用另一个故事来表现。那故事是：男主人公下决心离开了一个动摇不定的女学生，奔向革命。也许以后我还会把那故事写出来。”[①]基于对“十字路口”情结敏感和执拗的心理基础，宗璞重复了“红豆”模式。但除去卫、凌故事外，《东藏记》里的爱情都执着或局限于单纯情感的范围，是任何环境下都可能会发生的或美好或无奈的人间常情：天性就风流的钱明经，爱弄鬼怪又不理家务的金士珍，离婚久而未决的惠杬，渴慕富贵而做了别人外室的刘婉芳……而作品最动人心的还是写苦恋和单恋——深沉热烈又毫无回报的柏拉图式的精神恋爱。作品在众多小儿女的恋爱和庸常琐碎的家庭故事里有意规避着意识形态或某种政治哲学的影响，把人物和故事放置在一个相对孤立的情境中，试图写出一种经过提纯处理的生命状态。

① 宗璞：《〈红豆〉忆谈》，《风庐缀墨》，上海远东出版社1998年版，第75页。

二

宗璞的小说除去50—60年代配合政策的《桃园女儿嫁窝谷》《知音》《不沉的湖》和《蜗居》《我是谁？》等几篇用“内观手法”，即用荒诞笔法表现反思意识的小说，大都是写爱情、家庭题材。从1948年最早创作的《A.K.C.》中错失爱情的终身遗憾，《红豆》中毫不掩饰的对个人感情的眷念与追怀，《心祭》中的婚外恋情，《三生石》里对爱的追寻，到1993年她还集中写了三篇爱情小说——《朱颜长好》《长相思》《勿念我》，探讨三种不同爱情的处理方式，她的小说都潜隐着一股深深的情感的潜流。宗璞的创作视域比较狭小，她“不主张为了写作而去体验，尤其是带有强迫性地深入生活，勉强体验自己不熟悉的东西，因为那是外在的，那样是写不出好作品的”[①]。在经历了50—60年代随时代话语而动和70—80年代控诉历史的“新启蒙”时期后，写作《野葫芦引》的宗璞又回到了最能触动她艺术敏感和体验的原点。

《东藏记》展示的宏大话语和私人话语系统中两种不同的爱情模式，是作家在道德价值判断和个体生活体验两个原点上催生的不同叙事方式。“在抉择中，选择献身祖国、革命、人类进步事业的人，那总是想‘给予’的人，应该是英勇的胜利者。只想到自己，只斤斤于‘取得’的人，应该是怯弱的失败者。”（《〈红豆〉忆谈》）坚定的道德指认在随后60余年的时空里并未改变，卫葑就是40年代江玫的延续。然而剔除理性的坚甲，一生情系校园、气质十分纯净的宗璞体验最深的还是在“十字路口”痛苦徘徊之外的纯美情感。卫、凌故事与其他爱情故事叙事上的不同就显示了作家处理上的不同。显然后者在表现的整体技巧和细节、心理描写上比前者有更熟稔更高超的水准。作家借鉴《史记》的互见法，把较为重要和必然性的现实生活因素放置在了明仑大学生活的其他层面——主要是思想和政治生活层面，如国家内部政治倾向的分化带来的知识阶层内部的分化，教师们常聚在一起，讨论政局和民族积弱的症结，并以自身著述沉潜于文化创造和民族抗战之中，学生的反对贪污反对特权

① 施叔青：《又古典又现代——与大陆女作家宗璞对话》，《人民文学》1988年第10期，第105页。

的游行中等，并把它们放逐在爱情层面之外，于是嵋、峨、玮等的生活就有了一种乌托邦的性质，呈现出强烈而纯正的感性色彩。预设的叙事策略使得这样的爱情带来了浓厚的私语性质，阻绝了宏大话语对情感世界的渗入与改造，把“十字路口”的政治选择及由此带来的矛盾体验摒弃在围城之外。也许宗璞创作视阈的狭小和局限性就由此而来。

如果说作品中大量小儿小女非意识形态化的爱情故事具有浓厚的私语性质，那宏大话语的表达除卫、凌故事外，还可以串联起一条近代中国所遭受的内忧外患如何成为知识分子关注中心的主线。祖国和对祖国的苦恋，“是一种新的意识形态的整合力，同时（一度）是一种抗议性的话语，是知识分子的自我抚慰、阐释，是‘启蒙’话语最后的防线与文化基地，也是终极关怀者的一个规定性视野”①。《东藏记》无疑是一部忆旧之作。1994年8月，宗璞曾专门去昆明，为写《东藏记》做准备——这充分显示了宗璞对“旧”事的尊重。然而作品不仅是忆个人之旧，也是忆民族之史。1937年7月28日夜宋哲元部撤出北平，1938年9月13日昆明首次遭空袭，1942年1月6日西南联大学生“倒孔”示威游行，1944年10月重庆政府发起的“十万知识青年从军运动”等史实都在作品中有若虚若实的面影。《东藏记》前两章在《收获》杂志1995年第3期上发表时曾有前言“献给我阵亡抗日将士、惨遭日本帝国主义杀戮和在苦难中丧生的我无辜同胞”。“许多事让人糊涂，但祖国这至高无上的词，是明白贴在人心上的。很难形容它究竟包含什么。它不是政府，不是制度，那都是可以更换的。它包括亲人、故乡，包括你们所依恋的方壶，我倾注了半生心血的学校；包括民族拼搏繁衍的历史，美丽丰饶的土地，古老辉煌的文化和沸腾着的现在。它不可更换，不可替代。”（《南渡记》第一章）祖国和民族这样宏大的命题是我们民族必须面对和承受的，也是宗璞一代人逃脱不开、萦回于心的个人和历史记忆。就如同卫葑、凌雪妍的婚礼注定要在1937年7月8日晚上的沉闷炮声中举行一样，民族立场及为民族立命的政治倾向使得作家很难将私人

① 戴锦华：《涉渡之舟——新时期中国女性写作和女性文化》，陕西人民教育出版社2002年版，第154页。

话语坚持到底，与宏大话语的融合始终是作品的叙事追求。

三

私人话语和宏大话语既融合又并行不悖的特殊形态，表露了宗璞徘徊在“十字路口”的创作心态。从《红豆》的创作开始到《南渡记》《东藏记》的创作，“十字路口的情结”依然死死纠缠宗璞。“在我们的人生道路上，不断地出现十字路口，需要无比慎重，无比勇敢，需要以斩断万种情丝的献身精神，一次次做出抉择。”（《〈红豆〉忆谈》）借作品中人物孟弗之的话来说，“在这民族存亡的关头，绝大部分中国人都会毁家纾难的”。“可是该怎样把这样的精神集结起来”，“办法不一样，走的路不一样”。作品有相当篇幅真实而细致地写到了在明仑大学自由民主气氛下师生思想的活跃和逐渐进入分离的状态。江昉从大同理想讲到马克思主义，颖书参加了三青团，何曼在读《大众哲学》，学生们讨论将来中国走欧美还是苏联的道路……在现代民族国家作为一种缺失被广泛诉求的“十字路口”，无人能够逃脱选择，不可能有纯粹清静的生活！腹背受敌是真正知识分子的日常困境。晏不来老师领导的演剧受到了批评，因为它“调和，不讲斗争”。因为倾向不明显而饱受两面批评的莫过于孟弗之，用他自己的话来说是“进步的人说我落后，保守的人说我激进，好像前后都有人挡着”，“觉得自己像走在独木桥上”。

作为作家体会最深的人生图式，“十字路口”情结甚至造成了作家艺术心态的扭曲和迷失，在作品情节设置上留下了瑕疵。作品中卫葑在与凌雪妍结合后经常要面对“爱与信”的思辨性追问，这是“十字路口”的形象标示——雪妍是他所爱的，而延安所代表的政治信念是他所信的。从某种意义上来说，卫葑形象的意义就在于承担一种精神抉择的痛苦。《红豆》中齐虹向江玫宣扬“人活着就是为了自由……自由就是什么都由着自己，自己爱什么就做什么”的人生哲学。如果说齐虹的冷酷和自私为江玫的形象蒙上了阴影，使读者对江玫的情感眷恋感到困惑的话，《东藏记》中的卫葑在“爱与信”之间的矛盾就更有人为设置的痕迹。凌雪妍美慧一体，她虽然生于富裕之家，又有着做汉奸的父亲，但她为了坚守心中的圣洁之地，登报声明脱离与父母的关系，并怀着一片爱心千里寻夫到延安。雪妍对丈夫满怀爱恋，虽然在政治选择上她并不是丈夫志同道合的同路人，但也绝不是反对者和陌路人，怎么会造成卫葑“爱与信”纠缠不清的矛盾和痛苦？黄秋耘先生最早注意到了这种人物关系中的“不真实”，他认为“卫葑爱上了诗礼簪缨之家的雪妍，后来又娶了她为妻子，这并不奇怪，恋人们在政治上也不见得都能完全一致的。但他把自己的政治信念和想离开沦陷后的北平，投奔游击区的意图全都瞒着妻子，这就有点不可理解了……卫葑却对雪妍讳莫如深，这是违反常情的”①。如果把卫葑的两难处境解读为中国知识分子在“十字路口”选择的共同痛苦，就不难理解宗璞付诸卫葑形象上的生命历程和精神力量的象征意义。

从《红豆》到《东藏记》，40余年的沧桑依然没有化解作家的“十字路口的情结”，但是作品没有停留在《红豆》模式中，而是在淋漓尽致地抒写个人经验、记忆之外，又有超乎私人话语之上的历史见解的深入，以此来达到与宏大话语的沟通。冯友兰曾引佛学中的一句话“纳须弥于芥子”，谈到如何把历史见解纳入小说之中。“怎样纳法，那就要看小说家的能耐。但无论怎样，作者心中必先有一座须弥山。”（《〈宗璞小说散文选〉佚序》）历经了40余年的沧桑，相比《红豆》受具体时空拘囿的“十字路口”所做的选择，《东藏记》升华出一种弥漫于天地之间，渗透着世界视野、爱国主义和文化气息的新的选择方式。历史学教授孟弗之显然是作家饱含敬意的人物。他色彩不鲜明，但“无论左右，我是以国家民族为重的”，“无论走怎样的道路……都会对得起自己的父母之邦”。弗之的选择并不指向某种实实在在的政治实体，而只是一种建立在国家民族之上的文化回归和价值关怀，他支持学生从军也是出于此目的。“‘不有居者，谁守社稷？不有行者，谁捍牧圉？’奔赴国难或在校读书都是神圣的职责，可无论做什么都要做好。”这种将自我定位于一种文化意义上的存在，与官方主流文化和政治中心持疏离态度，在更高的意义上将自己

① 黄秋耘：《“报国心遏云行”——读〈南渡记〉的随想》，《当代作家评论》1989年第1期，第65页。

的生命与民族的神圣抗战事业和民族复兴相联系的思路是一种文化理想主义，在民族立场和政治倾向上多了一点超越性的眼光。值得一提的是，作品中发出了对延安和国民党政府的批评和反思之声：国民党宣传部门王某千方百计想在大学插足，孔祥熙用飞机运狗，颖书工作中遇到弊端等。冯友兰在其人生哲学的演讲中将人生境界由低到高分为四种：自然境界，功利境界，道德境界，天地境界。以冯友兰的"人生境界说"来解释，希冀通过政治作为为社会谋福利属于"道德境界"；而孟弗之更加高妙，"其事业不仅贡献于社会，更能贡献于宇宙"[①]，属于"天地境界"——最高境界。可见，在《东藏记》中，作家设置了一种高于以往"十字路口"的选择的"天地境界"，它与"十字路口"的政治选择一起构成了一种处理私人话语和宏大话语的新模式。

如何处理"十字路口"的爱情？卫葑就是40年代的江玫的前身，但从"果然没有后悔"，"成长为一个好的党的工作者"的江玫到"改造主观世界。这是一条漫长的路，也许终生无法走完"的卫葑，作家特有的沧桑气质和理性沉思生发出了对知识分子命运的关注。作家跋涉在建国后几十年的历史变革中，对知识分子在"十字路口"的选择超越了《红豆》中对自觉的自我否定的认同判断，也超越了80年代初期的慰藉姿态："若能为徘徊在十字路口的人增添一点抉择的力量，或仅只减少些许抉择的痛苦，我便心安"——这是1981年版《宗璞小说散文选》的题语。《东藏记》中卫葑在"爱"与"信"之间做了理性的选择，但又在心里为"爱"留下一个地盘。"爱与信"的矛盾怎样化解才既在理性上符合道义，又不违背个人感情的初衷？作家留给了读者一道辨析题。

除卫、凌故事外，作品还密集呈现了大量小儿小女非意识形态化的爱情故事。从小说整体构思和客观效应来看，卫、凌故事与乌托邦的爱情构成一种关于爱情和爱情叙事方式的对话，私人话语和宏大话语这两种犯冲的叙事方式以互不涉足的方式同时出现，又构成了对固有的《红豆》式创作模式的超越。借

① 冯友兰：《一种人生观——冯友兰的人生哲学》，中国人民大学出版社2005年版，第80页。

此，作品大量地保留了个人的信息。当《南渡记》中“飞檐雕甍”“鹅黄绣花软缎棉帘”“美人榻”“鼓楼”“荷花”“小狮子”“萤火虫”等字眼强有力地组合在一起，当《东藏记》中腊梅林的静谧和温情，华验中学浪漫的教学生涯，云南的“三千里地九霄云”被推向极致，樾、杭、粉、葑、卣、瀓、巽、仉等名姓散发出浓浓的情调和氛围的时候，我们不要忘了夹杂在其中的作家几十年的梦幻、希望、遗憾和沉痛。值得一提的是，作者曾“为这部小说拟名为《双城鸿雪记》，不少朋友不喜此名，因改为《野葫芦引》。这是最初构思此书时想到的题目。事情常常绕个圈又回来。葫芦里不知装的什么药，何况是野葫芦，更何况不过是‘引’”（《南渡记·后记》）。从作品原名轻曼飘舞的浪漫气质到“野葫芦”里不知装的什么药的糊里糊涂，是否也反映了作家纠缠在两种话语间的状态？宗璞一代作家绕不开的问题是，在宏大话语和私人话语的“十字路口”，如果前者压倒后者成为主流，那是爱情的悲哀；如果后者压倒前者占据主流，岂非文学或者社会的另一种悲哀？也许《东藏记》私人话语和宏大话语既融合又并行不悖的特殊形态就是宗璞找到的最佳答案。

原载《当代文坛》2006年第6期

历史细节与文学记忆：《野葫芦引》的一种读法

金　理

一

下面这个细节来自《东藏记》第二章第二节①：

随着警报声响，明仑大学的师生都向郊外走去。他们都可谓训练有素了，不少人提着马扎，到城外好继续上课。一个小山头两边的坡上，很快成为两个课堂，一边是历史系孟樾讲授宋史，一边是数学系梁明时讲授数论……

“现在说到无限下推法——费马在给友人的信中提到这一个定理：形如4n+1的一个质数可能而且只能以一种方式表达为两个平方数之和——”这些玄妙的话传入历史系学生的耳鼓。

数学系学生则听见：“太极图说‘唯人也得其秀而最灵。形既生矣，神发知矣，五性感动而善恶分，万事出矣——’”两位先生有力的声音碰

① 《野葫芦引》第一卷《南渡记》写于1985年至1987年，第二卷写于1993年至2000年。本文依据人民文学出版社2005年1月重印本。

撞着，大家听得都笑起来。

紧急警报响了，讲课依然进行，没有人移动。传来了飞机的隆隆声，仍然没有人移动。……

空袭是恐怖和残忍的，这是真实的经验，但却不是唯一的经验，想想警报声中、飞机轰鸣声中，“没有人移动”的课堂吧。当“跑警报已经成为昆明人生活的一项重要内容，像吃饭睡觉一样占一定的时间”，那么“在生活与学术之间几乎没有什么空隙”①了。“非常”的时刻渐次化为“日常”的生活，这何尝不是一种让个体经验得到扩充、丰盈起来的过程呢，“一些忧患，都给我们指点了/面前的路。/因为它们生命的变幻/填平了多少崎岖和坎坷/领我们到了一个新的世界/——自己的世界外的世界。”②

更进一步，用小说中吕碧初的话来讲：“无论怎样的艰难，逃难、轰炸、疾病……我们都会战胜，然后脱出一个新的自己。”将“非常”化为“日常”，以平静、安宁面对恐怖、残忍，于是孕育出一颗勇毅、博大、宏深的灵魂，这灵魂纠缠于个人、民族乃至人类的困境，但在挣扎中却每每沉潜于思想、文化创造的无涯渊海。它参以“无限下推法”的玄奥，它参以“唯人也得其秀而最灵”的深邃——生命与知识，个人与世界，现实困境与人类远景，就是这般交融、颤动、锻造、扩展……

我要强调的是，警报声中、小山坡上这“两个课堂”，这一教学“依然进行”“两位先生有力的声音碰撞着”的细节，它来自日常生活中一个偶发的瞬间，但却有力地从历史洪流中凸显出来，它所表述的经验增长与生命沉潜，以及“脱出一个新的自己”的过程，无不指向那个“贞元”时代的内核——这正是一个意味深长的细节。“在这‘瞬间永恒’里蕴涵着极其丰富的历史内容

---

① 郑敏：《忆冯友兰先生的“人生哲学”课》，冯钟璞、蔡仲德编：《冯友兰先生百年诞辰纪念文集》，第336页，北京：清华大学出版社，1995。

② 杭约赫：《启示》，《九叶集》，第105页，南京：江苏人民出版社，1981。

（多义的象征性），同时又具有极其鲜明、生动的历史具体性”[①]。去寻找这样一个个照亮时代的历史细节，一个时代的内在历史意蕴可以在其中瞬间显现的历史细节，我想，这是阅读《南渡记》与《东藏记》的门径之一。

此外还要说明，在下文的解读中，我将较多地引述二十世纪四十年代的一些文学作品来和《野葫芦引》相参照。关于“文学”的历史记忆，必然影响着当下的写作与评论。更何况作者宗璞与那个时代是如此地血肉相连，在写作中深刻地“专注书中人物”“沉浸在野葫芦”（参看“后记”）中。请允许我再饶舌地说一句：只有将《野葫芦引》同它所表现的那个时代以及那个时代中的文学相参照，“野葫芦”世界的内在意蕴以及这个世界中每一人物身内身外的处境，才能显豁。

二

冯至在二十世纪三四十年代写散文集《山水》[②]，一个石匠“不受任何人的帮助，十多年如一日”，左手持凿、右手持锤，终于在巉岩峭壁间开凿出一条山路；一个垂死得救的渔民，靠到处请求布施，在荒岛上建起一座灯塔——“与岩石搏斗的故事”同“和海水有关系的人”让冯至感动不已：“人间实在有些无名的人，躲开一切的热闹，独自作出来一些足以与自然抗衡的事业。”（《人的高歌》）如果联系到当时那样一个非常的年代，“成群的士兵不死于战场，而死于官长的贪污，努力工作者日日与疾病和饥寒战斗，而荒淫无耻者却好像支配了一切”（《山水》“后记”），冯至似乎在强调：环境虽然日渐腐朽，但你个人不能与之沉沦，你应该建筑自己的灯塔，开凿自己的石路。“朋友们常常因为对于自己的民族期望过殷，转爱为憎，而怨恨这个民族太没有出息。但我每逢听到一个地方沦陷了，而那地方又曾经和我发生过一些关

① 钱理群语，引自吴晓东《探索文学史的叙述学》，《二十一世纪》（网络版），2003年11月号，总第20期。

② 以下《山水》集引文，出自冯至《世纪的回响·作品卷·昨日之歌》，珠海：珠海出版社，1997。

系，我便对那里的山水人物感到痛切的爱恋。”（《忆平乐》）——爱恋，是强调血脉相连的融通；而痛切呢，许是在反躬自省吧：“我”可曾做了什么？之所以提到冯至，是因为在《南渡记》《东藏记》所描写的那些现代中国最优秀的知识分子身上，经常可以看到这种爱恋，这种痛切。这里分开来其实可以谈两个问题。

首先是如何在每一个容纳自我安身立命的岗位上，服务于现代民族国家复兴与建设的伟业。征战沙场浴血杀敌是一条道路；警报声中讲课依然是一条道路；参加战地服务团到前线去是一条道路；在昆明简陋的校舍里，在昏暗的电灯或油灯下，读培根、莎士比亚、华兹华斯，也是一条道路；“深夜的会议，隐蔽地收听记录延安广播”，不顾艰难奔赴苏区（卫葑），这是一条道路；坚守实验室哪怕敌机轰鸣直逼头顶，甚至“半截身子埋在土中”仍紧紧抱着实验仪器（庄卣辰），这当然也是一条道路……“不有居者，谁守社稷？不有行者，谁捍牧圉？”《左传》中的这句话，描述的大概正是这幅图景。或在抗日热潮中轰轰烈烈投身战场，或安守校园将文化创造看作民族存亡绝续的根本，无不从容各尽生命之理……

其次，当生命个体和风雨如晦的现实之间构筑起一种内在呼应的时候，当自觉而默默地承载起生命的担当时，那些孤独的个体一下子会由单薄变得丰盈、充实。《东藏记》第四章，孟离已在人生道路上进退失据，萧子蔚教授劝慰她的道理是“你整个人的完成，还有你和众生万物的相通和理解”。这种“相通和理解”可以在阿垅诗中得到呼应：“迷惘的海雾黯澹地隔断了我们，想使你以为丧失了我而我以为丧失了你/然而在海流最深之处，我和你永远联结而属一体，连断层地震也无力使你我分离”[①]。这种“相通和理解”可以在陈敬容笔下得到呼应：“当夜草悄悄透青的时候/有个消息低声传遍了宇宙——/从一个点引申出无数条线/一个点，一个小小的圆点/它通向无数个更大的圆”[②]。越是在那样一个处境困厄、关山阻隔的年代里，我们越是可以在那

① 阿垅：《孤岛》，绿原、牛汉编：《白色花》，第25页，北京：人民文学出版社，2000。

② 陈敬容：《出发》，《九叶集》，第68页，南京：江苏人民出版社，1981。

个时代最优秀的文学，以及如宗璞小说那样表现那个时代的文学中，发现倾诉声息相通、呼唤彼此应和的声音。这种声音用冯至的话来说是“维系了向上”的心情与姿态；用沈从文的话来说，是“在共同的目的下”“挣扎向上的方式”，而在《南渡记》中，则被凝练成“精神的集结”（第一章）。《野葫芦引》前两卷中最让读者黯然神伤的莫过于雪妍之死，“漩涡推着她旋转，瀑布的水声淹没了她的呼救。她向下沉，向下沉”——生命脆弱如斯……但紧接着一节“卫凌难之歌”（卫凌难是小说中雪妍之子）却慷慨悲壮，开篇就说：“卫凌难的歌是接续生命存在的歌，是不死的歌。”读到这里，还记得这样的诗句么：“那消逝了的每一道光明/已深深溶入生者的血液/被载向人类期望的那一天”[①]。“挣扎向上”的“精神集结”，通过雪妍与卫凌难生命的更替与“接续”，“深深溶入生者的血液”——这是死亡与苦难的缠绕中一曲昂然向上的“不死的歌”。

上面这两层意思，个人的道路、岗位，如何应对时代，内心和现实的呼应，等等，对于我们的文学创作，甚至不光对于文学，就是对于每个普通人的立身处世，都有着积极意义。我们处于这样一个盛行虚无主义的时代，不要说和小说中那些知识分子，就是和嵋、小娃这样的孩子比比，都促人警醒。《南渡记》里有一段写孩子们在后园游戏：

> ……玮玮铲土，堆成各种形状：方的是楼，长的是飞机制造厂，圆的是碉堡。嵋和小娃帮着搬鹅卵石，小手不断倒换着把石子堆在土丘边，然后受命装日本人。玮玮装中国军队，一阵机关枪把一以当千的日本兵打得落花流水。
>
> “躺下！躺下！你们都死了！”玮玮得意地大叫。
>
> 两个孩子不愿躺在地上，愣愣地站着。
>
> “我要发一个战报！”玮玮大声说，“公公看了一定高兴。歼灭敌军两千人！”

---

① 郑敏：《时代与死》，《九叶集》，第145页，南京：江苏人民出版社，1981。

“我们来写战报吧。”嵋机灵地拉着小娃的手跳过小沟，跑到楼台下，这样他们就可以不用躺在大太阳下的泥地上了。

“这儿有纸笔。”她敏捷地从后楼里找出纸笔，坐下来写。又抽出几张纸给小娃：“你也来。”

玮玮便不深究装死问题，一同来起草战报。经过三方讨论，拟出战报如下：“香粟集团军总司令澹台玮率将孟灵已孟合已击毙入侵日寇两千人。”

嵋又说：“玮玮哥也代表一千人。”遂将笔轻轻一提，改为三千。

小娃高兴地看着小姐姐有偌大本事，大声喊：“打赢了！打赢了！”

这段描写，许是有今天的读者觉得“矫揉造作”“未免太‘抗战化’”。于是作家不得不在一封致研究者的信中自我辩解：

……那是全民族的灾难，也是全民族的觉醒（一定限度）和动员。那种巨大的力量，影响着不分年龄不分阶层的每一个人。原先只让想象和萤火虫一起飘舞的孩子们，受到现实的教育，热衷于打日本，甚至游戏中也忘不了打日本。这不是矫揉造作（有文章这样说），而是一种以儿童方式出之的至情。又据说这未免太“抗战化”。没有经过战争的人可能永远想不出战争怎样“化”进每个“凡俗”家庭，而影响着“凡俗”一切的一切！坦白地说，我自己便做过那样的游戏。[①]

辩解是到位的：时代已然发生了裂变。沈从文在一九四六年说的一段话可为佐证：“从后面轰炸饥饿中来的，虽尽管形容枯槁，衣裤褴褛，却于神情中见出一种不惊、不惧，嘴抿得紧紧的也不声不响，感觉个人未来与国家未来，都可一身担当，都得一身担当。明白个人忧乐与国家荣枯分不开，脱

① 宗璞：《致金梅书》，《风庐缀墨》，第115、116页，上海：上海远东出版社，1998。

不掉。”[①]只有“从轰炸饥饿中来的”“一身担当”，只有死亡侵蚀下、以生命与血液相接续的“精神集结”，才能一点一滴渗透进“不分年龄不分阶层的每一个人”的内心觉悟中去。我们已渐渐远离《野葫芦引》中那个时代，个人与族群、国家、历史的那种生动、内在而健康的联系已被渐渐“分开”“脱掉”，所以我们越来越无法理解半个多世纪前嵋、小娃和玮玮的游戏了。而宗璞的创作，正是在一个中国社会正发生巨大转型的时期中，缅怀那个“一身担当”“精神集结”的时代。

三

卫葑于一九三七年七月逃出北平，入秋后和一批抗日学生一起到了延安。这段经历，宗璞在小说中只是点到即止。我想在下面提供一个历史细节，差不多正好补充这段内容——

一九三八年深秋，从武汉出发的抗敌演剧三队，奔赴晋西南吕梁山抗日游击根据地，准备要从壶口下游东渡黄河。黄河古渡，向来水势汹涌，若无有经验的船夫掌舵是过不去的，舟覆人亡的悲剧时有发生，一船年轻的生命可能就此终结。这一行人中包括著名诗人光未然，大家都坐在船中间不敢动弹，把心提到嗓子眼上。在急流漩涡中蜿蜒起伏地前行，“行近大河中央的危险地带，浪花汹涌地扑进船来”，突然老舵手“喊出一阵悠长而高亢，嘹亮得像警报似的声音”，“喊声刚落，船夫号子立刻换成一种不同寻常的调子。声调越来越高，音量越来越强，盖过了浪涛的怒吼”，队员们一个个都听得喘不过气来，直至快到对岸了才松了口气。船刚一停稳，光未然就拽住了音乐指挥邬析零，请教什么是“康塔塔”，邬析零告诉他：“康塔塔”是欧洲宗教音乐中篇幅最长的声乐曲之一，中译名是“大合唱”[②]。不久他们到了延安，紧接着，《黄

① 沈从文：《谈苦闷》，《沈从文全集》（16），第350页，太原：北岳文艺出版社，2002。

② 这段描述可参见邬析零：《〈黄河大合唱〉的孕育、诞生及首演》，黄叶绿编：《〈黄河大合唱〉纵横谈》，北京：新华出版社，1999。

河大合唱》横空出世……

我要讨论的是哪些因子激发了诗人的创作灵感。这里面有黄河奔流的自然伟力，有船工喊号的人的抗争，还有惊涛骇浪中的生死体验，以及西方艺术形式的参与。也就是说，在全民族的灾难和个人的磨难之间（这种磨难包括渡黄河时的生死一线，也包括个人精神的磨难），在共同的压力和个人独特的生命感受之间（这里的独特感受就是黄河的惊涛骇浪所给予的生死体验），在异域的、西方的艺术形式和中国自身的现实境遇间，诞生了伟大的《黄河大合唱》。放置在整个二十世纪中国文学的大背景下来看，由于类似光未然渡黄河般的、一个个、无数个瞬间的出现，二十世纪四十年代的文学提供了很多崭新的、前所未有的东西。这同样是一个具有典型意义的历史瞬间，可以帮助我们理解《野葫芦引》的文学质地以及它所表现的那个时代的风貌、特征。

将我上文提到的两个历史细节放在一起，无论是警报声中坚守教学，还是惊涛骇浪中奔赴前线，其实二者都有共通的东西：个体生命与民族生命的双向挤压、滋养，社会现实与个人体验的相互砥砺、激荡——《南渡记》与《东藏记》，是在这样一种宽广、丰厚的文化创造的包容中，这样一种文学记忆的脉络延续中，孕育、诞生的。

宗璞有着深厚的西方文学修养，以前的作品中对现代派技巧多有尝试，“通过人物心理活动，把过去和现在（有的还有未来）掺杂在一起。作品表现的不是单一旋律，而如两手弹琴，或多声部合奏，有和声配合，有交响作用”[①]，这段对“西方战后文学”的评价，完全可以与《野葫芦引》两卷中那些个人独白的章节相印证。由于家学渊源，宗璞小说中也每每闪现着古典诗词的意境与辉光。但是，不管汲取西方文学，还是借鉴中国传统文学，《野葫芦引》中都有一个自我的根柢、文学的根柢存在着。体会一下这一鸿篇巨制的“序曲”吧：“斩不断，理不清，解不开，磨不平”，如此这般自我煎熬与挣扎的创作过程；“八年寒暑，夜夜归梦难成。蓦地里一声归去，心惊！怎忍见

① 宗璞：《广收博采　推陈出新》，《风庐缀墨》，第77页，上海：上海远东出版社，1998。

旧时园亭”，如此这般以身相受的切肤之痛的磨砺。所谓自我的根柢与文学的根柢，现在可以明白是在怎样的背景中孕育、诞生的吧。

四

《野葫芦引》创作期间，宗璞经历丧父与重病，再加上目力不济，其情艰苦，“我觉得我就像一只蚂蚁，很小的蚂蚁，认真努力地在搬沙，衔一粒，再衔一粒，终于堆起一座小沙丘”[1]。两卷小说的“后记”中也再三感慨“写得很苦”“挣扎中度日”。这样苦中挣扎的写作，又是要表现一个惨痛酷烈、生离死别的年代，但是令人称奇的是，小说里的世界清澈而明朗，节奏从容不迫。

《南渡记》开始不久写孩子与萤火虫，“水波上飞动着亮点儿，这些亮光和六只发亮的眸子点缀着夏夜”，着墨不多但这一段可能是全书中最柔美的文字，读了反而让人心中隐隐不安，绝景良时难常在，唯恐那战争的阴影将这份安谧撕去。接着吕碧初一行人离京，淅淅沥沥的阴雨，读者的心情正在无奈间，忽然嵋、玮玮等人在南渡的甲板上极目远眺，“天尽头处出现一片通红，从天上直映到海里。海上是一条笔直的灿烂的路，跳动着五彩霞光”……再往后，就是《东藏记》那段开篇了：

> 昆明的天，非常非常的蓝。
>
> 这是一种不可名状的蓝，只要有一小块这样的颜色，就足以令人赞叹不已了。而天空是无边无际的，好像九天之外，也是这样蓝着。蓝得丰富，蓝得慷慨，蓝得澄澈而光亮，蓝得让人每抬头看一眼，都要惊呼：哦！有这样蓝的天！
>
> ……阳光透过云朵，衬得天空格外的蓝，阳光格外灿烂。

① 宗璞：《新世纪感言》，《野葫芦须：宗璞散文全编》，第410页，北京：北京出版社，2003。

萤火虫与蓝天是小说中较多出现的两处意象，一者柔美，一者旷远，尤其是那蓝天，似乎永远“澄澈而光亮”。其实怎么可能没有阴云密布呢，更何况正当一个黑云压城城欲摧的年代。但是有了那蓝天，就总会想到“阳光透过云朵”……这哪里只是写蓝天？写天，写云，最后都是写人，写心。敌机轰鸣而来，又飞去；有些人痛苦着，有些人成长了……但无论如何，那些人心中都有“这样蓝的天”！

原载《当代作家评论》2007年第6期

说宗璞小说的“本色”创作

赵慧平

在现代汉语的小说创作中，宗璞的小说是一种独立的存在。二十世纪五十年代发表的《红豆》不合时宜地表现“爱情至上”的“小资产阶级情调”，与当时正在建构的“宏大叙事”的预设相悖；八十年代中期，正当“先锋文学”引领风骚时，《野葫芦引》的创作又以写实的手法在现代史的题材中表现民族气节与爱国主义精神。在宗璞的小说中，你可以读到林语堂、沈从文、汪曾祺这一脉小说平淡、悠远、富有诗意的韵味，也可以读到“五四”作家深入骨髓的天下情怀与文化启蒙情结。宗璞似乎并不在意变换流转的文学思潮，没有为自己的创作预设某种概念化的原则，也没有刻意追逐新潮的负担，所以你无法将她的小说简单地划入哪个流派。你可以用当下流行的批评概念对它言说，却一定会感觉到其中存在的基本理念与写作原则的内在冲突，总是无法表达出宗璞小说特有的艺术品质与丰富的文化蕴含。是什么使宗璞的小说具有这种鲜明的创作个性呢？宗璞说，自己是一个本色作家，“从我开始写这篇作品，就不是自己给自己规定一个什么原则，只是很自然的，我要写我自己想写的东西，不写授命或勉强图解的作品”[①]。确实，宗璞完全是一种“本色”写作，她的

① 贺桂梅：《历史沧桑和作家本色——宗璞访谈》，《小说评论》2003年第5期。

创作出自她直感化的体验，以她自己的生活体验和美学理念体现她的精神世界，真切而踏实，而这“本色”却体现了中华民族源远流长的生命意识与文化传统，沟通着历史与现实、传统与现代、真实与虚幻、个人与社会，让读者看到一个只属于宗璞的小说世界。

一

关于文学，每个人都有权利根据自己的经验下定义，事实上，古今中外的文学家、批评家曾经做过难以数计的阐释。但是，那些都是为文学的一般性做公共化的表达，而对于具体的作家来说，既有的文学规范和理论准则并不是创作的最终依据，甚至不是必要条件，决定作家创作的只是他的生存状态和他对自身生存状态的体验与评价，因为人类的文学艺术活动归根到底属于人类生存活动的一部分，产生于现实存在的需要。就创作主体的角度看，文学艺术所表现的审美存在方式，其实是与人的物质存在相应的精神存在方式，它同属于人的现实存在，是对人的物质存在的审美判断、评价与表达。这就决定了文艺作品的基本性质——无论采取什么样的表现手段，它们永远是创作主体存在方式与存在状态的符号化表现。而欣赏，无非就是对人的特定存在方式的同情与共感。宗璞的小说创作，充分地体现了她现实的生存方式与生存状态、她的精神世界。读过宗璞的一篇篇长、短篇小说，感觉作品中描绘的种种人生世态不断将背景退去，由作者创造的艺术世界中那些恒定的元素逐渐显现，作者的形象越来越清晰——隐伏在艺术形象后面的作家文化立场、美学倾向、艺术修养，生动地展示着宗璞的精神品质和感受的方式，让我们触摸到一种人生境界，一种在当下社会生活中并不常见的生存状态，体验到一种持久、迷人的文化力量。作家蒋丽萍说，在阅读《南渡记》和《东藏记》的时候，时常被作品中人物的高贵打动。令她难过的是，只能在这不可多得的作品中遇到这群主人公了，而我们在现实生活中再也没有机会结识到这样一群人。[①]这大概可以看作

① 楼乘震：《宗璞：我像蚂蚁在搬家》，《深圳商报》2005年5月24日。

人们阅读宗璞小说的代表性感受。

宗璞“本色”的小说创作，消解了很多小说理论的观念性预设，流行的种种创作潮流似乎与她都不相干，始终不变的是她的家庭、她的性别、她的生活经验和社会历史赋予她的文化人格与精神品质。她所独得的父辈的言传身教、校园里的耳濡目染、个人命运的跌宕起伏，为她建立自己的精神世界提供着思想资源。所以，流行一时的写作理论并不能形成改变她文化人格与精神世界的力量，她所有的思想观念，都已经转化为她在对生命的直接体验中所具有的感受、认识与评价生活的方式，成为一种“本色”。宗璞说：“我父亲常常说张载的那句话：‘为天地立心，为生民立命，为往圣继绝学，为万世开太平。’他们那一代人常常以这个自许，我自己也想要做到这一点，但离得太远了，只能说知道有这样的精神和境界。”[①]这种承自于父辈的民族传统文化精神中最重要的天下情怀，大概就是她基本的文化立场、精神世界的底色、小说创作理念的灵魂，因此才会有“痴心肠要在葫芦里装宇宙”这种基于天下情怀的文化立场在小说创作理念层面合逻辑的诉求。她把人生看作一个“野葫芦”，认为小说里写人生，是要引人去看人生世态，感受和思考社会与历史，“能表现那个时代的精神”[②]。因此，在宗璞的小说中，虽然写的都是个人的生活遭遇，却总是能够在历史中状写人生，在写人生中展现历史。

最具代表性的创作，是她的带有鲜明自传色彩的长篇小说《野葫芦引》。已经面世的《南渡记》与《东藏记》在抗战的大背景下，通过一个知识分子家族的悲欢离合，展现他们的爱国情怀和奉献、牺牲、坚韧精神。我以为，宗璞表现这样的主题，并不是要演绎某种外在理念的预设，而完全是基于自己的切身经历和真实感受。宗璞的父亲，著名哲学家冯友兰不仅长期在清华大学任教，同时还兼任清华大学秘书长、文学院院长职务，而她本人年少时正是与父辈们一道经历了抗战中追随着学校的辗转流徙，目睹了在日本帝国主义入侵，国家、民族、个人遇到巨大灾难的艰难时刻，中国的知识分子们如何昂首

① 贺桂梅：《历史沧桑和作家本色——宗璞访谈》，《小说评论》2003年第5期。

② 同上

赴难，如何以自己的信念、操守、韧性和牺牲，坚守着民族精神的家园。这段生活给她留下深刻的印象，也为她的精神世界打下了鲜明的底色。这种自幼形成的思想与情感倾向，自然会化为艺术世界里那一个个中国传统文化里的大儒形象：他们有天下情怀，有富贵不能淫、贫贱不能移、威武不能屈，胸中存有浩然正气的大丈夫品格，也有箪食瓢饮而志于道的乐观精神。吕清非老先生，作品中的前辈，少年时中过举人，青年时参加过同盟会，当选过民国的国会议员，眼见国是日非，最终看透世事，觉得万事皆空，在女儿身边养老，每天诵经看报，安度晚年。但日军的入侵又将他推进历史的风云中心，最终他拒不接伪职，慷慨自尽，以生命保持名节，体现了仁人志士的精神品格。孟弗之是贯穿作品的主要人物，作者着重塑造的人物之一，任明仑大学教务长、历史系教授，一代知识分子的代表性人物。作为著名大学的知识精英，他心中最重的是国家、民族的命运与前途。在北平失陷，学校南迁，许多家庭面临生活灾难时，他想到的是在民族危亡的关头，绝大多数中国人都会毁家纾难，最重要的是怎样把这种精神集结起来。在学校困守昆明，办学条件极其简陋，每天还要受到敌机轰炸的情况下，他与同事们一道，把办好大学看作传承民族精神，保存民族希望，为抗战出力的事业。而他自己在家庭受到贫困和疾病的袭扰时，虽节衣缩食、变卖家产，却决不改变刚健有为的乐观精神，对于校务、教学和学术研究工作的投入丝毫不变，还撰写出历史学研究著作《中国史探》。卫葑是作品中年轻一代知识分子的代表，他的选择是直接参与革命斗争，加入中国共产党，投入抗战的一线。尽管他在实际工作中因自己的出身与亲属关系，受到无法理解的被怀疑、审查和批判的不公正待遇，但他还始终不渝地坚守自己的信念，为抗日救亡大业做出自己的奉献与牺牲。作品中还塑造了秦巽衡校长、庄卣辰、钱明经、江昉、萧子蔚、李涟、尤甲仁等性格各异的知识分子形象，在国难当头的时刻都互相支撑，保证学校的事业发展。是他们以自己的方式建构着学校的文化精神。应该说，这样的一批知识分子形象，早已酝酿于宗璞的心中，生活在她的情感世界里，化为她人生的一部分。她是以深沉而浓烈的爱去展现他们，表达自己的诚挚之情与审美理想。

宗璞的本色写作还在于她保持着自觉的知识分子身份意识。对知识分子身份的自我确认，使她的小说叙事、描写具有鲜明的知识分子化的主体特征，使读者感受到作者与叙事者的合一而形成的美学效果。一般说来，文学作品实际上展开的是三种世界：一是作为描写对象的现象世界；二是通过想象与虚构创造出来的带有隐喻性的符号化的艺术世界；三是符号化的艺术世界所显现的作家的带有超我品质的精神世界。其中最核心的是作家的精神世界，它才是作家最内在、最珍视、最本质的，展现的是作家在精神领域存在的方式与状态。由于宗璞小说中叙事者身份、人物身份常常与作者的知识分子身份同一，读者常常会将三种身份融合在对知识分子阅读的感觉中。或许这正是宗璞所预期的。在她的作品中可以看到，由于这种自觉的知识分子身份意识，她对知识分子的表现带有鲜明的主体化倾向，保持着同情与共生的基本立场。总体上看，生活在知识分子群体中的她必然会熟悉知识分子的种种局限与弱点，但她始终认可知识分子的社会精英地位，给予知识分子正面的评价。她说："我觉得知识分子当然也存在很多缺点，但我是从比较正面的角度去写的，像我写《南渡记》与《东藏记》，还是把知识分子看作'中华民族的脊梁'，必须有这样的知识分子，这个民族才有希望。那些读书人不可能都是骨子里很不好的人，不然怎么来支撑和创造这个民族的文化？"[①]这是合乎规律的认识，也是她的文化立场在小说创作中的具体体现。在宗璞的所有小说作品中，无论知识分子人物有怎样的遭遇，他们的文化人格，他们的思想、情感方式都有着一致性：有自觉的天下情怀，追求美好的理想生活，坚守人的尊严与道德的情操，保持知识分子的气节。《红豆》中通过江玫面对的爱情与理想、事业的冲突，表现青年知识分子在中国社会抗战以来的大动荡、大变革时期积极的人生抉择；《三生石》描写了梅菩提、方知、陶慧韵在"文革"中人们普遍患有"心硬化"的恶劣环境里遭受迫害，却依然保持人的尊严，敢于承担，追求纯洁的爱情与友情，以顽强的生命力和乐观精神抗拒苦难的知识分子文化品格；《弦上的梦》则以"文革"后期为历史背景，描写了艺术学校教师慕容乐珺与好友的孩子梁遐之间特殊的交往，展现了普通知识分子对国家前途、个人命运的担忧和对斗

① 贺桂梅：《历史沧桑和作家本色——宗璞访谈》，《小说评论》2003年第5期。

争的投入。一九八〇年创作的类似于散文的短篇小说《蜗居》，是宗璞知识分子身份与叙事主体身份合一的本色化的重要作品。我把它看作表现宗璞自我批判与反思意识的文本。小说以象征的手法写了“我”的地狱之行：在专制社会高压下的芸芸众生像蜗牛一样戴着面具蜗居在自己的小天地，逆来顺受、浑浑噩噩地活着，任凭命运的摆弄，少数清醒的人却敢于脱下面具喊出：“每一个人，都应该像人一样，活在人的世界！”坚定地受地狱之刑，以他们的头颅做灯火照亮别人的路，换取真理的传播。而“我”，虽然仰慕这些敢于承担的精英，想追随他们去“铁肩担道义，妙手著文章”，也被他们视为同道，但当轮到自己走向刑场时，还是落荒而逃，“从那伟大的行列，从那悲壮的景象边逃走了”，重新蜷缩在蜗居里，只剩下希望，却终没有勇气和力气加入用头颅照亮世界的行列，逐渐萎缩、干瘪、消失。这是展现宗璞文化立场和精神品格的一篇重要作品。这篇中国版的《神曲》更值得关注的是宗璞对“我”的反思性表现：当“我”清醒地了解现实的荒谬，“我”有勇气和力气以头颅换取真理吗？没有。由此，实现了自我批判与反思。这篇小说的创作在“文革”的反思时期。当大多数作品都在社会、政治、历史等公共层面进行反思时，宗璞却把这种反思深入到人、人性，甚至主体之我的层面，充分表现出一个知识分子应有的文化人格，也赋予了作品鲜明的文化品格。《朱颜长好》《勿念我》《长相思》等爱情题材小说，以知识分子的特有方式表现爱情，写得丰富、细腻。对于知识分子形象的塑造，宗璞总是把个人生活放在社会历史的大背景中，完成对他们的精神境界与人格品质的描绘，具有独特的文化魅力和艺术品格。

二

艺术，根本上说是关于人的精神生活的事情，这在宗璞的小说创作中体现得更明显。宗璞的创作动机似乎主要是表现个人的心灵史，是她人生旅途中给予她深刻影响和记忆的人与生活留给她长久的感动，而不是为了当作家要设计故事给人看的那种“创作”。谈到长篇小说《野葫芦引》的创作动机时，她说：“抗战这段历史给我在童年和少年时候的印象太深了。另外，我想写父兄辈的历史……不然对不起沸腾过随即凝聚在身边的历史。过去的事情要把它用小说的形式记录下来。”[①]宗璞显然是将小说作为自己生活与精神历史的记录与艺术表现形式，这决定了她的小说世界的呈现方式与她的精神世界的存在方式之间几乎达到了完全的复合，使她的性格特征和她家庭所属的自由知识分子团体的思想与感情在小说中“本色”化地表现出来。她的小说生活化、散文化、诗性化的风格，令读者们为之感动与感慨的庄严的使命感，以及诗性的意趣、纯情化的感受、不疾不徐的从容等显现出的那种优雅，那种历史久远的民族韵味，其实都是她思想、情感、行为方式的艺术化呈现。应该说，在小说的叙事描写方面，宗璞找到了最适合于自己，也最能体现艺术规律的表现方式。

宗璞小说的叙事视角主要以家庭生活场景为主，情节线索也多为私人性的日常生活，公共性的政治生活与矛盾冲突都淡化为人物的生活背景，并不做正面描写，因而她的小说多为“截取日常生活的横断面”，平实、自然、无奇，基本没有曲折跌宕情节、戏剧化的巧合、矛盾冲突的高潮，如同日常生活的无端无尽，上演着的同时也在消解着人生中那些喜怒哀乐。她的几部代表性作品《红豆》《三生石》《弦上的梦》《南渡记》《东藏记》等，都是在家庭、个人的生活场景中来展现人物的性格，并不把人物置于社会政治冲突中心。长篇小说《南渡记》与《东藏记》中的故事发生的背景是抗日战争时期。本来，日本帝国主义的侵略造成了国家、民族、个人的生活的大动荡、大改变，一切都需要重新安排，社会不同层面的矛盾冲突都在激化，为小说创作提供了广阔的空间。描写这一段历史，宗璞选择的是通过一个家族在抗战过程中的聚散离合，状写一个中国知识分子家庭在国家危亡时期的生活历程，表现在大动荡的时局中家庭生活遇到的种种问题和处理这些问题的思想、感情和行为方式。作者没有安排二元化的对立双方的矛盾冲突，因而作品中也没有起、承、转、合，由开端发展到高潮的情节线索，有的只是家庭生活随着生存环境的改变而不断做出的新的选择。但就在近乎无冲突的平淡无奇的家庭生活中，众多人物的品格被鲜明、生动地展现出来，令读者在与他们的同情共感中体味他们的

① 贺桂梅：《历史沧桑和作家本色——宗璞访谈》，《小说评论》2003年第5期。

精神品质，以及那一段苦难的历史中普通群众爆发出的巨大精神力量。同样，《红豆》的故事背景是新旧中国的历史性转折时期，政治生活是那个特殊年代的主色，而宗璞选择的是更加私人化的情感生活的视角，通过一个女性知识分子在这一特殊历史时期经历的爱情与信念的冲突，展现她精神世界深处的情感生活。《三生石》的故事背景是“文化大革命”，同样是给中国社会重要影响的特殊历史时期。宗璞的选择是描写受迫害、被隔绝的女主人公的个人生活遭遇，在她与世隔绝、孤独无助的境地中展现她在巨大的社会、人生灾难面前依然保持对生的珍视，对纯洁爱情、友情的向往，绝不丧失人格的尊严的文化品质。通过她在人们普遍患有的“心硬病”的社会文化环境中所受到的迫害，揭示这段历史的荒谬和人的精神异化。《弦上的梦》也是在一个家庭的生活空间中展开故事，描写一个在“文革”中被卷入灾难的孩子，被迫要在他们根本无法理解的革命与亲情的冲突中选择，然后在家庭生活的巨大变故中继续自己无法预知的生活。总体上看，宗璞的小说作品基本上都是描写日常生活场景中的私人生活故事，这与她的生活经验与创作思想相关。以她的个性，并不善于描写公共性的社会政治斗争，而更善于在日常的平凡生活中细细地品味社会、人生。她的小说叙事视角恰与她对于生活的感受、体验方式相一致，是她认识、体验生活的本色化表现。

宗璞小说所采取的无冲突、无悬念的生活化叙事，在小说创作中其实最难，很容易陷入平庸与凡俗。宗璞的小说却没有这样的缺失，相反，在平淡无奇的一个个生活事件中显现的人生世相，却总是蕴含着超越现象，耐人品味而神往的感染力，给人以儒雅和诗韵的感受，深得中国古典小说的神韵。读《野葫芦引》总会有读《红楼梦》的感觉。这种感觉在林语堂、沈从文、汪曾祺等有深厚传统文化修养的作家小说里能够得到。这不仅是一种非线性情节的单纯艺术效果，而且是一种境界的展现。对于个别具体生活场景的描写虽然贴近读者的生活经验，写得又极淡，但组合在一起就会构成一种意境，形成一种张力，产生无穷的余韵，造成诗化效果。吕清非老人拒任伪职而自尽，是最容易戏剧化的壮烈之事，但作品并不着意正面渲染，只是通过夫人莲秀的活动侧面描写：莲秀服侍老人到正房诵经；莲秀“见老人正襟危坐，垂了双目，似已入静”；莲秀回院生炉子、做饭，直到“莲秀轻轻推开正房门，见老人端正地躺在矮榻上。她抢步上前，只见老人双目微睁，面容平静，声息俱无”。老人悲壮的走向死亡的选择在这依然显得平静的侧面描写中被淡化了，语言的感情色彩在这里似乎并不存在。但是，仔细品来，其中蕴藏的伦理精神和情感逻辑却已在读者内心深处爆发着持久的震撼力，引人产生的无限感慨和悲愤之情，使小说有了一种言有尽而余味无穷的诗境。

个体化的话语方式在宗璞小说那里并不仅仅体现在语言的层面，也不只是体现在丰富的历史知识和传统文学修养，以及在小说中创造性地采取不同体裁形式，更重要的是体现在支配她话语形式的思想、情感方式。她的所有作品，无论选择什么题材，表现什么主题，都贯穿着她的天下情怀，使她的叙述、描写与抒情都保持着和谐的智性。从这个意义上说，宗璞的情感方式是古典性的，丰富而热烈的情感却从不脱离“理”的节制，而理趣中又蕴着情，正所谓“发乎情，止乎礼”，风骨自在其中。宗璞的创作实践也很好地证明了作家抱有天下情怀并不等于只能采取宏大叙事，去图解政治权威的思想。这类创作自从新文学产生以来发生得已经太多了，特别是在当代文学创作中曾经形成普遍性的公式化、概念化创作现象。其实，这种现象产生的一个重要原因是作者没有来自个体生活、来自心灵的感受与体验，只是外在性地追随权威与潮流。而宗璞的创作则恰恰与此不同，虽然她的天下情怀使她的创作自觉地与社会历史的发展联系起来，但那只是内化于她精神世界中的基本文化立场和思想、情感的总体倾向，是基于她自己的生存方式与生存状态，由个人最真实的生活体验和对生活、对人生的感悟与理解所形成的本色化的文化人格的表现。这种创作倾向在今天看来可能不符合许多人的文学观念，但宗璞却有着发自内心的真诚与执着。正因为如此，她有着消解来自权威、潮流等外在压力的力量，不仅在生活政治化时代保持自己的日常生活化艺术表现视角，而且在生活消费化浪潮的今天保持自己天下情怀的文化立场，真正做到以自己的本色去完成有个性的艺术表达。

三

宗璞并不只是一个传统文化与文学精神的传承者，她的“本色”还着色于西方现代文学的思想与艺术。尽管中国传统文化塑造了她的主体精神，但她不是旧式的文人，她属于现代，不仅是由于她描写的生活具有现实的当下性，更重要的是她自幼所处的大学文化环境与长期所从事的世界文学编辑、译介工作，已经使西方先进的文化思想融入她的思想，成为她思想的有机构成要素，形成她世界性的眼光。她说：“我常想，被东西方两种文化‘化’过的人是有福的。”[①]这种开放的世界性的文化态度使她积极借鉴西方文化与文学，成为具有时代精神的作家。

宗璞对外国文学的吸收与融合，为中国当下的现代汉语文学创作提供了一个可资借鉴与研究的成功案例。自“五四”新文学运动以来创作的现代汉语文学创作，始终把外国文学作为新的文学范式，在哲学思想、人学理念、美学倾向、创作意识、艺术表现形式等不同层面，都在很大程度上改变了中国古典文学传统，逐渐形成当下现代汉语的文学形态。如果以世界文学的视野看汉语文学创作，中国古典文学虽自成体系，表现了中国传统文化精神与美学倾向，凝聚了中华民族的文学经验，但由于历史的局限，向世界的传播、对于世界文学产生的影响极为有限。而现代汉语的文学创作，以“他者”的外国文学为文学范式，始终没有找到沟通中国古典文学与外国文学之间的恰当方式，极端者完全模仿与移植外国文学作品，生产的是“后殖民主义”的文化文本，民族文学精神与艺术经验没有找到较理想的表现方式。因而迄今为止，现代汉语文学创作在世界文学范围内，甚至还没有形成有民族文化个性与表达方式的相对独立的体系，还附属于西方文学的思想体系与艺术传统之中。

其实，学习与借鉴西方文化与文学思想是很内在的事情，应该是宗璞所强调的“化”的过程，而不是外在的模仿。宗璞显然自幼就接受了西方现代文化与文学思想之“化”，她自我确认的知识分子身份，就属于现代自由知识分

① 宗璞：《那青草覆盖的地方》，第76页，沈阳：辽宁人民出版社，2007。

子范畴，崇尚自由、独立的精神。她把传统文人的大丈夫精神与自由知识分子精神融合在一起，形成了中国现代自由知识分子的文化品格：既有庄严的历史责任感，又与政治保持着一定距离和批判的态度。这种倾向在她的作品中鲜明地表现出来。《野葫芦引》中孟弗之们一方面把个人的命运与国家、民族的命运融在一起，举家纾国难，一方面对政府的腐败、世风的堕落保持着批判态度；《红豆》中的江玫虽选择了参加革命工作，但心底还保留着一份"小资产阶级"的感情。宗璞新时期以来的系列短篇小说中的知识分子主人公们都关注着国家、个人的命运，同时对现实保持着批判的态度，维护着社会的正义与良知。这种具有时代精神的文化与文学观念，是民族精神传统与西方现代先进思想相结合，"化"为宗璞精神世界组成部分的结果。它们不再是孤立的传统和西方文化思想，已经转化为宗璞的人生经验，她的本色。

宗璞也是新时期较早地借鉴西方现代主义创作手法进行创作的作家。二十世纪六十年代刚接触到奥地利作家卡夫卡的作品时，她体验到了另一种文学经验，给她极深的印象："我从他那里得到的是一种抽象的，或说是原则性的影响。我吃惊于小说原来可以这样写，更明白文学是创造。"[①]自觉接受、学习外国文学经验，是宗璞小说原来创作的一个重要特点。但是，在接受与学习中，宗璞依然保持着她的"本色"，西方文学的思想、艺术经验都转化为她的艺术理念的一部分，丰富了她的创作。二十世纪七十年代末至八十年代中期发表的《我是谁？》《蜗居》《泥沼中的头颅》《谁是我？》等，是一组带有鲜明现代主义文学艺术特征的作品，其中浓重的文化批判主题，荒诞、变形的艺术形象，离奇的情节和象征性的艺术手法，恰当地表现出"文革"这个中国现代史中的文化灾难给社会带来的荒谬、给人性带来的扭曲和异化。但是，宗璞并不是简单地模仿现代主义的文学形式，以资本主义文化背景下人的异化与社会的荒诞理念来表现"文革"，而是以"文革"的生活经验为基础，借助现代主义的艺术手法来表现"文革"特有的荒谬事件造成人们普遍的"心硬化"和社会精英精神困惑的文化灾难。现代主义艺术形式下的主题、艺术精

① 宗璞：《独创性作家的魅力》，《外国文学评论》1990年第1期。

神、文化内涵都转化为中国式的，成为中国当代小说创作的新形式。《我是谁？》描写了归国学者韦弥在“文革”中的“变形记”：她为建设新中国回到祖国，却被怀疑为特务；传播科学知识，却被说成放毒；本应是受人尊敬的知识精英、有尊严的女性，却被剃了阴阳头，成为牛鬼蛇神，在批斗大会上受尽侮辱、毒打，周围的人却没有一点儿同情心，有的人躲避，有的人厌恶，有的人咒骂，一切是非颠倒了，以至于她无法确认自己究竟是谁，朦胧的意识中，自己与丈夫都变成了虫子，“先缩起后半身，拱起了背，再向前伸开”在地上爬。她还看到四面八方爬着的虫子，中间大多是文科的教授，理科的也不少，也在问着“我是谁”。这是二十世纪六十年代末中国知识分子的生存环境与生存状态的艺术化写照。《蜗居》以“我”的地狱之行荒诞的情节，表现了人们在文化专制的高压下发生的异化，“他们每人都像戴了一个假面具，除了翕张的嘴唇，别处的肌肉不会动一动”，“每人身后都背着一个圆形的壳，像是蜗牛的壳一样”。而“我”从用头颅照亮世界的伟大行列中逃走后，蜷缩在蜗牛的窝里“学习进入半冬眠状态”，享受那偷生的平安。宗璞以象征的艺术手法完成了自我精神的剖析与反省。小说《泥沼中的头颅》意象朦胧，写了一个精通几国语言的学者在学术研讨会上居然听不懂本国语言，感觉处在浑浊的泥浆中，对于任何事物都看不清楚，他想寻找改变这种泥糊状态的办法，却在泥沼中被化得只剩下头颅，最终被泥浆淹没的离奇经历，象征了现实生活所处的是非不清的泥沼状态，那些对思想、文化建设的探寻都被冷漠的泥浆淹没。《谁是我？》表现的是另一种人生经验。小说模拟躺在病床上的人物“丰”的碎片性的意识活动，在时空错乱中组合起人生的几个生活片段，表达了对人生的别一种感受：“每一个人都生活在各种关系的接缝处。从这里能生长出纯净的白莲，又能得各方面的一掬清泪，这是一种境界，一种不容易达到的境界。”西方现代主义文学基于其自身的文学传统和现代哲学、美学、文学思想，形成与之相应的话语方式，对于展现异化现象有独到的表现力和艺术效果，对此宗璞有深刻的理解，对于外国文学的借鉴她从没有失去自己的文化立场与艺术精神，而是经过扬弃转化为自己的文学经验，成为展现自己生命意识的表现形式，使作品依然具有鲜明的民族文化品格。

四

关于宗璞的小说，批评家们都看到了一个鲜明的特征：优雅。或许这并不是宗璞自己在创作前期待的评价，而是她出于自然的思想、情感、美学倾向、语言表达方式综合显现出来的艺术品质，是她全部生活经验与学养的体现。这是一种“本色”，一种自己无法改变，他人也无法复制的品质。

但是，作家创作真正能够展现出“本色”来并不是一件容易的事情，必须要有勇气、信念来坚守。作家创作语境从来都不会是单纯的，受到的压力并不仅仅来自主流意识形态、政治权威，还会有世俗的文化力量、流行的文学思潮等等。如果作家没有自己的“本色”，不敢坚持自己的文化立场与创作原则，就会随波逐流，被淹没在流行的潮流之中。宗璞之所以能够保持本色，坚持自我，在我看来，她在主观上或许并没有想做挑战的斗士，她只是想把自己的生活感受、文化与美学理想表达出来。可贵的是，她能够以“诚”对待自己，真诚地表达自己所要表达的东西。《红豆》表现宗璞自己从小在心上就有的“一个王国”，在二十世纪五十年代政治话语的环境中写个人情感深处超越阶级斗争观念的爱情；《蜗居》在别人揭露、批判“文革”给社会、个人造成伤害的时候，对自己却进行严厉的质问，我能够加入那用头颅照亮世界的伟大行列吗？《野葫芦引》中的凌京尧的形象也不是按照概念去描写的。他也是一位有正义感、有良知的知识分子，他也下过决心以死拒任伪职，也绝食抗争，但他终究没有挺住日军的酷刑，接受了屈辱，使他陷入了灵魂深处的良知、正义的自我审判之中，灵魂无法得到一丝的安宁。他知道在家人、在同事、在国人心中失去了人的尊严，向女儿也是向自己的心底不断发出乞怜的提问：“能原谅我吗？”这个概念中本是无耻的汉奸，在她笔下得到了合乎逻辑的描述。这正是生活在现实中的有复杂思想感情、有内心冲突的人，是他的怯懦与软弱造成自己的堕落。宗璞并没有将他写成单一性格的汉奸。这样的描写在传统红色经典的模式中是需要勇气的，如果没有自己切实的认识与理解，没有尊重自己本色的理念，很难写出这类汉奸的形象。对于当下女作家的创作，她反对从女性角度去炒作，指出：“如果因为是女作家，就去炒作，那就有点色相的意思。

我对现在的作品，这是老人的话了，我非常不喜欢其中关于性的描写，太多了，我觉得，如果创作的自由就自由在这上面，很不好。”[①]长期以来，她始终坚持自己的文化立场与艺术原则，并不因潮流而改变自己的本色，这正是她有勇气的体现。

小说的艺术魅力产生于对人深度的观照与生动的表现。读小说其实是在读人，读人生，读人的精神世界，由人及己，才会产生那一份感动。宗璞是一个很有代表性的中国现代知识分子作家，她的思想构成既有儒家传统文化精神作为底色，又有西方现代自由知识分子人学理念与价值取向；既始终不渝地抱有天下情怀，以历史责任感思考社会、人生，又保持独立的文化品格，身上古典、现代的几种文化要素都存在，构成了她作为作家的主体品格。她的小说写出了中国现代知识分子的精神世界，他们的民族气节，他们的高洁，他们对理想的追求与对精神家园的捍卫，使读者读到内蕴丰富的民族文化气韵，这也正是宗璞自己所崇尚、所展现的本色。

原载《当代作家评论》2007年第6期

① 贺桂梅：《历史沧桑和作家本色——宗璞访谈》，《小说评论》2003年第5期。

内部伦理与外部规约的冲突

——以《红豆》为例

李建军

现代小说研究，大体上讲，有四个不同的路向：一个是以文本为中心的客观主义研究，一个是以作者为中心的修辞研究，一个是以策略和技巧为中心的叙事研究，一个是以读者的阅读反应为内容的阐释学研究。“客观主义”致力于研究作品的结构和肌理等“内部规律”，“修辞研究”试图从作者的角度说明小说本质上是一种针对读者的充满目的性的“说服”行为，“叙事学”的任务是通过对文本的研究来揭示小说的叙事模式，“阐释学”则将焦点集中在对读者解读作品的自主性和创造性的考察上。这些研究互相推激，构成了一种积极的互补关系，使得现代小说研究趋于完整和自觉。然而，这些理论似乎都忽略了“人物”，忽略了与“人物”有关的伦理关系和伦理问题。这与中国小说的叙事经验有着明显的不同。正像聂绀弩先生曾经指出的那样：“中国不同，中国传统的史，都是以人的活动为纲，写人物性格，写他的感情，他对事物的直觉和如何解决，近年来我们也学了外国的一套方法，写历史和事实都看不见人，看见的尽是些政策措施。我们中国的史书，既是史也是文学，因为它真切动人，这个好处现在没有了。”①

小说的核心是人物，而不是别的。小说家的根本任务，则是写出活泼的人物。小说是处理人物与作者、人物与人物之间关系的一种艺术。这些关系本质上是一种伦理关系，体现出作者如何对待人物和读者的心情态度。小说修辞研究在其初始阶段虽然注意到了“道德性”因素的存在，也强调了这一因素的重要性。但是，它的反驳对象是“客观主义”，所以，也只是从作者介入的“责任伦理”的角度强调了这一点，而没有从人物的角度，从人物的人格尊严、情感自由和思想独立的角度，限制作家的主观任意性，限制作家对人物权利和尊严的轻慢，以免将人物降低为无生命的符号和承载观念的工具。巴赫金的“对话理论”反对作者任性的“独白”，这虽然有助于人们警惕作者的“独裁”，但是，他把陀思妥耶夫斯基的经验绝对化了，所以，最终未能把自己的理论升华为包含了丰富的经验内容的“小说伦理”，而是降低为一份充满偏见的起诉书——对托尔斯泰、司汤达、巴尔扎克等作者的“独白”叙事的起诉书。

所以，有必要从“小说伦理”的角度来研究影响小说叙事的复杂因素。比如，从中国当代小说的独特经验来看，就存在着两种力量的冲突——作者处理自己与人物、人物与人物之间关系的“内部伦理”，与体现着意识形态要求的“外部规约”之间的冲突。这一冲突是如此普遍和强烈，以至于我们要说，如果忽略了对这一冲突的关注和研究，我们就无法揭示当代小说创作的主要矛盾，就无法解释影响当代小说发展的重要因素，就无法说明为什么那么多有才华的小说家束手无策，寸步难行。

小说的内部伦理是指小说家在塑造人物的时候，必须把人物当作绝对的中心，一切围绕人物运转和展开。作家的叙事和描写必须从人物的体验和境遇出发，必须尊重人物自己的情感和人格，让他们按照自己的方式来爱和恨、思考和行动。事实上，光有尊重还不够，作家还应该爱自己笔下的人物，即使面对的是有着严重的人格缺陷和罪错的人物，也要写出他的尚未泯灭的人性之光，写出他的性格和气质，写出他的疼痛和哀伤。小说家当然可以讽刺，甚至可以

---

① 寓真：《聂绀弩刑事档案》，《中国作家》（纪实）2009年第2期。

鞭挞，但是，讽刺不能降低为人格羞辱，鞭挞不等于肆意地发泄仇恨。小说中的人物，固然有性别、年龄、国别、种族、宗教甚至阶级方面的不同，他的情感和行为固然不可避免地会受到经济状况、社会地位和政治背景的影响，但是，作家不能先验地把这些因素凝定为抽象的原则，进而按照这些外在的原则来曲解人甚至肢解人。总之，作家既不能根据作家自己的随意的想象或者简单的理解来役使人物，使他沦为作家话语暴政的奴隶和牺牲品，也不能根据抽象的教条和偏见来塑造人物，只有这样，他才有可能写出有个性、有尊严、有生命的人，而不是制造出一堆分裂的话语碎片。

一个时代如果形成了严格而狭隘的文学规约体系，那么，小说的内部伦理就面临着被扭曲甚至撕裂的尴尬境遇，小说家笔下的人物，也难逃被简单化甚至妖魔化处理的命运，就像黑格尔在谈到史诗时所说的那样："在一个时代里如果出现了抽象的信仰，定得很完备的教条，固定的政治和道德的基本原则，那就离开史诗所要求的具体（一般与特殊尚未分裂）而家常亲切（摆脱了外来文化的束缚）的精神状态了。"[①]可以说，这个"十七年"以及后来的漫长时期的小说写作，都面临着如何在遵守内部伦理与服从外部规约之间，找到一条安全、和谐的平衡状态。然而，事实证明，维持自由与服从之间的平衡，是一件极其艰难的事情。所以，更为常见的后果是，小说作者同他笔下的人物一起做了"教条"和"原则"的牺牲品。

就当代小说创作的"内部伦理"与"外部规约"的冲突来看，宗璞的短篇小说《红豆》无疑是一个具有典型性的个案。写作这篇作品的时候，宗璞还是一个涉世未深的年轻人。她努力按照新时代所制定的"政治"原则和"文学"标准进行创作。但是，中国传统文化的影响和西方经典小说的熏陶，使她实在难以彻底放弃另外一种更合理的人性观和小说写作原则，很难一下子就规行矩步地如法炮制。关于小说写作，宗璞认同英国作家奥斯丁的一段名言："小说家在作品里展现了最高的智慧；他用最恰当的语言，向世人表达他对人类最彻底的了解。把人性各式各样不同的方面，最巧妙地加以描绘，笔下闪耀着机智

① [德]黑格尔：《美学》，第三卷，下册，第112页，商务印书馆，1981年。

与幽默。”宗璞愿意做奥斯丁虔诚的学生，所以，她说：“我们写小说的人，实应力争做到她对小说的要求。”[①]她也认同金代诗人元遗山的诗学理论：诚乃诗之本，雅为诗之品。“没有真性情，写不出好文章。如果有真情，则普通人的一点感慨常常很动人。如果心口不一，纵然洋洒千言，对人也如春风过耳，哪里谈得到感天地、泣鬼神！文学必须真实地反映人生才能获得自己的生命，这一点是新时期作家们普遍的认识。”[②]她在谈到自己的短篇小说《我是谁？》的时候说：“强调要把人当成人，这是西方启蒙运动的核心，我们需要这种启蒙。中国讲究名教，人在社会中的位置甚于一切。所谓名教就是一切都要符合它的名，也就是它的位置，而忽略了人性、人权、人的本身，后来索性发展成把人当成工具。全民追随一个人，必然走向愚昧和残暴，以至于发生了史无前例的‘文革’。”[③]“把人当成人”的现代人性观与“忽略了人性、人权、人的本身，后来索性发展成把人当成工具”的异化现实之间，必然会发生尖锐的冲突。

对于新的文学规训所包含的基本训诫和要求，宗璞努力去适应和服从。但是，在她的内心深处，“启蒙运动”的价值观尚未被涤荡干净，所以，在表现“光明”战胜“黑暗”的必然性的时候，她却根据内心深处残存的人道理念和人性思想，写出了即将分手的恋人，在权力争夺的最后关头，比较有限的真实感受。然而，即便是这种已经被降低到最低点的“真实”，也很难为新的文学规训所容忍和接受。

现在，回过头来看，宗璞的《红豆》[④]写得既缠绵悱恻，又很不舒展，仿佛无尽的情思，刚要宣吐出来，又咽了回去。它对人物的不舍之情写得很真实，但是，到后来，却按照狭隘的“斗争哲学”把一对恋人区分为“好人”和“坏人”，落了“亲不亲，阶级分”的俗套。

---

① 宗璞：《宗璞文集》，第四卷，第312页，华艺出版社，1996年。

② 施叔青：《文坛反思与前瞻：施叔青与大陆作家对话》，第179页，明窗出版社，1989年。

③ 施叔青：《文坛反思与前瞻：施叔青与大陆作家对话》，第182页。

④ 宗璞：《红豆》，《人民文学》1957年第7期。

在虚假、乏味的模式化叙事泛滥成灾的五十年代，宗璞在《红豆》中所表现出的略显感伤的诗意美，无疑令人耳目一新：

天气阴沉沉的，雪花成团地飞舞着。本来是荒凉的冬天的世界，铺满了洁白柔软的雪，仿佛显得丰富了，温暖了。江玫手里提着一只小箱子，在X大学的校园中一条弯曲的小道上走着。路旁的假山，还在老地方。紫藤萝架也还是若隐若现地躲在假山背后。还有那被同学戏称为"阿木林"的枫树林子，这时每株树上都积满了白雪，真是"忽如一夜春风来，千树万树梨花开"了。雪花迎面扑来，江玫觉得又清爽又轻快。她想起六年以前，自己走着这条路，离开学校，走上革命的工作岗位时的情景，她那薄薄的嘴唇边，浮出一个微笑。脚下不觉愈走愈快，那以前住过四年的西楼，也愈走愈近了。

一开始，不是纵论天下大势，也不是交代"时代背景"，而是别开生面地描写雪景，这就显得不同凡响。在作者的笔下，地上的雪不仅"洁白柔软"，而且还让"冬天的世界"显得"丰富了，温暖了"。这样的描写不仅很好地表现出了人物此时此刻的心情态度，而且，为整个小说确定了一个略显惋伤的抒情基调。

接下来的叙述和描写，更是不乏"越轨"的笔致，甚至在无意识中突破了当时的高度意识形态化的外部规约：

……江玫站起身来，伸手想去摸那十字架，却又像怕触到使人疼痛的伤口似的，伸出手又缩回手，怔了一会儿，后来才用力一掀耶稣的右手，那十字架好像一扇门一样打开了。墙上露出一个小洞。江玫踮着脚尖往里看，原来被冷风吹得绯红的脸色刷的一下变得惨白。她低声自语："还在！"遂用两个手指，拈出了一个小小的有象牙托子的黑丝绒盒子。

江玫坐在床边，用发颤的手揭开了盒盖。盒中露出来血点儿似的两粒红豆，镶在一个银丝编成的指环上，没有耀眼的光芒，但是色泽十分匀净而且鲜亮。时间没有给它们留下一点痕迹。

江玫知道这里面有多少欢乐和悲哀。她拿起这两粒红豆，往事像一层烟雾从心上升起来——

这里的物象描写，就更加“出格”甚至“犯忌”，因为，从二十世纪五十年代开始，宗教基本上被当作愚弄人民的工具，被当作必须反对和批判的封建迷信。天翻地覆，换了人间，“大救星”取代了“救世主”，彼岸的“天国”被置换为现实的“幸福天堂”，当此时也，宗教及其所承诺的“黄金世界”，不仅显得虚妄而多余，而且，实在就是“麻醉人民”的“鸦片”。而在“新时代”的文学叙事中，像“十字架”和“耶稣”这样的宗教形象，已经不允许以赞美甚至中性的态度来描写了。然而，宗璞在写作《红豆》的时候，似乎完全没有意识到这些“禁忌”的存在。她将这两个最有代表性的宗教意象，与对昔日爱情的追怀联系到了一起，这虽然符合一个从旧时代走过来的情感丰富的大学生的情感逻辑，有助于强化“红豆”所象征的“欢乐和悲哀”，进而赋予这些情感以庄严的色彩和苦难的性质，但却难避宣扬资产阶级生活方式和封建宗教迷信的嫌疑。

然而，把“阶级敌人”写成“牛鬼蛇神”，写得不人不鬼，是新的叙事规约所要求的。与当时流行的叙事模式不同，宗璞在《红豆》里，一开始并没有把齐虹写成一个形容丑陋而灵魂丑恶的人，而是真实地写出了他的优雅：

在这寂静的道路上，一个青年人正急速地向练琴室走来。他身材修长，穿着灰绸长袍，罩着蓝布长衫，半低着头，眼睛看着自己前面三尺的地方，世界对于他，仿佛并不存在。也许是江玫身上活泼的气氛，脸上鲜亮的颜色搅乱了他，抬起头来看了她一眼。江玫看见他有着一张清秀的象牙色的脸，轮廓分明，长长的眼睛，有一种迷惘的做梦的神气。江玫想，这人虽然抬起头来，但是一定没有看见我。不知为什么，这个念头，使她觉得很遗憾。

根据作者的暗示，齐虹对外部的世界缺乏关注的热情，有利己主义的倾向。但是，他的容貌却是可爱的，气质也是令人好奇甚至着迷的。他懂得音乐，有很高的欣赏能力。他向往纯粹理想的生活，“一个真正的世界，科学的、美的世界”。然而，他所置身其中的世界，却“这样空虚，这样紊乱，这样丑恶”。对现实中的一切，他都不满，都厌恶。这种青春期焦虑症，其实是很正常的。这种短暂的悲观情绪，很快就会涣然冰释的。然而，作者却代表自己的时代，把一种残缺的世界观强加给了这个“反动的”青年。她让他这样理解“自由”：“人活着就是为了自由。自由，这两个字实在好极了。自就是自己，自由就是什么都由自己，自己爱做什么就做什么。”在新的意识形态词典里，“自由”基本上被当作“自私”“任性”和“个人主义”的同义词。那些歪曲“自由”和反对“自由主义”的人，就是通过赋予“自由”以消极的性质来限制它和扼杀它的。宗璞就在无意识中接受了对“自由”的这种偏见。她用残缺的“自由”来否定自己笔下的“反面人物”。

这样一来，宗璞就不可能把齐虹写成一个有尊严、有个性、有思想的人，而是按照自己时代对“自由”的误解甚至否定态度，把齐虹写成了一个病态的恨世主义者：

“我是你的。”江玫觉得世界上什么都不存在了。她靠在齐虹胸前，觉得这样撼人的幸福渗透了他们。在她灵魂深处汹涌起伏着潮水似的柔情，把她和齐虹一起融化。

齐虹抬起了她的脸：“你哭了？”

“是的。我不知为什么，为什么这样激动——”

齐虹也激动地望着她，在清澈的丰满的春天的水面上，映出了一双倒影。

齐虹喃喃地说：“我第一次看见你，就是那个下雪天，你记得么？我看见了你，当时就下了决心，一定要永远和你在一起，就像你头上的那两粒红豆，永远在一起，就像你那长长的双眉和你那双会笑的眼睛，永远在一起。”

"我还以为你没有看见我——"

"谁能不看见你！你像太阳一样发着光，谁能不看见你！"齐虹的语气是这样热烈，他的脸上真的散发出温暖的光辉。

他们循着没有人迹的长堤走去，因为没有别人而感到自由和高兴。江玫抬起她那双会笑的眼睛，悄声说："齐虹，咱们最好去住在一个没有人的岛上，四面是茫茫的大海，只有你是唯一的人——"

齐虹快乐地喊了一声，用手围住她的腰："那我真愿意！我恨人类！只除了你！"

宗璞写起两个青年人的爱情感受来，有时真切而细腻，但是，她似乎还不太会写人物的思想，或者说，还没有按照小说内部伦理的客观性原则和真实性原则，让人物自己来表达自己的思想和痛苦。"我恨人类！只除了你！"为什么要"恨人类"？是什么样的伤害记忆使他陷入这种可怕的精神状态？作者根本没有给人物提供替自己辩护的机会，没有让他对自己的思想进行充分的解释。她只是按照时代的暗示和要求，简单地把他写成这样一个令人费解和厌恶的人。

在接下来的叙事中，宗璞几乎完全按照时代的外部规约来写了。她让"进步"的肖素对江玫进行革命启蒙，对江玫进行无产阶级人生观教育："人生的道路，本来不是平坦的。要和坏人斗争，也要和自己斗争——"肖素是这篇小说里的"正面人物"，代表着光明和方向。斗争是她的宗教。对信奉这一宗教的人来讲，所有人的解放和拯救、希望和幸福，全都得通过"斗争"才能实现。在这种新宗教的教义里，人被分成不同的"阶级"——"无产阶级"生来就是纯洁的、高尚的，而知识分子则生来就是卑污的、有罪的。"坏人"几乎注定永远是"坏人"，或者，用一句经典的话来说，就是属于"踏上一只脚，叫他永世不得翻身"的人。而所有的人，尤其是知识分子，必须不断地"改造"自己，不仅要与"坏人"斗争，而且也要与"自己"斗争。

作为新的规约力量的代表，肖素显然是一个高高在上的觉悟者和引领者，非常自信地对世界和他人进行道德评价和道德审判。她称江玫是"小鸟儿"，这与其说表达着亲昵的情感，毋宁说显示着道德上的优越感。她以一种近乎不屑的傲慢态度，对齐虹的品质和人格做了简单化的评价，视之为“灵魂深处是自私残暴和野蛮”的人，从而将这个人物降低为一个符号，一个“反动”阶级的代表。与此同时，她用新的“革命”理念来引导江玫的生活，试图从灵魂上拯救这个软弱的“迷途者”，使她“真的到我们中间来”：

> 肖素停下笔来：“你干什么？小鸟儿？你这样会毁了自己的。看出来了没有？齐虹的灵魂深处是自私残暴和野蛮，干吗要折磨自己？结束了吧，你那爱情！真的到我们中间来，我们都欢迎你，爱你——”肖素走过来，用两臂围着江玫的肩。
>
> “可是，齐虹——”江玫没有完全明白肖素在说什么。
>
> “什么齐虹！忘掉他！”肖素几乎是生气地喊了起来，“你是个好孩子，好心肠，又聪明能干，可是这爱情会毒死你！忘掉他！答应我，小鸟儿。”
>
> 江玫还从没有想到要忘掉齐虹。他不知怎么就闯入了她的生命，她也永不会知道该如何把他赶出去。她迟钝地说：“忘掉他——忘掉他——我死了，就自然会忘掉。”
>
> 肖素真生她的气：“怎么这样说话！好好儿要说到死！我可想活呢，而且要活得有价值！”她说着，颜色有些凄然。
>
> “怎么了？素姐！”细心而体贴的江玫一眼就看出有什么不平常的事。对肖素的关心一下子把自己的痛苦冲了开去。
>
> 肖素望着窗外，想了一会儿，说：“危险得很。小鸟儿，我离开你以后，你还是要走我们的路，是不是？千万不要跟着齐虹走，他真会毁了你的。”
>
> “离开我？”江玫一把抱住了肖素。“离开我？为什么？我要跟你在一起！”

从这样的描写中，我们可以看见人物之间的不平等，可以感觉到“觉悟者”对“迷途者”强有力的精神主宰。这种违背小说精神的描写，本质上是牺牲小说的内部伦理而向外部规约妥协的结果。这种简单化处理，在对齐虹形象的塑造上，达到了匪夷所思的程度。在作者的叙述语言中，齐虹的“脸上的神色愈来愈焦愁，紧张，眼神透露着一种凶恶”。而人物间的对话纯粹是“阶级斗争”的八股腔，例如齐虹“压低了声音，一字一字地说：‘我恨不得杀了你，把你装在棺材里带走。’”江玫的回答也同样针锋相对，同样冷酷得让人毛骨悚然：“我宁愿听说你死了，不愿知道你活得不像个人。”这些对话虽然符合你死我活的阶级斗争理念，符合斗争哲学规约下文学叙事的逻辑，但却没有一丝一毫的人情味。

“冰炭不同器而久”，他们终于分道扬镳了。江玫终于“已经真的成长为一个好的党的工作者了”。这符合那个时代的叙事规约。但是，现在来看，她对人物的塑造，尤其是对他们的情感冲突的处理，却是简单的，也是缺乏内在深度的。

然而，即便是这种几乎完全“遵命”的写作，也是不被接受的。因为，用严格的意识形态尺度来衡量，那些温情脉脉的描写，显然是“资产阶级生活情调”的表现，显然与“无产阶级的革命精神”相去甚远。这样，在针对文化和文学的斗争方兴未艾的五十年代，不够“纯粹”和“彻底”的《红豆》必然是在劫难逃的。

为了配合“反右”，1958年第9期的《人民文学》集中发表了几篇火药味极浓的评判文章。处于头条位置的，是刘白羽的《秦兆阳的破产（在中国作家协会党组扩大会议上的发言）》。这篇文章一开始，就表现出一种极其猛烈的斗争姿态：“批判秦兆阳这个彻头彻尾的现代修正主义者的斗争，是文学战线上一场深刻的阶级斗争。斗争再一次教育我们：只有彻底地清除资产阶级思想的影响，才能建立真正的社会主义文学。我们与秦兆阳之间的分歧和斗争，是一场根本不可调和的斗争。”秦兆阳作为“隐藏在革命内部的右派分子、修正主义分子”，显然已经成了一个必须清算的“阶级敌人”。1958年第9期的《人民文学》的“编者的话”说：“一年多以前，右派分子秦兆阳一度窃据本刊副主编的职位。他插上修正主义的白旗，在文艺界招兵买马，力图把本刊变成一个反党反社会主义的阵地。可是他看错了形势，低估了社会主义的力量。经过去年以来轰轰烈烈的反右派斗争，这位‘大智大勇’的反社会主义‘英雄’终于落到了可耻的下场，他的全部罪行终于得到了清算。”

正是在“反右派斗争”和“清算”秦兆阳“罪行”的背景下，作为秦兆阳“招兵买马”的罪证，宗璞的《红豆》便成了必须深刻批判的作品，成了一个必须严肃对待的事件，或者，不如径直说，成了一场不得不进行的“斗争”。

1958年7月28日，在《红豆》发表正好一周年的时候，北京大学中文系三年级海燕文学社文学评论组召开了这篇小说的座谈会。参加座谈会的还有时任《人民文学》主编的张天翼和《红豆》的作者宗璞。这是一个一开始就有了结论的讨论。这个结论不是来自任何一个参加座谈的人，而是来自那个时代本身，或者说，来自那个时代的绝对权力和最高意志。

为什么找了一些大学生来批判《红豆》呢？这是因为，小说中的人物都是大学生，而且它所表现的充满诗意的感伤，很容易打动那些同样年轻的心灵。《人民文学》组织这个座谈会的目的，就是要肃清这篇小说在大学生身上散播的流毒，就是要克服它“对读者的坏影响”。例如，年轻的谢冕就被深深地感动了，以至于在看过《红豆》之后，曾特地到主人公江玫和齐虹定情的地方——颐和园玉带桥——去凭吊一番，追溯他俩当年是怎样在这里定情的。汪宗之也说自己过去很欣赏《红豆》的艺术性和风景描写，觉得很有诗意；认为齐虹踏碎红豆发夹的那段描写是作者高明的象征手法——把爱情悲剧安下伏笔；甚至对江玫的眼泪也很欣赏，也认为是写得又酸又甜，激动人心。①

在所有参与座谈的人员中，谢冕对《红豆》的理解和评价是最宽容的，他试图为作者描写人物的情感的合理性和真实性进行辩护：“作者对于主人公江玫在爱情上的矛盾心理是写得真实的，是合情合理的，因为江玫当时还不是一个无产阶级战士，她一面憧憬革命，一面又留恋着个人主义极为严重，以致走上背叛祖国道路的情人；她热爱光明，但又不忍和黑暗彻底决裂（最后还是决裂了）。这是符合历史真实的。同时，她正处于狂热的初恋中，也难以有冷静

① 《〈红豆〉的问题在哪里？——一个座谈会记录摘要》，《人民文学》1958年第9期。

的头脑，心中充满矛盾是可以理解的。”[①]应该说，这样的分析，是比较合乎情理的。

然而，“许多同志不同意这个看法”，因为，他们“从作品中看不到革命力量在江玫身上的增长，以及她怎样战胜资产阶级感情而成为好的共产党员。”有的认为，江玫是“实际上是被歪曲了的共产党员的形象。如果把她塑造成批判的人物，倒有一定的意义”；有人认为，“作品宣扬了革命是残酷无情的，它破坏了个人的爱情和幸福；党性和个性是对立的、矛盾的”；有人则认为，作品没有不符合“生活的规律”，“作家必须高度自觉地以社会主义精神教育人民，我们也正是首先以这个政治标准来衡量作品的。离开了这个前提抽象地谈‘真实’，必然要犯错误”；还有人说，“作者把应该否定的给肯定了，把应该丑化的给美化了。作者不仅美化了江玫，而且百般装扮粉饰堕落为祖国叛徒的齐虹。对于他的卑劣念头和罪恶行为不但没有表现谴责批判之意，反而通过主人公江玫对他的无限深情和依恋，显示他的‘可爱’”。最后，由作品而延伸到对作者的批判，“同志们在最后的发言中都一致认为作品中所表现的错误思想倾向，归根结底是和作者的立场观点分不开的。……作者是用了资产阶级的观点来理解革命者，在革命的幌子下来贩卖资产阶级的货色，因此作品就在去年修正主义泥流向我们冲击的时候，充当了宣传资产阶级思想的角色”。[②]

面对如此猛烈的无情批判，宗璞除了低头认错，别无选择。她当场承认自己的小说“在读者中散布了坏影响，感觉负疚很深”。随后，她还在“书面的补充发言”中承认“自己思想意识中有很多不健康的东西。在写这篇小说时，自己也被这爱情故事所吸引了。……尽管在理智上想去批判的，但在感情上还是欣赏那些东西——风花雪月，旧诗词……有时欣赏是下意识的，在作品中自然流露了出来。……宗璞同志最后说：《红豆》是个坏作品，它的发表当然是件坏事，但对自己来说，未尝不是件好事。它使我得到大家的批评和帮助，认

---

① 《〈红豆〉的问题在哪里？——一个座谈会记录摘要》，《人民文学》1958年第9期。

② 同上。

识到自己思想感情上的重大缺点，认识到思想改造的重要。”①

从这些严厉的声讨和自责中，我们可以看到新的文学规约对当代小说叙事的强大钳制，可以看到小说的内部伦理所面临的巨大压力。自由地按照人物的本来状况和客观的态度来塑造人物，已经是一件非常困难的事情了。于是，真正的小说让位给虚假的小说，写人的小说让位给“造神”和“画鬼”的小说。中国的小说叙事进入了“假大空”的反文学时代。

在小说的内部伦理被彻底瓦解的地方，真正意义上的写作几乎是不可能的，所以，无论是那些在三四十年代就卓有建树的耆宿，还是“新时代”崭露头角的新秀，都不得不放下手中的笔。宗璞也只能这样。所以，她说：“‘文化大革命’已迫近，深感写作不自由，怎样改造也是跟不上，我不愿写虚假、奉命的文字，乃下决心不再写作。当时我在《世界文学》评论组任组长，以为可以从事研究，不创作也能活下去。”②

对一个作家来讲，这样的活法，显然是无奈的选择，内蕴着无尽的悲哀。

像许多被剥夺了写作自由的作家一样，宗璞再次获得“解放”，再次拿起笔来，已经是二十年以后的事情了。

原载《小说评论》2009年第2期

① 《〈红豆〉的问题在哪里？——一个座谈会记录摘要》，《人民文学》1958年第9期。

② 宗璞：《宗璞文集》，第四卷，第336页，华艺出版社，1996年。

兵戈沸处同国忧

——评宗璞的《西征记》

付艳霞

作为宗璞先生鸿篇巨制《野葫芦引》的第3卷，《西征记》的出版让所有满怀期待的读者松了一口气。病痛和写作又斗争了近10年，最终又一次在精神的傲岸面前黯然。从1987年的《南渡记》，到2000年的《东藏记》，再到2009年的《西征记》，20多年间，宗璞先生要在葫芦里装宇宙的“痴心肠”虽百折而未悔。她“同国忧”的“秃笔”在“西征”的时候，变得更为雄健和刚毅，她笔下的知识分子担当国家和民族大义的情怀更为深沉和热烈。从风格、内容上而言，如果说《南渡记》饱含初尝抛别北平的忧伤，《东藏记》侧重偏安昆明的世情与浪漫的话，《西征记》则直接描写了抗日正面战场的悲壮与豪情。

宗璞说，“个人的记忆确实有些模糊，但是作为民族的记忆是永远鲜明的，我们有责任让这个记忆鲜明”。过去的事情要把它用小说的形式记录下来”。作为“以小说写历史”的重要一环，《西征记》要写抗战最为艰难的时刻，也要写到内战爆发前夜的矛盾纠葛，因而必然要正面涉及战争。这对擅长以优雅笔触描摹知识分子世情命运的宗璞而言显然是一个巨大的挑战，但又未尝不是了却一个挥之不去的情结——童年因为日军侵略而颠沛流离的记忆，几乎覆盖了她的一生，甚至决心创作《野葫芦引》也是因为这样的记忆缠绕。

战场必须要写，怎么写？这应该可以算作阅读和评价《西征记》的一个重要的“眼”。

以人物统领材料的叙事策略

宗璞的同胞兄长曾是远征军，多次向宗璞讲战地经历和见闻，宗璞也曾亲身到云南腾冲去寻找战地遗迹，察访战斗故事。而有关盟军对中国抗战的援助，滇缅公路作为抗日输血管的修建和运输情况，云南当地的土司对抗战的支援，发生在西南大后方的著名战役，如同古保卫战等史料都化身在小说中。《西征记》在宽阔的历史背景上，始终活跃着让人心荡神驰的人物。尽管她不熟悉战地，不熟悉知识分子以外的人群，不擅长写大场面、大冲突，但这些资料和史料的准备多少弥补了她的不足。她所擅长的依然是塑造人物，勾勒人物性格的新变化，描摹大背景中的世情。因而，她采取的叙述策略是以人物带材料，正如她在书的后记里写的：“材料是死的，而人是活的。用人物统领材料，将材料化解，再抟再炼再调和，就会产生新东西。掌握炼丹真火的是人物，而不是事件。书中人物的喜怒哀乐烛照全书，一切就会活起来了。”

小说以触目惊心的征调标语开篇，“这是你的战争！”以责无旁贷的敦促和提醒，使小说中的人物和读者同时进入了“战不我待”的全民抗战状态。历史的重任落在了澹台玮和孟灵己这一代青年学生肩上。上不上前线，是西南联大的学生需要做出的选择。有人选择了民族大义，如澹台玮、孟灵己；有人选择了继续求学，为未来民族的发展积蓄力量，如庄无因；也有人选择个人安危和个人前途，如蒋文长。

而带动材料的主要力量，还是澹台玮和孟灵己。澹台玮做了盟军的翻译，并最终牺牲在战场上。孟灵己做了战地医疗志愿者，还在关键的时刻充当了当地农民的心理医生，说服土司支持抗日的说客。最终她经受了战火的考验，也直接分享了抗战胜利的狂喜。两个主要人物都已经由不谙世事的少年变成了有主见、担当民族大义的青年。小说通过两个人在战场上的见闻，描写了滇西远征军的战斗，描写了盟军对抗战的支持，描写了战略物资腐败案，也写到了农民、土司对抗战的支持。虽然，个别地方阅读起来像史料报道，但因为两个主要人物统领了滇西战场的故事发展，并没有特别影响阅读。更何况，在描写每一个战地故事的时候，作者也注意塑造人物：修筑滇缅公路的老战一家，不知名的孤儿女兵，等等。这些人物在材料里熠熠发光，让人印象深刻。

英雄慷慨与侠义传奇的美学风格

尽管上述的叙述策略在很大程度上弥合了宗璞在题材内容上的优势和劣势之间的鸿沟，但从阅读的角度看，两方面的差异依然明显。凡是涉及知识分子内心世界、普通人物人伦世情的情节，都显得圆熟而有吸引力。与《南渡记》和《东藏记》相比，《西征记》的英雄慷慨是题中应有之意。而似乎是为了与战场的豪迈慷慨相辉映，《西征记》里亦颇多了一些侠义传奇的情节描写。

在《东藏记》中因打了败仗而赋闲在家的严亮祖，在《西征记》中重上战场。抗战胜利，内战却爆发在即。面对前来劝其和平起义的共产党，何去何从，严亮祖的选择了然于胸。与《南渡记》中从容自杀的吕清非相比，严亮祖用传统武功自杀显然更悲壮、更惨烈。吕清非对抗的毕竟是异族入侵的奇耻大辱，而严亮祖是为了避免"相煎何太急"的内战。生灵涂炭的战争在外辱消失之后依然要继续，这显然对所有的人来说都是难以接受的事实，因而所有的人都表现出了慷慨激昂的一面，教授江昉自不必说，连孟弗之也在国民政府的暗杀面前慷慨陈词。

荷珠这个人物的死也颇有侠骨柔情。这个放蛊的姨太太，颇有山野女子的古灵精怪和心机门道，在《东藏记》中，每次出场都带着压抑素初母女的娇蛮和霸气，显得不那么可爱。然而，在严亮祖棺前自尽的选择，仿佛一道横空出世的闪电，一下子提升了她的人格光亮。"天地不仁，以万物为刍狗"，她的死固然可以理解为蒙昧女人对丈夫无条件的追随，但同时，这未必不是一个普通女子对不可预测的未来之路的恐惧和抗争。严亮祖和荷珠的侠义赴死之中，体现了另外一种对民族大义的坚持和担当。

传统文化视野下的现实情怀

研究者对宗璞小说中的传统底蕴，对宗璞的创作追求多有论述。“独善其身”和“兼济天下”，“无为”而“有为”的辩证，悲悯和宽恕一切，等等，都在小说的不同人物身上有不同程度的体现。而作者塑造这些人物的内在底里，显然在于她积极的文学观和人生观，在于她对现实的体恤和打量，在于她温热的内心和宽厚深沉的人生体察。

两代知识分子这些主要人物自不必说，让人印象最为深刻也最值得一提的是吕香阁。这个人物自从在《南渡记》中一出场，就是一个颇有心计的人，作者说，连她的眼神都是两层。在《东藏记》中，她在昆明的聪明、市侩、周旋和算计就体现得更为明显。在《西征记》中，她甚至可以用冷血来形容。严亮祖和荷珠自杀辞世，素初出家，剩下颖书、慧书两个孩子，境况可谓凄惨，然而吕香阁此时的第一反应，却是代卖严家留下的东西能赚多少钱。这样一个甚至令人生厌的人，作者给予的是冷静的描摹和骨子里的宽容。在宗璞笔下，凌雪妍、仉欣雷、澹台玮等这些美丽单纯的生命都猝然逝去，给读者留下了无限的叹惋和遗憾，然而对香阁的命运如此处理，真是引人深思。

无论宗璞在写什么，怎么写，都始终有一个关注世态人心的现实情怀，而且是一种积极的情怀。这种情怀是建立在传统文化底蕴支撑下的现实关怀，是一种“云在青天水在瓶”的境界，是参透了人生局限和苦难，尝遍了生离和死别，见证了毁灭和新生的胸怀。宗璞一贯“诚”“雅”兼修，而评论界将其定位为“兰气息，玉精神”。

正如作家张抗抗在《宗璞先生的韧性写作》一文中写到的那样：“在她的作品中，始终可见其对社会的批判意识、对人性的剖析、对人格力量的褒扬。她从不回避社会矛盾，从未停止过思考，她内心深处鲜明的爱憎，以文学的方式，曲折含蓄地得以传达，其中潜藏着她的人文关怀和思想追求，并至今默默持守。宗璞先生内心的道义担当，使她的写作之路，成为文学的韧性之旅。”

宗璞的意义与价值

宗璞在当下文坛中的意义与价值，固然与其家学渊源、传统滋养、人生经历和所处环境等因素密不可分。然而，单纯这些因素显然不能成就一个作家，更不能让一个作家保持持久的、与鲜活的现实紧密相关的创作生命力。宗璞在《西征记》里写远征军的抗战，题材是早就定好的，但发表的年份正值《我的团长我的团》热播。宗璞写到的人性善与恶、美与丑都可以让人在阅读的过程中忽略历史背景和特殊境遇，而仿佛能够和当下的各色人等对号入座。而且，2008年，在创造鸿篇巨制的同时，她还发表了四篇“新笔记小说”：《恍惚小说》。小说的主人公有商界成功人士、普通打工者、失业的白领。书斋里的作家始终不忘新鲜的现实，又常常能够在司空见惯的现实中发现生活和人性的永恒。老作家遇到新现实，没有“倚老卖老”，没有“不懂装懂”。这或许是宗璞在当下的文学环境中最值得称道的意义和价值。这一点，只需看一些有一定的历史经历的作家的近作和表现，境界高下可不辨自明。

读《西征记》，重读《南渡记》《东藏记》，感受到了久违的文学美感和文学精神的滋养。阅读当下的很多小说，已经很难找到这种“美学的和历史的”文学精神了。如今，下一个期待已然开始，“北归”，显然依旧会是年轻一代知识分子的舞台，他们的道路选择，他们的未来，将在内战中的北平城徐徐展开。而此时，重读宗璞先生的“自度曲”，或许可以更深地理解前三记，可以更期待《北归记》。

“人道是锦心绣口，怎知我从来病骨难承受。兵戈沸处同国忧。覆雨翻云，不甘低首，托破钵随缘走。悠悠！造几座海市蜃楼，饮几杯糊涂酒。痴心肠要在葫芦里装宇宙，只且将一支秃笔长相守。”

原载《文艺理论与批评》2009年第3期

一部感人肺腑、荡气回肠的精神史诗

——评宗璞长篇小说《西征记》

王春林

长篇小说《西征记》是宗璞一个总题为《野葫芦引》的系列长篇小说中的一部。按照作家的基本构想，这个系列将由《南渡记》《东藏记》《西征记》以及《北归记》这样的四部既相联系却又有所区别可以独立成篇的长篇小说组成。说起来，这个系列长篇小说的创作时间已经拖延了很久。如果我的记忆无误的话，那么，早在20世纪80年代的后期，其中的第一部《南渡记》就已经正式发表出版了。从那个时候到现在，二十多年的时间过去了，但宗璞这个四卷本的系列长篇小说却迟迟未能完成。这样一种如同蜗牛爬行般的创作速度，在当下这样一个总是崇尚高速度、快节奏的时代，简直就是一个带有强烈讽刺意味的创作事件。只不过，这被讽刺的对象却并不是宗璞自己，而只能是这个已经快到慢不下来了的时代。

窃以为，导致宗璞创作速度如此缓慢的原因主要有两个方面。其一，与作家自己的身体状况有关。早在《东藏记》的写作刚刚开始的时候，宗璞的视网膜就已经因劳累过度而脱落了。手术后，左眼仅有0.3的视力，右眼则几乎已经看不见了。如此严重的眼疾，当然就使得宗璞难以再进行正常的阅读和写作。怎么办呢？宗璞是绝不甘心于自己的创作生涯就此终结，就这样画上一个并不圆满的句号的。既然不能写，那就口述，由助手记完一段后再念给她听。等到一节完成后，再放大到一号字体打印出来给她过目。我们完全可以想象得到，如此的一种写作方式会有多大的难度。但年事已高的宗璞先生，却硬是以这样一种方式，用了二十多年的时间，不仅完成了曾经获得过第六届茅盾文学奖的《东藏记》，而且还在2009年初夏，又在《收获》杂志春夏专号上发表了《西征记》。别的且不说，光是宗璞先生在如此艰难的写作过程中所表现出来的那样一种坚韧毅力，就令人敬佩不已。其二，则很显然是宗璞精益求精的一种艺术态度。我们都知道，即使是在此前身体状况允许的时候，宗璞的写作速度也算不上快。在当代中国文坛，宗璞是少有的以对小说艺术的精益求精而著称于世的作家之一。正因为如此，虽然宗璞从事小说创作的时间已经很长，但她创作出的小说数量却并不够多。尤其是与那些著作等身的作家同行们相比，宗璞的创作数量简直就是少得可怜。好在艺术创作从来就不是单纯地以数量的多寡来进行评判的，数量之外，更重要的衡量标准其实是小说的艺术品质。从艺术品质来看，宗璞当然就是一个值得称道者。她的小说作品数量虽然不多，但其中却很少有艺术粗糙的。宗璞这样一种精益求精的写作特点，在当下这样一个总是在追新逐快的快餐化时代，就显得特别难能可贵了。

然而，在具体展开对于《西征记》的文本分析之前，我们还必须注意到时代文化语境的变迁对于文学作品的价值判断所产生的必然影响这样一个重要问题的存在。之所以强调这个问题的重要性，是因为它明显地牵涉到了对于文学作品所具价值的终极判断。应该注意到，虽然宗璞是早在20世纪50年代中期的所谓“百花文学”时代就已经成名的作家，虽然作为著名哲学家冯友兰先生之女，宗璞具有相当显赫的家学背景，但一个无法否认的事实却是，她的《野葫芦引》第一部《南渡记》在20世纪80年代后期的出版问世，并没有能够引起文学界足够的注意和评价。那么，问题究竟出在什么地方呢？到底是《南渡记》的艺术品质存在问题呢，还是由于受到了其他因素的干扰影响？问题很显然出在后一个方面，是当时那样一种特定的时代文化语境，从根本上导致这一结果的必然形成。现在回过头来，重新审视那已经多少显得有些遥远的20世纪80年代，我们就应该注意到当时那样一种特别浓烈的现代主义文学氛围的存在。尤其是在20世纪80年代的后期，这样的一种文学氛围几乎成了中国文坛上唯一的垄断性存在。在当时，中国的大部分作家都在争先恐后地进行着各种各样的现代主义文学实验。一时之间，好像就形成了一种如果谁不积极地进行现代主义的文学实验，那么，谁就有可能被剥夺文学创作权利的危险状况。在当时的这样一种状况之下，如同宗璞《南渡记》这样带有突出古典主义艺术趣味的现实主义长篇小说的遭受冷落，也就是十分自然的事情了。因此，《南渡记》在20世纪80年代后期中国文坛的被冷落，与《东藏记》在新世纪之初的获奖，其实并不意味着宗璞的小说创作在艺术品质上发生了怎样巨大的变化，从根本上说乃是因为时代的文化语境发生了堪称重大的变迁。这就强烈地提醒着我们，在从事以当代的文学作品为主要研究对象的文学批评工作的时候，一定要充分地注意到时代的文化语境、文学时尚对于我们自身的文学观念所可能形成的控制与影响。

我们注意到，大约从20世纪90年代后期开始，中国的思想文化界就已经明显地出现了一种以复兴中国本土文化为基本指向的文化保守主义思潮。这种文化保守主义思潮的形成，很显然与中国知识界一种普遍对抗正在席卷整个世界的"文化全球化"浪潮的自觉意识存在着紧密的关系。这样一种文化思潮落实在中国的文学界，自然而然就是一种本土文学传统的被重视，就是一种古典主义艺术趣味的复兴。宗璞《东藏记》的获奖，与时代文化语境的这样一种变迁，显然存在着必然的联系。而说到《西征记》的古典趣味，仅从小说收尾处宗璞自撰的那首"间曲"中就已经表现得十分明显了。中国的古典小说一般都喜欢在开头或者结尾处来一段他引或自撰的诗、词或曲，或者以此而引领全篇，或者以此而归结全篇。具体到宗璞《西征记》中的这个"间曲"，因为《野葫芦引》本身就是一个系列性的长篇小说，所以，宗璞的"间曲"便具有了一种异常显豁的承上启下的作用。细读此篇，即不难发现，无论是"嚎啕！好男儿倾热血把家国保"，还是"谁来把福留哭，欢留悼？把澹台玮的英灵吊？"都是对于《西征记》的一种概括和总结，而无论是"怎的时干戈又起硝烟罩，枉做了一母同胞"，还是"苦煎熬，争民主谱出新时调"则都很显然是对于系列小说的第四部《北归记》基本内容的一种提前预叙。其实并不仅仅是宗璞的这部《西征记》，在她先期问世的《南渡记》与《东藏记》中，这样的一种艺术特点已经有过充分的表现。只不过很可能是由于受到现代主义艺术视野遮蔽，我们没有能够意识到这一点而已。在我看来，围绕着对于宗璞《野葫芦引》系列长篇小说的审美评价所发生的这样一种前后差异变迁，实际上也就在充分有力地提醒着我们这些文学批评的从业者，当我们试图对某一文学作品作出价值判断的时候，一定要尽可能地摆脱时代文化语境的控制和影响。只有严格地遵循这样一种原则，我们所作出的价值判断才可能具有相对恒久的有效性。

很显然，整部《野葫芦引》的创作，都是建立在宗璞个人的历史记忆之上的。长达八年之久的抗战爆发之后，地处京津一带的北京大学、清华大学、南开大学的艰难南迁，然后在昆明组成著名的西南联合大学，并一直坚持到抗战的胜利为止的这一段史实，实际上已经成为中国现代知识分子精神史上十分光辉的一页。然而，令人遗憾的是，这样一段可歌可泣的悲壮历史，却并没有能够在中国作家的笔下得到充分的艺术审视与艺术表现。当然，也并不仅仅只是这一段西南联大的历史，即使是对于意义更为重大的抗战本身，抗战结束六十多年来也没有能够在中国作家那里得到应有的关注和表现。关于这一点，只要与西方、与苏联简单地比较一下，就可以得出一目了然的结论来。无论是在西方，还是在苏联，都曾经产生过许多足称优秀的以“二战”为题材的战争文学作品。与它们相比较，我们描写表现抗战的文学作品不仅数量很有限，而且在基本的艺术品质上也可以说是乏善可陈的。从这样的意义上看来，宗璞《野葫芦引》的出现，自然也就值得大加肯定了。它不仅可以被看作是一部表现西南联大（在宗璞的小说中，西南联大被指称为“明仑大学”）如何在战火中办学的长篇小说，而且更应该被看作是一部透视表现抗战生活的优秀作品。

宗璞先生的父亲冯友兰先生是中国极有影响力的哲学家，整个抗战时期一直执教于西南联大。而宗璞先生自己则出生于1928年7月，抗战全面爆发时，她刚满十岁，就随着全家千里迢迢地南迁到了昆明。虽然宗璞此时的年龄十分幼小，但早慧的她却已经记事了。因此，宗璞自己不仅是八年抗战的亲历者，而且由于冯友兰先生是西南联大的资深教员，耳濡目染之际，对于当时西南联大的总体状况，应该说也是相当了然于胸的。正因为宗璞与西南联大之间存在着如此深刻的渊源关系，而且宗璞本人又是已经取得了很大创作成就的作家，所以她自然也就成了书写这段独特民族历史的不二人选。我们之所以强调作家的系列长篇小说《野葫芦引》的创作，乃是建立在她个人的历史记忆之上的根本原因，实际上也正在于此。很显然，较之于那些纯然出于想象虚构的所谓“新历史小说”，如同宗璞这样的历史小说创作的可信度，当然就要大许多。虽然宗璞的《野葫芦引》并不是纪实小说，但其中纪实成分的存在却是显而易见的一个事实。其中的许多人物、许多事件，在现实生活中都是有原型存在的。最起码，在其中的若干人物身上，我们可以明显地窥见有冯友兰、朱自清、闻一多等先生的影子存在。

照常理说，既然是在战火纷飞中仍然坚持招生办学的大学，那么，西南联大的意义正在于没有因为战争的爆发而终止了对现代科学知识与中华精神文化传统的薪火相传。宗璞整个《野葫芦引》最基本的思想主旨，很显然也就体现在这一方面。然而，具体到这一系列小说的第三部《西征记》，其基本的内容却已经被转换成了对于积极参加抗战的勇敢的西南联大学生的表现的描写。既然是仍然在校学习的大学生，那他们又怎么会穿上军装亲自走上前方去直接参加到战争当中去呢？原来，是作为盟军的美军来到远东战场开始对日作战了。美军既然参战，就存在着一个十分突出的语言不通的问题，所以政府就决定征调西南联大精通英语的大学生来承担战时的翻译工作。就这样，西南联大的这些大学生们自然也就有了投笔从戎报效国家的机会。关于这一点，小说中交代得很清楚：“前几天，学校举行了征调大会，也是一次动员大会，秦校长在会上宣布了教育部征调四年级男生入伍的决定。因为盟军提供了大批新式武器和作战人员，他们和中国军队言语不通，急需翻译。这正是大学生的光荣职责，其他年级的学生也可以志愿参加。”按照学校的规定，《西征记》中的主人公澹台玮（即玮）和孟灵己（即嵋）本来都不属于征调之列，但他们却出于一种强烈的民族责任感，出于一种强烈的爱国精神而坚决地报名参军，以忠实地履行作为中华民族一员保疆卫国的神圣责任。且看玮真诚的内心独白：“去军队服役，玮并不是突然想到的。这些年不断有人离开学校，去战地服务，或去延安。他越来越觉得救亡的职责是在所有的中国人身上，他也要分担。……他已经是个大人了，他应该在这次战争中投进自己的一份力量，哪怕是血和肉。”就这样，并没有什么高调的思想，只是出于作为一个中国人十分朴素的责任感，身为西南联大（明仑大学）学生的玮与嵋这两位表兄妹同时穿上了军装，加入到了抗战的行列之中，一个被分配到高明全师的美军联络组工作，另一个则在伤兵医院从事了护士职业。而作家宗璞，也正是依循着玮和嵋参军之后的战斗轨迹，循序渐进地展开了对于抗战史上十分重要的滇西大反攻的全景式描写。因此，虽然从总体上来看，宗璞的《野葫芦引》的主要描写对象是西南联大（明仑大学），主要的表现内容是西南联大（明仑大学）如何在战争的背景下坚持办学的故事，但如果只是局限于可以独立成篇的这部《西征记》来说，战争却毫无疑问地成为作家最为集中的审视与表现对象。毫不夸张地说，宗璞的这一部《西征记》，完全可以被看作是一部通过对于滇西大反攻这一重大战役的详尽描写，艺术地表现中国人民伟大不朽的抗战精神的优秀长篇小说，是一部让人读过之后倍觉感人肺腑、荡气回肠的中华民族的精神史诗。

既然是一部带有全景意味的表现中国人民抗战精神的长篇小说，那么，宗璞的艺术着眼点就不能只是局限于对于作为知识分子存在的主人公玮和嵋。这就是说，在把具体的艺术聚焦点集中到玮和嵋身上的同时，作家还应该较为充分地展开对于社会各阶层参与抗战状况的艺术性描写。事实上，宗璞也正是这么做的。除了对于玮与嵋的描写之外，作家的艺术关注视野既投射到了如同严亮祖这样的国民党高级军官身上，也投射到了如同瓷里土司、马福土司这样的地方土司身上，更投射到了如同福留、苦留，如同阿露、老战这样的普通民众身上。甚而至于，如同本杰明这样的美军飞行员，如同吉野这样的日军战俘，也都进入了宗璞的艺术视野之中。可以说，无论属于什么样的阶层，无论是哪一个民族，无论什么样的性别，也无论是否能够真正地理解抗战的意义和价值，除了极少数的败类，出现于宗璞笔端的这些中国人中的绝大多数，都义无反顾、同仇敌忾地积极投入到了全民抗战的时代热潮之中。如此一幅具有鲜明时代特色的全民抗战图景，没有出现在充满豪气的男儿笔下，而是出现在了一贯以柔弱文静著称的女作家宗璞先生笔下，实在是让人惊叹不已。当然，对于早已深谙小说艺术三昧的宗璞来说，仅仅从表现生活的广度方面展示抗战的全景，还只能算得上是《西征记》的表层价值所在。真正具备了优秀艺术品质的小说作品，必然地还应该有对于人性深度的宽广理解与深刻挖掘。在这里，必须破除的一种错误观念是，似乎只要一说到对于人性深度的挖掘与表现，就必然地意味着有对于人性丑恶一面的揭示与描写。好像人性一旦美好善良起来之后，就必然地变得肤浅、变得缺少深度了。其实，我所特别强调的对于人性的宽广理解，也主要就是针对这一点错误观念而来的。实际的情形是，无论是人性的善也罢还是人性的恶也罢，一方面都可以显示出人性的深度来，另一方面要想写好也都很难。之所以刻意地强调这一点，乃是因为出现在这部堪称中华民族精神史诗的《西征记》中的人物形象，绝大多数都是人性善的充分体现者。从过去的创作情形来看，宗璞一向擅长于对自己笔下的人物形象进行别有意味的人性剖析与表现。这一点，在《西征记》中同样有着相当出色的表现。

读过《西征记》之后，普通民众形象中留给读者印象最为深刻的便是老战这个人物。老战本来是滇西一个小村中的普通村民，“老战有父母、有妻子，老战是汉族，妻子是傣族……他们日出而作日落而息，战争的硝烟还没有飘到这里”。然而，由于日寇的入侵，所以，“老战们”的正常生活似乎就在一夜之间发生了巨大的变化。于是，“政府征调民夫修路，为了打日本鬼子，必须修一条路”。说实在话，作为普通民众之一员的老战，并不明白修路与抗战之间存在着怎样的联系，他仅仅“只知派的活是不能不去的”，但他却义无反顾地积极参加到了修路的工作之中。事实上，也正是因为有了无数个如同老战这样的普通民众的共同努力，才有了滇缅公路短时间内的修通，才保证了前方将士能够及时地得到大后方的有效供给。但是，出于战事发展的需要，很快又需要老战他们去挖路了。并没有什么知识修养的老战依然积极地响应政府的安排，但这一次的老战却没有那么幸运了，这个普通的乡民为了自己其实并不怎么理解的抗战付出了惨重的代价。正是在为了阻挡日军前进的步伐而炸掉惠通桥的过程中，老战无奈地失去了自己的媳妇和儿子。“忽然间，老战看见自己的媳妇了，她抱着儿子在日本兵前面跑，老战清楚地看见日本兵推倒了她，踩着她往前跑，这时轰然一声巨响，一阵硝烟罩住了江面。惠通桥断了。”这个极具刺激性的场景，自然对于老战形成了极大的刺激："突然爆发出哭声、喊声，撼天震地，撕人心肺。这哭喊声很快向空中飘散了，持续的时间并不长，人们要继续战斗。老战趴在江边一棵树下，昏迷了两天。自己醒了，一步步挨到保山，又一步步挨到永平。无论别人问他什么，他只会说'我是从惠通桥来的'。"很显然，妻儿的惨死对老战形成了极强烈的刺激，在他的精神世界的无意识深处留下了难以抚平的精神创伤。可诅咒的战争究竟可以对人的精神世界构成怎样的巨大戕害，这位老战就是一个极好的例证。且让我们借助于嵋的眼光来看一看出现在她面前的老战已经变成了怎样的一副模样："忽然像从地底下冒出来一样，一个干瘦的、黑黄的人就像一片枯叶站在窗前，很郑重地向她发问。"枯叶是什么样的感觉？一个人变成了一片枯叶又是怎样的一种感觉？读过《西征记》之后，我所感佩于宗璞先生的往往正是其感觉描写的形象到位。即如老战这个人物形象，宗璞只是通过"枯叶"这样一种极形象生动的比喻，便十分传神地把可诅咒的战争留给老战的巨大精神创伤表现了出来。宗璞之善于挖掘表现人性深度的艺术特质，在老战这一人物身上有着极明显的体现。可以说，正因为惠通桥被炸一事对老战形成了强烈的刺激，所以"他失去了全部记忆，只记得那恐怖的一刻，所以不停地说"。幸亏老战遇到了善良的嵋和博学多识的丁医生，正是在他们热情的帮助之下，老战才一点一点地逐渐恢复了对于往事的记忆。但记忆的恢复对于老战而言真的是好事吗？嵋对此是颇有些怀疑的："也许忘记一切更能有内心的平静，也许恢复记忆更让他痛苦。这道理很深奥，她只能不想。"实际上，要想彻底地回答记忆的恢复对于老战而言究竟是好事还是坏事的问题，有着相当大的难度。我想，即使是创造了老战这一人物形象的宗璞自己，也都很难给出一个令所有人都满意的答案来。

老战之外，严亮祖、陈院长、本杰明等几个人物形象，也都给读者留下了殊难忘怀的深刻印象。严亮祖身为国民党军的一名高级将领，曾经在抗战的过程中为国家民族的解放立下了不朽的汗马功劳。然而，作为一代抗日名将的他，在抗战取得胜利之后却身不由己地陷入了另一种难以摆脱的人生困境之中。眼看着国共两党主导的内战不可避免，严亮祖倍感烦恼和痛苦。一方面，他不愿意打共产党，但在另一方面，他也更不愿意背叛国民党，不愿意把自己的枪口对准国民党。但现实的情况却是，国府已经下令，命他率部开往山西一带，参加针对共产党的军事行动。面对如此一种难以做出选择的两难处境，严亮祖于万般无奈之际只能自杀以身谢国，他留下的遗言是“中国人不打中国人”。将军本应血洒疆场，但严亮祖却因为不愿意参加内战而被迫献出了自己的生命。虽然他的死实际上并没能阻止内战的发生，但一代名将高尚的精神风范留给读者的深刻印象却是难以磨灭的。

如果说严亮祖的慷慨赴死带有强烈的悲壮意味的话，那么，在面对人性之善恶共存的陈院长时，我们的感受可能就要复杂得多。一方面，陈院长对于抗战工作确实作出了不小的贡献，除了一力主持战时伤兵医院的全面工作之外，他的另外一个令人尊敬之处，就是倾尽全力地抚养了好几位战争中的孤儿。但在另一个方面，这令人敬重的陈院长却又是一个为人所不齿的贪污犯。在物资特别紧缺的战争时期，他居然和自己手下的小陈勾结在一起，干起了贪污倒卖军用物资的可耻勾当。虽然导致陈院长出此下策的一个客观原因是他必须想方设法让自己收养的那些可怜的孤儿都能够填饱肚子，但他的这种贪污行为却仍然是我们所无法原谅的。善恶两种因素相互缠绕着，在陈院长身上，所充分凸显出的正是宗璞对于复杂人性的深入体察。那么，陈院长又是怎样一步步走上犯罪道路的呢？小说中有过这样的描写：“那是怎么开始的？可能是看见别人私拿药品而不能说就开始了。……在保山小医院时，他看见医院的主任拿了几盒注射用水，给来找的亲戚。他和一个同事说起，同事说什么值钱的东西！就当没看见好了。”虽然此时的陈院长并没有开始贪污的举动，但同事们的言行其实已经对他产生作用了，他正直的心灵世界正是从这个时候开始发生微妙的人性倾斜的。当然，小陈在其中的推动作用也是十分重要的。当陈院长跟小陈说，不知道怎样才可以给孩子们（一定要注意，是那些收养来的孤儿）打一次牙祭的时候，“小陈说不难不难，只要拿一盒金鸡纳霜，卖个黑市价，就足够打半个月的牙祭”。就这样，更多的是出于维持或者改善一下自己收养的那些孤儿们的生活状态的动机，陈院长终于一步步地蜕化成了一个为人所不齿的贪污犯。很显然，如同陈院长这样的一种人性悲剧，从一定的意义上说，也是拜战争的环境所赐。

身为美国飞行员的本杰明，尽管在小说中占有的篇幅很小，但却依然给读者留下了难忘的印象。本杰明是一个驾驶运输机的业余飞行员，不幸被日机击中，受伤后跳伞逃生，被嵋和阿露这两个中国少女发现后救了回来。本杰明和阿露尽管是萍水相逢的异国青年男女，但他们之间那样一种可谓是一见钟情的美好感情却让我们倍加感动。在第一眼看到本杰明的时候，阿露就发出过“他真漂亮”的感慨，而颇为巧合的是，本杰明在第一眼看清楚阿露的时候，所发出的居然也是“多么美！”的由衷感叹。宗璞所特别设计出的本杰明与阿露初次见面时的状况，很显然可以让我们联想到《红楼梦》中贾宝玉和林黛玉第一次见面时的情形来。紧接着，小说中出现的便是如下一种对于本杰明和阿露的描写：“嵋为他们做翻译，但他们的话好像并不是通过翻译传给对方。”“嵋听着这些，传着这些。本和阿露一点也不觉得语言的隔阂，也不觉得他们之间有一个翻译。”本杰明与阿露之间本来语言不通，存在着交流的障碍和困难，但作家却一直在强调他们之间的沟通好像没有任何问题似的。这样的一种描写方式，所充分凸显出的其实正是本杰明与阿露之间的心心相印。应该说，这样一种没有丝毫功利色彩的感情，似乎只有在战争这样一种特殊的条件下才可能发生。要知道，这个时候的本杰明已经是一个身负重伤生命危在旦夕的伤员，他这样一种非常举动中所透露表现出的，其实正是他个人一种突出的生命意识与生命热情。然而，不管是本杰明与阿露之间那恍若天晴般的美好感情也罢，还是本杰明自身强烈的生命意识和生命热情也罢，这一切最后都伴随着本杰明最后的死亡而烟消云散了。那不无残忍地毁灭了这一切的，正是这可诅咒的战争。在这里，作家宗璞对于总是破坏毁灭着美好人性的战争的批判与否定立场，也就得到了相当充分的体现。

当然，在整部《西征记》中，宗璞用力最多，读后给读者留下印象最深的两位人物形象，还是同时作为小说艺术聚焦点存在的主人公玮和嵋。作为三年级学生的玮本来可以留在学校继续读书，而且，在他的老师萧子蔚的心目中，玮还是一个十分难得的可造之材：“如果你是在征调之列，我绝没有阻拦的道理，可是你并不在征调之列。生物化学是新学科，需要人开拓，要知道得到一个好学生是多么不容易。我相信你会完成我来不及完成的工作。我也很矛盾。”萧先生一方面很明白玮要上前线去的行为正当性，但另一方面却又为玮这样一种专业学科的可造之材的无法继续深造而深感痛苦。然而，玮要上前线去的阻力却并不只是来自萧先生，更有来自内心中深爱着他的殷大士的拦阻。为了把玮从部队中拉回去，殷大士曾经专门利用特权赶到了玮所在的部队。但所有的这一切却都没有能够阻挡住玮投笔从戎、报效祖国的脚步，用他自己的话说，自己的服役行为其实并没有什么大不了的，只不过是尽一个公民的“本分”而已。必须注意到的就是，在这里，宗璞丝毫也没有人为地拔高主人公的思想境界。但是，作家愈是强调玮的从军行为不过是在尽自己的“本分”，玮的行为就愈是显得分外感人。尤其值得注意的是，玮在通讯学校的学习结束之后，本来是被分配安排在了昆明附近的炮兵学校。如果真是到了炮兵学校的话，那么，玮当然就会安全得多。但正所谓天有不测风云，偏偏就是在这个时候，眼看着部队就要开拔，另外一位被分配到保山某通讯学校的学员阿谭却因突发高烧而住院。值此紧要关头，玮便自告奋勇地取代了阿谭，来到了更加接近于前线的、生命危险系数更大的保山通讯学校。一个非常明显的事实就是，假如玮留在了昆明附近的炮兵学校，那么他牺牲的可能性就是微乎其微了。在某种意义上说，正是因为他毅然决然地顶替阿谭来到了保山通讯学校，所以最后才为了报效伟大可爱的祖国而献出了自己年轻宝贵的生命。

小说中关于玮为了接通前线的电缆而身负重伤的那段描写，是十分朴素感人的。“玮没有一点犹豫，一个箭步蹿了出去，冲过街道，跳过矮墙，来到树下。”“‘啊！’玮叫了一声，右手用力一推，把电缆抛在地下，那是他全身的力气。他的左手无力地拉着树杈，一个兵跑过来接住他。玮受伤了。”虽然并没有什么豪言壮语，但一个有血有肉的坚强英雄战士的高大形象却已经矗立在了我们的面前。玮之所以在面对死亡威胁的时候，能够做到视死如归，从根本上说，是因为他已经亲身经受了战争中血与火的考验，已经目睹了那么多战友的英勇牺牲。必须承认，小说中关于玮住院之后生命渐渐消失的那一部分描写是相当感人的。当我在读这些文字的时候，无法控制的泪水哗哗地滚落而下。说实在话，宗璞在此处不仅没有以煽情的文字极尽渲染之能事，反而采取了特别克制的一种叙事方式。那么，为什么还会使我在阅读时泪流不止呢？说到底，还是因为作家对于玮这一人物形象的刻画塑造很成功。正是因为作家对玮的形象塑造特别成功，玮已经拥有了一种格外鲜活的生命力，正是因为我自己在阅读的过程中已经对玮留下了很好的印象，所以，当我读到玮英勇牺牲的这段故事情节的时候，才会被作家宗璞的描写文字所深深地感动。当然，从长篇小说的体式上说，此处宗璞在叙事过程中所特别插入的多少带有一些意识流意味的抒情色彩相当浓郁的“梦之涟漪”章节，也是十分成功的。从某种意义上说，正是借助于这样的章节设计，玮身上那样一种高贵的精神方才得到了很好的提炼升华。

嵋可以说是《西征记》中与玮相映生辉的另一个人物形象。如同自己的表哥玮一样，嵋本来也并不在这次的征调之列，而且她的这一举动还遭到了男友庄无因的坚决反对。在庄无因看来，作为学生的他们在教室好好读书同样是自己的“本分”。虽然庄无因的反对不无道理，但在江昉先生所讲授的《国殇》以及玮的毅然投军行为的感召之下，嵋还是和自己的好朋友李之薇一起，穿上军装，成了伤兵医院的一名志愿者护士。按照小说中对嵋的描写来推断，她的年龄及成长历程其实极类似于现实生活中的作家宗璞自己。宗璞十岁时因抗战全面爆发随家南迁至昆明，到八年抗战结束的时候，她已经是十八岁的少女了。西征的时间比抗战的胜利早一年，这个时候的宗璞应该是十七岁，正好与小说中嵋的具体情形相仿佛。同时我们自然也早就注意到了，作为系列长篇小说《野葫芦引》中最重要的人物形象之一的嵋的父亲，明仑大学的教授孟弗之的人物原型，其实也正是冯友兰先生。这样看来，嵋则很显然是小说中一个带有明显自传性色彩的人物形象。如果我们的确可以把嵋与现实生活中的宗璞联系起来的话，那么，自然也就能够在某种意义上把宗璞的《野葫芦引》看作是一部成长小说了。

如果从成长小说的角度来看，则嵋在从军之后所先后目睹经历的战争中一切生与死的景象、一切人生的苦难，无论是医院里丁医生的严谨敬业、陈院长的善恶交织，还是她在意外掉队之后先后邂逅阿露和本杰明的奇特遭际，无论是那位无名女兵无意间留下来的遗信，还是随同彭田立队长他们对于马福土司的说服工作，都可以被看作是嵋在成长过程中必然要领受的人生启蒙教育。当然，这其中，对她的心灵世界产生了巨大震撼作用的，还是表哥玮极其悲壮的牺牲过程。请看叙述者的叙述：“我们的玮玮他死了！嵋心里有一个巨大的声音在喊。这声音像战鼓，咚咚地敲着，从四面八方传过来。”这样意想不到的死亡对嵋形成了极大的刺激：“她不能回忆过去，也不想将来。她很少说话，觉得自己好像凝固了。有时候之薇问她什么话，她也不回答。之薇便说：‘孟灵己，你傻了么？’”“我不傻。嵋在心里回答，我只是不明白，不明白战争，不明白生和死，生和死交织成一张密网，把人罩得透不过气来。没有人能逃脱这张网。”嵋本来是一个只不过十大几岁的懵懂少年，如果没有战争的发生，她应该正在安静的书桌边读书呢。然而，战争的发生，却硬是活生生地逼着她去面对无数场生与死，尤其是还得面对自己亲人的生与死。正是这生与死的不断面对，迫使着本来不是哲学家的嵋，也开始思考生与死的形而上问题了。很显然，经历了这一切之后的嵋，也就不再是参加战争之前的那个懵懂少年了。此后的她，在看待思考一切问题的时候，因有了对死亡曾经的面对与直视，自然也就着上了别的一种成熟色彩。当然，嵋的思考，既是小说中人物的思考，也更是作家宗璞自己对于战争问题的一种深入思考。在某种意义上，正是凭借着这样的一种思考，宗璞的这部以战争为主要描写对象的长篇小说，方才显示出了一种人道主义的悲悯情怀，而且具有了别样的一种思想深度。

最后应该谈到的便是所谓“史诗性”的问题。我之所以把宗璞的这部《西征记》称作是“精神史诗”，实际上也就是在强调这部长篇小说是一部具备了“史诗性”的优秀作品。那么，究竟何谓“史诗性”呢？或者说，“史诗性”的作品应该包括怎样的一些内涵呢？对于这个问题，王又平先生曾经有过精辟的论述。在王又平看来，所谓的“史诗性”，“可以说是中国当代文学批评中的最高级别的形容词，称道一部作品是史诗，也就是将这部作品置于最优秀的作品的行列。因此‘史诗风范’在相当长的时期内作为一种文学理想一直为作家所企慕、所向往，形成了作家的‘史诗情结’。当一部作品具有宏大的规模、丰富的历史内涵、深刻的思想、完整的英雄形象、庄重崇高的风格等特点时，便可能被誉为‘史诗性’”。[①]在当下的这个时代，史诗虽然已经不可能再如同“十七年”期间那样成为衡量评价文学作品的“最高级别的形容词”，但严格地说起来，真正具有史诗艺术风范的作品其实还是相当罕见的。将王又平所总结的“史诗性”作品几个方面的特征对照于宗璞的《西征记》，则无论是宏大的规模、丰富的历史内涵，还是深刻的思想、完整的英雄形象，抑或庄重崇高的艺术风格，这样的几个方面在《西征记》中的体现应该说都还是非常突出。在这样的意义上，断言宗璞的《西征记》是当下时代难得一见的一部具有着“史诗性”品格的优秀长篇小说，自然也就是能够成立的。

原载《扬子江评论》2010年第1期

① 王又平：《新时期文学转型中的小说创作潮流》，华中师范大学出版社2001年版，第380页。

痴心肠要在葫芦里装宇宙

宗　璞　夏　榆

人道是锦心绣口，怎知我从来病骨难承受。

兵戈沸处同国忧。覆雨翻云，不甘低首，托破钵随缘走。

——这首散曲的词句是宗璞晚年对自己的生活状态的写照。

自2000年春，宗璞患眼疾，常年奔走在医院。

母亲任叔明去世后，父亲冯友兰的生活和工作都是由宗璞照料，她说自己身兼数职：既是门房，又是茶房，还是账房。在父亲生前，住医院、上手术台对宗璞都不是新鲜事。

2000年这一次眼疾手术却令宗璞怀着极大的恐惧："我怕变身为盲人。我怎能忍受那黑洞里的生活，怎能忍受那黑暗，那茫然，那隔绝。等待手术的时候，我披衣坐于床上，觉得自己的不幸——我不会死，可是以后再无法写作。"

进入晚年，宗璞的境遇却跟父亲相似。晚年的父亲是准盲人，可是他从未停止过工作。他总是手拈银须，面带微笑，安详地口授巨著《中国哲学史新编》。在宗璞身陷黑暗之时，父亲的形象多次出现在她的记忆中，父亲仿佛在冥冥中给予她精神的援助，砥砺她怎样面对灾祸。

手术之后，宗璞的视力已经弱得可怜，还能感受光亮，但是不能再阅读。

“因两眼视力不平衡，我看到的世界不很端正，楼房、车辆都有些像卡通。……作为眼疾患者的日子，更是过得糊里糊涂。”“无论怎样睁大眼睛，眼前还是一片黑暗，无边无涯，没有人帮助我解脱。”

宗璞眼疾加重，她的作品，包括长篇小说就只能通过口述来进行。

每天几百字地口述，由助手记录下来，再念给她听，再作修改润色。

2009年5月，经过多年的冶炼，宗璞的长篇小说《西征记》出版。《西征记》是总题为《野葫芦引》的四卷本长篇小说的第三部，前两部是《南渡记》《东藏记》，后面还有《北归记》。《东藏记》获得第六届茅盾文学奖。《西征记》紧接《东藏记》，有评论称：“文字细密从容、优美温婉，弥散着书卷气息，却又大气磅礴。”写作完《西征记》，宗璞住到了医院，一待就是数月。

82岁高龄的宗璞形容自己是“四余居士”。

“四余”者——运动之余，工作之余，家务之余，和病魔作斗争之余。

夏榆：《野葫芦引》多卷本长篇小说，是以抗日战争时期西南联大的生活为背景，您描写了中国知识分子在当时身陷国难时的境况。西南联大，在您的记忆中很重要吗？

宗璞：我写这部小说并没有想着重写西南联大，只因为我生活在那个环境中，自然是离不开的。我也写到当时的社会和别的方面，尤其是《西征记》正面写了军旅生活，纵然不一定能写好，我也要写。我希望人们记住这一段历史，记住我们当年把侵略者打出了中国。

西南联大一直被人称誉，现在有人指出它的优点，诸如思想自由和学术自由等，这也不是凭空冒出来的，这是在民国时期几所大学的优秀传统。“风景不殊，晋人之深悲；还我河山，宋人之虚愿。”这是我父亲在西南联大纪念碑题写的碑文，那一代知识分子的精神气象和民族气节令我感念至今。

夏榆：20世纪80年代开始，您写《南渡记》《东藏记》，现在又完成了《西征记》，您付出二十多年的心力写作这部多卷本长篇小说，为什么？

宗璞：完成这部书，也是对历史的一个交代。最初写《南渡记》的时候，我有两年是在挣扎中度过的。一个只能向病余讨生活的人，又从无倚马之才，如椽之笔，立志写这部长篇小说《野葫芦引》，实乃不自量力，只该在挣扎中度日。四部书中，《东藏记》写作时间拖得太久，差不多有七年的时间，实际上是停的时间多，写的时间少。1988年，第一卷《南渡记》问世以后，我全部的精力用于侍奉老父，可是用尽心力也无法阻挡死别。1990年父亲去世，接下来的是我自己的一场重病。直到现在病魔也没有完全放过我。

2001年春，《东藏记》出版后，我开始写《西征记》。到秋天又一场大祸临头，夫君蔡仲德那年九月底患病，我们经过两年多的奋战，还是没能留住他。2004年春，仲德到火星去了。

2005年下半年，我又开始“西征”，在天地之间踽踽独行。经过了书里书外的大小事件，我没有后退。《南渡记》脱稿在1987年的严冬，《东藏记》成书在2000年的酷暑，《西征记》也在今年夏天出版。我有时下决心，再不想它了，但很快又冒出新的意思，刹不住手。

夏榆：在计划中还有《北归记》，预计会在什么时间完成？《北归记》会写什么？

宗璞：因为健康的原因，我很难给写作排定时间表。我一直是且战且行，一部作品完成的时间很长，也是不得已。《北归记》那一段历史比较复杂，我只能写人的命运，写他们的抉择，他们的幸与不幸。

夏榆：为什么给这部书取名“野葫芦引”？

宗璞：最初小说《南渡记》的第一、二章在《人民文学》发表，取的名字是“方壶流萤”“泪洒方壶”，当时为这部书取的名字是“双城鸿雪记”，不少朋友不喜欢这个名字，所以改为“野葫芦引”，这是最初构思这部小说想到的题目。葫芦里不知装的什么药，何况是野葫芦，何况是葫芦引。

夏榆：作家对自己的著作都会有执着的情感，《野葫芦引》令您执着的情感是什么？

宗璞：1988年，我独自到腾冲去，想看看那里的人和自然，没有计划向陌生人采访，只是看看。人说宗璞带书中的角色奔赴滇西。我去了国殇墓园，看到一眼望不到头的墓碑，不禁悲从中来，在那里哭了一场。在滇西大战中英勇抗争的中华儿女，正是这本书的主要创造者，他们的英灵在那里流连。“驱敌寇半壁江山囫囵挑，扫狼烟满地萧索春回照，泱泱大国升地表。”这几句词，正是我希望表现的一种整体精神。我似乎在腾冲的山水间看到了。

夏榆：从1948年在《大公报》发表处女作《A.K.C.》算起，您在中国当代文坛耕耘六十年，是文学潮流变迁的见证者。1978年是中国社会和政治解放的时候，也是文学和思想复兴的时刻，那个时期您重新开始中断多年的写作吗？

宗璞：1978年，正是改革开放开始的时候，我有一个最深切的感受，好像头上戴了多年的紧箍——孙悟空戴的紧箍摘掉了，我多次说到这个感觉，也不止我一个人有这样的感觉。1979年的时候已经哑了很多年的文坛又开始活跃了，最先出来的就是刘心武的《班主任》，他写得比较早。我是1978年春天开始写，《弦上的梦》是写“四五”天安门事件的。当时我的小说一般都寄给《人民文学》杂志，编辑不敢发表，编辑看了觉得很好，但是往下看，就放弃了。天安门事件还没有平反，小说不能发，搁在那里了。一直到11月，中央做出决定，给天安门事件平反，我这个小说就在1978年12月的《人民文学》发表。

夏榆：为什么会想到写《弦上的梦》？

宗璞：天安门事件，因为那时候大家对这个事情感触太深了，比如我的先生——我的先生已经去世了——我的先生那个时候就经常去天安门，在那儿看见大家哀悼的心情，还有一种急迫感。我想那时候大家有一种为整个国家着急的心情。整个天安门广场人山人海，有很多花圈。我不是常去，我也去过，很多的花圈，一层一层的，大家不只是悼念周总理，还为我们国家民族的命运在担忧，正好我也接触到一些年轻人，他们也去天安门，他们挨了打，这些年轻人是一些被迫害的人的子弟，看到这些我就写了《弦上的梦》。这篇小说后来获得1978年全国首届优秀短篇小说奖，这一届短篇小说奖的第一名，就是刘心武的《班主任》。

夏榆：现在我们坐在三松堂，不能不说到您的父亲。那时候，您父亲是什么样的状态？

宗璞：我父亲是在1979年春天开始决定写《中国哲学史新编》，1979年他是84岁了，到真开始写的时候就85岁了，他一直想用马克思主义的方法论来写一部新的中国哲学史。以前写过两本，出版社说接着写下去吧，我父亲不愿意接续以前的方法写，他要从头来，用了十年光阴。1990年去世时我父亲是95岁，他写成了150万字的巨著。

我觉得这是一个奇迹，他写的并不是凭想象的或者自己编著的东西，他写的是需要真知灼见，需要脑子非常好才能写出来的，他到后来眼睛已不能看，就请了助手来记录，那时助手也很不好请，好像一切都没有现在方便。我的生活在那时还有一个目的，我把它摆在第一位的，就是支持我父亲写这部书。

夏榆：冯友兰先生在晚年终于迎来了可以相对自由思想、自由表达的时代。

宗璞：父亲最后的日子，是艰辛的，也是辉煌的。他逃脱了政治旋涡的泥沼，虽然被折磨得体无完肤，却幸而头在颈上。他可以相当自由地思想了。1980年，他开始从头撰写《中国哲学史新编》这部大书。当时他已是85岁高龄，除短暂的社会活动，他每天上午都在书房里度过。他的视力很可怜，眼前的人也看不清，他用口授的方式，完成150万字的大书，这可以说是学术史上的奇迹。父亲在生命的最后两年中不能行走，不能站立，起居需人帮助，甚至咀嚼困难，进餐需人喂，有时要用一两个小时。不能行走也罢，不能进食也罢，这些都阻挡不了他的哲学思考。一次，因心脏病发作，我们用急救车送他去医院。他躺在病床上，断断续续地说："现在有病要治，是因为书没有写完。等书写完了，有病就不必治了。"

夏榆：冯友兰先生一生争议不断，晚年他跟毛泽东的关系，他在"文革"中参加"大批判"的写作班子，包括"批林批孔"运动中的作为，一直被学界所争议。

宗璞：父亲的失落最突出的就是"批林批孔"那段时间。他参加了"批孔"运动。"批孔"时声势浩大，是黑云压城城欲摧的气氛。父亲成了众矢之的，烧在铁板下的火，眼看越来越大。他想脱身，想逃脱烧烤，哪怕是暂时的。他逃脱也不是为了怕受苦，他需要时间，他需要时间写《中国哲学史新编》。那时他已80岁，我母亲曾对我说：再送进牛棚，就没有出来的日子了。

他逃的办法就是顺着说。

20世纪的学者中，受到见诸文字的批判最多的是冯友兰，甚至在课堂上，学生们也先有一个指导思想，学习与批判相结合，把课堂讨论变成批判会。批判胡适的文字也很多，但是他远在海外，大陆这边批得越紧，对他反而可能是一种荣耀。对于冯友兰来说，就是坐在铁板上了。在这样的情况下，当时的哲学工作者，除了极少数例外，几乎无人不在铁板上加一把火。

夏榆：毛泽东对冯友兰先生是欣赏的，他们互相欣赏的友谊保持到“文革”之前吗？

宗璞：他（毛泽东）是曾经对我父亲说，你写的书我都看。他很关心我父亲写的东西。他们见过面，毛泽东请过父亲去中南海吃饭，这在我父亲写的回忆录里都有记录。后来是这样，1966年，我父亲被揪出来，受到批判，后来毛泽东就在一次讲话里说，要讲唯心主义还要去问冯友兰，他还说要讲帝王将相去问翦伯赞。后来北大“工宣队”的人就把我父亲解放了，放他回家，原来他被关在北大的38楼，在学校里那是一个算作牛棚的地方。

说起来，我父亲对毛泽东，有一种知己之感，我觉得这个感觉是很自然的，好像毛泽东很了解他，知道他的价值，这是一种知己之感。有人说是“知遇之感”，我说这完全不一样。“知遇之感”是他知道你有才华就让你当教育部长或者当什么来使用，这种叫“知遇之感”。“知己之感”，是说在“文革”中大家都是罪人，他还能理解你的价值，这是“知己之感”。

我父亲还比较信任毛泽东的话。他们有一段时间彼此欣赏。在“文革”以前，毛泽东请他吃饭，开会的时候也总是问到他对一些事情的看法，父亲写的文章他也都看。

还有周恩来，对我父亲也有影响。

夏榆：您小的时候对毛泽东、周恩来有印象吗？

宗璞：对毛泽东我没有印象，对周恩来有点印象。就是刚解放的时候，我表姐孙维世住在我们家，还有我的六姨是从解放区来的，住在我们家，我的外祖父也住在我们家。有一次周总理来我家看我的外祖父，那天只有我一个人在家，我外祖父出门了，他们都不在家，我不知道周总理是谁，就请他坐在客厅了。那时候我已经上大学了，我很懵懂的，对他们这些人也不是很清楚，对周恩来的印象也没有很特别的，因为家里总是来客人。他带着一些人，他们坐了一会儿，我正好有个同学在我房间里，我就跟我同学说话，过了一会儿他们就说他们要走了。那会儿我们住在清华乙所。后来有一次周总理带着很多演员要看一下清华园。孙维世在我家，我跟她在家门口等他。

夏榆：您跟孙维世交往多吗？在“文革”中，周恩来也没能保护住她，被红卫兵打死了。

宗璞：小的时候倒是经常在一起……她在我们家住过。她是我的亲表姐，我二姨的女儿。

夏榆：看《三松堂自述》时，看到冯友兰先生对思想改造的思考，他自认是一个旧时代的知识分子，怀着真诚的愿望期待自己能被改造。

宗璞：一个哲学头脑的改造似乎要更艰难一些，他需要思想的依据，就是说假话，也要在自己思想里能自圆其说，而不是不管不顾地照着说。于是便有了父亲连篇累牍的检讨，他被放在烧热的铁板上，只有带着叮当作响的铁铃跳动。

不论遇到什么挫折，遭受多少批判，他仍顽强地思考，不放弃思考。不能创造体系，就自我批判，自我批判也是一种思考。他自我改造的愿望是真诚的，没有经历过20世纪中叶的变迁和六七十年代的各种政治运动的人，是很难理解这种自我改造的愿望的。

夏榆：所幸的是冯友兰先生在最后摆脱了政治旋涡，晚年可以专注自己的学术和思想。

宗璞：父亲自1949年后，生活的主要内容就是检讨，但是他并没有完全失落自我。他在无比强大的政治压力下不自杀，不发疯，也不沉默。在这混乱的世界中，在他的头脑里，有一片——哪怕已被挤压得很小——清明的哲学王国，所以他在回归自我时很顺利。

有作家因胡风问题被投入狱，出狱多年后还是低头哈腰，检讨不完；1949年后有画家自巴黎回国，在“文革”中遭批判，他认为画画浪费了纸张，每天沿街捡马粪纸，以赎前愆。

从1979年起，父亲基本结束了三十多年的检讨生涯，每天上午在书房两个多小时，口授《中国哲学史新编》。他的最后十五年，一切都围绕着《中国哲学史新编》的写作。父亲甚至说："现在有病要治，是因为书没写完。等书写完了，有病就不必治了。"

夏榆："修辞立其诚"，是冯友兰先生晚年强调的，它和巴金先生的"讲真话"相似。

宗璞：思想是通向觉解的过程，父亲把人类有思想这一特点发挥到极致，他生活的最大愉快就是思想。在他的生活中，在中国的土地上，恰恰遇见一段历史，这段历史的特点是不准思想。如果只是不准思想也还罢了，只要不说究竟怎么想，别人不会知道。问题是不准想，还必须说，那就只能说别人的话，这就是思想改造。

幸亏有了新时期，人们知道还是自己的头脑最可信。父亲采取了不依傍他人的态度，"修辞立其诚"。需要提倡"说真话"，这是我们这个大时代的大悲哀。

夏榆：那个时代的知识分子，要用自己的头脑思考是艰难的。

宗璞：就像我父亲当年的处境，他是非说不可。我父亲和普通人不一样，我们还可以保持沉默，父亲是一有什么事情就让他来发表意见，要他来表态，从解放以后他就生活在聚光灯下，因为毛主席也特别关心他，一有什么事情就要他表态。所以别人后来责备他说为什么你不沉默？哪里知道他必须说话的苦衷。

巴金老人在他的《随想录》中的《真话集》里说："表态。说空话。说假话，起初别人说，后来自己跟着别人说，再后是自己同别人一起说。起初自己还怀疑这可能是假话，不肯表态，但是一个会一个会地开下去，我终于感觉到必须甩掉'独立思考'这个'包袱'，才能'轻装前进'，因为我已在不知不觉中被改造过来了。"每一个亲身经历过那一段历史的人都能体会老人的话是何等真实痛切！

夏榆：您跟巴金有过交往么？

宗璞：我认识他，我敬佩他，尤其是在他写了《随想录》以后。我有一年到上海去拜访他，记得也没有说什么话，是李子云跟我一起去的，我看到他，内心就非常感动。我跟他说我还没见过您呢。他说哪里，60年代你到北戴河组稿，你去找郭沫若组稿，住在作家协会的招待所，就在那，我们已经见过面了——我就是这么个人，见过人的面也不记得。

改革开放以后，巴金先生对讲真话的反省深刻而痛切，他说得那么真诚，对自己当时的处境，对自己的行为做了细微的剖析，我看还没有人这么做过。这些年我记忆深刻的，只有两个人在反复强调“说真话”，一个是巴金老人，一个是我父亲。他们都是从自己的境遇出发，对自己进行全面的检讨和剖析，我父亲检讨，巴金老人也检讨。

夏榆：这些年来您对知识分子的自由和独立精神“情有独钟”，这跟您的经历有关吗？

宗璞：每个人的精神面貌的形成都是由他的经历决定的。我经历过抗战，深感祖国强大之必要。我又经历了“文革”，深感如果没有个人的自由和尊严，生不如死。如果亿万人只用一个脑袋思考，真辜负了造化孕育了这么多的万物之灵。知识分子若是没有独立之精神，知识也只是货物而已。而作为一个知识分子，必须首先是一个诚信的人；行为一路歪斜，遑论独立。

原载《上海文学》2010年第8期

燕园谈红

——漫谈《红楼梦》

宗　璞　侯宇燕

侯宇燕（2004年7月获北京师范大学文学院中文系古典文学专业文学硕士学位。主要著作：《夏完淳》《清华往事》。在《文学评论》《读书》《随笔》《光明日报》《百花洲》等报刊发表多篇文章。以下简称“燕”）：宗璞老师，您好。春色已深，天气依然不暖和，您在小说里提过的“醒树风”却刮起来了。这几日您精神好吗？我们可以随便谈谈《红楼梦》么？

宗璞（当代女作家，原名冯钟璞，乃著名哲学家冯友兰先生之女。曾就职于中国文联及编辑部、中国社会科学院外国文学研究所。主要作品：《红豆》《弦上的梦》以及系列长篇《野葫芦引》等。以下简称“璞”）：《红楼梦》是个永远的话题，你屡次建议谈谈，确实有话可说。我们谈“红楼”，就是要畅所欲言，你谈你的观点，我谈我的观点，这样才能互相启发。要有这种风气。法国启蒙思想家们有这样的名言：“我不赞同你所说的，但是我誓死捍卫你把话说出来的权利。”我们离这种精神还很远，要努力。

燕：好的。首先感谢您于百忙中拨冗与我交谈。您自七八岁起就读《石头记》了。俞平伯先生也说过：“余之耄学即蒙学也。”他从小就读《红楼梦》，终了放不下的还是《红楼梦》。

璞：喜欢《红楼梦》的，一辈子都喜欢。

燕：在昆明，您和兄弟上学路上也谈“红楼”？

璞：对回目，你说上面，我说下面。《水浒》我们也是比较熟的。

我读的《红楼梦》，与现在的人民文学出版社1982年版不同，但忘记是什么本子了。人文版第三回“林黛玉抛父进京都”，我读的本子，“抛父”应作“别父”。“别父”是她不得不离开，“抛父”好像是她主动的，很无情。第八回“比通灵金莺微露意，探宝钗黛玉半含酸”，我读的本子是“贾宝玉奇缘识金锁，薛宝钗巧合认通灵”，正式推出了金玉相会，我觉得这样比较好。第二十七回“滴翠亭杨妃戏彩蝶，埋香冢飞燕泣残红”，“杨妃”“飞燕”的说法不好。“宝钗借扇机带双敲”一回中描写，“宝玉”把“杨妃”的比喻告诉“宝钗”，“宝钗”大怒。现在作者在回目里这样写，岂不要把宝姐姐气煞。而且玉环飞燕虽都是美人，却有不洁的传说。用来比喻闺阁女儿，太唐突了。我读的本子是“宝钗扑彩蝶”“黛玉泣残红”。第五十六回的“时宝钗小惠全大体”，我读的本子是“贤宝钗”。第四十二回的“潇湘子雅谑补余香”，大概是错字，应是“补余音”。第三十九回刘姥姥讲的抽柴女孩“茗玉”，是“若玉”。第七十八回宝钗解释她出园去的原因，其中姨娘、姨妈混杂，似乎应该整理。

燕：人文版是以庚辰本为底本的，我读的版本就是人民文学出版社2005年印刷的。从版本对比的角度，您指出的这些不同很值得探索。

宗璞老师，您对秦可卿这个人物怎么看呢？无论如何她的地位不寻常。

璞：我认为秦可卿的出身是个谜。在书里是很重要的人物，简直是仕女班头。可是她的出身是从养生堂抱的。

燕：秦业同时抱的还有一个男孩，这个男孩后来死了。为什么要安排这样一个闲笔呢？

璞：秦钟呢，又是她的弟弟。

燕：是秦业五十岁上亲生的。这一连串关系挺怪的。是否当初抱一男一女，只为掩护可卿出身。旧社会造访养生堂者多抱男孩，总不能只抱一个女孩回家嘛。而且秦可卿、秦钟姐弟两个的名字都有个“情”。论谐音一个是“情可轻”，一个是“情种”——“开辟鸿蒙，谁为情种？”警幻仙姑向宝玉演示的《红楼梦》曲子词一开头就是这句。

璞：这都放到秦家去了。

燕：《红楼梦》曲子词近结尾处，“好事终”一支，最后一句就是“宿孽总因情”。情，秦也。又与“秦业”谐音。

璞：起先读的时候，我就对秦可卿的出身地位感到扑朔迷离。要是照刘心武的考证，她是废太子的女儿。这样说可以增加阅读的兴趣，好像也增加了了解，使得人物更丰富了。是否真实不必考。

燕：周汝昌先生在《红楼别样红》中还认为秦可卿原型或许是废太子胤礽随康熙南巡时与当地民女的私生女儿，曹家指示“秦业”出面收养，在她长大后娶为家媳。如果从周先生这个立场出发，那么我认为“秦可卿”在“秦业”家的生活时间就是有限的，清贫的秦家不可能提供她那么好的教育和生活条件。可能她自童年起的大部分时光都是在曹家度过的。

可卿死后，只字未提秦业的悲伤。秦钟呢，在送葬回来的路上就找机会与小尼姑鬼混去了。有评价说雪芹惯用的写法是“隔纱照影”。书里没有明讲，但从字里行间就可见秦家与可卿的感情是淡的。你的葬礼再隆重，与秦家也无多大干系。你风光地去了，我们也尽了礼。从此在心理上就迅速摆脱隔离了。

还有，刘心武先生不是举出一个古本中，在周瑞家给女眷们送宫花那回有首回后诗，最后一句即为“家住江南本姓秦”，意指秦可卿么?

璞：这也很可能！有这么一说也能增加阅读的兴趣。

燕：也是在周瑞家送宫花那一回，人们还说香菱很有东府“小蓉大奶奶的品格儿”。香菱也是江南来的。会不会她和秦可卿两个还有什么深藏的血缘关系呢?

璞：哎，是有这样的描写。所以香菱的命应该是薄而又薄，才有代表性。香菱也是个很重要的人物。第一个出现的女儿。她的原名“甄应怜”，意思是“真应该可怜”。

燕：把所有的女儿都包括了。

宗：整个都包括在里头了。

燕：和尚说她“有命无运，累及父母”，实在是振聋发聩。这是说香菱，却更在说宝玉！是为无数有才无命的天下人歌哭。

璞：香菱是甄士隐的女儿。

燕：您认为甄士隐和江南甄家有关系吗？

璞：他无非是为了用这个“甄”字。真事隐去，假语村言。那个甄宝玉又正好要对着贾宝玉，也要用这个“甄”字。

燕：冯友兰先生又怎么看《红楼梦》呢？

璞：我父亲？

燕：是。

璞：啊，他是很喜欢的。他认为《红楼梦》的语言好。三等仆妇说出的话都是耐人寻味的，可以听的。

燕：但有些人的言语又特别地贫。如王熙凤。

璞：哈！

燕：王熙凤还不识字。

璞：这个，我觉得是一个缺陷。王熙凤自幼假充男儿教养，怎么能不识字呢？

燕：是不是由此反映了王家空白的文化传统？

璞：王家做到九省检点哪。

燕：他们是商人出身，也许很不重视家庭文化教育。

璞：王家人也不怎么样，比如王仁。不过他们官做得很高了。

燕：王夫人也没什么文化气质。

璞：是不是因为她们是女性？

燕：但像王熙凤这样连字也不识太……是不是王熙凤的原型就是这样子呢？

璞：还有一个地方也是不合适的。薛宝钗进京来是为选秀女。可她小的时候就有一个金锁，要“有玉的才嫁”，那应该从小就知道贾宝玉有玉的事。为什么还来选秀女？还住在贾家？有点矛盾。

燕：会不会薛家想着万一能选上秀女，前途就更光明了？要走元妃那条路。

璞：对，想走这条路，就不把金玉良缘放在心上了。等到走不通又回来了。哈哈。

燕：现在许多人对薛宝钗的印象好过林黛玉。如张宗子《彼岸的薛宝钗》，给我印象很深。

璞：我在哪里看见一句话，说是“我们虽然喜欢林黛玉，可是给儿子选媳妇还是选择薛宝钗”。

燕：从实用主义层面是这样。

璞：可是《红楼梦》的好就在这里。一个是在世俗社会里头很圆满，一个是离经叛道，整个人都不合流。林黛玉就代表了一种精神。人们喜欢黛玉是有原因的，在黛玉身上表现了觉醒的人格意识。某回宝黛口角之后，黛玉说我为的是我的心，宝玉说我也为的是我的心，这在中国小说史上是头一次有这样的对话，他们有自己的心。所以这两个人物光辉万丈，他们的爱情又是在知己的基础上形成的，更是感人。还有，为什么不少人喜欢探春？

燕：比起黛玉来，探春更容易博得大众的喜爱。

璞：她就有独立的精神，这在女子中是比较少的。

燕：她说她要是男子，早就出去做一番事业了。在这点上她与祖母真是一个稿子。贾母如是男儿，也早出去立业了。

璞：探春有政治家风度。林语堂在《凭心论高鹗》一文中戏言，程伟元应悬赏征求两篇文字：一是小红在狱神庙，一是卫若兰射圃。每篇一千美金。我建议还应再加一题：探春远嫁。多花一千美金。因为那是很值得写的。

燕：似乎您对冯紫英的印象不太好？我曾有个很长的考证，发在网上：第二十八回公子哥儿们聚会上，冯紫英以“女儿”为题说的酒令的酒底“鸡声茅店月”像个谜语，却遥应第六十二回探春对点射覆的“鸡窗”“鸡人”之典。都是席上的鸡肉，草蛇灰线，伏延千里。或许冯家相中探春才貌，“不拘正庶”地订过亲。但后来发生一系列变故，探春最终远嫁异乡。当然，这是我的一家之言。

璞：虽然我不能同意，但是有点意思。我总有个印象，冯紫英像跑江湖的。

燕：您是不是受后四十回影响？在高鹗笔下，冯成了掮客。前八十回倒不是这样子。不过冯紫英给人的总体印象不似卫若兰、梅公子，是仙品少年。顺便说一句，网上有人评价您小说《野葫芦引》里的庄无因就是仙品少年！

璞：卫若兰在前八十回没有现身。丢失的“卫若兰射圃”一定很好看。现在的描写只有喝酒看花，很少室外活动。想起《战争与和平》中描写的年轻人坐着雪橇到朋友家去，很畅快。“射圃”若不丢，就好了。

燕：贾府男儿在武事上已经退化了。

璞：但男孩子骑马、射箭还是要练的，不是贾兰还拿着小弓射鹿？也有可能是正因退化，所以描写少了。

燕：端木蕻良先生写过小说《曹雪芹》。他还有一本红学研究《说不完的红楼梦》。他有个重要观点：曹雪芹是“师楚”的，他的文化精神是从楚文化浪漫主义一脉下来的。我也认为，第十七至十八回贾宝玉陪父亲游览大观园时，特地说了许多《楚辞》里的名花异草，一定就有向屈子致敬之意。异曲同工的是，在您创作于上世纪70年代末的中篇小说《三生石》里，男女主人公牢牢地被一块石头连在了一起。其实这也是“师楚”，呈现了一种浪漫主义大境界。

璞：无限意蕴在石头。《红楼梦》另外有个名字《石头记》，这个名字好。它点出了主人公的本来面目，包括降生在“花柳繁华地，温柔富贵乡”以前的履历，“此系身前身后事”，而且这部书本身就是记在石头上的。也许有人要考证高十二丈，见方二十四丈的大石头，能记下多少文字。那就请便吧。从石头主人公，引出了一株草，引出了木石前盟的故事，使得宝黛的爱情更深挚更刻骨铭心。因为它是从前生带来的，是今生装不下的。若套“反面乌托邦”（王蒙语）的说法，它是“反面宿命”的。深情与生俱来，却没有带月下老人的红线。石头有玉的一面，家族与社会都承认这一面。玉是要金来配的，与草木无缘。木和石乃情之结，石和玉表现了自我的矛盾和挣扎，玉和金又是理之必然，纠缠错结，形成“红楼”大悲剧。曾见一些评论，斥木石金玉等奇说为败笔，谓破坏了现实主义，实在不能同意。

燕：无限诗意。这是中国文学传统里一类非常美丽的特色。外国文学的浪漫主义在空灵境界上似乎还差了一个层次。

璞：中西浪漫主义比较，是个大题目。《红楼梦》里面讲木石因缘，就是前生定的。书里写得非常明白，一个木石前缘，一个金玉良缘。世俗一方是要金玉了，可是宝黛的感情是前生带来的。这两条线非常地清楚。林黛玉一出场是多么隆重，完全表现了木石前缘的地位。高鹗在后面把这条线抓得很紧，绝对没给他弄乱。紧扣住这一根本设计从不偏离，是续书的最大成功之处。

燕：不过，我对宝湘结合说也能接受，觉得它能自圆其说。也许最后宝玉与湘云就是患难结合，那时已没有那么多浪漫主义了，他们是在艰苦中互相扶持走完最后一程。

璞：宝湘说有点画蛇添足的味道了。本来宝玉对黛玉的爱情是非常真挚浓烈的："你死了，我做和尚。"后来果然是做和尚了。

燕：为什么黛玉说她记着宝玉"做了两回和尚了"呢？

璞：对……那无非是为了强调宝玉总把做和尚放在嘴边。要再加个史湘云，就成了"四角"，把宝玉的感情分去了。八七版电视剧表现史湘云后来做了歌女，我认为不必要嘛。她那个判词非常清楚："云散高唐，水涸湘江""湘江水逝楚云飞"，她就死了嘛。怎么还会加这么一段？水逝云飞人何在？所以她不见得能活过宝钗。本来史湘云是很可爱的女子，但是没有必要把她拔高，这没有道理。我是没有时间，身体也不行，想说的话不能系统深入。本来我是想写一个"史湘云的话"。而且在"诉肺腑心迷活宝玉"那一回，袭人不是对湘云说"听说姑娘大喜了"？

燕：这当指湘云许配卫若兰之事。

璞：其上回就是"因麒麟伏白首双星"。这很明白了，金麒麟与卫若兰有关，而非宝玉。

而且，就算在现实生活里确实有史湘云的原型，她和曹雪芹后来结为夫妇，也不必照样写到小说里。小说就是小说，可以有自己的布局，不是曹雪芹传。读小说还是要读小说本身。研究小说是另外一回事，叫作做学问。

燕：记得您自己在《三生石》前面也写过这样的话："小说只不过是

小说。”

璞：而且贾宝玉最后离开家的时候是辞别母亲，仰天大笑而去的。他走后王夫人和宝钗都“不觉流下泪来”，这都写得够好的了。

燕：这段非常动人。“仰天大笑出门去，我辈岂是蓬蒿人”——要是用李白诗意，宝玉是先要向世俗证明自己不是“蓬蒿人”，要先给父母的养育之恩一个安慰，一个交代。所以他参加了科举考试，是中完举人，再脱离红尘而去的。

璞：用李白的诗来解释宝玉仰天大笑出门去，不大合适。宝玉本不是蓬蒿人，他去考试中举是为了安慰父母，以报亲恩，不是为了自己中功名，而出门别家的行为也和功名无关，而是永别了的意思。他要去出家是他履行誓言，以酬知己。

后面他辞别父亲又是那样一个动人景象。多有人批评宝玉出家前拜别父母是败笔，我却以为这是最近人情处。这就行了，这人就走了，我们不会再看见他了。他不会再从天上掉下来，“二进宫”的。

还有就是“宝钗早死”说。这说法不对。她应该死在宝玉后面才对。也许宝玉后来在外面死了，反正宝钗的命运一定是守寡才对。就是宝玉不在了。

燕：中国人认为出家还是不坏的结局。空门在中国文化里很带些仙风道骨云游世外的浪漫气息。高阳的小说《状元娘子》《印心石》里，女主人公们每当被逼入绝境时都想到以出家了之。虽然那之后的日子也很难保证清淡天和——看看智能、芳官就知道了——所以芳官一定会早早死去，重归天庭——到底“无待”也需要些许物质基础的。人说“托钵化缘”，真到了白茫茫大地一片干净时，那钵又何处可觅？总不至潇洒到心中有剑手中无剑的武侠小说境界吧。

璞：你看，有三段描写支持我所说宝钗守寡的看法：一是第二十二回“制灯谜贾政悲谶语”中，宝钗作的诗谜最后一句是：恩爱夫妻不到终。她的谜底是竹夫人，想来是竹枕一类，冬天就用不着了，不得长久。这是我从前看的《红楼梦》，不知是什么本子，我记得很清楚。现在人民文学出版社1982年出版的本子，这个诗谜没有了。照这个本子宝钗的诗谜是“更香”，照注解说也是要守寡的意思，不如“恩爱夫妻不到终”直接。我看的那个本子“更香”这个诗谜是黛玉作的。

燕：原来还有这一种说法。竹夫人与纨扇接近，都有“见捐”之意。[①]

璞：二是“琉璃世界白雪红梅”那一回目，大家穿的外套都很好看，都是大红猩猩毡的，映着白雪一定很好看。唯有两人穿的不是红衣：一个李纨，一个宝钗。李纨穿的藏青色，宝钗穿的莲青色。李纨已经守寡了，这暗示宝钗将来也会守寡。这个我印象很深。

燕：您看得仔细。的确宝钗一直穿着朴素。

璞：对。还有第三点，就是她住的屋子，雪洞似的。贾母就给她收拾，拿点古玩摆一摆，还说年轻人不该这样。都说明她将来要守寡的。我觉得这很明确，高鹗续也是对的。因为宝钗将要守寡，宝玉是不可能娶史湘云的。

燕：说到大红猩猩毡，我认为高鹗可能在创作里融入了部分雪芹残稿，构成后四十回最华彩的乐章。在第五十二回有一段，贾母赏给宝玉雀金裘那天，“阴阴的要下雪的样子”，麝月就特意跟宝玉说，你穿那身大红猩猩毡去见老太太。到高鹗续结尾处，贾政在岸上微微的雪影里看到身穿大红猩猩毡，光着头的宝玉向自己下拜，神情似喜若悲。这前后是有呼应的。不但都是阴寒欲雪的天，而且还都是穿着大红猩猩毡的宝玉在长辈面前下拜。

不过张爱玲在《红楼梦魇》里说宝玉在当和尚后还穿大红猩猩毡是太阔气了。

璞：不能太现实了。本来是在雪地里头……

燕：红白相间很凄美。

---

① 回来后查吴世昌先生《脂残本和京本的底本中的其他问题》（载《红楼探源》，北京出版社2000年版），为这个问题提供了答案：“在这里有一个很有趣的问题：脂砚共用过多少此书的抄本？为什么他要用这个本子？……他在1754（甲戌）年以前写第一期评注，在1754那年写第二期评注时，至少有一个，可能有两个抄本。此外，还有从1759（己卯）到1767（丁亥）继续用朱笔写评的一个本子。那“脂京底肆”，和从1767到1774（甲午）用朱笔写评的那个本子，即“脂残底”本。除了上述三个或四个底本以外，还有一个“脂京底贰”的底本……这条“暂记宝钗制谜”，即以“更香”为谜底的七律一首：“朝罢谁携两袖烟，琴边衾里总无缘……”但后来各本都以此诗归黛玉。“脂晋”（丁亥——笔者注）还有一条评论说：“此黛玉一生愁绪之意。”可见“脂京底贰”的底本，即人文社版所据之庚辰本。

璞：然后一僧一道夹着宝玉飘然而去。是很空灵的。

燕：不过，在曾经传给您的高鹗续里，宝钗递给王熙凤烟袋的描写，是一定出于高鹗自身生活阅历的。

璞：红楼梦中人抽烟，在你说这事以前，我真的不知道。是不是我看的那个本子没有这个细节？《儿女英雄传》中安太太和张金凤都是抽水烟的，很符合她们的生活。若是宝钗、凤姐都咕噜咕噜抽起水烟来，想想未免可笑。前八十回并无关于烟的描写，便是男士也没有抽烟的。这是高鹗的败笔。

燕：此外，在后四十回，刘姥姥一说起来就是“我们屯里”。“屯子”也是东北话。小时候我读过描写抗联斗争的儿童文学《小矿工》，那时就知道了这个词，所以一下看出来了。在前八十回，刘姥姥说的可都是“我们村里”。一字之差。

璞：后面四十回确实不是曹雪芹所作，但认为一些很好的描写是残稿也可以。不过后四十回的主线是正确的。幸亏有了这后四十回，不然你想想光有前八十回会是什么样子？

燕：以前还有过很多续书，都是千奇百怪的。

璞：对，那些续书是绝对上不了台盘的。幸亏有了高鹗续。纵然才情差一点，但还是功大于过。这个文本，它整体是好的。这么伟大的一部作品，是高鹗给成全了。现在有些红学家研究十分细致，设想也到位。但总的来说，谁也代替不了高鹗。

燕：紫鹃是个很完美的人物。

璞：她也是表现一种精神。护花主人评她“在臣为羁旅，在子为螟蛉”，她对黛玉那么忠诚。写她也正是写黛玉。黛玉有这么好的丫头正说明黛玉的为人。正如金圣叹说的“写林冲娘子所以写林冲”。但我不大喜欢晴雯，她对坠儿那么凶。晴雯是黛玉的影子，可黛玉是个小姐，所受的教育是不一样的。她使小性儿，但不能泼辣。《红楼梦》高就高在这儿，非常活。

燕：但黛玉、晴雯在总体上是一致的，作者升华了她们的共同点。

璞：还有一个谜团人物是薛宝琴。非常完美，很重要。

燕：十全少女……

璞：对于这个人物我有一些看法，她不只完美而且还很显眼，宁国府除夕祭宗祠就是从她眼中写出来的。她初到荣府就被贾母看中，想要她做孙媳妇。可是她不属于红楼十二钗，也看不出她的性格。西方文学批评有一种说法，说文学中有两种人物，一种是圆柱人物（round character），他们是复杂的、多面的、立体的。另一种是扁平人物（flat character），他们是平面的、单一的。《红楼梦》绝大部分人都是前者，而我觉得薛宝琴近似后者，近似一个扁平人物。有人就《红楼梦》中的场景写了诗，如：黛玉葬花、宝钗扑蝶、香菱学诗、龄官画蔷、湘云眠石，这些场景都是活生生的活动。湘云眠石本来是一个静的画面，可是她是醉后才在石头上睡着了，嘴里还嘟嘟哝哝说什么，身上盖满了花瓣，这就显出她豪爽豁达的性格。睡着的人是活的。只有宝琴立雪不同，她好像定格在那儿，只是一幅画，看不出性格。黛玉葬花不能换成另外一个人去做这件事，因为这是由于她的性格来的。湘云眠石也一样。可是宝琴立雪就不同了，换一个人也可以有这个场景。寿怡红群芳开夜宴，宝琴也去了，可是没有写明她抽到什么签，别的重要人物可以用花的个性表现人的个性，宝琴的个性不鲜明，也就不好给她派什么花。但若说对宝琴的描写是败笔，也不对，她是很美的，只是像个瓷娃娃。

燕：您自己就写过很多小说。以作家的视角来切入《红楼梦》，所得必定是更细腻独特的。宝琴的确是个影子样的人物，我总觉得雪芹是想借她来表现什么。而且，她和林黛玉的关系非常好，黛玉把她当妹妹看。

璞：写宝琴深重黛玉，两人很亲近，是从侧面写宝琴，这是比较省事的写法，让人知道她大体上的倾向。有一个数学家，他写了不完整的后四十回。写到薛宝琴后来起义了。

燕：啊，那和林四娘一样了。

璞：她起义了，最后还嫁给了柳湘莲。

燕：在她自己作的诗里，有“不在梅边在柳边”。所以刘心武也提出过这说法。宝琴与梅翰林公子无缘，最终与柳湘莲结为夫妻。

过去还有一种续书，说是林黛玉起义了。因为第七十八回贾宝玉做挽词挽的那个青州起义的林四娘也姓林嘛。

不过我有种直觉，若非琴、黛之原型本为一人，就是琴在生活里原就为黛之幼妹。“不在梅边在柳边”是《牡丹亭》杜丽娘的唱词。在第十七至十八回“大观园试才题对额，荣国府归省庆元宵”中，元妃省亲，点了四出戏，“所点之戏剧伏四事，乃通部书之大过节、大关键”。第四出即《离魂》。脂批：“《牡丹亭》中，伏黛玉死。”

林黛玉、薛宝琴，她们之间似乎是存在某种深隐关联的。可又很难说得清楚。

璞：有一天，我看见郁金香的花瓣落满了桌面，觉得很感动，立时想起玉兰花落。中国诗词关于落花的描写很多，很美。“林花谢了春红，太匆匆。无奈朝来寒雨晚来风。”但林黛玉的“葬花”真是原创啊，从来没有人写过的。

燕：花魂鸟魂总难留。

璞：是不是有这么个情况？后四十回没有什么诗词，高鹗写不出来了。

燕：高鹗还中过举呢。但他专心研究的可能多是八股，缺乏诗词上的灵气。后四十回贾母对贾政说“你小时候比宝玉还不务正业”，可见宝玉自有乃父基因。而在前八十回的最后部分，贾政心灰意冷之际回忆自己起初天性也是个诗酒放诞之人。看来，高鹗捕捉到了前八十回这处细节，并体现在笔端。

璞：第一百一十六回“得通灵幻境悟仙缘”中的描写也稍感凌乱。宝玉从此知道了众姊妹的寿夭穷通，渐渐醒悟。使我联想到有特异功能的不幸者，每日里见人的五脏六腑，未免煞风景。

原载《社会科学论坛》2010年第17期

长篇小说《西征记》笔谈

张志忠　李　坤　张细珍

《西征记》是一部非常独特的战争题材小说。它描写的是西南联大的学生们，在聆听众位老师的谆谆教诲和家长的言传身教之后，在遭受了长期的日军轰炸，甚至在滇西战事吃紧、战争最需要的时候，走向战场，参加远征军作战，用青春的热血践履“this is your war”的召唤。这样的作品，选材独特，它是宗璞在《南渡记》《东藏记》的日常生活叙事的抒情性中，乍然迸发出的“铁骑突出刀枪鸣”，是在前两部作品的疏朗悠远的铺垫和皴染中，大笔铺排的刀光剑影、战火硝烟。

《西征记》又是一部比较难以把握的作品。它问世之后，没有激起多少反响，细究起来，可能和它所处理的独特题材有关。战争和英雄，在近年来的文学和影视作品中，再度成为引人瞩目的热点，从《历史的天空》到《我的兄弟叫顺溜》，从《最后一颗子弹留给我》到《我的团长我的团》，我们似乎都习惯了那种粗犷豪放的高调叙事，它们以非凡的搏杀装点我们平庸的生活，它们以坦诚赤裸的襟怀让蝇营狗苟的我们愧对也让我们移情了一把。《西征记》的战争叙事，却没有多少热血沸腾的场景，没有多少以少胜多、以劣敌强的戏剧性传奇性，对作品中人物的牺牲，也没有什么浓墨重彩的渲染，只显得颇有些云淡风轻，颇有些草木含情。而且，它的写法很考究，它的语言很典雅修洁，要费些功夫加以揣摩。

李坤：战争文学的精神内转诉求

在人类的历史长河中，接踵而至的战争为艺术家们提供了书写战争的广阔天地，多角度、全方位地描写战争的文学作品可谓汗牛充栋。面对战争，人类总是无法回避对于战争意义的思考，这思考包含着如何评价战争以及战争对社会、历史、文化的影响。无论是托尔斯泰的《战争与和平》，还是海明威的《永别了，武器》，甚至爱伦堡的《暴风雨》，这些战争文学中即便某种程度上包含着对正义战争的褒扬，但充溢在作品中的乃是一种更为鲜明的反战情绪。因为战争不只是不同民族、国家、阶级之间在生产水平、经济、政治、社会和文化乃至精神素质等诸种因素上的综合实力的较量，同时又是弥漫着硝烟的人间地狱，它蓄意或无意地生产着灾难和死亡，并用灾难和死亡向人类一再发出警示。在战争面前，无论是邪恶的侵略者还是正义的捍卫者，都必须直面其血泪交织的残酷性。如今，通过硝烟弥漫的厮杀场面、灾难和死亡事件的外在场景书写来揭示美的毁灭，呈现所谓的“暴力美学”并借以吸引读者眼球，实现卖点增长，已经成为受经济利益驱使的战争文学的主流书写方式和生产方式。时下流行的战争文学作品，无论是《亮剑》还是《中国远征军》，其中都不乏对于外在宏大战争场面的书写，这种宏大场景的书写自然可以给读者以瞬间的视觉冲击和阅读快感，但是冲击和快感之后却很难给人以心灵震撼，因为这些作品缺少向内的精神探索和情感挖掘。

陈思广在谈及当代战争小说时提出当下战争小说创作的一大局限在于“拘泥于历史过程及事件本身的意义，未能保持必要的‘距离’并给予美学的审视，即所谓入得了史而出不了史，小说成为历史事件的仓库，作家本人也在不知不觉充当了仓库的‘保管员’”①。作为战争的亲历者，年过八十的宗璞似乎有意摆脱这种局限，她站在心灵的站台回望历史，从2001年构思，到2008年

① 陈思广：《当代战争小说创作观念反思》，《文艺报》2008年8月3日第二版。

夏最终定稿，宗璞这一望就是八年之久。其间，宗璞在战争和日常中穿梭，反思历史、现实、生存、死亡等宏大命题。《西征记》在写战争写生死的同时，又自觉与战争和生死保持着一定的心灵距离，除却硝烟弥漫的残酷战争场面描写之外，还增加了相当一部分意在彰显内在的明媚的图景。笔者认为，这些看似和战争主线无关的明媚图景的书写，是宗璞向内挖掘人类尤其是知识分子在面对战争和死亡时的精神诉求。

（一）意味深长的月下泛舟

《西征记》不是从直接描写战争场面开始，也几乎没有血淋淋的厮杀场面的描述，而是从描写战争背景下的昆明社会的情景开始。“昆明下着雪，雪花勇敢地直落到地上。红土地、灰校舍和那不落叶的树木，都蒙上了一层白色。天阴沉沉的，可是雪白得发亮，一切似乎笼罩在淡淡的光里。”小说一开始的环境描写，与其说是外在环境的描写，不如说是战争背景下人们内在情绪的渲染。这为整部作品奠定了一个阴沉惨淡的色调，这色调虽暗，但并没有暗到完全遮住雪光，那淡淡的雪光依旧给人以不灭的希望。

这希望得益于孟樾教授口中的良知，也更得益于江昉教授课上的“身既死兮神以灵，魂魄毅兮为鬼雄”，更得益于澹台玮、嵋和李之薇等原本不在征调范围之内的爱国学生毅然决然地投笔从戎、身先士卒的爱国情怀和抗战精神。“政府虽然腐败，但国难是大家的”“这是你的战争”，是所有爱国志士的战争。这些爱国人士的壮举除给人鼓舞之外，更使我们内心油然而生一种崇高的使命感。这是残酷战争中少有的人性“温馨”和明媚图景。

更为明媚的则是宋颖书、嵋、李之薇和峨等人在洱海泛舟时的一段环境描写：“洱海的月夜，水天一色，天空里孤零零悬着一轮明月，照得人遍体清凉，心神宁静，像是打了一针镇静剂。”[①]此处由月朗星疏的外在环境描摹，自然过渡到内心的刻画，与其说是月光给人打了一针镇静剂，不如说是月光给人实施了一次心灵洗礼。而后撑船老人和嵋的对话更是发人深思：“早先，洱

① 宗璞：《西征记》，人民文学出版社2010年版，第67页。

海要多热闹有多热闹，白族的节日多嘛。现在日本鬼子就在身边，只能黑黢黢地过日子。我看着这个海和月亮都在打颤。”[①]老人的话没有引来“同是天涯沦落人”的慨叹，“月亮很亮，鬼子可遮不住”。[②]嵋坚定有力的回答显然感染并激励了老人，他更加用力地划桨以及那更有节奏的桨声便是证明。此时，坐在船上的嵋做了一个奇怪的梦，在梦中她看到“昆明的月亮在洱海的月亮后面，北平的月亮又在昆明的月亮后面”。那是什么景象，就连嵋自己也无法形容。

嵋意识到战争是残酷的，无论战争的出发点正义与否都无法避免死亡，在死亡面前人人平等。她所看到的三重月象之中含着知识分子在战争之中关于个人生命意识、民族之思、家国情怀的思考。洱海的月亮虽经受着残酷战争硝烟的浸染，却依然不失光明。置身这种光明之中，知识分子得以精神洗礼，他们面对战争和由此带来的死亡时多了几分坦然和无畏，并“推己度人”由自己目睹亲历的死亡想到在战争境遇中的个体有着怎样的个体的生命意识、民族意识、家国情怀。这无疑给残酷的战争增加了些许明媚的图景，这图景是意味深长无法言表的。显然，宗璞意识到了这点，也尽力去挖掘并展现个体的生命意识、民族意识和家国情怀。

（二）呼之欲出的性情中人

时下流行的战争文学大都有一个贯穿始末的英雄人物，如《亮剑》中李云龙等。《西征记》似乎并无意于书写荡气回肠的悲壮英雄，而是着眼于老战、陈大富、无名女兵、哈察明、吕香阁、苦留、福留、阿露等平凡人物的散点描摹，这些人物虽然经历背景各有差异，但个个性情十足。宗璞通过他们在战争期间的心灵感受和情感遭遇，来揭示战争的残酷和反人性。吴维平在谈及战争文学的审美特质时指出：从实质上讲，战争文学是以其独特的视角和表现方式

① 宗璞：《西征记》，人民文学出版社2010年版，第67页。

② 同上。

去揭示人的存在方式，情感与心理世界，人与人的关系。[①]人是战争的主体，因此，一部成功的战争文学作品一定要塑造一个或一群丰满的人物形象，用具体的人物形象回答有关战争的种种问题，这是战争文学追求的根本所在。

澹台玮在小说中几乎是着墨最多的一个英雄人物。作为三年级学生，他原本不在征调之列，可是国难当头，玮觉得自己应该也必须为国家尽一份力，因此毅然决然地报名去了前线。他的老师和父母并不希望他去前线，尤其女友殷大士更不希望他参军，殷大士甚至还一度追到澹台玮所在的部队劝玮放弃参军。玮只是轻轻俯下脸去，在心爱人的脸颊上很快地吻了一下。宗璞在描写这一场景时写道："大殿里活动的声音忽然停止，许多人心头一阵酸热，有人抬手去擦眼睛。"在国难面前，个体生命爱情、亲情、师生情都因为战争变得轻微渺小，他要更多考虑的是民族的灾难和国家的存亡，此时投笔从戎、报效祖国，是无数像澹台玮一样的有志青年应尽的"本分"。玮去得十分坚决，他抛弃个人情感，不顾个人安危来到战场上，为的正是让阿难和更多人有机会享受爱情享受生命。最后澹台玮和谢夫一道为了给部队修建通信设施而遇难。谢夫未能完成的任务他完成了，但在完成任务的同时受了重伤，可谓悲壮。他受伤之后依然用尽平生之力向搀扶他的士兵大声说："拉电缆，拉电缆！接头拧紧，拧紧！"其伟岸高大的个体生命也在国难和战争中得到了极大的张扬。玮在生命的最后一刻祈祷和平，他祈祷的不止是战争之和平，也是仇恨之消解，更是人性之纯淡的回归。这也是宗璞透过人物和人物背后的历史传达给当下的一种处世理念。

和澹台玮一样，嵋（孟灵己）也不在征调之列，她参军的举动同样遭到了亲情和爱情的阻挠，在她的男朋友庄无因看来，学生参军作战是不守"本分"的表现。但嵋看到玮的毅然投军行为，又在课上听了江昉先生所讲授的《国殇》，她也义无反顾地穿上军装，成为了伤兵医院的一名志愿者护士。

在医院当护士期间，她也看到了战争给普通民众带来的灾难，这些残酷的画面给她带来了心灵震撼。她意识到了个体生命的渺小，但看到丁医生、铁大

① 吴维平：《论战争文学的审美特质》，《中州学刊》1993年第1期。

姐等为了拯救伤员夜以继日地工作，读到写着“我没有家，却有国。……我本来就没有家，难道还要失去国吗？……一个人觉得死更有意义的时候，是不会怕的……”的无名女兵的日记，看到为正义而战的女兵们，听到了福留、欢留和苦留的故事时，她的内心得到了洗礼，甚至将个人情感置之度外。但给嵋的心灵带来最大震撼的还是她目睹了玮的牺牲。宗璞在小说中这样叙述：“我们的玮玮他死了！嵋心里有一个巨大的声音在喊。这声音像战鼓，咚咚地敲着，从四面八方传过来。”玮的去世让她切身体会到了战争的残酷和罪恶，也让她对于生死多了一层更深刻的认识，对于战争形势下个体生命意识和家国情怀多了更为复杂而深刻的见解。

在小说中，嵋无疑是个至关重要的人物。作为护士的她不仅见证了伤亡，也见证了战争境遇下果敢勇猛的游击队长彭田立，深明大义的瓷里土司，从“消极抗战”到积极出资出力抗日的马福土司，勇敢善良的阿露和本杰明……嵋甚至还唤醒了老战的记忆，体会到并深化了老艾的“和平主义”，可以说嵋的身上统领着比澹台玮更多的“材料”。除了见证战争历史之外，她还是“以往历史”的追述者。她发现了并转述了无名女兵及其同伴的抗战历史，她们虽然没有留下名字，但是她们留下了更为响亮的名字“为正义而战的女兵”。可以说嵋因为参加战争不仅丰满了自己的形象，而且还重塑了更多血肉丰满的人物形象，这些形象无疑是滇西战场上最为“明媚”的图景。

宗璞在小说中还饶有兴趣地讲述了阿露和本杰明纯真的爱情故事。若非性情中人恐怕根本无缘这场跨越国籍、超越生死的爱情。除此之外，宗璞还刻画了俘虏吉野。应征之前他只是一个普通的大学生，战争中的流血和死亡让他背负着本不该属于他的罪恶，他想家，想念北海道的雪，这些让他更加痛恨战争。“我从头就怀疑这次战争的意义，无论加上多好的词汇，都不能掩饰我们是侵略者。占据了别人的土地，要在别人的家里死守，没有援助，只有死守，守的不是自己的家——”[①]吉野的哭诉让我们看到了侵略者身上的人性复苏。

战争夺去了陈大富的亲生孩子，女儿也在战争中致残，在壮年丧子的悲痛

① 宗璞：《西征记》，人民文学出版社2010年版，第252页。

中，他收养孤儿，并以“抗日”“救国”“保中”“保华”等为之命名。本来就贫寒不堪的生活也因此难以为继。为了养家糊口给这些孤儿提供基本的生活物资，他不得不假公济私。其间性情善恶交织，读来也是冷暖自知。

如果说月下泛舟的环境描写使硝烟弥漫的残酷战争蒙上了一层冷静肃穆的迷雾的话，那么性情十足的人物刻画则在战争残酷性之外增添了明媚的图景。这图景如同洱海的月亮一样，其光鲜明媚一定程度上遮蔽了战争场面的光线，减少了战争的冷峻和血腥，也使整个《西征记》在保家卫国的慷慨悲壮和荡气回肠之余，更多了几分对于在战争中渺小的个体无法掌控自我命运的大悲悯情怀。这种情怀中蕴涵着意味深长的人性思考，是宗璞挖掘人类尤其是知识分子在面对战争、灾难和死亡时的自觉向内的精神诉求。

这种精神诉求不仅冲淡了战争的残酷，营造了“诗意氛围”，而且拓宽了战争文学的审美纬度，消解了仇恨和死亡竞相出镜的暴力美学。作者用克制的笔调拨开战争的硝烟，呈现“人世的炊烟”，使得《西征记》在弱化刚毅艰辛、苦大仇深的战争残酷的同时，增添了几分诗意盎然的人性明媚格调。

宗璞的特别之处在于她自觉地和历史尤其是当下的历史保持着一定的距离，站在心灵站台上回望历史，不为写史，只为画像写人，通过写人将人物背后的时代环境娓娓道来。这些过往的人事中总是闪烁着人性的光，给当下的人们以心灵的洗涤和精神的精华。这当然与其家学背景有关，但更多的还是宗璞作为知识女性对于个体境遇乃至民族国家历史命运的深入思考，以及由“推己度人”的世情敏感到“至真至爱”的人性关怀。

张细珍：《西征记》的知识分子与战争

当代文坛，宗璞是一个知识分子色彩较浓的作家。她的创作自有一股知识分子写作的节制、内敛、蕴藉之美，还有女性的俊秀诗意，又有一种深沉的悲悯情怀。《西征记》便是其中之一。

《西征记》得自其成长经验，有学者说写西南联大，非宗璞莫属。西南联大是战乱时世的特殊产物，西南联大知识分子群无疑具有历史的特殊性。小说取材于战乱时西南联大学生参加远征军的经历，以西南联大知识分子群为原型，具有题材的独特性。独特的题材可能生成独特的思想进路。知识分子写知识分子是个颇具深意的现象。战时的知识分子群像写作就更具深意。小说以知识分子视点切入战争，写知识分子参战，给知识分子小说与战争小说都注入新质。它从知识分子面对战争选择时的“我在”到走进战争后的“我思”，呈现出别样的叙事路径，谱写了一首新世纪的边塞曲。

（一）“我在”：面对战争的选择

小说通过散点叙事、广角镜头式的全景写真，写出了全民抗战时的众生相，但主角仍是西南联大知识分子群。若说小说中的“小草”意象是抗日救国、生生不息的民众精神的象征，而孟弗之住所的“腊梅林”则是知识分子精英品格的象征。

《西征记》中的知识分子群多是自由主义知识分子。与《青春之歌》相比，它写出了知识分子的不同价值取向。明仑大学的师生们面对战争，虽有蒋文长类的利己主义者，但“政府虽然腐败，国家是大家的”，面对战争，每个知识分子只“不过是寻一个本分”。正如弗之叹道：“如果人人都知道自己的本分就好了。”所谓“本分”，即知识分子于国难当头之际的身份意识与担当精神，是面对战争的“我在”意识。如小说开篇就打出“This is your war!”标语，就宣扬了一种鲜明的战争在场意识。孟弗之、萧子蔚、江昉及死于国民党之手的周弼等知识分子身上均体现了“为天地立心，为生民立命，为往圣继绝学，为万世开太平”的担当意识与“祈祷和平”的人道精神。他们既有传统儒家知识分子家国一体的入世情怀，“天下兴亡，匹夫有责”的担当意识，又有现代知识分子的启蒙理性、独立思想、自由精神，以及“宁为百夫长，胜作一书生”的从军志向，他们就是西南联大知识分子群的映照。同时，《西征记》又有别于《青春之歌》《红豆》这类学术与革命、个人与集体的二元冲突叙事模式，尊重自由知识分子的自由选择。小说中迷恋数学的庄无因可以在学术这样的本分与参战那样的本分间自由选择，而不因此影响自愿参军的嵋对他的爱慕之情；姐姐峨因感情受挫，遁匿于点苍山的植物世界，仍能获得嵋的理解：“她爱自己的家，也爱自己的国。她并不矫情，只不过个人有个人的命罢了。”这些都体现出《西征记》中知识分子价值取向的自由开放。

《西征记》既有散点叙事，也有焦点透视。小说以嵋、颖书为叙事视点，分两条线切入战争场景。写知识分子视点中的战争——“我在”“我看”“我思”。嵋的视点偏内向、较感性、感于境遇；玮的视点偏外向、较理性、时有反观。两个视点相行相错、交换更替，读者透过他俩的眼睛，向历史的狼烟深处望去：从各自视点出发，牵引出很多战争“小”故事（多个体性的“小”故事，少正面的战场“大”叙事），然后像珠子般穿起来，从中融入知识分子（也是作者）对战争、历史的认知，从而将知识分子的观照与自照引入一个更深远的情境中去，使小说的境界格局走向宏阔。而这也是知识分子视角切入战争，给小说带来的新质。它使作为战争小说的《西征记》明显区别于诸如“十七年”的抗战小说。

当然，有视点并不意味着聚焦。嵋、颖书两视点平行交错之余，难免有间隙，两条线背后似乎缺乏一种劲道，将两股力凝为一股合力。阅读上，总体感觉没有叙述的聚焦点，笔力有些零散，知识分子群像胜于个体，群像内的个体性格血肉不是很明朗、丰满，他们似乎更多的是一种群体性的精神符号。倒是战争场景中的其他个体人物很细腻生动，如彭立田、吕香阁、苦留、逃兵吉野等。另外，校园场景与战争场景的内在衔接也有些脱节，似乎未能写出西征前后知识分子内心深邃复杂的蜕变历程。由此，总体而言，小说叙述上似缺一把火，一种力道，将战争时期西南联大这一独特的知识分子群的神与形统摄起来，贯注一体。这是否与四部曲的宏大写作与阅读心理的连贯性有关？抑或与口述笔记的叙述落差有关？或许还可从作者的创作谈中（《南渡记》后记）觅得一些答案：

这两年的日子是在挣扎中度过的。

一个只能向病余讨生活的人，又从无倚马之才、如椽之笔，立志写这部长篇小说《野葫芦引》，实乃自不量力。只该在挣扎中度日。

挣扎主要是在“野葫芦”与现实世界之间。写东西需要全神贯注，最好沉浸在野葫芦中，忘记现实世界。这是大实话，却不容易做到。我可以尽量压缩生活内容，却不能不尽上奉高堂、下抚后代之责。又因文思迟顿，长时期处于创作状态，实吃不消，有时一歇许久。

（二）“我思”：走进战争的思考

作为战争小说，《西征记》呈现了一个较宏阔的跨国战争视野。不同于“十七年”民族救亡战争视野下英雄主义、光明胜利的抗战小说，它是世界反法西斯视野下的跨国战争。这种视野的更新又与知识分子参战所带来的视点更新与思考相关。它写的是知识分子“我在”“我思”的救亡卫国战争、反法西斯战争。小说通过亲历战争的两个主要知识分子视点反观二战、内战，反思战争、历史及人性，于战争叙事中既见人民、国家，还见人道、人性、人类，从而获得叙述的历史纵深感与饱含人道悲悯的宏阔视野。

小说切入战争的肌理，裸露了战争真实的血肉与残酷性：不管战争怎么残酷、惨烈，“饭么，饿了就会吃的”，这简单的一句话，不露声色地表达了战争真实的残酷。反思战争的原罪性：在战争中，“生和死交织成一张密网，把人罩得透不过气来。没有人能逃脱这张网”。尽管“生命都是了不起的，可谁又能逃得脱死亡呢”，因为认识到战争与生俱来的对生命的摧残，所以玮说，他不想杀人，只想消灭强权，要和平；和平主义者老艾也无奈地表示“反对战争；应该把战争消灭在发生之前；但有时战争是必要和有效的，那就是反侵略战争”。反观战争与历史的虚妄性：正如孟弗之所言：“我们读的历史，都是写的历史，和真实是有距离的，能测量出有多远就好了。你们在创造历史，能留下你们创造的真实，又要多少斗争。”其中意味可谓深长。诚然，在法西斯势力的侵略下，全人类的三分之二在苦难中，努力尽责拯救世界是伟大的，如之薇所说：“每个人都很伟大。”但是，福留说：“让人记住有什么意思。后人会忘掉过去的人，忘掉我，也忘掉你。”战争中的个体“只是一个偶然因素”，历史会如雨般急速地冲走一切，包括青年才俊玮，因龙陵得而复失、慨然自尽的师长，惠通桥上的无辜平民，无名女兵临终写下的丛林里那些无名牺牲者。战争的残酷，历史的无情，让无名的牺牲更无名。甚至日本逃兵吉野也“从头就怀疑这次战争的意义，无论加上多好的词汇，都不能掩饰我们是侵略者。占据了别人的土地，要在别人的家里死守，没有援助，只有死守，守的不是自己的家——”。而曾经征战沙场气盖世的严军长，在国共内战的抉择中，却不得不以死相谏，从中可见作者对战争的深度反思。当然，这个细节在真实的远征军历史中是虚构的。但在此，虚构何尝不具有另一种历史叙事的力量？

综观世界文学，但凡优秀的战争小说，都是反战的。相较于“十七年”“文革”文学中的宣扬尚武精神与英雄主义的战争小说，宗璞创作《西征记》时多少受了其父冯友兰人类“仇必和而解”思想的影响。青年学子为国捐躯、严军长以死相谏、孟弗之著书立说，无不“祈祷和平”。小说叙述蕴藉、节制，通过嵋和玮的视点叙事，写知识分子面对战争、走进战争的“我在”“我思”，希望人类和平和解，“苟能制侵陵，岂在多杀伤？”休战反战的信念还是很明显的。当然，阅读过程中，感觉对战争与历史的叙述，创作意念有时过于凸显，有些说教。这是否还与女性作家驾驭战争题材的优势与局限有关？该小说优势在于，细节叙述的细腻丰满；局限在于，大节驾驭的笔力分散。当然，小说置于人类“仇必和而解”的超越性战争心境下，在当下新历史小说的风潮下，坚持古典现实主义的手法，字里行间流淌着宗璞一贯的女性化的轻柔舒缓、细腻诗意，从而异于他类战争小说的惊涛骇浪、雄浑大气，别有一番韵致。

宗璞说“个人的记忆确实有些模糊，但是作为民族的记忆是永远鲜明的，我们有责任让这个记忆鲜明”“过去的事情要把它用小说的形式记录下来”。《西征记》用叙事的形式创造了一种历史记忆。她于“自度曲”中如此写道：“人道是锦心绣口，怎知我从来病骨难承受。兵戈沸处同国忧。覆雨翻云，不甘低首，托破钵随缘走。悠悠！造几座海市蜃楼，饮几杯糊涂酒。痴心肠要在葫芦里装宇宙，只且将一支秃笔长相守。”于《西征记》“西尾”又写道：“苦煎熬，争民主谱出新时调。”为此，我们向她如此边塞新曲、这般悠悠情怀致敬！

张志忠：清新俊逸，典雅高洁的语言艺术

宗璞小说的语言，清新俊逸，典雅高洁。文学是语言的艺术，语言也最能表现出一个作家的文化修养和写作心态。同理，在作家之间的互相品评中，语言特色也是至关重要的尺度。上海作家陈村说：读宗璞的作品，让人发现自己的“野蛮”，“身处一个文化粗鄙化的时代，能够读到天然去雕饰的文字的确是我们的幸运。你会被吸引，但这些吸引绝非来自那些要死要活的故事，而是一种修养和一种气氛。它是一种文字的好的天然的样子”。[①]此言极是。追溯起来，早在20世纪80年代，将小说当作诗一样写、对语言非常考究的孙犁，就这样称赞宗璞：“宗璞的文字，明朗而有含蓄，流畅而有余韵，于细腻之中注意调节。每一句话的组织，无文法的疏略，每一段的组织，无浪费或蔓枝。可以说字字锤炼，句句经营。”[②]

精短的绝句也好，浩瀚的长篇也好，不可能句句都是传神之语。但是，在行文中时有警醒的句子跃出，却可以增添淋漓的元气，增加阅读的兴致，使人不但要去关注作品中的人物和故事，还会留意于作品的语言。尤其是像《野葫芦引》这样，在“序曲”和“间曲”中一再提示人物命运和故事走向，在行文中亦注意“草蛇灰线”“背面傅粉”的暗示和象征，而且很少拍案惊奇之类的传奇性情节，由此大大减弱了作品的悬念性，让读者更为关注其叙述性和过程性。因此，语言的魅力之有无，就更为重要。

《西征记》的语感，是非常富有动态的节奏的。不知道这是否与作家的口授方式有关。在作家的晚年，通过口授方式写作的不是宗璞之仅见，姚雪垠和宗璞的父亲冯友兰都曾经在助手的帮助下，口授完成其心目中的巨著。但宗璞口授于前，然后由助手将其放大字体于电脑上，宗璞再进行修改。这样的程

① 丁丽洁：《她为“典雅”竖立标尺》，《文学报》2005年5月21日。

② 孙犁：《人的呼喊》，《宗璞文集》第4卷，华艺出版社1996年版，第453页。

序，使得《西征记》的语言，既保存了口授文字所特有的句式简洁、活泼流畅，读起来朗朗上口，同时又融入了书面语的修饰和庄重，使其不至于一览无余，不满足于传情达意，而是令人吟咏再三，反复回味。这样的表述，在《西征记》中比比皆是，酿造出浓烈的生活情致和书卷气息。

> 弗之进了祠堂大门，见腊梅林一片雪白，雪水从树枝上滴滴答答落下。不禁想起北平的积雪，房檐上挂着的冰凌，什么时候能再看见？这里到底是存不住雪的。他走过泥泞的小路，进家门时鞋已经湿了。
>
> 碧初从里屋迎出，接过那蓝花布背包，苍白的脸上浅浅的笑靥，使弗之不止感到挎包分量的减去，也觉心上轻松。

> 忽然"啪啪"几声，从房顶落下几团泥，一团正落在玮的床铺正中，泥点溅开来。
>
> 玮笑道："还好不是子弹。音乐没有了，来一幅图画。"
>
> 新生问："什么音乐？"
>
> 便有人解释，以前雨点儿在洋铁皮屋顶上发出叮咚的声音，宛如音乐，现在换了茅草屋顶，便只有图画了。

这里的两段文字，都引自《西征记》的第一章。前一段话，是孟樾（孟弗之）的边走边看所想所感，迤逦而行，悠然而思。孟樾从学校归来，心中仍然纠织着学生们对报名从军的不同态度的事情。那一片生机蓬勃的腊梅林，给这乡间的祠堂，战时的陋室，以及日渐迫近的战争阴云，增添了明艳的风景和反差，何况梅林历来是文人骚客的嗜爱，在战争和流离的岁月中有此风景相伴，更为难得。从腊梅树枝上的雪水，联想到北平的积雪，与其说是由自然现象引发的联想，不如说是切盼战争胜利、时时挂牵故都的心境的自然流露，是那种才下眉头、却上心头的思念。"苍白的脸上浅浅的笑靥"，是书面语词，也使全段落的语气陡转，弗之的心头烦恼暂时挥去。毕竟，这温暖的小巢，其乐融融的一家人，才是孟樾得以在艰难时世中保留其生活和工作的正常状态的重要支撑吧。

澹台玮在学生宿舍中所遇，也是颇有情致的。雪水消融，浸润屋顶的泥团坠落下来，颇有古人诗句“暗牖悬蛛网，空梁落燕泥”之境界，而且，在“音乐”和“图画”的转换中，还潜隐着西南联大的校园的变迁——原先用洋铁皮做教室和学生宿舍的屋顶，已经是因陋就简的急就章了，后来更因为学校经费短缺，又把洋铁皮卖掉，换成了茅草屋顶，几有雪上加霜之虞。在澹台玮和同学们的对话中，沉重的每况愈下的生活，都被依然葱俊的青春，化解为幽默风趣的诙谐了。

在典雅高洁的语言后面，隐含着作家的超逸高蹈的精神气度。抗战时期的西南联合大学，之所以在非常窘迫的物质条件下顽强生存，并且培育出一代英才，就在于它燃炽着中国知识分子的优良品格和乐观精神，于茅舍草屋中寻得孔颜乐处，在血火硝烟中铺展瑰丽青春。而这一切，又给少年时期的宗璞留下刻骨铭心的记忆，成为其精神上的陈年佳酿，历久弥新，历久弥香。《南渡记》的序曲中，宗璞写道：“……到此暂驻文旌，痛残山剩水好叮咛。逃不完急煎煎警报红灯，嚼不烂软塌塌苦菜蔓菁，咽不下弯曲曲米虫是荤腥。却不误山茶童子面，腊梅髯翁情。一灯如豆寒窗暖，众说似潮壁报兴。见一代学人志士，青史彪名。东流水浩荡绕山去，岂止是断肠声！”而前引两段文字，就是“山茶童子面，腊梅髯翁情”，和《东藏记》中的间曲“怎般折磨，打不断荒丘绛帐传弦歌，改不了箪食瓢饮颜回乐。将一代英才育就，好打点平戎兴国策”的形象展现吧。

《西征记》语言艺术的又一特色，是作家的“字字锤炼，句句经营”，我称之为“炼字”和“点睛”。炼字，乃是诗家本色，“吟安一个字，捻断数茎须”是也；点睛，则是从绘画借得，画龙点睛是也。其要害，都在于对语言的推敲，其差别在于，前者是在本句之内锻炼出警辟的语词，作为句中的“眼”，后者是在数句之中显出绵密的内功，在并不显山露水的“手如柔荑，肤如凝脂，领如蝤蛴，齿如瓠犀，螓首蛾眉”的静态铺排之后，银瓶乍破，奇兵突出，以“巧笑倩兮，美目盼兮”，激活前面的静态勾勒，用化美为媚的动态点染，使全诗得到升华。字句的修炼，许多作家都在使用，在宗璞这里，则是因其频密而见其苦心，也使得她的文字格外地富有诗性，气韵生动。

先说“炼字”。“有人说战场听起来太远了，应该走进去，每人都出一把力”，这是嵋（孟灵己）在决心报名走上战场之际的内心独白。在众多的抗战题材作品中，慷慨悲歌上战场，已经成为一种习见的方式，高亢的誓言，血性的表白，都是司空见惯；因为距离战场“太远了”，自觉选择了“走进去”，却那样云淡风轻，从容恬淡。当然，这种不动声色的背后，是嵋胸中蓄积已久的愤怒——在日军占领下的北平遭受的屈辱，在昆明郊外敌机轰炸时几乎被活埋的历险，外祖父吕清非老人的以身殉国，父母亲的言传身教，乃至对蒋文长这样的逃避战争者的不屑，都成为嵋的自觉选择的巨大背景。唯其履险如夷，唯其自告奋勇，才让这个在战争期间成长起来的少女，有着非常时期的非常之语，非常之举：刚上大学一年级，又是女生，她们本来应该离战争远一些，再远一些，她们的“走进去”，才在从容婉转中动人心魄。“军装很肥大，嵋在里面摇摇晃晃”，既令人感到些许幽默，感到少女与战争之间根本的不和谐，也让人产生许多的怜惜之情。“他捧着干粮，放在鼻子前闻了一闻，两行热泪从肮脏的小脸上流下来。”这是那个十二岁的孩子福留从团长手中接过干粮后的举止，没有迫不及待地狼吞虎咽，没有抢上前去的屈膝谢恩，他的“闻了一闻”，动作独特而典型，可以看作是一种自制，也可以看作是一种珍惜。“叫作日本鬼子的那东西”“穿着黄色军装的那东西”，这样的表述，轻蔑、憎恶、厌弃和文雅、节制，巧妙地交织在一起，即便是对人皆曰可杀的寇仇，都“不出恶声”。这不是说作家和她笔下的人物对日寇缺少仇恨，而是不愿意因为那些连野兽都不如的丑类，就降低了自己的高洁品格，他们不配！不值得为此再消耗人类的语言，仅此而已，尽此而已。

再说“点睛”。

“哪个说我害怕？”那肮脏的小脸从断墙后面露出来，孩子一跃跳过断墙。

“打仗的时候你躲远点。”团长温和地嘱咐。

“吃饭的时候靠近点。”苦留加了一句。

打仗的时候躲远点，是因为福留方才十二岁，连自我保护的能力都没有，团长所言是人之常情，不足为奇。苦留加的那一句，却让这句子“亮眼”，它既是作品中的规定情境，是军人们在战争间隙吃饭时想到福留是否还跟随在军中，也出自同样是苦孩子的苦留，对福留的“解衣衣之，推食食之”的同命相怜。它也与团长的那句话有了照应，点石成金，正所谓“欲使宫羽相变，低昂舛节，若前有浮声，则后须切响”[①]。

“说实在的，”那位男研究员对嵋说，“令姐是一位真正的植物研究工作者。她的专心无与伦比。”

“也许她真的能把毒素变成药物。”老吴说。

粗看起来，这样的对话只是对峨的研究工作的一种评价，但相关的情况，在前面就曾经被提及，留下了伏笔。峨采集的标本中，“颜色非常艳丽，好像生命都活泼地留在每一片花瓣里”的一朵大花，让嵋忍不住发问，并且得到了老吴的解释，希望通过对这种毒花的研究，提炼出以毒攻毒的药剂。这还引起峨深埋心底的心事：“这便是那一种剧毒花。峨在昆明西山曾见的，有人送它一个绰号‘拉帕其尼的女儿’。峨在这里采到这种花，只当是本分的工作，没有再多的联想。这时，经嵋问起，那人连同那一段荒诞的感情，忽然像潮水般袭来。她努力想挡却挡不住……”“拉帕其尼的女儿”，是美国神秘主义作家霍桑的一篇小说的篇名，讲述一个在艳丽而有剧毒的花园中长大因此带有致命毒素的女性，医生拉帕其尼的女儿白德里斯的爱情悲剧。在这里，显然和峨的爱情往事，和峨的命运产生关联。《东藏记》中有一段情节，峨和同学们在教授萧子蔚的指导下，到昆明西山进行教学实习，围绕这种剧毒花，发生过有趣的情节。但是，被峨暗恋很久的萧子蔚，委婉地拒绝了她的表白；在精神恍惚中，峨接受了她的倾慕者仉欣雷的求婚，迅即，仉欣雷为救助她而坠崖

① 《宋书·谢灵运传论》。

身亡。为此，在《东藏记》中，峨曾经在来信中说："有时觉得自己也是一棵植物。"她和拉帕其尼的女儿一样，都导致自己的倾慕者死亡，虽然说罪不在己，但"吾虽不杀伯仁，伯仁由吾而死"。峨的情感由此被赋予"毒素"，人花合一。而"以毒攻毒"，可以看作是从心灵的"毒素"向植物的"毒素"的一种转移，也是峨的自我救赎吧。

原载《中国现代文学研究丛刊》2011年第7期

士林心史　儿女风姿

——宗璞小说创作论

张志忠

在跨世纪的文学之旅中，宗璞的身影或许不是格外引人瞩目的，但却是走得很长久、很坚实的。如果从她1943年开始发表散文[①]，1945年以冯简的笔名写作第一篇小说《题未定》，到2010年刊行《旧事与新说：我的父亲冯友兰》（新星出版社2010年3月），和发表幽默小品《采访史湘云》（《新民晚报》2010年6月7日），她的小说创作至今已逾六十五年。她穿越漫长的时空而创造力弥坚，在每一个宏大时代的历史性转折时期都留下了值得让人捧读再三的力作：表现新中国建立前后的巨变的《红豆》，新时期之始反思"文革"的《三生石》和《我是谁？》，市场化浪潮漫涌的世纪之交有表现抗战期间西南联大师生生活的《野葫芦引》系列作品。而且这些作品在艺术风格上也很有特色：50年代中期的《红豆》，在一个排斥个人情感、拒斥优雅风姿的时代语境中，独标风骨；《我是谁？》《泥沼中的头颅》《蜗居》等以荒诞的超现实主义的笔墨炫人耳目，出奇制胜；以二十余年的持续努力而成的多卷本长篇小说《南

① 蔡仲德编：《宗璞创作年表》中记载说，1943年，15岁，"写滇池海埂之散文（佚题）发表于昆明某刊物，署名'简平'。是为处女作"。《宗璞文集》第4卷之附录，华艺出版社1996年版。

渡记》《东藏记》和《西征记》，不但是为当代长篇小说之林增添了一道旖旎的风景，语言的考究和精致，为日渐浮躁、乖戾和平庸化的时代，提供了一帖镇静剂，抚慰着骚动不宁的灵魂，呼唤着一种浩然正气和源远流长的文人情怀的归来。宗璞的创作，在文学创作和文化建构上，都是值得我们关注，值得深入探究的。与此同时，宗璞研究中若干的难点和疑点，也是我们予以关注，并认为应该进行必要的辨析和阐释的。

“未曾出土便有节，纵使凌云仍虚心”

《三生石》中，身处困境的梅菩提在自己的画竹图上题写了“未曾出土便有节，纵使凌云仍虚心”的诗句。这是宋代诗人徐庭筠的《咏竹》中的摘句，其诗为：“不论台阁与山林，爱尔岂惟千亩阴。未出土时先有节，便凌云去也无心。”“月朗风清良夜永，可怜王子独知音。”[①]托物咏志，本是中国诗歌的传统，梅兰竹菊，更是历代文人抒怀自励的宠爱。台阁与山林，正好对应下文的“未出土”与“便凌云”，当然是描述文人在旧时的两种生存状态，时穷节乃现，腾达志不移也。

时当“文化大革命”狂潮漫涌，作品的主人公梅菩提，是著名老教授——“反动学术权威”之女，又是爱情小说《三生石》（这是作品中的梅菩提写于50年代中期的一部小说，与本作品形成套嵌文本）——“毒害青年的大毒草”的作者。梅菩提承受着双重罪名，经常遭受残酷的凌辱和批斗，又祸不单行地罹患乳腺癌，虽然是做过手术，但是因为各种干扰未能清除病灶，前景不明，生死未卜。但是，“未曾出土便有节，纵使凌云仍虚心”在作品中所蕴含的，不是一味的自我勉励，不是简捷的生存信念，而是对知识分子的“节”的反省。

所谓“凌云”于台阁，须靠外部机缘，对于古今大多数文人都不过是一种虚妄之想，但对于气节的养成，则是反身求诸己而可望可即的。从孟子“我

① 宗璞：《题未定》，新刊于《钟山》文学双月刊2005年第6期。

善养吾浩然之气”，到文天祥《正气歌》中历数正气凛然充塞天地的前辈俊彦，“时穷节乃见，一一垂丹青”，就是明证。气节的砥砺和持守，是因为庄严的使命感的存在，如曾子所言：“士不可以不弘毅，任重而道远。仁以为己任，不亦重乎？死而后已，不亦远乎？”但在梅菩提和她的手术大夫、因医患关系而产生恋情的方知之间，在拈出那两句咏竹诗后，却发生了这样的对话：“这两句把竹子的性情说绝了。这也该是做人的座右铭。可我现在简直不知道‘节’在哪里。”“我也不知道。我们总是处于被改造的状态，要相信党，相信组织，改造自己，批判自己。自己都不相信自己，又怎能找到‘节’呢？”

在如此险恶无助的环境下，如何自处，知识分子群落必须做出自己的选择。在新时期文学中，我们可以看到那种“母亲打儿子”式的痴情的忠诚表白，可以看到那种奋起抗争、慨然赴难式的强者的为天下先，也可以看到在苦难和血泪中软弱无力的弱者的挣扎和哀号。宗璞的《弦上的梦》《三生石》《我是谁？》等，都是以动乱岁月为背景的，每一篇都有着各具性格特色的知识分子形象，都有着顽强地进行自我的心灵拷问和坚韧抗争的鲜明轨迹。梅菩提的选择，就是一种在最为无奈的处境下，做出的一种自我拯救。

在《三生石》中，梅菩提曾经撰写过关于卡夫卡的学术论文。在与施叔青的对话中，宗璞也谈到她在60年代中期做卡夫卡研究的情况。值得思考的是，中国学者与西方学者在卡夫卡评价上的一个重要差异，就是关于自我拯救的命题。卡夫卡的小说《诉讼》中的主人公约瑟夫·K，莫名其妙地遭到起诉，莫名其妙地被判处死刑，在法庭内外受到不公正的待遇，命运悲惨而怪诞。新时期之初，中国学者将其解读为作品揭示的是资本主义制度下人的渺小、人的异化，西方学者却将其描述为“人必自助然后神助之”的反证。约瑟夫·K在遭遇诬陷冤情之后，只想着替自己洗清罪名，澄清真相，还其清白，却没有怀疑他的指控者是否具有绝对权威、绝对正义。梅菩提则仿佛是心有灵犀，在追问“节”在哪里的时候，非常敏锐地提出了“心硬化”“灵魂硬化”的自我反省，清算时代对自我的精神异化，以此成为时代的率先觉醒者。

在写作风格上更加接近卡夫卡《变形记》的《我是谁？》中，女主人公韦弥的命运就更加不堪。先要有对“我”的确认，才能追索“节”之何在。韦弥和丈夫孟文起这一对中年学者，北平解放之初为了报效祖国而从海外归来。但是，在动乱年代，他们不仅是失去了治学的权利，连做一个普通人的资格也被剥夺，“牛鬼蛇神”的诬称，在他人那里可能只是一个谬指，却使得执着认真的韦弥迷失了自我，陷入精神的迷乱之中，认为自己是“毒虫”，是“蛇神”，在校园一角僻静的湖水中溺毙。但是，韦弥的投湖自尽，虽然是在情思迷乱的时刻所为，作品留给读者的却不是生命之毁灭导致的虚无，仍然是延续着一缕希望和追求之光。

这里强调韦弥在无可选择中的选择，是有针对性的。有论者解读《我是谁？》说：“从韦弥的知识分子身份认同，我们进而追问：‘我’作为一个知识分子，除了和祖国联系在一起之外，是否还应该有其他的独属于自己的内容呢？韦弥对自己身份的呼唤，是个时代性的问题，‘文化大革命’中虽然打破了‘韦弥们’的幻想和精神支撑，但是她所因循的依然是‘文革’前的意识形态，韦弥所处的当时，多元的文化价值体系和视角尚未建立。”“韦弥的体验和认同，如今都已成为历史。今天我们明显地感到了韦弥乃至于叙述者和隐含的作者的局限：缺少独属于作为人的权利和追求，这是历史的局限。”[①]论者所指的是，在《我是谁？》中，情思迷乱中的韦弥，看到天空中的几只迷途的孤雁之后，作家有这样的描写：“……可是如今剑在哪里？母亲又在哪里？自己不是牛鬼吗？不是蛇神吗？不是毒而又毒的反革命杀人犯吗？飞起来吧！离开这扭曲了的世界！飞起来——飞起来！她觉得自己也是一只迷途的孤雁，在黑暗的天空中哭泣。”[②]

但是，需要分辨的是，在宗璞笔下，关于大雁的意象描写是多义的、流动的，随着人物的情思有所发展有所变化的。韦弥眼中的几只迷途的孤雁，逐渐和大群的飞雁盘旋在一起。孤雁归群，而且有了明确的方向感而展翅高飞。雁群在飞翔中所自然形成的“人”字飞行队形，是作品中重要的意象。我们都记得《苦恋》中关于天空中的“人”字雁阵和艺术家晨光在逃亡的雪野上爬行

① 刘俐俐：《知识分子身份认同与艺术描写的空间》，《中国文化研究》2003年冬之卷。

② 宗璞：《我是谁？》，《宗璞文集》第2卷，华艺出版社1996年版，第125页。

时以白雪画出的巨大的“？”号。《苦恋》因此而遭咎，却也因此而著称。这也正是批评者所称“缺少独属于作为人的权利和追求”的一个反证。《我是谁？》不是“缺少”，而是充分地张扬了“人的权利和追求”，它和《苦恋》异曲同工，在追求着人的觉醒、人的权利，连天空的大雁，地上的追问，都是互为映衬的。“忽然间，黑色的天空上出现了一个明亮的‘人’字。人，是由集体排组成的，正在慢慢地飞向远方。”行将投湖的韦弥，因此受到很大的激励，迷乱的情思有了明确的指向。在韦弥最后的时刻，她的“我是谁”的困惑，已经“从理智与混沌隔绝的深渊中”挣脱，已然“觉醒”。“我出现在她面前”中的“我”，是加了着重号的，也即是说，她从被污蔑扭曲为“牛鬼蛇神”的迷狂中，经过特定的追问和寻找，又恢复了“本我”，对自己进行确认，她的“我是——”的呼喊，未说出口的，是“我”？是“人”？两者皆有可能。它们和祖国—母亲、和群雁—集体，至少是并列的，很可能还是后来居上的。在作品的曲终奏雅处，这样结煞：“然而只要到了真正的春天，‘人’总还会回到自己的土地。或者说，只有‘人’回到了自己的土地，才会有真正的春天。”①

《我是谁？》写于1979年，此后，宗璞又写了它的续篇《谁是我？》（1983），而《蜗居》（1981）、《泥沼中的头颅》（1985）也可以看作是这一追问的延伸。《我是谁？》将作品主人公置于“文革”动乱的初期，在极度狂暴的社会环境中，逼问“我是谁”，同样以“文革”作为背景的《三生石》（1980）提出了“心硬化”“灵魂硬化”的自我反省，《谁是我？》和《蜗居》《泥沼中的头颅》，则是在一个常态的舒缓的却仍然不容悠然自得的氛围中，继续追问着“我是谁”抑或“谁是我”。

① 宗璞：《我是谁？》，《宗璞文集》第2卷，华艺出版社1996年版，第125—126页。

“却不料伯劳飞燕各西东，又添了刻骨相思痛”①

梅菩提、韦弥和丰，都是站在动荡时代的交叉路口上的知识分子。循此再追溯到50年代的《红豆》，江玫、齐虹和肖素，三个意气风发、才华横溢的大学生，在40年代末期，北平解放前夕，遇到的同样是时代与选择的难题。天地翻覆在即，个人何去何从？一边是生死难舍的爱情，一边是国恨家仇的沉积，让江玫如何是好？读《红豆》，产生的感觉很有些诧异。这既表现为与时代氛围大异其趣的精致、细腻和缠绵悱恻，更在于作品的叙事结构所造成的感伤基调。

这和《红豆》的叙事方式密切相关。如果用音乐中的复调作比喻，那么，“革命”和“爱情”显然是作品的两个主题，相互缠绕，交替显现。说起来，从20年代后期开始，“革命”与“爱情”就是诸多激进的青年作家喜爱的题材，《红豆》在题材上并没有什么得天独厚的优势，恰恰相反，从蒋光慈的《冲出云围的月亮》《野祭》，到丁玲的《韦护》《一九三〇年春上海》等，此类话题似乎已经难以出新。那么，《红豆》独具一格的秘诀何在呢？在许多作品中，“革命”与“爱情”或者是互相冲突，或者是互相从属，如同样是描写知识女性走向革命和民族解放之途的《青春之歌》，林道静与余永泽的爱情，就是从属于林道静的人生轨迹的，对于曾经被误认为是“骑士加诗人”且有“英雄救美”壮举的余永泽，林道静由对其充满崇拜和感激之情，到逐渐认清其庐山真面目，很快就与之决裂而出走。此后，林道静的爱情故事继续展开，卢嘉川和江华，先后取代了余永泽在她心目中的位置。江玫的“革命”与“爱情”，却是互相平行、各不相属的。在作品中，她开始受到革命者肖素的引导，和邂逅齐虹，几乎是同时发生的。而且在此后的许多时间里，她同时对“革命”和“爱情”两手并抓，并没有感受到两者间绝对的水火不相容。齐虹

① 这一节的题目引自宗璞《南渡记·序曲：“归梦残”》：“却不料伯劳飞燕各西东，又添了刻骨相思痛。斩不断，理不清，解不开，磨不平，恨今生！又几经水深火热，绕数番陷入深井，奈何桥上积冤孽，一件件等，一搭搭迎。”宗璞：《南渡记》，人民文学出版社2010年版，第1页。

呢，虽然对她投身进步的学生运动非常不满，但也仅只是一般化地说说而已，无法真正干预江玫的形迹。进一步而言，用当今学人喜欢使用的叙事伦理的理念解析作品，“革命”和“爱情”在《红豆》中所占的比重，后者要远远大于前者，而且往往伴有细腻入微的景物描写、人物对白和心理刻画，具有强烈的个人化的体验。在表现革命的部分，则往往较为粗疏和一般化。北平解放前夕的政治氛围，和进步学生的抗争，对于江玫来说，都浅表化了一些，无法如她对爱情那样如醉如痴。

作者为了让江玫对“革命”获得切身的感受，写了物价飞涨生活窘迫，母亲生病无钱医治，写了母亲讲述父亲当年就是因为表达对国民党政权的不满而被捕被杀，这些因素对江玫在“革命”与“爱情”之间的徘徊，猛推了一掌。但是，也不足以让她放弃与齐虹的爱情。换言之，这就是那个古老的命题，理性与情感的冲突。情感不但是永远大于理性，而且永远无法被理性所规训。它只能是用更强烈的情感所替代，或者就留下情感的缺憾和伤痛。江玫的转向革命，更多的是出于理性的认知：和肖素的几次谈话；读肖素推荐的《方生未死之间》[①]；肖素为了帮助江玫凑齐给母亲看病的医药费，和几个同学去卖血筹款；母亲讲述父亲的失踪……但是，这样的经验，离宗璞自己是太远了。在现实中，宗璞的父亲冯友兰先生，曾经在30年代中期保护过清华大学的进步学生姚依林等；在新旧时代交替之时，没有随国民党政权退到台湾，却守护清华大学，将其完整地交到新政权手里；其政治倾向自不待言。宗璞自己的革命意识，也无须置疑。但是，在那个特殊的大讲血统论的年代，写到在精神气质上与作家自己有很多相像之处的江玫，却要让她的父亲早早牺牲，以此表明其投身革命具有血缘关系。这和杨沫写《青春之歌》的情况有些类似。杨沫自己出身于权贵家庭，母亲丁凤仪死后，因为变卖家产，杨沫还得到了一笔钱财。杨沫于抗战前后投身于革命的大潮，她写《青春之歌》中的林道静，在她身上投

① 《方生未死之间》是一部讨论文学的现实主义问题的论文集，收《方生未死之间》（于潮），《感性生活与理性生活》（项黎），《论生活态度与现实主义》（于潮），《生活的三度》（嘉梨），《论所谓“生活的三度”》（茅盾），《论艺术态度和生活态度》（项黎）等六篇。小雅出版社1947年版。

射了自己的很多情感和经历，却又在林道静的出身问题上煞费苦心，所谓“一半是白骨头，一半是黑骨头”：林道静的父亲是大地主，母亲却是佃农的女儿，被地主强行霸占，又在不堪忍受中投井自杀。于是林道静的革命，也获得血缘性的支持。不过，无论是宗璞还是杨沫，她们的相关描写，都让人觉得是“纸上得来终觉浅”吧。

《红豆》叙事伦理的“爱情”压倒“革命”，还体现在作品的一个个段落的情感落点上。小说的叙事方式，是将一个个生活的或者心灵的片段组接起来敷衍成篇。每一个片段在叙述中，都有一个着力点，形成各自的叙事顿挫。比如说，《青春之歌》的最后一章，要让已经成长为有经验的革命者的林道静，在继“一二·九”之后组织和带领北平大中学校学生进行“一二·一六”大游行的时候，回顾自己的成长道路，作品就出现了这样的段落：

“一边是神圣的工作，一边是荒淫与无耻。”道静的心里忽然响起了这句话，这时，在她眼前——在千万骚动的人群里面——卢嘉川、林红、刘大姐、“姑母”、赵毓青，还有她那受了伤的、刚才又像彗星一样一闪而过的江华的面庞全一个个地闪了过来；接着不知怎的，胡梦安那个狼脸、戴愉那浮肿的黄脸，还有余永泽那亮晶晶的小眼睛也在她眼前闪过来了。排山倒海的人群，远远的枪声，涌流着的鲜血，激昂的高歌……一齐出现在她的面前，像海涛样汹涌着。由于衰弱的身体加上过度的激动与疲劳，这时，她突然感到一阵眩晕，几乎跌倒。可是，她旁边的一个女学生用力抱住了她。虽然彼此互不相识，但是她们紧紧地拥抱在一起了。[①]

这里的两个人物系列，正好在林道静心目中形成壁垒分明的两个不同的阵营。他们似乎有些旗鼓相当，连文字篇幅也大体相等；但是，接下来，“排山倒海的人群，远远的枪声，涌流着的鲜血，激昂的高歌……一齐出现在她的面前，像海涛样汹涌着”，却明显地加强了正面的肯定性的力量，对胡梦安、戴

① 杨沫：《青春之歌》，作家出版社1958年版，第257页。

愉、余永泽们的阵容，产生极大的颠覆力；身边那个抱住林道静的女学生，则鼓舞着疲惫不堪的林道静继续投入勇敢的斗争。就是说，在交替地显示两种力量之角逐竞斗的时候，最后的天平倾斜、一锤定音，是具有决定性的意义的。

以此来看《红豆》，会发现一连串的有意味的安排。在“革命”与“爱情”之间，在肖素和齐虹之间，经常会有彼此交叉的平行叙事，作家的着力点何在呢？《红豆》的第一个关节点，是头戴着镶有两粒红豆的发夹的秀气雅静的江玫，在琴房外面偶遇齐虹，立即被他的俊秀容貌和沉浸在自我内心的神态所吸引：“他身材修长，穿着灰绸长袍，罩着蓝布长衫，半低着头，眼睛看着自己前面三尺的地方，世界对于他，仿佛并不存在。也许是江玫身上活泼的气氛，脸上鲜亮的颜色搅乱了他，他抬起头来看了她一眼。江玫看见他有着一张清秀的象牙色的脸，轮廓分明，长长的眼睛，有一种迷惘的做梦的神气。江玫想，这人虽然抬起头来，但是一定并没有看见我。不知为什么，这个念头，使她觉得很遗憾。”①

这种遗憾，显然是很有深意的。接下来，是肖素回到宿舍，和江玫谈话，还推荐一本《方生未死之间》给她看——这是一部关于现实主义的文学与生活关系的论文集，从谈论文学的战斗的现实主义入手，而不是政治性很浓的书籍，对喜欢文学艺术的江玫来说，这也是一种循循善诱吧。但是，在和肖素谈话中，因为谈到了齐虹，又引起江玫的思绪，“江玫也拿起书来，但她觉得那清秀的象牙色的脸，不时在她眼前晃动”②。请注意，这里是江玫与“个人主义者”齐虹、革命者肖素的第一次认真的相遇，两种力量同时牵引着她。依照作家的描写，在她的心灵的天平上，在朝哪一边倾斜？

后面一个情节，同样是如此。江玫跟着肖素和进步同学去参加红五月的诗歌朗诵会，江玫还充当了艾青诗歌《火把》的领颂者，直到晚会结束，她还沉浸在融入集体的快乐中。肖素想趁热打铁，澄清是非，加大她和齐虹之间对集体、大家的不同认识的差距，让她迷途知返，不料却招致她的愤怒和爆发：

① 宗璞：《红豆》，《宗璞文集》第2卷，华艺出版社1996年版，第4页。

② 宗璞：《红豆》，《宗璞文集》第2卷，华艺出版社1996年版，第6页。

“你怎么能这样说他！我爱他！我告诉你我爱他！”江玫早忘了她和齐虹之间的分歧，觉得有一团火在胸中烧，她斩钉截铁地说，砰的一声关上房门，到走廊里去了。[①]

面对如此使气任性发小姐脾气的江玫，肖素无可奈何，只好用要她修改和抄写壁报文章的事由转移话题缓解紧张气氛。再有，江玫参加北京学生的反美扶日大游行，充当一名救护队员，在激情与热血消退之后，情不自禁地思想开了小差：“在民主广场举行了群众大会，有几个教授讲演。也许是累了，也许是别的原因，江玫觉得思想很不集中，那种兴奋和激动已经过去了。她惦记着那黄昏笼罩了的初夏的校园，惦记着自己住的西楼，说得更确切些，她是惦记着那在西楼窗下徘徊的那个年轻人。天知道他会急成什么样子，会发多么大的脾气，会做出怎样的事来！她把肩上挎的药包紧了一紧，感觉到一阵头昏。”[②]

这真是，此情无计可消却，才下眉头，却上心头。等他们结束游行回到校园，知道齐虹歇斯底里地疯狂发作，砸碎江玫宿舍的窗玻璃和茶杯，肖素再一次要求江玫和齐虹划清界限，“忘掉他”。江玫回答说：“忘掉他——忘掉他——我死了，就自然会忘掉。”[③]

如是者三。江玫的思想逐渐进步起来的过程，每一步都是要牵扯到齐虹，每一次似乎都给了江玫表达执拗爱情的机会。反之，在占据作品主要篇幅的江玫与齐虹出现的场合，不时会出现关于肖素和相关的话题。最重要的一次，是在肖素被捕以后，江玫闻讯追赶出去，追到学校门口，却一时晕厥，倒在齐虹的怀里。由此他们为肖素发生争执：

“我又惹了你吗？玫！我不过忌妒着肖素罢了，你太关心她了。你把

---

① 宗璞：《红豆》，《宗璞文集》第2卷，华艺出版社1996年版，第11页。

② 宗璞：《红豆》，《宗璞文集》第2卷，华艺出版社1996年版，第19页。

③ 宗璞：《红豆》，《宗璞文集》第2卷，华艺出版社1996年版，第20页。

我放在什么地方？我常常恨她，真的，我觉得就是她在分开咱们俩——”

“不是她分开我们，是我们自己的道路不一样。”江玫抽噎着说。[①]

在这样的场合，江玫并没有像前面写到的那样，因为肖素抨击齐虹就冲出房间拒绝对话。在这一段落中，齐虹很快地把话题引到要出国求学，动员江玫与之同去。在江玫这里，肖素在她心目中的分量固然很重，却是远不能和齐虹相比较的。

还有作品结束处最后一个有效情节，歧路相别。肖素被捕以后，为了保持角力双方的力量均衡，为了和齐虹争夺江玫，江母及时地说出了江父死亡的秘密。这是江玫彻底觉悟中非常重要的一笔，她获得了家庭、血脉的传承而革命意志更加坚定。试想一下，作品就此打住如何？就像林道静的最后一场戏一样，疲惫至极的林道静倒在一个不认识的女同志手臂上，从那里获得了有力的支持，这既有合理性，也使《青春之歌》的局部和全书一样，保持了积极向上的高亢激扬。但是，宗璞并没有就此罢休。江玫和齐虹的痛苦的爱情仍然在延伸，先是双双说出了宁愿对方死亡而不愿彼此分离和爱情蜕变的刻毒誓言——一个“压低了声音，一字一字地说：‘我恨不得杀了你！把你装在棺材里带走！’”一个回答说：“我宁愿听说你死了，不愿知道你活得不像个人。”在这里，他们的感情显然是超越了生与死的，宁肯对方死去，也不愿意放弃自己的挚爱情感。到故事的结尾，齐虹带着身体强壮的司机来见江玫，本想将她强行劫持带上飞机，一道离去；事到临头，还是主动地放弃了。不是不可为，而是不忍为。他知道强行带江玫出国，“你会恨我一辈子”。江玫也没有断然地发表“决裂宣言”，没有说出任何伤害齐虹的话语：

江玫想说点什么，但说不出来，好像有千把刀子插在喉头。她心里想：“我要撑过这一分钟，无论如何要撑过这一分钟。”她觉得齐虹冰凉的嘴唇落在她的额上，然后汽车响了起来。周围只剩了一片白，天旋地转

① 宗璞：《红豆》，《宗璞文集》第2卷，华艺出版社1996年版，第22页。

的白，淹没了一切的白——

她最后对齐虹说的一句话就是："我不后悔。"[①]

以此，我们就会明白，何以在"我不后悔"这句软弱无力的告别辞后面，让人读出那么多的辛酸，何以我们会觉得姚文元从"我不后悔"中读到"永怀着她的悔恨"是"于我心有戚戚焉"了。

打不断荒丘绛帐传弦歌，改不了箪食瓢饮颜回乐。[②]

宗璞是一个以塑造知识分子形象见长的作家。她的文学创作，除了60年代前期的《桃园女儿嫁窝谷》等几篇乡村掠影，倾其毕生的心血，都是在为20世纪的中国知识分子进行精神造像的。江玫（《红豆》），乐珺（《弦上的梦》），梅菩提、慧韵、方知（《三生石》），韦弥（《我是谁？》），米莲予（《米家山水》）等，个个鲜活生动，灵性十足。《野葫芦引》更是大规模地描写了几代知识分子，吕清非、凌京尧、孟樾（孟弗之）、秦巽衡、庄卣辰、白礼文、江昉、钱明经、卫葤、雪妍、澹台玮、峨（孟离己）、嵋（孟灵己）、殷大士等，在抗日救亡的战争年代，在国难家仇面前的艰辛生存和不悔选择。诚如宗璞的清华大学同学资中筠所言："抗战时期中国高等院校的艰苦历程、一大批中国知识分子精英所经历的炼狱的考验、所体现的民族魂和难以再现的独特的风骨，本身就是一部史诗。能有这样的亲历、这样的视角，还有这样的妙笔，以小说表现出来，方今健在者中不作第二人想。"[③]

表现西南联大的长篇小说《野葫芦引》系列，拟想中共有四部，《北归记》尚在写作中，目前已经问世的是《南渡记》《东藏记》和《西征记》。它以名为嵋的少女的成长经历为线索，从日军侵占北平前夕写起，一直写到抗战胜利之际的昆明。嵋生长在一个五口之家，父亲孟樾是明仑大学的著名教授，

① 宗璞：《红豆》，《宗璞文集》第2卷，华艺出版社1996年版，第29页。

② 宗璞：《东藏记·间曲》，《东藏记》，人民文学出版社2001年版，第359页。

③ 资中筠：《高山流水半世谊——宗璞与我》，《钟山》2005年第6期。

母亲吕碧初充当了贤内助的角色，此外还有姐姐峨和弟弟小娃（孟合已）。这仍然是一部充满了选择之沉重的作品。抗日战争爆发后直到40年代中期，民族危亡和个人取舍，对每一个处身其间的人来说，一直是非常严峻的难题。虽然这部系列长篇小说所描写的战争年代与宗璞的中短篇小说所描写的当代中国的社会生活有很大差异，但它却贯穿了宗璞小说的一贯主题，知识分子在艰难时世中的命运和抉择。

在20世纪的历史进程中，波澜迭起，风云多变，人们习惯地称之为“每十年必有大事发生”。每一次的社会动荡，都需要人们，尤其是承担着巨大的道义责任的知识分子做出明确的选择。与这选择伴随着的，不但有自负和自许，更有意料之中和意料之外的血泪和哀伤。在宗璞和其父亲冯友兰两代人的生命经历中，都有过几度面临的非此即彼的人生选择，即以《红豆》所表现的江玫与齐虹之间走与留的选择与冲突而言，它不但是表现在50年代的宗璞笔下，在她新时期以来的小说中，也曾经反复呈现。《核桃树的悲剧》中的柳清漪与丈夫王家理，《三生石》里少女梅菩提和她恋慕的邻家那位会拉小提琴的身材修长的研究生，《朱颜长好》里的慧亚和有着一双黑眼睛的琦，都经历过女主人公选择留在大陆，男主人公远走他乡的无奈和怅惘。只不过，在经历过世事沧桑之后，他们之间没有了江玫和齐虹那样鲜明的政治色彩和主观褒贬，作家的笔墨更多的是在倾诉时隔数十年之后那种惆怅而挥之不去的情愫，是在延续着《红豆》的时间和情感的脉络，展现“选择以后怎样”的代价和哀伤。但是，她们并不反悔，并没有否定自己早先的选择，江玫的“我不后悔”的宣告，没有被改写。

与之相形的是作家一以贯之的庄重的责任感。20世纪80年代初，宗璞在《宗璞小说散文选》的后记中写道：“书中的许多文字都不止一次地出现在我的梦寐之中。但它究竟能给读者什么呢？我不知道。事物总是在前进的，我们的面前有着一重又一重的矛盾，头顶上悬着一道又一道的难题。在人生的道路上，每个人都不断经过一个又一个的十字路口。这本小书，若能为徘徊在十字路口的人增添一点抉择的力量，或仅只减少些许抉择时的痛苦，我便心安。”[①]宗璞所言的选择的核心——它并非一劳永逸，并非截然两分，而是要求一个人有足够的坚强，能够支持其选择之后的承担。

是的，无论是回望历史还是关注现实，宗璞都是有所担当的。80年代后期写作《南渡记》，张扬面对生死危亡之际的凛然气节，其时正是社会现实和文坛从理想主义向庸常凡俗的世俗生活转换时期，宗璞的选择是非常明确而坚定的。在反驳批评者认为她选取了“史诗”而拔高生活，过于“抗战化”，却遗失了“凡俗”的生活情趣的指责时[②]，她明确指出，在日军威胁利诱下以身殉国的吕清非老人，“在有些人看来很假，这种情况并不少见”“也有人认为他太单一平面，所以不美。我并不认为这个人物写得怎样成功，但他表现了一种民族精神。他生存的主要目的在于他的理想，而不在于他的‘凡俗’。如果连吕清非这样平凡的人都觉得太拔高，又怎样理解舍生取义的文天祥，愿割去自己好头颅的谭嗣同”[③]？在这里，宗璞所辩护的，已经不是一个文学人物，而是如何理解“那种席卷一切的感情。上下一心，同仇敌忾。那是全民族的灾难，也是全民族的觉醒（一定限度）和动员”[④]。我们也可以补充说，著名学者陈寅恪的父亲陈三立老人，就是像吕清非一样，在北平沦陷之后拒绝逃难，也拒绝投降，五日不食，忧愤而死。生活本身的创造力，其实远远大于文学的想象力。就说宗璞回忆中说到，为了激励士气，西南联大的师生们曾经在日军飞机轰炸过后的弹坑里授课，今天就确实会感到匪夷所思吧。

在宗璞写作《野葫芦引》的二十余年间，正是中国大陆市场化转型的嬗变时期。对凡俗生活的精心描述伴随着对理想主义的轻蔑嘲弄，与物质欲望的无限膨胀相对应的是精神价值的失落。市场化时代对教育体制的冲击，使得高校中的学者教授，在许多作品中都成了被嘲笑、被贬斥的对象。调侃和漫画的

① 宗璞：《宗璞小说散文选·后记》，北京出版社1981年版，转引自《宗璞文集》第1卷，华艺出版社1996年版，第333页。

② 马风：《论宗璞的史诗情结——对〈南渡记〉文体的一点质疑》，《文学评论》1990年第4期。

③ 宗璞：《致金梅书》，《宗璞文集》第4卷，华艺出版社1996年版，第328页。

④ 同上。

笔法，大有远绍《儒林外史》之况味。宗璞对此并不陌生。相反地，她颇有些逆水行船的悲壮。在一次访谈中，她就指出："对于知识分子的看法，我觉得还可以说几句。最近出了一本小说叫《桃李》，听说就是一部当代的'儒林外史'。我觉得知识分子当然也存在很多缺点，但我是从比较正面的角度去写的，像我写《南渡记》与《东藏记》，还是把知识分子看作'中华民族的脊梁'，必须有这样的知识分子，这个民族才有希望。那些读书人不可能都是骨子里很不好的人，不然怎么来支撑和创造这个民族的文化？"①

在这样一个以解构和颠覆为时尚的时代，确实是毁弃容易建设难。诸多社会现象，诸多不良行为，昭示着包括知识分子在内的众多国人，正在丧失道德底线，诚和信遭受巨大的冲击，颇有滔滔者天下皆是的气象。在这样的时候，谈气节，谈精神追求，诚其难哉。宗璞却顽强地在做"加法"，在进行精神的建构。她的坚信，来源于她在少女时期目睹的父兄辈的慷慨悲凉，来源于中国现代教育史上那瑰丽的一页，西南联大的赫赫业绩。在《野葫芦引》系列中，宗璞对三代知识分子的描写，都是将他们置于民族和个人的十字路口上，考察他们的心灵，展现他们的选择及其为这种选择所付出的沉重代价。曾经的政坛人物吕清非老人以自杀拒绝出任伪职，死后仍然不得安宁，被日军责令不得保存遗体，连骨灰都不许保留。贪图生活享受的大学教授凌京尧经历了种种酷刑，尚且能够撑得住骨气，但面对被一群狼狗撕咬吞噬的威胁，终于向日军低头屈服，成为文化汉奸。孟樾和明仑大学的同仁们跋山涉水前往云南重建大学，承受了战时的物资匮乏和精神的压抑（既有对民族危机的巨大焦虑，也有来自国民政府及各种政治势力的掣肘），培育出一批优秀人才。青年有为的教师、中共地下党员卫葑抛舍新婚的妻子，接受上级指令远赴延安，此后，无论是在根据地对知识分子遭受的不信任和不公正待遇有切肤之痛，还是辗转来到昆明重回校园而低回婉转，他都无法觅得一方安妥心灵的空间。他的妻子凌雪妍，无法承受父亲附逆的惨痛事实，踏上了千里寻夫的艰苦途程，待到夫妻团聚，而且终于孕育出爱情的果实，却在为小儿洗衣物时溺水而亡。更年轻的

① 贺桂梅：《历史沧桑和作家本色——宗璞访谈录》，《小说评论》2003年第5期。

一代，是在战乱和流亡中长大的。峨因为爱情的频频受挫，到了大理苍山做植物研究工作者；嵋和李之薇，两个女大学生，以志愿者的身份参加远征军，走向战场；澹台玮更是在滇西大反攻中血洒疆场……时移世易，今天生活在日常生活情境中的人们也许已经很难接近那些历史往事并产生强烈的认同感。对此往事，宗璞的父亲冯友兰先生，曾经充满劫后辉煌地自豪写道：“稽之往史，我民族若不能立足于中原，偏安江表，称曰南渡。南渡之人，未有能北返者：晋人南渡，其例一也；宋人南渡，其例二也；明人南渡，其例三也。‘风景不殊’，晋人之深悲；‘还我河山’，宋人之虚愿。吾人为第四次之南渡，乃能于不十年间，收恢复之全功，庾信不哀江南，杜甫喜收蓟北，此其可纪念者四也。”[①]但是，没有那些在几乎是令人绝望的环境里仍然信守民族志气、仍然传承文明薪火的人们，中华民族如何能够经受得住如此巨大的灭顶之灾，那一段历史又会如何构成、如何书写呢？

“何况是野葫芦，更何况不过是‘引’”[②]

也许如宗璞所言，历史的书写，并不是历史自身，“葫芦里不知装的什么药，何况是野葫芦，更何况不过是‘引’”[③]。这段话写在1987年。时隔近二十年，宗璞再次辨析历史与文学的差异：“说‘雾里迷踪’，就因为历史是个哑巴，人本来就不知道历史是怎么回事，只知道写的历史。但是写的历史，要尽可能是那么回事。把人生还是看作一个‘野葫芦’好，太清楚了不行，也做不到。”[④]

那么，纠缠在宗璞作品中的历史与现实之间难以对接的问题，也是历史记忆与社会现实之间难以融通的问题是什么呢？

---

① 冯友兰：《国立西南联合大学纪念碑文》，《三松堂全集》第14卷，河南人民出版社2001年版，第154页。

② 宗璞：《南渡记·后记》，《南渡记》，人民文学出版社1988年版，第289—290页。

③ 同上。

④ 贺桂梅：《历史沧桑和作家本色——宗璞访谈录》，《小说评论》2003年第5期。

宗璞对于父亲冯友兰的情感，除了父女情深，还有对其思想学说的倾心崇敬。但是，在宗璞这里，她也和乃父一样，遇到了20世纪以来传统文化必须面对的新的冲击和挑战。

在《三松堂岁暮二三事》中，宗璞讲到了冯友兰先生自撰自书的一副对联："阐旧邦以辅新命，极高明而道中庸"。"他后来一再提出，'旧邦新命'是现代中国的特点。中国有源远流长丰富宏大的文化，这是旧邦；中国一定要走上现代化的道路，作并世之先进，这是新命"[①]。这样的文字，也在宗璞的其他作品中几次出现，可见其对宗璞影响之深。不知是否可以说，《野葫芦引》及宗璞80年代后期以来的作品，其实都有隐含着用文学的方式传承冯友兰先生所致力的传统文化精神。进一步而言，宗璞传承了冯友兰先生的文化理想。在她的文字中，儒家的仁学精神，为往圣继绝学，为万世开太平，旧邦新命，以及独善其身的操守，是弥散于其作品中的。还有就是庄周和禅宗的淡泊自处，看破祸福，于日常事物中悟道。如宗璞一再地引述冯友兰先生喜爱的两首唐诗，李翱的两首诗——"练得身形似鹤形，千株松下两函经，我来问道无馀说，云在青霄水在瓶。""选得幽居惬野情，终年无送亦无迎，有时直上孤峰顶，月下披云啸一声。"宗璞这样写道："父亲的执着顽强，那春蚕到死，蜡炬成灰，薪尽火传的精神，后面有着极飘逸、极空明的另一面。一方面是儒家'知其不可而为之'的担得起，一方面是佛、道、禅的'云在青霄水在瓶'的看得破。有这样的互补，中国知识分子才能在极严酷的环境中活下去。"限于篇幅，我们无法在这里展开这一命题，只要想一下，《三生石》篇名和梅菩提、方知、韦弥等人名中的佛心禅意，以及梅菩提那种因祸得福、喜得佳婿的命运，就可以窥得一二了。

但是，传统文化在今天，正面临着大浪淘沙的挑战。近现代中国遭遇的数千年未有之大变局，并非往圣绝学、旧邦新命所能够索解的，暴力革命、流血政治、文化倾覆等，也不是清静无为、顺乎自然的庄禅哲学可以容纳的。恰恰相反，一是世界文化思潮的滔滔滚滚不择地而涌流，冲决了中国的封闭的思

① 宗璞：《三松堂岁暮二三事》，《宗璞文集》第1卷，华艺出版社1996年版，第64页。

想闸门，并且激发出与“全盘西化”相对应的对中国本土原创性精神的呼唤；二是社会现实中从“革命”到“告别革命”，从市场经济和价值缺失到“和谐社会”的倡建，都在揭示着时代的文化困境。如何将传统文化进行创造性的转变，从新儒家，到新国学，乃至后工业文明，和对《论语》进行新说，都在以不同路径做这样的工作，又都没有让人看到这种追求会有什么令人信服的成果。领悟到这一点，宗璞也就不必为其作品与时风的相隔而困扰，有些问题，的确是非人力所能解决的。

原载《文学评论》2011年第6期

问候·祝福·回忆

——编余琐忆：宗璞印象记

徐兆淮

前些时候，不经意地从报刊传媒上连续读到两篇关于宗璞近况的文章。一篇是宗璞所写的《新春走笔话创作》，另一篇是肖鹰所写的《宗璞的文心》。宗璞曾是《钟山》的老作者，我曾是她作品最早的读者与编者。于是，退休多年的我不由自主地便翻检出一些旧日与她有关的期刊与往来书信。阅读这些期刊与书信，我遂情不自禁地勾起对这位老作家的某些片段记忆。我知道，这些记忆虽无多少文学史价值，但对研究宗璞的创作或许不无裨益。故我不揣浅陋，写下这些文字。

无论是作为责任编辑，曾经编发过她的几篇小说和散文，还是在十年“文革”中，曾经目睹过她遭难的瞬间印象，宗璞在我心目中都是一位值得记忆和评论的作家。尽管，作为文学编辑，我已退休多年，与她往日的接触与拜访已经逐渐模糊。但如今翻检旧日书刊影集，仍不免会勾起我对这位年过八旬的女作家的片段记忆，及为人为文的真切印象。

原来，早在四十多年前，我大学毕业刚分配到社科院（前身为哲学社会科学部）文学所时，我即知晓，这位名门才女的名作家就写过题为《红豆》的小说，并曾受到过不公正的批判。而给我印象最为深刻的则是，“文革”初期，她在王府井附近一家剧场内，陪着一大批“走资派”“反动学术权威”遭批斗时的情景——时年38岁的宗璞也被戴上纸帽子、挂着黑牌子，默然肃立于一大批名人学士队列中，遭受凌辱、呵斥和批斗。置身会场台下，时值26岁的我，当然也弄不清，仅仅大我12岁的她，究竟是因为出身名门，抑或是因为写作了《红豆》，而付出如此沉重的代价。

上世纪60年代中期，当我在社科院文学所从事当代文学研究时，我阅读过同在社科院工作的宗璞写于50年代中期的著名短篇《红豆》，之后又在“文革”初期目睹了宗璞被陪绑批斗的情景，我自然想不到日后会找她组约稿件。可是，待到20世纪80年代初期我调回江苏，从事、参与《钟山》编辑工作时，特别是得知宗璞创作的《弦上的梦》与《三生石》荣获全国优秀中短篇小说奖时，我便不由得将关注的目光转向了这位出身于书香门第的女作家。作为一名文学期刊的热心编辑，早在上世纪80年代，我即意识到，要想成为优秀的文学编辑，他不仅要发现、扶持卓有才华的青年作者，自然更需追踪、关注那些创作力旺盛且富于创作特色的中年作家。事实上，创办于上世纪新时期之初的《钟山》杂志，正是首先把主要的组稿方向定位于那批“右派”作家和知青作家的。由于那时节，大多数作家和编辑家中无电话、电脑之类的现代通信工具，于是，主要的组稿方式，便是编辑对作家先采取写信联系，表达问候约稿之意，然后接着便是对对刊物感兴趣的作家作家庭拜访、登门求教。为了联络感情，相互沟通，尽快求得作家的支持与赐稿，《钟山》还多次在风景区举办文学笔会活动，邀集、吸引一些优秀作家前来与会。这当是《钟山》办刊者的文学追求，也是上世纪80年代的文学风景。

其实早在1980年的春日前后，我即对宗璞作过首次家庭拜访。记得她家居住在北大一个叫作燕南园的院落里，园内树木葱茏，花草扶疏，走进书房，顿时感受到一种书香飘逸、文静安详的气息。那分明是一种适于读书写作的世界，而出现在我眼前的宗璞，则更然是一位执礼甚恭、待人和善的中年女知识分子，言谈举止间分明流露出淡淡的书卷气，和一种大家闺秀的精神气质。当我以一个读者的身份谈及对她写于50年代的代表作《红豆》的阅读感受，又以《钟山》杂志的编辑身份约请她为刊物写稿，并邀请她参与《钟山》即将举办的太湖笔会，尤其是得知我曾在社科院文学所工作过的经历时，她便欣然应允了。

按照我的理解，新时期文学的一个重要特色便是，作家与刊物之间业已初步打破原先的组约稿件的潜规则：作为一家地方省级刊物的《钟山》，向首都著名作家集中组约稿件，实行期刊与作家之间的双向互利的办刊方针。于是，我们充分利用新时期的文学和第四次文代会所开创的民主自由空间，采取各种组稿方式，大胆向京中著名作家组约稿件，力争把《钟山》办成国内有影响的文学刊物。应当说，这是《钟山》办刊者的自觉追求，也是开放的时代为《钟山》及其办刊者，提供的便利的条件。

具体说来，为了组约京中著名作家宗璞的优秀作品，作为办刊者我们先后采取了一些特殊措施，除了对著名作家求贤若渴式的家庭拜访之外，又特地利用大型刊物的版面优势，在刊发作家作品的同时和不久，即以专栏方式组发对作家新作的评论和作家的创作谈，既及时向广大读者推荐了作家的新作，增进了作家与读者之间的沟通、理解，又扩大了作家及其新作的影响。

在我的印象中，记忆所及，自《钟山》1979年创办以来，宗璞曾先后向刊物惠赐过三篇短篇小说和一篇散文，又曾先后给我和编辑部写过五封往来书面通信。大约就在我对她作过家庭拜访过后，她即寄来一篇短篇《蜗居》，随即刊发在1981年第1期刊物上。如果说，按我的理解，宗璞的小说创作，原就有现实主义和超现实主义（亦可说，是现代主义）两副笔墨两套创作路数（上世纪80年代初期，超现实主义文学潮流，尚不被理论界所认可），那么《蜗居》显然不同于《弦上的梦》，大抵属于后一类小说的尝试之作。

大约正是为了推荐宗璞这类小说的创作尝试，《钟山》在发出《蜗居》之后不久，旋即就在同年第4期上组发了青年学者赵宪章所写的评《蜗居》一文——《梦幻·现实·艺术》，对作者在此文创作中借鉴西方现代派艺术的某些特色，作了阐释和肯定。正是编辑部的这一举措，引来了宗璞先生的一封讨论创作的来信。她在信中饶有兴趣地写道："我一直在考虑创作方法多样化的问题。现实主义概括不了文学史，当然概括不了现在和将来。但我们现在连浪漫主义都不提，更不要说现实主义，等等。"我以为，这是刊物与作者友好合作的开始，也为我们今后的友谊与合作，提供了坚实的基础。当然，这大约也是探讨宗璞小说创作难得的资料。

根据我的办刊理念，我认为，不管是创办一流文学期刊，还是创办一家有个性特色的期刊，都需拥有一流的作家队伍（包括创作与评论），并不断地培养、推出这一批有才华的文学新人，而要想有效地吸引、打造这一作家队伍，就需要不断地推出新的文学专栏，举办能吸引作家目光的文学活动，倡导并推动新的文学潮流。几乎紧接着《蜗居》的发表，《钟山》在1982年第3期上又以“作家之窗”专栏，向读者隆重地推出了宗璞的短篇新作《核桃树的悲剧》，并同期发表了华师大青年学子方克强、费振刚评介宗璞近作的论文《迈在探索和创新的路上》，及宗璞给方、费两位青年评论新秀的信件。

在作者的笔下，核桃树连接着一个人的命运，维系着一个家庭的情感。因而，核桃树的命运归根到底，也便牵连着一个社会一个时代的命运和情感。故而从本质上说，核桃树的悲剧，便是一个社会一个时代的悲剧。看似柔弱的清漪、阿岫母女俩，实则坚强高贵得很。宗璞在《核桃树的悲剧》的创作中，就这样以舒缓洗练的笔调，以沉郁悲痛的氛围，不仅充分显示了80年代的“伤痕”“反思”文学的某些思想特色，也较早地表明她在艺术创作上，尤其是在传统小说和现代小说的观念与技巧的融汇上，所作出的成功尝试。比起在高行健、李陀等人的倡导下，中国文坛80年代中期所兴起的先锋小说潮流来，她或许一点也不落后。只是，她不喜欢大轰大嗡，闹出大动静大声响而已，她更喜欢独自默默地走自己的创作之路。

显然，同样是写“文革”，同样是伤痕文学，宗璞早期作品却与刘心武的小说，无论是在内容与形式上，还是在思想凝聚点或艺术风格上，均有很大的不同。心武的《班主任》《爱情的位置》显得更为明快简洁，具有思想冲击力度，而宗璞的小说则更显得雅致蕴藉、精美细腻，更具丰厚的学养和艺术感染力。即使把宗璞的小说与同时期其他活跃的女作家相比，宗璞也自有自己独特的风貌。

在新时期涌现的作家群中，宗璞原本就是一个默默创作不事张扬的作家。她的学者型气质与独特个性又让她宁愿独自默默写作，也不愿以团体或流派的面貌出现文坛之上与读者面前。但她的创作成就和独特风貌，却是不容忽视，甚至是值得推崇的。因而1982年在发表《核桃树的悲剧》的同时，编辑部又特地发表了华师大两位青年学子方克强、费振刚评论宗璞创作的论文《迈在探索和创新的路上》，较早地也较全面地论述了宗璞的早期小说创作，并对宗璞的创作探索，作了较充分的肯定和较细致的分析。这篇论文实可视为对宗璞早期创作稍有分量的研究文章。

出于对宗璞谦和淡定个性的尊重，事前我曾将方、费两位的论文推荐给宗璞看看，企盼得到她的支持与指教。未料很快就得到了她的回音——她给方、费两位写了一封言辞恳切的回信。信中写道："收到十一月十九日信，很为我们七七级大学生的水平高兴，也为你们对作品的了解高兴。你们对我作品写的是什么和为何写的理解，大体来说是正确的。……我以为艺术都应给人想象、思索的天地。应该'言有尽而意无穷'。中国诗特别有些长处。我很注意作品的'余味'。你们讲的美学道理很好。……甚望指出不足，以资长进。"接到她的这封来信，我们遂知，这次的专栏策划总算成功了。

继《核桃树的悲剧》之后，宗璞还在《钟山》上发表了两篇作品，这就是1992年的短篇《一墙之隔》和1995年的短篇《题未定》。2004年，我从《钟山》正式退休之后，就再也未见过她了，也失去了与她的书信联系。但我始终并未忘记这位曾给我，给《钟山》很多支持与帮助的女作家。我仍关注着她与她的创作讯息。最近，当我得知，这位年过八十又疾病缠身的老作家仍在为她的《野葫芦引》系列长篇的最后一部《北归记》而继续笔耕不辍的情况时，我不禁对她感佩不已。

感佩之余，我不禁又翻检出三十年前，宗璞参加《钟山》太湖笔会时所留下的与汪曾祺、刘心武等人的合影照片，及二十多年前的一个冬天，我趁全国文代会召开前往组稿时，在招待所与她与张洁、李陀等人的合影。那时照片上的宗璞正端坐在前排座椅上，面庞上露出一贯谦和大度的笑容。近日读到她在《新春走笔话创作》的一篇短文中所说："我的工作像蚂蚁衔沙，一粒又一粒，只希望能使写的历史向真实靠近。若能有一点作用，我便心安。"此刻我不由得对这位文学老人肃然起敬，我愿在此预祝她的新长篇顺利完稿，也祝愿她老人家健康长寿、创作丰收。据我所知，正在呕心沥血写作《野葫芦引》长篇系列最后一部的宗璞，如今已是八十有三的耄耋老人了，我更愿在此以一个老读者、老编辑的身份，向她老人家发出来自远方的问候。

原载《扬子江评论》2012年第1期

从“玻璃瓶”到“野葫芦”

——宗璞的第一篇小说和她爱情书写的诗学特征

孙先科

第一篇小说发表于何时何处?

宗璞的第一篇小说是什么？发表于何时何处？小说叙述了一个怎样的故事？对于一位还健在的当代作家来说，这样最基本的史料学问题应该是极容易回答的。但事实上，答案并不确切，甚至有些混乱。作者本人能够肯定地说出第一篇小说的名字，但对于出处和小说内容却记忆、表述有误，导致以讹传讹者颇多。

在接受女作家施叔青访谈时，宗璞说：“上大学时在天津《大公报》发表了第一篇小说，笔名绿繁。那时我在学法文，小说名字叫《A.K.C.》，法文‘打碎’的意思。故事讲的是一个小女孩把信装在瓶里要男孩打碎，男孩不懂，错过了，后来他一直在遗憾中度日。”[①]

在《说虚构》一文中，宗璞又说：“1948年，我写第一篇小说，刊登在天

① 施叔青：《又古典又现代——与大陆女作家宗璞对话》，《人民文学》1988年第10期。

津《大公报》上，内容是编造的爱情故事。现在这篇小说找不到了，它的价值不大，并不让人太遗憾。有趣的是这篇小说的题目，可以提一提。这题目用的是法文，“A.K.C.”。当时我正在上大学，法文是我的第二外语。”还说：“‘A.K.C.’是 àcasser的谐音，意思是打碎它。小说中男主角送给女主角一件瓷器，上面刻着‘A.K.C.’，但是女主角舍不得打碎它，就没有得到藏在其中吐露真情的信。两人错过了，成为终身之恨。”①

很显然，这里对故事内容的复述发生了颠倒：写信留下谜语的变成了男主角，但没有“打碎”瓶子而错失机会的变成了女主角。这段文字提供了另一个重要信息，即小说发表的时间——1948年。但很遗憾，这是一个错误的时间信息，这是导致“小说找不到了”，导致《宗璞文集》对此事的记录只能将错就错，致使其他研究者以讹传讹，致使作者对故事的复述前后不一的根本原因。

准确的信息是：《A.K.C.》分上、下两部分分别发表于天津《大公报》1947年8月13日和20日，署名绿繁。故事发生在法国巴黎，女主角波娃莉小姐是一个美丽、天真、无忧无虑的少女，父母挚爱，朋友众多，在一个温暖和谐的环境中长大。有一天，她在一个宴会上认识了一位态度谦恭、行为方正的年轻人，两人互生好感，渐生情愫。但是，两人都沉默着，不首先表达爱情。直到有一天，两人相约游湖，少年交给波娃莉小姐一个精致的玻璃瓶后，远离家乡，从此音讯杳无。波娃莉小姐在等待和怀念中渐渐枯萎、老去，拒绝了其他人的求婚，父母也先后去世了。她把小玻璃瓶像圣物一样放到一个丝绒袋子里供奉起来，寄托着自己的爱意与思念。一天，邻居家的小男孩不小心打破了小玻璃瓶，在玻璃的碎片中，波娃莉小姐发现了一张纸条，正面写着：“你愿意交给我你的手和心吗？”反面是：“希望你能在一星期内告诉我‘可以’，过了七天，就表示我将有不幸的一生，也不必再用你的笔迹，来催促我走向灭亡了。”在玻璃瓶底上还有三个字母：A.K.C。波娃莉小姐反复念叨着A.K.C.，她突然领悟，A.K.C.即是法文 àcasser的缩写，意思是“打碎它”。明白了事情

① 宗璞：《宗璞文集》第四卷，第299页，原载《读书》1994年第10期，编者改题为《虚构，实在很难》。

真相的波娃莉小姐晕了过去。

宗璞自己说，这是一个“编造的爱情故事”，“它的价值不大”，找不到它，“并不让人太遗憾”。从小说的内容来看，故事的成立主要立足于一个悬念、巧合与误会，即少年将求爱的信息放到了玻璃瓶中，而波娃莉小姐恰好错过了阅读它的时机，因而造成一对有情人不能成眷属的爱情悲剧。这样的故事套路是中外古今感伤爱情故事司空见惯的，作者说是“编造的”“价值不大”，是有道理的。但是，完全抹杀这篇小说的价值是错误的。甚至可以说，这篇小说的价值不可低估，尤其是将它放到宗璞爱情小说创作的整个序列和谱系中，从发生学的意义上去看它，它的价值更是非同小可，宗璞此后的爱情小说创作在很多方面受到这篇小说的影响。或者换句话说，这篇小说中的诸多元素，如故事、主题、叙述方式、情调与美感形态等在她以后的小说中反复呈现。本文通过解读宗璞的第一篇小说及其和以后作品的关联，一是疏通宗璞小说创作的脉络，更完整、更清晰地呈现宗璞小说创作的内在联系和整体风貌。二是从这篇小说开始，宗璞在人生和爱情认知方面就体现出了神秘感与悲剧姿态，并一以贯之地运用于她以后的小说创作，由此形成了她在爱情书写上的独特气质与特殊内涵，在整个当代文坛都独树一帜。因此，将包括第一篇小说在内的她的爱情小说创作作为一个自洽的整体，挖掘、阐释宗璞爱情小说的特殊气质与内涵从某种意义上既能见出她所有小说创作的某些端倪，甚至还能切换到更宽阔的文学史领域和美学领域，牵引出更具学术意义的命题。

“人生不如意事常八九”

《A.K.C.》的故事背景在法国首都巴黎，主人公是两位法国青年男女。但是“异域”色彩更像一副面纱，用以制造神秘的氛围或者用来遮挡故事与作者之间的联想关系。面纱下面的故事却是人类性的，在各个民族、各种文化和文学中都司空见惯：情窦初开的少男少女因为羞涩或某种禁忌不敢公开向对方表达爱情，延宕造成误会或者某种外力的介入导致相爱的双方劳燕分飞，爱情成为一种永远的痛。“两人错过了，成为终身之恨”，作者自己脱口而出的这句话，既是对这篇小说言简意赅的总结，事实上也成为她此后爱情小说甚至是所有涉及爱情经验的一个常规模式，“两个人错过了，成为终身之恨”，换成一个更通俗、简约的说法——“有情人难成眷属”成为宗璞爱情话语在故事层面上最显著的“症候”。

《红豆》是宗璞在新中国成立后创作的第一篇有重大影响的小说，也是继《A.K.C.》之后又一篇涉及爱情描写的作品。尽管如作者所说：“我写的其实是为了革命而舍弃爱情，通过女主人公江玫的经历，表现了一个小资产阶级知识分子怎样在革命中成长。”表达的是“爱情诚可贵，甘为革命抛”[①]的宏大主题，但不可否认的是，江玫与齐虹之间“有情人难成眷属”的爱情故事及其悲剧结局成为这篇小说让人唏嘘不已、难以忘怀的重要原因之一。洪子诚先生说，《红豆》发表后，他们一帮同学曾到颐和园玉带桥“考察”江玫和齐虹定情的地点[②]，足见这篇小说的爱情故事在同代人心中引起的震撼。

《三生石》发表于1979年，是宗璞劫后余生的一部重要作品。小说开宗明义地写道：“小说只不过是小说。”这种对常识郑重其事的宣言恰恰透露出某些“超常识”的隐秘，即这部小说实际上具有相当程度的传记性。或许正是基于自己的婚姻经验，《三生石》出现了宗璞小说中极少见的“大团圆”结局，即以梅菩提和方知这两个苦命人相濡以沫式的婚姻为故事画上了一个暂时的句号。正如鲁迅在《阿Q正传》中以“大团圆”式的喜剧来传达悲剧内涵相似，《三生石》中梅菩提与方知相濡以沫的爱情和危如累卵的婚姻，述说的同样是社会与人生的悲情。虽以“有情人终成眷属”终了故事，但“有情人难成眷属”之“难”仍是这部小说的主调。

《心祭》从大结构上看就是一个“未亡人”对爱情往事的追怀与悲悼，挽歌的调子构成了这篇小说的主旋律。“此情可待成追忆，只是当时已惘然”，李商隐的这两句名诗既铺排出小说的结构，也点化出它的悲剧意蕴。“此时之情”与“当时之事”构成小说的“复调”，追忆之苦涩和怀念之惘然则共同构

① 施叔青：《又古典又现代——与大陆女作家宗璞对话》，《人民文学》1988年第10期。

② 洪子诚：《问题与方法》，第17页，生活·读书·新知三联书店2002年版。

成了这篇小说忧郁感伤、优雅迷离的氛围与气息。而这种“复调”得以展开的故事内核仍然是“有情人难成眷属”——主人公程抗与黎倩兮之间真挚相爱却又无法走到一起，终致天人永隔的悲剧。

1993年前后，宗璞先后写作、发表了三篇爱情小说：《朱颜长好》《勿念我》和《长相思》。这三篇作品分别原发于美国的《世界日报》、（中国）台湾的《联合报》和（中国）香港的《大公报》，预设的读者主要是生活于大陆（内地）以外的华人群体。《朱颜长好》的篇末附有作者的一个说明：“1990年春拾旧意构思，断续至1993年2月22日成之”。由上述信息可以推知，这三篇小说有一个特殊的“生产场域”：1.小说写作是由沉潜于作者心中的某些意绪触发引起的；2.小说使用了中国古典诗词的意境与意象；3.预设读者主要是对古典文学传统有较深濡染的海（境）外华人知识分子。这一特殊的“生产场域”很大程度上决定了这一组小说在基本面相上和《红豆》《三生石》等写实性与历史感较强的作品不同，而是与《A.K.C.》《心祭》等有更多的同气相求，写心境、写意绪的成分占据了主要的地位，对爱情、婚姻有更专注、更纯粹的思索与追问。

三篇小说均虚化、弱化对故事发生历史情景的描述，而通过写爱情和婚姻的极端状态增强故事的强度与张力，从而强化小说思索与追问的气质。《朱颜长好》是“钗黛合一”故事的变体，是女性版的“宝、钗、黛”爱情故事的翻演。林慧亚和珉、琦是三个青梅竹马好朋友，慧亚嫁给了稳重、谨慎的珉，但内心更钟情敏捷、浪漫的琦。慧亚在一场事故中失去了珉和他们的双胞胎儿子，三十年后在美国与琦再次相遇。琦已经垂垂老矣，依靠轮椅生活。但他仍怀念着慧亚，坚持要把三十年前准备好的房子送给慧亚，但慧亚的耳边却响起安葬于白桦林中的珉的呼唤，不知所措的慧亚和最初陷在两难选择中一样，再次陷入茫然与惆怅。这篇小说在构思上使用了美学的分身术，珉和琦代表了理想的男性品质的互补的两面，或者说是女性欲望借助男性形象投射出的两种向度，就像“钗黛合一”完整地投射出男性对女性的双重想象与双重欲望一样。贾宝玉的“钗黛合一”理想是一场悲剧，林慧亚（同学称她林妹妹）的同时拥有两块宝玉的愿望也只能是镜花水月。《勿念我》反写“勿忘我”的浪漫爱情故事，叙述一位丈夫在妻子去世后发现妻子另有所爱。小说从受蒙蔽的丈夫的视角展开叙述，使故事失去了“勿忘我”模式固有的浪漫与温情（从妻子的角度就是一个‘勿忘我’的故事），而使故事具有了强烈的道德挑战性和残酷的力度。考虑到作者为人物命名时一贯的用心良苦，她把男主人公命名为“戈欣”是别有深意的。或者说，对主人公的命名方式，就是作者赋予这个“勿念我”故事的深层意义。她要写的是婚姻中夫妻“隔心”（戈欣与隔心谐音）这一事实，是同床异梦的同义语。《长相思》的篇名唤起读者的古典情思，但在我看来，它的故事本身与这一命名多少是有些反讽的。小说写了一个现代社会中的痴情女，一个“寒窑苦等”的故事。小说的反讽一方面表现在主人公秦八姐的行为与现代社会的格格不入，另一方面也表现在秦八姐痴等一生的男主人公不仅已婚，而且还是一个驼背的、被社会和生活磨去棱角的老人。

《野葫芦引》是宗璞近年创作的一部史诗性的作品，最大程度地征用了作者的人生经验。尽管《野葫芦引》到目前只完成了前“三记”（《南渡记》《东藏记》《西征记》），故事还不完整，但从已经呈现出来的内容看，所写的所有爱情关系均是悲剧性的或将是悲剧性的。嵋与无因的关系是波娃莉小姐爱情故事以及江玫与齐虹爱情故事的翻版，是典型的“两人错过了，成为终生之恨”的故事演绎。峨是一个性情古怪的痴情女，她的故事是典型的“所爱非人”的悲剧。卫葑与凌雪妍的关系是宗璞以前小说中不曾出现过的，是最新鲜、最具原创性的。她们的爱情如童话一般地美丽，但凌雪妍意外地失足落水，使美丽的爱情童话演变为一出凄美的爱情绝唱。小说围绕卫葑又安排了玹子与何曼两个女性，预示了卫葑将会在爱情的撕扯中左支右绌。无论具体的结局是什么，从作者为卫葑所定位的“爱他所不信的，信他所不爱的”矛盾性格和相互冲突的信仰来推测，围绕卫葑的爱情故事几乎肯定是悲剧性的。

通常意义上来说，爱情小说可以从经验类型和情节布局上区分为两类。一类是写爱情发生的，往往遵从主人公相识、相知、相爱的逻辑线索发展，定情或结婚是其结局。另一类是写爱情变故的，往往是以婚姻为起点，写各种因素引发的主人公之间的爱情矛盾与纠葛，经过自助或他助的过程以后，爱情得以新生（破镜重圆或者缔造新的爱情关系）。宗璞的爱情话语涉及这两类小说。

在前者来说，“有情人难成眷属”是其基本故事模式。在后者，宗璞的小说很少蹈入常规模式，她笔下的婚姻经常表现为“先天性”的缺陷：美好的婚姻关系总是表现为暂时性、表面性；而残缺、不完满、欺骗性则是她书写婚姻的基本特征。总之，悲剧性是宗璞把握和书写爱情的基本姿态。为什么呢？宗璞的夫婿蔡仲德说过宗璞的小说都有类似的主题，“那就是人总要追求理想，却难免有种种缺陷，‘人生不如意事常八九’”[①]。蔡仲德这里所说的“主题”，转换成对作者的评价也是恰当的，即认为“人生不如意事常八九”的残缺意识，认为人生不可能圆满的缺陷感，决定了作者在进行爱情叙事时悲剧性的审美姿态。

“你是有洁癖的”

从创作心理学的角度来说，作家的认知角度与认知方式决定他的审美把握方式与审美姿态。那么，是什么决定了他的认知方式与认知角度？笼统的回答是：经验。具体到是哪种或哪些经验起到了决定性的作用，每个作家都因为其独特的生存境遇而各行其是。按此逻辑，宗璞爱情话语悲剧性的审美姿态、有缺憾感的认知态度背后显然有一种“创伤性经验”作为支撑。这一推论方式将此文的写作置于困境：必须以实证的方式证明作者有过此种“创伤性经验”，而事实上是，对于在为人和为文方面高度严谨的宗璞来说，这种爱情的“创伤性经验”根本是无法落实的。

但是，宗璞爱情言说中一个十分突出的文本现象、一个修辞学层面的典型症候又使我们展开深度阐释成为可能。我们注意到，宗璞的爱情言说中频繁地出现一个身份、经历、感情态度、精神品格高度同一，作为叙述人或内聚焦的焦点人物而出现的女性主人公，如《A.K.C.》中的波娃莉小姐、《红豆》中的玫、《三生石》中的梅菩提、《心祭》中的黎倩兮、《朱颜长好》中的林慧

① 蔡仲德：《我和宗璞》，《宗璞文学创作评论集》，第396页，人民文学出版社2003年版。

亚、《野葫芦引》中的嵋等。这一系列形象共同构成了宗璞爱情话语中的一个女性爱情主体。无疑的是，这一女性主体包含了作者的某些传记经验；但更加无疑的是，她不完全是作者的爱情传记，作为一个形象主体，她比作者的传记经验更丰富、更鲜活。这一系列中的每一个形象未必都能完整地体现出女性主体的成长历程、性格特征、精神意向，但作为一个集合、一个系统、一个有机的整体，这一女性爱情主体又确定无疑地能够完整呈现作者赋予这一女性主体的既完整又丰满的精神脉象。她不是作者，但代表了作者。因此，通过勾勒这一女性爱情主体的传记形象、成长经历与精神特征，不仅可以大致了解作者悲剧性审美的心理学渊源，而且通过了解这一女性主体性格的独特性与精神的丰富性，对宗璞爱情言说中思想的深邃与细密的文化气息有更深的介入和理解。

宗璞笔下的女性爱情主体出生于父慈子孝的“书香之家”，“谈笑有鸿儒，往来无白丁”。“书香之家”这一家族形态有别于中国现当代文学中两种成熟的家族类型。一是启蒙叙事视野中的封建家族，如巴金“激流三部曲”的高家、路翎《财主底儿女们》中的蒋家。另一种是革命视野中的剥削者与反动派家族，如《红旗谱》中的冯兰池家族、《风云初记》中的田耀祖家族等。“书香之家”是中国现代转型过程中出现的典型的知识分子家庭，它的家长是像鲁迅、胡适、冯友兰等一样的中西文化皆通的硕儒，因此有着良好的家教：就人格教育而言，传统儒家的“修齐治平”“仁义礼信”与西方现代的人本主义互为表里；就文学艺术教育而言，中国传统经典中的诗书画与西方的文学、音乐、美术相互为用，培养和造就了宗璞笔下女性爱情主体的一种既古典又现代的特殊“闺秀”气质。

但在主体成长最重要的人生阶段，即在童年期和青春期遭受了来自内外两面的“创伤”。来自外面的创伤我称之为“国殇”。日本人入侵造成的家国离乱使女性主体亲历了颠沛流离之苦与丧权辱国之痛，由此对家，对亲情、友情、爱情有着一种格外的珍视和高度的敏感。来自内面的创伤我称之为“情殇”。这一女性爱情主体在青春期与一个出色的少年之间产生朦胧的爱情，但“闺秀”的克制、羞怯、内敛让她无法首先表达爱情，后因少年的意外出走，这种爱情被戛然中断，在她的心中留下了永远的阴影与伤痛。在《A.K.C.》

中，波娃莉小姐“错过了，留下永远的痛”，并且感慨：“人是太复杂了，复杂到连自已也莫名其妙。”“世界上谁又真正了解谁呢？”“好懦弱的人类啊！”可见这种伤痛之深。在《野葫芦引》中，嵋与无因的爱情也因为无因的出国深造而无疾而终，给嵋造成深层的伤痛。“国殇”与“情殇”这种共同的创伤性经验与特有的“闺秀”气质，造成了这一女性爱情主体在认知世界和把握世界时的缺憾感与悲剧意识。

另外，一种更加特殊的“创伤性经验”被指出来可能具有更大的美学意义。我这里指的是一种文化阅读经验，一种被文学艺术中的感伤传统所内化的想象性经验。李商隐、晏几道、李清照等都在中国文学史中留下了许多优美的爱情篇章，其中最为后人所称道的正是那些充满感伤意绪的篇什，这些篇什经常出现在宗璞的小说中，构成小说中很重要的组成部分。“红豆生南国，春来发几枝？愿君多采撷，此物最相思”（王维）；“此情可待成追忆，只是当时已惘然”（李商隐）；“把镜不知人易老。欲占朱颜长好”（晏几道）。正是这些篇什中的意象、情绪、意境等成为宗璞爱情小说直接或间接的触发因素，也是这一爱情主体感知、体验、传达爱情的主体情志。很难说是因为个人的爱情创伤使这一女性主体的接收视野更容易地选择了文学中的感伤传统，还是因为这种阅读经验塑造了她的爱情态度与心性而导致了爱情挫折。孰因孰果或许并不重要，重要的是，文学史中的感伤因子与气息作为一种次生经验进入了对这一女性主体性的塑造，构成了她成长过程中一个重要的结构性因素。

“书香之家”培养的特殊“闺秀”气质与后天成长过程中所遭遇的“创伤性经验”相结合，塑造出这一女性主体特有的性格特征与精神气质。《三生石》中慧韵评价梅菩提的话“你是有洁癖的”（在《东藏记》中这句话也被用来评价嵋）可用来概括这种精神特质，精神洁癖可以说就是宗璞笔下女性爱情主体的精神共相。

精神洁癖主要表现在两个方面。第一，女性爱情主体在爱情生活中重精神、重文化，轻物质，把男性爱情主体在精神上的呼应看得至高无上。由于女性爱情主体的“闺秀”身份和良好的文化教养，对男性爱情主体的要求与期待就非常高，可谓条件苛刻。一是要有共赏“高山流水”的雅趣与能力，即借助于艺术语言能达到心有灵犀一点通；二是容不得对方身上的半点俗气，市侩与政治投机者被极度鄙视和轻蔑。《红豆》中的江玫与齐虹是有隔阂的，江玫在政治上成长脚步越大，她与齐虹之间的距离越远。但是，江玫之所以能够与齐虹相爱并且在政治鸿沟越来越深时还对他恋恋不舍，是因为齐虹弹得一手好钢琴，贝多芬与肖邦让两个人在精神的另一层面上息息相通。《三生石》中梅菩提对爱情有着近乎圣洁、完美的理解，容不得任何俗气与杂念。她的初恋就与艺术相关："菩提的梦网最初罩落在一个邻居的亲戚身上。那是回到北平后的事了。那年轻人已入研究院，暇时便拉提琴，修长的身影投在窗帘上，琴声悠扬地萦回飘荡，使得菩提的心在琴声里缓缓溶化。"后来，大学里的同事韩仪（可能谐音寒意）喜欢菩提，但知道菩提患病后，就礼貌地写信表示退却。菩提把韩仪的信扔进垃圾盆，说："这信便是烧成了灰，也要弄脏我的文稿。"精神洁癖不言自明。

第二，精神洁癖的另一面则表现为主人公的孤傲、自守，尤其是面对俗世、乱世、小人、逆境时表现出的铮铮傲骨与刚强淡定。这种特征不仅表现在女性爱情主体的爱情生活中，而且表现在她立身处世、待人接物的方方面面，毋宁说，超凡脱俗的孤傲之气构成了宗璞笔下女性主体性最显著的特征，也是理解宗璞小说精神品相的最有力的见证。宗璞笔下的女性主体似乎综合着两种表面上悖论的特质：柔弱、温良恭俭让与刚强、傲气凛然。前者作为一种外在的身体和性别肖像糅合着中国传统闺秀的贤淑和现代知识女性的气定神闲；后者作为一种内在的精神品质是中国传统仕人的耿介之气与现代知识分子自主精神的结晶品。刚柔相济的两种品质造就了宗璞笔下女性主体卓尔不群的独特气质。

作为对这一女性主体精神洁癖和性格中孤傲之气诗意化的书写，有两组意象非常有意味。一组是以花和石（玉）为主体的自然意象。宗璞是中国当代作家中最善于写花、草、树、石的人之一，她的散文和小说中大量涉及自然界的各种物象。其中有些物象已经超出了一般自然物象的界限，被作者赋予了某些人格化的文化内涵，具有了隐喻和象征的功能，可以看出中国传统诗学中的"香草美人"隐喻体系的隐在的流脉。在我看来，梅花、石（玉）、雪是宗璞创作中最重要的三个意象。先看一段写梅的文字：

山茶花过后，腊梅开花了，花是淡淡的黄，似有些透明，真像是蜡制品。满园幽香，沁人心脾。这正是孟灵己——嵋所向往的腊梅林，在她的想象中，腊梅花下，有爹爹拿着一本书，坐在那里。

在“野葫芦引”系列中，嵋是和作者对位关系最密切一个人物，她的所思所想，某种程度上就是作者感情和意志的对象化。嵋对腊梅和爹爹关系的想象让我们想到柳宗元的《江雪》：“千山鸟飞绝，万径人踪灭。孤舟蓑笠翁，独钓寒江雪。”腊梅下执书独坐的情景与“寒江独钓”有着异曲同工的隐喻和文化意味。宗璞也善写石（玉），不仅有《燕园石寻》这样专门写石的散文，有《三生石》以石隐喻坚贞不屈爱情的小说，而且在她诸多小说人物的命名系统和意象系统中，以石（玉）喻人的修辞方式是一种常见的诗学表达方式。如在她的《野葫芦引》中对孟樾子女一代是以玉（石）系列进行命名的，玉的不同品相与品质隐喻着不同人物的性格与命运。雪是宗璞小说中使用最频繁的意象之一，尤其是书写爱情的篇章中，雪花经常扮演重要角色。有时，它仅起到烘托气氛、暗示人物心理等作用；有时则上升为一个高度凝练、意涵丰富的象征。比如《野葫芦引》中的凌雪妍这个人物就是以雪的冰清玉洁来隐喻的，因此有大量的雪的意象伴随着对她的描写。梅花、雪、玉代表纯洁、高雅、不染世尘，蕴含着不媚、不阿、傲骨铮铮的精神气象，这正是宗璞笔下爱情主体的精神品性，某种程度上也是作者的精神品性。有批评家用“兰气息，玉精神”来概括宗璞小说的精神气息和美学品格。[①]在我看来，兰的幽静、幽僻似乎很难吻合宗璞与女性爱情主体身上的侠义与耿介，倒是梅在苦寒中的怒放更能吻

① 李子云：《净化人的心灵——读〈宗璞小说散文选〉》，《读书》1982年第1期。

合宗璞小说所体现出的孤傲与刚烈之气。[①]

另一组则是以庐、园、甑为喻体的意象系统。宗璞长期生活在北京大学的燕南园，在她的散文中大量涉及到燕园的人事风物，从某种意义上来说，燕园和三松堂既是知识分子生活和工作的地理上的空间所在，又是涵养知识分子清气与浩气的精神之域。这样一种来自经验的空间诗学的启发与教化，显然在她的小说叙事中被提升为有意识和有意味的诗学修辞。如《红豆》中的“绝域”，《三生石》中的匙园、勺园，“野葫芦引”中的方壶、圆甑等实际或想象中的居所既是主人公安放身体之所，更是他们保持思想独立、抚慰心灵的精神空间。汉学家高友工曾论证中国文人往往通过创造“抒情情景”来寄托自己的精神向往。[②]宗璞笔下的庐、园等意象正是知识分子涵养清气、固守节操的象征。

梅、玉、庐、园等意象，是中国古典诗学中重要的修辞符码，包含充盈的文化意味。宗璞在她的小说创作中对这些符码的成功使用，既使她的小说在文体和审美特征上具有了古典气息，也使她的小说在精神气象上濡染上浓重的古典文化的色彩。

何以古典？哪里现代？

施叔青在采访宗璞时使用了“又古典又现代”来评价宗璞的文学创作。[③]

---

① 梅花对宗璞来说意味深长。她笔下三个最主要的女性人物形象——玫（《红豆》）、梅菩提（《三生石》）和嵋（《野葫芦引》）的姓或名均音mei，这可能不全是偶然。宗璞对梅花的偏爱或许与家族文化有关。她父亲的姑姑是位女诗人，写有《梅花窗诗稿》。她的父亲冯友兰针对家族连续出现四代女作家曾赋诗云：“吾家代代生才女，又出梅花四世新。”以梅花指代包括宗璞和她姑母冯沅君在内的四代女性。甚至冯友兰先生的名字“友兰”或许与陆游的《梅花》诗有关：“家是江南友是兰，水边月底怯新寒。画图省识惊春早，玉笛孤吹怨夜残。冷淡合教闲处著，清臞难遣俗人看。相逢剩作樽前恨，索笑情怀老渐阑。”这里以兰为友的便是梅。

② 高友工：《中国叙事传统中的抒情境界——〈红楼梦〉与〈儒林外史〉读法》，见浦安迪著《中国叙事学》200—219页，北京大学出版社1996年版。

③ 施叔青：《又古典又现代——与大陆女作家宗璞对话》，《人民文学》1988年第10期。

就瞬间和直观的感受而言，这是一个切中肯綮的评价。但细读深思之后不禁要问：何以古典？哪里现代？施叔青指出的古典性主要有两点：一是道德上的中和节制，二是师法古典的诗词传统。而谈到现代品质时则主要指向了宗璞在上世纪80年代的几篇小说所使用的现代（派）手法。这种有时古典，有时现代；内容古典、形式现代的评价当然也指出了宗璞小说创作的一部分事实，但与“又古典又现代”的评价让人眼前一亮的启迪性以及阅读爱情言说（事实上宗璞小说的古典性主要体现在她的爱情言说当中）时的真切感受并不十分吻合，指出的实事似乎远远少于这一命名应该和实际包含的内容。

上文已经指出，宗璞的爱情书写部分源自她的阅读经验，一种习得的、想象性的文化经验，其主体部分正是中国古典诗词曲赋中书写爱情的篇章。这不可避免地让她的爱情书写打上古典的印记。这种古典性既表现在“发乎情，止乎礼”“乐而不淫，哀而不伤”等道德与情感的理则方面，也表现在情/理、家/国、己/人等二元对位原则和古典意象的使用上。但是，如果在宗璞的小说中仅看到这些古典性或者孤立地看待这些古典性，那将是一个不小的误读。事实上是，宗璞一方面遵循着“发乎情，止乎礼”的情感与道德原则，表现出理性主义的人性观和道德的中和与节制。另一方面她对人作为情感主体的神秘性、复杂性，对爱情作为人类最重要的情感体验、精神活动的幽秘、微妙之处给予充分关注和着力描绘。宗璞并不是一个古典的唯理主义者，更不是一个道德至上论者，而是一个略带感伤的爱情神秘主义者和对各种理念包围、捆束之下爱情作为现代生存困境有着清醒认知的悲观主义者。古典的外衣包裹着隐秘的激情，骨子里的优雅、节制掩藏着心灵深处的孟浪，徘徊、延宕于古典与现代、理智与情感之间，游走、挣扎于海水与火焰的旋涡既是宗璞笔下女性爱情主体的情感与思想状态，也是宗璞爱情言说的情感与审美状态。

具体到宗璞小说的意象表达系统，也可以看到古典与现代的纠结与相互为用。与梅、玉、庐等典型的中国古典意象不同，在宗璞的爱情言说中还有一组更具现代品质的修辞意象。或者说，“玻璃瓶”（《A.K.C.》）、水晶球（《朱颜长好》）、勿念我（不同于勿忘我的一种花，《勿念我》）、“野葫芦”（《野葫芦引》系列）刚好构成了与那组古典意象相反的、相对释的意象系统。如果说前者隐喻着知识分子传统文化人格的温润、清洁、刚正不阿与静心超脱的话，那么，从“玻璃瓶”到“野葫芦”的一组意象则隐喻着现代人的离散、异化、隔膜以及在爱情选择中难以自主的尴尬与悖论。

在她的小说处女作中，男主人公将向波娃莉小姐表露爱情心声的小纸条置于一个玻璃瓶中，并标以A.K.C.，暗示波娃莉小姐将它打碎。波娃莉小姐忽略了这一暗示，因此而造成无可挽回的爱情悲剧。玻璃瓶被男主人公用作互通款曲的信物，女主人公将此奉为圣物加以保管、封存，而实际上正是玻璃瓶造成了二者的误解与隔阂，它像一堵透明的墙将相爱的人彼此隔离，它是一种障碍，象征着某种使人不能坦诚相见的中间物、某种异化人类情感的多余物、闭锁心灵的小型牢狱。因此，A.K.C.（打碎它）在故事层面上是男主人公对女主人公的期待或指令，而在叙事和意义生产的层面上来说，则是作者对打破爱情心理障碍、敞开心灵、赤诚相见的真诚吁请。如果说这种阐释符合文本实际的话，我们看到，玻璃瓶实际上和卡夫卡的城堡、钱锺书的围城有着类似的意蕴，它隐喻着人与人之间的隔膜状态，隐喻着爱情关系中半透明的、朦胧的、难以参透的尴尬处境。

小说《心祭》的立意取自李商隐的《锦瑟》：“锦瑟无端五十弦，一弦一柱思华年。”“此情可待成追忆，只是当时已惘然。”这首名诗被千古传颂，但它的著名、它的被称颂很大程度上源于它的无解，源于它对复杂莫名的情绪的朦胧的传达。《心祭》表达的同样是一种“无端”的惘然。《朱颜长好》中的水晶球既是推动故事和结构故事的有用的道具，同时也是一个隐喻。水晶球中变换着映现出的人物影像与被切割和穿插的爱情经验片段交织成主人公林慧亚的人生与爱情图景，而水晶球作为一个曲折的、拼贴的、隐晦的镜像本身又何尝不是林慧亚曲折人生和她暧昧的情感经验的象征呢？“勿忘我”经常被作为忠贞不渝爱情的象征广泛应用于爱情言说当中，而宗璞却从它的反向立意，以“勿念我”暗喻了婚姻中男女双方的隔膜与绝情，透露出一股悲凉的现代意味。

在《野葫芦引》系列中，“野葫芦”是一个统摄性的象征意象。在被问及为什么用“野葫芦引”作为这个系列的总标题时，宗璞说和她对历史和人生的理解有关。她说："我写的这些东西是有'史'的性质，但里面还是有很多错综复杂的我不知道的东西，那就真是'葫芦里不知卖的什么药'了。"还说："把人生还是看作一个'野葫芦'好，太清楚了不行，也做不到。"[①]其实，宗璞的这种历史观和人生观很自然地延及她的爱情观与美学观。在宗璞的小说创作中，古典与现代不可分，你中有我，我中有你。古典与现代的纠缠、撕扯并由此形成的张力状态正是宗璞小说的独特形态与独特魅力所在。朦胧、模糊、混沌、神秘、待解而未解的状态可能最接近宗璞对爱情的理解，最接近她对爱情的把握，也最接近她爱情言说的审美与诗学特征。

原载《文学评论》2012年第4期

① 贺桂梅：《历史沧桑和作家本色》，《宗璞文学创作评论集》，第369页，人民文学出版社2003年版。

《红豆》：革命与爱情叙事的另类书写

曹书文

宗璞的《红豆》作为“百花文学”反映革命历史的经典，其重要的审美价值不只是其对时代主流话语的回应，美丽忧伤的叙事情调，而更多地体现为其对革命与爱情叙事的另类书写。女大学生江玫与家人的和谐、温馨有别于现代知识分子对家的决绝反叛，知识女性告别孤独的个体走向革命集体不是源自男性革命者的阶级启蒙，而是同性姐妹的思想影响。在革命与爱情之间，叙述者不仅没有流露出对革命的情感倾斜，反倒对爱情表现出较多的偏爱。江玫在革命与爱情之间的最后抉择，既有男女双方人生观对立冲突的结果，也是其独立的性别立场使然。显性的革命历史叙事与隐性的美丽爱情书写之间的艺术张力既是其作为文学经典的重要因素，也是其不为时代主流话语接受而遭到批评的主要原因。

一

现代知识分子与家的矛盾源自中国家国同构的社会格局。在中国传统家族本位的社会中，家是国的基础，国是家的延伸与扩大，为国尽忠与为家尽孝二者异形同构，家成为传统知识分子道德情感、价值理想的重要依托。而到了现代社会，家则变成了知识分子反叛的对象。在从传统集体本位向现代个体本位转型的过程中，首先面临的问题是建立独立的现代民族国家，把人从家族中解放出来，将原本属于家的儿女变为国的儿女。其次才是从国家的人转向个体的人，最后由男女的个性解放走向女性的自身解放，将人从各种隶属关系中回归为具体的独立个体。正是出自上述原因，现代作家笔下才出现了一批反抗家族专制，争取个体人格独立、婚姻自主的青年男女。家所特有的温馨、幸福、安全的职能被消解，她不再是人的最古老、最持久的情感激动的源泉与人的体魄和个性形成的场所，而是“吃人的专制王国”“沉睡的铁屋子”和扼杀青春幸福的“樊笼”。于是，“家”的负面意义得以彰显，家与现代青年知识分子构成一种矛盾和对立，自然，背叛传统旧家庭走向革命大家庭成为20世纪中国进步知识分子的必然选择。

现在作家笔下“家”的消极意义在“十七年”时期文学中并未发生实质性变化，不管是革命历史叙事或是乡村变革书写，家都是革命青年超越的对象。《青春之歌》中的林道静、《红旗谱》中的张嘉庆、《创业史》中的梁生宝，他们都对革命大家庭充满向往之情，在投身于集体事业的过程中，都难以回避自己的血缘之家。因此，革命与家的冲突成为“十七年”时期小说创作的基本叙事模式。但在《红豆》这篇小说中，家的那种封建、落后、保守的内涵相对弱化，其情感抚慰与生存保障意义相对突出。江玫出生于小康之家，“父亲做过大学教授，后来做了几年官”。父亲偶然间的离世改变了他们母女的命运，但仍能维持基本的温饱。社会的变动并未动摇她们赖以生存的物质基础，“江玫的生活像是山岩间平静的小溪流，一年到头潺潺地流着，从来也没有波浪”。既然外在的世界与她生活的家缺少密切的关系，因此，江玫从小学到大学与社会没有发生过多的联系。“江玫白天上课弹琴，晚上坐图书馆看参考书，礼拜六就回家。母亲从摆着夹竹桃的台阶上走下来迎接她，生活就像那粉红色的夹竹桃一样与世隔绝。”但是20世纪40年代末社会的动荡不安与物价飞涨对她的家造成一种强烈的冲击，母亲贫血症的逐渐加剧对平静的小康之家来说无疑是雪上加霜。“江玫正是通过自己的‘家不成家’认识到当时社会的病态并渴望创造一种新的社会秩序。就是说，对一种温馨的家庭生活的渴望是她走向革命的潜在动力与目的而不是反过来将家庭制度视作罪恶的根源。”[①]家与人的关系不再是一种尖锐对立，而是一种唇齿相依以及个人走向新的人生之路的基础，文学中久违的家族亲情充斥于小说的字里行间。

家与人的这种情感互动是以家对人的性格、行为、思想的影响为前提的，不同家庭出身造就不同的精神性格，而不同的性格决定了个人不同的行为抉择。小康之家的江玫受到父母的影响，生活的无忧无虑限制了她对现实问题的敏感，由此形成了她置身事外的超脱和与世隔绝的清高，系统文化教育的熏陶使其萌生出鲜明的是非观念与对社会黑暗的不满，人道主义的同情心与对不合理制度的反抗，小资阶级女性的身份决定了她对理想爱情的渴望与对浪漫感情的憧憬。对底层社会的陌生、对小康生活的满足形成了其对现存制度不合理反抗的激情，知识女性追求浪漫诗意的情怀使其难以摆脱过去的感情眷恋。从小说中也可以看到，江玫尽管憎恶有权有钱的人，但对激进的革命仍保持着一定的距离。她之所以后来一步步走向革命，一方面是受革命者肖素的影响，通过她接受了革命思想的启蒙；另一方面，她同意加入革命集体，也与其家庭的日渐衰落与革命形势的日益高涨不无关系，她走向革命之路与出身于社会底层的知识分子是截然不同的，带有更大的被动性。如果说江玫的清高超脱、正直善良、人道同情与她的家庭出身存在着密切的关系，并在家庭遭到政治、经济冲击下艰难地走向革命道路，那么，出身于银行家的齐虹，则是在其家庭环境的熏陶下，对物理与音乐有着执着的迷恋，对文学有着独到的理解，厌弃现实的喧嚣、混乱，对世外桃源的自然世界充满向往，他一方面对美丽纯洁的江玫情有独钟，另一方面又反对江玫走向革命。他对江玫的感情不足以使其放弃家庭给其提供的留学机遇，正如江玫为了家庭、母亲不愿离开自己的祖国一样，齐虹也选择了家庭给他设计的人生之路。

① 孙先科：《说话人及其话语》，上海文艺出版社，2009年版，第54页。

二

在“十七年”时期的文学创作中，革命与爱情作为一种叙事模式存在于革命历史与乡村变革的叙事中，男主人公在投身于神圣的革命事业之中时，常常获得美丽女性的爱恋，革命、政治上是否进步成为爱情选择的一个重要标准，知识女性在选择爱情的同时也接受了革命的意识形态，虔诚地改造自己的小资产阶级思想立场，实现革命与爱情的有机融合。《红豆》在革命与爱情叙事上有别于时代主潮而体现出另类书写的特质，一方面，女主人公参加革命接受的是同宿舍女性肖素的思想启蒙而非男性的帮助，在革命与爱情之间不仅没有对革命过度倾斜，反而对爱情流露出较多的偏爱；另一方面，她在革命与爱情之间的最后抉择，既有双方人生观对立冲突的因素，也源自其独立的性别立场。

《红豆》叙述的是女大学生江玫在革命与爱情之间的艰难抉择。由于受到同宿舍肖素革命思想的影响，江玫由不情愿参加革命到主动参加示威游行，直到走上激进的革命之路，追求一种新的生活。与此同时，作为物理系大学生、银行家少爷的齐虹闯入了她的感情生活。尽管江玫的革命意志最终战胜了浪漫的爱情，但作者对革命与爱情关系的叙述却有别于时代的主流话语，成为革命与爱情叙事的另类书写。江玫之所以爱上银行家少爷齐虹，两人从一见钟情发展到缠绵悱恻的爱情，首先是双方共同的精神追求与思想性格让他们自然走到一起。不管是来自小康之家的江玫或是银行家少爷的齐虹都游离于时代主潮之外，在他们身上都存在着清高与孤傲的个性，都注重自我完善，追求自由和独立。其次他们对音乐和文学的共同爱好使其容易产生强烈的情感共鸣。略带艺术家气质的齐虹在女大学生江玫眼中仿佛是白马王子，而他弹琴时的神采飞扬更让江玫萌生爱恋之情。在大学二年级之前，江玫不参加任何外界活动，而老是做梦似的齐虹更是孤立于现实社会，沉浸于自我的世界之中。“世界对于他，仿佛并不存在。”他将自己的情感寄托于艺术世界，喜欢文学和音乐，“冰冷的琴键在他的弹奏下发出了那样柔软热情的声音……神采飞扬，目光清澈，仿佛现实这时才在他眼前打开似的。”在爱情中陶醉的江玫希望他们“最好去住在一个没有人的岛上，四面是茫茫的大海”，只有情人是自己的唯一。

在校园的小路上，“她和齐虹无止境地谈着贝多芬和肖邦，谈着苏东坡和李商隐，谈着济慈和勃朗宁”。在江玫眼里，齐虹对文学有着精辟的见解，“他真该是最懂得人生最热爱人生的”。可以说对自由、艺术的爱好，对世俗人生的超越形成他们相爱的基础，构成江玫难以忘怀的深层原因，同时也成为知识分子对现代思想立场的坚守。

正是由于江玫与齐虹之间有着非同寻常的感情基础，彼此深爱着对方，因此，即使是江玫受到了肖素革命思想的影响，逐步关注现实政治问题，热心集体，参加游行，但在革命与爱情的关系上，叙述者无意中淡化革命重视爱情。尽管在江玫的心目中，爱情与革命都是生命中不可或缺的部分，但较之革命事业，她更钟情于爱情。在与情人齐虹的交往中，她自己认识到他们之间在有些地方“是永远也不会一致的”。当革命者肖素告诉她齐虹如何自私，对齐虹的爱情表示怀疑时，江玫对肖素立即加以反击，“你怎么能这样说他！我爱他！我告诉你我爱他”。她不允许哪怕是自己的朋友说情人的一点坏话。受肖素革命热情的鼓励，江玫参加了反美扶日大游行，但在民主广场，她觉得“思想很不集中”，“她惦记着那黄昏笼罩了的初夏的校园，惦记着自己住的西楼，说得更确切些，她是惦记着在西楼窗下徘徊的那个年轻人”。激烈澎湃的游行与演讲难以抵御爱情的诱惑。齐虹因找不到江玫而大闹西楼，肖素知道后借机劝说江玫不要因此毁了自己，希望她忘记齐虹，她回答说：“我死了，自然就会忘掉。”“江玫还从没有想到要忘掉齐虹……她也永不会知道该如何把他赶出去。”可见齐虹在她心目中占有着多么重要的位置。由于社会的剧烈动荡，齐虹不得已离开大陆到美国留学，双方都意识到无可回避的分别。一个是执意要把对方带走比翼双飞，一个是希望对方能留下同结连理，因短时间见不到对方而难过，江玫在图书馆一页书也看不进，无精打采，担心再也见不到齐虹。而齐虹因等待江玫“满脸的焦急使他看上去苍老了许多”。明明是革命战胜了爱情，但整个小说更多篇幅渲染的却是爱情的魅力，革命与爱情之间的厚此薄彼已是不争之论。

在当代革命历史叙事中，知识女性参加革命常常是接受男性的思想启蒙，女性因爱恋男性，受其影响而走向革命之路，尽管同为革命者，但男主人公在精神气质、思想觉悟上往往超越于女性之上。因此，男性与女性之间多呈现为启蒙与被启蒙、领导与被领导的关系格局。而在《红豆》中，知识女性不是接受男性革命者的启蒙逐步走向革命者的怀抱，而是女性之间的姐妹情谊促使其走向革命之路。大学生江玫由同情、向往革命到后来走向革命集体不是源自异性的阶级启蒙，而是同宿舍的女大学生——肖素（对革命事业的无私奉献、勇敢无畏与青春激情）促使其完成了从个体到集体的转变。有别于50年代爱情叙事中女性的被动从属角色，小说突出了女主人公江玫独立的性别主体。江玫走向革命、与她的恋人分手，起主导作用的既有人生道路的不同，更有其作为知识女性的性别立场。江玫与齐虹从一见钟情到跌入爱河，再到革命与爱情之间的冲突造成两人精神和情感的痛苦乃至最后不得已的分手，固然有人生观的因素，但也不乏性别立场的冲突。齐虹作为一个懂得物理和音乐的大学生，资产阶级家庭出身与其所接受的文化教育，形成其与生俱来的优越感，超越世俗的清高与孤独，同时他又是一个典型的大男子主义者。“从一开始，齐虹对江玫的感情就是自私而带有强烈的占有欲的。如果他说‘你是我的’是一种表达爱情的浪漫方式，那么他始终干预江玫参加公众活动就肯定和性别平等相违背。在小说的结尾部分，当江玫坚持留在中国时，齐虹是如此狂怒，以至于他希望把她杀死，好让他把她装在棺材里带到美国去。江玫拒绝成为男友的附庸和性对象，她最终的选择，更多的是来自她自己坚定的女性主义立场，而不是抽象的马克思主义信仰。这个结果证明，宗璞的写作继承了“五四”的个人主义和女性解放话语。”[①]出于女性的性别立场，江玫尽管与齐虹是恋人关系，齐虹作为银行家少爷对江玫情有独钟，但在因物价上涨、江玫的母亲生病家庭遭遇困难时，江玫宁肯接受同屋肖素的帮助也不利用恋人关系寻求支持，表现出独特的个人立场与性别主体意识。因此，从一定意义上讲，她与齐虹的冲突既有意识形态价值观的冲突，更有男女两性之间的性别对立。在留在国内参加革命迎接新中国成立或是到美国留学之间两人各不相让，他们坚持各自立场的选择表明在两性的性别格局、独立人格上对自由平等的坚守。

① 刘剑梅：《革命与情爱》，上海三联书店，2009年版，第235页。

三

《红豆》作为当代革命与爱情叙事的经典，女主人公从显性结构上看是革命战胜了爱情，但从隐性结构上看，则是细致入微爱情书写的艺术魅力成为作品吸引读者的重要原因，从而造成作家主观创作意图与客观审美效果的矛盾、主人公理性与情感的冲突、时代文化语境与个体创作风格的背离，同时也是其不为主流意识形态话语所接受而遭到批评的重要因素。

在20世纪50年代一体化文化语境中，宗璞作为体制内作家，主观上有意将自己的创作尽可能契合特定时代的文学规范，但特殊的情感经历、文化修养、审美趣味与创作冲动常常违背自己的创作初衷，形成主观创作意图与客观审美效果的矛盾。宗璞坦言自己在创作《红豆》时，“确实是想写一个小资产阶级的知识分子怎样在斗争中成长，而且她所经历的不只是思想的变化，还有尖锐的感情上的斗争；是有意要着重描写江玫的感情的深厚，觉得愈是这样从难以自拔的境地中拔出来，也就愈能说明拯救她的党的力量之伟大。”[①]显然，作者意在突出小资产阶级知识分子接受革命改变自己世界观的艰难成长历程，以吻合1949年后知识分子改造思想与工农相结合的主流话语。然而，良好的主观创作意图因缺少生活经验、情感体验的支撑而未能如愿，结果遭到文坛的批评。姚文元在自己的批判文章中说，《红豆》“也在客观上显示出基于个人主义的爱情在革命高潮中必将决裂。在爱情生活中，这是一个悲剧。照理说，这样的题材是应当通过对过去的批判促使人们追求更美好的未来的。然而不，在读完之后，留给我们的主要方面不是江玫的坚强，而是江玫的软弱。不是成长为革命者的幸福，仿佛个人生活这部分空虚是永远没有东西填补得了。作者通过江玫的口说‘我不后悔’，然而通篇给我们的印象确是后悔，是江玫永生伴随着她的悔恨，同齐虹断绝关系后无法弥补的痛苦，作者自己的感情和江玫的完全融化了”[②]。看似多是偏激的批评之辞，其实暴露出的却是作家创作动机与读者接受之间的反差。针对当时读者对《红豆》的批判，宗璞作了自我批

① 《〈红豆〉的问题在哪里？——一个座谈会记录摘要》，《人民文学》1958年第9期。

② 姚文元：《论文学上的修正主义思潮》，新文艺出版社，1958年版，第230页。

评，说自己在思想立场上“所站的角度也并不比江玫高”，“尽管在理智上是想去批判的，但在感情上，还是欣赏那些东西——风花雪月、旧诗词……有时这种欣赏是下意识的，在作品中自然地流露了出来”①。或许作家的批评是迫于政治的压力，但无意中也说明了创作所存在的一个事实。

作家主客观之间的分离在创作中表现为主人公理性与情感之间的矛盾。江玫在告别齐虹走向革命的过程中，并非彻底地与之决裂，而是充满着藕断丝连的痛苦，她的政治立场与齐虹的人生观始终没有发生直接的冲突，他们都是有意回避政治，而只选择爱情。在相爱的过程中，他们都觉得人生观的差异，难以达到一致，“可是她并没有去多想这个，她只喜欢和他在一起，遏制不住地愿意和他在一起”。在充满生机、花团锦簇的颐和园，江玫与齐虹置身于春意浓浓的自然美景之中，心灵的春天与生理的春天、幸福的感受与精神的愉悦相互契合，这种幸福自由的愉快体验竟然使江玫萌生了远离人间永远这样的想法，“最好去住在一个没有人的岛上，四面是茫茫的大海，只有你是唯一的人”。幸福时刻的感受至少说明了在江玫的内心深处对喧闹的尘世的逃避，尽管她在肖素的影响下，对革命充满向往和同情，亲自参加红五月的诗歌朗诵会与六月的反美扶日大游行，也知道齐虹对这些都不感兴趣，启蒙她走上革命的肖素反对她与齐虹的交往，但她依然按照自己情感的逻辑，依然沉溺于爱情的伊甸园，她知道齐虹的灵魂深处是自私残暴和野蛮，她知道革命的集体对她的热情呼唤，但她没有把革命与爱情看作水火不容，“他们的爱情正像鸦片烟一样，使人不幸，又断绝不了”。革命的高涨声势使其兴奋不已，爱情的魅力让其不能自拔。直到最后分手之时，江玫也并非因为齐虹的人生观使然，而是到美国留学的齐虹与无法离开祖国的江玫都不想妥协，试想，如果他们任何一方作出妥协，悲剧的结局就可能发生改变。

在齐虹离开祖国之后，江玫的情感深处仍然保持着一片神圣的感情空间，革命并没有使其全部放弃情感上的个体选择，她内心仍然表现出对自己昔日爱情的诗意眷恋。江玫与情人分手多年后仍然独身一人，表明她尚未在感情立

① 《〈红豆〉的问题在哪里？——一个座谈会记录摘要》，《人民文学》1958年第9期。

场上实现与工农的结合，或者说她仍未走出过去爱情的阴影，即在她的情感世界中流露出明显的怀旧情结。江玫与齐虹之间的爱情遭遇到战争文化氛围的冲击，在革命与爱情必须做出非此即彼的选择时，江玫最终选择了革命，齐虹选择了出国留学，而他们所拥有的爱情成为共同的回忆，尽管他们都固执地坚持自我，都受着两难选择的困惑，但都没有将自己的选择强加给对方，都尊重对方的思想情感立场。江玫对齐虹说的最后一句话是“我不后悔”，但不管是江玫六年之后重新走进大学宿舍的深情回忆，或是看到象征着他们爱情的红豆的感伤眷恋，抑或是对政治立场上与人民、革命保持距离的齐虹的态度，都不难感受到革命者江玫在内心深处对恋人的深情，对未能与初恋情人终成眷属的遗憾。或许在理性上她早已告别过去，实现了自己世界观的彻底改造，但她并没有在爱情选择上彻底革命化，她在革命的过程中并没有林道静那样遭遇志同道合的朋友，一方面或许是在她的情感世界尚未有理想异性的介入；另一方面又何尝不是由于她根本上没有与旧日的感情决裂，齐虹的影子久久没有离去也使其自觉不自觉地对自己的爱情世界采取拒绝外来者的接触的态度。要不，何以理解她“手握着的红豆已经被泪水滴湿了”的细节。正是由于江玫在选择革命的同时没有放弃那种非革命化的爱情，对作为小资产阶级感情的欣赏和惋惜，也由于这种对不合时宜的爱情“越轨”的笔致，导致小说发表后受到批判。

在20世纪50—70年代的一体化文化语境中，对小资产阶级知识分子思想的改造依靠的是意识形态的说服和规训。而说服和规训依赖于语言的明确性，如此才能借助语言达到对人的思想与情感施加影响之目的。因此，这一时期的小说大都主题明确，叙述上追求明朗单纯，拒绝暧昧的、感觉的叙述和描写。整个时代对语言风格的要求也渗透进爱情故事的书写。《红豆》的语言与当时整个时代单纯、朴素、明朗的语言风格产生一种游离。首先，小说以“红豆”为题使整个作品带有细腻而悲思的情愫，散发出诗意的气韵。其次，作品用诗画般的语言尽情地描写江玫与齐虹的爱情：“他们散步，散步，看到迎春花染黄了柔软的嫩枝，看到亭亭的荷叶铺满了池塘。他们曾迷失在荷花清远的微香里，也曾迷失在桂花浓酽的甜香里，然后又是雪花飞舞的冬天。哦！那雪花，那阴暗的下雪天！”大自然的生机活力与青年人的爱情的萌生辉映成趣。走出校门六年之后江玫重返母校，在自己原来住过的学生宿舍，看到当年隐藏爱情象征的红豆的十字架时，江玫忍不住“伸手想去摸那十字架，却又像怕触到使人疼痛的伤口似的，伸出手又缩回手，怔了一会儿”。当她发现盒子里的红豆色泽依然匀净和鲜亮时，她的“被冷风吹得绯红的脸色刷的一下变得惨白”，因过于激动而双手发颤，“泪水遮住了眼睛”。江玫对昔日爱情的细腻真挚的心理感受借助富有特征的细节被描绘得惟妙惟肖。“江玫始终不能解释清楚的，是她能说明为什么不喜欢齐虹内心的那种‘冷酷’，但却说不清楚为何为他的爱所陶醉，这种‘说不清，理还乱’的爱情感觉，才真正构成了江玫内心的惆怅。这一‘说不清’的感觉”[①]与小说回首往事的叙述方式，共同营造了惆怅、感伤、凄婉的语言风格，这种风格显然与朴素、透明、单纯的时代风格形成一种反差，成为当时革命与爱情叙事另类书写的重要组成。

原载《文艺争鸣》2012年第12期

① 蔡翔：《革命/叙述》，北京大学出版社，2010年版，第153页。

《野葫芦引》如何还原历史？

潘向黎

一

高度的责任感和正确的历史观。正如宗璞自己承认的那样，她身上始终有一种挥之不去的责任感。“也许人家觉得我太一本正经了。还是要有责任感。”①

《野葫芦引》历史观的正确在于，它厘清并且明明白白地写出了一些当时确凿无疑的基本史实。这些事实之重要，在于那是我们理解那段历史的基础。比如：当时的中央政府是“抗战的领导核心”②，而民众的爱国感情所投射的对象，不但有山川、家园、领土、文化、祖宗、民族等祖国的概念，也包括政府、军队和“青天白日满地红”国旗所代表的国家。中央政府、国民军和“青天白日满地红”旗，至少在那段时间里，它每每是作为人民寄望、热爱、拥戴的对象——在民族生死存亡的关头尤其如此。

---

① 宗璞、卫建民：《风庐茶话》，载《作家》1996年第2期。

② 宗璞：《南渡记》，231页，人民文学出版社2001年版。

作为那个时代的过来人，同时是一位老资格的革命者，韦君宜作出了这样的证词："让人注意的有三处提到他们如何珍重'青天白日满地红'旗。一处是日本占领北平，这一家怀着悲愤崇敬的感情焚烧'青天白日满地红'旗。第二处是他们南渡过上海，遥望四行八百壮士孤军的'青天白日满地红'旗，全体肃立。第三处是大学迁校之后，在操场上第一次升旗。三处都是庄严的爱国之情。这几处描写，若在'文化大革命'之前（更不必谈'文化大革命'之中），大概就不会有，不许有。但是，这描写其实是真实的。那时候，一般的市民、教师、知识分子、小学生都爱国，谁也不愿国家亡给日本帝国主义。而国家的象征就是'青天白日满地红'旗，是在南京的政府。人们当时还不知道红军和镰刀锤头旗，这是事实。……大多数人那时并不知道红军有多大力量，更不知道毛泽东。我觉得让今天的青年包括中年，从小说里知道一点历史也好，不能以为凡历史都是八路军写成的。"①

在这个历史背景下，小说的情节徐徐展开，人物在历史的枝蔓上生长出来，因此这个背景的意义非同小可。它如果是虚假的，小说就从根上失败了；它是真实的，才谈得上对小说其他方面成败的考量。

《野葫芦引》不是选择哪一个政党或者哪一种主义的立场，更不受一时一地的价值观和思想潮流挟裹，而是清醒而坚定地站在人民、民族、祖国的立场，站在和平、文化、文明的立场。判断是非均以这些为准则，有利于人民、民族、祖国的，推动或有助于和平、文化发展、文明进步的，就是正确的、善的、高尚的、美的，反之，就是错误的、恶的、卑下的、丑的。

二

对美国人、美国军队的支援，有比重适当、有血有肉的描写，艺术重现了这些长期被遗忘和歪曲的史实。长期以来，由于社会主义和资本主义两大阵营、"美帝国主义亡我之心不死"的冷战思维，我们对抗战中美国给予的支援

① 韦君宜：《〈南渡记〉漫谈》，载《文艺报》1988年10月29日。

几乎是忘恩负义的。不远万里来到中国的国际友人似乎只有白求恩一人，文艺作品中偶有美国人的身影也都政治上暧昧、形象上模糊，连著名的“飞虎队”也似乎只是和“蒋介石、宋美龄之流”在觥筹交错中维系着来路不明、气味不正的交情，而并不是来帮助中国抗日的。

驼峰航线等史实对于大多数中国人都绝非耳熟能详。而小说家宗璞显然了解这些，她正面写了美国人对中国抗战的重要支持，而且在她节制的篇幅内慷慨地给了足够的笔墨：她写了中美军人的紧密合作、朝夕相处，写了他们的同又不同，写了他们的生死与共，写到了驼峰航线，写到了美国对中方的军事、物资援助来得何等及时……

出场的美国人给人留下较深印象的就有上尉谢夫、飞行员本杰明·潘恩……两人都牺牲在了中国滇西的土地上。玹子的男友、外交官保罗也是性格开朗、单纯、重感情、有正义感的美国青年。中国军人会在行军和战斗的缝隙里不断想念家乡和亲人，美国军人也会在睡梦里大喊“我们回家了”。女战士嵋和傣家少女阿露对受伤美国飞行员的照顾和疼惜，既将他视作来帮助苦难中的中国的可敬的友人，又将他视作自己可爱可亲的亲人，他的死去让嵋在脱险之后一路哭泣；而《西征记》的男主角澹台玮则是在和美国军人谢夫执行同一个任务时而相继牺牲的，他们的胜败连在一起，他们的生死也连在了一起。因此，当澹台玮的母亲和姐姐来到前线，伤心欲绝地凭吊了他之后，也没有忘记凭吊他的可敬的战友谢夫，“她们向这异国人恭敬地鞠躬，祝愿他安息”。将这一切这样感性地传递给国人，显然出于具有现代意识的中国知识分子的责任和良知。

三

对西南联大的历史和价值的深切体认，留住了一段历史记忆。作为抗战期间的一所著名大学，西南联大在当时的中国备受瞩目、深获美誉，对文艺界、教育界、自然科学界、思想界都产生了重大影响，影响深远，直到今日。

但是西南联大的历史绝非一直得到重视和研究的，而是经历过湮没和“重新出土”的。其时间分段，按照20世纪90年代初开始进行西南联大研究的谢泳的概括，大致是这样的：到20世纪90年代中期，整个学术界，对西南联大和中国现代知识分子的传统还没有发生强烈的兴趣；到20世纪90年代末，西南联大慢慢得到重视，影响开始扩大；“到了2000年以后，关于西南联大的传统，基本上成为中国知识分子的常识，大家认同西南联大保存了中国自由知识分子的基本传统……”①

但宗璞写作《野葫芦引》的第一部，开始的时间是1985年，完成于1987年，全书正写“明仑大学”在昆明“荒丘绛帐传弦歌”的第二卷《东藏记》，写于1993—2000年，可见宗璞对西南联大的兴趣比学术界要早很多。

这首先出于她和西南联大之间颇深的渊源。冯友兰是西南联大文学院哲学心理学系教授、西南联大文学院院长，是专业权威和参与学校管理的“得力的人”，当时冯家全家都随之去了云南，住了八年——正如冯友兰后来有诗句曰“曾赏山茶八度花”，当时宗璞还小，没能成为联大的学生，而是作为联大附小、附中的学生，受到极好的启蒙教育和人文情怀的熏陶。云南的热带风光、植物、风俗、吃食和当时的诸多趣事，都给她留下了无法忘怀的深刻印象。她对西南联大不是“想起”，而是从未忘怀，而且这种念念不忘是出于感情，因此自然而然，与学术界的出于理性的重视不同。

西南联大和联大知识分子群，对宗璞来说，不是传奇，不是传说，也不仅是回忆，“作者的整个人生是与这个特殊的世界融为一体的，曾对它寄予的热爱、眷恋和希望，在长逾半个世纪的岁月蹉跎之中，始终没有泯灭，反而在进入高龄之后日益强烈、深厚和执着……”②

将西南联大精神作为小说的精神背景来做一个气势上堪与匹配的正面书写，就使得《野葫芦引》与众多或者跟风配合或者猎奇暴露或者琐碎市井的当代长篇小说相较，立意和趣味高下立见，具备了某种精神气质上的“先天”优势。

① 谢泳：《西南联大与中国现代知识分子》，141—142页，福建教育出版社2009年版。

② 肖鹰：《野葫芦中一瓢美丽的汁液》，见《宗璞文学创作评论集》，251页，人民文学出版社2003年版。

四

对知识分子人生道路选择的深刻探求，包括对“救亡与启蒙”的间接反思。作为长期以知识分子为主要描写对象的作家，宗璞一直在思考知识分子的命运，表现和反思他们人生道路的选择。在同样以知识分子为主角，且对一生写作带有总结意味的《野葫芦引》中，这方面的内容，随着人生阅历、思想深度的提升，有了超越以前的深刻的结晶。

小说中明仑大学的知识分子（包括教授、讲师和大学生）分三类：一类是奔赴国难投笔从戎的，他们响应政府号召，上前线，当兵、当翻译；第二类是抗日同时也反对国民党的，他们参加中共的地下组织或者奔赴延安，抱有改天换地的热望；第三类则是不顾一切专心研究学问、继续献身专业的，大有天生我才，必有大用，一息尚存，精进不息之感。作者对他们都持有不同程度的赞美、欣赏和同情——这些描写和作者的态度也恰和西南联大当时的情况相吻合，因为当时联大中虽有各种思想观点，也有左中右的倾向，但是历来公认他们中没有思想意义上的顽固派和反学术、反民主的反动派——在这种前提下，探讨他们不同的人生道路及其得失就更加明晰和发人深省了。

第一类的代表人物是澹台玮、嵋、冷若安。第二类的代表人物是卫葑和李宇明。第三类的代表人物是孟樾、庄卣辰、庄无因。

哪一种选择更正确——对自己更能实现自我价值，日后回顾起来更加无悔，对国家、民族更有意义？

首先，作者对专心研究学问的知识分子是持肯定态度的，认为他们也是爱国的、有担当的。作者还通过澹台玮之口说出“科学成就是超乎战争的”，通过孟樾之口说出“如果我们的文化不断绝，我们就不会灭亡。从这个意义上讲，读书也是救国。抗战需要许多实际工作，如果不想再读书，认真地做救亡的工作，那也是很重要的。我觉得去延安也是可以的，建国的道路是可以探讨的”[①]。明确将“读书”和“救亡”置于同等地位。这让我想起当时在战争时

① 宗璞：《东藏记》，161页，人民文学出版社2001年版。

期大学怎么办的问题上，胡适的主张：不办战时临时培训学校，而仍将大学办成大学，大学该教什么就教什么，包括一些暂时无用的知识。这是非常有远见的——因为启蒙是中国振兴的希望，只有实现了启蒙才能民智国强，才能摆脱被侵略、被欺侮的命运，建立起民主、美好的新秩序。因此，宗璞在描写这类坚持启蒙者时，笔触平静中充满美感，流露出毫不迟疑的好感和深刻的理解。其次，对参加救亡者理所当然地持热情讴歌的态度。否定了当时出现的"给国民党做炮灰"、（让学生从军是）"校长和先生们是向上面邀功"的论调，明确国家是大家的，通过温和的孟樾之口说出"共赴国难这个大前提是不能改的"。至于如何"共赴国难"，道路不止一条——"去战地服务，或去延安"[①]。

"她实际上是用这一部书，参加了现实思想界中关于近现代中国思想史中救亡与启蒙的关系的论战——当然，也许这殊非她的本意。"[②]

不仅如此，她还写了不同选择的思想交锋，努力贴近复杂的历史真相：

江昉说："人心远不如以前那样齐了，'壮士军前半生死，美人帐下犹歌舞'，现在也许还不到这么严重，可是前景堪忧。"……说着站起，踱了几步，转身道："听说延安那边政治清明，军队里官兵平等，他们是有理想的。"

弗之道："整个历史像是快到头了，需要新的制度——不过那边也有很大问题，就是不尊重知识，那会是很大祸害。"[③]

这样重大的问题，哪怕仅仅是设问，也已经启人深思，指向深刻了。

---

① 宗璞：《西征记》，6页，人民文学出版社2009年版。

② 曾镇南：《论〈南渡记〉》，见《宗璞文学创作评论集》，251页，人民文学出版社2003年版。

③ 宗璞：《东藏记》，198页，人民文学出版社，2001年版。

五

刻画的一些细节，不但营造了真实的历史气氛，而且令长期处于遮蔽状态中的读者感到新鲜、惊奇甚至震撼。比如，抗战之前的太平年月，北平的教授家庭的生活是优裕的，他们住在有花园的、雅致宽敞的院落里，有车夫、用人，还有厨师兼花匠，在社会上举足轻重的教授坐着汽车出现，教授夫人端庄典雅、大家子出身，小姐公子如娇花美玉。全家人养尊处优：夏天的早晨，最先来到他们家的是送冰人，送来冰箱里用的冰块，然后是送牛奶的，然后是一家叫作如意馆菜店的伙计来送新鲜蔬菜，经常在他们门前出现的还有专卖点心的“广东挑”。卢沟桥事变那天，他们全家出席亲友婚礼时，教授夫人穿的是颜色华美的缎旗袍，戴了一副祖传的极品翡翠饰物，而她遇见的另一位教授夫人，则是一件花样富贵、配了同色衬裙的纱旗袍，饰物是金丝镶的上品红玛瑙——后文写到，他们都有相熟的绸缎庄，可能也有相熟的银楼或者首饰店。总之，那是一种精神高贵、物质优渥、社会地位很高的知识分子阶层的生活，后来不但此情此景不再，而且恍如隔了几个世纪那么遥远。

而教授夫人碧初的娘家，即吕清非老人的家，更是气派——

什刹海旁边香粟斜街三号是一座可以称得上是宅第的房屋。它和二号四号并排三座大门，都是深门洞，高房脊，檐上有狮、虎、麒麟等兽，气象威严。这原是清末重臣张之洞的产业。三号是正院，门前有个大影壁。影壁四周用青瓦砌成富贵花纹，即蝙蝠和龟的图样。当中粉壁，原仿什刹海的景，画了大幅荷花。十几年前吕老太爷买下这房子时，把那花里胡哨的东西涂去，只留一墙雪白。大门旁两尊不大的石狮子，挪到后花园去了。现在大门上有一副神气的红漆对联，“守独务同别微见显；辞高居下知易就难”，是翁同龢的字。商务印书馆有印就的各种对联出售，这是弗之去挑的。

房子共有四进，平时没人住的后院还有地窖子，而这并非储存东西或者以备紧急时躲藏的，“这是冬天为赏雪取暖烧地炕的地方。整个宅院只有这座小楼有此设备，赏雪要是觉得冷，就太煞风景了”。他们冬天赏雪，夏天赏荷花——因为这个院子的后门外就是什刹海，因此当吕清非让人扶着缓步登上后楼凭窗而立，“见什刹海如在院中，半湖荷花开得正盛，笑对莲秀说：‘想不到咱们让大炮撵着来赏荷花了。’”

许多人很难相信这样的细节的真实。连韦君宜的读此书时三十九岁、当了副教授的女儿都难以置信，向母亲提出问题：“那时候，大学教授能这么有钱吗？”韦君宜作为“那时候”的过来人就提供了这样的回答：“我说：‘有的。’接着就像给小孩讲古一样，给她讲那时一个教授家里用厨子是必须的，另外用两三个男工或女用也平常。至于教授夫人娘家，既然是以前的同盟会员又当过国会议员，住着里外四进的大宅门，更不稀罕。……我简直得领她去看看这类的住宅，哪儿是卧室，哪儿该是书斋，哪儿该是起居室，哪儿该是客厅……北平真美！你们没见过！”①

陈乐民和资中筠也指出：“这本小说（《南渡记》）还有些民俗学的意义。有些描写可以把读者带回那时的北京：盛夏时节的送冰人，送牛奶的，送菜的，卖南点的货担挑……什刹海的样子早已大变了，夏日骄阳下的荷香依旧，岸边的小卖则已非旧观。书里写的荷叶肉、冰碗儿、鲜菱角、鸡头米……现在的年轻人怕只听大人说过。”②

当时社会情况和风气如此，“北平真美”，美在那些民俗上，也美在当时这些人身上，美在这些醇厚的人情和古风犹存的“规矩”“法度”上。宗璞让我们见到了仅存于历史中的生活场景和风土人情，这大大增添了作品细节的美感，并使小说在“小处”血脉畅通，足以支撑大的情节的推进；当然，让当今读者开这个眼界，其价值既是文学的，也是超越文学的。

“那个时候，人的心很崇敬知识，很敬重有知识的人……不像现在，什么

---

① 韦君宜：《〈南渡记〉漫谈》，载《文艺报》1988年10月29日。

② 陈乐民、资中筠：《细哉文心》，见《宗璞文学创作评论集》，182页，人民文学出版社2003年版。

都无所谓。”[①]宗璞显然是有意要留下这些和现实有巨大落差的历史印记的。但作者的语气没有一点炫耀或者猎奇，而是将这些有丰富历史和现实内涵的情节如话家常般地平和道来，让人觉得事情本来如此，天经地义，理所当然，没有必要大惊小怪地作任何说明和渲染，但是往往她越平淡，读者越惊奇，她越寻常，读者越震撼，她越显得“原本如此”，读者越惊讶于“竟然如此”。

就是在这样的地方，真实复活了，许多伪的、扭曲的、谬误的“历史”土崩瓦解，而且那些真实一旦探出头来，就会引起进一步探究的巨大兴趣，这种效果类似一种呼唤，通过艺术手段发出的呼唤。

看似平常却奇崛。《野葫芦引》不但艺术还原了一部分历史，而且唤起了读者对那段大历史的兴趣，这样的作用，就是一种启蒙或再启蒙。

原载《南方文坛》2012年第6期

① 宗璞、卫建民：《风庐茶话》，载《作家》1996年第2期。

论宗璞的中短篇小说创作

侯宇燕

一

1988年，在接受台湾作家施叔青采访时，宗璞说，短篇小说可分为三种，分别侧重情节、人物和气氛。2001年9月，宗璞为《风庐短篇小说集》写下自序："说一句敝帚自珍的话，我很钟爱我的短篇小说。写作时似乎很随意，仔细想想却有三方面的追求：一是结构完整，无论怎样的奇峰怪石，花明柳暗，总要是浑然一体；二是语言要达到一篇散文所能达到的，让读者能从语言本身有所收获；三是要有一个意境，也许短篇小说不一定有故事，但一定要有意境。"这是宗璞首次系统阐述短篇小说创作心得。

将前后论述两相对比可以看出，"气氛"或言"一定要有意境"是宗璞小说最重要的艺术追求。通观宗璞六十余年的中短篇小说创作，无论其题材选择与社会内容如何，艺术风格的倾向是现实主义还是超现实主义的，内外浑成，情景交融，虚实相生都是永远的指归。

正因为重神韵，所以宗璞小说有一种散文化倾向。某些小说淡化了情节处理，甚至人物也只是影子。有人将她与前辈或同期作家沈从文、汪曾祺做比，宗璞自己则发表如下见解："我把小说和散文分开来，两种我都写。我觉得为了气氛，小说可以适当地散文化，但不能过分，还是应该区别，要有限度。"[①]这使我想到宗璞对英国女作家曼斯菲尔德的评论："曼的小说有一种力量，她不是用故事传达道理，而是在极有限的场景中极自然地推出生活的最'深刻的真实'……她以气氛、情绪感染读者，这是她最突出的艺术特色。"[②]

也就是在施叔青的采访中，宗璞还说："气氛有很大部分是语言的功夫，文学究竟是语言的艺术。"此即自序第二条所云："语言要达到一篇散文所能达到的。"的确，几乎所有宗璞的评论者都注意到其高度凝练的文学语言。宗璞是有福的，她沐浴在西方艺术之中，又曾为中国文化所"化"过，这就使得她的小说语言贴着鲜明的"宗璞"二字：既优美典雅又质朴无华，既满含深情又冲淡节制。正因对意境与语言如此看重，并始终坚持自觉、清晰的美学追求，她才开辟了一方属于自己的艺术园地。

宗璞小说中的主要人物，以高等学府及高等学术研究机构的知识分子，尤以新中国成立前即接受高等教育的老知识分子为主。这种题材选择与上述美学追求是一脉相通的。笔者曾在各时期论述中将宗璞小说称作"这方园地中的冯家山水""白莲花的艺术世界"及"文化史小说"。如套用宗璞热爱的英国作家哈代笔下的"威塞克思"模式，或许还可称作一个体系——"野葫芦体系"（宗璞获得茅盾文学奖的长篇小说《东藏记》就属于《野葫芦引》系列）。

而笔者最新想到的一个形容词语是"青琐窗下"。1985年，宗璞发表了短篇小说《青琐窗下》[③]，其中有一段文字："这窗不挡风，却很好看……这种雕窗雅号'青琐'，《世说新语》中有'于青琐中窥之'的句子。"在现实生活中，北大燕南园冯友兰先生故居三松堂（其中宗璞的卧室名"风庐"）用的就是青琐窗。宗璞把家中的青琐窗，把窗户后面20世纪80年代知识分子的冷暖人生一丝不错地搬入了小说。

① 施叔青：《又古典又现代——与大陆女作家宗璞对话》，《人民文学》1988年第10期。

② 宗璞：《试论曼斯菲尔德的小说艺术》，《国外文学》1984年第2期。

③ 宗璞：《青琐窗下》，《人民文学》1985年第5期。

譬如，其中有一段深入腠理，颇能令老知识分子“有会于心”的描写：“她（愫茵——笔者注）曾是李先生的受业弟子，结婚已四十余年，还是不改尊师的旧称呼。而且对有些‘出身’学生的夫人直呼师长大名，一直采取腹诽的态度。”这就是宗璞小说的厉害之处，它能于全不经意间拈来一个渐行渐远群体的生活细节而非泛泛皮毛。

二

进入晚年后，宗璞小说创作的题材选择与美学追求初衷不改。其中最重要的一篇就是《四季流光》[①]。它被评论界普遍忽视，殊不知凝聚了宗璞最多的心血。

宗璞说过，在长篇小说《野葫芦引》系列，即南渡、东藏、西征、北归四记完成后，“还不知有个什么记”——这反映了她上世纪90年代的创作雄心。然而计划赶不上变化，眼疾、头晕的捣乱，许诺要在“退休后帮助我创作”的先生的过早离世，使宗璞的晚年文字越发简约、平淡，一字千金。这个在她心中的分量不下于甚至可能更高于《东藏记》的“不知有个什么记”，最终只能在中篇小说《四季流光》中以大篇幅叙述的《铸心记》出之。而依宗璞本意，《铸心记》应是一部反映思想改造的长篇史诗，必会写得惊心动魄，字字泣血。不能不说这是文学史上的一大憾事。

在《四季流光》开头，引用了《鲁拜集》的“生命的酒酿不断地一滴一滴消失，生命的树叶不停地一片一片飘落”。这使笔者联想到，1947年，19岁的宗璞在小说处女作《A.K.C.》[②]结尾写道：“提琴柔美的调子过去了，黑沉沉的夜色笼罩在大地上，第五交响乐奏起来了，命运之神逼近来……纵然人生的苦难多得很，这世界中的一点辛酸使我的心好痛……”

当最初的文字与晚年的叹息撞在一起，我们看到那其中提升的哲理思考完

① 宗璞：《四季流光》，《十月》2005年第10期。

② 宗璞：《A.K.C.》，天津《大公报》，1947年8月13日与8月20日。

全是天上地下。《四季流光》只是想象中的巨著《铸心记》并不完满的片段。然而就是这样的片段已令读者为之震撼："这一段历史我题为铸心。人们被要求扔掉自己旧日的心，铸造一个新的心，这就是思想改造。"如果说垂髫少女的文字多少有些"为赋新词强说愁"，那么洗尽铅华、纯用白描的暮年之作《四季流光》，则在含蓄、节制的总风格下，强烈而直接地宣泄了政治压力对人们心灵造成的毁灭性打击。

许多人认为宗璞在上世纪80年代前期集中发表的短篇小说如《我是谁？》《蜗居》中那些不断变幻的潜意识，那些荒诞却真实的艺术形象借鉴了西洋文学的表现手法，宗璞自己在与施叔青的谈话中也说"文革"前她研究过卡夫卡。但我要提出一个新观点：我以为卡夫卡赋予宗璞最多的绝非新异的艺术手法，而是"在精神上是那样准确"[①]，是他对人性的血淋淋的切入。长期以来，中国传统哲学背景的影响又使宗璞在血泪中加入对"人"的温悯。

我还以为宗璞对人性的观察与体谅不自新时期始，最早就可上溯到《A.K.C.》；2000年，宗璞的毕业论文《论哈代》于清华大学图书馆重见天日。从这部积灰的英文论著的字里行间，我们也能发现1951年的宗璞对环境与个人性格冲突这个终极哲学命题抱有一种巨大的困惑，甚至是绝望。到她20世纪50年代的成名作《红豆》那里，因受文艺戒条的重重束缚，宗璞不得不抗拒这种思想自觉：深谙西洋文学的男主人公齐虹对人类的某些评价虽冷酷偏执却是不无深刻之处的。所以女主人公江玫的内心充满了矛盾，努力抵制着齐虹无所不在的影响；在书外，作者的感情也充满了矛盾。

到了新时期，时代终于给予她深入思考的空间。早在1979年发表的中篇小说《三生石》中，宗璞就借主人公梅菩提之口说："我的心早变得太世故，发不出光彩了。有肝硬化，也有心硬化、灵魂硬化，我便是患者。"这是以含蓄的手法控诉自上世纪50年代开始的大规模思想改造。直至《四季流光》，葫芦里终于爆出了最强音。

《四季流光》的语言风格依然是宗璞式温婉，而其反思力度却是宗璞所

① 施叔青：《又古典又现代——与大陆女作家宗璞对话》，《人民文学》1988年第10期。

有文学作品中最震撼人心的："第四种箍儿是看不见的，可是最厉害。它不只会制造头痛，还会让痛者不觉其痛。"我们甚至找不到多少之前她笔底文字中永不丢掉的希望，除去结尾主人公秋说："她们（指下一代——笔者注）会好的。"小说里的人生都转了一个大圈，寻寻觅觅，最后不是失掉了自己就是超然于红尘之外。当然，还有许多生命的死亡，"什么都不留倒也干净"。

短短几万字，包含着多少血泪。宗璞触及了雷区，而她写得无所畏惧。

三

说《四季流光》是宗璞晚年中短篇小说创作的重头戏，不仅在其表现内容的触目惊心，亦可见形式上的创新。近年来，耄耋之龄的宗璞在诸多中短篇小说中频频亮出"鬼"身影与"鬼"视角。这是宗璞创作生涯中新的艺术挑战与演绎形式。《四季流光》表现手法的一大亮点就在借一个男鬼对尚健在于世的四位女同窗春、夏、秋、冬的观察、回忆，展开一段段多视角、多空间叙述。

宗璞私淑的英国女作家是活跃于20世纪前期的曼斯菲尔德、波温与伍尔夫，她们都是印象派作家。宗璞为前两人写过文学评论，关于伍尔夫她有更多话要说，终因学术研究与小说创作不可兼得，为写《野葫芦引》不得不放弃。

前两位印象派女作家都写到过鬼，宗璞也辟专章讨论过她们笔下的鬼："何以要以鬼出之？我想最主要的是鬼故事中可以有丰富自由的想象，可容纳现实所不能容，可补充现实之所欠缺……但是不管是古代鬼还是现代鬼，它们在小说中出现，不外乎有这样三种情况：写鬼为了写人，写鬼为了写事，写鬼为了传达情绪。"[①]宗璞写鬼，正是为了更好地描写人的精神世界。

无论是《A.K.C.》里的女房东，还是上世纪90年代初期发表于海外及港台地区华人报纸的三个爱情故事《朱颜长好》《勿念我》《长相思》，里面都出

① 冯钟璞：《打开常春藤下的百叶窗——伊丽莎白·波温研究》，《世界文学》1985年第3期。

现了一种无所不在的“鬼气”。笔者在《萤火、木香花、三生石》中对此有详细论谈，不再赘述。[①]进入新世纪后，在《她是谁？》《惚恍小说四则》里继续弥漫着这种凝练着丰富生活色彩的迷离情绪。

1998年的《彼岸三则》[②]开始出现真正的鬼。把琴的魂带到昆明去的老太太，以不灭的灯光释放愤怒的老学者，“没有机会变老”的元都是真正的鬼。由于有宗璞作品中永不变的生动确切的时代背景、普遍的历史变迁与人生沧桑打底，他们并不可怕，反而起到穿针引线、渲染情绪、表现意境的作用，到头来读者会觉得他们才是永恒的“人”。

宗璞说过：“小说与散文最根本的不同，是小说作者是全知的。现在一些写法反对全知观点，但实际上还是全知的。”[③]在《四季流光》里，由于鬼的活动范围是不受限制的，故而视角更广阔，更能负担作家强烈的情感宣泄，更易于全方位展示生活于新旧交替大时代的知识分子的坎坷人生。

综上所述，宗璞小说中的“鬼”，无论只是一种气氛还是真正意义上的鬼魂，都担负着强烈的社会批判功能，都有知识分子鲜明的集体性与类型性。他们在宗璞笔下所起的作用，正如宗璞所云“可容纳现实所不能容，可补充现实之所欠缺”。

关于宗璞的中短篇小说研究，目前尚有很多空白留待深入探讨。宗璞八岁就读《石头记》，在昆明时，和兄弟上学路上也谈红楼。“对回目，你说上面我说下面。《水浒》我们也是比较熟的。”[④]《红楼梦》中常有“贾母因说……”“宝钗因说……”这样的句式，而在宗璞小说里这种句式屡见不鲜。这鲜明地表现出《红楼梦》对宗璞在句式运用上的深入影响。而《红楼梦》对其文学创作更多方面的浸润又表现在哪里？宗璞私淑的西方作家有哈代、霍桑、曼斯菲尔德、波温、伍尔夫等，他们对宗璞小说在技巧、词汇、洞察力等

---

① 侯宇燕：《萤火、木香花、三生石》，《宗璞文学创作评论集》，人民文学出版社2003年版。

② 《小说界》1998年第4期。

③ 施叔青：《又古典又现代——与大陆女作家宗璞对话》，《人民文学》1988年第10期。

④ 宗璞、侯宇燕：《燕园谈红》，《社会科学论坛》2010年第17期。

方面具体而微的影响又体现在何处？再者，宗璞在1988年接受施叔青采访时曾说以后要写内观、外观手法都极端发挥的不同作品，是否在以后的创作中实现了？这些都是评论界尚未开垦的处女地，有待我辈继续研究。

原载《中国现代文学研究丛刊》2013年第10期

附录：宗璞研究资料索引

1.《〈红豆〉的问题在哪里？——一个座谈会记录摘要》，《人民文学》1958年第9期。

2.刘淮《新颖精巧的五色织锦——读宗璞的〈三生石〉》，《北京师院学报（社会科学版）》，1981年第2期。

3.赵宪章《梦幻·现实·艺术——〈蜗居〉艺术构思的特点》，《钟山》1981年第4期。

4.李子云《净化人的心灵——读〈宗璞小说散文选〉》，《读书》1982年第1期。

5.冯友兰《〈宗璞小说散文选〉佚序》，《读书》1982年第1期。

6.方克强、费振刚《迈在探索和创新的路上——宗璞短篇近作漫评》，《钟山》1982年第3期。

7.［美］李又宁、方仁念《从宗璞看中国当代年轻的女作家》，《文艺理论研究》1983年第3期。

8.王烈、丁映庭《绿意中透出的"变"——品〈西湖漫笔〉》，《教学与进修》1984年第1期。

9.晓林、家昌《论宗璞的小说》，《扬州师院学报（社会科学版）》1984年第2期。

10.程蔷《她心头火光熠熠，笔下清风习习》，《文学评论丛刊》1984年3月第20辑。

11.陈素琰《论宗璞》，《文学评论》1984年第3期。

12.顾菊生《“心到神知”话西湖——〈西湖漫笔〉阅读指导》，《语文学习》1984年第1期。

13.王烈、丁映庭《醉人的绿　惊人的变——品〈西湖漫笔〉》，《语文教学与研究》1984年第1期。

14.韦君宜《我所认识的中国女作家》，《中国建设》1984年第10期。

15.杨柳《交流与探索——烟台长篇小说笔会综述》，《当代》1984年第6期。

16.刘心武《秋收时节念春播》，《人民文学》1984年第10期。

17.范奇龙《试论新时期文学中的知识分子形象塑造》，《当代文坛》1985年第5期。

18.魏家骏《抓住特点　层层渲染——读〈西湖漫笔〉》，《承德师专学报》1985年第1期。

19.万宗周《“双百”方针下盛开的一簇鲜花——三篇爱情小说赏析》，《殷都学刊》1985年第2期。

20.吴黛英《从新时期女作家的创作看“女性文学”的若干特征》，《文艺评论》1985年第4期。

21.王日新、徐昆延《绿叶扶持花更美——简析〈西湖漫笔〉》，《云南师范大学学报（哲学社会科学版）》1985年第3期。

22.叶文玲《只要素朴的白——我眼中的宗璞》，《中国作家》1985年第3期。

23.毛乐耕《锦绣文章美如画——散文的画面艺术》，《当代文坛》1986年第2期。

24.李子云《女作家在当代文学史所起的先锋作用》，《当代作家评论》1987年第6期。

25.高洪波《“假北平人”宗璞》，《文艺报》1988年2月6日。

26.孙立《新时期女作家群成才的因素初探》，《理论学刊》1988年第3期。

27.施叔青《又古典又现代——与大陆女作家宗璞对话》，《人民文学》1988年第10期。

28.韦君宜《〈南渡记〉漫谈》，《文艺报》1988年10月29日。

29.黄秋耘《“报国心遏云行”——读〈南渡记〉的随想》，《当代作家评论》1989年第1期。

30.潘延《超越后的困惑——论宗璞童话创作》，《探索》1989年第4期。

31.孔书玉《嵋的“启悟”主题》，《文艺研究》1989年第5期。

32.卞之琳《读宗璞〈野葫芦引〉第一卷〈南渡记〉》，《当代作家评论》1989年第5期。

33.冯志《〈南渡记〉读后》，《文艺报》1989年5月6日。

34.吴方《〈南渡记〉的情怀》，《人民日报》1989年5月29日。

35.黄兴团《纵笔写绿　异曲同工——谈〈绿〉和〈西湖漫笔〉对绿的描写》，《当代修辞学》1990年第4期。

36.陈乐民、资中筠《细哉文心——读宗璞〈南渡记〉》，《读书》1990年第7期。

37.黄重添《从性度看海峡两岸女性文学的差异》，《台湾研究集刊》1990年第Z1期。

38.马风《论宗璞的“史诗情结”——对〈南渡记〉文体的一点疑义》，《文学评论》1990年第4期。

39.郑其祥《〈西湖漫笔〉赏析》，《语文教学通讯》1990年第9期。

40.余力容《意匠如神变化生　笔端有力任纵横——谈宗璞〈西湖漫笔〉》，《兵团教育与研究》1991年第2期。

41.金梅、宗璞《一腔浩气吁苍穹》，《文学自由谈》1991年第1期。

42.曾镇南《〈南渡记〉的评价与现实主义问题》，《文学评论》1991年第1期。

43.徐家昌《形神兼备　意蕴含婉——读宗璞〈紫藤萝瀑布〉》，《名作欣赏》1992年第5期。

44.王淑秧《两岸荒诞小说比较》，《小说评论》1992年第1期。

45.洪晋成《惊人的相似——比较〈绿〉中对绿的描写与〈西湖漫笔〉中对绿的描写》，《中学语文》1992年第10期。

46.范昌灼《新时期宗璞散文的艺术特色》，《当代文坛》1993年第1期。

47.东方曼英《人生似萤知如海　漫将红豆说相思》，《中国图书评论》1993年第1期。

48.李咏吟《存在的勇气：杨绛与宗璞的散文精神》，《当代作家评论》1993年第6期。

49.温潘亚《心灵深处的诗音——重论宗璞的小说〈红豆〉的艺术追求》，《盐城师专学报（哲学社会科学版）》1994年第2期。

50.陈素琰《论宗璞的散文》，《徐州师范学院学报》1994年第3期。

51.唐晓丹《宗璞小说论》，《当代作家评论》1994年第4期。

52.马风《美的叙述的光彩与生命力——重读〈鲁鲁〉和〈心祭〉》，《小说评论》1994年第6期。

53.冯亦代《读〈宗璞散文选集〉》，《书城》1994年第8期。

54.刘春《若有所失——读三部小说的感想》，《小说评论》1995年第2期。

55.朱文献《〈西湖漫笔〉语言漫说》，《绥化师专学报》1995年第2期。

56.叶稚珊《兰气息，玉精神》，《书与人》1995年第5期。

57.孙郁《读解宗璞》，《中国图书评论》1995年第8期。

58.曹正文《燕南园的故事——记宗璞》，《博览群书》1995年第12期。

59.潘福坚《同是写“绿”　风格各异——朱自清〈绿〉与宗璞〈西湖漫笔〉对比谈》，《基础教育研究》1996年第5期。

60.邬乾湖《意蕴丰厚　格调高雅——读宗璞的“燕园系列”散文》，《语文月刊》1996年第11期。

61.宗璞、卫建民《风庐茶话》，《作家》1996年第2期。

62.侯宇燕《访宗璞》，《博览群书》1997年第1期。

63.段育和《人格魅力的动人显现——读杨绛与宗璞的怀人散文》，《语文学刊》1997年第1期。

64.石杰《禅意与化境——宗璞散文艺术论》，《齐鲁学刊》1997年第2期。

65.侯宇燕《这方园地中的冯家山水——论宗璞的小说艺术》，《文学评论》1997年第2期。

66.路筠《个性意识和文化品味——宗璞散文浅论》，《柳州师专学报》1997年第2期。

67.方步翰《联想成篇　层层渲染——宗璞〈西湖漫笔〉赏析》，《修辞学习》1997年第4期。

68.童晓语《〈三幅画〉的导读》，《语文世界》1997年第9期。

69.谢玉珊《真情　洞见　美言——宗璞散文印象》，《天中学刊》1998年第3期。

70.任一鸣《她们执着于真善美的追求——90年代女性文学流向之一》，《艺术广角》1998年第5期。

71.杨绛《答宗璞——〈不得不说的话〉》，《文学自由谈》1998年第5期。

72.卫建民《记宗璞》，《散文》1998年第6期。

73.王云介《不思量，亦难忘》，《世纪论评》1998年第Z1期。

74.宗璞《再说几句话》，《文学自由谈》1998年第6期。

75.喻静宛《说了又何妨》，《文学自由谈》1998年第6期。

76.《宗璞：文思通达新锐》，《当代作家评论》1998年第6期。

77.王蒙《兰气息　玉精神》，《人民论坛》1998年第10期。

78.林斤澜《意外的宗璞》，《时代文学》1998年第6期。

79.刘心武《阿姨，还是大姐？》，《时代文学》1998年第6期。

80.冯敬兰《那正是大家风范——宗璞印象》，《时代文学》1998年第6期。

81.何镇邦《多保重，宗璞大姐！》，《时代文学》1998年第6期。

82.徐城北《宗璞有一本〈铁箫人语〉》，《博览群书》1998年第12期。

83.蔡慧清《宗璞小说的音乐与女性意识》，《湘潭师范学院学报（社会科学版）》1999年第1期。

84.周莹《螺蛳壳里做道场——谈宗璞〈报秋〉的结构特色》，《阅读与写作》1999年第3期。

85.金鑫《浪漫的格调与现代的手法——冯沅君、宗璞小说风格之比较》，《鞍山师范学院学报》1999年第4期。

86.刘忠阳《韩愈〈祭十二郎文〉遗憾情感分析——兼与宗璞〈哭小弟〉比较》，《株洲师范高等专科学校学报》1999年第4期。

87.金鑫《自我的抒写与诗意的酿造——从冯沅君、宗璞小说看女性文学散文化的倾向》，《沈阳师范学院学报（社会科学版）》1999年第5期。

88.金仕霞《红豆总相思——重读宗璞的〈红豆〉》，《西昌师范高等专科学校学报》2000年第1期。

89.金鑫《爱与自由的感性呈现——论冯沅君、宗璞小说中的人道主义精神》，《辽宁广播电视大学学报》2000年第1期。

90.婴音《生命之树常青——访著名女作家宗璞》，《家庭教育》2000年第2期。

91.万兴华《从冯沅君与冯宗璞小说的审美世界看五四以来我国女性文学的精神转换》，《南昌教育学院学报》2000年第2期。

92.李斌《宗璞创作的魅力》，《文艺理论研究》2000年第3期。

93.金鑫《在场的缺席者——冯沅君、宗璞小说的男性形象塑造》，《辽宁大学学报（哲学社会科学版）》2000年第3期。

94.董小玉《新时期现代主义小说的滥觞——论王蒙、茹志鹃、宗璞、谌容对现代主义小说技法的尝试》，《呼兰师专学报》2001年第1期。

95.姜智芹《生命的叩问：我是谁——宗璞的〈我是谁〉与卡夫卡的〈变形记〉之比较》，《青岛海洋大学学报（社会科学版）》2001年第1期。

96.张抗抗《柔性的战争——读宗璞长篇小说〈东藏记〉》，《中国妇女报》2001年1月15日。

97.崔锦文《〈紫藤萝瀑布〉的美感展示》，《西江教育论丛》2001年第2期。

98.杨柳《〈南渡记〉〈东藏记〉宗璞的心血之作》，《文艺报》2001年6月19日。

99.朱文献《〈西湖漫笔〉的语言艺术》，《阅读与写作》2001年第8期。

100.肖鹰《野葫芦中一瓢美丽的汁液》，《中国图书商报》2001年9月6日。

101.江湖《好一个俊雅的“野葫芦”》，《文艺报》2001年10月16日。

102.雷达《雷达专栏：长篇小说笔记之九》，《小说评论》2001年第6期。

103.鲁峡《浅论当代中国女作家创作的审美走向》，《河南社会科学》2001年第6期。

104.贺国光《淡妆浓抹总相宜——谈宗璞创作的绘画美》，《甘肃教育学院学报（社会科学版）》2002年第1期。

105.王蒙《读宗璞的两本书》，《当代作家评论》2002年第1期。

106.雷达《宗璞〈东藏记〉》，《当代作家评论》2002年第1期。

107.刘必兰《〈废墟的召唤〉：一个意象分析的文本》，《语文学刊》2002年第2期。

108.张婧磊《政治意识与人性的悖论、融合——解读〈红豆〉》，《东疆学刊》2002年第2期。

109.韩大强《论宗璞散文的哲学意蕴》，《信阳师范学院学报（哲学社会科学版》2002年第2期。

110.余杰《漫画钱锺书？——我看〈东藏记〉的暗藏机锋》，《粤海风》2002年第5期。

111.刘心武《野葫芦的梦——对〈南渡记〉〈东藏记〉的一种解读》，《粤海风》2002年第5期。

112.袁世英《精美的图画　生命的颂歌——谈谈〈紫藤萝瀑布〉的美》，《四川教育学院学报》2002年第6期。

113.朱芳华《鉴赏美文　感悟宗璞》，《首都师范大学学报（社会科学版）》2002年第S2期。

114.郑新《以一己之躯感受历史之重》，华中师范大学2002年硕士论文。

115.戴锦华《涉渡之舟：新时期中国女性写作与女性文化》，陕西人民教育出版社2002年版。

116.白春超《诚与雅的执着追求——宗璞创作论》，《新乡师范高等专科学校学报》2003年第1期。

117.徐岱《史与诗的张力：论宗璞和她的〈野葫芦引〉》，《文艺理论研究》2003年第2期。

118.霍秀全《真情雅韵满风庐——读宗璞〈风庐散文选〉》，《广播电视大学学报（哲学社会科学版）》2003年第2期。

119.徐明《绘真像　抒真情　发为至文——杨绛与宗璞的散文创作比较》，《大同职业技术学院学报》2003年第2期。

120.朱青《试谈当下我国女性文学的偏差》，《当代文坛》2003年第3期。

121.王蒙、郜元宝《谈谈我们时代的文学》，《当代作家评论》2003年第5期。

122.贺桂梅《历史沧桑和作家本色——宗璞访谈》，《小说评论》2003年第5期。

123.孙郁《史笔亦多情》，《出版广角》2003年第10期。

124.何西来《宗璞优雅风格论》，《文学评论》2004年第1期。

125.吴苏阳《〈红豆〉与〈青春之歌〉对爱情的双重理解》，《盐城师范学院学报（人文社会科学版）》2004年第1期。

126.王永兵《飘泊与坚守——论宗璞〈南渡记〉、〈东藏记〉中的知识分子形象》，《理论学刊》2004年第3期。

127.柴平《论〈东藏记〉的误区》，《当代文坛》2004年第3期。

128.郑新《宗璞小说创作风格简论》，《南阳师范学院学报（社会科学版）》2004年第4期。

129.金鑫《在自由与规范之间——从冯沅君到宗璞》，《社会科学辑刊》2004年第4期。

130.周碧君《美丽的紫藤花——〈快阁的紫藤花〉和〈紫藤萝瀑布〉赏析》，《语文学刊》2004年第4期。

131.姜山秀《论宗璞短篇小说创作的身份意识与叙述姿态》，《德州学院学报（哲学社会科学版）》2004年第5期。

132.薛坤《学者作家：宗璞》，《语文世界》2004年第6期。

133.郑新《以德为文——试析宗璞小说的内在支撑因素》，《江西社会科学》2004年第9期。

134.尔文《宗璞：锦心绣口写气节》，《文艺报》2004年12月4日。

135.王彩萍《士的精神的现代传承——论宗璞的小说》，《苏州大学学报》2005年第1期。

136.《茅盾奖得主获奖感言》，《四川日报》2005年4月13日。

137.楼乘震《宗璞：我像蚂蚁在搬沙》，《深圳商报》2005年5月24日。

138.陈新瑶《宗璞：一个真诚而执着的创作者》，《十堰职业技术学院学报》2005年第4期。

139.黄亚清、吴秀明《宗璞的佛教文化情结》，《西南民族大学学报（人文社科版）》2005年第4期。

140.张松青《论宗璞小说的艺术特色》，《新乡教育学院学报》2005年第4期。

141.詹长青《形象鲜明　意境深远的画卷——〈紫藤萝瀑布〉赏析》，《写作》2005年第16期。

142.楼乘震《宗璞作品学术研讨会在沪举行》，《上海文学》2005年第6期。

143.郑新《命运沉浮中的觉醒——对宗璞小说中知识分子身份的探析》，《名作欣赏》2005年第21期。

144.初清华《新时期之初小说对知识分子身份的想象》，《文学评论》2005年第6期。

145.张松青《论宗璞散文的艺术特色》，《商丘职业技术学院学报》2005年第6期。

146.谭红梅《宗璞小说知识分子抗争主题研究》，延边大学2005年硕士论文。

147.陈新瑶《宗璞创作与中国传统文化》，华中师范大学2005年硕士论文。

148.张新颖《从一个选本看二〇〇五年中篇小说》，《当代作家评论》2006年第1期。

149.王小平《涵泳大雅——论宗璞短篇小说的叙事艺术》，《当代作家评论》2006年第2期。

150.陈新瑶《论宗璞笔下“花”的意象》，《理论界》2006年第2期。

151.程良友《后现代主义折射下的宗璞小说》，《重庆工学院学报》2006年第3期。

152.陈新瑶《论冯友兰对作家宗璞的创作影响》，《武汉船舶职业技术学院学报》2006年第1期。

153.余放成、程良友《论宗璞〈废墟的召唤〉》，《语文教学与研究》2006年第2期。

154.孙先科《话语“夹缝”中造就的叙事——论宗璞“十七年”的小说创作》，《理论与创作》2006年第4期。

155.王进庄《“十字路口”情结的执拗和超越——论从〈红豆〉到〈东藏记〉话语系统的融合形态》，《当代文坛》2006年第6期。

156.刘燕苹《论宗璞散文的生命意识》，《平顶山学院学报》2006年第6期。

157.谢玉珊《淡雅隽永　本色从容——杨绛宗璞散文创作之比较》，《社科纵横》2006年第6期。

158.陈新瑶《率真自然的花语人生——读宗璞的散文〈二十四番花信〉》，《现代语文（文学研究版）》2006年第10期。

159.郑新《宗璞散文散论》，《南阳师范学院学报（社会科学版）》2006年第11期。

160.江玫《“十字路口”的抉择——宗璞知识分子题材作品研究》，福建师范大学2006年硕士论文。

161.齐凤芹《论多维文化视野中的宗璞创作》，郑州大学2006年硕士论文。

162.郑新《灵秀之笔写历史——析宗璞〈野葫芦引〉的叙述话语》，《辽宁师范大学学报（社会科学版）》2007年第1期。

163.黄萍《论宗璞小说的多元化元素》，《广西教育学院学报》2007年第1期。

164.吴晓云《皈依与疏离：个人话语与集体话语的冲突——谈宗璞1950年代的小说创作》，《重庆师范大学学报（哲学社会科学版）》2007年第3期。

165.袁平《描写战争硝烟的婉约文本——评宗璞的〈东藏记〉》，《时代文学（理论学术版）》2007年第7期。

166.张洪杰《小议宗璞〈我是谁〉中的知识分子韦弥》，《绥化学院学报》2007年第3期。

167.李晓红《宗璞：坚守爱情的方式》，《阳关》2007年第3期。

168.陈红旗《宗璞小说中的女性生存困境》，《名作欣赏》2007年第4期。

169.赵晓芳《爱，是不能忘记的——试析宗璞〈红豆〉的叙述“裂缝”》，《名作欣赏》2007年第4期。

170.陈素琰《〈宗璞散文选〉序》，《当代作家评论》2007年第6期。

171.金理《历史细节与文学记忆：〈野葫芦引〉的一种读法》，《当代作家评论》2007年第6期。

172.赵慧平《说宗璞小说的“本色”创作》，《当代作家评论》2007年第6期。

173.妥佳宁《水中倩影——论宗璞小说“雅”的艺术追求》，《现代语文（文学研究版）》2007年第9期。

174.李中华、李运海、李天密《宗璞：家乡的明天会更美好》，《河南日报》2007年10月30日。

175.吴延生《简论宗璞散文的细节描写技巧》，《名作欣赏》2007年第

18期。

176.王彩萍《中国知识分子的精神写真——宗璞小说〈红豆〉〈三生石〉连读》，《名作欣赏》2007年第22期。

177.陈平原《小说家眼中的西南联大》，《群言》2007年第12期。

178.杨绍军《现代文学中的昆明书写》，《滇池》2007年第12期。

179.金仕霞《爱情故事的抒写——再读宗璞的〈红豆〉》，《文教资料》2007年第33期。

180.吴晓云《谈宗璞的怀人散文》，《现代语文（文学研究版）》2007年第12期。

181.王珏《抒情的变奏：论20世纪中国抒情童话的艺术发展：以叶圣陶、严文井、宗璞、冰波童话为例》，浙江师范大学2007硕士学位论文。

182.张韫《红豆、雪花与夹竹桃——谈宗璞〈红豆〉中物象的作用》，《现代语文（文学研究版）》2008年第1期。

183.李悦《泛政治化语境中的爱情悲歌——宗璞〈红豆〉之再解读》，《湖北广播电视大学学报》2008年第1期。

184.朱红杰《试述“十七年文学”中宗璞小说的女性意识》，《重庆职业技术学院学报》2008年第1期。

185.张鑫鑫《人性的复归之路——读〈变形记〉和〈我是谁？〉》，《长春工程学院学报（社会科学版）》2008年第1期。

186.罗长青《〈红豆〉——被革命/爱情双重主题遮蔽的知识分子艺术诉求》，《湖北师范学院学报（哲学社会科学版）》2008年第2期。

187.牛犁《论〈红豆〉中“红豆”的象征意象》，《湘潭师范学院学报（社会科学版）》2008年第2期。

188.陈新瑶《“人”的呼喊与欢唱——析宗璞文学创作的价值追求》，《黄石理工学院学报（人文社会科学版）》2008年第2期。

189.鄢新艳《江玫形象简析》，《海南师范大学学报（社会科学版）》2008年第3期。

190.王盟孺《江玫形象的重新解读》，《海南师范大学学报（社会科学版）》2008年第3期。

191.左玲丽《自我、本我与超我——透过爱情叙事的层面看〈红豆〉中的政治叙事》，《海南师范大学学报（社会科学版）》2008年第3期。

192.北风《三位童话家的秘密花园》，《中国图书商报》2008年5月20日。

193.马仁奎《一样的生命，异样的命运——试评宗璞之藤萝、陆游之梅花形象》，《新语文学习（教师版）》2008年第3期。

194.张丽《论宗璞〈红豆〉的修辞叙事》，《西南交通大学学报（社会科学版）》2008年第4期。

195.陈新瑶《宗璞创作的诗意化特色》，《黄石理工学院学报（人文社会科学版）》2008年第5期。

196.李利霞、李琪《"百花时代"情爱小说绽放出的超时音符——以〈红豆〉、〈在悬崖上〉、〈美丽〉为例》，《宝鸡文理学院学报（社会科学版）》2008年第6期。

197.乔雪竹《流失的记忆——比较〈红豆〉、〈我们夫妇之间〉和〈洼地上的"战役"〉》，《安徽文学（下半月）》2008年第9期。

198.陈乐民、资中筠《宗璞八十记寿》，《书城》2008年第10期。

199.陈洁《中学更应该是通识教育——访宗璞》，《人民教育》2008年第Z1期。

200.刘玲、任飞飞《重读〈红豆〉》，《河南社会科学》2008年第S1期。

201.黎爱斌、王白涛《卡夫卡与宗璞荒诞变形艺术之比较》，《作家》2008年第20期。

202.于立辉《政治裂隙下凋零的爱情之花——论宗璞〈红豆〉主体情感诉求与文本表征之间的裂隙》，《语文学刊》2008年第21期。

203.吴婷婷《现代与传统之间——解读宗璞〈野葫芦引〉中的文化选择》，《名作欣赏》2008年第22期。

204.黎爱斌、王白波《浅论卡夫卡与宗璞荒诞小说之"异化"》，《作家》2008年第22期。

205.汪婷《红豆不堪看，满眼相思泪——试析宗璞〈红豆〉主观与客观的背离》，《安徽文学（下半月）》2008年第12期。

206.陈新瑶《爱的使者　美的精灵——谈宗璞对现代女性的理想建构》，《现代语文》2008年第12期。

207.吴晓云《宗璞小说与当代知识分子题材创作》，重庆师范大学2008年硕士论文。

208.周惠卿《为爱寻找一片天空——论宗璞笔下的知识女性世界》，河北师范大学2008年硕士论文。

209.曹宇荃《传统与现代的会通——宗璞小说片论》，扬州大学2008年硕士论文。

210.王爱侠《迷失与追寻》，山东大学2008年硕士论文。

211.潘红英《宗璞小说中的伦理文化策略》，《芜湖职业技术学院学报》2009年第1期。

212.李翠芳《激情时代的宽厚深广——宗璞写作的时代意义》，《文艺评论》2009年第2期。

213.胡群星、肖应勇《〈我是谁〉：人性遭到扭曲后的质问》，《文学教育（上）》2009年第2期。

214.段崇轩《静水深流见气象——2008年短篇小说述评》，《南方文坛》2009年第2期。

215.李建军《内部伦理与外部规约的冲突——以〈红豆〉为例》，《小说评论》2009年第2期。

216.付艳霞《兵戈沸处同国忧——评宗璞的〈西征记〉》，《文艺理论与批评》2009年第3期。

217.吴延生《宗璞散文“纯朴雅致”的语言特色显在成因分析》，《名作欣赏》2009年第10期。

218.潘海军《“流亡”意识与诗性之美——简谈宗璞小说〈南渡记〉的审美风格》，《现代交际》2009年第4期。

219.陈新瑶《难解的情结：宗璞与儒学思想》，《淮北职业技术学院学报》2009年第4期。

220.王爱侠《回首向来萧瑟处——谈宗璞创作中对知识分子问题的反思》，《扬子江评论》2009年第4期。

221.吴延生《宗璞散文“纯朴雅致”的语言特色潜在成因分析》，《名作欣赏》2009年第15期。

222.陈新瑶《宗璞与汪曾祺诗意写作之比较》，《作家》2009年第16期。

223.郭瑞芳《宗璞〈我是谁？〉的人性深度》，《文学教育（上）》2009年第8期。

224.刘雄仕《去与留的抉择——关于宗璞的〈红豆〉与谌容的〈人到中年〉》，《名作欣赏》2009年第27期。

225.程良友《梦幻象征雾化现实——宗璞短篇〈蜗居〉的构思艺术》，《四川教育学院学报》2009年第9期。

226.何平《〈废墟的召唤〉的“新历史主义批评”读解》，《语文教学通讯》2009年第29期。

227.洪建《宗璞散文中的色彩》，《阅读与写作》2009年第11期。

228.熊玫《非文学的话语——兼论小说〈红豆〉中被压抑的叙事》，《山花》2009年第22期。

229.木亚沙尔·阿不来提《红豆最相思——以当代视角析读〈红豆〉》，《文教资料》2009年第35期。

230.王力可《显在的皈依与潜在的反抗——谈宗璞〈红豆〉的创作》，《科教文汇（上旬刊）》2009年第34期。

231.李萱《现代中国女性小说的梦幻书写》，南开大学2009年博士论文。

232.姚松妹《“十七年”女作家的女性叙事》，宁波大学2009年硕士论文。

233.薛慧姝《论宗璞作品中知识分子性格的传统内涵》，吉林大学2009年硕士论文。

234.潘红英《论宗璞小说中的伦理世界》，山东师范大学2009年硕士论文。

235.岳芳《从清高走向世俗——读宗璞的〈东藏记〉》，《语文学刊》2010年第1期。

236.王春林《一部感人肺腑、荡气回肠的精神史诗——评宗璞长篇小说〈西征记〉》，《扬子江评论》2010年第1期。

237.张雅东《宗璞散文的艺术魅力与特质》，《理论观察》2010年第2期。

238.赵晓霞《文体的困惑——〈鲁鲁〉应归入哪家？》，《大众文艺》2010年第4期。

239.吴晓云《论宗璞"文革"前的知识分子题材小说创作》，《名作欣赏》2010年第11期。

240.毕光明《难以突破的禁区——〈红豆〉的爱情书写及其阐释的再考察》，《名作欣赏》2010年第12期。

241.郑新《论宗璞小说中的生活叙事》，《中州学刊》2010年第3期。

242.祁宏超《"荒漠"中的人性之花——〈百合花〉、〈红豆〉的人性美》，《温州职业技术学院学报》2010年第3期。

243.郑新《时代夹缝中的人性张力——浅析〈红豆〉的爱情话语》，《扬子江评论》2010年第4期。

244.祁宏超《大合唱之外的清唱——重读〈百合花〉〈红豆〉》，《忻州师范学院学报》2010年第4期。

245.宋如珊《论宗璞小说〈红豆〉的人物塑造》，《江汉论坛》2010年第4期。

246.苟瀚心《论《红豆》中的叙事者如何设障——兼谈〈红豆〉出现叙事裂痕的原因》，《重庆科技学院学报（社会科学版）》2010年第14期。

247.宗璞、侯宇燕《燕园谈红——漫谈〈红楼梦〉》，《社会科学论坛》2010年第17期。

248.陈小康《共同的审美，人性的真善——〈变形记〉和〈蜗居〉从变形手法到变形意义的比较》，《大家》2010年第8期。

249.赵慧平《说宗璞小说的"本色"创作》，《当代作家评论》2007年第

6期。

250.燕妮《“新说”还是“旧说”》，《书屋》2010年第9期。

251.段永建《人乎其内　出乎其外——谈〈红豆〉的审美意蕴》，《名作欣赏》2010年第27期。

252.常楠《爱在夹缝中滋长——宗璞〈红豆〉人物心理解读》，《安徽文学（下半月）》2010年第11期。

253.吕新梅《“十七年”时期小说中女性视角的不同呈现——试比较杨沫《青春之歌》和宗璞〈红豆〉》，《大家》2010年第17期。

254.孙仲英《主流话语下潜在的女性话语：宗璞小说〈红豆〉〈三生石〉解读》，四川外语学院2010年硕士论文。

255.岳蔚敏《家国情怀与书生意气：论〈野葫芦引〉中知识分子的形象》，河南大学2010年硕士论文。

256.詹雪宁《“十七年”时期女性作家笔下的男性形象分析》，广西师范大学2010年硕士论文。

257.孙先科《美学的分身术与隐蔽的身份对位——宗璞小说〈弦上的梦〉再解读》，《汉语言文学研究》2011年第1期。

258.陆梅《写作中的几个问题》，《南方文坛》2011年第1期。

259.王海宾《冯友兰、宗璞：文坛父女的痴心人生》，《名人传记》2011年第1期。

260.刘继兴《〈东藏记〉嘲讽钱锺书夫妇》，《语文教学与研究》2011年第1期。

261.陈洁《“四余作家”宗璞》，《少年写作（小作家）》2011年第2期。

262.赵晓霞《浅谈宗璞童话儿童形象的得与失》，《大舞台》2011年第2期。

263.陈新瑶《解读神秘：论宗璞对神秘主义的现代书写》，《名作欣赏》2011年第5期。

264.赵树勤、陈进武《从“荒原”到“野葫芦”——宗璞与托马斯·哈代小说创作比较》，《理论与创作》2011年第2期。

265.赵树勤、陈进武《从“不会忘记”说起——宗璞与陀思妥耶夫斯基小说创作比较》，《湖南城市学院学报》2011年第3期。

266.晋海学《荒诞境遇中的人学话语与主体建构——以宗璞小说〈我是谁〉、〈蜗居〉为考察对象》，《中州学刊》2011年第3期。

267.肖鹰《宗璞的文心：兰气息　玉精神》，《少年写作（小作家）》2011年第3期。

268.赵晓霞《浅谈宗璞童话打破大团圆结局的意义》，《大众文艺》2011年第3期。

269.陈娴《宗璞“两记”对知识阶层的精神素描及误区》，《淮阴工学院学报》2011年第4期。

270.赵晓霞《浅谈宗璞童话语言的诗意美》，《学周刊》2011年第5期。

271.彭博《宗璞作品中的“花”之表达》，《北方文学（下半月）》2011年第7期。

272.张志忠、李坤、张细珍《长篇小说〈西征记〉笔谈》，《中国现代文学研究丛刊》2011年第7期。

273.李扬《宗璞：希望写的历史向真实靠近》，《文汇报》2011年8月9日。

274.张海兵《评点，让课堂对话富有实效——〈紫藤萝瀑布〉教后探微》，《学周刊》2011年第10期。

275.廖四平、黎敏《〈东藏记〉综论——茅盾文学奖获奖作品丛论之三》，《长江师范学院学报》2011年第5期。

276.冯颖艳《试论宗璞小说创作中女性意识的主体性特征》，《江苏教育学院学报》2011年第6期。

277.张敬芳《“家”在宗璞小说中的呈现》，《金田》2011年第10期。

278.杨定胜《生命教育内涵的丰富意蕴——再读宗璞的〈紫藤萝瀑布〉》，《中学语文教学》2011年第9期。

279.谢建文《革命语境下爱情主题的别样叙事——〈红豆〉解读》，《安徽文学（下半月）》2011年第12期。

280.张志忠《士林心史　儿女风姿——宗璞小说创作论》，《文学评论》2011年第6期。

281.张哲《艰难的选择——论宗璞小说中知识分子的价值取向》，山东大学2011年硕士论文。

282.赵晓霞《宗璞童话文体探析》，苏州大学2011年硕士论文。

283.邢婷《对知识分子命运的叩问和反思——论宗璞的知识分子题材小说》，山东师范大学2011年硕士论文。

284.李梅妍《论宗璞小说创作中的身体书写》，西南大学2011年硕士论文。

285.陈进武《宗璞与外国文学》，湖南师范大学2011年硕士论文。

286.杨晶《弥在硝烟战火中的无疆大爱》，《文艺争鸣》2012年第1期。

287.李杰俊《结构与战争》，《文艺争鸣》2012年第1期。

288.康玮玮《散点叙事、多角度呈现以及丰富留白》，《文艺争鸣》2012年第1期。

289.林盼盼《宗璞小说中“变形”母题的中西文化探源》，《兰州教育学院学报》2012年第1期。

290.徐兆淮《问候·祝福·回忆——编余琐忆：宗璞印象记》，《扬子江评论》2012年第1期。

291.吴辰、宋军《知识分子的话语：宗璞小说研究综述》，《海南广播电视大学学报》2012年第3期。

292.陈进武《撷取“平安的花朵”——宗璞与凯·曼斯菲尔德小说创作比较》，《文化与传播》2012年第4期。

293.张羽华《生命的追忆与探索——宗璞散文〈紫藤萝瀑布〉与〈哭小弟〉赏析》，《语文月刊》2012年第6期。

294.陈新瑶《宗璞小说的叙事伦理》，《名作欣赏》2012年第8期。

295.王宜君《〈野葫芦引〉系列小说中的云南印象》，《文学教育（下）》2012年第7期。

296.吴辰、李海珉《生命追问与人性烛照——〈我是谁？〉、〈谁是我？〉、〈她是谁？〉三部作品的比较研究》，《安徽文学（下半月）》2012年第7期。

297.李璐《读宗璞的〈南渡记〉和〈东藏记〉》，《文学教育（中）》2012年第7期。

298.李冉《隐秘的女性意识——浅析〈红豆〉中的江玫形象》，《剑南文学（经典教苑）》2012年第7期。

299.孙先科《从“玻璃瓶”到“野葫芦”——宗璞的第一篇小说和她爱情书写的诗学特征》，《文学评论》2012年第4期。

300.刘春明《悠悠往事无恨意　一片丹心向将来——〈幽径悲剧〉与〈紫藤萝瀑布〉比较阅读》，《语文天地》2012年第16期。

301.李锟《冯友兰与宗璞》，《躬耕》2012年第8期。

302.李新颖《政治话语和个人话语的悖论——读宗璞〈红豆〉有感》，《语文学刊》2012年第16期。

303.王素蓉《心静如水的宗璞》，《中国社会科学报》2012年9月21日。

304.曹治国、丁大军《宗璞》，《作品》2012年第10期。

305.姚潇《装着一肚子故事的葫芦——宗璞与〈野葫芦引〉》，《南昌教育学院学报》2012年第10期。

306.洪永春《〈红豆〉：革命时代的纯真爱情》，《文学教育（上）》2012年第10期。

307.卢薇薇《浅析宗璞〈红豆〉中的女性意识》，《神州》2012年第11期。

308.周文英、杨梦媛《爱情的铭文——对宗璞〈红豆〉中齐虹形象的双面解读》，《昭通师范高等专科学校学报》2012年第6期。

309.曹书文《〈红豆〉：革命与爱情叙事的另类书写》，《文艺争鸣》2012年第12期。

310.冯颖艳《论林徽因、宗璞小说中女性意识的同一性》，《安徽文学（下半月）》2012年第12期。

311.潘向黎《〈野葫芦引〉如何还原历史？》，《南方文坛》2012年第6期。

312.李夏《宗璞创作与道家文化》，河北大学2012年硕士论文。

313.瞿春花《论宗璞小说的个人化叙事》，浙江大学2012年硕士论文。

314.周雪《借鉴、背离与突破——论宗璞小说（1978—1985）与西方现代主义文学的关系》，四川师范大学2012年硕士论文。

315.王俪萍《论宗璞小说中的身份意识》，江西师范大学2012年硕士论文。

316.陈进武《反思文学的力度及其局限——重读宗璞的短篇小说〈我是谁？〉》，《湖南工业大学学报（社会科学版）》2013年第1期。

317.潘丽莎《解读宗璞之当代知识分子题材小说》，《作家》2013年第2期。

318.胡晓《爱情的梦境或革命的伪装？——试析宗璞〈红豆〉的潜在叙事结构与思想内涵》，《安徽文学（下半月）》2013年第3期。

319.陈进武《"藏"不住的精神"洁癖"——重审宗璞的〈东藏记〉》，《新文学评论》2013年第3期。

320.杨惠、方维保《〈东藏记〉贬损了商人吗？——关于〈论《东藏记》的误区〉的误区》，《海南师范大学学报（社会科学版）》2013年第4期。

321.王艳《论宗璞〈野葫芦引〉系列小说的人文关怀》，《清远职业技术学院学报》2013年第4期。

322.毕文君《文学小传统下的个体记忆与小说诗学——论宗璞〈野葫芦引〉》，《石家庄学院学报》2013年第5期。

323.谷中兰《〈红豆〉情，南柯梦，怎堪爱回首——感悟政治时代夹缝中的人性突破与人文关怀》，《青春岁月》2013年第15期。

324.祁雅婷《生命的沉潜与放达——论宗璞小说中的生命美学观》，《丝绸之路》2013年第16期。

325.陈佳美《细腻笔触下的真实写作——谈〈红豆〉的艺术特点》，《青春岁月》2013年第19期。

326.王艳《宗璞小说〈野葫芦引〉中女性形象探析》，《青春岁月》2013年第7期。

327.徐美玲《论宗璞作品中的知识分子女性形象》，《芒种》2013年第8期。

328.侯宇燕《论宗璞的中短篇小说创作》，《中国现代文学研究丛刊》2013年第10期。

329.汤洁《革命中的艰难爱情——丁玲〈韦护〉和宗璞〈红豆〉之对比》，《现代语文（学术综合版）》2013年第10期。

330.齐凤芹《海峡两岸　血脉相连——比较作品〈三生石〉与《塞纳河畔〉》，《科技视界》2013年第32期。

331.叶云佳《"红豆"最相思——浅谈宗璞小说〈红豆〉的叙事策略》，《新西部（理论版）》2013年第11期。

332.王艳《浅论宗璞小说创作的局限性》，《现代语文（学术综合版）》2013年第12期。

333.周婕《对"十七年"女性创作的还原性解读》，西北大学2013年硕士论文。

334.王宜君《"野葫芦引"的西南联大镜像》，华中师范大学2013年硕士论文。

335.杜娟《宗璞创作论》，河南师范大学2013年硕士论文。

336.解晓敏《西南联大叙事中的知识分子形象——以宗璞〈野葫芦引〉长篇系列为中心》，上海师范大学2013年硕士论文。

337.李肖璇《宗璞创作与中国传统文化》，安徽大学2013年硕士论文。

338.孙琳《青春小说的时代性变迁——〈红豆〉与〈致青春〉异同分析》，《芙蓉》2014年第1期。

339.徐冬、黄晶《从精神分析视角解读宗璞小说〈我是谁〉》，《和田师范专科学校学报》2014年第2期。

340.裴军《宗璞作品中对知识分子的描写探讨》，《芒种》2014年第6期。

341.冯建强《去与留——从〈红豆〉与〈人到中年〉看知识分子的精神内核》，《湖南大众传媒职业技术学院学报》2014年第3期。

342.李雍、徐放鸣《海峡两岸女性自传性小说中的“中国形象”之比较——以〈巨流河〉与〈东藏记〉为例》，《世界华文文学论坛》2014年第3期。

343.卢芳《论宗璞〈红豆〉的知识分子题材》，《理论界》2014年第4期。

344.陈洁《以文代墨作丹青——宗璞小说的“散文画”叙事》，《宜春学院学报》2014年第5期。

345.姜芬《宗璞笔下的日本形象分析——以〈南渡记〉、〈东藏记〉、〈西征记〉为中心》，《漯河职业技术学院学报》2014年第6期。

346.杨凤琴《谈宗璞的女性观——以叙事小说〈红豆〉为例》，《芒种》2014年第17期。

347.徐诗颖《繁华落尽见真淳——品读宗璞〈红豆〉》，《名作欣赏》2014年第18期。

348.崔余辉《从〈紫藤萝瀑布〉看语文审美教育的层次性》，《现代语文（学术综合版）》2014年第7期。

349.张海欧《宗璞笔下的知识女性》，《青年文学家》2014年第29期。

350.李剑虹《论宗璞散文的哲学意蕴》，《语文建设》2014年第30期。

351.王艳《论中国传统文化影响下的宗璞小说创作》，曲阜师范大学2014年硕士论文。

352.王丽《宗璞“燕园系列”散文研究》，河北师范大学2014年硕士论文。

353.赵杰《杨绛、宗璞散文比较论》，山东师范大学2014年硕士论文。

354.晋海学《在不同的探索之间——以新时期之初王蒙与宗璞的小说创作为观照对象》，《河南社会科学》2015年第1期。

355.齐思原《红豆的隐喻与文艺工作者的异化——略谈宗璞〈红豆〉》，《名作欣赏》2015年第2期。

356.罗梨蕾《一曲“美”与“爱”的悲歌——从当代视角重析宗璞的〈红豆〉》，《大众文艺》2015年第2期。

357.冯颖艳《论林徽因、宗璞小说中女性意识的差异性》，《安徽文学（下半月）》2015年第2期。

358.喻超《童话创作与空间建构——浅谈宗璞童话〈总鳍鱼的故事〉》，《吉林省教育学院学报（中旬）》2015年第7期。

359.唐千惠《从男性附宠到自觉人：宗璞作品中女性形象的演变》，《大众文艺》2015年第13期。

360.李令一《性别视点下的爱情叙事——以宗璞〈红豆〉与丰村〈美丽〉为例》，《青年文学家》2015年第20期。

361.王继蓉《宗璞〈东藏记〉中的主要人物形象分析》，《文学教育（下）》2015年第11期。

362.李鑫《红豆不堪看，满眼相思泪——〈红豆〉中革命和爱情的女性》，《名作欣赏》2015年第33期。

363.钱小雅《宗璞新时期小说叙事艺术研究》，牡丹江师范学院2015年硕士论文。

364.费飞《士林传统与学院风度——论宗璞的知识分子题材小说》，南昌大学2015年硕士论文。

365.程红丽《〈野葫芦引〉中知识分子形象的家国情怀》，《阴山学刊（社会科学版）》2016年第1期。

366.赵蕾《诗性言说中的生命钩沉——析宗璞〈野葫芦引〉的言说方式》，《湖南广播电视大学学报》，2016年第1期。

367.姜鑫《浅析〈红豆〉中人道主义情怀》，《佳木斯职业学院学报》2016年第3期。

368.舒心《宗璞：喷发英武正气》，《光明日报》2016年4月28日。

369.叶亚玲《论宗璞小说中的爱情观》，《鸭绿江（下半月版）》2016年第7期。

370.陈晓平《钱锺书诽谤了冯友兰吗——从杨绛给钟璞的“答复”看》，

《粤海风》2016年第4期。

371.赵蕾《宗璞小说中女性与艺术的精神关联》，《绥化学院学报》2016年第8期。

372.张治国《掩隐于革命与爱情冲突中的女性意识：重读〈红豆〉》，《青年文学家》2016年第29期。

373.李冰《宗璞的南东西北》，《人民日报》2016年8月13日。